만주국
속의
동아시아
문학

엮은이_

김재용(金在湧, Kim Jaeyong)_원광대 국어국문학과 교수
김창호(金昌鎬, Kim, Chang Ho)_강릉원주대, 강원대, 한림대 강사
유수정(柳水晶, Yu, SuJeong)_숙명여대 인문학연구소 연구교수

만주국 속의 동아시아 문학

초판 1쇄 발행 2018년 12월 28일
초판 2쇄 발행 2019년 12월 10일

엮은이 김재용·김창호·유수정 **펴낸이** 박성모 **펴낸곳** 소명출판
출판등록 제13-522호 **주소** 서울시 서초구 서초중앙로6길 15, 1층
전화 02-585-7840 **팩스** 02-585-7848 **전자우편** somyungbooks@daum.net **홈페이지** www.somyong.co.kr

값 22,000원
ISBN 979-11-5905-350-4 03830
ⓒ 김재용·김창호·유수정, 2018

잘못된 책은 바꾸어드립니다.
이 책은 저작권법의 보호를 받는 저작물이므로 무단전재와 복제를 금하며,
이 책의 전부 또는 일부를 이용하려면 반드시 사전에 소명출판의 동의를 받아야 합니다.

만주국

속의

EAST ASIA LITERATURE
IN MANCHUKUO

동아시아

문학

김재용 · 김창호 · 유수정 엮음

소명출판

책머리에 _ **제국과 다성성**

1932년 일본 제국이 만주국을 간접적 식민지로 만든 이후 만주국 문학장은 다층적 면모를 띠게 되었다. 제1차 세계대전 이후 세계는 과거의 직접적 식민지 지배를 더 이상 용납하지 않는 분위기로 나아갔다. 일본 제국 역시 이미 오키나와, 대만, 조선을 직접적 식민지로 삼았지만 이러한 변화된 국제적 기류 때문에 더 이상 식민지를 만들 수는 없었다. 그래서 고안한 것이 바로 간접적 식민지였고, 일본은 만주국을 직접적 식민지 대신에 간접적 식민지로 삼았다. 외적으로는 독립국으로 천명하면서도 내적으로는 일본의 관동군이 지도하는 독특한 방식을 창안했다. 그리고 오족협화라는 이데올로기를 내걸었다.

중국의 작가들은 일본 제국의 억압과 지배하에서 고향을 등지고 일본의 영향력이 미치지 못하는 곳으로 이주할 것인가, 아니면 계속 거주하면서 글을 써야 할 것인가를 놓고 깊은 고민에 빠지게 되었다. 소홍을 비롯한 일부 작가들은 고향을 떠나 상해 등지로 떠났지만, 대부분의 작가들은 계속 머무는 선택을 하였다. 일본의 영향이 미치지 못하는 곳으로 떠난 이들은 자신이 머물던 시기의 만주국을 배경으로 작품을 창작하여 많은 중국 독자들의 이목을 끌었지만 시간이 갈수록 그곳의 기억은 희미해졌다. 하지만 고향에 머물게 된 이들은 자신의 공간을 기반으로 지속적으로 창작을 하게 되는데, 거기에는 많은 고뇌가 따를 수밖에 없었다. 오키나와, 대만, 조선처럼 직접적 식민지여서 일본 제국이 황민화를 강요하고 자신들의 언어마저 탈취하려고 하였다면 큰 고민 없이 상해 등지로 떠나겠지만 간접적 식민지이기 때문에 상황이 달랐다. 별다른 제한 없이 중국어로 창작할 수 있었고 또한 일본 제국이 오족협화를 내세웠기 때문에, 생각하기에 따라서는 얼마든지 자신의 이야기를 할 수도 있다고 믿었기에 고향을 버리지 않았던 것이다. 자신들처럼 지식인들은 고향을 떠나 살 수도 있지만 농민을 비롯한 대부분의 민중들은 좋으나 싫으나 이 땅에서 떠날 수 없기 때문에 이들과 함께 생활하고 글을 쓴다는 것도 의미있는 일이라고 생각하였다. 따라서 만주국에 계속 머무르기로 선택한 작가들은 일본의 억압과 검열에도 불구하고 자신의 이야기를 해나가려고 다양한 노력을 행하게 되었는데 그 과정에서 소설의 다성성은 힘을 발휘하였다. 1943년 일본의 최후기에 일본 제국의 억압이 너무 심해지자 잔존하던 일부 작가들이 만주국을 떠나 화북 지역으로 이주하는 일이 벌어지면서 다성성마저 존재할 기반이 없어지기 전까지는 소설의 다성성이 만주국에서 생기를 가졌다.

만주국 성립 이후 이 지역에 살던 조선의 작가들은, 새롭게 조성된 난관 앞에서 중국 작가들과는 다른 고민을 거듭하게 된다. 만주국 성립 이전에도 만주 지역에 거주하는 것이 그렇게 순편한 것은 아니었다. 한편으로는 일본의 앞잡이 역할을 할 것을 우려하는 중국 당국의 강요로 국적을 바꾸는 문제를 고민해야 하는 한편, 조선인 민회 등을 통하여 일본 국민의 역할을 강요하는 일본 제국의 성화도 받아야 했던 것이다. 그 가운데서도 조선의 독립과 민중의 국제적 해방을 위하여 온갖 노력을 하였다. 하지만 만주국 성립 이후에는 사태가 한층 복잡해졌다. 일본 제국은 겉으로는 만주국이란 독립국을 표방하였지만 조선인들을 일본 국민으로 간주하고 온갖 요구를 다하였다. 이러한 점은 치외법권을 철폐한 이후에도 사정은 크게 나아지지 않아 숨을 크게 쉬기 힘들었다. 다행인 것은 일본 제국이 오족협화를 지배 이데올로기로 채택하였기 때문에 이를 활용하여 자신의 이야기를 할 수 있었다는 점이다. 내선일체가 지배하는 조선에서는 행하기 힘들었던 틈을 적절하게 이용하여 다른 목소리를 낼 수 있었던 것이다. 때로는 중국 작가에 비해 훨씬 다성적일 수 있었다.

만주국 성립 이후 가장 활기를 띠었던 것은 일본 작가들이었다. 만주국 성립 이전에 관동주에서 이미 해외 일본인 문단을 형성한 바 있기에 이러한 활동이 낯선 것은 아니었다. 하지만 만주국 성립 이후 신경이 문화의 중심이 되면서 과거 대련 시절과는 매우 다른 면모가 나타났다. 일본인이 지배 민족이 되면서 과거에 누렸던 것과는 현저한 차이를 보여주는 혜택을 누릴 수 있었다. 이러한 점은 치외법권이 철폐된 이후에도 약화되기는커녕 오히려 강화되기조차 하였기에 만주국 문학장에서 이전과는 다른 힘을 갖게 되었다. 하지만 일본 제국의 내지와는 일정한 차이가 나기 때문에, 만주국 내에서 힘을 가지면 가질수록 내부적으로는 심한 괴리감을 가질 수밖에 없었다. 내지와의 괴리를 강하게 느끼기 시작하면서부터 일본 제국에 대한 양가적인 감정을 갖게 되었다. 게다가 일본 내지를 피해 만주국으로 이주한 작가들이 속출하기 시작하면서 이러한 복합적인 양상은 한층 강화되었다. 일본 내지와는 다른 특성을 지닌 문학을 만들 수 있을지 모른다는 막연한 기대감 속에서 창작을 하게 되었던 것이다. 일본 작가들은 조선과 중국 작가들과 비교할 수 있을 정도는 아니지만 그런 점에서 나름의 다성성을 견지할 수 있었다.

이러한 다성성은 만주국의 모든 작가들이 자동적으로 내장하였던 것은 아니다. 제국 일본의 이데올로기에 포박된 작가들은 초보적인 다성성마저 가질 수 없었다. 다성성을 가질 수 있었던 작가들은 제국에 포섭되지 않은 작가들의 경우였다. 이러한 기반 위에서 성차나 생태 등의 문제까지 끌어들였던 것이다. 이 책에 수록된 작가들은, 정도의 차이에도 불구하고, 제국의 자장에서 벗어나려고 했던 이들이다.

만주국 문학 연구는 한국문학, 중국문학 그리고 일본문학 연구의 협업이 없으면 불가능하기에 이 작업에 동참한 김창호 · 유수정 교수에게 고마움과 동지애를 느낀다. 송도 바다에서 책 제목의 영감을 주었던 안지나 교수의 기여도 잊혀지지 않을 것이다. 이 작은 책이 향후 더 큰 작업의 씨앗이 되리라 믿는다.

편자를 대표하여 김재용

제1부

한국

소금

강경애

강경애姜敬愛

강경애는 1906년 4월 20일 황해도 송화군 송화에서 가난한 농민의 딸로 태어났고, 아버지 사망 후 재혼하는 어머니를 따라 장연에서 성장했다. 평양 숭의여학교 3학년 때인 1923년 10월경, 친구 무덤에 성묘하려는 것을 미신이라고 규제하는 미국인 교장과 엄격한 기숙사 생활에 항의하여 동맹휴학을 벌였다가 퇴학당했다. 서울의 동덕여학교에 편입, 1년 남짓 다니다가 고향에 돌아왔고 다시 중국으로 가서 2년간 '북만北滿' 지역인 해림海林시에서 교원 노릇을 했다고 한다. 강경애가 머물렀을 당시, 1927~1928년의 해림은 조선공산당 만주총국과 공산주의자들이 신민부로 대표되는 민족주의자들과 충돌하면서 세력을 넓혀가고 있는 곳이었다. 거기서 강경애는 민족주의자와 공산주의자 사이의 심각한 이념적, 물리적 갈등을 목도하고 가난한 농민에게는 고향의 '동포' 지주나 만주의 이민족 지주나 마찬가지라는 점에서 철저하게 '계급주의'를 견지하게 되었다. 1929년 해림에서 고향으로 돌아와 근우회 활동을 하면서 본격적으로 글을 발표하기 시작했고 1931년 6월경 장하일과 결혼하고 간도 용정으로 이주했다. 용정에서 남편은 동흥중학교 교사로 일하고 강경애는 집안 살림을 하면서 작품을 썼다. 강경애가 이주한 1931년의 간도는 '동란'의 땅이었다. 봉건적 지주와 군벌에 저항하는 중국 민중운동이 격렬하게 전개되는 한편으로 1931년 9월 일제는 만주사변을 일으키고 1932년 3월 '만주국'을 수립하면서 대대적인 토벌 작전을 전개했다. 이 과정에서 많은 사람이 집과 가족과 목숨을 잃었다. 강경애는 이 혼란상을 피해 1932년 6월경 용정을 떠나 장연으로 돌아왔다가 1933년 9월경 다시 간도로 갔다. 강경애는 이후 중간에 간혹 서울이나 장연을 왕래하지만 주로 간도에 거주하면서 손수 물 긷고 빨래하며 한편으로는 꾸준히 작품을 발표했다.

1927~1928년의 해림 경험에서 지니게 된 계급주의, 1931~1932년에 목도한 간도의 참상과 이후 용정에 살면서 듣고 본 민중의 저항은 이후 강경애 작품 활동의 원체험이 되었다. 「그 여자」(1932), 「채전」(1933), 「소금」(1934), 「마약」(1937) 등은 계급주의를 선명하게 보여주며, 이러한 경향은 식민지 조선의 모순을 총체적으로 조망한 장편소설 『인간문제』(1934)나 단편소설 「지하촌」(1936), 비판의 칼날을 지식인인 자신에게 돌린 「원고료 이백 원」(1935)에서도 마찬가지로 드러난다. 일본어 소설 「장산곶」(1936)은 당대 어느 카프 작가의 프로문학보다 분명하게 그리고 구체적으로 프롤레타리아 국제주의를 지향했다. 또한 「소금」, 「모자母子」(1935), 「번뇌」(1935), 「어둠」(1937)에서는 만주국이 초래한 황폐한 삶, 군인에 의해 지배되는 살벌한 현실, 거기에 맞서 개인적 사회적 생명을 지키려는 힘겨운 노력을 그렸다.

강경애는 1938년 무렵부터 신병이 악화되어 1939년에는 고향인 장연으로 돌아왔고 결국 1944년 4월 26일 병이 악화되어 숨졌다.

1. 농가

용정서 팡둥[중국인 지주]이 왔다고 기별이 오므로 남편은 벽에 걸어 두고 아끼던 수목두루마기를 꺼내 입고 문밖을 나갔다. 봉식 어머니는 어쩐지 불안을 금치 못하여 문을 열고 바쁘게 가는 남편의 뒷모양을 물끄러미 바라보았다. '참말 팡둥이 왔을까? 혹은 자×단들이 또 돈을 달라려고 거짓 팡둥이 왔다고 하여 남편을 데려가지 않는가?' 하며 그는 울고 싶었다. 동시에 그들의 성화를 날마다 받으면서도 불평 한마디 토하지 못하고 터덜터덜 애쓰는 남편이 끝없이 불쌍하고도 가엾어 보였다. 지금도 저렇게 가고 있지 않은가! 그는 한숨을 푹 쉬며 '없는 사람은 내고 남이고 모두 죽어야 그 고생을 면할 게야, 별수가 있나, 그저 죽어야 해' 하고 탄식하였다. 그리고 무심히 그는 벽을 긁고 있는 그의 손톱을 발견하였다. 보기 싫게 긴 그의 손톱을 한참이나 바라보는 그는 사람의 목숨이란 끊기 쉬운 반면에 역시 끊기 어려운 것이라 하였다.

그들이 바가지 몇 짝을 달고 고향서 떠날 때는 마치 끝도 없는 망망한 바다를 향하여 죽음의 길을 떠나는 듯 뭐라고 형용하여 아픈 가슴을 설명할 수 없었다. 그러나 불행 중 다행으로 이곳까지 와서 어떤 중국인의 땅을 얻어가지고 농사를 짓게 되었으나 중국 군대인 보위단保衛團들에게 날마다 위협을 당하여 죽지 못해서 그날그날을 살아가곤 하였다. 그러기에 그들은 아침 일어나는 길로 하늘을 향하여 오늘 무사히 보내기를 빌었다.

보위단들은 그들이 받는바 월급만으로는 살 수가 없으니 농촌으로 돌아다니며 한 번 두 번 빼앗기 시작한 것이 지금에 와서는 으레 할 것으로 알고 아무 주저 없이 백주에도 농민을 위협하여 빼앗곤 하였다. 그러니 농민들은 보위단 몫으로 언제나 돈이나 기타 쌀을 준비해 두지 않으면 목숨이 위태한 것을 깨닫고 아무것은 못하더라도 준비해 두곤 하였다. 그동안 이어 나타난 것이 공산당이었으니, 그 후로 지주와 보위단들은 무서워서 전부 도시로 몰리고, 간혹 농촌으로 순회를 한다더라도 공산당이 있는 구역에는 감히 들어오지를 못하게 되었다. 그러나 시국이 바뀌며 공산당이 쫓기어 들어가면서부터 자X단들이 나타나게 된 것이었다.

그는 그의 손톱을 바라보며 몇 번이나 보위단들에게 죽을 뻔하던 것을 생각하며 그나마 오늘까지 목숨이 붙어 있는 것이 기적같이 생각되었다. 그리고 남편을 찾았을 때 벌써 남편의 모양은 보이지 않았다. 그는 멀리 토담 위에 휘날리는 깃발을 바라보며 남편이 이젠 건넛마을까지 갔는가 하였다. 그리고 잠깐 잊었던 불안이 또다시 가슴에 답답하도록 치민다. 남편의 말을 들으니 자X단들에게 무는 돈은 다 물었다는데 참말 팡둥이 왔는지 모르지, 지금이 씨 뿌릴 때니 아마 왔을 게야, 그러면 오늘 봉식이는 팡둥을 보지 못하겠지, 농량도 못 가져오겠구먼, 하며 다시금 토담을 바라보았다. 저 토담은 남편과 기타 농민들이 거의 일 년이나 두고 쌓은 것이다. 마치 고향서 보던 성 같이 보였다. 그는 토담을 볼 때마다 지금으로부터 사오 년 전 그 어느 날 밤 일이 문득문득 생각키웠다.

그날 밤 한밤중에 총소리와 함께 사면에서 아우성 소리가 요란스러이 났다. 그들은 얼핏 아궁 앞에 비밀히 파놓은 움에 들어가서 며칠 후에야 나와 보니 팡둥은 도망가고 기타 몇몇 식구는 무참히도 죽었다. 그 후로부터 팡둥은 용정에다 집을 사고 다시 장가를 들고 아들딸을 낳아서 지금은 예전과 조금도 차이가 없이 살았던 것이다.

팡둥이 용정으로 쫓기어 들어간 후에 저 집은 자X단들의 소유가 되었다. 그래서 저렇게 기를 꽂고 문에는 파수병이 서 있었다.

그는 눈을 옮겨 저 앞을 바라보았다. 그 넓은 들에 햇빛이 가득하다. 그리고 쫓겨 같은 새무리들이 그 푸른 하늘을 건너질러 펄펄 날고 있다. 우리도 언제나 저기다 땅을 가져보나 하고 그는 무의식 간에 탄식하였다. 그리고 그나마 간도 온 지 십여 년 만에 내 땅이라고 뭇을 짓게 된 붉은 산을 보았다. 저것은 아주 험악한 산이었는데 그들이 짬짬이 화전을 일구어서 이젠 밭이 되었다. 그러나 아직도 완전한 곡식은 심어보지 못하고 해마다 감자를 심곤 하였다.

'올해는 저기다 조를 갈아볼까, 그리고 가녘으로는 약간 수수도 갈고…….' 그때 그의 머리에는 뜻하지 않은 고향이 문득 떠오른다. 무릎을 스치는 다방솔밭 옆에 가졌던 그의 밭! 눈에 흙 들기 전에야 어찌 차마 그 밭을 잊으랴! 아무것을 심어도 잘되던 그 밭! "죽일 놈!" 장죽을 물고 그 밭머리에 나타나는 참봉 영감을 눈앞에 그리며 그는 이렇게 중얼거렸다. 그리고 가슴이 울렁거리며 손발이 가늘게 떨리는 것을 깨달으며 그는 고향을 생각지 않으려고 눈을 썩썩 부비치고 정신을 바짝 차렸다. 그때 뜰 한구석에 쌓아둔 짚 낟가리에서 조잘대는 참새 소리를 요란스러이 들으며 우두커니 섰는 자신을 얼핏 발견하였다. 그는 곧 돌아섰다. 방 안은 어지러우며 여기 일감이 '나부터 손질하시오' 하는 것 같았다. 그는 분주히 비를 들고 방을 쓸어내었다. 그리고 군데군데 뚫어진 갈자리 구멍을 손끝으로 어루만지며 '잘살아야 할 터인데, 그놈 그 참봉 놈 보란 듯이 우리도 잘살아야 할 터인데……' 하며 그의 눈에는 눈물이 글썽글썽해졌다. 아무리 마음만은 지독히 먹고 애를 써서 땅을 파나 웬일인지 자기들에게는 닥치느니 불행과 궁핍이었던 것이다. '팔자가 무슨 놈의 팔자야. 하느님도 무심하지. 누구는 그런 복을 주고 누구는 이런 고생을 시키고…….' 이렇게 생각하며 그는 방 안을 구석구석이 쓸었다. 그리고 비 끝에 채어 대구르르 대구르르 굴러다니는 감자를 주워 바가지에 담으며 시렁을 손질하였다. 이곳 농가는 대개가 부엌과 방 안이 통해 있으며 방 한구석에 솥을 걸었다. 그리고 그 옆에 시렁을 매곤 하였다. 그가 처음 이곳에 와서는 무엇보다도 방 안이 맘에 안 들고 돼지 굴이나 소 외양간 같이 생각되었다. 그리고 어쩌다 손님이 오면 피해 앉을 곳도 없었다. 그러니 멍하니 낯선 손님과도 마주 앉지 않으면 안 되게 되었다. 그러나 시일이 차츰 지나니 낯선 남성 손님이 온다더라도 처음같이 그렇게 어색하지는 않았다. 그저 그렁저렁 지낼 만하였다. 그리고 반드시 부뚜막 앞에는 비밀 토굴을 파두는 것이다. 그랬다가 어디서 총소리가 나든지 개소리가 요란스레 나면 온 식구가 그 움 속에 들어가서 며칠이든지 있곤 하였다. 그리고 옷이나 곡식도 이 움에다 넣고서 시재 입는 옷이나 먹을 양식을 조금씩 꺼내 놓고 먹곤 하였다. 말할 것도 없이 보위단이며 마적단 등이 무서워서 이렇게 하곤 하였다.

시렁을 손질한 그는 바구니에 담아둔 팥을 고르기 시작하였다. 고요한 방 안에 팥알 소리만 재그럭 자르르 하고 났다. 팥알에서 팥알로 시선이 옮겨지는 그는 눈이 피곤해지며 참새 소리가 한층 더 뚜렷이 들린다. 동시에 저 참새 소리같이 여러 가지 생각이 순서 없이 생각났다. 내일이라도 파종을 하게 되면 아침 점심 저녁에 몇 말의 쌀을 가져야 할 것, 오늘 봉식이가 꽝둥을 만나지 못해서 쌀을 못 가져올 것, 그러나 나무를 팔아서 사라고 한 찬감은 사오겠지……. 생각이 차츰 희미해지며 졸음이 꼬박꼬박 왔다. 그는 눈을 부비치고 문밖으로 나오다가 무심히 눈에 뜨인 것은 벽에 매달아둔 메주였다. "참 메주를 내놓아야겠다" 하며 바구니를 밖에 내놓고서 메주를 떼어서 문밖에 가지런히 내놓았다. 그리고 그는 비를 들고 메주의 먼지를 쓸어 내었다. 그는 하나하나의 메주덩이를 들어보며 '간장이나 서너 동이 빼고, 고추장이나 한 단지 담그고……. 그러자면 소금이나 두어 말은 가져야지. 소금……' 하며 그는 무의식 간 한숨을 푹 쉬었다. 그리고 또다시 고향을 그리며 멍하니 앉아 있었다. '고향서는 소금으로 이를 다 닦았건만……. 다리는 데도 소금 한 줌이면 후련하게 내려갔는데' 하였다. 그가 고향에 있을 때는 하도 없는 것이 많으니까 소금 같은 데는 생각이 미치지 못하였는지는 모르나 어쨌든 이곳 온 후부터는 그는 소금 때문에 남몰래 운 적이 한두 번이 아니었다. 소금 한 말에 이 원 이십 전! 농가에서는 단번에 한 말을 사보지 못한다. 그러니 한 근, 두 근, 극상 많이 산대야 사오 근에 지나지 못한다. 그러므로 장 같은 것도 단번에 담그지를 못하고 소금 생기는 대로 담그다가도 어떤 때는 메주만 썩혀서 장이라고 먹곤 하였다. 장이 싱거우니 온갖 찬이 싱거웠다.

끼니 때가 되면 그는 남편의 얼굴부터 살피게 되고 어쩐지 맘이 송구하였다. 남편은 입 밖에 말은 내지 않으나 번번이 얼굴을 찡그리고 밥술이 차츰 느려지다가 맥없이 술을 놓곤 하는 때가 종종 있었다. 이 모양을 바라보는 그는 입안의 밥알이 갑자기 돌로 변하는 것을 느끼며 슬며시 술을 놓고 돌아앉았다. 그리고 해종일 들에서 일하다가 들어온 남편에게 등허리에 땀이 훈훈하게 나도록 훌훌 마시게 국물을 만들어놓지 못한 자기! 과연 자기를 아내라고 할 것일까?

어떤 때 남편은 식욕을 충동시키고자 하여 고춧가루를 한 술씩 떠넣었다. 그러고는 매워서 눈이 뻘개지고 이마 가에서는 주먹 같은 땀방울이 맺히곤 하였다. '고춧가루는 왜 그리 잡수셔요' 하고 그는 입이 벌려지다가 가슴이 무뚝해지며 그만 입이 다물어지고 말았다. 동시에 음식을 맡아 만드는 자기, 아아 어떻게 해야 좋을까?

이러한 생각을 되풀이하는 그는 한숨을 땅이 꺼지도록 쉬며 '오늘 저녁에는 무슨 찬을 만드나' 하고 메주를 다시금 굽어보았다. 그때 신발 소리가 자박자박 나므로 그는 머리를 들었다. 학교에 갔던 봉염이가 책보를 들고 이리로 온다.

"왜 책보 가지고 오니?"

"오늘 반공일이어. 메주 내놨네."

봉염이는 생글생글 웃으며 메주를 들어 맡아보았다.

"아버지 가신 것 보았니?"

"응, 정, 팡둥이 왔더라. 어머이."

"팡둥이? 왔디?"

이때까지 그가 불안에 붙들려 있었다는 것을 느끼며 가볍게 한숨을 몰아쉬었다.

"어서 봤니?"

"팡둥 집에서…… 저 아버지랑 자×단들이랑 함께 앉아서 뭘 하는지 모르겠더라."

약간 찌푸리는 봉염의 양미간으로부터 옮아오는 불안!

"팡둥도 같이 앉았디?"

봉염이는 머리를 끄떡이며 무슨 생각을 하고 또다시 생글생글 웃었다. 그리고 책보 속에서 달래를 꺼냈다.

"학교 뒷밭에가 달래가 어찌 많은지."

"한 끼 넉넉하구나."

대견한 듯이 그의 어머니는 달래를 만져보다가 그중 큰 놈으로 골라서 뿌리를 자르고 한 꺼풀 벗긴 후에 먹었다. 봉염이도 달래를 먹으며,

"어머이, 나두 운동화 신으면……."

무의식 간에 봉염이는 이런 말을 하고도 어머니가 나무랄 것을 예상

하며 어머니를 바라보던 시선을 달래뿌리로 옮겼다. 달래뿌리와 뿌리 사이로 나타나는 운동화. 아까 용애가 운동화를 신고 참새 같이 날뛰던 그 모양!

"쟤는 이따금 미친 수작을 잘해!"

그의 어머니는 코끝을 두어 번 부비치며 눈을 흘겼다. 봉염이는 달래가 흡사히 운동화로 변하는 것을 느끼며 어머니 말에 그의 조그만 가슴이 따가워 왔다.

"어머이는 밤낮 미친 수작밖에 몰라!"

한참 후에 봉염이는 이렇게 종알거렸다. 그리고 용애의 운동화를 바라보고 또 몰래 만져보던 그 부러움이 어떤 불평으로 변하여지는 것을 그는 느꼈다. 그의 어머니는 봉염이를 똑바로 보았다.

"그래 네 말이 미친 수작이 아니냐. 공부도 겨우 시키는데, 운동화 운동화. 이애 이애, 너도 지금 같은 개화 세상에 났기에 그나마 공부도 하는 줄 알아라. 아, 우리들 전에 자랄 때에야 뭘 어디가, 물 긷고 베 짜고 여름에는 김 매구. 그래두 짚신이나마 어디 고운 것 신어본다디……. 어미 애비는 풀 속에 머리들을 밀고 애쓰는데 그런 줄을 모르고 운동화? 배나 곯지 않으면 다행으로 알아, 그런 수작 하려거든 학교에 가지 마라!"

"뭐 어머이가 학교에 보내우, 뭐."

봉염이는 가볍게 공포를 느끼면서도 가슴이 오싹하도록 반항하였다. 그리고 얼굴이 갑자기 화끈하므로 눈을 깜빡하였다.

"그래 너의 아버지가 보내면 난 그만두라고 못할까, 계집애가 왜 저 모양이야. 뭘 좀 안다고 어미 대답만 톡톡하고, 이애 이놈의 계집애 어미가 무슨 말을 하면 잠잠하고 있는 게 아니라 톡톡 무슨 아가리질이냐! 그래 네 수작이 옳으냐? 우리는 돈 없다……. 너 운동화 사줄 돈이 있으면 봉식이 공부를 더 시키겠다야."

봉염이는 분김에 달래만 자꾸 먹고 나니 매워서 못 견딜 지경이다. 그리고 눈에는 약간의 눈물이 비쳤다.

"왜 돈 없어요. 왜 오빠 공부 못 시켜요?"

그 순간 봉염의 머리에는 선생님이 하던 말이 번개같이 떠오른다. 그리고 그의 가슴이 터질 듯이 끓어오르는 불평을 어머니에게 토할 것이 아님을 깨달았다. 그러나 아무것도 모르고 딸만 그르게 생각하고 덤비는 그의 어머니가 너무도 가엾었다. 그의 어머니는 하도 어이가 없어서 멍하니 봉염이를 바라보았다. 동시에 '없으면 딴 남은 그만두고라도 제 속으로 나온 자식들한테까지라도 저런 모욕을 받누나' 하는 노여운 생각이 들며 이때까지 가난에 들볶이던 불평이 눈등이 뜨겁도록 치밀어 올라온다.

"왜 돈 없는지 내가 아니. 우리 같은 거지들에게 왜 태어났니. 돈 많은 사람들에게 태어나지. 자식! 흥 자식이 다 뭐야!"

어머니의 언짢아하는 모양을 바라보는 봉염이는 작년 가을에 타작마당이 얼핏 떠오른다. 그때 여름내 농사지은 벼를 팡둥에게 전부 빼앗긴 그때의 어머니! 아버지! 지금 어머니의 얼굴빛은 그때와 꼭 같았다. 그리고 아무 반항할 줄 모르는 어머니와 아버지! 불쌍함이 지나쳐서 비굴하게 보이는 어머니!

"어머이, 왜 돈 없는 것을 알아야 해요. 운동화는 왜 못 사줘요. 오빠는 왜 공부 못 시켜요!"

그는 이렇게 말해 가는 사이에 그가 운동화를 신고 싶어 한 것이 잘 못이 아니라는 것을 깨달았다. 그리고 무심하게 들어두었던 선생님의 말이 한 가지 두 가지 무뚝무뚝 생각났다.

"이애, 이년의 계집애. 왜 돈 없어. 밑천 없어 남의 땅 부치니 없지. 내 땅만 있으면……."

여기까지 말했을 때 그는 가슴이 뜨끔해지며 말문이 꾹 막혔다.

그리고 또다시 솔밭 옆에 가졌던 그 밭이 떠오르며 그는 눈물이 쑥 삐어졌다. 그리고 금방 그 밭을 대하는 듯 눈물 속에 그의 머리가 아룽 아룽 보이는 듯, 보이는 듯하였다.

그때 가볍게 귓가를 스치는 총소리! 그들 모녀는 눈이 둥그레서 일 어났다.

짚 낟가리 밑에서 졸던 검둥이가 어느덧 그들 앞에 나타나 컹컹 짖 었다.

2. 유랑流浪

그들은 마적단과 공산당을 번갈아 머리에 그리며 건넛마을을 바라 보았다. 이 마을 저 마을에서 개 짖는 소리가 그들로 하여금 한층 더 불 안을 갖게 하였다. 그리고 아까까지도 시원하던 바람이 무서움으로 변 하여 그들의 옷 가를 가볍게 스친다.

"이애, 너 아버지나 어서 오셨으면……. 왜 이러고 있누. 무엇이 온 것 같은데 어쩐단 말이냐."

봉염이 어머니는 거의 울상을 하고 가만히 서 있지를 못하였다. 총소리는 연달아 건너왔다. 그들은 무의식 간에 방 안으로 쫓기어 들어왔다. 이제야말로 건너 마을에는 무엇이든지 온 것이 확실하였다. 그리고 몇몇의 사람까지도 총에 맞아 죽었으리라 하였다. 이렇게 생각하고 나니 봉염이 어머니는 속에서 불길이 화끈화끈 올라와서 견딜 수가 없었다. 그러면서도 감히 방문 밖에까지 나오지는 못하였다. 무엇들이 이리로 달려오는 것만 같았던 것이다.

"어쩌누? 어쩌누? 봉식이라도 어서 오지 않구."

그는 벌벌 떨면서 이렇게 중얼거렸다. 암만해도 남편이 무사할 것 같지 않았던 것이다. 더구나 팡둥과 같이 남편이 앉았다가 아까 그 총소리에 무슨 일을 만났을 것만 같았다.

"이애 너 아버지가 팡둥과 함께, 함께 앉았디? 보았니?"

그는 목에 침기라고는 하나도 없고 가슴이 답답해 왔다. 봉염이도 풀풀 떨면서 말은 못하고 눈으로 어머니의 대답을 하였다. 그때 멀리서 신발 소리 같은 것이 들려오므로 그들은 부엌 구석의 토굴로 뛰어 들어가서 감자마대 뒤에 꼭 붙어 앉았다. 무엇들이 자기들을 죽이려고 이리 오는 것만 같았다. 한참 후에,

"어머니!"

부르는 봉식의 음성에 그들은 겨우 정신을 차리고 마주 아우성을 치고도 얼른 밖으로 나오지를 못하였다. 그들이 움 밖에까지 나왔을 때 또다시 우뚝 섰다. 그것은 봉식이가 전신에 피투성이를 했으며 그 옆에 금

방 내려 뉘인 듯한 그의 아버지의 목에서는 선혈이 샘처럼 흘렀다. 그의 어머니는,

"아!"

소리를 지르고 그 자리에 팔싹 주저앉았다. 그 다음 순간부터 그는 바보가 되어 멍하니 바라만 볼 뿐이었다. 봉식이는 어머니를 보며 안타까운 듯이,

"어머니는 왜 그러구만 있어요. 어서 이리 와요."

봉염이가 곧 어머니의 팔을 붙들었으나 그는 일어나다가 도로 주저앉으며,

"너 아버지, 너 아버지."

하고 중얼거릴 뿐이었다.

그 밤이 거의 새어올 때에야 봉염이 어머니는 겨우 정신을 차리고 목을 내어 어이어이 하고 울었다.

"넌 어찌 아버지를 만났니, 그때는 살았더냐? 무슨 말을 하시디?"

봉식이는 입이 쓴 듯이 입맛만 쩍쩍 다시다가,

"살게 머유!"

대답을 기다리는 어머니의 모양이 난처하여 이렇게 소리치고 나서 한숨을 후 쉬었다. 그리고 항상 아버지가 팡둥과 자X단원들에게 고맙게 구는 것이 어쩐지 위태위태한 겁을 먹었더니만 결국은 저렇게 되고야 말았구나 하였다. 아버지 생전에 이 문제를 가지고 부자가 서로 언쟁까지도 한 일이 있었으나 끝끝내 아버지는 자기의 뜻을 세웠다. 보다도 그의 입장이 그로 하여금 그렇게 하지 않고는 견디지 못하게 하였던 것이다.

아버지 생전에는 봉식이도 아버지를 그르다고 백 번 생각했지만 막상 아버지가 총에 맞아 넘어진 것을 용애 아버지에게 듣고 현장에 달려가서 보았을 때는 어쩐지 '너무들 한다!' 하는 분노와 함께 누가 그르고 옳은 것을 분간할 수가 없이 머리가 아뜩해지곤 하였다.

이튿날 아버지의 장례를 지낸 봉식이는 바람이나 쏘이고 오겠노라고 어디로인지 가버리고 말았다. 모녀는 봉식이가 오늘이나 내일이나 하고 돌아오기를 손꼽아 기다리나 그 봄이 다 지나도 돌아오기는 고사하고 소식조차 끊어지고 말았다. 그래서 그들은 기다리다 못해서 봉식이를 찾아서 떠났다. 월여를 두고 이리저리 찾아다니나 그들은 봉식이를 만나지 못하였다. 마침내 그들은 용정까지 왔다. 그것은 전에 봉식이가 "고학이라도 해서 나두 공부를 좀 해야지" 하고 용정에 들어왔다 나올 때마다 투덜거리던 생각을 하여 행여나 어느 학교에나 다니지 않는가 하였던 것이다. 그러나 그들 모녀가 학교란 학교 뜰에는 다 가서 기웃거리나 봉식이 비슷한 학생조차 만나지 못하였다. 그들이 마지막으로 TH학교까지 가보고 돌아설 때 봉식이가 끝없이 원망스러운 반면에 죽지나 않았는지? 하는 불안에 발길이 보이지를 않았다. 더구나 이젠 어디로 가나? 어디가서 몸을 담아 있나? 오늘밤이라도 어디서 자나? 이것이 걱정이요, 근심이 되었다.

해가 거의 져 갈 때 그들은 팡둥을 찾아갔다. 그들이 용정에 발길을 돌려놓을 때부터 팡둥을 생각하였다. 만일에 봉식이를 찾지 못하게 되면 팡둥이라도 만나서 사정하여 봉식이를 찾아달라고 하리라 하였던 것이다. 그들이 큰 대문을 둘이나 지나서 들어가니 마침 팡둥이 나왔던 것이다.

"왔소, 언제 왔소?"

팡둥은 눈을 크게 뜨고 반가운 뜻을 보이었다. 봉염이 어머니는 그의 반가워하는 눈치를 살피자 찾아온 목적을 절반 남아 성공한 듯하여 한숨을 남몰래 몰아쉬었다. 팡둥은 봉염의 머리를 내려쓸었다.

"그새 어디 갔어? 한 번 가서 없어서 섭섭했어."

"봉식이를 찾아 떠났어요. 봉식이가 어디 있을까요?"

봉염이 어머니는 가슴을 두근거리며 팡둥을 쳐다보았다.

"봉식이 만나지 못했어. 모르갔소."

팡둥은 알까 하여 맥없이 그의 입술을 쳐다보던 그는 머리를 숙였다. 팡둥은 그들 모녀를 데리고 방으로 들어갔다. 캉炕에 앉아 있는 팡둥의 아내인 듯한 나이 젊은 부인은 모녀와 팡둥을 번갈아 쳐다보며 의심스러운 눈치를 보이었다. 팡둥은 한참이나 모녀를 소개하니 그제야 팡둥 부인은,

"올라 앉아요."

하고 권하였다. 팡둥은 차를 따라 권하였다. 가벼운 찻내를 맡으며 모녀는 방 안을 슬금슬금 돌아보았다. 방 안은 시원하게 넓으며 캉이 좌우로 있었다. 캉 아래는 빛나는 돌로 깔리었으며 저편 창 앞에는 대리석으로 만든 테이블이 놓였고 그 위에는 검은 바탕에 오색 빛나는 화병 한 쌍을 중심으로 작고 큰 시계며, 유리단지에 유유히 뛰노는 금붕어 등, 기타 이름 모를 기구들이 테이블이 무겁도록 실리어 있다. 창 위 벽에는 팡둥의 사진을 비롯하여 가족들의 사진이며 약간 빛을 잃은 가화들이 어지

럽게 꽂히었다. 그리고 테이블에서 뚝 떨어져 이편 벽에는 선 굵은 불타의 그림이 조으는 듯하고 맞은편에는 문짝 같은 체경이 온 벽을 차지했으며 창문 밖 저편으로는 화단이 눈가가 서늘하도록 푸르렀다.

그들은 어떤 별천지에 들어온 듯 정신이 얼얼하였다. 그리고 그들의 초라한 모양에 새삼스럽게 더 부끄러운 생각이 들며 맘 놓고 숨 쉬는 수도 없었다.

팡둥은 의자에 걸어앉으며 궐련을 붙여 물었다.

"여기 친척 있어?"

봉염이 어머니는 머리를 들었다.

"없어요."

이렇게 대답하는 그는 팡둥이 어째서 친척의 유무를 묻는가를 생각할 때 전신에 외로움이 훨씬 끼친다. 동시에 팡둥을 의지하려고 찾아온 자신이 얼마나 가엾은가를 느끼며 팡둥의 어깨 너머로 보이는 화단을 물끄러미 바라보았다. 신록에 무르익은 저 화단! 그는 얼핏 '밭에 조 싹도 이젠 퍽이나 자랐겠구나! 김 매기 바쁠 테지. 내가 웬일이야, 김도 안 매구 가을에는 뭘 먹구 사나' 하는 걱정이 불쑥 일었다. 그리고 시선을 멀리 던졌을 때 티 없이 맑게 개인 하늘이 마치 멀리 논물을 바라보는 듯 문득 그들이 부치던 논이 떠오른다. 논귀까지 가랑가랑하도록 올라온 그 논물! 벼 포기도 퍽이나 자랐을 게다! 하며 다시 하늘을 쳐다보았을 때 그 하늘은 벼 포기 사이를 헤치고 깔렸던 그 하늘이 아니었느냐! 그 사이로 털이 푸르르한 남편의 굵은 다리가 철버덕철버덕 거닐지 않았느냐! 그는 가슴이 뜨끔해지며 다시 팡둥을 보았다. 남편을 오라고 하여 함께 앉았던 저 팡둥은 살아서 저렇게 있는데 그는 어찌하여 죽었는가 하며 이때껏 참았던 설움이 머리가 무겁도록 올라왔다.

"친척 없어. 어디 왔어?"

팡둥은 한참 후에 이렇게 채쳐 물었다. 목구멍까지 빼듯하게 올라온 억울함과 외로움이 팡둥의 말에 눈물로 변하여 술술 떨어진다. 그는 맥없이 머리를 떨어뜨리며 치맛귀를 쥐어다 눈물을 씻었다. 곁에 앉은 봉염이도 눈물을 보자 눈물이 글썽글썽해졌다. 모녀를 바라보는 팡둥은 난처하였다. 지금 저들의 눈치를 보니 자기에게 무엇을 얻으러 왔거나 그렇지 않으면 자기 집을 바라고 온 것임을 시간이 지날수록 깨달았다. 그는 불쾌하였다. 저들을 오늘로라도 보내려면 돈이라도 몇 푼 집어줘야 할 것을 느끼며 당분간 집에서 일이나 시키며 두어 둬 볼까? 하는 생각이 어렴풋이 들었다. 팡둥은 약간 웃음을 띠었다.

"친척 없어? 우리 집 있어. 봉식이가 찾아왔어 갔어, 응."

팡둥의 입에서 떨어지는 아들의 이름을 들으니 그는 원망스러움과 그리움, 외로움이 한데 뭉치어 견딜 수가 없었다. 그리고 팡둥의 말과 같이 '봉식이가 언제든지 나를 찾아오려나. 그렇지 않으면 제 아버지와 같이 어디서 어떤 놈에게 죽임을 당해서 다시는 찾지 않으려나?' 하는 의문이 들며 흑흑 느껴 울었다.

그 후부터 모녀는 팡둥 집에서 일이나 해주고 그날그날을 살아갔다. 팡둥은 날이 갈수록 그들에게 친절하게 굴었다. 그리고 어떤 때는 밤이 오래도록 그들이 있는 방에 나와서 이런 이야기 저런 이야기를 하여 주며 때로는 옷감이나 먹을 것 같은 것도 사다주었다. 그때마다 봉염이 어머니는 감격하여 밤 오래도록 잠들지 못하곤 하였다.

팡둥의 아내가 친정집에 다니러 간 그 이튿날 밤이다. 그는 팡둥의 아내가 말라 놓고 간 팡둥의 속옷을 재봉침에 하였다. 팡둥의 아내가 언제 올는지는 모르나 어쨌든 그가 오기 전에 말라 놓은 일을 다해야 그가 돌아와서 만족해 할 것이다. 그러므로 그는 밤잠을 못 자고 미싱을 돌렸다. 그는 이 집에 와서야 미싱을 배웠기 때문에 아직도 서툴렀다. 그래서 그는 바늘이 부러질세라, 기계에 고장이 생길세라 여간 조심이 되지를 않았다.

저편 팡둥 방에서 피리 소리가 처량하게 들려왔다. 팡둥은 밤만 되면 저렇게 피리를 불거나 그렇지 않으면 깡깡이를 뜯었다. 깡깡이 소리는 시끄럽고 때로는 강아지가 문짝을 할퀴며 어미를 부르는 듯하게 차마 듣지 못할 만큼 귓가에 간지러웠다. 그러나 저 피리 소리만은 그럴듯하게 들리었다.

일감을 밟고 씩씩하게 달려오는 바늘 끝을 바라보는 그는 한숨을 후쉬며 "봉식아 너는 어째서 어미를 찾지 않느냐" 하고 중얼거렸다. 그는 언제나 봉식이를 생각하였다. 낯선 사람이 이 집에 오는 것을 보면 행여 봉식의 소식을 전하려나 하여 그 사람이 돌아갈 때까지 주의를 게을리 하지 아니했다. 그러나 이렇게 기다리는 보람도 없이 그날도 그날같이 봉식의 소식은 막막하였다. 팡둥은 그들에게 고맙게 구나 팡둥의 아내는 종종 싫은 기색을 완연히 드러내었다. 그때마다 그는 봉식을 원망하고 그리워하며 운 적이 한두 번이 아니었다. 아무래도 장래까지는 이 집을 바라지 못할 일이요 어디로든지 가야 할 것을 그는 날이 갈수록 느꼈다. 그러나 마음만 초조할 뿐이요 어떻게 하는 수는 없었다. 그는 이러한 생각을 되풀이하며 팡둥의 아내가 없는 사이 팡둥보고 집세나 하나 얻어 달라고 해볼까? 하며 피리를 불고 앉았을 팡둥의 뚱뚱한 얼굴을 그려보았다. 그러나 '어찌 그런 말을 해, 집세를 얻더라도 무슨 그릇들이 있어야지. 아무것도 없이 살림을 어떻게 하누' 하며 등불을 물끄러미 바라보았다.

어느덧 피리 소리도 그치고 사방은 고요하였다. 오직 들리느니 잠든 봉염의 그윽한 숨소리뿐이다. 그는 등불을 휩싸고 악을 쓰고 날아드는 하루살이떼를 보며 문득 남편의 짧았던 일생을 회상하였다. '그렇게 살고 말 것을 반찬 한 번 맛있게 못 해주었지. 고춧가루만 땀이 나도록 먹구, 참……. 여기는 왜 소금 값이 그리 비쌀까? 그래도 이 집은 소금을 흔하게 쓰두먼. 그게야 돈 많으니 자꾸 사오니까 그렇겠지. 돈? 돈만 있으면 뭐든지 다 할 수가 있구나. 그 비싼 소금도 맘대로 살수가 있는 돈. 그 돈을 어째서 우리는 모으지 못했는가' 하였다.

그때 신발 소리가 자박자박 나더니 문이 덜그럭 열린다. 그는 놀라 휘끈 돌아보았다. 검은 바지에 흰 적삼을 입은 팡둥이 빙그레 웃으며 들어온다. 그는 얼른 일어나며 일감을 한 손에 들었다.

"앉았어! 일만 했어?"

팡둥의 시선은 그의 얼굴로부터 일감으로 옮긴다. 그는 등불 곁으로 다가앉으며 팡둥보고 이 말을 할까 말까? '집세 하나 얻어주시오' 하고 금방 입술 사이로 흘러나오는 것을 참으며 팡둥의 기색을 흘끔 살피었다.

"누구 옷이야? 내 해야?"

팡둥은 일감 한끝을 쥐어보다가,

"내 해야…… 배고프지 않아? 우리 방에 나가 찻물도 먹고 과자도 먹구, 응. 나갔어."

일감을 잡아당긴다. 그는 전 같으면 얼른 팡둥의 뒤를 따라 나갈 터이나 팡둥의 아내가 없는 것만큼 주저가 되었다.

"배고프지 않아요."

이렇게 말하는 그는 웬일인지 눈썹 끝에 부끄럼이 사르르 지나친다. 팡둥은 일감을 획 빼앗았다.

"가, 응. 자, 어서 어서."

그는 일감을 바라보며 어째야 좋을지 몰랐다. 그리고 이 기회를 타서 집세를 얻어달라고 할까 말까, 할까…….

"안 가?"

팡둥은 일어서며 아까와는 달리 어성을 높인다. 그는 가슴이 선뜻해서 얼른 일어났다. 그러나 비쭉비쭉 나가는 팡둥의 살찐 뒷덜미를 보았을 때 싫은 생각이 부쩍 들었다. 그리고 발길이 떨어지지를 않았다. 문밖을 나가던 팡둥은 휘끈 돌아보았다. 그 얼굴은 무어라고 형용할 수 없는 무서움을 띠었다. 그는 맥없이 캉을 내려섰다. 그리고 잠든 봉염이를 바라보았을 때 소리쳐 울고 싶도록 가슴이 답답하였다.

3. 해산

이듬해 늦은 봄 어느 날 석양이다. 봉염이 어머니는 바느질을 하다가 두 눈을 부비치며 방문을 바라보았다. 빨간 문 위에 처마 끝 그림자가 뚜렷하다. 오늘은 팡둥이 오려나, 대체 어딜 가서 그리 오래 있을까? 그는 또다시 생각하였다. 팡둥의 아내만 대하면 그는 묻고 싶은 것이 이 말이었다. 그러나 언제든지 새초롬해서 있는 그의 기색을 살피다가는 그만 하려던 말을 줄이치고 말았다. 그리고 이렇게 석양이 되면 오늘이나 오려나? 하고 가슴을 졸였다. 팡둥이 온대야 그에게 그리 기쁠 것도 없건만 어쩐지 그는 팡둥이 기다려지고 그리웠다. '오면 좋으련만……. 이번에는 꼭 말을 해야지. 무어라구?' 그 다음 말은 생각나지 않고 두 귀가 화끈댄다. '어떻거나. 그도 짐작이나 할까? 하기는 뭘 해. 남정들이 그러니 그렇게 내게 하리…….' 그는 팡둥의 얼굴을 머리에 그리며 원망스러운 듯이 바라보았다.

그날 밤 후로는 팡둥의 태도가 아무리 좋게 해석해도 냉랭해진 것만 같았다. 처음에는 점잖으신 어른이고 더구나 성미 까다로운 아내가 곁에 있으니 저러나 부다 하였으나 시일이 지날수록 원망스러움이 약간 머리를 들었다. 반면에 끝없는 정이 보이지 않는 줄을 타고 팡둥에게로 자꾸 쏠리는 것을 그는 느꼈다. 그는 한숨을 후 쉬며 이마 가에 흐르는 땀을 씻었다. 언제나 자기도 팡둥을 대하여 주저 없이 말도 건네고 사랑을 받아볼까? 생각만이라도 그는 진저리가 나도록 좋았다. 그러나 자기 주위를 둘러싸고 있는 모든 환경을 깨닫자 그는 울고 싶었다. 그리고 팡둥의 아내가 끝없이 부러웠다. 그는 시름없이 머리를 숙이며 원수로 애는 왜 배었는지 하며 일감을 들었다. 바늘 끝에서 떠오르는 그날 밤. 그날 밤의 팡둥은 성난 호랑이같이도 자기에게 덤벼들지 않았던가. 자기는 너무 무섭고도 두려워서 방 안이 캄캄하도록 늘인 비단 포장을 붙들고 죽기로써 반항하다가도 못 이겨서 애를 배게 되지 않았던가. 생각하면 자기의 죄 같지는 않았다. 그런데 왜 자기는 선뜻 팡둥에게 이 말을 하지 못하는가. 그리고 그렇게 먹고 싶은 냉면도 못 먹고 이때까지 참아왔던가. 모두가 자기의 못난 탓인 것 같다. '왜 말을 못 해. 왜 주저해. 이번에는 말할 테야. 꼭 할 테야. 그리고 냉면도 한 그릇 사다 달라지' 하며 그는 눈앞에 냉면을 그리며 침을 꿀걱 삼켰다. 그러나 이 생각은 헛된 공상임을 깨달으며 한숨을 푸 쉬면서도 픽 하고 웃음이 나왔다. 모든 난문제가 산과 같이 자기를 둘러싸고 있거늘 어린애같이 먹고 싶은 생각부터 하는 자신이 우습고도 가련해 보였던 것이다. 그러나 먹고 싶은 것은 어쩔 수 없다. 목이 가렵도록 먹고 싶다. 냉면만 생각하면 한참씩은 안절부절할 노릇이다.

그가 뱃속에 애든 것을 알게 되었을 때 유산시키려고 별 짓을 다하여 보았다. 배를 쥐어박아도 보고 일부러 칵 넘어지기도 하며 벽에다 배를 탕탕 부딪쳐도 보았다. 그러고도 유산이 되지를 않아서 나중에는 양잿물을 마시려고 캄캄한 밤중에 그 몇 번이나 일어앉았던가. 그러면서도 그 순간까지도 냉면은 먹고 싶었다. 누가 곁에다 감추고서 주지 않는 것만 같았다. 그렇게 먹고 싶은 냉면을 못 먹어 보고 죽는다는 것은 너무나 애달픈 일이다. 더구나 봉염이를 생각하고는 그만 양잿물 그릇을 쏟고 말았던 것이다.

식수가 차올수록 그는 어쩔 줄을 몰랐다. 우선 남의 눈에 들키지나 않으려고 끈으로 배를 꼭꼭 동이고 밥도 한두 끼니는 예사로 굶었다. 그리고 될 수 있는 대로 사람을 피하여 이렇게 혼자 일을 하곤 하였다.

그때 지르릉 하는 마차馬車 소리에 그는 머리를 번쩍 들었다. 팡둥 방에서 뛰어나가는 신발 소리가 나더니 바바! 바바! 하고 팡둥의 어린애들이 떠드는 소리가 들린다. 그는 왔구나! 하였다. 따라서 가슴이 후닥닥 뛰며 뱃속의 애까지 빙빙 돌아간다. 그는 치마 주름이 들썩들썩 하는 것을 보자 배를 꾹 눌렀다. 신발 소리가 이리로 오므로 그는 얼른 일어났다. 그리고 팡둥이 혹시 나를 보러오는가 하였다.

"어머이, 팡둥 왔어. 그런데 팡둥이 어머이를 오래."

봉염이는 문을 열고 들여다본다. 그는 팡둥이 아님에 다소 실망을 하면서도 안심되었다. 그러나 팡둥이 자기를 보겠다고 오라는 말을 들으니 부끄럼이 확 끼치며 알 수 없는 겁이 더럭 났다. 그리고 말을 할 수 없이 입이 다물어지며 손발이 후둘후둘 떨린다.

"어머이, 어디 아파?"

봉염이는 중국 계집애 같이 앞머리카락을 보기 좋게 잘랐다. 그는 머리카락 사이로 눈을 동그랗게 뜨고 어머니를 말뚱히 쳐다본다. 그는 딸에게 눈치를 보이지 않으려고 머리를 돌리며,

"아니."

봉염이는 한참이나 무슨 생각을 하더니,

"어머이, 팡둥이 성난 것 같아 왜."

"왜, 어쩌더냐?"

"아니, 글쎄 말야."

봉염이는 솥 가에서 닳아져서 보기 싫게 된 그의 손톱을 들여다보면

서 아까 팡둥의 얼굴을 생각하였다. 그때 팡둥의 아내 소리가 빽 하고 났다.

"뭣들 하기 그러고 있어. 어서 오라는데."

심상치 않은 그의 어성에 그들은 일시에 불길한 예감을 품으면서 팡둥 방으로 왔다. 팡둥은 어린애를 좌우로 안고서 모녀를 바라보았다. 그리고 잠깐 눈쌀을 찌푸리며 눈을 거칠게 뜬다. 팡둥의 아내는 입을 비쭉하였다.

"흥, 자식을 얼마나 잘 두었기에 애비 원수인 공산당에 들었을까. 그런 것들은 열 번 죽여도 좋아…… . 우리는 공산당 친척은 안 돼. 공산당과는 우리는 원수야. 오늘부터는 우리 집에 못 있어. 나가야지."

모녀를 딱 쏘아본다. 모녀는 갑자기 무슨 말인지를 알아들을 수가 없었다. 그리고 머리가 쩔쩔해 왔다.

"이번 쟝궤듸가 국자가 가서 네 오빠 죽이는 것을 보았단다."

모녀는 어떤 쇠방망이로 머리를 사정없이 후려치는 듯 아뜩하였다. 한참 후에 봉염이 어머니는 팡둥을 바라보았다. 팡둥은 그의 시선을 피하여 어린애를 보면서도 그 말이 옳다는 뜻을 보이었다. 그는 한층 더 아찔하였다. 그 애가 참말인가, 하고 그는 속으로 부르짖었다.

"어서 나가! 만주국에서는 공산당을 죽이니깐."

팡둥의 아내는 귀걸이를 흔들면서 모녀를 밀어내었다. 모녀는 암만 그들이 그래도 그 말이 참말 같지 않았다. 그리고 속 시원히 팡둥이가 말을 해주었으면 하였다. 팡둥은 그들을 바라보자 곧 불쾌하였다. 그날 밤 그의 만족을 채운 그 순간부터 어쩐지 발길로 그의 엉덩이를 냅다 차고 싶게 미운 것을 느꼈다. 그 다음부터 그는 봉염이 어머니와 마주 서기를 싫어하였다. 그러나 살림에 서투른 젊은 아내를 둔 그는 그들을 내보내면 아무래도 식모든지 착실한 일꾼이든지를 두어야겠으니 그러자면 먹여주고도 돈을 주어야 할 터이므로 오늘 내일하고 이때까지 참아왔던 것이다. 보담도 내보낼 구실 얻기가 거북하였던 것이다.

그러던 차에 이번 국자가에서 봉식이 죽는 것을 보고서는 곧 결정하였다. 무엇보다도 공산당의 가족이니 만큼 경비대원들이 나중에라도 알면 자신에게 후환이 미칠까 하는 생각이었고 또 하나는 자기가 극도로 공산당을 미워하느니 만큼 공산당이라는 말만 들어도 소름이 끼쳐서 못 견디었던 것이다.

아내에게 밀리어 문밖으로 나가는 모녀를 바라보는 팡둥은 봉식의 죽던 광경이 다시 떠오른다.

친구와 교외에 나갔다가 공산당을 죽인다는 바람에 여러 사람의 뒤를 따라가서 들여다보니 벌써 십여 명의 공산당을 죽이고 꼭 하나가 남아 있었다. 그는 좀 더 빨리 왔더면 하고 후회하면서 사람들의 틈을 뻐기고 들어갔다. 마침 경비대에게 끌리어 한가운데로 나앉은 공산당은 봉식이가 아니었느냐! 그는 자기 눈을 의심하고 몇 번이나 눈을 부비친 후에 보았으나 똑똑한 봉식이었다. 전보다 얼굴이 검어지고 거칠게 보이나마 봉식이었다. 그는 기침을 칵 하며 봉식이가 들으리 만큼 욕을 하였다. 그리고 행여 봉식이가 돈을 벌어가지고 어미를 찾아오면 자기의 생색도 나고 다소 생각함이 있으리라고 하였던 것이 절망이 되었다.

누런 군복을 입은 경비대원 한 사람은 시퍼런 칼날에 물을 드르르

부었다. 그러니 물방울이 진주같이 흐른 후에 칼날은 무서우리 만큼 빛났다. 경비대원은 칼날을 들여다보며 싱뻑 웃는다. 그리고 봉식이를 바라보았다. 봉식이는 얼굴이 새하얗게 질리고도 기운 있게 버티고 있었다. 그리고 입모습에는 비웃음을 가득히 띠고 있다. 팡둥은 그 웃음이 여간 불쾌하지 않았다. 그리고 어느 때인가 공산당에게 위협을 당하던 그 순간을 얼핏 연상하며 봉식이가 확실히 공산당이라는 것을 의심하지 않았다. 그러자 칼날이 번쩍할 때 봉식이는 소리를 버럭 지른다. 어느새 머리는 땅에 떨어지고 선혈이 솩 하고 공중으로 뻗칠 때 사람들은 냉수를 잔등에 느끼고 흠칫 물러섰다.

생각만이라도 팡둥은 소름이 끼치어서 어린애를 꼭 껴안으며 어서 모녀가 눈에 보이지 않기를 바랐다. 모녀는 문밖에까지 밀리어 나오고도 팡둥이가 따라 나오며 말리려니 하였다. 그러나 그들이 보따리를 가지고 대문을 향할 때까지 팡둥은 가만히 있었다. 봉염이 어머니는 노염이 치받치어 획 돌아서서 유리창을 통하여 바라보이는 팡둥의 뒷덜미를 노려보았다. 미친 듯이 자기를 향하여 덤벼들던 저 팡둥이. 그가 무어라고 소리를 지르려고 할 때 팡둥의 아내와 웬 알지 못할 사나이가 그를 돌려세우며 그들을 밖으로 내몰았다.

그들은 정신없이 시가를 벗어나 해란강변으로 나왔다. 강물이 앞을 막으니 그들은 우뚝 섰다. 어디로 가나? 하는 생각이 분에 흩어졌던 그들의 생각을 집중시켰다. 그들은 눈을 들었다. 해는 뉘엿뉘엿 서산에 걸렸는데 저 멀리 보이는 마을 앞에 둘러선 버들 숲은 흡사히도 그들이 살던 싼더거우三頭溝 앞에 가로놓였던 그 숲과도 같았다. 그곳에는 아직도 남편과 봉식이가 있을 것만 같았다. 그러나 다시 한번 눈을 부비치고 보았을 때 봉염이 어머니는 털썩 주저앉았다. 그리고 소리 높이 흐르는 강물을 들여다보며 그만 죽고 말까 하였다. 동시에 이때까지 거짓으로만 들리던 봉식의 죽음이 새삼스럽게 더 걱정이 되며 가슴이 쪼개지는 듯하였다. 그러나 그 말은 믿고 싶지 않았다. 봉식이는 똑똑한 아이다. 그러한 아이가 애비 원수인 공산당에 들었을 리가 없을 듯하였다.

그것은 자기 모녀를 내보내려는 거짓말이다.

"죽일 년, 그년이 내 아들을 공산당이라구. 에이 이 년놈들, 벼락 맞을라. 누구를 공산당이래……. 너희 놈들이 그리고 뒈질 때가 있을라. 누구를 공산당이래."

봉염이 어머니는 시가를 돌아보며 이를 북북 갈았다. 시가에는 수없는 벽돌집이 다닥다닥 붙어 앉았다.

저렇게 많은 집이 있건만 지금 그들은 몸담아 있을 곳도 없어 이리 쫓기어 나오는 생각을 하니 기가 꽉 찼다. 그리고 저자들은 모두가 팡둥 같은 그런 무서운 인간들이 사는 것 같아 보였다. 이렇게 원망스러우면서도 이리로 나오는 사람만 보이면 행여 팡둥이가 나를 찾아 나오는가 하여 가슴이 뜨끔해지곤 하였다.

어스름 황혼이 그들을 둘러쌀 때에 그들은 더욱 난처하였다. 봉염이는 훌쩍훌쩍 울면서,

"오늘밤은 어데서 자누? 어머이."

하였다. 그는 순간에 팡둥 집으로 달려 들어가서 모조리 칼로 찔러 죽이고 자기들도 죽고 싶은 충동이 강하게 일어났다. 그래서 그는 벌떡 일어

났다. 그러나 그의 앞으로 끝없이 걸어 나간 대철로를 바라보았을 때 소식 모르는 봉식이가 어미를 찾아 이 길로 터벅터벅 걸어올 때가 있지 않으려나……. 그리고 또다시 팡둥의 말과 같이 아주 죽어서 다시는 만나지 못하려나 하는 의문에 그는 소리쳐 울고 싶었다. '속 시원히 국자가를 가서 봉식의 소식을 알아볼까. 그러자. 그 후에 참말이라면 모조리 죽이고 나도 죽자!' 이렇게 결심하고 어정어정 걸었다.

그날 밤 그들은 해란강변에 있는 중국인 집 헛간에서 자게 되었다. 그것도 모녀가 사정을 하고 내일 시장에 내다 팔 시금치 나물과 파 등을 다듬어 주고서 승낙을 받았다. 봉염이 어머니는 밤이 깊어 갈수록 배가 자꾸 아팠다. 그는 애가 나오려나 하고 직각하면서 봉염이가 잠 들기를 고대하였다. 그러나 잠이 많던 봉염이도 오늘은 잠들지 않고 팡둥 부처를 원망하였다. 그리고 이때까지 몸 아끼지 않고 일해 준 것이 분하다고 종알종알 하였다.

"용애는 잘 있는지. 우리 학교는 학생이 많은지."

잠꼬대 비슷이 봉염이는 지껄이다가 그만 잠이 들고 만다. 그의 어머니는 한숨을 후 쉬며 어서 봉염이가 잠든 틈을 타서 나오면 얼른 죽여서 해란강에 띄우리라 결심하였다.

그리고 배를 꾹꾹 눌렀다.

바람 소리가 후루루 나더니 빗방울이 후두두 떨어진다.

그는 되기 딴은 잘 되었다 하였다. 이런 비오는 밤에 아무도 몰래 애를 낳아서 죽이면 누가 알랴 싶었던 것이다.

그리고 그는 봉염이 몸을 어루만지며 낡은 옷으로 그의 머리까지 푹 씌워 놨다. 비는 술술 새기 시작하였다.

그는 봉염이가 비에 젖었을까 하여 가만히 그를 옮겨 누이고 자기가 비 새는 곳으로 누웠다. 비는 차츰 기세를 더하여 좍좍 퍼부었다. 그리고 그의 몸도 점점 더 아팠다.

그는 봉염이가 깰세라 하여 입술을 깨물고 신음소리를 밖에 내지 않으려고 애썼다. 그러나 신음소리가 콧구멍을 뚫고 불길같이 확확 내달았다. 그리고 빗방울은 그의 머리카락을 타고 목덜미로 입술로 새어 흐른다.

"어머이!"

봉염이는 벌떡 일어나서 어머니를 더듬었다.

"에그 척척해."

어머니의 몸을 만지는 그는 정신이 번쩍 들었다. 그리고 비가 오는 것을 알았다.

"비가 새네. 아이고 어떡허나."

딸의 말소리도 이젠 들리지 않고 딸이 들을세라 조심하던 신음소리도 더 참을 수가 없었다. 그는 "으흥 으흥" 하면서 몸부림쳤다. 머리로 벽을 쾅쾅 받다가도 시원하지 않아서 손으로 머리를 감아쥐고 오짝오짝 뜯었다.

봉염이는 어머니를 흔들다가 흔들다가 그만 "흑흑" 하고 울었다.

어머니는 봉염이를 밀치며 "응응" 하고 힘을 썼다. 한참 후에 "으악!" 하는 애기 울음소리가 들렸다. 봉염이는 어머니 곁으로 다가붙으며,

"애기?"

하고 부르짖었다.

어머니는 얼른 애기를 더듬어 그의 목을 꼭 쥐려 하였다.

그 순간 두 눈이 화끈 달며 파란 불꽃이 쌍으로 내달았다.

그리고 전신을 통하여 짜르르 흐르는 모성애! 그는 자기의 숨이 턱 막히며 쥐려는 손끝에 맥이 탁 풀리는 것을 느꼈다.

그는 땀을 낙수처럼 흘리며 비켜 누워버렸다. 그리고

"아이구!"

하고 소리쳐 울었다.

4. 유모

애기를 죽이려다 죽이지 못하고 또 무서운 진통기를 벗어난 봉염이 어머니는 이제는 극도로 배고픔을 느꼈다. 지금 따끈한 미역국 한 사발이면 그의 몸은 가뿐해질 것 같다. 미역국! 지난날에는 남편이 미역국과 흰 이밥을 해가지고 들어와서 손수 떠 넣어주던 것을…… 하며 눈을 꾹 감았다. 비에 젖고 또 피에 젖은 헛간 바닥에서는 흙내에 피비린내를 품은 역한 냄새가 물큰물큰 올라왔다. 어떡하나? 내가 무엇이든지 먹구 살아야 저것들을 키울 터인데, 무엇을 먹나. 누가 지금 냉수라도 짤짤 끓여다가만 주어도 그 물을 마시고 정신을 차릴 것 같다. 그러나 그는 흙을 주워 먹기 전에는 아무것도 먹을 것이 없지 않은가. '봉염이를 깨울까. 그래서 이 집주인에게 밥이나 좀 해 달랄까. 아니 아니, 못할 일이야. 무슨 장한 애를 낳았다고 그러랴. 그러면 어떻게? 오래지 않아 날이 밝을 터이니 아침에나 주인집에서 무엇이든지 얻어먹지……' 하였다. 그리고 눈을 번쩍 떠서 뚫어진 헛간 문을 바라보았다. 아직도 캄캄하였다. '날이 언제나 새려나, 이 집에는 닭이 없는가 있는가' 하며 귀를 기울였다. 사방은 죽은 듯이 고요하다. 간혹 채마밭에서 나는 듯한 벌레 소리가 어두운 밤에 별빛 같은 그러한 느낌을 던져주었다. 그는 애기를 그의 뛰는 가슴속에 꼭 대며 자기가 아무렇게서라도 살아야 할 것 같았다. "내가 왜 죽어, 꼭 산다. 너희들을 위하여 꼭 산다" 하고 중얼거렸다. 애를 낳기 전에는, 아니, 보다도 이 아픔을 겪기 전에는, 죽는다는 말이 그의 입에서 떠나지 않았고 또 진심으로 죽었으면 하고 생각도 많이 하였다. 그러나 마침 죽음과 삶의 경계선에서 아차 아차한 고비를 넘기고 겨우 소생한 그는 어쩐지 죽고 싶지는 않았다. 오히려 삶의 환희를 느꼈다. 그가 하필 이번뿐만이 아니라 이러한 경우를 여러 번 당하였으나 그러나 남편의 생전에는 죽음에 대하여 한 번도 생각해보지도 않았으며 역시 죽고 싶지도 않았다. 그래서 죽음이란 아무 생각 없이 대하였을 뿐이었다.

이튿날 봉염이 어머니는 곤히 자는 봉염이를 흔들어 깨웠다. 봉염이는 벌떡 일어났다.

"너 이거 내다가 빨아오너라. 그저 물에 헤우면 된다."

피에 젖은 속옷이며 걸레뭉치를 뭉쳐서 그의 손에 들려주었다. 그때 봉염이 어머니는 어쩐지 딸이 어려웠다. 그리고 딸의 시선이 거북스러움을 느꼈다. 봉염이는 아직도 가슴이 울렁거리며 모두가 꿈속에 보는 듯 분명하지를 않고 수없는 거미줄 같은 의문과 공포가 그의 조그만 가슴을 꼭 채웠다. 그는 얼른 일어나 밖으로 나왔다. 그의 어머니는 딸이 나가는 것을 보고 저것이 추울 터인데, 하며 자신이 끝없이 더러워 보였다.

봉염의 신발 소리가 아직도 사라지기 전에 그는 애기의 얼굴을 자세히 들여다보았다. 볼수록 뭉치 정이 푹푹 든다. 그리고 애기의 얼굴에 얼굴을 맞대지 않고는 견디지 못하였다. 주인집에서 깨어 부산하게 구는 소리를 그는 들으며 '밥을 하는가, 밥을 좀 주려나, 좀 주겠지' 하였다. 그리고 미역국 생각이 또 일어나며 김이 어린 미역국이 눈앞에 자꾸 어른거려 보인다. 따라서 배는 점점 더 고파왔다. 이제 몇 시간만 더 이 모양으로 굶었다가는 그가 아무리 살고 싶어도 살 수가 없을 것 같았다. 그는 이러한 생각에 겁이 펄쩍 났다. '무엇을 좀 먹어야 할 터인데.' 그는 눈을 뜨고 사면을 휘돌아보았다. 아직도 헛간은 컴컴하다. 컴컴한 저편 구석으로 약간씩 보이는 파뿌리! 그는 어제 저녁에 주인 여편네가 오늘 장에 내다 팔 파를 헛간으로 옮겨 쌓던 생각을 하며, '옳다! 아무 거라도 좀 먹으면 정신이 들겠지' 하고 얼른 몸을 솟구어 파뿌리를 뽑았다. 그러나 주인이 나오는 듯하여 그는 몇 번이나 뽑은 파를 입에 대다가도 감추곤 하였다. 마침내 그는 파를 입 속에 넣었다. 그리고 우쩍 씹었다. 그때 이가 시끔 하며 딱 맞질린다. 그래서 그는 얼굴을 찡그리며 입을 쩍 벌린 채 한참이나 벌리고 있었다.

침이 턱밑으로 흘러내릴 때에야 그는 얼른 손으로 침을 몰아넣으며 이 침이라도 목구멍으로 삼켜야 그가 살 것 같았다. 그는 다시 파를 입에 넣고 이번에는 씹지는 않고 혀끝으로 우물우물 하여 목으로 넘겼다. 넘어가는 파는 왜 그리도 차며 뻣뻣한지, 그의 목구멍은 찢어지는 듯 눈물이 쑥 빠어졌다. '파를 먹고도 사는가.' 그는 이렇게 생각하며 헛간 문 사이로 보이는 하늘을 멍하니 쳐다보았다.

그때 신발 소리가 나며 헛간 문이 홱 열린다.

"어머이, 용애 어머이를 빨래터에서 만났어. 그래서 지금 와!"

말이 채 마치기 전에 용애 어머니가 들어온다. 봉염이 어머니는 얼결에 일어나 그의 손을 붙들고 소리를 내어 울었다. 용애 어머니는 쌘더거우서 한 집안같이 가까이 지내었던 것이다. 그래서 봉염이를 따라 이렇게 왔으나 그들의 참담한 모양에 반가움이란 다 달아나고 내가 어째서 여기를 왔던가 하는 후회가 일었다. 그리고 뭐라고 위로할 말조차 생각나지 않았다.

"아니 봉염이 어머니, 이게 어찌된 일이요."

한참 후에 용애 어머니는 입을 열었다. 봉염이 어머니는 울음을 그치고,

"다 팔자 사나워 그렇지요. 왜 죽지 않고 살았겠수……. 그런데 언제 내려왔수. 여기를?"

"우리? 작년에 모두 왔지. 우리 동네서는 모두 떠났다오. 토벌난 통에 모두 밤도망들을 했지. 어디 농사할 수가 있어야지. 그래 여기 내려오니 이리 어렵구려."

봉염이 어머니는 픽이나 반가웠다. 그리고 용애 어머니를 놓쳐서는 안 될 것을 번개같이 깨달으며 모든 것을 숨김없이 말하고 사정하리라고 결심하였다.

"용애 어머이, 난 아이를 낳았다우. 어젯밤에 이걸…… 어떡하우. 사

람 하나 살리는 셈치고 날 며칠 동안만 집에 있게 해 주. 어떡하겠수. 나 같은 년 만나기가 불찰이지…….”

그는 말끝에 또다시 울었다. 용애 어머니를 만나니 남편이며 봉식의 생각까지 겹쳐 일어나는 동시에 어째서 남은 다 저렇게 영감이며 아들딸을 데리고 다니며 잘 사는데 나만이 이런 비운에 빠졌는가 하는 생각이 들었던 것이다.

용애 어머니는 한참이나 난처한 기색을 띠우다가 한숨을 푹 쉬었다.

“그러시유. 할 수 있소.”

용애 어머니는 더 물으려고도 안 하고 안 나오는 대답을 이렇게 겨우 하였다. 뒤에서 가슴을 졸이고 있던 봉염이까지 구원받은 듯하여 한숨을 호 내쉬었다.

“고맙수. 그 은혜를 어찌 갚겠수.”

봉염이 어머니는 떨리는 음성으로 이렇게 말하고 봉염에게 애기를 업혀주었다. 용애 어머니는 ‘이렇게 모녀를 데리고 가나? 남편이 뭐라고 나무라지나 않으려나?’ 하는 불안에 발길이 무거워졌다.

용애네 집으로 온 그들은 사흘을 무사히 지냈다. 용애 어머니는 남의 빨래 삯을 맡아 날이 채 밝지도 않아서 빨랫가로 달아나고 용애 아버지는 철도 공사 인부로 역시 그랬다. 그래서 근근이 살아가는 것을 보는 봉염이 어머니는 그들을 마주 바라볼 수 없이 어려웠다. 그래서 얼른 일어나고 말았다. 그날 저녁 봉염이 어머니는 빨랫가에서 돌아오는 용애 어머니를 보고,

“나두 남의 빨래를 하겠으니 좀 맡아다 주.”

용애 어머니는 눈을 크게 떴다.

"어서 더 눕고 있지, 웬일이요…… 어려워 말우."

용애 어머니는 갑자기 무슨 생각이 난 듯이 눈을 껌뻑이더니 다가앉았다. 부엌에서는 용애와 봉염이 종알거리는 소리가 들렸다.

"아니, 저 나 빨래 맡다 하는 집엔 젖유모를 구하는데…… 애가 딸렸다더라도 젖만 많으면 두겠다구 해. 그 대신 돈이 좀 적겠지만…… 어떠우?"

봉염이 어머니는 귀가 번쩍 뜨였다.

"참말이요? 애가 있어도 된대요?"

용애 어머니는 이 말에는 우물쭈물하고,

"하여간 말이야. 한 달에 십이삼 원을 받으면 집 세 얻어서 봉염이와 애기는 따루 있게 하고, 애기에겐 봉염이 어머니가 간간이 와서 젖을 먹이고 또 우유를 곁들이지 어떡허나. 큰애 같지 않아 갓난애니까 저게서 알면 재미는 좀 적을 게요. 그러니 우선은 큰애라고 속이고 들어가야지. 그러니 그렇게만 되면 그 벌이가 아주 좋지 않우."

봉염이 어머니는 벌이 자리가 난 것만 다행으로 가슴이 뛰도록 기뻤다.

"그러면 어떻게든지 해서 들어가도록 해주우"

하였다. 그리고 돈만 그렇게 벌게 되면 이 집에 신세진 것은 꼭 갚아야겠다 하며 자는 애기를 돌아보았을 때 '저것을 떼고 남의 애에게 젖을 먹여?' 하였다.

며칠 후에 몸이 다소 튼튼해진 봉염이 어머니는 드디어 젖유모로 채용이 되어 애기와 봉염이를 떨치고 가게 되었다. 그리고 봉염이와 애기는 조그만 방을 세 얻어 있게 하였다. 그 후부터 애기는 봉염이가 맡아서 길렀다. 애기는 매일같이 밤만 되면 불이 붙는 것처럼 울고 자지 않았다. 그때마다 봉염이는 애기를 업고 잠 오는 눈을 꼬집어 당기면서 방 안을 거닐었다. 그리고 나중에는 애기와 같이 소리를 내어 울면서 어두운 문밖을 내다보곤 하는 때가 종종 있었다.

이렇게 지나가기를 한 일 년이 되니 애기는 우는 것도 좀 나아지고 오줌이며 똥도 누겠노라고 낑낑대었다. 봉염이는 애기를 잘 거두어 주다가도 동무가 놀러왔는데 자꾸 운다든지 제 장난감을 흐뜨러 놓는다든지 하면 애기를 사정없이 때리었다. 그리고 미처 오줌과 똥을 누겠노라고 못하고 방바닥에 싸 놓으면 사뭇 죽일 것 같이 애기를 메치며 때리곤 하였다. 그것은 애기가 미워서 때리는 게 아니고 제 몸이 고달프고 귀찮으니 그렇게 하는 것이었다. 애기의 이름은 봉염이 이름자를 붙여서 봉희라고 지었다. 봉희는 이젠 우유를 안 먹고 간간이 어머니의 젖과 밥을 먹었다. 그는 이제야 겨우 빨빨 기었다. 그리고 때로는 오뚝 일어서고 자착 자착 걸었다. 그러나 눈치는 아주 엉뚱나게 밝았다. 그러므로 어떤 때는 똥과 오줌을 방바닥에 싸 놓고도 언니가 때릴 것이 무서워서 "으아" 하고 때리기 전부터 미리 울곤 하였다. 그리고 어떤 때는 봉염이가 동무와 놀 양으로 봉희를 보고 자라고 소리치면 봉희는 잠도 안 오는 것을 눈을 꼭 감고서 땀을 뻘뻘 흘리며 차는 체하였다. 그가 돌이 지나도록 자란 것은 뼈도 아니요, 살도 아니요, 눈치와 머리통뿐이었다. 머리통은 조그만 바가지통만은 하였다. 그리고 머리통이 몹시도 굳었다. 그러나 이 머리통을 싸고 있는 머리카락은 갓 나던 그대로 노란 것이 나

스스 하였다. 어쨌든 그의 전체에서 멍 붙어 보이는 곳이란 이 머리통같이도 보이고, 혹은 이 머리통이 너무 체에 맞지 않게 크므로 못 이겨서 오래 살지 못하고 죽을 것 같이도 무겁게 보이곤 하였다.

봉희는 어머니를 알아보았다. 그래서 어머니가 왔다 갈 때마다 그는 번번이 울었다. 그때마다 삼 모녀는 서로 붙안고 한참씩이나 울다가 헤어지곤 하였다.

어느 여름날이다. 봉염이는 열병에 걸려 밥도 못 지어 먹고서 자리에 누워 있었다. 온몸이 불같이 뜨거워서 미처 어디가 아픈지도 알아낼 수가 없었다. 곁에서 봉희는 "앵앵" 울었다. 봉염이는 어머니나 와 주었으면 하면서 어제 먹다 남은 밥을 봉희의 앞에 놓아주었다. 봉희는 울음을 그치고 밥을 퍼 넣는다. 봉염이는 눈을 딱 감고 팔을 이마에 올려놓았다. 그러다 신발 소리 같아 눈을 번쩍 떠서 보면 어머니는 아니요, 곁에서 봉희가 밥그릇 쥐어 당기는 소리다. 그는 화가 버럭 났다.

"잡놈의 계집애, 한자리에서 먹지 여기저기 다니며 버려 놓니!"

눈을 부릅떴다. 봉희는 금시 울음이 터져 나오는 것을 참으며 입을 비죽비죽 하였다. 그리고 문을 돌아보았다. 필시 봉희도 어머니를 찾는 것이라고 봉염이는 얼른 생각되었을 때 그는 "어머이!" 하고 소리치고 싶은 충동을 강하게 받았다. 그는 입술을 꼭 다물고 한참이나 울 듯 울 듯이 봉희를 바라다보았다.

"봉희야, 너 엄마 보고 싶니? 우리 갈까?"

그는 누가 시켜주는 듯이 이런 말을 쑥 뱉었다. 봉희는 물끄러미 보더니 밥술을 뎅그렁 놓고 달려온다. 봉염이는 '아차 내가 공연한 말을 했구나!' 후회하면서 봉희를 힘껏 껴안았다. 그때 두 줄기 눈물이 그의 볼에 뜨겁게 흘러내리는 것을 그는 깨달았다.

"어머이는 왜 안 나와. 오늘은 꼭 올 차례인데. 그렇지 봉희야!"

봉희는 아무것도 모르고,

"응."

하고 대답할 뿐이었다.

"어서 밥 머. 우리 봉희는 착해."

봉염이는 봉희의 머리를 내려쓸고 내려눴다. 봉희는 또다시 밥술을 쥐고 밥을 먹었다. 봉염이는 멍하니 천청을 바라보았다. 언제인가 어머니가 와서 깨끗이 쓸어주고 가던 거미줄을 또다시 연기같이 슬어 붙었다. "어머이는 거미줄이 슬었는데두 안 온다니" 하였다. 그 후에도 어머니는 몇 번이나 왔건만 그 기억은 아득하여 이런 말을 하지 않고는 견디지 못하였다. 그는 돌아누우며 '어머니가 조반을 먹구서 명수를 업구 문밖을 나오나……. 에크 이젠 되놈의 상점은 지났겠다. 이젠 문 앞에 왔는지도 모르지' 하고 다시 문 편을 흘끔 바라보았다. 그러나 신발 소리는 들리지 않았다. 오직 봉희가 술 구르는 소리뿐이다.

그는 벌떡 일어나서 문을 탁 열어젖혔다. 봉희는 어쩐 까닭을 모르고 한참이나 언니를 말끄러미 바라보다가 발발 기어왔다.

그는 코에서 단김이 확확 내뿜는 것을 깨달으며 팔싹 주저앉았다.

밖에는 곁집 부인이 흰 빨래를 울바자에 바삭바삭 소리를 내며 널고 있었다. 바자 밖으로 넘어오는 손끝은 흡사히 어머니의 다정한 그 손인 듯, 그리고 금시로 젖비린내를 가득히 피우는 어머니가 저 바로 밖에 섰는 듯하였다. 그는 젖비린내 속에 앉아 있으면 어쩐지 맘이 푹 놓이고 평안함을 느꼈다.

그는 못 견디게 어머니 품에 자기의 다는 몸을 탁 안기고 싶었다. 그는 목이 마른 듯하여 물을 찾았다. 그래서 봉희가 밥 말아 먹던 물을 마셨지만은 어쩐지 더 답답하였다.

이렇게 자리에 못 붙고 안타까워하던 그는 어느새 잠이 들었다가 무엇에 놀라 후닥닥 깨었다.

그의 얼굴에 수없이 붙었던 파리 소리만이 웽웽하고 났다.

그는 얼른 봉희가 없는데 정신이 바짝 들었다.

뒤이어 '어머니가 왔었나? 그래서 봉희만 데리고 어디를 나갔나' 하는 생각이 들자 그만 발악을 하고 울고 싶었다. 그는 미친 듯이 달려 일어났다. 그래서 밖으로 튀어나가니 어머니와 봉희는 보이지 않았다. 그리고 찌는 듯한 더위는 마당이 붉어지도록 내려 쪼인다. '어디 갔을까? 어머니가?' 하고 울 밖에까지 쫓아나갔다가 앞집 부인을 만났다.

"우리 어머이 못 봤수?"

"못 봤어……. 왜 어디 아프냐? 너."

어머니 못 봤다는 말에 더 말하고 싶지 않은 그는 눈이 벌개서 찾아다니다가 방으로 들어왔다. 그때 뒤뜰에서 무슨 소리가 나므로 벌떡 일어나 뛰어나갔다.

저편 뜨물 동이 옆에는 봉희가 붙어 서서 그 큰 머리를 숙이고 마치 젖 빨듯이 입을 뜨물 동이에 대고 뜨물을 꼴깍꼴깍 들여 마시고 있다. 그리고 머리털은 햇볕에 불을 댄 것처럼 빨갛다.

5. 어머니의 마음

사흘 후에 봉염이는 드디어 죽고 말았다. 그의 어머니는 할 수 없이 유모를 그만두고 명수네 집에서 나오게 되었으며 봉희 역시 몹시 앓더니 그만 죽었다. 형제가 죽는 것을 본 주인집에서는 그를 나가라고 성화치 듯 하였다. 그는 참다못해서 주인 마누라와 아우성을 치면서 싸웠다. 그리고 끌어내기 전에는 움직이지 않을 뜻을 보이고 하루 종일 방 안에 누워 있었다. 전날에 그는 미처 집세를 못 내도 주인 대하기가 거북하였는데 지금은 어디서 이러한 대담함이 생겼는지 그 스스로도 놀랄 만하였다.

이제도 그는 주인 마누라와 한참이나 싸웠다. 만일 주인 마누라가 좀 더 야단을 쳤다면 그는 칼이라도 가지고 달라붙고 싶었다. 그러나 다행히 주인 마누라는 그 눈치를 채었음인지 슬그머니 들어가고 말았다. "흥! 누구를 나가래. 좀 안 나갈 걸, 암만 그래두." 이렇게 중얼거리며 그는 문편을 노려보았다. 그리고 좀 더 싸우지 않고 들어가는 주인 마누라가 어쩐지 부족한 듯하였다. 그는 지금 땅이라도 몇십 길 파고야 견딜 듯한 분이 우쩍우쩍 올라왔던 것이다.

분이 내려가려니 잠깐 잊었던 봉염이, 봉희, 명수까지 뻔히 떠오른다. 생각하면 할수록 그들은 자기가 일부러 죽인 듯했다. 그가 곁에 있었으면 애들이 그러한 병에 걸렸을는지도 모르거니와 설사 병에 걸렸다더라도 죽기까지는 않았을 것이다. 그는 가슴을 탁탁쳤다. "남의 새끼 키우느라 제 새끼를 죽인단 말이냐……. 이년들 모두 가면 난 어찌란 말이냐. 날마저 데려가라" 하고 소리를 내어 울었다. 그러나 음성도 이미 갈리고 지쳐서 몇 번 나오지 못하고 꽉 막힌다. 그리고는 목구멍만 찢어지는 듯했다. 그는 기침을 칵칵 하며 문밖을 흘끔 보았을 때 며칠 전 일이 불현듯이 떠올랐다.

그날 밤 비는 좍좍 퍼부었다. 봉염이 어머니는 봉염이가 앓는 것을 보고 가서 도무지 잠들 수가 없었다. 그래서 밤중에 그는 속옷 바람으로 명수의 집을 벗어났다. 그는 젖유모로 처음 들어갔을 때 밤마다 옷을 벗지 못하고 누웠다가는 명수네 식구가 잠만 들면 봉희를 찾아와서 젖을 먹이곤 하였다. 이 눈치를 챈 명수 어머니는 밤마다 눈을 밝히고 감시하는 바람에 그 후로는 감히 옷을 입지 못하고 누웠다가는 틈만 있으면 벗은 채로 달려오는 때가 종종 있었던 것이다. 그 밤, 낮에 다녀온 것을 명수 어머니가 뻔히 아는 고로 다시 가겠단 말을 못하고 누웠다가 그들이 잠든 틈을 타서 소리 없이 문을 열고 나온 것이다. 사방은 지척을 분간할 수 없이 어두우며, 몰아치는 바람결에 굵은 빗방울은 그의 벗은 어깨를 사정없이 내리쳤다. 그리고 눈이 뒤집히는 듯 번갯불이 번쩍이고 요란한 천둥소리가 하늘을 때려 부수는 듯 아뜩아뜩 하였다.

그러나 그는 지금 아무것도 무서운 것이 없었다. 오직 그의 앞에는 저 하늘에 빛나는 번갯불 같이 딸들의 신변이 각 일각으로 걱정되었던 것이다.

그가 숨이 차서 집까지 왔을 때 문밖에 허연 무엇이 있음에 그는 깜짝 놀랐다. 그러나 그것은 봉염인 것을 직감하자 그는 와락 달려들었다.

"이년의 계집애, 뒈지려고 예 가 누웠냐?"

비에 젖은 봉염이 몸은 불같았다. 그는 또다시 아뜩하였다. 그리고 간 폭을 갉아내는 듯함에 그는 부르르 떨었다. 따라서 젖유모고 무엇이고 다 집어 뿌리겠다는 생각이 머리가 아프도록 났다. 그러나 그들이 방까지 들어와서 가지런히 누웠을 때 그의 머리에는 또다시 불안이 붙일 듯 하였다. 명수가 지금 깨어서 그 큰 집이 떠나갈 듯이 우는 것 같고, 그리고 명수 어머니 아버지까지 깨어서 얼굴을 찡그리고 자기의 지금 행동을 나무라는 듯, 보다는 당장에 젖유모를 그만두고 나가라는 불호령이 떨어지는 듯, 아니, 떨어진 듯. 그는 두 딸의 몸을 번갈아 만지면서도 그의 손끝이 감촉을 잃도록 이런 생각만 자꾸 들었다. 그는 마침내 일어났다. 자는 줄 알았던 봉희가 젖꼭지를 쥐고 달려 일어났다. 그리고 "엄마!" 하고 울음을 내쳤다. 봉염이는 차마 어머니를 가지 말란 말은 못하고 흑흑 느껴 울면서 어머니의 치마 깃을 잡고,

"조금만 더……"

하던 그 떨리는 그 음성—그는 지금도 들리는 듯하였다. 아니 영원히 잊혀지지 않을 것이다.

그는 벌떡 일어났다. 그리고 이 모든 생각을 하지 않으려고 방 안을 빙빙 돌았다. 그러나 불똥 튀듯 일어나는 이 쓰라린 기억은 어쩔 수가 없다. 그리고 명수의 얼굴까지 떠올라서 펑펑 돌아간다. 빙긋빙긋 웃는 명수. "그놈 울지나 않는지……." 나오는 줄 모르게 이렇게 중얼거리고는 그는 억지로 생각을 돌리려고 맘에 없는 딴 말을 지껄였다. "에이 이놈의 자식, 너 때문에 우리 봉희, 봉염이는 죽었다. 물러가라!" 그러나 명수의 얼굴은 점점 다가온다. 손을 들어 만지면 만져질 듯이……. 그는 얼른 손등을 꽉 물었다. 손등이 아픈 것처럼 그렇게 명수가 그립다.

그리고 발길은 앞으로 나가려고 주춤주춤 하는 것을 꾹 참으며 어제 이 맘때 명수의 집까지 갔다가도 명수 어머니에게 거절을 당하고 돌아오던 생각을 하며 맥없이 머리를 떨어뜨리었다. '흥! 제 자식 죽이고 남의 새 끼 보고 싶어하는 이 어리석은 년아, 왜 죽지 않고 살아 있어? 왜 살아, 왜 살아, 그때 죽었으면 이 고생은 하지 않지' 하며 남편의 죽은 것을 보 고 따라 죽을까? 하던 그때 생각을 되풀이하였다. 그리고 자신이 이러 한 비운에 빠지게 된 것은 남편이 죽었기 때문이라고 단정하였다. 그리 고 남편을 죽인 공산당, 그에게 있어서는 철천지원수인 듯했다. 생각하 면 팡둥도 그의 남편이 없기 때문에 그에게 그러한 일을 감행하지 않았 던가. 그렇다 모두가 공산당 때문이다. 그때 공산당이라고 경비대에게 죽었다는 봉식이가 떠오르며 팡둥의 그 얼굴이 선명하게 나타난다. "이 놈 내 아들이 공산당이라구⋯⋯. 내쫓으려면 그냥 내쫓지 무슨 수작이 냐, 더러운 놈⋯⋯. 봉식아, 살았느냐 죽었느냐?" 그는 봉식이를 부르 고 나니 어떤 실 끝 같은 희망을 느꼈다. 국자가엘 가자, 그래서 봉식이 를 찾자, 할 때 그는 가기 전에 명수를 봐야겠다는 생각이 불쑥 일어난 다. 명수, 명수야! 하고 입 속으로 부르며 무심히 그는 그의 젖꼭지를 꼭 쥐었다. 지금쯤은 날 부르고 울지 않는가?⋯⋯. 그는 와락 뛰어나왔다. 그러나 명수 어머니의 그 얼굴이 사정없이 그의 앞을 콱 가로막는 듯했 다. 그는 우뚝 섰다. "이년! 명수를 왜 못 보게 하니? 네가 낳기만 했지 내가 입때 키우지 않았니. 죽일 년, 그 애가 날 더 따르지, 널 따르겠니? 명수는 내 거다" 하고 눈을 부릅떴다. 그러나 다음 순간에 명수의 머리 카락 하나 자유로 만져보지 못할 자신인 것을 깨달을 때 그는 머리를 푹 숙였다.

　고요한 밤이다. 이 밤의 고요함은 그의 활활 타는 듯한 가슴을 눌러 죽이려는 듯했다. 이러한 무거운 공기를 헤치고 물큰 스치는 감자 삶은 내! 그는 지금이 감자철인 것을 얼핏 느끼며 누구 네가 감자를 이리도 구수하게 삶는가 하며 휘 돌아보았다. 그리고 뜨끈한 감자 한 톨 먹었으면 하다가 흥! 하고 고소를 하였다. 무엇을 먹고 살겠다는 자신이 기막히게 가련해 보였던 것이다. 그는 벽을 의지해서 하늘을 멍하니 바라보았다. 하늘에는 달이 둥실 높이 떴고 별들이 종종 반짝인다. 빛나는 별. 어떤 것은 봉염의 눈 같고 봉희의 눈 같다. 그리고 명수의 맑은 눈 같다. 젖을 주무르며 쳐다보면 명수의 그 눈. "에이 이놈, 저리 가라!" 그는 또다시 이렇게 중얼거렸다. 그리고 봉희, 봉염의 눈을 생각하였다. 엄마가 그리워서 퉁퉁 붓도록 울던 그 눈들, 아아 이 세상에서야 어찌 다시 대하랴! …… 공동묘지에나 가볼까 하고 그는 충충 걸어 나올 때 달 아래 고요히 놓인 수없는 묘지들이 휙 지나친다. 그는 갑자기 싫은 생각이 냉수같이 그의 등허리를 지나친다. 여기에 툭 튀어나오는 달 같은 명수의 그 얼굴. 그는 멈칫 서며 죽음이란 참말 무서운 것이다 하며 시름없이 저편을 바라보았다. 그때 그는 무엇에 놀란 사람처럼 후다닥 달려 나왔다.

　앞집 처마 끝 그림자와 이 집 처마 끝 그림자 사이로 눈송이같이 깔리어 나간 달빛은 지금 명수가 자지 않고 자기를 부르며 누워 있을 부드러운 흰 포단과 같았던 것이다. 그러나 그것은 그의 볼을 사정없이 후려치는 듯한 달빛이었다. 그는 두 손으로 볼을 쥐고 그 달빛을 밟고 섰다.

그리고 "명수야!" 하고 쏟아져 나오는 것을 숨이 막히게 참으며 조금도 이지러짐이 없는 저 달을 쳐다보았다. 그의 눈에는 어느덧 눈물이 술술 흐른다. 그리고 '정이란 치사한 것이다!'라고 생각하였다.

그는 문득 그의 그림자를 굽어보며 이제로부터 자신은 살아야 하나 죽어야 하나가 의문이 되었다. 맘대로 하면 당장에라도 죽어서 아무것도 잊으면 이 위에 더 행복은 없을 것 같다. 그러고 나니 그의 몸은 천근인 듯 이 무게는 죽음으로써야 해결할 것 같다. '죽으면 어떻게 죽나? 양잿물을 마시고……. 아니 아니, 그것은 못할 게야 오장육부가 다 썩어 내리고야 죽으니 그걸 어떻게. 그러면 물에 빠져…….' 그의 앞에는 펑펑 도는 푸른 물결이 무서웁게 나타나 보인다. 그는 흠칫하며 벽을 붙들었다. '사는 날까지 살자. 그래서 봉식이도 만나보고 그놈들 공산당들도 잘되나 못되나 보구. 하늘이 있는데 그놈들이 무사할까부야. 이놈들 어디 보자.' 그는 치를 부르르 떨었다. 마침 신발 소리가 나므로 그는 주인 마누라가 또 싸우러 나오는가 하고 안방 편으로 머리를 돌렸다. 반대 방향에서,

"왜 거기 섰수?"

그는 휘끈 돌아보자 용애 어머니임에 반가웠다. 그리고 저가 명수의 소식을 가지고 오는 듯싶었다.

"명수 봤수?"

"명수? 아까 낮에 잠깐 봤수."

"울지? 자꾸 울 게유!"

용애 어머니는 그를 물끄러미 바라보며 아까 명수가 발악을 하고 울

던 생각을 하였다. 그리고 봉염이 어머니 역시 얼마나 명수를 보고 싶어 한다는 것을 즉석에서 알 수가 있었다.

"어제 갔댔수? 명수한테."

"예, 그년이 죽일 년이 애를 보게 해야지, 흥! 잡년 같으니."

용애 어머니는 잠깐 주저하다가,

"가지 말아요. 명수 어머니가 벌써 어서 알았는지 봉염이 봉희가 염병에 죽었다구 하면서 펄펄 뜁데다. 아예 가지 말아유."

그는 용애 어머니마저 원망스러워졌다.

"염병은 무슨 염병. 그 애들이 없는데야 무슨 잔수작이래유. 그만두래. 내 그 자식 안 보면 죽을까 뭐. 안 가, 안 가유, 흥!"

명수 어머니가 앞에 섰는 듯 악이 바락바락 치밀었다. 그의 기색을 살피는 용애 어머니는,

"그까짓 말은 그만둡시다, 우리! 저녁이나 해 자셨수?"

치맛귀를 휩싸고 쪼그려 앉은 용애 어머니에게서는 청어 비린내가 물큰 일어난다. 그는 갑자기 자기가 배가 고파서 이렇게 더 어렵다는 것을 알았다. 그리고 용애 어머니에게 말하여 식은 밥이라도 좀 먹어야겠다 하였다.

"오늘도 또 굶었구려. 산 사람은 먹어야지유! 내 그럴 줄 알고 밥을 좀 가져 오렸더니……. 잠깐 기다리우. 내 얼른 가져올게."

용애 어머니는 얼른 일어나서 나간다. 봉염이 어머니는 하반신이 끊어지는 듯 배고픔을 느끼며 겨우 방 안으로 들어가서 쾅 하고 누워버렸다. 용애 어머니는 왔다.

"좀 떠보시유. 그리고 정신을 차려유. 그러구 살 도리를 또 해야지…….
저, 참, 이 남는 장사가 있수."

봉염이 어머니는 한참이나 정신없이 밥을 먹다가 용애 어머니를 바라보았다.

"아주 이가 많이 남아유. 저 거시기 우리 영감도 그 벌이하러 오늘 떠났다우."

"무슨 벌이유?"

벌이라는 말에 그는 귀가 솔깃하였다. 용애 어머니는 음성을 낮추며,

"소금장사 말유."

"붙잡히면 어찌유?"

봉염이 어머니는 눈을 동그랗게 떴다.

"그러기에 아주 눈치 빠르게 잘해야지. 돈벌이 하랴면 어느 것이나
쉬운 것이 어디 있수 뭐."

그는 이렇게 말하면서 먼 길을 떠난 영감의 신변이 새삼스럽게 더
걱정이 되었다. 한참이나 그들은 잠잠하고 있었다.

"봉염이 어머니두 몸이 튼튼해지거들랑 좀 해 봐유. 조선서는 소금
한 말에 삼십 전 안에 든다는데 여기 오면 이 원 삼십 전! 얼마나 남수."

그의 말에 봉염이 어머니는 기운이 버쩍 나면서도 다시 얼핏 생각하
니 두 딸을 잃은 자기다. 남들은 아들딸을 먹여 살리려고 소금 짐까지
지지만 자신은 누구를 위하여……? 마침내 자기 일신을 살리려는 결
론을 얻었을 때 그는 너무나 적적함을 느꼈다. 그러나 아무리 자기 일신
일지라도 스스로 악을 쓰고 벌지 않으면 누가 뜨물 한 술이나 거저 줄

것일까? 굶는다는 것은 차라리 죽음보다도 무엇보다 무서운 것이다. 보다도 참기 어려운 것은 그것이다. 요전까지는 그의 정신이 흐리고 온 전신이 나른하더니 지금 밥술을 입에 넣으니 확실히 다르지 않은가. 그리고 가슴을 누르는 듯하던 주위의 공기가 가뿐해 오지 않는가. '살아서는 할 수 없다, 먹어야지…….' 그때 그는 문득 중국인의 헛간에서 봉희를 낳고 파뿌리를 씹던 생각이 났다. 그는 몸서리를 쳤다. 그리고 그동안에 그는 명수네 집에서 비록 맘 고통은 있었을지라도 배고픈 일은 당하지 않았다는 것을 처음으로 느꼈다. 그는 명수의 얼굴을 또다시 머리에 그리며 명수가 못 견디게 자꾸 울어서 명수 어머니가 할 수 없이 날 또다시 데려가지 않으려나? 하면서 밥술을 놓았다.

"왜 더 자시지. 이젠 아무 생각도 말구 내 몸 튼튼할 생각만 해유."

"튼튼할…… 흥, 사람의 욕심이란…… 영감 죽어, 아들딸……."

그는 음성이 떨리어 목 메인 소리를 하면서 문편을 시름없이 바라보았다. 달빛에 무서우리 만큼 파리해 보이는 그의 얼굴을 바라보는 용애 어머니는 나가는 줄 모르게 한숨을 쉬었다.

그리고 '하늘도 무심하다' 하며 달빛을 쳐다보았다.

"그럼 어쩌우. 목숨 끊지 못하구 살 바에는 튼튼해야지. 지나간 일은 아예 생각지 말아유."

이렇게 말하는 용애 어머니는 그의 곁으로 다가앉으며 흐트러진 그의 머리를 만져주었다.

그는 얼핏 명수가 젖을 먹으며 그 토실토실한 손으로 그의 머리카락을 쥐어뜯던 생각이 나서 적이 가라앉았던 가슴이 다시 후닥닥 뛴다. 그는 무의식 간에 용애 어머니의 손을 덥석 쥐었다.

"명수, 지금 잘까유?"

말을 마치며 용애 어머니 무릎에 그는 머리를 파묻고 소리를 내어 울었다. 어느덧 용애 어머니 눈에서도 눈물이 흘렀다.

"우지 마우. 그까짓 남의 새끼 생각지 말아유. 쓸데 있수?"

"한 번만 보구는…… 난 안 볼래유. 이제 가유. 네 용애 어머니."

자기 혼자 가면 물론 거절할 것 같으므로 그는 용애 어머니를 데리고 가려는 심산이었다.

용애 어머니는 아까 입에 못 담게 욕을 하던 명수 어머니를 얼핏 생각하며 난처하였다.

그래서 그는 언제까지나 잠잠하고 있었다. 봉염이 어머니는 벌떡 일어났다. 그리고 용애 어머니의 손을 잡아끌었다.

"봉염이 어머니, 좀 진정해유. 우리 내일 가봅시다."

하고 그를 꼭 붙들어 주저앉히었다. 달빛은 여전히 그들의 얼굴에 흐르고 있다.

6. 밀수입

북국의 가을은 몹시도 스산하다. 우레 같은 바람 소리가 대지를 뒤흔드는 어느 날 봉염이 어머니는 소금 너 말을 자루에 넣어서 이고 일행의 뒤를 따랐다. 그들 일행은 모두가 여섯 사람인데 그중에 여인은 봉염이 어머니뿐이었다. 앞에서 걷는 길잡이는 십여 년을 이 소금 밀수로 늙었기 때문에 눈 감고도 용이하게 길을 찾아가는 것이다. 그러므로 그들은 이 길잡이에게 무조건 복종을 하였다. 그리고 며칠이든지 소금 짐을 지는 기간까지는 벙어리가 되어야 하며 그 대신 의사표시는 전부 행동으로 하곤 하였다.

그들은 열을 지어 나란히 걸었다. 바람은 여전히 불었다. 그들은 앞의 사람의 행동을 주의하며 이 바람 소리가 그들을 다그쳐 오는 어떤 신발 소리 같고 또 어찌 들으면 순사의 고함치는 소리 같아 숨을 죽이곤 하였다. 그리고 어제도 이 근방 어디서 소금 짐을 지다가 총에 맞아 죽은 사람이 있다지 하며 발걸음 옮김을 따라 이러한 불안이 저 어둠과 같이 그렇게 답답하게 그들의 가슴을 캄캄케 하였다.

남들은 솜옷을 입었는데 봉염이 어머니는 겹옷을 입고 발가락이 나오는 고무신을 신었다. 그러나 추운 것은 모르겠고 시간이 지날수록 머리에 인 소금 자루가 무거워서 견딜 수 없다. 머리 복판을 쇠뭉치로 사정없이 뚫는 것 같고 때로는 불덩이를 이고 가는 것처럼 자꾸 따가웠다. 그가 처음에 소금 자루를 일 때 사내들과 같이 엿 말을 이렸으나 사내들이 극력 말리므로 애수한 것을 참고 너 말을 이게 된 것이다. 그런 것이 소금 자루를 이고 단 십 리도 오기 전에 이렇게 머리가 아팠다. 그는 얼굴을 잔뜩 찡그리고 두 손으로 소금 자루를 조금씩 쳐들어 아픈 것을 진정하렸으나 아무 쓸데도 없고 팔까지 떨어지는 듯이 아프다. 그는 맘대로 하면 이 소금 자루를 힘껏 쥐어뿌리고 그 자리에서 자신도 그만 넌쩍 죽고 싶었다. 그러나 그것은 공연한 맘뿐이었다. 발길은 여전히 사내들의 뒤를 따라간다. '사내들과 같이 저렇게 나도 등에 져 보더라면…….

이제라도 질 수가 없을까. 그러랴면 끈이 있어야지 끈이……. 좀 쉬어 가지 않으려나.' '쉬어갑시다.' 금시로 이러한 말이 입 밖에까지 나오다가는 칵 막히고 만다. 그리고 여전히 손길은 소금 자루를 들어 아픈 것을 진정하려 하였다.

이마와 등허리에서는 땀이 낙수처럼 흘러서 발밑까지 내려왔다. 땀에 젖은 고무신은 왜 그리도 미끄러운지 걸핏하면 그는 쓰러지려 하였다. 그래서 그는 정신을 바짝 차리면 벌써 앞의 신발 소리는 퍽이나 멀어졌다. 그는 기가 나서 따라오면 숨이 칵칵 막히고 옆구리까지 결린다. '두 말이나 일 것을……. 그만 쏟아버릴까? 어쩌누?' 소금 자루를 어루만지면서도 그는 차마 그리하지는 못하였다.

어느덧 강물 소리가 어렴풋이 들린다. 그들은 이 강물 소리만 들어도 한결 답답한 속이 풀리는 듯하였다. 강가에 가면 이 소금 짐을 벗어놓고 잠시라도 쉴 것이며 물이라도 실컷 마실 것 등을 생각하였던 것이다. 그러면서도 '강 저편에 무엇들이 숨어 있지는 않을까?' 하는 불안이 강물 소리를 따라 높아간다. 봉염이 어머니는 시원한 강물 소리조차도 아픔으로 변하여 그의 고막을 바늘 끝으로 꼭꼭 찌르는 듯, 이 모양대로 조금만 더 가면 기진하여 죽을 것 같았다. 마침 앞의 사내가 우뚝 서므로 그도 따라 섰다. 바람이 무섭게 지나친 후에 어디선가 벌레 울음소리가 물결을 따라 들렸다. 낑 하고 앞의 사내가 앉는 모양이다. 그도 털썩하고 소금 자루를 내려놓으며 쓰러졌다. 그리고 얼른 머리를 두 손으로 움켜쥐며 바늘로 버티어 있는 듯한 눈을 억지로 감았다. 그러면서도 앞의 사내들이 참말로 다들 앉았는가, 나만이 이렇게 쓰러졌는가, 하여 주의를 게을리하지 않았다.

아픈 것이 진정되니 온몸이 후들후들 떨린다. 그는 몸을 웅크릴 때 앞의 사내가 그를 꾹 찌른다. 그는 후닥닥 일어났다. 사내들의 옷 벗는 소리에 그는 한층 더 정신이 바짝 들었다. 그는 잠깐 주저하다가 옷을 홀홀 벗어 돌돌 뭉쳐서 목에 달아매었다. 그때 그는 놀릴 수 없이 아픈 목을 어루만지며 '용정까지 이 목이 이 자리에 붙어 있을까?' 하는 의문이 들었다. 그리고 사내가 이어주는 소금 자루를 이고 다시 걷기 시작하였다.

벌써 철버덕철버덕 하는 물소리가 나는 것으로 보아 앞의 사람은 강물에 들어선 모양이다. 벌써 그의 발끝이 모래사장을 거쳐 물속에 들어간다. 그는 오스스 추우며 알 수 없는 겁이 버쩍 들어서 물결을 굽어보았다. 시커멓게 보이는 그 속으로 물결 소리만이 요란하였다. 그리고 뭉클뭉클 내려 밀치는 물결이 그의 몸을 울려주었다. 그때마다 머리끝이 쭈뼛해지며 오한을 느꼈다. 그리고 흑 하고 숨을 들여 마셨다.

물이 깊어 갈수록 발밑에 깔린 돌이 굵어지며 걷기도 몹시 힘들었다. 그것은 돌이 께느른한 해감탕 속에 묻히어 있기 때문이다. 그래서 걸핏하면 미끈하고 발끝이 줄달음을 치는 바람에 정신이 아득해지곤 하였다. 봉염이 어머니는 몇 번이나 발이 미끄러지고 또 곱디디었다. 물은 젖가슴을 확실히 지나쳤다. 그때 그의 발끝은 어떤 바위를 디디다가 미끈 하여 달음질쳐 내려간다. 그 순간 온몸이 화끈해지도록 그는 소금 자루를 버티고 서서 넘어지려는 몸을 바로잡으려 하였다. 그러나 벌어지는 다리와 다리를 모으는 수가 없었다. 그리고 소리를 쳐서 앞의 사내들에게 구원을 청하려 하나 웬일인지 숨이 막히고 답답해지며 암만 소리를 질러도 나오지는 않거니와 약간 나오는 목소리도 물결과 바람결에 묻혀버리곤 하였다. 그는 죽을힘을 다하여 온 발에 힘을 들이고 섰다. 그때 그는 죽는 것도 무서운 것도 아뜩하고, 다만 소금 자루가 물에 젖으면 녹아버린다는 생각만이 미끄러져 내려가는 발끝으로부터 머리털 끝까지 뻗치었다.

앞서 가는 사내들은 거의 강가까지 와서야 봉염이 어머니가 따르지 않는 것을 눈치채고 근방을 찾아보다가 하는 수 없이 길잡이가 오던 길로 와보았다. 길잡이는 용이하게 그를 만났다. 그리고 자기가 조금만 더 지체하였더라면 봉염이 어머니는 죽었으리라 직감되었다. 그는 봉염이 어머니의 손을 잡아 일으키며 일변 소금 자루를 내리어 자기의 어깨에 메었다. 그리고 그의 발끝에 밟히는 바위를 직각하자 봉염이 어머니가 이렇게 된 원인이 여기 있는 것을 곧 알았다. 그리고 자기는 이 바위 옆을 훨씬 지나쳐 길을 인도하였는데 어쩐 일인가 하며 봉염이 어머니의 손을 꼭 쥐고 걸었다.

봉염이 어머니는 정신이 흐릿해졌다가 이렇게 걷는 사이에 정신이 조금 들었다. 그러나 몸을 건사하기 어렵게 어지러우며 입 안에서 군물이 실실 돌아 헛구역질이 자꾸 나온다. 그러면서도 머리에는 아직도 소금 자루가 있거니 하고 마음대로 머리를 움직이지 못하였다. 그들이 강가까지 왔을 때 맘을 졸이고 있던 나머지 사람들은 욱 쓸어 일어났다. 그리고 저마끔 두 사람을 어루만지며 어떤 사람은 눈물까지 흘리었다. 자기들의 신세도 신세려니와 이 부인의 신세가 한층 더 불쌍한 맘이 들었다. 동시에 잠 한 잠 못 자고 오롯이 굶어 오다 자기들을 기다리고 있을 아내와 어린 것들이며 부모까지 생각하고는 뜨거운 한숨을 푸푸 쉬었다.

그 순간이 지나가니 또다시 맘이 졸이고 무서워서 잠시나마 가만히 앉아 있을 수가 없었다. 그래서 그들은 이번에는 봉염이 어머니를 가운데 세우고 여전히 걸었다. 이번에는 밭고랑으로 가는 셈인지 봉염이 어머니는 발끝에 조 벤 자국과 수수 벤 자국에 찔리어서 견딜 수 없이 아팠다. 그는 몇 번이나 고무신을 벗어 버렸으나 그나마 버리지는 못하였다. 그는 언제나 이렇게 맘을 내고도 한 번도 그의 속이 흡족하게 실행하지는 못하였다. 그저 망설였다. 나중에는 고무신이 찢어져 조 뿌리나 수수 뿌리에 턱턱 걸려 한참씩이나 진땀을 뽑으면서도 여전히 버리지는 못하였다.

그들이 어떤 산마루턱에 올라왔을 때,

"누구냐? 손들고 꼼짝 말고 서라. 그렇지 않으면 쏠 터이다!"

이러한 고함 소리와 함께 눈이 부시게 파란 불빛이 쏵 하고 그들의 얼굴에 비친다. 그들은 이 불빛이 마치 어떤 예리한 칼날 같고 또 그들을 향하여 날아오는 총알 같아서 무의식 간에 두 손을 번쩍 들었다. 그리고 '이젠 소금을 빼앗겼구나!' 하고 그들은 저마끔 속으로 생각하였다. 이렇게 단정은 하면서도 웬일인지 저들이 공산당이나 아닌가 혹은 마적단인가 하며 진심으로 그리 되었으면 하고 바란다. 공산당이나 마적단들에게는 잘 빌면 소금 짐 같은 것은 빼앗기지 않기 때문이었다.

길잡이로부터 시작하여 깡그리 몸 뒤짐을 하고 난 저편은 거풋 하고 불을 끄고 한참이나 중얼중얼하였다. 그들은 불을 끄니 전신이 소름이 오싹 끼치며 저놈들이 칼을 빼어 들었는가 혹은 총부리를 겨누었는가 하여 견딜 수 없이 안타까웠다. 그때 어둠 속에서는,

"여러분! 당신네들이 왜 이 밤중에 단잠을 못 자고 이 소금 짐을 지게 되었는지 아십니까!"

첫소리 같은 웅장한 음성이 바람결을 타고 높았다 떨어진다. 그들은 '옳다! 공산당이구나! 소금은 빼앗기지 않겠구나. 저들에게 뭐라구 사정하면 될까' 하고 두루 생각하였다. 저편의 음성은 여전히 흘러나왔다. 그들의 말하는 시간이 지날수록 어서 말을 그치고 놓아 보냈으면 하였다. 그리고 이 산 아래나 혹은 이 산 저편에 경비대가 숨어 있어 우리들이 공산당의 연설을 듣고 있는 것을 들으면 어쩌나 하는 불안이 자꾸 일어난다. 봉염이 어머니는 저편의 연설을 듣는 사이에 싼더거우 있을 때 봉염이를 따라 학교에 가서 선생의 연설 듣던 것이 얼핏 생각키우며 흡사히도 그 선생의 음성 같았다. 그는 머리를 번쩍 들며 저편을 주의해보았다. 다만 칠흑 같은 어둠만이 가로막힌 그 속으로 음성만 들릴 뿐이다. 그는 얼른 '우리 봉식이도 저 가운데나 섞이지 않았는가' 하였으나 그는 곧 부인하였다. 그리고 봉식이가 보통아이와 달라 똑똑한 아이니 절대로 그런 축에는 섞이지 않았을 것이라고 단정되었다. 이렇게 생각하고 나니 봉식이에 대한 불안은 적어지나 저들의 말하는 것이 어쩐지 이 소금 자루를 빼앗으려는 수단 같기도 하고, 저 말을 그치고 나면 우리를 죽이려는가 하는 의문이 자꾸 들었다.

어둠 속에서 연설이 끝난 후에 원로에 잘 다녀가라는 인사까지 받았다. 그들은 얼결에 또다시 걸었다. 그러면서도 '저들이 우리를 돌려보

내는 것처럼 하고 뒤로 따라오며 총질이나 하지 않으려나' 하여 발길이 허둥거렸다. 그러나 그들이 산을 넘어 밭머리로 들어설 때 비로소 안심하고 공산당들 □□□□□□□□□□□□ 들이지 하고 한숨 끝에 탄식하였다.

봉염이 어머니는 조급한 맘을 진정할수록 저들이 의심할 수 없는 공산당이었구나! 하였다. 그리고 아까 그들의 앞에서 깜짝 하지 못하고 섰던 자신을 비웃으며 세상에 제일 못난 것은 자기라 하였다. 남편을 죽이고 자기를 이와 같은 구렁이에 빠친 저들 원수를 마주 서고도 말 한마디 못 하고 떨고 섰던 자신! 보다도 평시에 저주하고 미워하던 그 맘조차도 그들 앞에서는 감히 생각도 못한 자기. 아아! 이러한 자기는 지금 살겠노라고 소금 자루를 지고 두 다리를 움직인다. 그는 기가 막혀서 웃음이 나올 지경이었다. 그리고 못난 바보일수록 살겠다는 욕망은 더 크다고 깨달았다. 동시에 한 가지 의문되는 것은 저들이 어째서 우리들의 소금 짐을 빼앗지 않고 그냥 보내었을까가 의문이었다. '그렇게 사람 죽이기를 파리 죽이듯 하고 돈과 쌀을 잘 빼앗는 그놈들이……' 하며 그는 이제야 저주하기 시작하였다.

그들은 낮에는 산 속에서 혹은 풀숲에서 숨어 지내고 밤에만 걸어서 사흘 만에야 겨우 용정까지 왔다. 집까지 온 봉염이 어머니는 소금 자루를 얻다가 감추어야 좋을지 몰라 한참이나 망설이다가 낡은 상자 안에 넣어서 방 한구석에 놓고야 되는 대로 주저앉았다. 방 안에는 찬바람이 실실 돌고 방바닥은 얼음덩이 같이 차다. 그는 머리와 발가락을 어루만지며 목이 메어서 울었다. 집에 오니 또다시 봉염이며 봉희며 명수까지

선하게 보이는 듯하였던 것이다. 그들이 곁에 있으면 이렇게 쓰리고 아픈 것도 한결 나을 것 같다. 그는 한참이나 울고 난 뒤에 사흘 동안이나 지난 생각을 하며 무의식 간에 몸서리를 쳤다. 그리고 이 눈물도 여유가 있어야 나온다는 것을 알았다. 그는 "으흠" 하고 신음을 하며 누울 때 소금 처치할 것이 문득 생각키운다. 남들은 벌써 다 팔았을 터인데 누가 소금 사러 오지 않는가 하여 문편을 흘끔 바라보다가 '내가 소금 짐을 져 왔는지 여 왔는지 누가 알아야지. 그만 내가 일어나서 앞집이며 뒷집을 깨워서 물어볼까? 그러다가 참말 순사를 만나면 어떻게' 하며 그는 부시시 일어나려 하였다. 아! 소리를 지르도록 다리뼈 마디가 맞질리어 그는 한참이나 진정해 가지고야 상자 곁으로 왔다.

그는 잠깐 귀를 기울여 밖을 주의한 후에 가만히 손을 넣어 소금 자루를 쓸어 만졌다. '이것을 팔면 얼만가⋯⋯. 팔 원하고 팔십 전! 그러면 밀린 집세나 마저 물고⋯⋯. 한 달 살까? 이것을 밑천으로 무슨 장사라도 해야지. 무슨 장사?⋯⋯' 하며 그는 무심히 만져지는 소금덩이를 입에 넣으니 어느덧 입 안에는 군물이 시르르 돌며 밥이라도 한 술 먹었으면 싶게 입맛이 버쩍 당긴다. 그는 입맛을 다시며 침을 두어 번 삼킬 때 '소금이란 맛을 나게 한다. 아무리 좋은 음식이나 소금이 들지 않으면 맛이 없다. 그렇다!' 하였다. 그때 그는 문득 남편과 아들딸이 생각키우며 그들이 있으면 이 소금으로 장을 담가서 반찬해 먹으면 얼마나 맛이 있을까! 그러나 그들을 잃은 오늘에 와서 장을 담글 생각인들 할 수가 있으랴! 그저 죽지 못해 먹는 것이다. 그는 한숨을 폭 쉬었다. 생각하니 자신은 소금 들지 않은 음식과 같이 심심한 생활을 한다. 아니 괴로운 생활을 한다. 이렇게 괴로운…… 하며 그는 머리를 슬슬 어루만졌다. 머리는 얼마나 이그러지고 부어올랐는지 만질 수도 없이 아프고 쓰리었다. 그는 얼굴을 상자에 대며 "봉식아, 살았느냐 죽었느냐 이 어미를 찾으렴……. 난 더 살 수 없다!"

어느 때인가 되어 무엇에 놀라 그는 벌떡 일어났다. 벌써 날은 환하게 밝았는데 어떤 양복쟁이 두 명이 소금 자루를 내놓고 그를 노려보고 있다. 그는 그들이 순사라는 것을 번개같이 깨닫자 풀풀 떨었다.

"소금표 내놔!"

관염官鹽은 꼭 표를 써주는 것이다. 그때 그는 숨이 콱 막히며 앞이 캄캄해 왔다. 그리고 얼른 두만강에서 소금 자루를 빠뜨리지 않으려고 죽을힘을 다하여 섰던 그때와 흡사하게도 그의 신경이 날카로워지는 것을 느꼈다. 그때는 길잡이가 와서 그의 손을 잡아 살아났지만 아아! 지금에 단포와 칼을 찬 저들을 누가 감히 물리치고 자기를 구원할까?

"이년! 너 사염私鹽을 팔러 다니는 년이구나. 당장 일어나라!"

순사는 그의 눈치를 채고 이것이 관염이 아닌 것을 곧 알았다. 그래서 그는 이렇게 소리치며 그의 손을 잡아 나꾸쳤다. 별안간 그의 몸은 화끈 달며 어젯밤 □□□에서 □□□ 아니 얄밉게 들었던 그들의 말 □
□□□□□□□□□□□□□□□□□□□□□□□□□□□
□□□□□□□□□□□□□□□□□□□□□□□□□□□
□□□□□□□□□□□□□□ 캄캄한 어둠 속에 □□□□□□□□
□□□□□□□□□□□□□□□□□□□□□□□□□□□
□□□□□□□□□□□□□□□□ 도와 싸울 것 같다. 아니 □□

□□□
□□□□□□□□□□□□□□□□□□□□□□□□□□□□□□□□□□□□□□□
□□□□□□□□□ 올랐다. 그는 벌떡 일어났다.

이 마지막 부분은 발표 당시 검열로 삭제되어 거의 알아볼 수 없는 상태
였다. 그런데 한만수 교수가 과학 기술을 동원하여 이 부분을 거의 복원하였
다(한만수, 「강경애 「소금」의 복자 복원과 검열우회로서의 '나눠쓰기'」,
『한국문학연구』 31, 동국대 한국문학연구소, 2006). 이에 따르면 마지막
부분은 다음과 같다.

"순사는 그의 눈치를 채고 이것이 관염이 아닌 것을 곧 알았다. 그래서
그는 이렇게 소리치며 그의 손을 잡아 나꾸쳤다. 별안간 그의 몸은 화끈 달며
어젯밤 산마루에서 무심히 아니 얄밉게 들었던 그들의 말이 □□[문득] 떠오
른다. "당신네들은 우리의 동무입니다! 언제나 우리와 당신네들이 합심하는
데서만이 우리들의 적인 돈 많은 놈들을 대적할 수 있습니다. 캄캄한 어둠
속에서 이어지던 그 말! 그는 가슴이 으적하였다. 소금 자루를 뺏지 않던 그들
□□ 그들이 지금 곁에 있으면 자기를 도와 싸울 것 같다. 아니 꼭 싸워줄
것이고 □□□ 내 소금을 빼앗은 것은 돈 많은 놈이었구나!" 그는 부지중에
이렇게 고□□□[합치며] 이때까지 참고 눌렀던 불평이 불길같이 솟아올랐
다. 그는 벌떡 일어났다."([ ] 속에 넣은 부분은 교열자가 보충한 것이다.)

한편 일찍부터 이 작품에 주목했던 북한의 문예출판사에서 1986년에

낸 강경애 작품집 『인간문제』에는 「소금」이 같이 실려 있는데, 거기서는 이 부분을 다음과 같이 적당히 메워두었다.

"봉염 어머니는 순사에게 끌려가며 밤의 산마루에서 무심히 듣던 말, "여러분, 당신네들이 웨 이 밤중에 단잠을 못 자고 이 소금 짐을 지게 되었는지 알으십니까" 하던 그 말이 문득 떠오르면서 비로소 세상일을 깨달은 것 같았다. 그리하여 이제는 공산당이 나쁘다는 왜놈들의 선전이 거짓 선전이며, 봉식이 아버지가 공산당의 손에 죽었다는 말도 새빨간 거짓말이라는 것을 똑똑히 알았다. 그리고 봉식이가 경비대에 잡혀가 사형을 당했다는 팡둥의 말 역시 믿을 수 없는 수작이며 봉식이는 틀림없이 공산당에 들어가 그 산사람들과 같이 싸우고 있을 것이라고 생각되었다. 왜냐면 봉식이는 똑똑하고 씩씩한 젊은이이기 때문에! 봉염 어머니는 벌써 슬픔도 두려움도 없이 순사들의 앞에 서서 고개를 들고 성큼성큼 걸어갔다."

—『신가정』(1934.5~10)

벼

안수길

안수길安壽吉

1911년 함경남도 함흥에서 태어났다. 1924년 용정으로 이주하여 자리를 잡은 아버지가 안수길을 데리고 가면서 용정 생활이 시작되었다. 함흥으로 나와 함흥보고를 다니다가 맹휴사건의 주동자로 지목받아 자퇴하였다. 서울의 경신학교에 입학하나 광주학생여파로 퇴학당하는 등 수시로 만주와 한반도를 드나들면서 다양한 활동을 하였다. 1930년 일본으로 건너가 양양중학교를 마치고 와세다대학 고등사범부 영어과에 입학하게 되나 아버지의 병환으로 용정으로 귀가하였다. 1932년 만주국이 건국될 무렵 '북향회'라는 문학동인을 만들어 활동하다가 1935년 「붉은 목도리」로 문단에 등장하였다. 1936년 본격적인 문학동인 잡지 『북향』을 창간하게 된다. 용정에 있던 『간도일보』의 기자로 일하다가 이 신문이 신경의 『만몽일보』와 합해져 『만선일보』가 될 때 신경으로 가서 기자로 일하였다. 이후 간도와 경성의 잡지와 신문에 작품을 연이어 발표하였다. 1944년 첫 작품집 『북원』을 발간하고 장편소설 『북향보』를 『만선일보』에 연재하였다. 해방 직전인 1945년 6월 함흥으로 이주하여 해방을 맞이하였다. 1948년 월남하여 『경향신문』 문화부 기자로 일하였다. 1953년 『제3인간형』을 통하여 본격적인 작가로의 길을 걷게 되었다. 1954년 두 번째 창작집인 『제3인간형』을 발간하고 과거 만주국의 생활을 담은 작품들을 발표하기 시작하였다. 1959년 장편소설 『북간도』를 연재하기 시작하여 8년에 걸쳐 창작하여, 1967년에 『북간도』를 출판하면서 간도와 만주의 작가로 확실하게 자리잡는다. 1977년 작고하였다.

전장前章

만주 건국 이년 전滿洲 建國 二年 前 여름이었다.

낮에 무덥던 날씨가 해질 무렵부터 동풍이 비를 담뿍 머금은 구름떼를 휘몰아가지고 와서 황혼의 하늘은 짙은 연막을 친 듯하였다. 금시에 빗방울이 쏟아질 듯하였으나 늦은 저녁을 다 먹었을 무렵에는 하늘의 연막은 이곳저곳 찢어져서 그 생채기로부터 반짝반짝 별이 쪽빛하늘과 함께 얼굴을 나타냈다. 이럴 줄 알았다면 예정대로 학교 지붕에 흙을 올릴 걸 찬수는 각각으로 면적을 넓히어 가는 연막의 생채기를 쳐다보면서 중얼거리었으나 모기의 습격을 받지 않는 방에서 길게 누워 책을 읽는 것도 얼마 만에 향락하는 유유한 기분이어서 변덕이 많은 날씨를 그렇게 탓할 생각은 나지 않았다.

그러나 낮에 학교 공사장에서 얻은 피곤은 그로 하여금 모처럼의 게

으름을 마음껏 즐길 여유를 주지 않았다. 몇 페이지를 넘기지 못하고 혼곤히 든 잠이 왁자지껄 하는 소리에 깬 것은 자정이 훨씬 넘을 때였으나 눈을 뜨자 바로 그의 귓전을 때린 것은 논에서 우는 개구리 소리였다.

비를 재촉하는 개구리 울음— 논물은 며칠 전에 내린 비로 흡족하였다. 이제 더 내리는 것은 당분간 필요도 없거니와 혹 장마나 된다면 W하河 범람의 위험이었다. 그보다 시각이 급한 것은 학교 건축이었다.

찬수는 내일의 공사예정이 또 어긋나는구나— 하고 짜증을 내면서 밖에 나갔다. 구름은 낮게 푹 덮여 있고 주위의 논에서는 개구리의 이 가는 것 같은 소리가 초조스럽게 들릴 뿐 하늘도 땅도 칠 같은 암흑 속에서 무시무시하리만치 아무런 동요도 없었다. 비는 금시에 내려 퍼 부을 듯 일촉즉발의 위기를 머금고 있는 전쟁 직전의 상태도 지금의 이 순간과 같을 것이라. 찬수는 이렇게 생각하고 으음—하고 입맛을 다시며 방에 들어갔다.

잠을 청하였으나 눈은 말똥말똥하고 머리는 냉수를 끼얹은 듯 환하였다. 불을 켜고 책을 들었으나 이번에는 옆방에서 들리는 어머니와 아버지의 말다툼 소리가 고막을 번거롭게 하여 정신을 책에만 집중할 수 없었다.

"또 시작이로군."

찬수는 어머니와 아버지 사이에 낮게 드리운 암운을 생각하고 그 현안縣案이 그로서는 좀처럼 해결 지을 수 없는 것임을 다시금 느끼며 될 수 있으면 항상 같은 것일 그 말다툼의 내용을 듣지 않으려고 하였다.

말소리는 낮았으며 아버지보다 어머니 편에서 공세功勢를 취하여 말도수가 잦았다. 아버지는 어머니의 열 마디에 겨우 한 마디로 듣기 싫어 라든가 이웃이 분주해라든가 묵중한 대꾸로 대응하여 어머니와 항상 되뇌는 구절이 긴 말보다 가끔 들리는 아버지의 간단한 한마디가 더욱 찬수의 신경을 자극하였다.

밤을 새도록 계속될 것 같은 늙은 부부의 싸움도 총알같이 내려 퍼 붓기 시작한 비로 말미암아 중단되어 버린 것은 무엇보다도 찬수에게 다행한 일이었다.

어머니가 밖에 나가 장독을 덮는다. 섭나무를 헛간에 안아 들인다. 바삐 서두는 사이에 아버지가 담뱃불을 그어 닿는 소리를 찬수는 역력 히 들을 수 있었다. 찬수의 아버지 박 첨지는 담배를 사랑하였다. 찬수 도 무척 애연하는 터로 근 10년 만에 만나는 아버지에게서만 나는 맨 처음 담배를 즐기는 것을 발견하고 그런 것도 유전일까 하고 빙긋이 웃 었던 일 그리고 그로 말미암아 육친의 애정을 더욱 강렬히 느끼던 일을 생각하였다.

그것은 그가 이곳에 처음 오던 날 그러니까 두 달 전이었다.

C정거장에서 박 첨지와 찬수의 형수인 금녀 그의 조카 그리고 매봉 둔鷹峰屯의 둔장屯長으로 지목받는 홍덕호도 함께 나왔다. 홍덕호는 박 첨 지의 며느리 금녀의 아버지라는 것 그러므로 사돈을 맞이하려 나왔다 는 단순한 예의 외에 이제부터 건설하려는 학교의 일을 맡아보고 그것 을 운전할 사람을 극진히 대접해야 된다는 것이 더 큰 이유였다. 박 첨 지는 홍덕호의 이 뜻을 알았으므로 내 아들이 어떠냐 하고 동리 사람한 테 자랑하고 싶은 마음이 행동에 노골로 나타났다.

기차에서 내린 찬수는 망연한 벌판에 성냥 궤짝을 되는 대로 팽개친 것 같은 정거장, 그리고 그 주위에 나무 한 대 없는 살풍경인 정거장부터가 어딘지 모르게 마음 한구석에 허전함을 느끼게 하였다. 그러나 마중 나온 아버지, 홍덕호 그리고 형수와 형이 남긴 혈육인 아홉 살 나는 조카를 보는 순간 이런 곳에도 동포가 생활하고 있고 가장 가까운 골육이 나를 맞아 준다는 것이 무한히 기뻤으며 알지 못할 감회가 가슴에 가득 찼던 것이었다.

박 첨지는 기쁨을 이기지 못하여 만주 사람들을 헤치고 찬수의 짐을 찾아 금녀가 이겠다는 것도 듣지 않고 어깨에 둘러메었다. 그리고 준비하여 놓았던 청차에 올려놓을 때까지 짐을 다루는 사이에도 입에는 그냥 궐련이 물리어 있었다. 그 모양이 보기에 어색한 것은 물론이려니와 한 가닥 웃음을 자아내었으나 청차를 차고 매봉둔까지의 이십 리 길을 가는 사이 한시각도 입에서 담배를 떼지 않는 것을 보고 찬수는 퍽이나 담배를 즐기시는군 생각하고 입가에 미소를 띠었던 것이었다.

박 첨지는 10년 전 찬수와 갈려질 때보다 훨씬 늙었다. 짐을 멘 어깨에 육감이라고는 전연 느낄 수 없고 두꺼운 가죽을 씌워 놓은 갈퀴 같은 손에 눈이 저절로 쏠려 10년이라는 사이에 고초를 역력히 엿볼 수 있었으나 그러면서도 주름이 더 늘은 얼굴에는 어딘지 모르게 환한 빛이 떠도는 것을 감출 수가 없어 찬수는 그 사이의 고초를 짐작하는 한편 오늘의 완화된 생활도 느낄 수 있었다.

동구에 다다랐을 때 벌판에 가득 찬 논에는 모를 낸 지 얼마 되지 않는 벼가 환히 내려쬐는 햇빛을 받아 싱싱히 서 있어 매봉둔 주민들의 생활을 상징하는 듯 좋은 인상을 찬수의 뇌 속에 안쳤다. 그러나 오늘이 있기까지의 이곳 주민들의 생활 가운데는 남이 알지 못하는 피눈물이 스며 있다는 것을 그는 편지로 또는 이곳에서 고향으로 내왕하는 사람들한테서 이야기로 들었으나 홍덕호며 아버지의 주름진 얼굴에서 그 사실을 찾아내었고 과부 형수 금녀에게서 그 산 증거를 발견하였다.

매봉둔은 길림성吉林省 ××현縣 H평야平野 W하河의 유역에 자리 잡은 조선 사람만의 부락이었다. 대체로 광막한 벌판이었으나 바로 부락 동쪽에 이상하게도 평야 한가운데에 봉우리가 하나 우뚝 서 있었다. 봉우리라기보다 불과 삼십 자 될까 말까 하는 바위에 지나지 않았으나 이 부락 사람들이 모두 H도 H군郡 응봉리鷹峰里 사람들이요, 그들의 고향에 매봉이라는 봉우리가 있는 까닭으로 그것과 관련하여 이상한 인연이라고 그 바위를 매봉이라 불렀고 그 동리를 매봉촌, 만주 식으로 매봉둔屯이라 명명하였다.

매봉둔의 이름이 언제부터 불려졌는지 이 부락에 처음 수전개척水田開拓의 첫 광이를 내려놓은 홍덕호 자신의 입에서 나온 것은 아닌 듯하였다.

홍덕호는 이 부락 개척의 선구자였다. 선구자로 이른다면 박 첨지도 그였으나 맨 처음 이곳을 발견하고 여기에 인연을 붙인 것은 홍덕호였다.

홍덕호는 스물여섯 살 때에 만주에 건너왔다. 주로 봉천 방면에서 뒹굴면서 장작림張作霖 군대軍隊의 고용병으로 일 년 반 돈 장사로 이 년 아편 밀매로 이 년 그 사이에 돈 푼 모은 것을 투전판에 드나들면서 다

불어먹었다. 투전판에 드나들 때에는 한해 야회押會의 '주이상'으로 그 방면의 세계에서 이름을 떨친 일도 있었으나 마침내는 모았던 돈푼을 다— 집어넣고 손을 떼고 나앉게 되었다.

그 후 북만 서백리아 방면으로도 방랑하여 사오 년의 고초를 겪었으나 돈 한 푼 쥐지 못하고 다시 봉천에 와서 역시 투전판에서 개평이나 떼고 다니기를 또 삼 년 나이 사십을 넘게 되자 고향으로 돌아가 금녀를 박 첨지의 맏며느리로 시집보내고 일 년쯤 우울한 날을 보내다가 봉천에서 여러 가지로 신세를 지고 한때에는 그의 양아들이라고까지 하며 총애를 받든 부호 한계운韓啓運이가 길림성 ××현 현장의 벼슬을 사가지고 그리로 부임하였다는 소식을 듣고 그를 의지하여 무엇이든지 경영하여 볼 양으로 가족이 붙드는 것도 듣지 않고 부랴부랴 떠났던 것이었다.

"이번에는 확실한 업을 붙들어 돈푼이나 담뿍 쥐고 돌아와야지—"

홍덕호는 한 살 젊었을 때의 무궤도하였던 생활을 깨끗이 청산하고 기왕 인연을 맺었던 만주에서 재출발하여 돌을 깨물면서라도 돈푼을 쥐고 금의환향하자는 결심이었다.

한계운은 홍덕호를 반갑게 맞아주었다. 그리고 당분간 그의 집에서 머무르면서 무슨 적당한 일을 연구하자는 것이었다.

무료히 한계운의 집에서 한 개 식객으로 날을 보내고 있던 어느 날 그는 이상한 꿈을 꾸었다.

그것은 망연한 벌판 동녘에 화광이 충천하였고 무수한 불꽃이 일어나는 중에서 커—다란 매 한 마리가 날아 하늘로 올라가는 것이었다. 그것은 너무도 역력한 꿈이었다.

홍덕호는 잠을 깨자 야회의 문 ^{門} 을 이것저것 더듬어 보았으나 지나간 날의 얄궂은 습관을 스스로 비웃고 고요히 그 꿈을 가슴에 간직한 채 해몽에 남몰래 머리를 썩이었다. 그러던 어느 날 W하 부근에 있는 만주인 지주 방치원 ^{方致源} 이 한 현장을 찾아왔다.

그와 현장은 일찍부터 친분이 두터웠던 모양 그들은 서로 격조하였음을 사과하면서 무한히 반겨하였다.

며칠 뒤 방치원은 현장을 그의 집에 초대하였다. 특별히 꾸민 청차를 하인이 몰고 왔다. 현장은 그의 부인과 함께 홍덕호를 데리고 방 지주의 집에 갔었다. 그 도중에서 그들은 벌판에 외따로 우뚝이 놓여 있는 커다란 바위 하나를 발견하였다.

일행은 산도 없는 이곳에 저렇게 큰 바위가 어디서 굴러왔을까 하고 이상히들 여기었다.

"하늘에서 떨어진 게지."

홍덕호는 말하였으나 이때 문득 그는 그 바위의 모양이 고향의 매봉과 흡사하되 그것을 적게 꾸며 놓은데 지나지 않은 것을 발견하였다. 그리고 해몽에 여러 가지로 머리를 썩이고 있던 얼마 전의 꿈이 이 바위를 두고 꾼 것이 아닌가 무릎을 탁 쳤다. 화광 ^{火光} 은 발 ^{發} —홍덕호는 이 바위 근방에서 무슨 흔수가 기어코 생길 것이라 생각하고 두리번두리번 사방을 둘러보았으나 편편한 황무지에서 생길 것이라고 도무지 있을 것 같지 않았다.

그러는 중 청차는 W하에 이르러 약간 모래로 쌓아올린 방축을 넘느라고 위에 탄 사람들은 모두 몸이 뒤로 자빠질 뻔하였다. 반동에 몸을 앞으로 굽히면서 홍덕호는 그의 머리에 번쩍 한 가닥의 빛이 번쩍이는 것을 깨달았다. 그의 가슴은 두근거렸다. 말은 사 간이 넉넉히 될 강물을 처벅처벅 네 발로 차며 청차를 끌었다. 말굽에 채는 물소리를 들으니 홍덕호는 그대로 청차 위에 앉아 있을 수 없었다.

"이게다 꼭 이게다!"

그는 이 강물을 끌어다 지금 지나온 황무지를 수전으로 풀자는 계획을 마음 가운데 다지고 다지었다.

방치원의 집에서 돌아와 그날 밤 홍덕호는 한 현장의 방에 들어갔다. 그는 꼭 한 가지 청이 있노라 하고 말문을 열었다. 그리고 낮에 생각하던 바를 이야기하였다.

"거 대단히 조흔 일."

한 현장은 언하에 찬의를 표하였다. 그리고 이튿날 아침에 일찍 사람을 시켜 방치원을 불렀다.

한 현장과 방치원은 딴 방에서 한 시간이나 이야기하더니 홍덕호를 불러들였다.

"방 선생두 당신 의견에 찬성이니 이에서 더 조흔 일 업소."

현장은 웃음을 띠면서 말하였다.

방치원도 당신네의 힘을 많이 빌겠노라 하면서 매우 너그러운 태도였다. 홍덕호는 고맙다는 치하를 무수히 하고 우선 그것으로 그날은 갈라졌다. 닷새 지난 뒤 방치원은 한 현장의 집에 왔다. 현장과 셋이서 수전 개간에 대한 것을 구체적으로 협의하였다. 홍덕호는 황무지를 값을 쳐서 팔라고 하였으나 방치원은 팔지 않겠노라 하며 다음과 같은 조건하에 빌리겠다는 뜻을 말하였다.

황무지는 삼 년간 무상대여無償貸與하고 삼 년이 지나면 수전을 풀어 그대로 돌리는데 첫해의 개간비용과 농호를 불러들이고 다음해 햇곡식이 날 때까지의 노자며 식량은 방치원으로부터 선대하여 준다는 것이었다. 그리고 그 빚은 3년 안에 물면 그만이라는 것이다.

그래 신 기경지인 한전旱田도 부치되 3·7로 하여 소출의 3은 지주에 바치고 7은 작인이 먹으라는 것이었다.

홍덕호는 이것을 쾌히 승낙하였다. 우선 개간 비용 농호 불러들이는 노비 등을 선대한다는 것이 좋았고 3년 동안 제 땅과 다름없이 논을 풀고 지어 먹을 수 있다는 것은 무엇보다 이로운 일이었다. 그뿐 아니라 한전까지 부친다면 설혹 수전 개간에 일 년쯤 실패를 본대도 비옥한 땅이라 3년이면 연명은 할 수 있으니 이에서 더 좋은 조건은 있을 것 같지 않았다. 그는 삼 년 동안에 잘하면 밑천 한 푼 안 들이고 수천 원 모아가지고 나갈 수 있을 것이라 기뻐하며 수전 개간에 기술 능한 고향의 친구며 사돈인 박 첨지와 그를 통하여 그 외의 몇 가호를 부르기로 하였다.

박 첨지는 그 무렵 고향을 떠나 만주로 들어오려고 몇 차례 홍덕호에게 편지한 일이 있었다.

그러나 홍덕호는 그 자신이 아직 확실한 일을 쥐지 못하고 우울한 날을 보내고 있던 터라 편지를 깔기만 하고 한 번도 회답을 보낸 일이 없었으나 박 첨지는 고향을 떠나지 않아서는 안 될 사정이 있었다.

그것은 결국 말하자면 고향에서 살림이 궁하게 된 까닭이라 하겠으나 그 살림이 궁하게 된 원인이 박 첨지의 한 때의 실수에서 온 것이었다.

박 첨지의 집은 부자는 아니었으나 선대로부터 물려 내려온 자작농으로 머슴까지 두서넛씩은 부리고 있어 일 년간 먹고 살 계량과 용돈에는 부족을 느끼지 않는 처지였다.

그리고 박 첨지는 근실하기 이름 있는 농부로서 수전 농사에는 선천적 기술을 가지고 있었다. 가족도 얼마 되지 않아 맏아들을 장가보낸 뒤에 찬수의 누이 첨지가 애지중지하던 딸을 시집보낼 준비를 하던 중 그 동리에 유행한 장질부사에 딸을 잃어버린 뒤부터 그는 마음과 생활에 변화를 일으켜 지금까지의 박 첨지를 뒤집어놓은 것 같은 사람이 되고 말았다.

딸을 매장한 이튿날 친구의 참척을 위로하기 위하여 동리 몇 친구들이 그의 잔뜩 감겨 있던 마음의 태엽을 탁 풀리게 하였다. 그는 향옥이에게 미치나 다름이 없었다.

사십이 넘은 농부와 스물넷인가 되는 화류계의 계집─그것은 대조가 되는 것이 아니었으나 이향옥이란 여자가 이상한 성격의 소유자여서 얼굴이나 몸매가 남에게 뒤지는 편은 아니었으나 이리 젊은 남자를 물리치고 박 첨지에게 정을 쏟았다. 박 첨지는 농사와 가사를 전부 맏아들 익수에게 맡기고 돈냥 있는 것을 향옥이와의 유흥에 소올 솔 부려먹었다.

그리하여 박 첨지는 고향에서 한 웃음거리가 되어 버린 것은 물론이었으나 그것보다도 그래도 머슴을 두고 있던 처지가 도리어 남의 머슴살이를 하지 않아서는 안 될 형편이 되자 향옥이와의 정에도 틈이 생기는 것을 발견하였다.

그가 홍덕호에게 편지를 자주 낸 것은 이때였으며 홍덕호의 부름을 받고 다짜고짜로 떠난 것도 이 때문이었다.

그의 처는 남편의 소행에 속을 태우던 나머지라. 향옥이와의 도피행인 줄만 여겨 고향을 떠나기는 싫어했으나 혼자 내어놓을 수 없다 하여 바싹 남편의 꽁무니를 틀어잡고 함께 떠났던 것이었다.

어머니가 가시면 저희도 가겠노라. 나선 것이 아들 익수 부부였거니와 그들이 따라나선 다른 중요한 이유는 익수의 처의 친정이 모두 가장인 홍덕호의 부름을 받아 떠나게 되었으므로 금녀 혼자 남아 있는 것이 호젓하다 하여 남편을 조른 데 있었다.

홍덕호의 편지에 작인들을 몇 호 데리고 오라 하였고 노자까지 보내었으므로 박 첨지며 익수며 홍덕호의 가정에서 그럼직한 사람들에게 은근히 그 뜻을 말하였다.

그들은 살림이 구차한 푼수로 한다면 당장이라도 떠나고 싶었으나 생소한 땅에 소홀히 갈 수도 없다는 것과 굶어죽어도 제 고장이 좋다는 향토에 대한 애착으로 하여 도리질을 하였다. 그러나 여기에 익수의 짝패 장정 몇은 밑져야 본전이 아니냐 하고들 나서 십여 명의 지원자가 나타났다. 그러나 부모의 만류와 또 피치 못할 사정으로 익수네와 함께 떠나게 된 것은 민식, 치호, 오손이의 세 사람이었다.

그들은 다시 정세를 보고 편지하겠노라 말하고 가족은 뒤에 두고 홑몸으로 떠났다.

이리하여 박 첨지를 위시한 열세명의 일행이 응봉리를 떠나게 된 것은 가을도 저문 어느 날 새벽이었다.

K역까지 사십 리를 자동차를 타지 않아서는 안 되는 길이었으나 홍

덕호의 지시에 따라 일체의 살림기구—바가지는 물론이려니와 뚝배기까지 걸어가지고 가는 일행이므로 짐이 부쳤다.

동리에서들은 이 고향을 떠나는 사람들에게 베푸는 석별의 정으로 우차 네 대를 내어 짐과 함께 사람을 태웠다.

이른 새벽에 응봉리를 하직한 것은 정오쯤 떠나는 북행 차에 못 미칠까 저어함이었다.

찬수는 그때 보통학교를 졸업하고 읍에서 면사무소 급사 노릇을 하고 있었다.

그는 우차를 타고 정거장까지 그의 가족의 전송을 나갔다. 박 첨지의 가족 중 찬수 하나만이 남게 되었다. 열일곱 살 밖에 안 되는 아들 찬수를 남겨 두고 가는 것이 서운한 품이 서선 그의 어머니에 지지 않게 박 첨지의 심중이 허전하였다.

그것은 박 첨지가 찬수를 어머니보다 더 사랑한 탓이라기보다도 보통학교를 수석으로 졸업하자 그 어마어마한 면사무소에 곧잘 붙었다는 것 그리고 한 삼 년 지나면 면서기가 되고 (그것은 이웃동리 이의이 영감 손자의 예를 보아) 그렇게 된다면 머리를 하이칼라로 빗어 넘기고 훌륭한 신사가 되어 응봉리에도 출장 나올 것을 항상 기쁨으로 기다렸던 터라. 그 아들의 출세를 동리 사람들에게 미처 자랑하지 못하고 떠나는 것이 무엇보다 애석하였다.

부인네들은 아무 말이 없었고 울퉁불퉁한 촌길에 수레가 이쪽저쪽 몹시 들까부는 대로 몸을 맡긴 채 우두머니 새벽 안개에 잠겨 있는 숭엄한 매봉이 점점 멀어지는 것을 바라보고 있었다.

일편 남자들의 수레에서는 고향을 떠난다는 호젓함이란 없는 듯 웃고 지껄이고 떠들었다. 물론 그들에겐들 전연 호젓한 생각이 없는 것은 아니겠으나 맘 맞는 짝패가 넷이 함께 간다는 든든함이 무슨 즐거운 여행이나 떠나는 듯한 기분이었을 것이다. 그리고 그들은 친구를 K역까지 전송하기 위하여 우차를 자진하여 몰고 가는 친구들이 가지고 온 소주를 잔을 돌려가면서 마시며 그들의 의기는 출정군사의 그것같이 충전하였다.

한 현장의 주선으로 국경을 무사히 넘은 일행이 잔站, 驛에 도착된 것은 H평야에 눈이 히끗히끗 날리는 날 오후였다.

고향의 맑은 하늘 붉게 물든 산 논에 파도치는 벼이삭 숨을 쉬면 맑은 공기와 함께 구수한 벼 향기가 가슴속까지 스며드는 고향 그리고 일할 때에 쳐다보고 저녁 돌아올 때에 바라보던 매봉 그 밑에서 나서 그 밑에서 죽고 멀리 떨어진대야 읍내 밖에 못 가던 매봉에 대한 애착 그와 동시에 그 밑에 남겨두고 온 골육과 정든 이웃사람에 대한 애착이 한껍에 북받쳐 인생의 가슴은 고향 떠나온 사람의 허전함으로 메였다.

눈은 이내 그쳤으나 구름은 걷히지 않고 벌판이 메 떼게 들어서 있는 새는 바람에 불리는 대로 이리저리 큰 기폭을 휘두르는 듯하였다.

방치원은 일행을 끔찍이 환영하였다. 그는 산동山東 태생이었으며 젊어서 조선에 건너가 인천 근방에서 작은 포목전을 경영한 일이 있었다. 대체로 조선 안에서 자수성가한 사람으로서 조선말도 의사를 소통할 정도는 되였거니와 그 자신이 신세진 조선 사람에게 대하야 깊은 이해를 가졌었다.

수전 개간을 그렇게 후한 조건으로 승낙한 것도 그가 조선 있을 때 입쌀밥에 맛들인 관계도 있거니와 그것이 만주에서도 한전旱田보다 이윤이 훨씬 많다는 것을 안 까닭이다. 그보다도 그는 얼마 전부터 이용가치가 충분히 있으면서 그대로 팽개쳐 있는 수십만 평의 황무지를 수전으로 개간할 생각을 가졌으나 이곳 원주민은 그런 기술이 없어 그가 조선 있을 때 친하던 사람에게 그런 뜻을 편지하였다. 그 사람은 만주에 들어오는 것을 무슨 귀양살이나 떠나는 것 같이 여기였던지 아무런 회답도 없이 아깝게 여기면서 일 년을 지났던 판에 홍덕호가 나타난 것이었다. 대뜸 홍덕호의 의견에 찬의를 표한 것은 이런 사정에서였다.

그는 또한 조선 있을 때 조선 사람의 생활을 충분히 알았다. 그러므로 자기의 고장을 안식처로 찾아온 이 이방異邦의 교인僑人들을 그는 너그러운 마음으로 맞았다. 그리고 개간사업에는 처음 약속대로 비용을 댄 것은 물론이려니와 그 외의 여러 가지에 이 고장 주인으로서의 아량과 후의를 충분히 갖고 있었다.

그것은 방치원의 개인적 후의만이 아니었다. 당시의 정부에서도 대체로 방치원과 같은 견해를 가졌다. 그들은 이주민에서 안식처를 제공하는 것이 대국으로서의 금도라 자임했다. 그리고 인구가 희박하고 개간 지역이 엄청나게 많은 만주에서 더욱 수전의 개간은 지원의 발굴로서 국력의 증강을 의미하는 것이라 하였다. 그들은 이주증移住證을 발급함으로서 월경越境하는 백성을 환영하였고 지주들은 먼저 이주하여 온 사람을 통하여 조선인의 농호를 부르기까지 하였다. 즉 그들은 조선 백성의 힘을 빌려 만주의 황무지 개간을 꾀하였던 것이었다.

한 현장이 홍덕호의 청을 일언하에 받아들인 것은 이 정부의 국력 증강책에 부합된 까닭이었다.

그러나 원주민인 이곳 농부들은 바가지를 보퉁이에 매어달고 거지 떼 같이 몰려오는 백성들에게 적지 않은 적개심을 느끼고 그들을 모멸하였다.

그것은 이주민으로 말미암아 그들의 기경지既耕地가 침해당할까 저어함이었다.

그들은 그들이 이미 개간한 땅—그것을 지킴으로써 만족히 여겼고 달리 개척한다거나 황무지 같은 것을 이용할 생각은 하지 않았다. 수전을 모르는 그들에게 우리도 아닌 생각이겠거니와 그들은 습지며 낮은 곳은 한전에 적당타 아니하여 그대로 팽개치고 돌보지 않았다. 그리고 그것은 어떤 사람들이고 이용할 수 없는 것인 줄만 여겼다. 그러므로 이주민들은 떼를 지어 들어와서 결국은 그들이 이미 갈아놓은 땅에서 농사를 짓지 않으면 안 될 것이고 그렇게 되면 그들의 생활은 근저로부터 위협을 당한다는 것이었다.

방치원의 호의와는 정반대인 원주민들의 이러한 냉정한 태도는 일행이 이곳에 처음 도착되던 때부터 느낄 수 있었다.

방치원은 홍덕호와 의논하고 원주민 작인의 집 한 채를 내어 우선 일행의 여장을 풀기로 하였다.

추수에 한참 바쁘던 만주인 작인들은 하던 일을 집어치우고 모여 들었다. 방치원이 그들에게 제일 큰집을 내라는 말을 하였고 그 집까지 지목하였으나 얼른 그 말에 순종치 않는 눈치였다. 그리고 그들끼리 무어라 볼멘소리를 하며 좀체로 가구를 옮기려 하지 않았다. 방치원은 골을 버럭 내며 그 집 문을 열어제끼고 이불보퉁이며 밀가루 자루며를 닥치는 대로 집어 밖에 내던졌다. 그 기세에 눌리어 그들은 억지로 짐을 다른 집으로 옮기었으나 얼굴에는 불만의 기색이 농후하였다.

이러한 승강이 끝에 든 집이었으나 살림의 구조부터가 다르고 이상한 냄새가 코를 찌르는 집에 마음이 붙지 않아서 이삿짐을 끄를 생각도 나지 않았다.

그러든 어느 날 밤 일행이 도착되어 나흘 되던 날 밤이었다. 북받치는 여수旅愁도 며칠 동안의 피곤으로 말미암아 멀리 달아난 듯 일행이 단꿈을 맺고 있는 때였다.

캄캄한 밤 천지를 흐르는 개 짖는 소리와 함께 그들은 알지 못할 아우성에 잠을 깨었다.

집안도 컴컴하고 바깥 역시 어두워 아우성의 주인을 알아볼 수는 없었으나 두 사람이나 세 사람의 목소리가 아닌 것만은 확실하였다. 그리고 앞만이 아니고 뒤에서도 아우성은 들려 집이 완전히 포위되어 있는 것도 짐작할 수 있었다. 마적이구나— 생각하였으나 말馬 우는 소리나 발굽 소리도 들리지 않았다. 말은 알아들을 수 없었으나 노기를 띤 것이 역력하였으며 같은 말을 이구동성으로 되풀이하는 것을 듣는다면 "어서 나와 덤비여바" 하는 듯하였다. 집안에서는 혼겁하여 숨을 죽이고 있었다. 이윽고 밖에서는 문을 탕탕 차고 차에는 이따금씩 돌멩이가 날아와 맞는 소리가 났다.

나가지 않으면 그들이 문을 부수고 들어올 것이고 그렇게 된다면 오히려 독 안에 든 쥐가 될 것이다. 손에 손에 방망이를 들고 나선 것이 장정네인 것은 물론이었다. 맨 앞에 익수 그 뒤에 치호, 오손이, 민식이 그 뒤에 박 첨지 그리고 부인들 — 부인들은 포장 하나로 가려놓은 옆방 구석에 박혀 기절이나 진배없이 넋을 잃고 있었으나 남자들이 나서는 것을 보고 무의식중에 어린애를 안고 그 뒤에 따라나선 것이었다. 널로 만든 출입문을 홱 열어제긴 것은 맨 앞에서 익수였다. 문을 열고 두어 걸음 밖으로 내딛자 익수는 앗쿠 하고 자빠졌다.

치호는 자빠지는 익수를 안으려고 하였으나 그의 머리에도 역시 바깥사람의 방망이가 무수히 내려왔다. 치호는 익수를 안고 있을 겨를이 없이 몸을 재게 솟구쳐 바깥사람의 방망이를 일편 피하고 일편 그의 손에 쥔 방망이를 휘두르면서 기세 좋게 밖으로 나갔다.

바깥사람들은 치호의 방망이에 마저 자빠지기도 하며 쭉 좌우로 갈라졌다. 익수는 뒤에 나오는 부인들에게 맡기고 치호의 뒤로

"이놈들 사람으 죽이는구나"

하고 고함을 지르면서 오손이, 민식이, 박 첨지가 각각 방망이를 내저으며 따라섰다.

넷이 마당 넓은 곳을 향하여 내빼자 바깥사람들도 그들의 뒤를 쫓아 칠같이 캄캄한 마당 가운데에서 잠깐 동안 짝근짝근 유혈의 난투가 벌어졌다. 개는 요란히 짖고 아우성과 아울러 비명이 밤하늘에 사무쳤다.

이 소리에 놀라 뛰어나온 것은 방치원과 그의 집에 묵고 있는 홍덕호였다.

그들이 들고 온 초롱불에 의하여 비로소 싸움의 상대편이 이곳 원주민인 것을 알아볼 수 있었으며 홍덕호의 설명으로 말미암아 그들은 집을 뺏기고 그들의 농토까지 뺏으려는 이주민들을 아예 광이를 땅에 내려놓기 전에 내쫓자는 데서 나온 행동임을 알았다.

방치원이와 홍덕호가 각각 무마하여 싸움은 일시 그쳤으나 나그네의 마음에는 슬픔이 치받치었다.

가을이라 하여도 고향의 겨울이나 다름없는 날씨 찬 기운은 그들의 옷 속으로 사정없이 쏘아들었다. 부인들의 곡송 아이들의 울음 장정들도 눈에 팔을 가져가며 어깨를 들먹이었다.

방치원은 무어라 대어드는 그의 작인들을 일편 억누르고 일편 타일렀다.

"이 사람들은 결코 여러분들을 해치러 온 사람들이 아니다. 우리나라를 살기 좋은 고장으로 알고 찾아 온 순수하고 죄 없는 백성들이다. 나는 오랫동안 이 사람들의 고장에서 살았기 때문에 이 사람들의 온순한 마음을 잘 알고 있다. 이 고장을 찾아온 이 손님들을 극진히 맞아주는 것이 우리가 마땅히 해야 될 일이다. 여러분 어디 길을 떠났다 가정하자 해는 저물고 배는 고프고 할 때 멀리서 등불이 반짝거리는 집을 보고 아픈 다리를 끌면서 그 집을 찾아가 한 그릇의 밥과 하룻밤의 잠자리를 청했다고 하자. 그때 나그네에게 밥과 잠자리를 주는 것이 옳겠는가 그렇지 않으면 몽둥이로 나그네를 때려 내쫓는 것이 옳겠는가 그리고 그 나그네는 그 집을 위하여 복을 가져오는 사람이라면 어쩔 터인가—여기 서 있는 사람들은 이제 내가 말한 나그네요 여러분은 집주인이다.

여러분은 오늘 저녁 귀중한 손님 불상한 손님에게 손을 대었다. 이것을
옳은 일로 생각하는가."

홍덕호의 설명에 의하면 방치원은 대개 이상과 같은 뜻의 말을 하였다.

그러나 그들은 방치원의 말을 이해하는 것 같지 않았다. 말을 채 듣
지도 않고 하나를 알아들을 수 없는 볼멘소리를 하면서 어둠 속으로 각
각 그들의 집을 향하여 흩어졌다.

방치원은 홍덕호를 통하여 미안하다는 말을 재삼하였다. 그리고 흩
어져가는 작인들의 뒤를 따라 그들의 처소에까지 가서 또 무슨 말을 타
이르러 가는 모양이었다.

박 첨지를 위시하여 젊은이들은 다소의 부상을 당하였다. 박 첨지는
코피가 터져 입가로부터 눈 있는 데까지 피칠을 하였고 민식이는 뒷골
을 얻어맞은 듯 머리가 깨져 피가 목덜미로부터 저고리를 빨갛게 적셨
다. 오손이는 가슴이 결리요 아프다고 숨을 깊게 들여 쉬었다 내쉬었다
하며 손으로 가슴을 만졌다. 의외에 치호만은 아무런 상처가 없는 듯하
였으나 찢어진 바지에서 반쯤 드러난 빨랫돌 같은 엉덩이에 주먹만 한
어혈이 시커멓게 찍혀 있는 것을 발견하였다. 아마 된방망이에 몹시 얻
어맞은 모양이었다.

그들은 집안에 들어서면서

"익순 괜찮허요?"

하고 물었다.

"익수두 뒤따라 나갔는데……."

하고 익수 어머니는 어떤 예감에 몸을 떨면서 황겁히 말하였다. 그는 처음 밖으로 나가다가 한 방치 얻어맞고 자빠졌으나 짝패들이 기세 좋게 밖으로 나가자 잠깐 동안 누었다, 정신을 가다듬어 어머니며 처가 붙드는 것도 듣지 않고 어둠 속으로 쫓아나갔었다.

"우리 뒤를 쫓아 나갔단 말요?"

민식이는 놀라면서 되물었다.

"암만 붙잡어두 듣지 않구!"

어머니의 말이었다.

"큰일 났군……."

모두들 눈이 휘둥그렇게 되어 익수를 찾으러 나섰다.

박 첨지는 얼른 바지가락을 뜯어 새카맣게 된 솜을 떼어 코에 솜 마개를 해 박고 민식이는 홍덕호의 마누라가 고향에서 가지고 온 항아리에서 된장을 꺼내어 콩떡짝만하게 빚어 머리 깨진 데 붙여준 위에 수건을 꼭 비끄러매면서 얼른 나갔다.

한패는 홍덕호의 초롱을 앞세우고 강변으로 더듬어가고 또 한패는 집안에 매달아 놓았던 남포 불을 들고 집 뒤쪽으로 찾아 나섰다.

"익수우."

하고 강변 쪽에서 익수 부르는 소리가 나면 거기에 호응하여 이쪽에서도

"이익수우."

하고 불러 잠깐 사이에 익수 부르는 소리가 앞뒤에서 어둠 속에 애타게 들렸다.

이리하기 십여 분

"이게 익수 아닌가?"

하고 소리가 들린 것은 남포 불든 쪽에서였다.

익수는 그들이 든 집에서 사십여 간 떨어져 있는 밭둑에 송장이 다 되어 걸치어 있었다.

모두들 그리로 달려갔다.

익수는 머리가 바수어지고 허리가 부러져서 눈으로 똑바로 볼 수 없으리만큼 처참하였다. 숨은 겨우 붙어 있었으나 사람의 꼴이 아니었다.

여럿이 쳐들어 오손이의 등에 올려놓았다. 그리고 역시 여럿이 부축하여가지고 집에까지 왔다.

금녀와 어머니는 울상이 되어 어쩔 줄을 몰랐다. 홍덕호는 얼른 자리를 펴라 하였다. 금녀는 포장 저쪽에서 그가 아까까지 깔고 누웠던 때가 케케 묻은 요와 부부 침을 끌어왔다. 그것은 결혼할 때에 만든 것이었다.

어머니는 함지에 냉수를 퍼다가 수건을 잠가 상처를 씻기도 하고 헝겊을 뜯어 싸매기도 하였다. 그러나 희망은 없었다.

어슴푸레한 남포불 밑에 눕혀 있는 익수 그를 둘러싸고 앉아 있는 사람들—그들의 얼굴에는 격분과 슬픔이 섞인 표정이 나타났다. 그렇게 요란하던 개 짖는 소리도 잠잠하여 숨 막히는 몇 분간이 지났다.

금녀는 남편의 몸을 흔들었으나 아무런 감각이 없는 것을 보고 몸부림치며 울었다. 그의 어머니는 침통하게 앉아 있는 박 첨지에게 달려들었다.

"어째 익술 끌구 왔우? 무엇 때문에 끌구 와서 이렇게 뭇매에 죽인단 말요. 모두 영감 죄임넌다. 농사꾼이면 군소리말구 농사나 질 게지 계집 질이 뭐란 말요. 논밭 다 그년 뱃속에 미러 여쿠 인젠 아들마저 되 땅에 끌구 와 잡아 바쳤으니 속이 시원하겠우…….”

그리고 덕호를 향하여

“사돈은 무슨 억하심정으루 영감을 충둥여 다려다 이 꼴을 보게 한 단 말요. 제 좋으면 혼자 좋게지 왼통 동리를 끌구 오라구 해가지구.”

말은 가득하나 울음이 쳐 받치어 방바닥을 두드리며 목놓아 울었다. 이에 따라 금녀도 맘 놓고 소리 내어 울었다. 박 첨지는 한숨만 쉬고 홍 덕호는 민망해서 어쩔 줄을 몰랐다. 옆에 둘러앉은 사람들은 침통하게 입을 다물고 앉아 있을 따름―

이때

“그놈들 버르장머리 가르치지 않구 제멋대루 내처둔담!”

하고 화다닥 일어난 것은 치호였다. 그는 날쌔게 문을 박차고 밖으로 내 뺐으나 홍덕호가 뒤를 따라 나가 그를 붙잡아 왔다.

“그 무지한 사람들과 밤낮 싸운댔자 별 수 없는 게니 참게 참어 관청 에서 우릴 보호해주니까 자네가 손 부치지 안트래두 어련히 잡 뒷갈망 해 줄라구―”

홍덕호는 이런 말을 하였으나 젊은 패들의 격분이 가라앉을 리 없었다.

“머요? 죄 없는 사람 때려죽이는데 그저 보고만 있으란 말요?”

“영감은 우리가 송두리째 마저 죽는 걸 보구서두 보홋 소리 할 테유?”

“이놈 영감부터 집어처야겠다!”고 일어난 것이 오손이었다. 그러나 그는 민식이의 만류로 주저앉아 두 손으로 얼굴을 가리고 웅웅 소리쳐 울었다. 이러한 고조된 분위기도 익수의 "어머니" 하고 부르는 힘없는 소리로 기세가 꺾였다.

익수는 감았던 눈을 겨우 뜨고 어머ー니 하고 겨우 소리 내어 불렀다. 어머니는 익수의 머리맡에 다가앉았다.

방 안 사람들은 모두 그쪽으로 머리를 돌렸다. 숨을 죽여 익수의 입술에서 무슨 말이 나오나 기다렸다. 익수는 입술에 가냘픈 경련을 일으키며 애써 입을 움직였다. 그러나 말소리는 나지 않았다.

"익수! 이 사람 무슨 말인가 할 말이 있거든 빨리 말하게 여기 어미가 있네. 아버지두 금녀두 그리고 동무들두 다아 앉어 있네. 얼른 말하게 웅!"

어머니는 얼굴을 익수의 얼굴에 바싹 가져가면서 애타게 말하였다. 익수는 또 한 번 입을 움직였다. 모두들 귀뿐이 아니라 온몸을 고막으로 삼고 익수의 말을 들으려고 하였다.

"어머니 저어기……."

익수의 입은 힘없이 다물었다. 어머니의 뺨에는 눈물이 주루루 흘렀다. 금녀는 치마로 얼굴을 가렸다.

"저기 무어 보이니……."

"금녀두 있구 아버지두 앉었구……."

어머니의 말은 익수의 입술이 움직이는 거와 함께 그쳤다.

"저ー기 매보옹……."

하고 익수는 또 말이 막혔다. 얼굴에는 괴로운 빛이 깊게 나타났다. 숨을 모아가지고 겨우 소리를 내였다.

"매봉이ー 매봉이ー 저ー기 매애봉이 뵈와요……."

"웅! 매봉이 그래 정신 채려웅 정신 채리기만 하문 매봉 앞에 데려다 줄게웅……."

어머니는 눈물이 왈칵 쏟아져 얼굴을 비와 같이 적시었으나 씻을 염도 않고 말하였다.

"익수 정신 채리게. 당장 우리 웅봉리로 도루 가세. 이 사람 정신 단단히 채리게……."

오손이는 어머니의 말을 이어 말하였으나 익수는 머리를 가로저으려고 애쓰는 듯하였다.

"아아니 가선 안 돼. 여기서 논 풀고 돈 버러 가지구……. 그리구 웅봉리에 돈 버러 가지구……. 우리 논밭 우리가 판 논이구 밭이구……."

그리고 잠깐 쉬었다가

"다시 물려 와야지……. 빈손으룬 못 가 빈손으룬……."

그리고 나무에서 잎 떨어지듯 머리를 베개에서 힘없이 떨어트렸다. 그리고 운명하였다. 집안은 왈칵 울음이 터졌다.

방치원이가 부른 만주인 한의는 익수가 운명하여 네 시간이나 지난 뒤─다 새벽이 되어 당나귀 등에 앉아 왔다.

익수의 장례는 삼일장으로 하였다.

여장도 채 풀기 전이라 초상이라고 예를 갖출 경황이 없는 것은 두말할 것도 없으나 이역에 와서 억울하게 죽은 그를 위하여 이렇게라도 하지 않으면 남아 있는 사람들은 그들의 슬픔을 위로할 길이 없었다.

노자에서 남은 푼돈과 방치원 홍덕호의 부의를 가지고 현성縣城에 가서 무명이지만 수의감도 끊어 왔고 남자는 두건 여자는 베수건 하나씩은 다 마련하였다. 금녀에게는 상복으로 깃광목 치마저고리 한 벌 깍듯이 해 입혔다.

매장은 홍덕호가 전에 발견한 매봉 옆에 하기로 하였다.

상여는 임시 들것 비슷이 만들었고 그것을 치호와 민식이가 앞뒤에서 들었다.

상여 뒤에는 상복 입은 금녀를 비롯하여 박 첨지 부부 그리고 모두 따라섰다.

슬픈 장렬葬列이요. 엄숙한 장렬이었다.

금녀도 어머니도 울지 않았다. 울음으로 나타내기엔 지나친 슬픔이요 아픔이었다.

모두 소리 없이 걷기만 했다. 슬픔을 깨물면서 걷기만 했다.

땅은 파졌다. 시신은 안치되었다. 흙을 올렸다.

분묘는 만들어졌다. 해는 지평선에 기울어지려 하였다.

부인이고 남정이고 어린이고 늙은이고 익수의 분묘를 둘러싸고 마음으로 익수의 영에 애도의 진정을 베풀었다. 누구 하나 발을 들어 집으로 오려고는 하지 않았다. 언제까지고 언제까지고 섰고 싶었다.

석양 엷은 햇발도 거둔 뒤라. 솔솔 부는 바람은 차가웠다.

겨우 부녀자를 돌려보내고 남은 것은 남자들 — 익수의 짝패들과 홍박 두 늙은이였다.

홍덕호가 들고 간 '빼주'를 고향에서 갖고 온 북어로 안주 삼아 가며 묘 앞에서 그들은 나누어 마시었다. 잔을 주고받고 하면서 그들은 이야기 끝에 자연히 금후의 일을 의논케 되었다. 홍덕호는 입이 있어도 말이 있을 리 없었고 박 첨지 역시 어안이 벙벙하여 의견이라고 있을 리 없었다. 주거니 받거니 한 것이 젊은 패였음은 두말할 것도 없어 폐일언하고 고향으로 돌아가야만 된다고 주장한 것은 오손이었다. 익수를 그렇게 죽여 버린 이 고장에서 우리가 무슨 낯으로 오래 머물러 있겠느냐 그것은 첫째 익수의 양친과 그의 부인에게 면목이 없는 일이고 고향 사람이 안다면 그런 부끄러운 일이 없다. 그러니 어느 하루를 기약하여 그들을 습격하여 익수의 앙갚음을 하고 그냥 고향으로 돌아가자는 것이었다.

그렇게 말하면서 그는 펄펄 뛰었다.

그러나 민식이의 주장은 그런 것이 아니었다. 익수의 원수를 갚는 것은 물론 찬성이다. 그러나 우리가 이곳에서 내뺀다는 것은……. 결국 우리가 지고 마는 것이다. 우리가 처음 이곳에 들어올 때의 목적을 훌륭히 관철해 보이는 것이 그들에게 대한 무엇보다의 승리다. 이제 싸움을 또 일으켜 가지고 내뺀다면 결국 그들이 원하는 대로 되고 만다. 저놈들은 한 놈 나자빠지더니 그만 질겁해서 뺑소니를 친다고 코웃음 칠 사람은 누군가? 이런 창피가 어디 있으며 이런 경솔이 어디 있느냐? 우리는 이를 갈면서라도 이곳 황무지를 개간해야 된다. 이 벌판이 모두 벼루, 시퍼렇게 메꾸어질 때까지 버티어야 된다. 그리고 돈이나 한 웅큼씩 긁어쥐고 버젓이 고향에 돌아가야 된다. 엊그저께 무슨 용 뿔이나 뺄 듯한 기세로 웅봉리를 떠난 우리가 한 달도 채 못 되어 부녀자를 귀지지 끌고 돌아간대서야 말이 되느냐? 이것이 도리어 고향 사람들에게 대한 부끄럼이다. 여기 누워있는 익수도 나의 의견에 찬성일 게다. 그것은 익수가 운명할 때 어머니께 한 유언을 생각하여도 알 일이다. 대체로 이러한 뜻의 주장이었다.

"그럼 널랑 여기서 원대루 그 눈쌀을 마저 가며……. 마저 죽기라두 해가면서 수전인지 논인지 변지 제기랄 것 푹 풀다가 오려무나 난 이놈의 땅에 한 시각두 있기 싫다."

빼주에 흠뻑 취하여 비천거리며 일어서려는 오손이의 손을 잡아 앉히고 민식이는 말하였다.

"이 사람 자넨 그걸 말이라구 하나……. 이제부터 어떻게 해야 되겠다는 걸 상의하는 자리에서 그게 말이라구 하는 건가?"

"말이 아니문 뭐겠는가 자네같이 벼에 미친 사람은 친구가 마저 죽는 걸 보구두 가마니 앉아 있을 테니 그게 무서워 그러네. 내가 마저 죽는 댓자 자넨 변지 수전인지가 크지 벼아닌 이 친구가 중할 턱이 있나 그러니아야 마저 죽기 전에 그리고 자네하구 사이가 버러지기 전에 난 뺑소니치겠네 그게 상책이거든……. 내 몸은 내가 돌봐야 친구구 뭐구 없어 왜 내말이 글는가?"

"뭐 어째?"

민식의 손은 오손이의 뺨에 철석 올라갔다.

"이 애가 환장했구나……. 만주와 며칠 만에 오랑캐가 다 됐네……. 빨리 빨리! 허! 허! 되놈한테 마저 죽을까 했드니 이놈 민식이 놈한테서 결단이 나겠네……."

그리고 천천히 위통을 벗고 민식이의 코밑에 바싹 다가앉았다.

"옛다. 때려라!"

하고

"이놈 날 때려죽이지 않으면 너두 사람 아니야……. 이 친구를 모르는 놈!"

그리고 머리를 숙이고 있는 민식이의 멱살을 틀어쥐는 것이었다.

치호와 박두홍 영감이 말려 갈라놓았으나 오손이는 비척걸음을 하며

"아이고―불쌍한 익수야 불쌍한 내 친구야!"

하면서 혼자 집으로 내려가는 것이었다.

그 뒤를 넷은 아무 말두 없이 따라섰다.

벌서 땅금은 되어 동녘으로부터 먹물의 장막이 소리 없이 대지를 덮기 시작했다.

갈가마귀 떼가 하늘 높이 북으로 지저귀며 날아간다.

이튿날 아침이었다.

오손이와 민식이는 어깨를 겨누고 매봉 쪽을 향하여 거닐고 있었다.

"어적게 내가 취했든 모양이지."

오손이의 말이었다.

"뭐!"

민식이는 이렇게 가볍게 대답하였다.

"빈속에 그놈 배갈 어찌 두독한지 대뜸 취하데 그려."

이러는 오손이를 민식이는 쳐다보며 말하였다.

"내가 자네 따귀 때린 것 생각나나?"

"글세 말일세 친구 모르는 놈 어찌구 호통한 생각 어슴푸레 나네."

"이 사람 그게 뭔가?"

"글세 말일세."

둘의 발은 향하는 대로 맡긴 것이 익수의 묘 앞에 와 머물렀다.

아침 해가 떠오르려는 때였다. 매봉이 환히 밝아졌다.

햇발은 그들 두 동무의 전신에 화려한 빛을 던졌다.

밭에는 이곳 농민들이 벌서 이곳저곳에서 나락을 걷노라 바쁜 듯이 움직였다. 콩단을 들고 왔다 갔다도 하였다. 둘은 아침 해를 향하여 가슴을 내밀고 두 팔을 활짝 폈다. 상쾌한 기분이었다. 크게 소리를 지르고 싶은 충동이 일어났다. 둘은 매봉에 기어 올라갔다. 바로 발밑에는 익수의 묘가 있고 안개에 전개된 것은 햇발에 환한 일망무제의 황무지였다.

오른편에는 출렁출렁 강물이 흐르고 있어 이따금씩 햇빛에 반사되어 반짝반짝하였다. 일행이 들어있는 집에서는 안악들이 아침 짓노라고 나왔다 들어갔다 하고 아이들은 두셋씩 마당에서 뜀뛰기를 하고 있었다. 평화한 풍경이었다. 갈등과 반목이 도무지 허용될 수 없는 극히 평화한 광경이었다.

"거 좋은데……."

오손이의 말이었다.

"뭐시?"

민식이는 일부러 딴전을 폈다.

"저 강물 끄러다 이쪽 황무질 논풀었으면……. 십만 평이 아니라 이십만 평은 너끈히 될 걸……. 이 사람 힘 안 들이구 될 일일세 아주 쉽게 될 일일세……."

오손이는 손으로 황무지와 강물을 번갈아 가리키며 민식이에게 몸을 바싹 다가대고 말하였다.

"어적게 날더러 벼만 알구 친구 모르는 놈이라 야단이드니……."

민식이는 오손이의 말을 받아쳤다.

"하하하."

"하하하."

"미안하이. 술이야, 술 때문이야."

"오손이."

민수는 정색하고 불렀다.

"웨 그러는가?"

"익수의 죽엄을 더 원통해 하는 건 누구구, 덜 원통해 하는 건 누구겠는가?" 그리고 그는 오손이의 손을 꼭 쥐었다.

"미안하이."

그들은 매봉에서 내려왔다.

익수의 묘 앞에 둘은 나란히 얼마 동안이고 서 있었다.

관청에서는 이번 일을 세세히 조사하였다. 그리고 가해자 편에서 책임자를 내여 적당히 처리할 것을 말하였다.

한 현장의 호의인 것은 물론이었다.

민식이 패에서는 거기에 더욱 힘을 얻었다.

그리고 이를 갈면서 내년에는 이 벌판을 볏단으로 메꾸자고 서로 서로 무언중에 맹세하였다.

이리하여 매봉둔 개척의 첫 괭이는 익수의 희생으로부터 힘 있게 내려놓게 되었다.

박 첨지는 W하에서 수도 끌어올 것을 실지로 밟아보며 연구하고 계획하였다.

젊은이들은 W하 방축에 서 있는 백양나무를 베서 집짓기로 하였다. 날은 하루하루 추워 와서 집 없는 고생을 부녀자들이 불쌍하였다.

우선 박흥두 영감의 집을 두 채를 세웠다. 젊은이들은 그 두 집에 나누어 기숙하기로 한 것이었다.

겨울 추위를 막기 위하여 집은 될 수 있으면 낮게 만들었다. 온돌도 놓았다. 매봉 밑에는 온돌에 안성맞춤인 돌이 많았다. 지붕은 조짚을 올렸다. 벽은 돌과 흙을 한데 버무려 바람 막기만 좋게 하였다. 대체로 움막을 면치 못하였으나 우선 겨울을 덥게 나면 그만인 것이었다.

박 첨지의 눈짐작은 서투른 측량기수보다 나았다. 낮은 곳을 쫓아가며 말뚝을 박았다. 새끼를 쳤다. 삽과 괭이를 둘러메고 장정들은 땅을 팠다. 연장 오리의 뜰이다. 그것을 내년 봄까지 파야 된다. 추위는 세차게 닥치고 땅은 떵떵 얼었다. 불을 피워 땅을 녹여가며 한 뼘 두 뼘 파나갔다. 농한기라 원주민을 고용하려 하였으나 들을 리 없었다. 부인들도 소년들도 젖먹이만 떼고는 총동원이었다. 일은 바람 부는 날이고 눈오는 날이고 쉼 없이 하였다. 발이 얼고 손끝은 퉁리쳤다. 그러나 이것이 조금도 괴롭지 않았다. 고통으로 느껴지지 않았다. 벼! 벼! 벼를 이 넓은 토지에 꽉 차게 심고 북돋우면 그만이다. 그것만이 일념이었다. 그외의 것은 돌아볼 가치가 없었다. 원주민들과의 충돌 그런 것도 벼를 북돋으려는 일념 앞에는 아이 장난이었다. 오직 벼! 벼 앞에는 아무런 희생도 참고 견딜 수 있었다. 일은 수도 내는 것과 한가지로 퇴수의 길을 만드는데 기술을 요하였다. 그러나 그것도 손쉽게 될 수 있었다. 강이 기역(ㄱ) 자로 꺾인 것을 이용하였다. 기역 자의 가로 긋는 것과 내려 긋는 것을 삼각형의 이변으로 하여 그것을 비끄러매어 제 삼변을 수도로 하였다. 물은 강에서 나와 조금 딴 곳으로 산보하다가 제 강으로 도로 들어가는 격으로 되었다. 경비도 들 것 없었다. 오직 힘이면 그만이었다. 그러나 손이 모자라는 것이 안타까웠다. 고향에 편지를 떼었다. 설이 쇠고 한 호가 들어왔다.

이월 달에 두 호가 넘어왔다.

원병이 올 때마다 먼저 왔던 사람들은 힘을 얻었다.

그리고 자꾸 팠다. 파고 팠다.

이리하여 수도의 개척이 끝나고 황무지를 보섭으로 갈아 물을 댄 것이 이듬해 경첩이 훨씬 지난 뒤였다.

첫해에 푼 것이 열상十垧(＝大垧約二千坪)가량이었다.

농사는 쉬웠다. 볍씨는 맨 나중에 들어온 사람이 가지고 왔다.

거름도 할 필요가 없었다.

의외에 물이 좋았다. 벼에는 좋은 물이지만 사람한테는 맞지 않았다. 설사하는 사람도 생겼다. 몸에 부스럼이 나는 사람도 있었다.

그러나 이것도 이길 수 있었다. 어른들은 이내 물에 익숙하여졌으나 저항력이 없는 어린애들은 설사하다가 죽는 일도 있었다.

그러나 벼에 좋은 물이므로 어린애 하나둘 죽은 것이 큰일이 아니었다. 위생에 대한 상식 없는 것도 이유겠으나 어린애가 죽는 것은 수도

좋다는 고향에서도 늘 있는 일 벼만 잘 자라고 씩씩하면 그만이다. 죽을
명이니 죽었겠거니 하는 태도였다.

가을이 되었다.

농사는 풍작이랄 수 있었다.

일 년 전 새만 가득 찼던 황무지에 누런 벼의 물결이 바람에 넘실거
렸다.

주민들은 지내온 일 년을 돌이켜 보고 밭머리에서 말들이 없었다.
그저 뒷짐을 끼고 논둑을 밟아 보기만 하였다.

식구도 늘었다 힘도 더 났다. 기쁨 벼가 가져 온 기쁨에 사람들은 가
슴이 뛰었다. 감격에 가슴이 뻐근하였다. 익수를 생각하니 더욱 그랬다.

하늘이 높게 개인 하루였다. 바로 추석날이었다.

주민들은 벼를 베어 햅쌀로 떡을 하였다. 밭에서 나는 팥으로 속을
넣고 송편도 만들었다. 모두들 익수의 묘에 갔다. 제사를 지내고 풀도
베었다. 그리고 음복한 후 그 앞에서 농악農樂을 잡히기로 하였다. 그것이
익수의 영혼을 위로하는데 무엇보다도 가장 적당한 놀이라는데 의견이
일치한 까닭이었다.

며칠 전부터 젊은 패들은 밤을 밝혀 가며 벙거지며 상모를 만들었다.
북장구들은 가지고 온 것을 썼다.

민식이는 장구를 치고 홍덕호는 상쇠를 잡았다. 치호와 후에 들어온
젊은이 넷은 범고잡이였고 오손이와 또 하나 후에 온 젊은이는 벙거지
를 쓰고 음률에 맞추어 긴 머리를 끄덕끄덕하며 상무를 팽팽 돌리었다.

모두들 신이 나서 두드리고 춤추고 들까불었다.

오직 박 첨지만은 아들 생각에 혼자 이 놀음에서 제외되어 있었으나 젊은 패들의 기꺼운 놀이에 가만히 앉아 배길 수 없었다. 그는 벌떡 일어났다.

징을 쥐었다. 그리고 놀이패의 원진圓陣에 뛰어 들어갔다. 모두들 박 첨지가 들어선 것을 보고 더욱 기꺼하였다. 더욱 명랑하여졌다. 두어 바퀴 돌은 후였다.

박 첨지는 징이 시원치 않은 모양인지 민식이의 장구를 뺏어 메었다. 그리고 다리를 들썩들썩 어깨를 으쓱으쓱 춤추면서 잦은 가락의 장단을 쳤다. 징도 잦고 범고잡이도 상쇠잡이도 따라서 상무도 잦아졌다. 십여 분 눈이 돌아갈 것 같이 모두 땀들을 흘렸다. 숨들이 찼다.

"그만!"

그리고 그들은 술을 마셨다. 부인들은 솥뚜껑을 걸고 전을 지었다. 보시기가 시원찮타 하여 사발을 돌렸다. 술도 집에서 부인들과 빚은 것이었다.

또 농악이 시작되었다.

원주민들은 어린이 어른 할 것 없이 모다 구경나왔다. 낫살이나 먹은 원주민은 익수의 묘 앞에 가 꿇어앉아 절을 하며 묵도를 하는 이도 있었다. 부인들은 원주민에게 떡과 술을 대접하였다. 아이들에게는 전을 주었다.

방치원도 초대하였다. 그는 농악을 보고 대단히 부러워하였다. 원주민들도 그들의 경작지를 침해하지 않고 몹쓸 땅을 갈아 가득히 나락이 매어지도록 되게 한 이주민 솜씨에 몰래 감탄하며 농악을 잡히며 노는 모양이 힘차고 재미있다고 구경하였다.

"호호好好."

홍덕호는 방치원이를 일궈 세웠다. 싫다고 앙탈하는 것을 끌고 농악대 속에 집어넣었다.

모두들 신이 나서 북이를 두드렸다. 오손이는 도망하려는 방치원이를 붙잡다가 뒤에 얹혀 서서 두 팔을 벌리고 춤을 취였다.

농악이 잦았다. 방치원이도 이에 따라 오손이 시키는 대로 잦게 팔을 놀렸다. 원주민들은 모다 깔깔대고 웃었다. 박수를 하였다.

이것이 끝난 후 "쾌지랑 칭칭"이었다.

목청 좋은 치호가 앞소리로서 허두를 먹였다.

"만주 땅 넓은 들에도."

모두들 이를 따라 뒷소리를 받았다.

"쾌지랑 칭칭 노―네"이었다.

벼가 자랐네 벼가 자라
쾌지랑 칭칭 노―네
우리가 가는 곳에 벼가 가고
쾌지랑 칭칭 노―네
벼가 있는 곳에 우리가 있네

쾌지랑 칭칭 노―네

우리가 가진 것 그 무엇이냐

쾌지랑 칭칭 노―네

호미와 바가지밖에 더 있나

쾌지랑 칭칭 노―네

고작 고거냐 비웃지 마라

쾌지랑 칭칭 노―네

호미로 파고 바가지에 담어

쾌지랑 칭칭 노―네

만주 땅 좋은 땅에다

쾌지랑 칭칭 노―네

우리 살림 이룩해보자

쾌지랑 칭칭 노―네

그날 해질 때까지 그들은 먹고 마시고 춤을 추고 노래하였다.

유쾌하고 명랑한 하루였다. 그러나 그것은 그날만의 유쾌가 아니었다. 소출이 예상이었음을 보고 그들은 더 기뻐하였다.

소출은 벼로 이백 석石. 이것을 팔아 이천 원가량이었다.

벼는 현성縣城의 송화 양행松花洋行에 갔다가 팔았다.

송화 양행은 나까모도中田란 사람이 경영하는 것이었으나 그는 뒤에 숨어 있고 앞에는 만주 사람을 내세워 이 지방에서 나는 콩 서속을 무역하고 주민들에게 백면白面 같은 것을 공급하였다.

나까모도는 항상 만주복을 입고 있어 얼른 보기엔 만주 사람으로 빗보기 쉬웠으나 매봉 사람들이 벼를 가져갔을 때 극진히 대해 주었다. 현성에 오직 하나인 일본 사람으로 왜 이런 데 쓸쓸히 와 있나 이상히 생각하였으나 그때의 주민들은 그저 우리의 벼를 잘 사주는 좋은 사람이거니만 여겼다.

논에서 나는 소출 외에 밭에서 나는 잡곡이 있었다. 방치원의 빚은 일천오백 원가량이었으나 천 원을 물어주고 천 원은 남겼다.

그리고 잡곡으로 일 년 계량을 보태었다.

모든 것이 극히 순조로 나아갔다.

추수가 다 지나고 주민들은 또 수도 낼 계획을 세웠다. 그리고 수도를 팠다.

고향 응봉리에서는 이 제2의 응봉리인 매봉둔에 한 호 두 호씩 자꾸 들어오게 되었다.

가을에 두 호 겨울에 세 호 그 다음 해에 다섯 호 — 매봉둔 넓은 황무지는 해마다 논으로 변하였다.

낮은 곳은 논 풀기 힘든 곳은 밭을 이뤄 매봉둔을 중심으로 조선 사람은 벼와 함께 자꾸자꾸 뻗어나갔다.

처음 계약한 삼 년이 지났다.

그동안 무상으로 개간하고 지어먹은 논은 그대로 방치원이에게 바치었다.

이것이 조금 섭섭하였으나 그때에는 논이며 얼마간의 밑천을 쥔 때였다. 그뿐 아니라 또 삼 년간 사륙제四六制(＝ 지주四, 작인六)로 소작할 것을 계약하였다. 그 위에 주민들은 황무지를 샀다. 황폐지며 초지였으나 한상에 십 원 내외면 살 수 있었다. 방치원은 묘리를 얻어 강이 가까운 곳은 황무지라도 팔지 않았으나 주민들은 이곳저곳 흩어져서 당장 논이나 밭을 풀지 못할 곳이라도 값이 싸면 자꾸자꾸 사 두었다.

그리고 고향에 편지 내어 자꾸자꾸 사람들을 불러들였다.

삼 년이 지났다.

계약은 또 연장되었다. 이번에는 육 년간 절반斯半으로 하였다.

먼저 온 사람들은 그들이 사 둔 토지를 고향에서 불러온 사람들을 시켜 논과 밭을 이루었다. 후에 들어 온 사람들은 처음 못 들어온 것을 후회하였다. 그때 그들도 이삼 년 지나면 처음 온 사람들의 본을 따서 황무지를 자꾸 사두었다.

그리하여 박 첨지 일행이 처음 들어온 지 칠 년이 지났을 때에는 매봉둔에는 오십여 호의 농민이 자리 잡게 되었으니 이십 리 사십 리의 거리를 두고 십 호 내지 이십 호씩의 부락들이 이루어지게 되었다.

일찍 들어온 사람들은 작인을 넣고 농사하게 되어 생활은 윤택하였으며 오손이 민식이는 여기서 장가들어 버젓한 살림을 했다. 치호는 아버지 초상을 당하여 사 년 만에 고향으로 나갔으나 그 후 어이된 일인지 다시 들어오지 않고 그의 소유 토지를 민식이로 하여금 처리케 하여 현금 이천 원을 보내게 하였다.

향옥이가 어떤 장사꾼하고 배가 맞아 떠들어온 것은 박 첨지가 들어온 지 칠 년 되는 해의 가을이었다.

그들은 매봉둔에 자리 잡고 포목상 겸 잡화상을 폈다.

그전까지는 무엇 살 것이 있으면 멀리 현성까지 갔었으나 향옥이네 상점이 생긴 후로부터 이러한 불편이 없어졌다.

매봉둔 사람들만 아니라 부근의 작은 부락에서들도 모두 이 집에 와서 물건을 샀다. 이 집에 없는 것이면 향옥이 남편이 현성에 물건 무역하러 갈 때 그에게 부탁했다.

자연히 부근 부락 사람들은 매봉둔에 자주 드나들게 되었으며 나중에는 약속한 바도 없이 장이 서게 되었다. 향옥이네는 주민들이 갖고 온 곡식도 걷어 사기도 했다. 그것을 현성에 갖다 팔았다.

모두들 편리하다 하였다. 그렇게 생각하는 것과 함께 향옥이 부부는 주민들에게 없지 못할 사람이 되었으며 고마운 사람이 되었다. 모두 고맙다 하였다.

그러나 박 첨지 마누라는 이것이 못마땅하였다.

그것은 박 첨지가 향옥이 온 후부터 그의 태도에 이상한 구석이 엿보이는 탓이었다.

사실 박 첨지의 마음이 향옥이의 의외의 출현으로 동요되었음은 그 자신도 부정할 수 없는 사실이다. 그러나 뚜렷한 남편이 있는 여자— 아무리 이전에는 노류장화였었고 그러한 탓으로 그와도 정분이 있었던 사이였으나 지금 와선 마음에 있어도 떳떳한 남의 안해—박 첨지는 그의 생활에 여유가 생기면 생길수록 그리고 나이 한 살 더하여 가면 그럴수록 지난날의 황홀하던 향옥이와의 생활의 추억이 짙은 향기로서 그의 몸과 마음에 육박하여 오는 것이었다. 그러나 할 수 없는 일, 그리하여 향옥이의 남편이란 사람에 대한 질투, 향옥이에 향하는 마음—그것은 다— 타버릴 무렵 마지막으로 활딱 타고 스러지는 촛불과도 같이 인생 오십의 고개를 넘으려는 박 첨지의 애욕의 최후의 연소燃燒로서 치열히 불탔다. 그리고 그의 애욕의 연소는 그 최후를 최후답게 찬란히 장식할 수 있었다.

그것은 향옥이의 남편이 죽은 까닭이었다.

향옥이의 남편은 이곳에 온 지 일 년 반이 채 못 되어 아마 급성맹장염急性盲腸炎이었으리라. 저녁을 먹고 갑작이 아랫배를 움켜쥐고 뒹굴다가 새벽녘에 절명하였다.

남편이 죽은 뒤 향옥은 전방을 혼자 맡아가지고 곧잘 장사를 하였다. 포목과 잡화뿐 아니라 밤에는 술도 팔았다.

처음에는 다못토리만이었으나 나중에는 작부 하나를 데려다 색주가 비슷한 것을 차렸다.

젊은이들은 곧잘 이 집에 술 먹으러 다녔고 색시에 맘 두고 치근거리는 패도 있었다.

그러나 이상한 소문이 떠돌게 되었다.

그것은 작부가 아니라 포주인 향옥이가 애기를 뱄다는 것이었다. 그소문은 남편이 죽은 지 일 년이 지난 뒤에 떠돈 것이었다. 그리고 그 아기의 아버지가 박 첨지라는 것이었다. 처음 박 첨지는 그것을 부정하였으나 꼬투리가 달랑달랑하는 옥동자를 낳았을 때에는 그는 제가 아비노라 자처하고 나섰다. 향옥이와의 관계를 공공연하게 드러내 놓았다. 그리고 향옥이의 집에 가서 백이나 다름없었다. 상품의 무역도 그의 손으로 하였다.

파는 것도 그의 손으로 하였다.

박 첨지 부부의 내외 쌈이 잦은 것이 이때부터임도 두말할 것이 없다.

"…… 그년 따메 고향 떠났구 그년 따메 익술 죽이구. 그래두 속이 시원치 않어서 이번엔 또 누굴 잡을려꾸 이러는 거유. 또 생죽엄 하나 나야만 늘그막 주책 버리겠우……. 더럽구 용렬하우……. 환갑이 넬모레인 영감이 술장사 여편네 궁덩이를 두드리문서 쫓아 당기는 꼴악슨이야……. 그 노릇이 죽은 익수한테 죄 되는 줄 영감은 모루우 그 애가 하눌에서 내려다보우 부끄럽지두 않수? 어서 썩어지우 그년 하구 같이 푹 썩어지우."

그리고 금녀를 가리키며

"저것이 불상치 안우 저것 보기 부끄럽지 안우……. 서방 죽은 지 인젠 구 년이 되는 구려 어린 것 하나 그것두 유복재遺腹子 하나 바라구 수절하는 게 다― 무엇 때문이우? 경식(익수 아들) 애비가 너무두 원통히 죽은 때문이 아니겠우? 어린 여편네 맘에두 그게 못이 백였구려 그런데 늙은 애비가 그 지경이니 금녀 대할 낯이 있우? …… 영감이 그렇게 주책없이 굴 바에야 별 수 있오. 영감은 영감이 좋을 대루 그년하구 살겠으면 살구 싫건 살다가 돌베개 베구 죽겠으면 죽구 인젠 그거다―아랑곳 있우……. 금년 금녀 대루 한 살 더 젊어서 좋은 서방마저 보내구……. 남의 자식 전정을 막을 턱이 있우……. 나는 나대루 찬수래두 찾어갈 밖에 별 수 있우……. 그리구 경식 녀석은 개 되겠으문 되구 영웅이 되겠으문 되구 그건 내가 알게 있우 영감이 어련히 잘 아라 할라구……." 그러면 금녀도

시어머니의 뒤를 이어 버젓이 말하는 것이었다.

"집안이 이렇게 된다문야 누굴 믿구 살겠습니까?"

그리고 시어미 며느리가 맞붙잡구 목 놓아 우는 것이었다.

익수의 이야기를 끄집어내고 금녀와 경식이를 들출 때마다 박 첨지는 속이 찔리고 그의 마누라의 말이 온당하다고 천만 번 인정하는 것이었다. 이럴 때마다 그는 향옥이와의 관계를 깨끗이 끊으려고 하였다. 그러나 그것은 그 말을 들을 때뿐 한 걸음 밖으로 나오면 그 자신도 모르게 몸과 마음이 향옥이한테로 끌려감을 어쩌는 수 없었다.

"남어지 세상이 얼마라구."

박 첨지는 향옥이의 유혹에 이끌려가며 항상 이렇게 생각하였다.

매봉둔에 들어와 근 십 년 동안 그는 손끝이 무지러지도록 흙을 팠다. 그동안 한시각의 마음과 몸의 여유가 있을 리 없었다. 조금도 헛되이 발산하지 않고 뭉쳤던 향락적 본능이랄까 이러한 것이 생활의 여유와 함께 한꺼번에 폭발되었다. 거기에 인간 애욕의 최후의 연소, 이런 것들은 계산에 넣는 외에 박 첨지는 오십에 본 어린 것에 대한 애정이 추상같은 그의 이성을 이기고도 남았다.

마누라의 푸념 익수와 며느리와 손자를 들쳐 내는 조전의 무기도 처음 몇 차례는 마음에 찔리고 그 말로 말미암아 그의 행동에 대한 마음의 가책이 되었으나 그것이 번번이 말하여질 때 그 말의 중량과 가치가 점점 경감하여져서 나중에는 옹 또 그 푸념이로구나쯤 되어 대수롭게 여겨지지 않는 것이었다. 이러할 무렵에 매봉둔을 중심으로 일어난 논의가 학교를 세우자는 것이었다.

매봉둔 그리고 원근의 작은 부락을 합하면 이백 호는 논 넉넉히 되었다. 어린이들은 해마다 늘었다.

부형들은 흙 파는 것만으로는 만족해하지 않았다. 물론 그것은 잘 살기 위한 수단이다.

그러나 잘 산다는 것은 자기 자신을 위하는 동시에 그들의 2세를 잘 북돋고 그 장래를 틔워줌에 있다. 2세를 위하여 그 장래를 생각하는 마음은 남의 땅에 와서 더부살이하며 흙을 파는 농민이나 여유 있는 도회 사람이나 다를 것이 없다. 오히려 도회 사람보다 더 불탔다. 교육기관이나 훈육기관이 완비된 도회 사람은 손쉽게 그들의 자제를 취학시킬 수 있으나 그런 기관이 없는 매봉둔 주민에 있어는 그들의 희망을 실현할 길이 없다 생각하니 향학열이 도회 사람의 두 곱 세 곱 더 탈 수밖에 없다. 더욱 그들은 고향을 떠나올 때 학교 다니던 아이들을 중도에서 떼어 가지고 왔다. 혹은 일 학년에서 혹은 삼 학년에서 어린이들은 부형들의 이사로 말미암아 꿀같이 달던 배움의 마당을 하직하고 산천부터 적막한 만주 들판에 끌려온다. 부형의 경작에 조력도 하나 조력이라는 것이 대수롭지 않은 것은 물론이려니와 한창 소년다운 생활에 앞뒤를 몰라야 할 그들은 그들의 세계를 잃고 만다.

그리하여 어른도 아니요 소년도 아닌 이상한 분위기에서 악질인 것은 담배를 피우고 나쁜 장난을 하고 그렇지 않은 아이는 심성의 정상한 발전을 잃어 일종 이상한 성격을 갖게 되는 것이었다.

부형들이 근심하는 것은 이러한 점에서였다.

학교는 중심지인 매봉둔에 두는 것이 필요하였다.

그리고 그렇게 하기로들 의논이 되었다.

그러나 모두 논 갈고 밭가는 데는 익숙하였으나 학교 일은 서투른 것은 두말할 것 없었다. 필요는 느끼고 학교 둘 곳까지 이야기가 되었으나 그것을 꾸려나갈 사람이 없었다.

인재를 갈망하는 마음 지도자가 나타났으면 하는 마음 — 그것은 매봉둔을 중심으로 하는 이백 호 주민들의 공통된 갈구였다. 밥 다음으로 필요한 것이었다.

그러나 봄이 되고 여름이 되어 농번기가 되니 모두 논밭 일에 여념들이 없게 되었다.

이때에 나타난 것이 찬수였다.

찬수가 둔장인 홍덕호며 그 외의 주민들에게 열광적 환영을 받은 것은 이러한 때문이었다.

아버지 박 첨지의 기쁨은 매봉둔 주민의 한 사람으로서의 기쁨과 십년 만에 만나는 성숙한 아들을 대하는 기쁨 외에 또 한 가지 더하였다.

그것은 향옥이와의 치정관계로 말미암아 떨어져 있는 주민들의 신용을 찬수의 출현으로 회복할 수 있다는 점이었다.

처음 홍덕호 등의 청으로 찬수한테 이곳 사정을 대강 이야기하고 학교일 맡아볼 수 있는 적당한 사람을 보낼 수 없겠느냐의 뜻을 써 보내었을 때 찬수가 오리라고는 꿈에도 생각지 않았다. 그것은 버젓한 중등학교 교원으로 있는 찬수가 그것을 팽개치고 이곳으로 올리 만무리라 생각하였기 때문이었다.

그러나 찬수는 자기가 가겠노라 곧 편지 회답을 하였다.

박 첨지로서는 이외에도 의외의 일이었다. 다시 편지 내어 그럴 것까지 없노라 하려던 참에 보름 만에 찬수는 이곳에 몸으로 나타났다.

찬수가 이곳에 오는 것을 내심 즐기지 않는 것은 박 첨지보다도 그의 마누라가 더 하였다. 맏아들을 횡사시킨 기억이 날이 갈수록 되살아나는 요즘 하나 남은 아들마저 데려온다는 것은 도무지 마음에 내키는 일이 아니었다.

뿐 아니라 들어오던 날부터 나간다는 것이 찬수 어머니의 입버릇이었다. 금년 가을에나 하고 마음잡았으나 내년 봄으로 밀리게 되었고 그 봄이 당하여 오면 또 가을로 밀렸다.

그러면서 근 십 년이란 세월을 내려끌었다.

더욱이 영감이 향옥이와 다시 관계를 짓게 될 때부터는 당장이라도 떠나고 싶은 생각이 났었고 향옥이한테서 어린것이 난 후 박 첨지가 그 애를 못 잊고 귀여워하는 것에 정비례하여 찬수 어머니는 아들에 대한 골육의 애정이 갑자기 차 받치는 것을 어쩔 수 없었다.

그리고 영감과 싸우는 경우에도 찬수가 조선에 있음으로 하여 그리로 가겠노라 입버릇이나 다름없이 그 말을 위협의 무기로 썼거니와 그렇게 실행할 수도 있었다.

그렇던 찬수는 조선을 떠나 이곳에 온다는 것은 한편 반가움도 없지 않으나 지금까지 전 정신을 받치고 있던 기둥을 홍수에 빼앗겨 버리는 것 같이 마음의 한구석이 무너지는 듯하였다.

일편 박 첨지는 공부도 많이 하고 출세도 맘껏 한 찬수가 무슨 까닭에 이런 곳에 와서 고생하겠느냐는 것이었다.

그러나 찬수가 불게하고 나타났을 때 주민에 대한 자신의 신용 회복이란 공리적 생각이 머리에 번쩍여 차라리 온 것이 잘 되었다 생각하였다.

찬수는 만주에 옴으로서 그의 정신의 질식을 타개하는 동시에 새로운 생활을 건설하려는 것이었다.

그는 박 첨지 일행이 처음 웅봉리를 떠나던 때 그러니까 십 년 전 그는 읍내 면사무소 급사로 있으면서 일 년간 충실하게 동경서 발행하는 강의록의 교외생校外生이 되어 은근히 자습하였다. 이년 되던 해 봄에 동경으로 건너갔다. 사립 중학교 삼 학년에 편입하여 신문배달로 고학을 하면서 그 학교를 마치고 W대학 야간 고등사법부에 입학하여 역시 낮에는 고학하고 밤에는 강의를 들었다.

졸업 후 K부府 공립 상업학교에서 영어를 가르치게 되었다.

아이들은 찬수를 따랐다.

학과는 물론이려니와 그 외의 것도 닥치는 대로 가르침을 받았다. 그는 경제학에 취미를 가져 거기에 대한 지식이 비교적 해박하였다.

아이들은 그의 숙사에도 찾아갔고 오면 아는 데까지 경제에 관한 이야기를 들려주었다.

이렇게 하는 사이에 아이들은 자연히 찬수를 중심으로 한 개의 '그룹'을 만들게 되었고 찬수는 차츰 교수에 보담도 이 '그룹'에 더 열이 가게 되었다.

아이들은 교장 배척 등 몇 가지 조건을 제출하고 동맹휴학을 하였다. 그 사건의 주모자가 찬수의 집에 드나드는 '그룹이었던 관계로 배후의 책동이 있다 하여 몇은 사직의 손을 번거롭게 하였다. 자연 찬수도 아이들과 함께 구금의 몸이 되었다. 영오囹圄에서 반년, 자유의 몸이 되어 나온 후 전직은 잃고 친구의 소개로 서울에서 어느 사립 중등학원에서 역시 교편을 잡고 있었으나 그 후의 생활은 막다른 골목에 자꾸자꾸 쫓겨 들어가는 듯한 숨 가쁜 것이었다.

일시적 실수라고 할까 이러한 과거에 대한 완전한 결별을 꾀하면서도 달리 넘어 디딜 새로운 생활을 찾지 못하고 마치 흐리터분한 날 고래가 메인 온돌에 불을 때일 때 방굽에서와 부엌에서 내는 연기 속에 앉아 있는 거와 같은 질식할 상태에 한 가닥의 신선한 공기, 그것은 찬수한테 절실히 필요한 것이었다.

환기換氣 — 찬수는 아버지의 편지를 신선한 공기를 공급하기 위하여 비스듬히 열어 놓은 퇴창으로 무한이 반겼다.

만주 — 하늘부터 툭 틔었을 만주, 땅은 물론 공기마저 환할 만주, 그곳에 십 년간 이룩하여 놓은 제2 웅봉리, 아버지와 어머니, 형수며 부형 친구, 동생들이 생활하고 있는 곳, 그곳에 가서 맘대로 뛰놀고 맘대로 부르짖고 부조와 형제들과 함께 먹고 일하자, 그들이 호미로 파서 쌓아 놓았다면 나는 그들의 2세를 가르치고 키워서 그들의 생활을 굳건히 해주고 빛나게 해주자. 그렇게 하는 것이 십 년간 흙을 판 고향 사람들의 노고勞苦에 대한 뒤에 오는 사람의 갚음이다. 이렇게 생각만 하여도 찬수의 가슴은 뛰었다.

그러나 그것은 역시 찬수의 마음 가운데 내왕하는 한 덩어리의 관념에 지나지 않았던 것을 그는 매봉둔에 도착된 후 며칠 안 되어 발견하였다.

그것은 씩씩하고 힘찬 매봉둔 주민들의 생활이 그리고 과거의 고뇌가 결코 그가 책상 위에서 생각하던 것 같은 시적인 것이 아니었다는 것을 눈으로 보고 느낀 까닭이었다.

그들의 고뇌, 그들의 굳은 의지 그것에 비긴다면 찬수의 생각, 그리고 그가 하려는 일은 너무도 빈약하고 하잘것없는 것이 아닌가. 그는 전에 들어온 이주민들의 거룩한 업적에 스스로 머리가 숙여지며 알지 못할 위압이 그의 마음을 내려 누름을 어쩔 수 없었다.

주민들의 극진한 환영 그것이 더욱 그에게는 커다란 짐이었고 괴로움이었다.

그들은 마치 무슨 구세주나 만난 것 같은 대접이요 환영을 베풀었다. 이 집에서 아침을 지으면 저 집에서 저녁을 짓고 하여 며칠 동안은 이 집에 들려 다니고 저 집에 들려 다녔으나 그럴 때면 더욱 그는 부끄러움을 느꼈다.

학교를 맡아 건설해 달라 아이들을 맡아 길러 달라 주민들은 열과 정성으로 그리고 진심으로 찬수에게 부탁하였다. 그러나 이러한 주민들의 신뢰와 기대가 크면 클수록 그는 그의 하잘것없는 힘 관념적인 유희를 더욱 반성하는 것이었다. 내가 지도자의 자격을 갖추었을까? 그들, 씩씩한 그들의 신망에 어김이 없을까—이러한 것을 생각하고 그는 얼마 동안 우울한 날을 보내었다. 이 같은 상태도 찬수가 역시 지난날의 탈을 완전히 벗지 못한 탓인 것은 더 말할 것도 없어 시각을 다투어 설계하고 시작해야 된 학교 건설에 대한 일도 와서 한 달이 지났건만 도무지 손에 잡히지 않았다.

거기에 그를 더욱 그러한 정신 상태에서 속히 벗어나지 못하게 한 것은 아버지와 어머니와의 사이의 암운이었다.

어머니는 아버지의 소행을 원망이 가득 찬 말로서 찬수에게 전하고 왜 왔느냐 나무랐다.

찬수는 아무리 부모의 일이라 하더라도 도리어 부모의 일인 탓으로 하여 늙은 부부의 치정관계에 깊이 들어가 간섭할 수 없었다.

그리하여 어머니의 마음이 시원할 말을 못하고 있었음으로 어머니는 너한테서나 속 시원한 이야기를 듣자고 했더니 너마저 애비 편이로구나 하는 태도로 아들을 못마땅하게 여기었다.

그리고 어머니는 인젠 내 혼자다 하는 생각으로 생전 알지도 못하던 술을 입에 대게 되었다. 처음에는 집에 조금씩 받아다 마시고 아들한테 노엽다, 영감은 죽일 놈, 익수가 불쌍해 며느리 신세가 가련타…… 항상 이 같은 푸념을 뇌이더니 나중에는 밖으로 나다니며 옆집 늙은이들과 떼를 지어 술을 무작정으로 마시었다.

이렇게 되고 보매 며느리 금녀는 신산한 시댁에 있으니 보다 친정에 가 있는 시간이 더 많아 찬수는 끼니도 제대로 찾아 먹을 수 없는 형편이었다.

이러던 어느 날 그는 현성縣城에 가서 송화 양행의 나까모도를 만났다. 벼를 항상 사주고 여러 가지로 매봉둔 사람에게 고맙게 굴어준다는 이야기는 그가 이곳에 와서 들은 일이거니와 무료를 이기지 못하여 찾아갔던 어느 날 이 늙은이를 처음 만날 때부터 그는 정다움을 느꼈다. 나까모도는 만주 말을 잘 하는 것은 물론이려니와 항상 만주복을 입고 있어 현성 사람들한테서는 친중파親中派로서 존경과 이해를 받았었다. 그러나 다만 그뿐이요 그가 무슨 까닭에 만주인 속에 다만 홀로 끼어 십사오 년을 한 곳에서 지내는지 아무도 몰랐고 그 자신도 이야기하지 않았다. 이야기 안한 것이 아니라 이야기 못한 것이며 또 이야기하려야 그의 참뜻, 그의 사명을 이해할 사람이 없는 것도 사실이었다.

처음 그를 만주인 측에서는 정치적 비밀 사명을 띠고 온 사람인 것으로 알아 감시를 게을리하지 않았으나 그는 조금도 그런 티가 없었고 도리어 만주 사람들을 위하야 여러 가지로 은혜를 베풀었다.

말도 옷도 생활도 모두 만주 사람의 그것을 따랐고 송화 양행을 경영하는 일편 고아원 유치원 같은 것을 경영하고 나중에는 소학교도 열었다.

그는 기독교도는 아니었으나 그가 신앙하는 알지 못할 종교가 있어 다만 그것을 아동들에게 선전하는 것으로 만족해하였다. 일종 세계동포애와 같은 교리였다. 그는 그것을 추상적으로 이야기한 일이 없고 아동을 통하여 그의 주의와 신념을 실행에 옮기는 것으로 일생의 업을 삼았다.

왜 일본에서 일을 못하였는가 의심이 되나 그러지 못할 심각한 이유가 있었는지는 차치하고 외국에 와서 외국 사람을 상대로 일하는 것이 그의 신념의 실행에 더 의의가 있다 생각한 것인지도 알 수 없었다.

매봉둔 주민들은 다만 그를 벼 잘 사주는 사람으로만 여기었지 뒤에서 그러한 정신적 사업을 하는 줄은 몰랐다. 그렇게 깊게 교제하지 않은 탓도 있으려니와 주민들은 일본말을 모르고 만주말도 잘 못함으로 그처럼 덤덤히 지난 데 원인이 있었다.

찬수는 의외에도 그를 만나 그의 뒤에 숨어 있는 사업을 알았고 홑몸으로 이역에서 꾸준히 자기의 신념을 위하여 일하는 위대한 인격에 억눌리었다. 나까모도도 모국어를 상통할 수 있는 찬수를 만나 온종일 그를 놓지 않고 이야기하였다. 그리고 그날 함께 송화 양행 이층에서 자면서 나까모도의 고심담 사업에 대한 이야기를 들었다. 그리고 감격하였다.

매봉둔에 학교 건설한 것도 찬수는 이야기하여 나까모도는 찬수를 격려하였고 교사의 재료며 그의 정신적 원조를 아끼지 않겠다는 것을 말하였다.

그는 이튿날 매봉둔으로 돌아오면서 한 달 동안이나 가슴속에 뭉키었던 울적이 한껍에 풀려 나가는 것을 깨달았다. 새 힘을 얻었다.

그날부터 그는 잡념이 없는 시간을 가질 수 있었다. 그가 처음 들어올 때 마음 가운데 다졌던 사명에 곧게 나갈 수 있는 마음의 긴장을 회복하였다. 그가 학부에서 연찬한 학문을 아무의 지배도 받지 않고 제 이상대로 실천할 수 있는 열의에 몸을 떨었고 행복감에 가슴이 울렁거렸다.

그는 우선 금년은 백 명을 수용할 수 있는 교실 두 간을 지을 것을 설계하였다.

학령 아동은 오십 명을 넘지 못하였으나 조선서 중도에 퇴학하고 온 아이들이 많아 처음 학교에 입학하는 아이를 한 급에 수용하고 다른 한 급에는 중도 퇴학한 아이를 두 학년을 함께 넣고 그를 오전에 교수하고 오후에는 나머지 세 학년을 한 급에는 단식, 한 급에는 복식으로 교수하려는 것이었다.

그리고 일 년에 두 급씩 늘려 이 년 후에는 육 학급을 완전히 차려 놓자는 것이었다.

금년은 우선 찬수 혼자 교수하기로 하고 내년 봄에는 그의 친구에서 가히 이런 일에 이해 있을 만한 사람까지 물색하여 데려올 계획까지 세 웠다.

밤에는 장년들을 위하여 야학을 열 것도 계획 중의 하나였다. 그리 고 나까모도 씨는 가끔 모셔다가 강회를 들리기로 하였다.

주민들은 두 손을 들어 이에 찬동하였다.

그리고 하루바삐 교실을 짓기로 하였다.

건축 재료는 천변의 백양나무를 베어 기둥이며 서까래 등으로 쓰고 그 외 널이며 유리 같은 것도 그들의 손으로 자급자족할 수 없는 것은 송화 양행에 말하여 나까모도의 알선으로 실어 오기로 하였다.

부근 동리에 목수 잘 하는 사람이 있었다. 그 사람의 지휘로 집을 세 우고 그의 토역土役 일체는 주민들의 부역이었다.

주민들은 열심들이었다.

가을 새 학기부터 학교 문 열 것을 목표로 하고 찬수는 공사를 다그 쳤다.

농번기였으나 주민들은 낮은 낮대로 논일에 힘쓰고 밤이면 학교 공 사에 종사하였다.

달밤이면 그대로, 달 없는 밤이면 솜뭉치를 철사로 공같이 감아 만 든 햇불을 여러 군데 켜 놓고 외를 엮고 벽을 붙이고 흙질하고 널을 다루었다.

학교 위치는 매봉 바로 옆이어서 주민들의 집과는 거리가 멀었으나 그들은 열심히 낮에 피곤한 하품을 깨물면서 잘들 일하였다.

기둥은 서고 서까래가 얹히고 마룻바닥이 깔렸다.

하루하루 집의 형용이 잡혀갔다.

공책, 교과서, 연필 등 학용품도 가져왔다.

책상은 긴 널장에 발을 붙여 마치 국숫집 상같이 만들었고 걸상은 없이 널 위에 방석을 깔고 앉게 할 작정이었다.

찬수의 마음 가운데는 완전히 매봉둔 주민의 한 사람이라는 생각이 자리 잡게 되었으며 그들의 머리를 깨우치고 그들의 2세를 훈육하는 사업으로서 매봉둔 개척의 한쪽 나래로서 이바지하자는 생각이 신념으로서 굳어지는 것이었다.

이러한 생각이 굳어지는 거와 한 가지 학교 집은 날로 완성에 가까워 벽도 다 부치고 인젠 지붕에 흙을 올리게 되었다. 흙을 올리고 볏짚 이영만 올리면 그만이었다.

준공이 된다고 생각하니 찬수의 마음은 조급하였다. 주민들도 찬수와 마찬가지였다.

비가 내려 공사에 지장이 생겨 준공이 하루라도 늦어지는 것은 참을 수 없는 일이었다.

찬수가 비가 올 듯 말 듯한 하늘을 쳐다보고 안절부절못한 것은 이 때문이며 급기야 소낙비가 쏟아지는 것을 보고 입맛을 다신 것도 이 때문이었다.

비는 자꾸 내렸다.

우박이 아닌가 의심하리만치 세게 퍼부었다.

어머니는 섶나무를 헛간에 다 처들였는지

"엇 쯔거."

하며 방문을 열고 들어오는 듯하였다.

그리고 잠깐 사이 잠잠하더니 또 오금 박는 소리가 이번에는 크게
들렸다.

"하루저녁 못 니저 이 비 오는데 나서는 거유."

아버지는 밖으로 나가려는 모양이었다.

"어째 이리 수선 떨구 야단야."

아버지의 퉁명스런 목소리였다.

"뭣이 수선이란 말요?"

어머니는 독이 뻗친 어세로 냅다 쏘았다.

"그때 모진 소낙비에 기체 안녕합시유 문안드리러 가는 참이유? 정
렬 부인 있단 소린 들었서두 정렬 남편 있단 소린 못 드렀우 그래 영감
은 그 없는 정녕 남편 노릇 하자는 게로군 열녀문 세워야겠어."

우레가 납작한 집을 꽉 내려 누를 듯이 울리었다.

집뿐 아니라 그 안에 있는 사람의 내장까지 흔들렸다. 이어 번개가
번쩍하고 번쩍였다. 비는 뇌성벽력과 보조를 맞추어 내려 퍼부었다.

우레, 번개, 비……. 천지는 태고의 암흑 속에서 한동안 뒤집히는 듯

하였다.

늙은 부부의 싸움도 자연의 폭위 속에 사라지고 말았다.

삼십 분은 넉넉히 되었을까 뇌성도 그치고 비도 개었다. 맑은 하늘
에는 별이 반짝였다. 무슨 일이 있었느냐 하는 것 같은 맑음이었다.

찬수는 문을 열고 하늘을 쳐다보며 어머니와 아버지의 갈등도 소낙
비 지난 뒤의 하늘과 같이 언제 한 번 깨끗이 갤 수 없을까 생각하였다.
그러나 그로서 해결 지을 수 없는 문제인 것은 전이나 지금이나 다름이
없었다.

─아버지는 이곳 개척의 공로자다. 십 년을 하루같이 흙을 파고 애
를 썼다. 그 공적은 이미 뚜렷하다. 이제 생활의 여유를 얻은 오늘 다소
의 향락은 용서할 수 있는 것이 아닐까. 아버지 자신이 그것을 기피한다
면 몰라도 그러한 생활에서 위안을 얻고 생애의 기쁨을 맛볼 수 있다면
그의 과거의 공적이 큰 것에 비추어 그 생활이 탈선된 것이라고 그것을
뺏는다는 것은 너무도 가혹한 일이 아닐까. 찬수의 아버지에 대한 태도
는 이러한 것이었다.

이러한 생각은 찬수로서는 극도의 너그러운 것이어서 이런 아량으
로 대하면 아버지의 행동의 이유는 우선 합리화할 수 있으나 그러면 어
머니─ 하고 생각을 돌릴 때 아버지에 대한 동정과 이론이 그만 무너지
고 마는 것이었다.

아버지에게 공적이 있다면 어머니에게도 반만큼 아니 그와 꼭 같은
분량의 공적이 있었을 것이요, 아버지가 그 공적의 값을 받는다면 어머
니에게도 응당 거기에 상응한 베풂이 있어야 된다.

아버지만 용서받고 어머니는 희생되어야 된다는 법이 어디 있느냐 찬수는 그만 막다른 골목에 이르고 마는 것이었다.

소낙비로 말미암아 학교 공사장은 말이 아니었다.

벽도 망가지고 집안에는 물이 고이고 지붕 서까래 위에 펴놓은 수수 대기가 불거지고 날려 떨어져서 그것을 복구하려면 목수와 주민들이 총동원으로 부역한대도 열흘 품은 넉넉히 걸릴 정도였다.

찬수는 어안이 벙벙하였다.

자연의 위세 앞에 하잘것없이 쓰러지는 사람의 힘이라는 것을 그는 허무하게 생각하였으나 그 자연을 정복하고 그것을 이용하는데 또한 인간의 지능이 있고 인간의 힘이 있다는 것을 그리고 그것이 인간사회 의 발달의 역사이며 이것이 소위 문명의 피비린내 나는 과정이라는 것 을 새삼스럽게 느꼈다.

그렇게 생각하고 봄에 찬수는 여기에서 낙망만 하고 서 있을 아무런 근거도 없었다.

그는 한번 허허 웃고 자연의 주정꾼이 한바탕 들부셔 놓은 낭자한 자취를 웃음으로써 대할 마음의 여가 생긴 것을 그 스스로도 대견히 여 기면서 건축장 주위를 뒷짐을 짚고 한 바퀴 돌았다.

널 위에 고인 물에는 개구리가 여러 마리 목욕을 하고 있었고 어떤 놈은 깡충깡충 물 없는 널판에서 뜀뛰기를 하고 있었다.

자연의 한 때의 장난으로 만들어진 운동장에서 세상 모르고 목욕 감 고 있는 개구리 ─ 문득 찬수는 이것이 매봉둔 주민들의 운명이 아닌가

하고 생각하였으나 이내 그것을 부정하고 말았다.

해가 나면 우선 물은 증발하여 버릴 것이겠고 그렇지 않아도 학교 교실로 쓸 널장 위에 고여 있는 물이라 곧 목수와 미장이의 손으로 퍼냄을 받거나 쓸림을 당할 것이니 개구리 제 아무리 즐겁게 노닌다 하여도 천생의 논물이나 개울물에서와 같은 안전을 얻을 수는 만분 없을 일이요, 몰리우고 쫓김 받을 것은 시간 문제로 되어 있는 것이다.

찬수는 이러한 생각이 들자 곧 매봉둔 주민의 운명을 이 개구리의 운명과 한가지로 느꼈던 조금 전의 생각을 요사스러운 것으로 여겨 이내 부정한 것이었다.

그러나 이상하게도 한 번 그의 뇌리를 스쳐지나간 그 생각은 좀체로 나머지 자취를 걷지 않고 뱅뱅 돌아 무슨 불길한 것을 암시하는 듯 그의 마음에는 금시 검은 그림자가 자리 잡는 것이었다.

찬수의 예감은 적중하였다.

그것은 우선 복구 공사를 시작한지 이레 — 찬수며 목수며 원주민들이 모두 힘을 모아 망가진 곳을 고치고 새로이 손갈 데는 손질하면서 오로지 준공의 날을 기다리고 있는 날이었다.

둔장 홍덕호는 요즘 새로 갈린 현장의 호출을 받게 되었다.

학교에 관한 것이 아닐까 생각하고 새 현장은 이에 대하여 어떠한 처리를 할까 궁금히들 생각하였다.

한 현장은 오 년간 현장의 자리에 있다가 고향으로 돌아가고 후임으로 두 사람이 왔다갔다. 그 두 사람들도 한 현장과 마찬가지로 조선 농민에게 이해가 깊었다. 마지막 현장은 양 씨였으나 그는 이 년간 있는 사이에 역시 여러 가지로 매봉둔의 조선 사람에서 편의와 후의를 베풀었다.

학교 문제가 났을 때에도 홍덕호는 양 현장을 만나 그 계획을 이야기하였고 양 현장으로부터 묵인을 얻은 것이었다.

양 현장이 새로 온 소邵 현장과 자리를 바꾸게 된 것은 바로 찬수가 학교 집을 짓기 시작할 무렵이었다. 홍덕호는 양 현장에게 그가 가더라도 학교에 대한 것은 주민의 열성을 받들어 새 현장에게 지장 없이 진행하도록 부탁하여 달라고 말하였다. 그는 물론 이것을 응낙하였다.

그러나 소 현장은 부임하던 날부터 한 현장이나 양 현장 같은 사람이 아니라는 소문이 떠돌았다. 나이는 젊어 사십을 넘을락 말락 하였으나 일일에 까다롭기 썩 캐홀치라는 것이었다.

만국 십칠 년(소화 삼년) 장개석의 북벌北伐이 성공하여 동년 시월 십일부터 동삼성東三省에도 청천백일기가 나부낀 지 불과 반년이 남짓한 때라 그들은 종래의 매관매직의 부패한 정치를 쇄신하고 삼민주의에 의거한 새롭고 힘센 정치를 펴야 된다고 지방에는 소위 정예분자를 발탁하여 파견하였다.

거기에 발탁되어 온 것이 소 현장이었다.

그는 북경의 대학을 졸업하자 동경에 가서도 모 대학에서 정치를 배운 일이 있어 지식으로나 패기에 있어서나 또는 정치적 의식에 있어서나 가위 진보적 인물이었다.

한 현장이나 양 현장 같은 돈으로 현장의 자리를 사고 돈만 주면 죽일 놈이라도 살리고 친분만 있으면 아무리 어려운 일이라도 그래야지

하고 허락하는 정치가에 비긴다면 국책에 충실하고 의식적인 정치를 행하는 데 있어는 소 현장은 발탁될 만한 자격이 충분히 있었으나 그것은 중국이란 국가로 보아 그런 것이고 매봉둔 주민에게는 정예분자가 아닌 물렁물렁한 한 현장이나 양 현장 편이 더 무난하였다.

소 현장의 정치적 목표는 배일에 있었다. 그는 배일사상으로 무장을 하였다.

소 현장은 부임하는 날부터 전 현의 관리명부를 조사한다, 현직 관리의 인물 고사를 한다.

맨 먼저 인적 전용의 정비에 힘을 썼다.

능률이 없는 관리는 사정없이 파면시키고 뇌물 먹은 관리도 조사하여 처벌하였다.

반면에 인재는 착착 등용하는 등 그의 급진성을 여지없이 발휘하였다. 이것이 우선 일단락 지은 다음에 달려 붙은 것이 현 내에 사는 일본 사람에 대한 조사였다.

부하의 보고로 현 내에는 거의 일본 사람이 없고 현성에 송화양행을 경영하는 나까모도라는 사람이 있으나 그 사람은 지극히 좋은 사람으로 부근에서 나는 곡식을 사들이고 주민들에게는 빼면白麵 같은 것을 대량으로 공급하여 없어서는 안 될 사람인 것은 물론이려니와 그는 친중파親中派로서 옷도 만주복이요 말도 만주말을 쓴다.

그 외에 우리들의 아동을 위하여 유치원이며 소학교를 경영하는 고마운 사람이라는 것을 알렸다. 따라서 길림에는 영사관이 있으되 현 내에는 영사관이 없노라, 소 현장의 비위를 맞추어 부하는 보고하였다.

그는 나까모도에게 붉은 점을 찍었다.

그를 불러 사람된 품을 살펴어도 보고 속도 떠보았으나 아무런 단서를 잡을 수 없었다.

어느 날 밤 삼경 그는 그자신이 지휘한 순경대를 이끌고 나까모도의 상점과 학교 등을 습격하여 샅샅이 가택수색을 하였다. 그것은 마침 그 무렵 송화양행에 도적이 들어 빼면과 통조림 그리고 현금까지 천여 원어치를 잃은 일이 있는 것을 빙자하고 그 범인이 그 집안에 있는 사람이라는 이유를 붙인 것이었다. 그리고 나까모도의 사용인 사오 명을 붙잡아옴으로서 가택 침입의 비법을 덮으려 하였으나 그가 찾아내려는 아무런 단서도 못 얻고 도리어 나까모도의 항의만 받았다.

소 현장은 그 후 사람을 내세워 그날 밤의 일을 사과하고 친밀한 듯이 표면은 꾸미었으나 더욱 그한테 날카로운 눈을 떼지 않고 있을 때 그의 집에 자주 드나들면서 널이며 횟가루며 유리며……. 이러한 건축 재료를 수레에 실어가는 젊은 사람이 있는 것을 알았고 그것이 매봉둔의 조선 사람이며 그들은 그곳에 학교를 짓는 중이라는 것을 알았다.

소 현장은 곧 부하를 불러 매봉둔의 조선 사람의 일을 조사하라 하였다.

그 보고로 매봉둔에 오십여 호 그 부근에 십호 내지 이십 호씩 작은 부락들을 합하여 이백 여호가 산다는 것을 알고 깜짝 놀랐다.

그리고 그들은 학교까지 짓고 있으며 학교 짓는 재료가 나까모도한테서 나간다는 것을 알고 큰일이 나는 것 같이 서둘렀다.

그의 지론으로 한다면 조선 사람이 많이 모여 사는 곳에는 그 사람들을 보호하기 위하여 '링스관領事館'이 들어온다는 것이었다.

다른 곳에서는 조선 사람을 민국에 입적시키고 중국옷 입기를 강조하여 자기나라 백성으로 취급해 버리나 소 현장의 지론은 그런 미지근한 방법이 틀렸다는 것이었다.

중국복을 입으나 국적에 드나 조선 놈은 어디까지든지 조선 놈이고 조선 놈인 이상 일본 신민으로서 보호할 의무가 있다. 주장함은 당연한 일로서 여기에 비로소 영사관 설치가 문제되며 영사관이 설치된다는 것은 곧 일본의 정치 세력이 이 나라에 인을 친 것을 의미하는 것이라는 것이었다.

그리고 조선 사람은 천성이 간사하여 이익을 위하여 필요한 편에 잘 들러붙으나 그것이 불리하면 배은망덕하고 은혜 베푼 사람에게 침 뱉기가 일쑤라는 것이었다.

그러므로 그 문제의 백성인 조선 사람을 전연 입국시키지 않는 것이 마땅한 일이나 이미 들어와 있는 사람들은 처음에는 온순한 수단으로, 그것을 듣지 않으면 문제가 생기지 않을 정도의 강제수단을 써서 몰아냄으로 화근을 빼어내는 것이 상책이라는 것이었다.

그러나 문제가 생기지 않을 정도의 강제적 수단이란 있을 수 없이 도리어 문제를 버르집어 놓는 결과가 생기는 것이었다.

홍덕호를 부른 것은 제일단의 수단을 선고하자는 데 있었다.

학교 건축을 중지하고 학교의 경영을 허가할 수 없다는 것이었다. 이것을 선고한 후 그 반영을 보아 매봉둔에서 떠나라는 제2의 수단을 쓰자는 것이었다. 홍덕호는 다 저녁 때가 되어 돌아왔으나 그의 얼굴에는 검은 구름이 짙게 끼었다.

주민들은 홍덕호를 에워싸고 건축장인 학교 교실 안에 앉아 현장의 명령이 부당함을 일편 분히 여기고 일편 그 선후책을 강구하였다.

그렇지 않아도 어두컴컴한 교실 안이 해가 떨어져 이윽하였으므로 황혼의 장막이 사방에 덮이기 시작하여 마주 앉았는 사람의 눈과 코도 잘 분간할 수 없게 되었으나 모두들 일어나려는 기색도 없이 우두머니 마주 보고들만 앉았었다.

모기는 앵앵 대부대를 지어 습격하여 이쪽저쪽에서 철썩철썩 넓적 다리를 때리는 소리와 써억 썩 팔을 긁는 소리가 이따금씩 날뿐 누구하나 말 한마디 없이 숨 가쁜 침묵이 여러 순간 지나갔다.

아이들은 그들의 부형에게 저녁 진지 받으라고 이르러 왔다가는 이 교실 안의 묵직한 공기에 그만 주춤하고 밖에서 여러 놈이 소리는 내지 않고 장난을 하다가

"아버지 저녁 잡수시래요."

한 마디 건으로 소리를 지르고는 집으로 내빼고 하였다.

얼마 동안의 침묵도 젊은이들의 격분한 말도 깨어졌다.

"기껀 학교 세워 노니까 그만두라 말라 이건 사람을 어린애루 아나."

"학교 고만두란 건 결국 우릴 이 고장에서 살지 말란 말이 아닌가……."

"글쎄 말일세……."

"그거야 말 되나 학곤 학교겠지 이 고장에서 살지 말라는 것과는 달르지 안나……."

"아닐쎄 학교 못 한다면 이곳서 사나마나지 애들은 어떻게 할려구?"

"에이키 시끄러워서 학교구 무어구 다— 불 질러버리구 논은 흙으루 다 메꿔 비리구 모두이 고장을 떠나 버릴까 부다 원 더러워 못 살겠네."

들어온 지 얼마 안 되는 젊은 사람의 말이었다.

"그게 무슨 말인가 이 고장은 못 떠나네 논이면 좀한 논인가 학교를 못하면 못할까 논을 폐답하구 떠나진 못해."

먼저 들어온 늙은이들의 말이었다.

"그렇지 그 논 때문에 죽은 사람은 몇이며 우선 익수가 있지 않나 익수의 영을 위해서두 그런 말 함부루 내선 못쓰네!"

"그렇구 말구 익수두 익수려니와 우리 손발톱이 무즈러지구 눈에서 피눈물 흘려가며 악으루 파헤쳐 논 논이지 이걸 그대루 내놓구 가랑이면 목숨을 바치겠네 익수두 익수려니와 수토 불복으루 고생한 사람은 몇이며 생으루 죽은 사람은 얼만가. 손발 얼구어 겨울만 되면 손구락 발구락에서 물이 찔금찔금 나오구……. 그 고생 생각한다면 이 논을 그냥 이빨루 물어뜯구 느리저두 시원치 않겠는데 이제 겨우 더운 밥술이나 입에 드러 가려 하는 때 떠난다 만다 그런 말 아예 입 밖에 내지 말게……."

이러한 넋두리뿐 아무런 구체안이 얼른 그들의 입에서 나올 것 같지 않았다.

찬수는 뒤보는 앉음앉이를 하여 가지고 그들의 뼈에는 넋두리를 듣고 있노라니 가슴에서는 알지 못할 분노가 와락 치밀어 무턱대고 울고 싶었다.

"박 선생 무슨 존 수 없겠수?"

홍덕호의 한마디는 찬수의 슬픔으로만 끌려가는 마음에 긴장의 매였다. 자신에 돌아온 찬수는 잠깐 동안 눈을 감았다가 떴을 따름 묵묵한 한순간이 흘렀다.

"방치원 영감한테 부를 수밖에―"

홍덕호의 이견이었다.

"그럴 수밖에―"

찬수도 대답을 하였으나 정부의 정책으로 하는 일에 더욱 새 현장의 사정없는 정책에 이전 시대의 토호土豪 방치원의 힘이 미칠 것 같지 않았다.

그날 밤으로 홍덕호, 박 첨지, 오손이는 방치원을 찾아갔다.

방치원은 그들을 만나 주었으나 전일의 태도가 아니었다.

"글쎄 소 현장은 도무지 친분도 없구― 전에 친튼 관리들두 얼마 없구."

방치원은 시원한 대답이 없었다.

할 수 없이 돌아오는 수밖에 없었다.

그리고 홍덕호의 집에 모여 또 의논들이었다. 학교는 사오 일만 손질하면 준공이 되는 것이니 어찌 되었든 간에 준공이나 시켜놓고 무슨 교섭이든 하자는데 의견이 일치되었다.

찬수는 이튿날 일찍 매봉둔을 떠나 현성의 나까모도를 방문하였다. 나까모도한테 학교에 대한 현장의 통고를 이야기하였다.

나까모도는 그것은 결국 중국 정권의 배일정책으로 나오는 것이라 말하며 내일 길림에 갈 일이 있으니 영사관에 그 사실을 이야기하겠노라 말하였으며 어떻게 하든지 처음 뜻을 굽히지 말고 학교는 문을 열도록 하라 격려하였다.

돌아오니 주민들은 논일을 쉬면서 학교 일을 하고 있었다.

아무런 일이 없이 사흘이 지났다. 기다리던 학교의 준공은 되었다. 먹 냄새 훈훈히 풍기는 칠판도 달아놓았고 국수 상 같은 책상도 송진 냄새를 그대로 지닌 채 가지런히 놓였다.

유리창도 말쑥하게 닦았고 사무실 방에 테―불 두개를 갖다 놓았다. 그 위에는 잉크병 철필대도 놓여 있었고 아이들이 쓸 공책과 교과서는 구석에 쌓아놓았다. 그리고 밤낮 할 것 없이 학교에 모여 놀며 노래 부르며 그 옆을 떠나지 않았다.

학교 이름은 웅봉학교 그 간판도 써 붙였다.

그러나 해결되지 못한 문제는 학교의 허가였다. 찬수는 나까모도를 믿고 그가 길림 갔다 돌아오기만 기다렸다.

그러나 그는 사흘이 되어도 돌아오지 않았다.

나흘 되던 날 홍덕호는 현 공서에 호출을 받았다.

저녁때 홍덕호는 말 등에 얹혀 겨우 숨이 붙어 돌아왔다.

홍덕호의 말에 의하면 학교 공사를 중지하고 교수도 하지 말라 하였는데 누구의 허가로 교사를 준공하고 교수를 시작하였느냐는 것이었다. 홍덕호는 그렇지 않다는 것을 무수히 변명하였으나 갖가지로 구박받고 반 주검이 되어 나오게 되었다. 그리고 다짜고짜로 내일 안으로 모두 매봉둔을 떠나 조선으로 도로 나가라는 것을 통고하였다. 이 명령을 어기면 홍덕호 자신은 물론이려니와 매봉둔 사람 모두가 결단날 줄 알라, 두세 번 말하고 내일 안으로 매봉둔을 떠난다는 문서에 홍덕호가 주민대표의 자격으로 도장을 찍게 하였다.

주민들은 어안이 벙벙하였다. 의논의 여부가 없었다. 격분이란 말로 표현할 수 없는 심정으로 가슴들이 떨리었다.

"거기에 도장을 찍다니……."

모두 거짓말 같았다. 농담 같았다. 그러나 엄연한 사실이었다. 울음도 말도 한숨도 나오지 않았다. 정신 잃은 사람들처럼 집안에 있는 사람은 천정을 쳐다보고 밖에 있는 사람들은 하늘을 쳐다보았다.

벼는 꽃이 피어 향기가 진동하였다. 매봉둔 오십여 호의 처마를 잇대고 자복히 움켜져 있는 초가집 뭉치를 한가운데 두고 벼는 그 주위에 안개가 모자라게 보이지 않는 꽃을 피우고 있었다. 벼 함지박 속에 앉아 있는 것 같은 흐뭇함도 옛날이야기, 이제는 그렇게 정이 들었고 그것 가꾸노라 갖은 희생 마다않던 벼, 온갖 슬픔과 울적한 일이 있어도 그 싱싱하게 자라는 모양을 내다보고 알지 못하는 위안을 얻었던 벼, 그것을 봄으로 치받치는 고향 생각하는 가슴을 어루만졌던 벼, 항상 맡으면서도 지치지 않는 향기, 겨울 동안에도 벽에나 처마 끝에 걸어 놓고 보고 즐기고 흐뭇해하던 벼 — 그것도 이날에는 눈에 들어오지 않았다.

하늘도 까맣고 땅도 까맣고 벼도 까맣고 사람도 매봉도 학교도 까맣게만 보였다.

"그 황무지를 문전옥토를 만들어 강냉이 맛 밖에 모르는 저이들에게 쌀밥 맛을 겨우 들이게 만들어 놓으니 그 은덕은 생각지 않구 떠메고 도라 가라니……."

그러나 갈 곳이 어디냐?…….

죽어도 예서 죽고 살아도 예서 살 밖에 없는 그들이었다.

고향에는 도로 나갈 수 없는 것을 잘 알고 있는 그들이었다.

찬수는 사람 둘을 내어 현성 나까모도에게 이 사연을 쓴 편지를 주어 보내었다. 길림에 갔다. 아직 돌아온 것 같지 않았으나 떠난 지 벌써 사흘이 되었으나 오늘쯤 돌아 왔을런 지 모르며 그 집에 가서 알아보아 언제 올 기약이 없으면 길림에까지 가서 그를 찾아 편지를 전하라 이르고 차비까지 마련하여 주었다.

그날 밤 박 첨지와 오손이와 민식이는 최후의 청으로 방치원을 찾았다.

"처음부터 우리들을 돌보아주든 방 대인께서 어려운 고비를 좀 도와 주시오."

하는 뜻을 세 사람은 간곡히 말하였다.

"당신네들의 딱한 사정은 잘 이해하나 현장의 명령이니 할 수 없는 일인 것은 두말할 것 없고 나까지 지금 현장한테 된불을 맞었소."

하며 그는 오늘 현장의 호출을 받아 현 공서에 갔었다는 이야기를 하였다.

현장은 방치원이에게 매봉둔이란 곳에 조선 농민을 불러들여 지금 같이 큰 부락을 이루게 한 것은 오로지 방치원이 때문이란 것을 말하고 그것은 곧 자기나라의 국토를 다른 나라 사람한테 함부로 매매하는 것으로 나라를 파는 사람과 다를 것이 없다는 뜻을 말하여 방치원이 변명할 겨를도 주지 않고 곧 돌아가서 주민들을 국외로 내보내든지 그것이 정 안되면 현縣 외外에까지라도 내어 몰라는 것을 명령하였다.

이것은 국책이니 이 명령에 위반하고 주민에게 정을 베푼다든가 우물쭈물하는 경우는 방치원을 매국노로 법의 재단에 맡기겠다는 추상같은 말로써 결론을 맺었다. ― 방치원은 이러한 이야기를 하고 도리어 조선 사람들이 처음 이곳에 들어올 때에 후의를 베푼 것을 고맙게 여긴다면 이 딱한 경우에 동정하여 나한테 욕이 돌아오지 않도록 해 달라 호소하였다.

박 첨지와 민식이 오손이는 혹 떼러갔다 혹 붙인 격이 되어 그 집을 나올 수밖에 없었다.

이 난관을 타개할 방도는 그들 셋의 머릿속에는 있지 않아 어둠 가운데 힘없는 걸음을 옮겨 놓으면서 부락으로 돌아오는 도중이었다.

W하의 다리를 건너 수도 방축으로 십 분쯤 걸었을 때였다.

어둠 속에서 으악 하고 십여 명의 사람이 방축 밑에서 올라왔다.

"따! 따바."

소리와 함께 맨 앞에 섰던 박 첨지는 에쿠 하고 자빠졌다.

"웬 놈들이야!"

하고 민식이가 소리를 질렀으나 방축에서 올라온 사람들은 휙 몰려들어 민식이와 오손이를 에워쌌다. 그리고 연방 몽둥이와 주먹이 두 사람의 몸 위에 내렸다.

둘은 포위와 몽둥이를 빈주먹으로 막고 무찌르면서 악전하였으나 불의의 습격에 이를 대항해 이길 재주가 없었다.

맨 먼저 자빠졌던 박 첨지는 슬슬 기어 포위 지은 밖에 나와 주민들에게 알리었다.

여럿이 소리를 지르면서 현장에 나왔을 때에는 민식이와 오손이는 방축 위에 늘어져 있었고 옆에는 가해자가 하나도 없이 도망한 뒤였다.

몰려온 군중의 일부는 나자빠진 민식이와 오손이를 업고 들고 부락으로 돌아갈 차비를 하였으나 젊은이의 대부분은 격분이 머리끝까지 치밀었다. 흥분한 군중은 가해자가 어떠한 사람들이었으리라는 것은 미처 캐어 밝힐 이유도 없이 건너편 부락 원주민들이 사는 곳을 향하여 욱하고 달음질쳤다. 저녁 때부터 실신하나 다름없는 정신 상태에 빠져 있던 그들은 가해자가 현에서 보낸 육군들의 편의대便衣隊며 그들은 원주민과 매봉둔 사람들을 이간離間 붙여 원주민들로 하여금 매봉둔 사람을 스스로 싫어하게 하여 그들을 내모는데 정부의 편이 되게 하자는 데서 나온 것이란 미묘한 술책은 생각할 수 없었다.

그러므로 군중들은

"우리가 학교 건축 계속한 것을 고자질한 것두 너이들이구 오늘 저녁 우릴 때린 것두 너이 놈이구나!"

입에 입에 소리 지르면서 제각기 팔을 부르걷고 불이 띄엄띄엄 켜져 있는 원주민의 집을 향하여 달리었다.

"흥. 바루 됐다. 너이가 사나 우리가 견디나."

헐레벌떡거리면서 몰려가는 군중들의 걸음은 또 한 가지 의외의 일로 말미암아 멈추어 졌다.

그것은 매봉 있는 쪽에 화광이 충천하여 학교가 맹렬한 화염에 싸여 있는 것이었다.

"불이야!"

"불이야!"

부락에서들은 아이들과 부인들의 아우성이 밤하늘에 사무치게 들리었다.

군중의 발끝은 기약한 바도 없이 학교로 돌려졌다.

젊은이들은 전력으로 달음박질하였으나 학교까지는 25분은 넉넉 걸리었다.

그들이 달려갔을 때에는 널과 짚으로 만든 학교 더욱이 요즘 며칠 동안의 가뭄으로 바싹 마른 학교는 완전히 불에 싸여 버렸다. 거기에 바람까지 불었다. 우물은 장차 파려고 했을 것뿐 가까운 곳에 물이라고 없는지라, 맹렬한 화염에 손을 붙일 수 없었다.

부인들은 함지며 동이를 이고 총동원이었고 아이들은 저이의 학교가 탄다가 발을 구르며 야단이었다. 함지와 동이를 논물을 퍼 다가 겨우 진화하였으나 불을 껐다기보다 다— 타서 스스로 주저 앉았다 함이 마땅할 것이었다.

주민들은 미칠 듯하였다.

늙은이고 젊은이고 부인이고 어린이고 모두 덜덜 떨었다. 몸뿐 아니라 마음까지 그랬다. 그리고 그 마음이 육체로부터 튀어나와 사방에 흩어지는 듯하였다.

발화의 원인이고 그런 것을 상고할 이성이 아무에게도 없었다. 이번에는 하늘이 무너지지 않나 하는 겁만이 일어났다.

얼마를 지났다.

찌른 밤이라 동이 트였다. 부락에는 한 사람도 남기지 않고 불탄 자리에 나왔었다.

박 첨지는 물론 심지어 매 맞은 민식이, 오손이까지 나중에는 절룩발을 끌고 왔다. 홍덕호도 나왔다.

불은 밖에서 논 것이라는 말이 누구 입에선가 나왔다. 그것은 학교에서 제일 가까운데 있는 오손이의 동생이 달음박질하여 학교에 다다랐을 때 매봉 저─쪽으로 사람 두셋이 도망하는 것을 본 것 같다는 것이었다.

"정말 보았느냐."

어른들이 따져 물었으나 열네 살밖에 안 되는 그는 자기의 한마디가 사건의 전부를 결정지을 중요한 열쇠임을 알았으며 어른들이 눈을 둥 그렇게 하여 가지고 대어드는 바람에 겁이 나서 본 것도 같은데─ 하며 확실한 대답을 못하였다.

"옳지 이놈들이 학교에 불까지 질렀구나!"

"그런 죽일 놈들."

"그걸 가만 둬."

"가자."

휙 또 몰리었다. 또 대상은 원주민들이였다. 육군이 지른 불이라곤 또 생각지 못하였다.

젊은이 하나는 앞장을 섰다.

"다 하나두 빠지지 말구 내 뒤를 따르시오. 사생결단이유. 우릴 쫓구 저이가 얼마나 잘 사나 두구 봅시다. 우리가 이루어 논 논에서 벼를 지어 먹구 잘 살게 내처 둔단 말요. 모두 몽둥이 드시유 없으면 돌멩이래두 쥐시유 우린 이렇게 터만 닦어 놓구 쪼껴 가야 옳단 말요?"

군중의 격분은 고조에 달하였다.

손에 손에 방망이 돌멩이를 쥐고 그 젊은이의 뒤를 따라 섰다.

찬수는 주민들의 울분도 일단 수긍하였으나 나쁜 것은 따로 있는 것으로 이때에 맹동하는 것은 도리어 사태를 수습하지 못할 지경에 이르게 하는 것임을 잘 알고 있었다.

피치 못할 경우라면 학교는 없어져도 괜찮다. 그러나 십여 년간 이룩한 이 고장에서 떠나지 않아서는 안 된다는 것은 학교 문제보다 더 큰 것이었다. 그러므로 학교를 폐쇄하라면 시키는 대로 하고 시일을 천연하여 나까모도를 중간에 넣어 길림영사관에 매봉둔 사건을 진정하여 문제를 정치적으로 해결 짓는 것이 순서라 생각하였다. 이백여 호가 모여 살면서 지금까지 영사관과 연락이 없는 것은 여기에 그럴 듯한 지도자가 없는 까닭이었다. 찬수 자신이 우선 그것에 생각이 미치지 못한 것은 결국 본다면 적은 문제인 학교에 열중하기 때문이었다. 그는 스스로 뉘우쳤다. 그러므로 지금이라도 무저항주의를 써서 그 사람들이 총을 쏘면 몇 사람 맞아 죽을 요량하고 뻗치고 있어 길림 영사관하고만 연락이 되는 날이면 매봉둔에도 서광이 비칠 것이 아닌가 그는 나까모도한테 보낸 사람이 돌아오기만 기다렸다. 이렇게 생각하고 찬수는 형 익수가 죽었을 때의 여러 사람들의 심경을 상상하였다.

그러나 격분한 군중에게 이러한 조리 있는 이야기를 타일러 들을 리 만무하였다.

뿐 아니라 젊은 찬수 자신도 치밀어 오르는 억울이 몸을 휩쓸어 그 자신이 군중의 앞장을 서서 무슨 행동이고 하지 않고는 배기지 못할 지경이었다.

그러나 호미밖에 지닌 것 없는 그들, 상대는 총과 권력을 쥐고 있는 정부, 그리고 그 지휘에 맹동하는 무지한 백성－찬수도 박 첨지 등을 때리고 학교 불 놓은 것을 원주민인 줄만 여기었다. 그리고 하염없는 눈물이 걷잡을 수 없이 그의 얼굴을 적셨다.

군중은 막았던 물을 터트린 것 같이 입에－소리 지르며 한데 뭉켜 내달음질하였다.

찬수는 선뜻 일어났다.

"여러분! 이 뒷수습은 나한테 맡겨두고 그 거름 멈추시우."

하고 엄연한 어조로 말하였으나 한 번 터져놓은 군중의 물은 이 말이 먹힐 리 없었다.

철벅철벅 땅을 구르며 그들은 달리었다.

앞에는 장정들 그 뒤에 어린이와 부인들……. 매봉둔 주민 전부였다.

"잠깐만……. 잠깐만……."

찬수는 연해 소리를 지르면서 군중의 뒤를 쫓아갔으나 그의 고함은 헛된 것이었다.

군중은 목적한 부락을 향하야 일직선으로 달음질쳤다. 물론 길이 없다. 논이고 논둑이고 말 밟히는 대로 밟고 달렸다. 눈이 다하는 곳에 수도 방축이 있었다.

그 방축을 넘고 수도를 건넌 다음 또 그 건너편 방축을 넘어 곧게 한 마장가량 가면 목적하는 부락이었다.

앞장 선 젊은이는 방축에 다다랐고 뒤에 따르는 사람들은 아직 논에서 달음질치고 있었다.

그 젊은이가 방축에 오르려고 할 때였다.

탕— 한 방의 총소리가 새벽 하늘에 쑤애액 하는 여음을 남기고 울렸다.

앞장선 젊은가 방축에 배를 부치고 착 엎드리자 그와 같은 순간에 논을 달리든 사람들도 벼가 꼿꼿이 자라 있는 논바닥에 엎드렸다. 그러자 시퍼런 총칼 든 육군 십여 명이 건너편 방축 위에 올라와 총부리를 이쪽에 겨누는 것이 군중의 눈에 뜨였다.

군중은 모다 논물에 몸을 잠그고 벼를 가슴에 안은 채 논바닥에 파묻히라 배를 착 붙였다.

찬수는 군중과 함께 그들이 하는 대로 엎드렸다.

몸에 깔린 볏모! 찬수는 흙에 두 팔을 깊이 박았다. 팔은 그다지 저항이 없이 흙속으로 들어갔다. 그는 흙 밑에서 두 손을 마주 쥐었다. 손가락을 갈고리로 틀었다. 그리고 흙과 함께 볏모를 힘껏 안았다. 가슴은 듬뿍하였다. 안으면서 그는 오른쪽 볼을 바로 얼굴 밑에 있는 볏모에 가져갔다. 볏모는 그의 얼굴 반편을 푹 쌌다. 볼에 닿는 볏모의 촉감을 찬수는 볼뿐만이 아니라 전신에 느끼자 왈칵 울음이 치밀었다. 얼마 동안 그는 그의 감정이 식히는 그대로 맡겨 두었다.

그가 엎드린 자리서 한 간쯤 앞에 향옥이가 엎드린 것이 눈에 뜨였다. 그 조금 앞에는 어머니가 엎드렸다. 머리를 돌려 살피니 아버지도 홍덕호와 함께 맨 꽁지에 엎드려 있었다. 금녀를 찾았으나 보이지 않았다. 치정癡情 그런 사치한 감정이 용납될 수 없었다. 모두 한마음 한 감정이었다. 여름내 그의 마음에 검은 그림자를 던지던 아버지와 어머니의 사이의 문제도 이 폭풍우 앞에 스스로 해소되었다.

그는 얼굴을 바로 하였다가 이어 잠수潛水하듯 얼굴을 논물 속에 푹 박았다. 물은 그의 머리 위에 넘쳤다.

　물속에서 그는 어렴풋이 누구의 이런 고함을 들었다.

　"우리가 피땀으로 푸러놓…… 꼼짝 말구 이대루 엎드린 채 이곳에서 모두 같이 죽자―."

　찬수는 물에 머리를 박은 채 다시 한번 흙속의 팔에 온 힘을 주어 흙과 볏모를 안았다.

　군중은 엎드린 채, 육군은 총부리를 겨눈 채 아무런 동요도 없이 무시무시한 침묵이 오래도록 계속 되었다.

　마을의 개들은 요란히 짖고 매봉 너머로 아침 해가 빼꿈히 머리를 내밀었다.

　학교 불탄 자리에서는 아직도 북데기 속에서 연기가 났다.

　나까모도한테 갔던 사람들은 그때까지 오지 않았다.

　그러나 곧 오고야 말 것이다.

　총은 하늘을 향하여 놓은 것이었다. 사람은 하나도 상하지 않았다.

―『만선일보』(1941.11.15~12.25)

―『북원』(예문당, 1944)

제화

황건

황건黃健

1918년 함경남도 갑산군 남면 유하리(1950년대 북한의 행정구역 개편으로 인해 량강도 풍서군 유상하리로 바뀌었음)에서 출생하였다. 1928년 무렵 형을 따라 서울로 올라가 직업학교를 다니다가 일본으로 건너가 고학을 하였다. 다시 서울로 나와서 보성고보를 다닌 후 전주사범을 마쳤다. 명치대학 정치경제학과 전문부에서 공부를 한 후 무주에서 학생들을 가르치기도 하였다. 1939년을 전후하여 만주국의 신경으로 이주하여 『만선일보』 기자생활을 하였다. 이 무렵 단편 「제화」를 발표하면서 재만조선인문학 소설선인 『싹트는 대지』 발간을 도왔다. 인간의 내면적 심리 묘사에 능하였기에 이 시기 다른 재만 작가와는 다른 독특한 개성을 발휘하였다. 이후 만주국와 인접한 한반도 북부의 산간 지대에서 양을 키우는 일을 하면서 일제 말을 보냈다. 해방 후 서울의 잡지 『신천지』(1946.5~6)에 단편소설 「깃발」을 발표하면서 작품 활동을 재개하였다. 남북의 왕래가 어려워지면서 삼팔선 이북의 잡지에 작품을 발표하기 시작하였다. 그 첫 작품인 「산곡」(『문학예술』 1호, 1948)을 비롯하여 「목축기」(『문학예술』 2호, 1948) 등을 연이어 발표할 정도로 당시 문단의 주목을 받았다. 이 무렵 여러 편의 작품을 발표하여 1949년에는 첫 단편집 『탄맥』을 발간할 정도로 왕성한 활동을 하였다. 전후에 장편소설 『개마고원』(1956), 『새벽길』(1960), 『아들딸』(1965)을 발간했으며, 해방 후와 전후의 단편소설을 모은 두 번째 단편소설집 『목축기』(1960)도 발간하였다. 주체사상 후에 뇌혈전으로 창작을 중단하였다가 1980년대에 활동을 재개하여 장편소

설『새로운 항로』(1980)과 『딸』을 출간하기도 하였지만 1991년 작고하였다. 인간의

내면을 읽고 이를 그리는 독특한 방법으로 다른 북한 작가와는 다른 이채를 발하였다.

마지막 가려는 어머니 병석에도 불효한 자식은 한시고 가만히 참아 앉아 슬퍼하지 못한다. 안방에서 주사 놓고 나오는 중년 의사 뒤로 누이는 눈물이 글썽하다. 누이는 이루 편히 앉아 있을 사이가 없다.

"어쩌면 좋을지요? 선생님."

"글쎄올시다. 혈압이 좀 내려야 할 터인데 종시 듣지 않는군요. …… 기력이 너무 쇠약하여서 보할 약을 쓸랴도 혈압이 높아질가 염려되어 탈입니다. 무엇보담도 혈압 내릴 것이 급하니까 우선 혈관 늘일 주사부터 썼습니다."

책상에 턱을 고이고 멍하니 밖을 내다보고 있는 내 옆에서 이러한 대화가 나누어진다.

나이 서른두셋밖에 안될상 싶어도 둥근 얼굴에 검은 수염이 코밑에 깔리어 겉늙어 보이는 의사는 누이와 말을 나누면서도 누이보다 나를 더 쳐다보는 것이다.

의사는 누이가 주는 검은 가방을 받아들고 복도로 내려선다. 바깥문이 열렸다 닫히고 위쪽으로 우산든 의사가 올라가는 양이 보이자 이윽고 누이가 들어온다. 방바닥에 흩어진 수건이며 신문을 주섬주섬 정돈하여놓고 아무 말도 없이 내 옆 조금 떨어진 곳에 앉더니 누이도 밖을 내다본다.

누이는 아무 말이 없다. 어머니하고 둘이 마주앉으면 높지 않은 음성으로 곧잘 시간가는 줄 모르다가도 나와 앉으면 이렇게 말이 없다. 온종일 가야 내 편에서 말 건네는 일이 별로 없지만 그렇다고 무슨 그렇게까지 나에게 말없으란 법이 있으랴. 서글프다.

누이도 끔찍이 가엾은 여자다. 나이 서른에 두셋이 넘는 오늘까지 설음과 눈물로만 지나왔다. 어려서 촌학교에 다녔을 때는 할머니의 엄한 시중 밑에서…… 나이 열네댓이 되어 여학교라고 다녔을 때는 주위 사람의 불행 속에서…… 시집을 와 아이 두셋이 무릎이며 등에 달리게 되었을 때는 이해와 애정이 멀어져 가는 애달픔, 사랑하는 어린 것들의 먼 장래에 대한 근심으로 어느덧 이마에는 주름살만 늘어갔다.

몹쓸 것도! 누이는 무엇 때문에 나 같은 동생을 두었다느냐?

누이는 옷고름을 접어 얼굴로 가져간다. 눈물을 씻는다.

괴로웁다. 어찌하여 나에게는 엄마가 있고 이리 가엾은 누이가 있다느냐…….

아아 그 가엾은 아버지나 오늘까지 살아 계셨던들 나는 이리 괴로웁지는 않았으리라.

아버지가 살아 계셨을 때도 나는 불효하였다. 그럼에도 불구하고 아버지는 한 번도 탓하는 일이 없었다. 살아 계셨을 때 아버지도 왜 내 볼기짝이며 사타구니를 벗겨놓고 장작개비가 부러지도록 피가 죽죽 흐르도록 때릴 줄을 몰랐는지……. 그러나 하였더면 나는 오늘 더 성하여 병든 어머니 옆에 지그시 앉은 채 너를 이리 생각하는 일도 없으리라. 어찌하여 아버지는 저 고독한 엄마를 두고 먼저 갔다느냐? 무너져 가는 마음의 성터를 누가 이제 붙잡을 수 있다느냐? 아버지는 기어코 오늘까지 남아 있는 굵직한 그 손, 무거운 눈으로 엄마의 마지막 순간을 지켜야 하였으리라. 엄마의 눈물을 그대로 받은 누이나 천하고 배운 것 없어 말까지 잊은 내나 누가 이제 저 죄없는 마음이 커가는 순간을 다잡을 수 있다느냐.

기주를 떠나보낸 지도 벌써 두 주일이 된다. 바람도 그리 모질게는 불더니 오늘 저녁은 비가 내린다. 낮밥 때부터 내리기 시작한 보슬비는 저녁 무렵이 이윽하도록 그칠 줄 모른다. 축축히 젖어드는 길 위를 푸른 옷 입은 만인 계집아이 둘이 노래를 부르며 지나간다. 노랫소리는 이내 멀어져서 들리지 않아도 밝고 어린 음성은 오래도록 귀가에서 빙빙 돈다. 멀지않아 나무에는 가지마다 새싹이 나고 온갖 것은 소생의 기쁨에 잠기리라. 그것은 모두 퍽은 아름다운 이야기리라. 깊은 밤을 헤여나 나는 넋없이 앉아 바람 부는 소리, 비오는 소리에만 끌려간다. 달밤에 기울어지는 찬 호수, 사람 없는 돌 위에 져가는 것의 이름모를 음성만을 듣는다. 남처럼 호탕하게 웃고 떠들고 뛰놀 줄은 모르고 너는 무슨 까닭에 그 그늘에 피어져 가는 것의 이야기만 귀여겨 왔다느냐? 모두 새로운 하늘을 우러러 환희에 뛰돌고 있으며 훤한 평야를 향하여 무한한 질주와 조약과 희망을 말할 제, 모두 살아 즐거울 것을 이야기할 제 너는 혼자 문녘에 턱을 고이고 앉아 머리를 흐트린 채 해 가는 줄도 모르고 무슨 그 몹쓸 살지 못할 것의 이야기만 생각하고 있다느냐?

살아가는 데 있어 과거란 흔히 아무데도 쓸데없는 것이겠다. 영리한 두뇌는 그런 쓸데없는 것을 애초에 생각하려고도 않지만 생각되더라도 곧 물리칠 줄 안다. 산다는 것을 보다 완전히 할 수 있는 인간에게는 원체 생각되지 않는 것인지도 모른다. 그들에게 이것은 한 개의 자랑인 동시에 즐거웁게 산다는 특권까지를 의미하는 것이겠다. 허나 미래를 말할 아무것도 가진 것 없어 어두운 곳에 후줄근히 젖은 과거만이 무거울 제 벗과 형제와 부모와 사랑하는 모든 인간들에게 나는 오늘 무슨 이야기를 하여야 하는 것인지……

마차가 내려간다. 직경이 한아름 넘는 큰바퀴가 수차물레처럼 빙빙 돌아간다. 무어라고 중얼중얼 지껄이며 검은 만인복 입은 중늙은이 하나와 소년이 그 뒤로 질적질적 발소리를 내며 내려가자 길 위에는 다시 가는 빛발만 남는다. 밖은 벌써 어둑어둑하여 건너 쏘풀小鋪에는 전등이 켜졌다.

누이는 치마 끝을 잡아다 눈물을 씻더니 일어서 어머니방으로 들어간다. 좁은 방 안에서나마 나는 완전히 자유로와졌다.

생각난다.

기주와의 지나간 일이 하나하나 생각난다.

"선생님, 그러한 가지가지 음성들을 저는 어떻게 하면 잊을 수 있는 것일지요. 피뜩 밤 어두운 거리를 지나다 듣는 은은한 선율이며 기실 있는 것이 아니면서도 먼 들을 어느 때까지고 울려 지나는 청청한 노랫소리며 호수가 작은 물결이 출렁이며 짓는 가녀린 흐느낌이며 이러한 것이 일찍이 저의 작은 가슴을 스치며 던지고 가는 가지가지 형용들을 저는 어떻게 하면 잊을 수 있는 것일지요…….”

이러한…… 저녁이면 너는 찾아와서 내 지금 턱을 고이고 있는 이 책상귀 밑에 말없이 앉아 바깥길로 사람들이 지나가는 것을 넋없이 바라보더니 너는 이 밤 고향집에서 무엇을 하고 있는지……. 열한 살 먹었다는 계집아이 동생과 뒤울 안에서 갓난 달래뿌리나 가리고 있지나 않는지……. 혹은 희미한 등잔 밑에 조그맣게 쪼그리고 앉아 밭에서 돌아오신 아버지의 일하실 때 헌옷을 깁고 있지나 않는지……. 모질 줄 모르는 너는 필시 오늘 저녁도 여린 손길이 무릎 위를 넘을 때마다 그리 애정겨웠으면서도 애정겨웁지 못하였음을 뉘우치고 있을 것만 같애 괴로웁다.

세 번이나 편지를 받고도 나는 한 번 답을 쓰지 못하였다. 그런데도 아무 탓하는 일 없이 한결같이 여겨주는 너― 너로 하여 나는 더 못쓰게 되어 버렸다.

보담 악하게 살리라 마음먹을 수 있었던 것도 너를 만나 너의 인간 됨을 알게 되고 너와의 같은 하늘을 가지는 것으로 생의 따뜻한 보람을 생각게 되면서부터였지만 동시에 그 싹을 갓난 그대로 크게 못하였던 것도 또한 너의 그 고마운 마음 까닭이었다. 남처럼 살면서도 종내 그렇지 못했던 그것은 너와 나를 갈수록 한곳에 굳게 매어놓는 계기였고 고마움이었지만 강하지 못한 서로의 마음에는 더한 슬픔이기도 하였다. 나라는 인간을 가장 잘 알고 있는 너― 네가 가장 잘 알고 있다는 그 까닭에 나는 더 못써지는 것이다. 너는 항상 아끼고 믿어 굳게 지키려 한다. 헛되이 밝음을 말하는 일도 없지만 그렇다고 어둠을 말하는 일은 더욱 없는 너는 그러한 어둠이며 슬픔을 미워하기보다는 오히려 먼저 아껴하였다.

편지마다 어머니병 이야기다. 가까스러 너는 물어온다. 그러나 나는 아무것도 대답할 수 없다. 내가 이제 어머니병에 대하여 무엇을 알랴. …… 나는 아무것도 모른다. 오직 또 하나 믿고 있는 것은 무슨 천하없는 일이 생긴다 하더라도 어머니는 내 곁을 떠날 수 없다는 것이다. 어느 만큼 끔찍한 명령이 있고 천변이 있다 하더라도 내가 아직 이곳에 살아 있어 보고 듣고 생각하고 있는 한 어머니는 나를─ 나와 누이를 남겨두고 도저히 떠나갈 수 없다는 것이다. 그것만을 알고 그것만을 굳게 믿는다.

실로 돌아만 보아도 무서운 악몽의 반생을 모든 애정의 못 놓칠 대상을 나에게서 빼앗아갔고 끝내 나는 지상 위 아무것도 부를 수 없게 되었다. 어느 몹쓸 깊은 밤을 나의 지혜며 노래며 자랑들은 산새처럼 날려가 없는지 보고 듣고 느끼고 하는 온갖 것이 그저 어지럽고 괴로웁고 차다. 넷을 둘로 쪼개어 둘이 된다는 것을 나는 언제부터 못잊게 되었는지 모른다.

아아, 모든 인간이 제가끔 밖으로 밖으로만 나가고 있을 제 나는 이 아무도 없는 옛집이 얼마나 뼈아프게 생각되는지 모른다. 그들에게는 그리도 명료한 사실이 나에게는 보다 애매하고 몽롱하다. 애당초 나는 이 세상에 나지나 않았던 것처럼 모든 것을 생각지 말아야 하는지도 모른다. 그러나 생각지 않으려 마음먹을 때 그때야말로 모든 것이 더 새로워져 그렇지 못한 것이 나려니 이것이 나의 제일 큰 불행인가 한다.

한때는 나도 영웅시대를 가졌었다. 미래만을 알았었다. 현재라는 것도 미래에 통하여 있었기 때문에 모든 것은 힘과 보람에 차 밝았었다. 허나 나는 그로부터 십 년 가까운 세월을 보내었다. 그 사이에 나는 이제껏 몰랐던 너무나 많은 경악과 회의를 포태하게 되었던 것이니 아름답고 진실하려던 모든 성곽은 아찔하여 갔다. 그래도 나는 마치 사람에게 쫓기우는 고기와도 같이 막히는 곳에서마다 다른 성곽 다른 길을 찾아 헤매었었다. 허나 스산하고도 어두운 오래인 밤 뒤 나는 드디어 자신이 온갖 것에서 배반당하고 말았음을 알았다. 웅장하고 화려한 온갖 속은 가장 중요한 무엇이 빠져 없다는 것, 모든 것이 진실로 아름다운 것에서는 멀다는 것 그리고 그 아름다운 것은 우리들 머리와 가슴속에 밖에는 없다는 것 그때부터 나는 이러한 것을 골똘히 생각하게 되었었다. 나중에는 그 어떤 인간을 넘은 힘의 일만이 자꾸 되살려졌고 아무리 화려한 것을 가져온다 한들 이제는 너무나한 공허를 메울 수가 없겠다는 것을 알게 되었고 그리하여 나는 드디어 양팔을 힘없이 놓고 말았던 것이다. 이곳에는 말하자면 사회와 인류역사와 인간성에의 모든 나다운 결산이 엉켜 있었다고 하겠다.

앞을 지향함도 아니요 뒤를 돌아봄도 아니요 그러한 애매한 지점이 즉 나의 선 곳이었다. 갖가지 태만이 온몸을 감아가던 허수아비의 나날은 여기에서 비로소 시작되었던 것이다. 언제 자고 언제 먹고 어디로 가는지 알 바 없었다.

바다의 이쪽저쪽에서 떠들고 고함치고 하는 모든 것, 주위를 무수히 배회하며 근심하고 목메어 하는 어머니, 누이의 애정이며 온갖 것이 한 가지 한 색으로 칠해진 멍한 눈과 찢어진 깃발과 흩어진 노래와 종이쪽 외 정지된 풍경화로 응결되어 있었다. 즐거울 까닭이야 없지만 무슨 슬프지도 않았다. 비인 마음이 무게 없이 내려앉아 움직임 없는 것만이 덧없었다.

쌀쌀한 바람이 불고 가버린 깃발의 보담 어두워가는 그림자가 성히 날리던 날, 이러한 날 내 앞에 나타나 새로운 고마움으로 다시 나를 끌려한 이가 있었으니 그는 틀림없는 기주였던 것이다.

얼마나 귀중한 마음이 울고 있느냐 하는 것을 알고 얼마나 그 험상한 나날이 자신을 시달리고 있었더냐 하는 것을 알고 하여튼 기주와 나의 뜻하지 않은 첫 저녁은 동시에 나의 이제까지의 대 사회적인 관계의 무딘 끝이 마지막 끊어져 버렸던 저녁으로, 또 하나 다른 의미의 시련과 출발에의 준동을 나에게 주었던 저녁이었다.

결코 붉을 수도 없고 푸를 수도 없는 그러한 한 개의 하얀 풍경에의 의도였다. 붉은 것 푸른 것을 지나왔음으로 하여 그것은 하얄 수밖에 없었던 것인지도 모르지만 그는 동시에 퍽은 스산한 이야기였으며 그림으로 하여 더한 따뜻함과 밝음에의 호흡이었다고 하였다.

그러면 그 밝은 것 따뜻한 것에의 호흡을 암시하여 주었던 날 저녁이란 어떠한 저녁이었던가.

모진 바람이 불어오며 거리에는 채 다 누르지도 않은 나뭇잎이 우수수 떨어져 가는 어느 늦은 가을이었다.

정한 날이 두어 차례 지나가도록 오랫동안 회합이 없었던 문화청년회

예회가 그도 이삼인의 분개에 의하여 겨우 열리게 되었던 저녁이었다. 모인 사람이라야 모두 낯익은 사람들뿐으로 그 어떤 결정적인 이야기를 간단히 나누기 위하여는 오히려 지금 모인 사람들만으로 더긴한 말하자면 문화부 창설 시부터의 중심 추진력 칠팔인이었다.

둥글게 지어진 좁은 회의실에는 길을 면하여 방에 비하여서는 엄청나게 넓은 유리창이 있고 그것을 통하여 냉한 기운이 속속히 스며들고 있었다. 포케트에 손을 넣고 외투깃을 세우는 것이 어느덧 아득하여졌다.

이야기 끊어진 방 안은 고요하였다.

벌써 삼 년째의 겨울을 맞게 되는구나 생각하며 나는 헝클어진 머리를 밖으로 돌렸다.

컴컴하여져 전등불에 얼룩진 길 위에는 희미한 촛불 단 마차가 지나가고 있었다.

이제껏 서로 거품을 올리며 싸우던 그 지점에서는 홀로 완전히 떠난 듯한 조용함을 나는 느낄 수 있었다.

논쟁하던 일이 연상되었다. 격한 음성이며 표정들이 노한 파도처럼 한시에 몰려와 면상에 덮치고 발길이 가슴을 사정없이 차는 것 같다가도 이내 바사져 잔잔한 물결로 물러가군 하였다.

아무리 싸우고 물어뜯고 한단들 오늘의 암담과 무질서는 처음부터 구할 수 없는 것인지도 몰랐다. 그러나 보담 진실되려 하고 더 굳은 믿음과 보람을 가지려 하였던 넋에 있어서는 그 어떤 재출발에의 결정적인 결산이 동시에 필요하였던 것이겠다. 문화며 문화의 건설이며 이성이며 양심이며 하는 미명 밑에서 환경이며 개성이며 영웅이며 나중에는 영웅을 못 가진 세기의 불행이며 하는 것까지를 각기 이야기하게 되었다. 벗이 모르는 사이에 그들은 제가끔 어느 곳에서 이처럼 신기한 것을 배워왔는지 뱀도 아니요 뱀장어도 아닌 몸의 슬픔은 오히려 자신을 시원시원히 도마 위에 던져 결단의 칼로 용서없이 단절하고 싶었던 것이다. 남다른 실마리가 서로의 사이를 엮고 있음을 무언중에 느끼고 있으면서도 그 맺음이라 하는 것이 어느덧 믿을 수 없는 것으로 되어 버렸을 제…… 따라서 보담 귀중한 것에 바친 몸이라 알았던 서로의 그 모든 것이 이리도 태 없고 걷잡을 수 없는 것으로 변하고 말았음을 믿어야 하였을 제 이는 몸서리나는 일이 아닐 수 없었다. 곧은 마음의 너무나한 괴로움을 서로 나누려 하는 것은 고사하고 오히려 웃고 조롱하게까지 되어 버린 벗들을 발견하여야 하였던 것이다. 생명, 자주, 오만, 의욕 이 중에서도 자기 한 개인에만 관한 것을 이끌려 벗을 미워하게 되고 비웃게 되고 멸시하게 됨을 알 제 놀라운 마음은 오늘 그들을 하나하나 어찌 해석하여야 하는 것인지 몰랐다. 믿음을 잊은 날의 슬픔…… 아무런 지향도 의의도 가질 수 없는 날과 밤은 기력도 없는 빈 곳으로 끌려갔다. 이름 모를 피로가 무거웁게 매어달려 떨어지지 않았다.

"솔직히 고백한다면 나는 자네들한테서 내 청춘을 배웠네. 자네들은 나의 학원이었던 것이네."

등 뒤로 필수의 격한 음성이 들려왔다. 나는 이윽고 고개를 돌렸다.

바바리 앞을 헤쳐 놓은 채 왼손으로 쏘파등에 옆으로 턱을 고이고 있는 필수의 얼굴은 핏기가 서 있었다. 말을 끊자 필수는 이빨을 가로문 듯 왼쪽 볼이 부풀어보였다. 담배를 피워물더니 필수는 다시 이었다.

"한마디로 말해 우리는 모두 무대가 그리웠던 것인 줄 아네. 수만은 관중과 관중의 박수가 그리웠더라고 하는 편이 오히려 더 옳겠지…….. 그 무슨 비싼 말들은 처음부터 필요치 않았던 것이네. 진실로 바른 것을 살리고 바르지 못한 것을 살리지 않으려 하였다기보다는 바른 것 속에 바르지 못한 것도 넣어 바른 것이 보담 많은 것처럼 보이고 싶었던 것이겠네……. 죄는 시대와 무지한 관중에 있었던 것인지도 모르지……. 관중이 없었던들 우리는 그런 허울 좋은 패랭이를 쓰고 어색한 춤을 추는 꼴은 안하고도 좋았을지 모르니까……. 사랑하는 것처럼 하는 속에 기실 우리들 염원의 안전에는 인간의 괴로운 형상이 있었다기보다 오히려 더 화려한 모습의 자신이 있었던 것이겠네."

모인 중에서 제일 나이 어린 필수는 그리 튼튼치 못한 몸에 갸름한 얼굴을 가지고 무슨 일에든 누구보담 앞서 하여 왔다. 해쓱한 얼굴이 웃음도 없이 항상 찾는 것은 일이요 발견이요 티가 없는 애정이었다. 보여주려 일부러 하는 것도 아니며 동시에 남이 모르는 사이에 모든 의욕과 행동에 성실을 간직하고 있었다. 때로는 악의 없는 웃음내기를 할 줄도 알고 자기보다 나많은 벗들이 헝겨워지기도 하였으나 그러한 조그마한 일에서도 항상 나어린 미더움과 밝음을 잃지 않아 자연스러웠다. 매사에 성실한 나머지 자칫하면 사념에 잠기기 쉬우면서도 착착 그어기는 노력의 자족을 더 즐기는 그였다. 회합같은 때에도 논의며 결의사항을 시종 빼지 않고 귀여겨 듣고 말없는 속에 찬의를 표하는 것이나 일단 이의가 있는 때에는 어디까지든 신념에서 우러나오는 주장을 세우는 그였다.

그는 조금 어성을 높이며 다시 말을 이었다.

"드디어 흑백을 가려야 할 때가 당도하고 그리도 놀라운 눈으로 보고 있던 허울좋은 관중마저 멀어지자 이제껏 뛰놀던 무대는 어느새 발길로 차고 오금을 허트린 채 모두 제 구녕을 찾아 헤매이던 골이란 참 볼 수 없었던 것인 줄 아네……. 그중에도 직스러웠던 일부 인간들을 제대로 낯익은 옛 항간에 돌아가게 하였던 것은 이 시대가 준 좋은 것이었다고 하겠지만 아무런 반성도 가책도 고민도 없는 속에 형태를 바꾸기는 하였으나 오늘까지도 그 교묘하게 된 패랭이를 모로 거꾸로 쓰고 우러른 이름 밑에서 제딴은 춤을 추려 하는 그 허튼 꼴들이란 참 볼 수 없는 것이었네. 건방진 말이나 내 자신이 자네들과의 한 사람인 까닭에 나는 오히려 이 밤 차디찬 결별로 내 자신을 때려보려는 것이네."

필수는 담배를 다시 입에 가져가더니 두어 모금 빨고 이내 방바닥에 구두로 비벼 버리자 의자에서 일어나 눈을 내려뜨린 채 바바리 단추를 채우는 것이었다.

그는 다시 말을 이었다.

"일생을 통하여 나는 자네들을 잊지 못할 것이네……. 그리구 끝내 미워할 수도 있을 것이네만 나는 이제 이 자리에서 자네들과 아주 헤어지려네. 다시 조선에 나가지도 않겠지만 만주에 있지도 않을 것이네. 언제 만날지 기약할 수도 없고……. 모두 잘 있어주기 바라네. 이 이상 아무말도 나는 준비한 것이 없네."

끝으로 오자 목소리는 조금 낮아지더니 떨리기까지 하였다. 그는 바바리 주머니에 양손을 찌르고 고개를 들어 방 안 얼굴들을 민망한 듯이 돌아보더니 다시 눈을 내려뜨리고 천천히 문 쪽으로 발을 옮기는 것이었다.

필수는 이렇게 참말로 우리들과 헤어지려는 것일가 반신반의로 방안 사람은 모두 그의 다음 행동만 지키고 있었다.

필수가 또 핸들을 잡으려 할 때다.

"필수!" 하는 무겁고 탁한 음성이 오른쪽 구석에서 들려왔다. 내 건너편 의자에서 이제껏 담배연기 너머로 그를 노려보고 있던 태규의 음성이었다.

어디서 벌써 한잔하고 온 듯 태규는 언제나 마찬가지로 거슴츠레한 눈에 얼굴이 붉었다. 교제가 비교적 넓은 그는 술 먹을 기회도 많았지만 태규 자신 그러한 교제라든지 술을 남 이상으로 즐겨 하였고 만주 온 이후로 그것은 더하였다.

"잠깐 거기 서게!" 하고 그는 일어서자 피우던 담배를 책상 위 재떨이 속에 던지듯이 집어넣고 큰 몸집에 성큼성큼 필수 쪽으로 걸어오는 것이었다. 노기 띤 두 눈이 마주치고 태규의 우중충한 검붉은 얼굴이 빛났다.

"그런데 필수! 자네 언제부터 그리 장하여졌는가……. 응? 건방지게……. 에잇 아니꼬운 놈!"

순식간에 태규의 주먹은 필수의 약한 턱으로 두세 번 연거푸 올라갔다. 필수는 반항할 사이도 없이 그 자리에 물러앉았더니 아무말이 없이 손수건을 꺼내어 얼굴을 싸는 것이었다. 모두가 다 일어서서 그 주위에 몰려서버렸다. 코피가 나오는 모양이다. 기주가 이내 그 옆에 와 쪼그리고 앉아 손수건을 자기 것과 바꿔 얼굴을 씻어준다. 태규는 양팔을 허리에 짚고 서서 필수의 앉은 양만 노려보고 있다.

방 안은 금시에 무덤 속처럼 무거워졌다.

한참 후 필수는 피묻은 손수건을 모두 기주에게 주어버리더니 서서히 일어나 태규 앞으로 다가오는 것이었다.

필수의 주먹이 날렸다. 이윽고 둘은 서로 멱살을 붙잡고 밀렸다 밀었다 하며 방가운데까지 버둥겨 나왔다. 책상이 밀리고 의자가 쓰러졌다. 주먹은 그 사이에도 자꾸 날렸다. K와 P가 다가가 말려 헤치려 하나 떨어지지 않는다. 필수 편이 약한 것은 확연하였다. 무서운 공세로 겹쳐오는 태규의 육박을 작은 몸은 이루 당하여내지 못한다. 때리고 차고 밀고 하는 사이에 방 안은 어느덧 아수라장이 되고 말았다.

어느 편이 옳고 그른 것을 생각하고 싶지도 않았지만 그 광경을 차마 볼 수 없었던 나는 '끝내 여기까지 와버렸던가' 하는 어지러운 마음으로 그제사 자리에서 일어나 앞으로 다가왔다. 무엇이 무엇인지 분간할 수 없는 속에서 나는 태규를 향하여 주먹을 날리고야 말았던 것이다.

나는 내 팔을 흔들며

"그러지 마세요. 네, 김 선생, 그러지 마세요" 하는 기주의 떨리는 음성이며 "식이! 아서" 하는 동무들 말리는 소리를 희미하니 기억하면서도 주먹날리기에만 여념이 없었다. 그리고는 오랜 쟁투 끝에사 우리는 드디어 K며 P며 여럿의 힘에 끌려 떨어져 앉고 말았다. 동무들에게 끌려 태질하며 밖으로 나가는 태규의 고함 소리가 한동안 들려오더니 그 소리마저 멀어지자 방 안은 다시 고요하여졌다. 이윽고 밖으로 나간 기주가 대야를 가지고 들어왔다. 기주의 얼굴은 하얗게 질려 있었다. 기주는 필수에게 세수하기를 권하고 그 옆에서 보고 있더니 세수가 끝나자 그에게 수건을 주는 것이었다. 얼굴 씻는 양을 물끄러미 바라보고 섰던 내 곁으로 오더니

"어디 다치시진 않으셨어요?" 하고 묻는 것이었다.

얼마 후 필수가 간단한 인사를 남기고 나가고 담배만 피우고 있는 내 옆 의자에 앉아 맥없이 무엇을 생각하고 있던 기주마저 가버리자 방 안에는 나와 실내를 정리하는 소사만 남아버렸었다. 오랫동안 나는 자리에서 일어날 줄 몰랐다. 내일쯤 다시 만나겠거니 어슴푸레한 속을 내 생각에만 잠겨 이곳을 아주 떠나 버리리라던 필수와 아무 확실한 이야기나 따뜻한 인사도 나눔 없이 헤어져 버린 것이 어쩐지 가책다운 무거운 심사를 가져다 주는 것이었다.

거리로 나왔을 때는 열 시나 되었을지 보름이 갓 지난 달빛이 훤한 가로에는 아직 사람이 드문드문 거닐고 있었다. 나는 대동대가 쪽을 향하여 걸었다.

오랫동안의 탄력 없는 모든 의식이 무기력하게나마 해결점을 향하여 폭발하였던 것이 끝내 이것이었던가 생각하면 모두 우스운 일이었다. 내가 필수 편을 들어 태규를 때렸다는 것이나 그 일로 하여 필수가 나에게 전보다 더 친절하게 생각되는 일이 있겠다거나 모두가 어린아이 장난과도 같았다. 허나 그보다 나의 마음을 몇 곱절 더 아프게 하였던 것은 일찍이 남달리 자라왔던 서로의 우정이 만주라는 먼 곳에 와서 이렇게 참혹하게 무질러지고 말았다는 사실이었다. 이는 마치 나의 보

고 듣고 생각하고 사랑하는 그 속에 오래전부터 가녀리게 자라오던 그 늘진 가슴에의 한 마지막 선고와도 같았다. 동시에 모든 것은 아득한 옛날과 같았다.

삼 년 전 봄 다른 벗들이 혹은 현해탄을 건너고 혹은 촌으로 가고 하여 대부분이 흩어져 버린 뒤 서울서 방황하다 이곳으로 먼저 온 태규의 주선으로 하나씩 둘씩 오게 되었고 다시 이곳에서 문화며 생활이며 그이상 더 넓기도 하고 진실도 한 것에의 한 정열을 가지려 문화청년회를 중심하여 모이게 되어 K며 기주며 그 외 몇몇 친구와 알게 되었던 것이나 그것이 끝내는 탄력 없는 오늘의 처참을 맞이하게 한 것이다. 한갓 꿈같았다. 태 없고 잡을 길 없는 무엇만이 한 최대한의 깊은 심연을 부단히 제시하고 있는 것 같았다.

수없이 꼬리를 물고 떠도는 사념에 잠겨 나는 어느덧 보산백화점 앞에서 대경로 쪽으로 구부러져 다시 소학교 옆길로 장춘대가에 나섰다. 절 앞 넓은 활짝 공지가 눈앞에 펴졌다. 공지 한가운데 가로놓여 있는 길을 지나 협화회 뒷길로 대동공원에 들어섰다.

거처가 그쪽에 있었던 것이 아니지만 밤이면 이렇게 싸다니기나 하여야 잠이 오는 이즈음의 나는 자기 전 한 시간 두 시간을 의례 이렇게 질서없이 싸다녔다.

울창한 나무 사이길로 발을 옮겼다. 밤이 이슥하여 사람 하나 없는 초가을 공원 안은 어디 할 것 없이 무거웁고 차거웠다.

이 모양으로 오늘 저녁은 밤이 새이도록 싸다녀야 마음이 가라앉을 것이라 싶었다. 안개와도 같이 희미한 응체 속에 아무 기력도 움직임도 못 가진 채 작고 파묻혀가는 아린 형상이 전신을 당기고 있는 것 같았다.

다리를 건너 버들이 우거선 가름길로 구부러졌다. 나무는 많아도 평평하여 마음 둘 곳 없는 공원 안에서도 비교적 떨어져 있어 사람도 드문 이곳은 늪가로 나갈수록 어린 풀들이 자욱하여 좋았다. 오이막 같이 호젓이 서 있는 정자 밑까지 왔다. 옹이 선 그대로 다듬지도 않고 사방으로 받쳐 세운 기둥이며 낡아 고색이 창연한 이 정자는 공원 안 딴 정자와는 달리 자그만치 큰 우산을 펴세운 듯 오붓하다. 한가운데 송송 구멍이 나고 갈라진 통나무가 걸상 대신으로 허전하게 놓여 있다.

장지 옆길로 나와 달빛에 무겁게 가라앉아 있는 물 위로 눈을 옮기려 하였을 제였다. 수풀 너머 물가에 달빛을 앞으로 받으며 조그맣게 웅쿠리고 앉아 있는 여자 뒷모습을 발견하고 나는 놀라지 않을 수 없었다. 나는 두어 발짝 더 나오자 그 자리에 바위처럼 서버렸다.

흰 저고리에 검은 치마의 조선 여자임에 분명하다. 무릎을 가지런히 세우고 풀 위에 앉아 있는 그는 얼굴을 손수건에 파묻은 채 어깨를 간단히 추겼다 놓았다 하는 것이다. 아마 울고 있는 양이다. 의아한 마음으로 그 모양을 잠깐 동안 바라보고 있었던 나는 순간 머리를 스치는 한 의심에 전신이 오싹하는 찬 것을 느끼지 않을 수 없었다.

나는 더 앞으로 다가갔다. 기주……. 귀 덮은 머리하며 낯익은 목하며 엷게 입은 옷하며 조금 흐려는 보이나마 기주임에 틀림없다. 더욱이 팔밑 무릎 위에 아까 청년회에서 모두 나눠가졌던 연극월보인 듯한 푸른 표지가 보이지 않는가.

공원에서 얼마 더 안 가 있는 통화로 자기 집으로 곧장 가지 않고 기주는 여기 와 있었던 것인가 생각되자 싸늘한 무엇을 느끼지 않을 수 없다.

대체 이 여자는 무슨 남다른 슬픔이 있기에 이런 시각에 사람 없는 곳에서 울고 있는 것일가? 언제나 상냥하면서도 말적은 기주, 항시 무엇이고 회상하는 듯 사념에 잠기기 쉽던 검은 눈의 기주는 그러면 이렇게 불행한 여자였던가. 기주는 우리 모르는 오래전부터 자기만의 남다른 불행을 가지고 있었던 것일가. 그렇지 않으면 가정이나 자기 일신상에 갑자기 무슨 참변이 생겼던 것일가?

그러나 다음 순간 이러한 모든 의혹은 간데없이 되고 머리에 선히 떠올라왔던 것은 아까 분회에서 벌어졌던 피서린 광경과 그사이에 끼어 어쩔줄 몰라하던 하얗게 질린 그의 얼굴이었다.

"그러지 마세요 네, 김 선생" 하던 그의 떨리던 음성이 귀가에 서성거렸다.

극히 짧은 시간이었으나 이러한 어지러운 사념 속에서 그의 얼굴을 정면으로 볼 수 없었던 나는 그래도 혹여나 하는 마음을 버릴 수 없어 작은 나무들이 몰켜선 옆을 지나 바로 옆까지 발을 옮겼다. 역시 틀림없는 기주였다.

그제사 기주는 누가 옆에 와 선 것을 안 듯 깜짝 놀라 고개를 들고 쳐다보는 것이었다. 눈물에 젖은 검은 눈은 달빛에 어릿어릿하였다.

"아! 김 선생!……" 하고 나직이 부르고 그대로 꼼짝 않고 쳐다보던 기주는 갑자기 쏟아지는 눈물에 더 참을 수 없는 듯 무릎에 얼굴을 파묻는 것이었다. 너무나 무거운 마음에서 나는 오랫동안 기주의 머리며 귓가를 물끄러미 바라보다가 고개를 들어 늪 위에 눈을 옮겼다.

아무 기척 없이 누워있는 호수는 무엇인지 구리 같은 무거운 것을 품은 듯 검푸르렀다.

넉 달 전 어느 날 저녁 K의 소개로 청년회에서 기주와 인사하였을 제 받았던 그의 무거웠던 첫인상이며 그 뒤로 몇 차례 되지는 않지만 서로 나누게 되었던 조용한 이야기가 모두 생각되었다.

이 여자에게서 내가 받을 수 있었던 첫인상이란 몽롱하게 떠오르는 것이나마 남자가 흔히 여성 일반에게서 느끼게 되는 동경이라든지 사모와는 달리 그 어떤 그늘진 형용의 파문으로 무거운 짐처럼 심역에 매여 달려 있었던 것이나 아닌가 생각되었다. 그렇다면 그것은 가까운 곳에 있어 때로 허물없는 마음으로 어루만질 수도 있으며 동시에 어딘가 남다른 입김이 얽혀 있어 뛰고 날아 멀리 떠나려 하여도 이내 돌아오게 하는, 말하자면 인간과 인간 애정의 슬픔에 깃들인 가슴 아픈 것이었다. 그러한 모든 것이 말이 없어 알 수는 없으나 고독한 기주와 벌써 무수히 교차하고 있었던 것이나 아닌가 생각되는 것이었다.

이윽고 나는 착잡한 속에서 이루 머리를 가려잡을 길 없이 그의 옆에 자리잡고 앉아

"기주 씨……" 하고 불렀다.

"……"

"기주 씨 왜 우십니까?"

나는 그의 어깨에 손을 올려놓으며

"우지 마십시오. …… 무슨 일로 우십니까?" 하고 다시 말하였다. 그러나 말을 건넬수록 기주는 더욱 어깨만 추길 뿐이었다.

나는 그의 어깨에서 손을 내리고 다시 늪 위로 눈을 돌렸다.

내가 아직 분명히 알지 못하는 이 여자, 따라서 아무런 위로의 말도 가지고 있지 못하여 혹은 도로 더 괴롭게만 하고 있는 것일지도 모르는 자신이 순간 덧없게 생각되었다.

호면에는 좌우로 굽이쳐 늘어선 나무 그림자가 바람 없는 어두운 속에 무수히 가려져가고 무수히 가려져오며 까맣게 물속으로 잠겨가고 있는 것 같았다.

오랜 뒤에사 고개를 들고 손수건으로 눈물을 씻은 기주는 아무 말도 없이 그대로 물 위 먼 곳만 바라보는 것이었다.

"무슨 일인지 말씀해 주실 수 없습니까?"

나는 다시 물었다. 기주는 옆에 풀잎을 뜯어 만지며 바라보고 있더니 나직이 입을 여는 것이었다.

"이런 꼴을 뵈여드리게 돼서……. 저 무어라 말씀드릴지 모르겠어요……."

음성은 적이 떨리고 있었다. 손에 쥐었던 풀을 물 위에 던지고 기주는 무엇을 생각하는 듯 잠깐 풀이 떨어져 물결짓는 곳만 바라보더니 뒤를 잇는 것이었다.

"저는 모든 게 다 슬퍼요……. 그래도 어떠한 일에는 무서워 말고 슬퍼 말고 살아가리라 하였었어요. …… 그러던 게 오늘 저녁 그 일을 보고 이제껏 쌓였던 슬픔이 그냥 한꺼번에 쏟아져 버렸어요. 아무리 하여도 살아가는 것의 무서움을 저는 잊을 수 없는 것이예요 …… 일상 염원하는 모든 것이 주위에 비좁게 놓여 있어도 모두 멀어요. 끝없는 어둠이 자꾸 목밑까지 차오는 것 같아요. …… 그러면서도 저는 믿지 않을 수 없어요. 믿지 못한다는 것은 저에게는 죽음을 의미하는 이외에 아무것도 아니예요……. 저는 너무도 약한 여잔가봐요."

조용히 말을 끊자 기주는 고개를 조금 앞으로 숙이고 발 아래 어린 풀들이 간간히 나부끼고 있는 물가로 시선을 던진다.

적이 세찬 바람이 물 위로 스쳐갔다. 등 뒤며 좌우에서 우수수 나뭇잎 흔들리는 소리가 났다. 바람은 이내 멀리로 불어가고 주위는 다시 고요하여졌다.

한참 후 기주는 황급히 고개를 들더니

"저, 김 선생한테 이런 이야기 드렸을지 모르겠어요……" 하고 어색하니 약간 웃어보였다.

"아니올시다. 되려 여간 고맙지 않습니다……" 하고 나는 혼자 말하듯 뒤를 이었다.

"기주 씨는 제가 일찍이 아무한테서도 들을 수 없던 이야기를 들려주신 것 같습니다."

기주는 더 말이 없었다.

그리고도 우리는 오랜 뒤에서 그 자리를 일어섰었다.

이는 기주와 나에게 있어 가장 귀중한 저녁의 이야기다. 이 밤 이후로 우리는 자주 만나게 되었었고 자주 만나 더 얼마나 가까워지지 않아서는 안 될 사람들인가 하는 것을 생각하게 되었었다.

그러한 날이 나에게 더한 아픔을 주었던 것은 그 일이 있은 지 석달이 지난 어느 날 저녁이었다. 기주는 너무도 모질은 말을 나에게 주었던 것이다. 극을 보고 그 속 승무에서 받았던 감격과 함께 그 말은 종내 잊혀지지 않았다. 감격은 잠자던 또 하나의 진실을 깨쳐 주었던 것이겠다.

조선서 양심적인 예술극단으로 지칭되고 있는 백성좌白星座가 왔다기에 만철사원구락부로 함께 구경갔었다. 극이 끝나고 막이 조용히 내리자 사람 사태 속을 헤여 겨우 밖에 나왔을 때는 눈이 하얗게 깔려 있는 길 위를 모진 바람이 불어치고 있었다. 바람은 눈보라를 몰고 와서 볼을 맵게 때리고 얼어가는 듯 발이 잘 옮겨지지 않았다.

이윽고 우리는 길야정吉野町 어느 조그마한 다방에 들어와 앉았었다.

기성 도덕과 인습과 그것에 대한 자연과 생명의 욕구와 항거와 그것의 암영을 주제로 한 극이었으나 우리는 극 주제에 대하여서보다 없어져가는 것의 형용에 대하여 이야기하고 있었던 것이다.

이전에 우리는 때때로 밤이면 멀리서 들려오는 단조로우면서도 애교로와 얼켜 모개는 호궁 소리와 함계 연상하였던 고향의 귀익은 농악 —새납, 퉁소, 징, 깽맥이 그리고 그에 따라 추는 허물없고 잡을 길없는 춤, 이런것에서 느꼈던 같은 충격을 이 밤 승무에서도 느낄 수 있었다. 때로 대수롭지 못한 곳에서 본 일은 있었지만 이날 저녁에야 비로소 우리는 완전히 예술의 경지에까지 노려진 승무를 보았던 것이다.

담배를 피워물고 사모와르 김이 푸근히 오르는 '죠—바' 쪽을 물끄러미 바라보려면 그 은은한 선율에 맞추어 조금 전에 무대에서 흥겨워지던 소녀의 가녀린 모습이 연상되는 것이었다. 희미한 조명 속을 흰 고깔에 검은 소매, 검은 옷섶이 선히 날렸다. 머물 줄 모르는 형용은 어두운 속을 수없이 져가고 수없이 살아다가왔다. 선율이 그윽히 멀어져 가는 곳, 검은 그림자가 어지럽게 사라져 가는 곳, 그 낯모를 바닷가로 온 넋은 실실이 풀리어 달리는 것 같다가도 갑자기 뒤로부터 살아오는 징소리, 새납소리, 북소리에 놀라 돌아서는 승무는 요란한 음향 선율 속으로 다시 높아 오는 것이었다.

사람들은 그것을 막을 길 없는 동경과 애욕의 괴로운 표현이라 하였다. 허나 구슬픈 노래하며 애달픈 몸짓하며 모두가 일종의 제회祭火를 쌓아올리는 말없는 형용과도 같이 생각되었던 것은 기주나 나나 일반이었던가싶다.

그러한 이야기를 하여가는 사이에 나나 기주는 얼마나 호궁이며 퉁소, 깽맥이, 징, 새납의 농악이며 승무 이러한 것을 좋아하고 있느냔 하는 것을 발견할 수 있었으며 오늘 저녁 그는 피로한 하루의 근무 뒤에 승무에서 어느 만큼 큰 감격을 받았는가 알 수 있었다.

조용한 이야기를 나누는 사이에 나는 자신이 그 어떤 알 수 없는 물결속에 그냥 잠겨버리는 듯한 전에없는 서글픈 시름을 느끼지 않을 수 없었다. 오랜 후 맥주 청할 것을 기주에게 묻고 그러자 기주가 내 얼굴을 쳐다보며 희롱하듯한 웃음 속에 머리를 굽혀 승낙하고 하여 처음으로 들어온 둘이 술잔을 나누게 되었던 것도 이날 저녁이었다.

오랜 시간이 지나갔었다.

몇 번이고 거북한 미소를 보이며 기주가 겨우 한 컵을 비였을 제 나는 내 컵에 넷째 병을 따르고 있었다.

컵을 오른손으로 기우뚱하고 그속을 바라보고 있던 기주는

"저는 선생님" 하고 말하는 것이었다. "그래서 쓰겠는지 모르겠어요.

눈물도 좀해 없어요만 웃음이라는 걸 날마다 이렇게두 잊어 좋을지요……. 오직 조금이라도 웃을 수 있는 때는 김 선생 앞에서 뿐이예요."

말을 끊자 기주는 고개를 들어 어색히 웃는 것이었다. 그러한 그의 웃음을 보아야 하는 자신의 순간 웬일인지 잔인한 것 같아 괴로웠다.

기주의 그 말을 듣자 나는 문득 언젠가 기주 집에서 그의 형 앨범 보던 일이 생각났다.

서울서만 지내다가 이제는 그곳 재산가의 집 장자에게 시집갔다 하며 운동선수였다는 기주의 형은 퍼지는 사진에서마다 웃고 있는 것이었다. 동생인 기주와는 너무도 엄격한 대조라 생각하며 나는 자신도 모르게 기주의 얼굴을 쳐다보았던 것이다. 이렇게도 판이한 자매를 이제껏 보지 못했던 것이다.

얼마 취하지는 않았지만 찻집을 나온 우리는 마차도 부르지 않고 일본 교통눈바람이 불어치는 길을 외투깃을 세우고 가지런히 걸어왔다. 첫일이 아니며 기주 자신 그리 원하였고 나도 바랐지만 기주는 밤도 늦고 하여 우리 집에서 자기로 하였다. 기주는 집에 다닫자 내 자리를 펴고 자리옷을 내어주고 문을 채운 다음 어머니방으로 건너갈 때까지 내 편에서 워낙 말을 걸지 않았지만 자리를 펼가 문을 걸가 하는 말밖에 입을 열지 못했다. 다른 때에는 곧잘 이야기가 있었지만 이날 저녁은 자기까지 술을 하게 되었음에서였던지 찻집에서 보여주던 웃는 기색도 없이 아무 말도 않았다.

술하는 것을 그리 말리지도 않지만 술을 하면 언제나 기주는 내 곁을 떠나지 않았다. 말없는 속에 주위 모든 것을 일일이 살펴주는 것이었다.

나의 빈 마음을 채워주려 정성껏 하는 이러한 기주를 생각할 제 나는
그 뒤에 숨은 기주만의 그늘진 무엇이 늘 보이는 것 같아 기주는 이 밤
혹은 어머니방 이불 옆에서 혼자 슬픈 것이나 아닐가 마음이 괴로웠다.

겨울, 봄 하여 철이 바뀌고 어두운 가운데 날로 더 모질게 서로의 음
성을 찾게 되고 찾는 것으로 아늑할 수 있었던 그것을 생각하면 너무나
스산한 나날이였으며 보담 햇빛 없는 거리의 이야기였던 것이겠다. 그
러나 그때의 우리에게 있어 이것은 모든 삶의 욕망을 넘어서의 못 놓칠
부름이었던 것이다. 그 어느 몹쓸 날 기주는 이리하여 나에게 새로운 의
미와 보람을 가져다 주었던 것이었으니 이로부터 제이의 나의 출발은
시작되었던 것이겠다.

나는 다시 사랑하리라. 사랑하면서도 구하지 않으리라. 사랑하는 그
속에 단 하나 촛불을 안는 것으로 달가우리라. 네 속에 모든 것을 보고
모든 것 속에 너를 보리라. 너를 믿는 속에 모든 것을 보고 너를 사랑하
는 속에 모든 것을 다시 사랑할 수 있으리라 마음먹었던 것이다.

허나 이러한 날의 우리들 앞에 그 어떤 거센 바람과도 같이 모든 과
거를 떨쳐안고 돌연 나타난 것이 어머니였다. 말하자면 이로부터 나의
또 하나 숙명의 이야기는 시작되었던 것이다.

허나 나는 무슨 제이의 출발이니 또 하나 숙명이니 하고 조리를 따
질 필요는 없는 것일지도 모른다. 오직 나는 이곳에 그 당시 당시에 본
그대로 들은 그대로 느낀 그대로 충실히 적어가면 그만이겠다.

어머니와 기주는 어찌하여 내 안에 들어왔는가? 그리고 나는 또 어
찌하여 그들 안에 까맣게 갈앉아왔는가? 이는 결국 기주와 내 이야기로

돌아오는 것이겠다.

기주가 떠나기 나흘 전 새벽이었다. 누가 급하게 깨우기에 깜짝 놀라 눈을 떴을 제 누이가 상서롭지 못한 얼굴로 옆에 서 있는 것이었다. 아직 날도 밝은 것 같지 않았다. 이내 나의 귀에는 옆방에서 어머니의 급한 신음소리가 들려왔다. 순간 나는 모든 것을 알아차릴 수 있었고 동시에 가슴이 선뜩하여지지 않을 수 없었다. 어머니는 사날 전부터 누워 계시여서 누이가 오게 되고 하였던 것이지만 의사의 말이 몸살인 듯한데 심한 정도는 아니고 삼사일 조용히 누워 약을 쓰면 괜찮을 거라 하기에 나도 그쯤 알고 있었던 것이다.

"어서 좀 나가봐. 큰일났다. 어머니가 아마 돌아가시나보다. 숨이 자꾸 가쁘시다고 하시니……."

누이는 목이 메여 말을 더듬더듬 하는 것이었다.

누이는 이내 나가버리고 나도 자리에서 일어나 옷을 갈아입었다.

순간 나의 뇌리에는 이 년 전 어느 날 아침이 전광처럼 깨쳐와 선히 살아났다. 그때는 누이가 시가에서 오지 못하였던 때다.

그 전날 밤 술을 먹고 돌아다니다 늦게사 돌아와 잠이 들어 곤히 자꾸있었던 나는 또 이날 아침처럼 무슨 바쁜 소리에 어슴푸레 잠이 깨었던 것이다.

"식아…… 식아……" 하는 소리가 들려왔다. 어머니 목소리임에 틀림없으나 명확치 못한 음성이 이상하였다. "힉"인지 "식"인지 알고 듣지 않으면 모를 소리다. 나는 깜짝 놀라 자리에서 일어나 앉았다. 책상 위 괘종은 새벽 두 시를 가리키고 있었다.

"식아…… 식아……" 하는 약한 목소리에는 금시에 끊어질 듯이 작아졌다 커졌다 하며 이어 들려왔다. 발음이 저렇게 똑똑칠 못할진댄 미상불 잠소리시겠거니 생각되기도 하였으나 마음속은 여전히 불안하여 뿌듯한 몸을 겨우 일으켜 부랴부랴 아랫방으로 나가 불을 켰던 것이다.

어머니는 정히 눈을 뜨고 계시다 핏기 없는 눈시울을 맥없이 치뜨고 무엇이라 나에게 자꾸 설명하고 호소하는 것이나 나는 한 마디도 알아들을 수 없다. 정말 나는 그 광경이 무엇을 의미하는 것인지 도시 알 수 없었다. 꿈인지 생신지 분간 못할 순간이었다. 벌써 오래전부터도 어머니는 괴로워 태질하고 계셨던 듯 방 안은 낭자하였다. 옷가지며 바느질 감이며 모두 부산히 흩어져 더러는 사발에서 쏟아진 물에 걸레쪽처럼 젖어 있었다. 다시 눈여겨보자 왼쪽 손이 자신의 몸에 끼여 전혀 쓰여지지 않는 것이다. 나는 더욱 놀랐다. 그러고 보니 오른다리는 자주 오그렸다 폈다 하시는데 왼다리는 쭉 뻗은 채 옮기질 못하는 것이다. 모든 것이 금시에 전도되어 가는 듯한 아찔한 속에서 나는 다시 눈을 얼굴로 옮겼다. 왼편 반은 전부 부어 있는 것이다.

어저께까지의 어머니 모습을 어디서 찾으면 좋을지 나는 몰랐다. 그러한 속에서도 어머니에 관한 온갖 것은 각각으로 돌이킬 수 없는 곳으로 기울어져 가는 것이다. 무수히 외우고 부르나 애달픈 마음은 종시 전할 길이 없다. 감았다 뜨는 어머니 눈에서는 눈물이 쫙 쏟아져 내린다. 나는 나의 할 일이 무엇인지 어찌하면 나는 이 무서운 지점에서 기울어만 가는 엄마를 나의 엄마로 붙잡을 것인지 모르는 것이다.

모든 것을 있는 것 기울여 왔던 온갖 것은 용서없이 흘러가고 마지막 부를 아무 말도 엄마는 이제 가질 수 없다. 슬픈 것은 못참게 애달픈 추억으로만 남아 주름진 목을 칭칭 감아가는 것이다. 단 하나 최후의 말, 최후의 손길이 그리웁다. 식아, 나는 너를 얼마나 사랑하였던 것인가. 너로 하여 그 많은 날을 나는 얼마나 밤잠을 못자며 근심하였던 것인가. 그러고도 그로 하여 나는 얼마나 행복할 수 있었던 것인가. 나를 위하여 너는 어느 만큼 소중하였고 컸던가. 눈물이 자옥한 엄마의 눈은 이렇게 외이고 말하는 것이다.

어서 날이 밝기를 기다려 의사 부를 것을 생각하며 나는 우선 어머니 등 밑에 손을 넣어 일으켜 안았다. 팔에 안기어서도 어머니는 가는 몸을 번지며 숨이 차서 골을 쉴사이 없이 내어젓는다. 손 끝에 닿는 작은 무게의 따스함에 눈앞이 금시에 어두워졌다. 뜨거운 것이 볼 위를 줄지어 달음질쳤다.

중풍, 이제는 의사를 불러 어느 만큼 병이 나으신다 하더라도 전날의 그를 찾고 따라서 전날의 나를 찾는 일은 종내 없으리라.

실로 병은 불효한 자식 까닭으로 났던 것이다. 시집간 누이의 불행도 있었지만 언제나 술만 먹고 말없이 마쳐져 가는 아들 자식에 대한 근심으로 하여 생긴 것임에 틀림없다. 엄마는 말하지 못하며 말할 까닭도 없지만 나는 너무나 잘 알고 있었다. 전날 그래도 나는 엄마가 살아 계시는 동안엔 엄마를 언제고 기어이 마음껏 즐거웁게 하여드리리라, 진실로 엄마가 고대하는 엄마의 자식이 되어드리리라, 언제나 마음먹어 왔었다. 허나 이제는 끝이 아닌가. 이렇게 된 후에 아무런 말이면 무슨 소용이 있으랴. 이 크나큰 회한을 나는 어떻게 하면 메울 수 있을 것인

가. 그가 이제껏 부어주신 애정을 비록 조금이라도 나는 어떻게 하면 갚을수 있을 것인가 아득하였다.

날이 밝자 의사를 불러오고 소낙비와도 같은 며칠이 무디게 지나가고 그리하여 천행이었던지 병에 점점 차도가 생기어 꺼진 마음 가라앉는 틈을 타서 벽을 바라보게 될 두 달 뒤에는 부자유하게나마 어머니는 다시 몸을 쓰게 되었던 것이지만 그날 아침의 그 무서웁던 광경만은 종내 잊을 수 없었다. 그것은 마치 어떤 커다란 그림자와도 같이 나의 모든 의식 속을 부단히 따라다니는 것이었다. 사정없이 부스러지려던 크나큰 기억은 언제나 붙어다녀 불시로 내 몸을 붙들고 서글피 흔들어 놓는 것이었다. 그는 동시에 한 개의 무서웁고 검은 것의 예감으로 머릿속에 못박혀 왔었다.

이리하여 나는 나의 엄마에 대하여 오히려 더 슬픈 자식이 되고 말았던 것이다. 그로부터 나는 나의 엄마를 보다 즐거웁고 아늑한 마음으로 보고 생각하고 할 수 없게 되었던 것이다.

이제야말로 그 마지막 날은 찾아온 것이 아닐가. 이제 다시 나는 진실로 죽음의 악착함을 생각할 용기가 없는 것이다.

나는 어머니방으로 건너 갔다.

어머니는 벽에 받쳐 쌓아놓은 이불에 몸을 기대고 누워 한쪽 팔을 누이에게 안기운 채 기력 없는 시선을 이쪽으로 던지고 있었다. 가쁜 숨소리가 끊길 사이없이 들려왔다. 속에서 번열이 나는 듯 이를 깨물고 입을 다시고 하신다. 주름진 얼굴이 파랗게 질려있다.

"식아, 이 손 좀 쥐여다고…… 너희를 두구…… 내 어찌 눈을 감겠니……." 어머니는 못 참을 듯이 눈을 내리 깐다. 불 위로 금시에 눈물이 맺혀 떨어진다.

"아…… 추워……" 하시며 어머니는 이를 가신다. 왼손으로 이불섶을 당겨올리신다. 일 년 전 같은 형상은 아니다. 그러나 더 심각한 의미의 어느 안정이 온몸을 누르고 있는 것임을 내가 의사 아니나 직감하지 않을 수 없었다. 보담 더 무거웁고 보담 더 어두운 그 어떤 항거할 수 없는 안정은 음성 전체에, 눈길 전체에, 살빛 전체에 자리잡고 있는 것이다.

나는 그 옆에 앉아 누이가 쥐었던 손을 받아 꼭 쥐었다. 잠깐 뒤 나는 목밑까지도 캄캄한 마음으로 달음질하듯 의사를 불러왔다.

"십중팔구는 소생치 못하실 겝니다" 하는 것이 얼마 뒤 의사 진단이라기보다 한 선고였다.

"하여간 응급 치료를 하여보겠습니다."

어머니를 부축하고 앉아 말없이 눈물만 흘리고 있는 누이며 숨차하시는 어머니를 그냥 볼 수 없어 나는 내 방으로 나와버리고 말았다. 문 녘에 걸터 앉아 열린 미닫이 너머로 밖을 내다보았다. 아직 지나가는 사람 하나 없이 거리는 쥐죽은 듯 조용하였다. 지울 길 없는 아련한 호흡의 어머니 모습이 연상되었다. 눈물겨운 너무도 낯익은 음성까지가 수없이 울려오는 것이었다.

나는 잘 알고 있다.

엄마, 엄마는 누구누구의 엄마처럼 정몽주나 이율곡 이야기할 줄은 모른다. 맹자가 누구며 맹자 어머니가 누구인지 서양이 어데 붙었는지도 모른다. 허나 엄마는 엄마의 자식이 엄마의 목숨 이상으로 아까운 줄 안다. 세상없이 귀중한 줄을 알고 그것을 믿는다. 내가 가진 것, 생각하는 것, 내가 말하는 것, 모두를 어머니는 좋아하고 아껴한다. 책이며 연필이며 종이며 내 주위에 있는 모든 것을 다 어데에 어떻게 쓰는 것인지 분명히는 몰라도 어머니는 그것이 내 손길에 닿고 내 곁에 있는 까닭에 모두 다시없이 귀중하고 낯익은 것으로 안다. 그리고 이러한 모든 엄마의 기억은 나의 온갖 사념, 감정, 염원, 분한 밑을 언제나 잔잔히 흐르고 있는 강임을 나는 안다. 가버린 듯 숨었다가도 어느새 다시 아프게 살아온다. 때로는 온 전신을 그 출렁이는 물결로 얼싸안고 간다.

다음 순간이었다. 나는 그러한 일종의 너무나 무거운 정적을 깨뜨리고 무엇인가 가까이 다가와서는 온 넋을 안고 넘어오고 넘어가고 동댕이치고 쓰러져가고 하는 뒷골을 방망이로라도 얻어맞은 듯한 혼돈된 것을 느끼지 않을 수 없었다. 그것은 지상 위 모든 것에 대한 일종의 사형선고와도 같은 암시로서 커다란 위협이기도 하였다.

나는 그로부터 두어 시간 그대로 앉아 있었다. 또다시 오랜 시간이 지나가고 나의 백지장 같이 식어가는 머릿속에 다른 몽롱한 한 세계가 찾아오고 있었을 제 나는 '위협', '위압'이라는 것과 함께 그 어떤 '정신'이라는 것을 잡아 생각하고 있었다. 나의 머리에는 벌써 어머니에 대한 아무런 상념도 없었다. 나는 딴 인간이나 되는 것처럼 완전히 또 하나 딴 것을 생각하고 있었던 것이다.

이러한 눈알이 도는 듯한 변천과 위협 속에 있어 한 정상적이 아닌 정신이 가져야 하는 만태의 변화와 위압을 애정이라는 것과의 관련에 있어 어떻게 규정하고 어떻게 표현하여 그것을 다시 인간성의 순수를 보자하는 입장에 결합시키고 사상捨象하여 또 하나 새로운 애정 주체와 의의를 발견하고 만들 수 있을까? 따라서 이 관찰은 어디까지든 특정한 개인이라든지 종족이라든지 하는 범주를 생각하기 이전에 '인간'이라는 것에까지 올려와야 할 것이겠고 발부리는 언제나 역사 이전의 지점에 두어져야 할 것이었다. 어떻게 하면 우리는 그러한 정신의 지하에까지 내려가 그곳에서 그것을 해치고 피해받는 일 없이 샘물처럼 다시 솟아나오게 하고 솟아나올 수 있을까.

그러므로 그 다음에 올 것은 필연 우리는 어쩌하면 모두가 아버지일 수 있고 모두가 어머니일 수 있을까 하는 문제일 것이다. 나아가 그러한 것까지를 살펴야 하리라 생각하였다. 그리하여서만 이 추구는 의의를 가질 수 있으리라 싶었다. 동시에 나는 이러한 것을 언제 한 번 쓰리라 하였다. 나의 눈앞에는 원고용지의 환상이 떠올랐다. 잡지며 신문 이름과 함께 가지각색 '미다시'와 활자체재와 표지컷까지 어수선히 떠올랐다. 하얗게 종이발을 뻗어 놓아 거창한 윤전기의 회전과 경이에 찬 온갖 크고 작은 눈이 숨가쁘게 육박하여 왔다.

나는 두 시간 반이나 한자리에 앉아 몽롱한 속에서 이 모양으로 이빨을 갈며 사념을 쏟고 있었던 것이다.

허나 어지러운 꿈에 깨어 깜짝 정신이 돌아왔을 제 나는 자신이 얼마나 무서워졌던지 모른다.

나는 지금 무슨 이런 쓸모없는 것을 생각하고 있는가. 이것이 오늘의 내 슬픈 어머니에게 무슨 관련이 있는가. 어머니 병석에서 나와 내가 기껏 생각할 수 있었던 것은 이런 덜된 지혜의 유희와 자기 영달의 어리석은 꿈에서 지나지 못하였던 것인가. 그리도 슬프고 괴로웠다는 것 그 것은 한갓 거짓 이외의 아무것도 아니었던가. 기실 나는 지금 어머니에 대하여는 무슨 슬픔을 가지고 있는가. 어머니는 옆방에서 괴로워하시 고 눈물을 흘리시나 나는 지금 이런 진리라 하며 지혜라 하는 미명 아래 서 허영만을 장난하고 있는 것이다.

나를 아껴하고 나를 기어코 살리려 하는 너희들에게 내가 줄 수 있 었던 것은 끝내 이것이었던가. 나는 나의 못잊을 엄마와 함께 어느 만큼 이나 같이 갈 수 있다는 것이냐.

너는 그러고도 오늘 더한 희생이 필요하다 할 것인가. 먼 것은 모두 틀렸다는 것이 아니다. 먼 것을 말함으로 하여 오늘을 모독하려는 그 지 꿏음이 밉다. 어느 누가 너에게 그러한 권리를 주었다느냐. 그러면 너는 우리도 한 개의 과정에 있는 것이 아니냐고 다시 말할지 모른다.

허나 너는 미래에 있어 지나간 오늘을 잊을 수 있겠는가. 미래의 이 름 밑에 오늘의 공허를 채울 수 있겠는가. 과거의 그 부단한 육박을 배 암과도 같이 감겨드는 회한을 너는 진실로 잊을 수 있겠는가.

그렇다. 모두가 거짓이다. 내가 가진 것은 모두 다 이런 허울 좋은 것 이다. 그로 보면 어머니나 누이는 얼마나 귀중한 인간들인가. 즐거움 이 외의 아무것도 모른다. 행복함 이외의 아무것도 모른다. 슬픔 이외의 괴 로움 이외의 아무것도 모른다. 슬프고 괴로웁고 즐거운 모든 것이 그들 에게는 그 순간순간에 있어 바꿀 수 없는 세계인 동시에 진실이다. 따라 서 더 물을 것이 없다.

허나 또 허나 이내 다음 순간 내 옆을 지나가고 지나오는 온갖 형상 그것은 나와는 과연 아무런 관련도 없는 것이라면 내 일찍이 그곳을 알고 그곳에 머무르지 않으면 안 되었던 한 운명은 무엇을 의미하는 것이었던가. 나는 오직 단 하나이며 때문에 모두가 단 하나 아닌가. 그리고 나에게는 벌써 죽음도 삶도 없지 않는가. 어떠한 경우에 있어서든지 나는 나의 단 하나 마음만 믿으면 그만이 아니었던가. 이지라 하며 지혜라 하며 이러한 어수선한 것을 모두 잊는 것으로 하여 나는 아무런 의심도 가질 것 없이 내 가슴속 한갈래 부름을 알아 그 인도에 따르면 그만이 아니었든가. 고요함, 그것만이 나의 단 하나 진실일 것이다. 의혹하는 것을 버리자. 나의 머리에서 허위니 진실이니 이러한 분류 단어까지를 아주 축출하여 버리자. 허나 때는 이미 늦어 모두가 지나간 이야기임을 알았고 이제 내가 무슨 엄마의 애정을 위하여 나의 불효 나의 죄는 그의 애정을 받는 마당에서 그치기나 하였더면 한들 어리석은 이야기였다. 나는 지극에 이르지 못하였던 지나간 모든 날을 너무나 잘 알고 있으며 그것은 비단 한두 가지가 아니어서 온통 나의 힘을 넘어 있음을 알았고 이리하여 모든 이러한 악착한 속에 있어 이리도 저리도 못하고 단 하나 신선한 것도 가진 것 없는 오늘의 자신이 한 개의 무슨 천하에도 불칙한 것으로 온 정신에 덮쳐 왔을 제 전신이 부르르 몸서리쳐졌던 것이다. 육체와 정신…… 눈이 돌고 손길이 가는 곳 모두가 한갓 무서워졌던 것이다.

그 많은 세월을 읽고 배우고 생각하고 하였다는 것이 자신을 오늘 이 한 곳에까지 가져오고 말았던가. 진실로 무엇이 귀중한지 무엇이 아름다울 수 있는지 알 수 없었다. 어두운 방에서 한갓 누이와 내 이름만을 수없이 부르고 있는 엄마를 나는 다시 대해낼 수 있을 것 같지 않았다.

기주의 얼굴이 무거웁게 떠올랐다. 어느 날 그는 심연에 빠져 절망에 싸인 나를 그 심연에서 구출하여 주었었다. 허나 그 구출하여 주었다는 것이 무엇을 의미하였으며 무엇을 의미하고 있고 의미할 것인가. 모든 문제는 기실 이곳에서 그칠 수나 있었던가. 불길은 벌써 기주의 손길도 닿을 수 없는 그리고 나 혼자만이 가야 하는 강 건너에서 일뜨고 있는 것이 아닌가. 아무리 뜨겁고 아무리 애절하여도 말없는 강을 가운데 두고 우리는 이에서 끝내 틀리는 나라로 갈라져야 한다. 손을 완전히 내려야 한다. 생각될 제 그의 귀중한 애정은 그것을 미리 알아 예기하고 있었던 것인지는 모르지만 내 다시 그의 이름을 전날과 같은 고요한 마음으로 부를 수 있을 것 같지 않았다.

이리하여 문제는 실로 기주에게 와서 가장 밝을 수 있었던 것이다.

피투성이 번뇌의 아찔한 이틀이 지나가고 그리 모질던 어머니 병세가 조금 멎음직하던 아침 나는 전에 없는 해맑은 마음으로 어머니방을 찾을 수 있었다. 새벽녘에 다시 잠이 드신 듯 내가 들어간 줄도 모르고 누워 계시는 어머니의 핏기 없는 얼굴을 나는 오랫동안 화석처럼 서서 바라보고 있었다.

어느 그 작은 안도가 나에게 이날 찾아올 수 있었던가. 오늘의 나는 이름모를 순간을 상상할 수조차 없다.

차라리 나는 너보다 먼저 가리라. 엄마야, 단 하나인 실로 단 하나인 나의 엄마야, 이 불효한 자식을 용서하라. 나는 이제는 인간에 관한 아무것도 생각할 수 없다. 모든 것이 스산하고 무서울 뿐이다. 불효함으로 하여 내 엄마보다 먼저 가서 못 쓴다는 법이야 있겠느냐. 더 불효하기 위하여 나에게 남은 마지막 귀중한 하나까지를 잊어버리기 위하여 살아 있어야 할 법이. 먼저 났으니 먼저 가야 하는 법이 어데 있겠느냐.

아! 일 년 전 그 몸서리나던 광경! 그 속에 섰을 불덩이 같은 자신, 다시 불러야 할 기주 다시 물어야 할 애정 그리고 오늘의 이 천장 같은 피로와 또 하나 거역과 그 뒤에 오는 거역 — 하루이틀에 생긴 것도 아니며 하루이틀에 나을 것도 아니다. 나의 피로한 방에서는 모든 것이 참을수 없다. 너무나 또렷한 확실을 나는 나의 가슴에 박고만 것이다. 나는 이제는 나의 오늘을 마치 말 잘 듣는 어린아이와도 같이 순량히 받아야 하는 것이다. 오늘의 이 충격, 충격에의 고요함을 마지막 달가이 아끼는 것만이 나에게 있어 영원한 해결을 주는 것이다.

아무리 불효하기로 내 이제 엄마에게 유언까지 남기지는 않으리라. 그리고 내가 간단들 아버지가 남겨두고 가신 저그마한 재물이 내 약값을 못하거나 누이가 살아가지 못할 일은 없을 것을 믿는다. 나는 간다.

그리하여 다음으로 나는 엄마는 이제 가고야 말 것이나 내 없는 날의 기주는 어떻게 할 것인가 생각하게 되었던 것이다. 기주 없는 오늘의 내 자신을 잡을 수 없는 것과 같이 내 없는 날의 기주를 나는 생각할 수 없었던 것이다. 모두가 남의 나라 같은 쓸쓸하고 괴로운 곳에서 기주는 어떻게 나없는 나날을 보낼 수 있을까. 오래인 모색 끝에 내가 생각하여 낼 수 있었던 것은 세상에도 무서운 일이 아닐 수 없었으니 나하고 같이 가다오 기주…… 하고 내 직접 그에게 말하는 것으로 그 순간 오늘까지의 기주와 나 사이에 있었던 모든 잊을 수 없는 것들이 산산이 부서져가는 것을 눈앞에 같이 볼 수 없었던 나는 차라리 아무 소리도 없이 그 모르게 이 손으로 그의 목숨을 끊으리라. 그리고 그 하얀 밤을 나는 그의 뒤를 따라 달음질쳐 가리라 결심하였던 것이다. 그러면 그렇게 결심하는 것으로 너의 책무는 그곳에서 끝나는 것이었던가 하면 결코 그런 것도 아님을 자신 모르는 바 아니였으며 내가 이 위에 또 무엇을 생각하여야 하는가. 오직 아무런 용기도 이제는 없었을 뿐이다. 끝내 모르노라. 단 하나 이것만이라도 깨물어 붙잡으리라 두 번 세 번 결심하였던 것이다.

그날 저녁 나는 집에 잠깐 갔다 온다 하고 나잘 제 누이가 펴놓은 이불 위에 아무렇게나 쓰러져 밖을 내다보고 있었다. 눕지 않으면 의례 문턱에 걸터 앉아 밖만 내다보며 처음도 끝도 없는 사념에 잠겨 있는 것이 나의 오랜 습성이었다.

다섯 시 넘은 지도 오랬을 만한 때 옆구리에 종이꾸레미를 낀 기주가 도랑을 건너 들어오는 것이 보였다.

기주는 나를 보자 바깥 문녘에서 조금 고개를 숙이고 가벼웁게 인사하더니 거기에 잠깐 서는 것이었다. 이윽고 나는 일어나 앉았다. 그러자 기주는 한걸음 다가 들어오더니

"어머니 어떠세요?" 하고 나직이 묻는 것이었다. 나는 말대답 대신 "벌써 집에서?……" 하고 천천히 묻자 "아니요! 회사에서 나오는 길이예요" 하며 기주는 꾸레미를 든 채 어머니방으로 들어가 한참이나 있더니 다시 나왔다. 꾸레미는 없었다. 기주는 문녘에 걸터 앉더니

"언니 어디 가셨어요?" 하였다.

"집에 갔다 온다구 조금 전에 나갔지." 대답을 듣자 기주는 내 얼굴에서 시선을 떨어뜨리고 불안스러운 듯 땅바닥이며 그 위에 어수선히

놓여 있는 신발이며 종이쪽들을 물끄러미 바라보는 것이었다.

그때 조그맣게 앉아 있는 기주를 나는 온 시선이 마치 그 한곳에 매어져 있는 것처럼 넋없이 바라보고 있었다. 복스런 귀며 그 옆으로 숨어나온 귀밑머리며 비스듬히 보이는 나릿한 콧날이며 무릎 위 검은 치마 주름을 쥐고 있는 작은 손이며 그 모든 낯익은 모습들이 새삼스러이 못참게 가슴 아파졌다.

이윽고 고삐놓은 어느 마음이 드디어 마지막 부를 이름조차 잊어버린 쓸쓸한 속을 수 없는 무엇이 목에 차넘침을 깨닫지 않을 수 없었을제 나는 끝내 고개를 돌리자 눈을 감아버리고 말았던 것이다.

무서운 일이다.

나는 자신도 모르게 큰 한숨을 쉬였다.

그 모양으로 반시간을 넘어 앉아 있었을 제 밖에서는 바람이 잔잔히 불어왔다. 끝내 나는 한 가지 해결만이…… 그도 어느 만큼 믿을 수 있을는지 모르지만 남아 있음을 알았다.

나는 담배를 붙여물며

"기주……" 하고 불렀다. 허나 그 다음에 무슨 말을 할 것인지 자신도 잊은 듯 다시 잠자고 앉았었을 제 고개를 돌린 기주는 내 얼굴만 쳐다보는 것이었다. 한참 후 나는 무슨 천근이나 되는 것을 가슴에 내어던지듯한 휑한 마음으로

"기주 나 청이 하나 있는데 들어주겠어?" 하였다.

기주는 다음 말을 기다리는 듯 내 얼굴을 물끄러미 쳐다보더니 이윽고

"무슨 일이예요?" 하고 묻는 것이었다.

나는 조용히 책상 위 재떨이를 가져다 담뱃재를 털며 다시 입을 열었다.

"내일 조선으로 나갈 수 없어?"

나는 고개를 돌려 기주 얼굴을 쳐다보았다. 기주는 의아스런 눈으로 무슨 말인지 알 수 없는 듯 내 얼굴만 바라보고 있더니

"왜요?" 하고 묻는 것이었다.

나는 다시 얼굴을 밖으로 돌리고 오랫동안 담배만 풀썩풀썩 피우다가 입을 열었다.

"여러 가지로 생각한 거지만 얼마 동안만 내 옆을 떠나줘요. 그러면 다시 밝은 걸 무어 생각할 수 있을 것 같으오."

"밝은 것이라니요?"

나는 담배를 두어 모금 더 빨고 재떨이에 지워버리며 서서히 대답하였다.

"그건 묻지 말아줘요. 그걸 말하려면 더 딴 것을 말해야 할 것이고 그럴 수는 없는 자신이요. 너무 나만의 자의지만…… 용서해요. 나에게는 무서웁고 큰 문제라는 것만 알아두어주구……."

기주는 더 묻지 않았다. 고개를 돌리더니 다시 문밖을 내다보는 것이였다. 나는 그래도 기주 얼굴을 옆으로 한참 동안 물끄러미 바라보다가 고개를 돌렸다.

기주는 이윽고 어머니방에 들어가 오랫동안 앉았더니 도로 나와 신발을 신는 것이었다.

"벌써……."

"나올 제 들리지도 않아서 집에 가봐야겠어요."

"같이 나가다 어디 들러 저녁이나 할가. 나도 아직 안 했어……."

어두워진 거리로 둘은 나왔다. 비에 젖어 흐물진 길을 우리는 나란히 걸었다. 서삼마로 나가는 가름길을 지나서 서이마로 극장 앞 큰길로 나섰을 제였다.

"저 조선 가겠어요. 내일……" 하고 기주는 서글피 웃어 보이는 것이었으나 웃음은 이내 사라지고 그 어떤 어두운 그림자가 얼굴을 스쳐 가는 것이었다.

"그래두 어머니 일이 마음뇌지 않아서……. 이내 저 오겠어요."

적이 원망하듯 작은 음성은 조급히 굴러나와 무엇인가 어린 듯 허물 없이 탓하는 것 같았다.

환희에서였던지 슬픔에서였던지 알 수 없는 것으로 나의 가슴은 금시에 가득하였다.

"아침에 사에 들려 말하구 노조미루 떠나겠어요."

서삼마로 우정국을 지나 대경로에 나오자 ××그릴에서 간단한 식사를 치르고 다시 거리에 나섰을 제는 벌써 사면이 어둑하였다. 마차를 불러 기주를 앉히고 나는 그의 작은 손을 잡았다. 움직이는 차와 함께 아무 말 없이 먼 데만 바라보며 잠깐 걷다 나는 고개를 기주 편으로 돌리고

"그럼 내일 집에 들릴까요?" 하고 그의 손을 다시 꼭 쥐었다 놓았다.

기주는 고개를 조금 굽혀 보이더니 이내 손수건에 얼굴을 파묻는 것이었다.

어둠 속에 점점 멀어져 가는 마차 위 기주의 숙인 머리며 저고리 동정 깃을 바라보고 섰을 제 나는 이제는 영원히 놓는구나 하는 가슴이 메여

지는 듯한 공허를 느끼지 않을 수 없었다. 끝내 마지막 그 악착한 사실까지도 끊어져 가는가, 어둠 속에서 나는 어느 때까지고 움직일 줄 몰랐다.

두 번 묻는 일도 없이 내 곁을 떠나리라 대답한 기주! 내 자신 거역할 수 없는 요구였지만 미더운 승낙이기도 하였겠다. 이리하여 생은 이곳에서 완전히 끝나는 것이니 한 번 옮겨 놓은 발은 끝내 돌이킬 줄 모르는 자신이었던 것이다.

나는 드디어 보담 안이하고 선량한 마음으로 내 일찍이 경험한 적 없는 조용한 속에서 땅 위 모든 벗, 모든 생명, 모든 물상을 바라볼 수 있었다. 미워하였고 의심하였던 모든 인간 — 태규며 검은 안경 쓴 의사며 눈물만 흘리는 누이며 조일동에서 늘 만나는 코밑에 챠플린 수염 난 인간이며 내 이제 아무 의심하는 일 없이 볼 수 있으리라 나는 생각하였다. 모든 것은 이리하여 비로소 나에게 한결같이 가까울 수 있었던 것이다.

그 바람으로 오래도록 거리를 싸다니다 지쳐 돌아온 나는 책상에 엎드려 전에 없던 맑은 마음으로 소리없이 울었다.

기주를 보내고 저물 무렵 폼을 나선 나는 마차에 앉아 — 지금 마차에 앉아 있는 자신은 기실 틀림없는 나인가 — 이 나는 화려한 거리며 질주하는 인마며 거류는 어느 거리에서 보고 있는 나의 형상인가, 어디에 진실로 나의 벗은 있다는가, 나의 마음은 지금 어디에 던져져 있다는가, 무엇을 위하여 청춘은 높을 것을 생각하고 달음질쳐 갔었던가, 어지러운 거류! 스러져가는 성터! 뭐! 하늘! 백골의 창백한 웃음! 선무! 선무! 무수한 선무!

얼른 집으로 돌아와 누이와 함께 위독하신 어머니병을 돌보아야 하였을 나는 그러지는 않고 일본교에 다닫자 어느 조그마한 오뎅집 나무 판자 걸상에 걸터 앉았다.

손님이 드문 이 집엔 삼십이 가까워 보이는 상냥한 젊은 '옥 상'이 흰 에프롱을 걸치고 언제나 마찬가지로 반겨준다.

"하야이와네 공야 도우-시다노?"

눈이 크지 못한 '옥 상'은 컵에 술을 따르고 오뎅 쪽을 접시에 옮겨놓으며 웃음어린 얼굴로 바라보는 것이다. 주인은 어느 다다미집 직공으로 다니는데 퍽은 독한이라고 언젠 '옥 상'은 이야기하였으나 나는 한번도 본 일이 없었다.

"도-모시야시나이요……. 이랑고도 기까나이데요. 쯔데구레."

"헨 네-곰방……" 하며 희롱하듯 웃는 그에게는 대답도 않고 나는 술잔만 비웠다. 술잔은 연거푸 비여지고 어느덧 불이 켜졌을 제 나의 머리는 점점 몽롱하여갔다.

대가지로 엮은 조그만 영창에 유리너머로 바깥 어둠이 가까이까지 몰려와 옹기종기 서 있는 것 같았다. 오른손에 고뿌를 움켜쥔 채 나는 그 낯익은 창을 어느 때까지고 바라보고 있었다. 어느 알 수 없는 힘에 끌려 나는 내 일찍이 본 일 없고 생각한 일 없는 세계로 가까워지고 있음을 느끼지 않을 수 없었으나 어느덧 나의 눈앞에는 스산한 동굴이 펑하니 나타났던 것이다. 송구스런 그 기상은 어느 몇 만 길 깊고 먼 곳에서 솟아오르는 것인지 알 수 없었다. 양손에 드높이 횃불 든 말없는 행렬이 동굴 속 저 멀리 무한한 어둠을 향하여 사라져 가고 있고 노랫소리가 귓가에서 어느 때까지고 회오리치듯 울며 가는 것이었다. 순간 온몸을 오한이 스쳐갔다. 득득 성기서 떠는 이빨로 내 어디까지 안겨 가는지 몰랐다. 휘영청 들어앉은 수만 길 어둠 밑을 무슨 사나운 짐승이 그리도 수많이 눈을 번뜩이며 희뜩희뜩 날려들고 날려가고 있는지 스산한 바람은 사정없이 살을 물어뿌리치는 것이었다.

아! 이 재무덤과도 같은 안식! 나는 드디어 아무것도 생각할 수 없었으니 애틋하였고 아름다웠던 과거의 기억 모든 것이 완전히 멀었었다. 아무 낯익은 형용도 음성도 없어진 이곳에 내 어찌하여 서 있는 것인가 이 또한 모를 일이었다.

고뿌도 여러 개 떨어뜨려 깨였던상 싶으다. 웃고 있는지 울고 있는지 성내고 있는지 알 수 없는 얼굴이 헝클어졌다 몰켜졌다 하며 눈앞을 어찔어찔 지나가는 것이 수없이 보였다. 무수한 광선과 무수한 소음과 무수한 그림자의 쟁투 속을 어찌하여 헤여갔고 어찌하여 헤여왔는지 까만 속에 정신이 깨였을 제는 내 몸이 낯선 집 다다미 위에 눕혀 있는 것을 발견하였다. 벌써 낮밥 때도 이슥한 듯 광선은 방 안에 가득하고 '죠—바'와 거리에서 소음이 어수선히 들려왔다. 골속이 덜컥덜컥 맞히고 몸이 어디없이 찌뿌드하였다.

'죠—바'에서 나와 '옥 상'에게 미안하단 말을 하고 술값을 물으니 주머니에 쥐이는 돈과는 엄청나게 차이났다. 집에 갔자 돈 있을 턱이 없었기에 K회사 M에게 전화를 걸어 나오는 길에 술집에 들려달라는 부탁을 하고 볼모양없이 처져 거리로 나왔다. 그리하여 어두운 방에 돌아오는 길로 이불을 펴고 드러누운 것이 종시 일어나지 못하고 오늘까지 되고만 것이다. 온몸이 상기되어 다칠 수 없고 뼈며 살이 제가끔 흩어져가는 것 같아 자꾸만 오한이 들었다.

누이는 어머니방과 내 방을 쉴 사이 없이 건너다녔다.

몇 번 급한 고개에서 부대끼던 어머니는 사오일 전엔 다시 좀 평온한 것 같더니 어제부턴 갑자기 악화되고 있다. 기여 마지막 고개에 닥치고야만 듯한 기막힌 예감이 목을 꾹 누르고 있는 것이다. 어제 오늘 의사가 남겨 놓고 가는 말이란 모두 듣기에도 기막히는 말뿐이다. 눈이 푹 빠져버린 누이는 안색이 까칠하다.

이리하여 나는 다행히도 이제는 내 병까지 잊은 것 같다. 이것이 반가운 일인지 아닌지 나는 모른다. 생각하고 싶지도 않다.

이제는 밤도 이슥하여 사면은 고요하고 처마 밑을 흐르는 낙숫물 소리가 간간이 들려올 뿐이다.

아아, 기주야 또다시 네 이름을 부른 오늘의 나를 용서하라. 나는 드디어 달빛 고요한 그 옛고향 강변에로 돌아온 것 같다. 일찍이 이곳에서 나서 열서넛까지도 나는 이곳에서 자랐었다. 우중충하게 둘러선 높은 뫼, 깊은 품을 굽이쳐 흐르는 강…… 윙윙 처량히 외치는 저 강물 소리를 나는 얼마나 그려왔던 것인지 모든 과거의 나의 고뇌는 네 품으로 돌아가고 싶음에서의 부름이였던지도 모른다. 네 품을 떠나 방황턴 날의 어지러움을 나는 뼈아프게 기억하고 있다.

나는 돌아왔다. 내 일찍이 아무것도 생각할 바 없었고 따라서 잊은 것도 없음을 나는 새로이 깨닫는다. 어렸을 제 네 품을 떠나던 그 꼭같은 마음으로 나는 네 품에 다시 안기리라. 오오 나의 어머니! 나의 고향아! 횃불! 횃불! 저 말없는 행렬을 나는 여기서도 본다. 무수한 바위와 수풀을 지나 행렬은 멀리 굽이쳐 사라져 간다.

아아 진실로 두 번 돌아올 생명도 아니기에 나는 다시 묻는다. 너희는 어찌하여 그리도 감추기를 좋아하느냐. 어찌하여 너희는 이 병든 곳, 수척한 곳을 두고 뺏뺏이 가기만 한다느냐. 정말 나는 아프다.

나는 알고 싶다. 다시 한번 나는 내 일찍이 인간이었더라는 것을, 그리하여 나에게도 부모가 있었고 형제가 있었더라는 것을 나는 다시 한번 알고 싶다. 어린아이 달래듯 자신에게 타이르고 싶다. 얼마나 끔찍이도 무서운 것이 나를 지키고 있다 한들 나도 차마 내 자신에게까지 거짓말을 할 수는 없다. 그 악마 같은 짐승이 악을 쓰며 마지막 달려온단들 그러면 내 차라리 이 작은 숨을 부둥켜 쥔 채 그 입을 향하여 뛰어들리라. 내 어찌 이 마지막 눈물겨운 것까지 놓을 수 있을 것인가.

아아 오늘, 모두 저마다의 큰 슬픔에 젖어 목놓고 있는데 무슨 내 이렇게 몹쓸 것을 생각한다느냐.

이단자였던 나는 모든 것이 어찌하여 죄인지 딱히 몰라도 필시 퍽은 많이 죄를 짓는 것 같다. 그렇다면 너만이라도 용서하라 기주야!

실로 이 고마운 강바람의 눈물겨움기도 하고 차가움기도 하기란……

—『싹트는 대지』(1941)

암야

김창걸

김창걸金昌傑

1911년 함경북도 명천군 동면 양천리에서 출생하여 1917년 부모를 따라 화룡현 지신구 장재촌으로 이주하였다. 1925년 지신구 명동학교를 졸업한 후인 1920년 대 후반에 여러 사회주의 운동 단체에서 일하였다. 1930년대 초반에는 고향 장재 촌의 집에서 농사일을 하였고 1930년대 후반에는 학생들을 가르치면서 문학 수 업을 하였다. 1939년부터 『만선일보』 등에 글을 발표하였는데 「암야」는 이 시기 의 작품이다. 이 작품은 1941년에 발간된 『싹트는 대지』에 다시 수록되어 김창걸 의 대표작이 되었다. 사회주의 지향의 작가답게 만주 지역의 조선인 농민들이 겪 는 일을 주로 다루었다. 이후 소설과 수필 등을 창작하였으나 검열 등의 여건이 좋지 않아 발표되지 못한 작품들도 많았다. 만주에서 해방을 맞이한 김창걸은 창 작과 정치사업을 하다가 1949년 동북조선인민대학(연변대학)이 창립되면서 조선 어와 문학을 가르쳤다. 1957년에는 민족주의라는 혐의로 핍박을 받기도 하였다. 1966년 문화혁명이 일어나면서 반동으로 몰려 숱한 고난을 겪기도 하였지만 1974년 지식인에 대한 정책이 바뀌게 되면서 다시 학교로 돌아왔다. 1976년 '4 인방'의 타도와 더불어 새로운 조건에서 창작 및 교수 활동을 하였다. 1982년 『김창걸단편소설선집』(해방전편)을 출판하였다. 1991년 사망하였다.

"인간에 칠십은 고래희인데 요렇게 살려고 태여를 났는가?……."

어쩐지 노래는 불러도 신통치 않다. 어릴 때 김 참사 집 머슴 영돌이가 부르던 노래는 그렇게도 신이 나기에 따라다니면서 졸라서 듣군했는데 나는 아무리 그처럼 부르려 해도 도무지 되질 않는다. 아마도 내 마음이 가라앉지 않고 들떴기 때문인가보다.

만일에 지금이라도 고분이가 바구니를 끼고 나물 캐러 와서 내 노래를 들어준다면 더 신이 날는지 모르지만 허나 봄은 이름뿐이고 아직 풀 싹도 돋아나지 않았으니 벌써 나물 캐러 나설 리 없다.

홍, 왜 하필 이때 이 땅에 가난뱅이로 태어났는가? 스물두 살 먹도록 장가도 못 가는 주제에 왜 사내로 태어는 났는가? 생각하면 모두가 귀찮다.

나는 베던 나무춤도 거둘 생각이 없이 일어서서 마을을 내려다 보았다.

옹기종기 쓰러지는 듯한 오막살이들이 열댓 집 늘어선 우리 마을에서는 최 영감네 집만이 호기 있게 뻗대는 듯하다. 논이라고는 구경도 못하는 산골, 만주는 눈이 모자라 끝이 보이지 않는 넓은 들판이라더니 하도 떨어질 데가 없어! 십 년을 앉은 자리에서 산골놈이 되고 마는가! 생각하면 통분한 일이지만 고분이가 사는 동네이니 나는 떠나고 싶지는 않다.

봄바람에 여우가 눈물을 흘린다더니 참으로 그렇긴 하다. 남풍은 분명히 남풍이언만 오장육부가 으스스 떨리고 눈에선 매운 눈물이 똑똑 떨어진다. 남의 눈을 도적하며 한 가지 두 가지 발등에 얹고 베어놓은 나무춤이언만 삽시에 바람에 다 불려서 날려가고 만다.

그러나 나는 한 가지 두 가지 흩어진 나뭇가지를 모으고 싶지는 않다. 내 눈에는 분명 고분이가 보이지 않는가! 저 최 영감네 집 울타리 밑 우물에서 물동이를 이고 담모퉁이를 돌아서 가는 것은 확실히 고분이가 아닌가. 자주 저고리에 검정 치마, 최 영감네 울타리 높이와 물동이 꼭대기가 꼭 같지 않은가! 내가 일 년 내 두고두고 얼마나 눈여겨보았기에 빗보았을 리가 있는가. 그리고 삼단 같은 머리채도 바람에 하늘거리지 않는가!

그래도 처음엔 혹여나 잘못 보았는가 싶어 오른손으로 바늘로 쏘는 듯한 매운바람을 막으며 한참이나 서서 보았지만 아니나 다를가 그 물동이 임자는 고분이 집 찌그러진 부엌문을 열고 다리를 굽혀 키를 낮추어가지고 들어가지 않는가!

고분이와 나는 왜 빨쥐(박쥐)처럼 낮에는 꼼짝 못하고 밤에만 좋아하는지 모르겠다. 빨쥐의 신세도 될 수 없는 운명이라면 모르겠으나 버젓하게 대낮에 서로 좋아하지 못하는 것은 아무래도 안타까운 일이다.

그러나 밤에만 만나서 좋아하는 고분이래도 나는 조금도 고분이를 잊을 수 없다. 지금 앞나무는 벤다고 해도 고분이의 생각만이 머리에 간절하다. 고분이의 낮은 왜 웃을 때면 양쪽 볼에 쌍우물이 폭 패이는지, 그러니 나는 죽을 듯이 미칠 수밖에 없다.

해는 벌써 기울었다. 점심 전에 한짐 하여간 것은 오늘 내일 땔 셈하고 이것만은 내일 장날 한 지게 잔뜩 받쳐지고 팔러 가야 하겠다. 고분이는 오늘 저녁에라도 다시 볼 셈하고 나무는 아무래도 한짐 채워야 하겠다. 이것이 다섯 단째니 아직도 옹근 두 단을 더 해야 하겠다. 뭐 그리 실속스레 할 것도 없다.

"촌놈이라는 게 도시놈들에게 백 가지로 속아도 한 가지 나무에서마는 봉창을 한당이."

뒤집 최돌이는 일 년 내내 나무등짐으로 먹고 살면서 두 단을 석 단으로 갈라 묶어가지고도 곧잘 나무만 팔지 않는가. 나도 인젠 그 재주를 좀 배워야겠다. 아들이라도 세간만 나면 제 아비집으로 하여가는 나무도 속인다는데 내라고 실속 있게 꽁꽁 묶어간들 어디 순직하다고 표창장이 온다던가. 촌머저리(명텅구리)를 만나서 좋은 나무를 잘 샀다고 할 뿐이다. 오히려 나를 미련한 촌놈이라고 비웃을 것이다. 사실 장가도 못 간 나이 찬 총각이 나무나 잘해다 바친들 그 놈들이 뜨끈히 불을 떼고 여편네 엉덩이짝이나 구웠지 별 수 있는가. 불쌍한 총각이라고 어디 장가보내줄 생각이나 한다던가!

나도 해마다 다르다. 인젠 샘도 난다. 무엇보다도 거리에서 사는 박초시의 둘째아들이 좋은 양복을 쭉 빼고 안경을 걸고 빤짝빤짝 구두를 신고 그리고는 양장인가 삼장인가 한 고운 부인을 끼고 가지런히 딱 붙어 걷는 것을 보면 자꾸 부럽기만 했지만 인제는 눈꼴이 틀려지도록 미워만 진다. 더구나 그 고슬고슬한 삼검불머리에 흙이라도 끼얹고 싶도록 눈꼴 입꼴이 다 틀려진다.

나는 인젠 양복을 입고 거드럭거리기는 영 글렀지만 그저 어떻게 일이 잘되어 광목 바지저고리나 다듬이하여 휜칠하게 입고 도루마 두루마기나 입고 그리고 고분이난 하비단(하버다에)은 어림도 없으니 숙수분홍 저고리에 수박색 치마나 입고 자, 가만있자, 그리고서 올 단오에 씨름구경이나 갔으면 내 그 놈들을 부러워할 것이 있겠는가. 내 천당은 그것이련만 어찌 마음대로 안되는 세상이니 하늘에 올라 별따긴가보다.

마도강으로 오게 되니 성묘도 못 할 것이고 절사도 못 지낼 것이고 하여 좀 잘 도와달라고 할아버지 산소는 한다 하는 풍수들이 명당이라고 떠드는 '범의산'에 면례까지 하고 왔건만 마도강 십 년에 너무 멀어서 못 도와주는지 묘자리가 틀렸는지 어쩐 셈인지 모르겠다.

"마도강이라 돈바람만 분다더니 쪽지게바람에 어깨만 부어나네."

나는 일곱 단을 지게에 받쳐지고 콧노래는 잘 부른다마는 다리가 휘청휘청한다. 그도 그럴 것이 되박놀음 세간살이라 요새는 주야평도 거진 되건만 그래도 해가 쩌르다는 점심은 못 얻어먹는 판이니 할 수 없다. 이렇게 살면서 얼마나 잘 살게 되겠는지, 언제 터밭 사고 소 사고 할는지 생각하면 까마아득하다. 모아서 잘 살려고 그런다면 마음이나 든든하련만 사실은 쌀이 없어서 이러고보니 가슴이 찢어지는 것 같다.

고분이는 물을 다 길었는지 마을에 들어서면서 아무리 눈여겨보아야 눈에 띄우질 않는다. 쌀을 씻고 앉았는가? 옳지, 요전에 만났을 때

담배쌈지를 하나 지어달랬더니, 부모가 보는 데서 어떻게 부끄러워 짓겠는가고 그래서 대님을 하나 기워준다고 하더니 아마 지금쯤은 그것을 만들지도 모르겠다.

지게를 마당에 내려놓고 작대기로 앞을 받치고는 팔을 뺄 생각도 없이 엉덩이를 육중스레 땅바닥에 부딪고나니 숨이 헐떡거리고 배가 홀쪼근하다.

"얘. 명손아, 인자 왔노?"

부엌문이 열리더니 어머니의 거센 경상도 말씨가 나온다. 왜 십 년째나 북도 사람과 단 혼자 섞여 살며 그 사투리를 고치지 못하는지 모르겠다. 그러지 않아도 고분이네는 우리를 경상도 사람이라고 말이면 "정상두, 정상두" 하고 꺼리는데 원체 사십여 년을 그 사투리에 혀가 굳어졌으니 하는 수 있는가. 난 인제는 아주 북도 사람이 되어 버렸는데……. 조선 사람이란 본시 마음이 좁은가보다. 북도면 어떻고 남도면 어떤가? 아무래도 간도 땅에서 먹고 살고 할 바에는 매한가지 아닌가! 내가 겨우 일어나서 옷의 먼지를 툭툭 털고 집안으로 들어가니 아버지가 윗목에 누워 계신다.

"아버님, 편찮으신게요?"

내 딴에는 상냥히 물었으나 좀 역한 일이 있는지 아버지는 장래 자기 몸을 의탁할 맏아들도 귀찮은 모양이다.

"뒈져라(죽어라), 스물두 살 묵고 장가도 못 가고 살아 뭘 하노."

나는 벌써 불길한 예감이 가슴을 찌른다. 오십 평생을 가난에 쪼들리는 아버지의 눈은 그러지 않아도 움푹 들어갔는데 눈물이 글썽글썽하다. 가난에 대한 모욕으로서인가, 아들이 불쌍하여서인가?

"고분이네 집 갔다오시더니 극하신다."

어머님의 말씀을 듣고보니 더 물을 필요가 없다. 그 까닭은 환하지 않으냐. 내가 고분이를 좋아하고 고분이도 나를 좋아하고 하는 것을 어머님이 알으셨으니 아마 오늘 아버지가 혼삿말을 가셨다가 거절당하고 오신 모양이다.

나는 곧 세수도 못하고 뛰어나갔으나 어디로 가야 할지 한 곳도 발길들 돌려놓을 데가 없다.

"그렇게 무섭니? 우리 저리로 가장이, 좀 할 이야기가 있다."

나는 백양나무 우거진 앞도랑 언덕을 가리켰다. 고분이는 살랑살랑 머리만 끄덕거리고 내뒤를 따라오고 있다.

"…… 이자로 아뢰오리다. 이군불사는 충신이요 이부불경은 열녀……."

김 도감네 마당을 지날 때 석유 등잔불을 돋우어 놓고 목청을 빼여 『춘향전』을 보는 최돌의 목청이 들렸다. 요새 우리 젊은 축들은 등잔불을 켜주는 집은 김 도감네 집뿐이므로 매일 저녁 모여서는 소설책을 보는 것이 일인데 『홍길동전』을 그저께 끝내고 엊저녁부터 『춘향전』을 시작했는데 엊저녁에 목침을 돋우고 『춘향전』을 보던 것을 생각하면 당장 뛰어들어가서 『춘향전』의 하회를 보고 싶으나 오늘 저녁만은 고분이를 만났으니 할 수 없다. 그렇게 미칠 듯이 좋아하는 소설책도 고분이만 못하다. 우리는 커다란 백양나무 밑 모래 위에 주저앉았다.

"야, 고분아."

"응?"

"야, 너는 언제 머리 얹구, 나는 말을 타게 될가?"

나는 이번에는 왼손으로 고분이의 오른손을 잡았다. 고분이는 내 왼쪽에 앉았기 때문이다. 고분이는 손을 빼려고도 아니하고 그렇다고 꼭 쥐어주기를 바라는 것 같지도 않다.

"야, 명손아, 오늘 저녁은 밥맛이 없어 한술도 못먹었당이. 실루 속이 타서 죽겠습고마."

고분이의 입에서는 가느다란 한숨이 새어나왔다.

"오늘 우리 아버지 너 집에 가셨다 왔지?"

"응!"

고분이는 샐쭉해서 고개만 끄덕인다.

"그래 너 집에서 뭐라던가?"

"몰라서 묻습둥? 그저 그렇당이. 다시는 너와 가깝게 놀지두 말라구 그러더랑이"

"그럼, 다시는 널 못 보겠구나!"

"듣기 싫당이, 모르겠다야!"

고분이는 무슨 냄새라도 맡듯이 코를 서너 번 풀덕거리더니 뜨거운 눈물방울을 내 손등에 떨어뜨린다.

"야, 고분아, 울긴 왜 우니? 못생기게!"

누구는 제 에미네(아내) 우는 것이 더 고와뵌다고 몽둥이로 때려서 울린다더니 참으로 여자란, 더욱이 처녀란 우는 때가 더 귀여운 듯 싶다. 나는 쥐었던 고분이의 손을 끌어다가 장가락을 입에 넣어 잘근잘근

썹어보았다. 그리고는 고분이의 손을 쥐었던 왼손을 오른손과 바꾸고 왼팔로는 고분이의 어깨와 목을 끌어안았다.

"야, 고분아 울지 말어. 난 네가 울믄 좋지 않당이!"

한참 후에 고분이는 눈물을 씻고나서

"야, 명손아, 넌 왜 돈이 없니?"

하고는 말끄러미 내 눈을 쳐다본다.

"없긴 누가 없다데? 난, 참 세상에 흔한게 돈이더라!"

나는 비꼬아 대답할 수밖에 없다.

지난여름 길닦기판과 탄광을 쫓아다니며 그래도 십오 원 하나는 벌어왔건만 한 푼도 못 벌었다며 그 돈을 숨겨둔 것은 내 딴엔 좀 딴속이 있어 그랬건만 나밖에는 아는 사람이 없다. 고분이에게도 알려주지 않았으니 물론 모를 것이다.

오십 원만 되면 나는 옥양목 저고리, 철도고사바지와 제마기까지 될 것이요, 고분이의 첫날 옷감은 한 벌 마련하고도 술근이나 닭마리깨나 될 터이니, 나는 오십 원이 찰 때까지는 고분이와만 굳게 약속하고 혼사 말도 내지 않은 것이 아닌가!

가난한 사람에게는 식구가 적은 것이 밑천이라고, 어머니는 여름철이면 풋나물 장돌뱅이로 돌아다니는데 촌으로 돌아서 반년 먹을 양식이나 벌어들이고 아버지와 나는 요행 밭날갈이나 부치게 되면 부치고 남은 손품으로는 삯일을 하고 삯일이 없으면 나는 뜬노동판으로 쫓아다니거나 겨울이면 나무등짐을 팔아서라도 그럭저럭 제 먹을 벌이는 하는 판이니 오직 동생만이 벌지 못하지만 일 년 삼백여순날 치면 이백 날은 집을 지켜야 하니 일곱 살 나는 동생으로서는 그만해도 넉넉히 제 먹을 벌이는 하는 셈이다.

가을 이후로도 나는 단나무를 하여 팔면서 집에서 몰래 한 단에 이십 전을 받으면 십팔 전을 받았노라고 해서라도 은근히 모아둔 돈이 칠원각수이니 인젠 오십 원 고개도 한절반 올라간 셈인데 금년이면 어떻게 해서든지 오십 원이야 찰 것이라고 뼈물고 있는 판이다.

"아니, 그런게 아니랑이, 우리 집에는 빚이 일백오십 원이나 있단다."

"그래?"

"나를 팔아 문단다!"

나는 벼락에 빗맞은 것 같다. 사실 그럴가?

"뭐 너를 팔아? 어디 색주가로 판다디?"

"모르겠다. 야, 윤 주사 영감태기게 팔겠는지 남 가에게 팔겠는지?"

나는 더욱 놀랍다. 이 무슨 소린가? 윤 주사란 작자는 나이 오십에 아들이 없어 제가 소시적에 몸을 너무 방탕하게 굴다가 병에 걸린 것은 생각도 않고 아이를 잘 낳는다는 과부와 이혼당한 여인은 대여섯 번 갈아댄 너머마을 부자이고, 남싸재는 눈이 한쪽이 곯은 외눈통이어서 만주말로 '싸즈'라는 별명을 듣거니와 나이도 삼십이요, 부림소 한 마리와 밭 닷새 갈이밖에 없지만 삼십 평생 모은 온 밑천을 다 털어넣고 '지팡살이'를 하더라도 장가는 가고야 말겠다고 벼르는 치가 아닌가!

나는 흑흑 느껴우는 고분이를 겨우 달랠 뿐이었다.

"인젠 너무 늦게 놀았구나. 들어가장이. 간대로(설마) 팔리게 될라구?"

나는 고분이를 붙들어 일으켜가지고 걸음을 옮기려니 위쪽 백양나무 밑에서도 소곤거리는 듯한 소리가 들린다. 봄밤은 확실히 봄밤이다. 나무움이 트고 풀싹이 돋고 벌레가 살아 깨어 나는 봄소식인가보다.

나는 일찍이 아침을 먹고 지게에 단나무 일곱 단을 졌다. 다른 때에는 여섯 단을 지고도 장터까지 시오리를 가자면 땀바가지 깨나 흘렸지만 아무리 해도 일은 급하고, 일이 싹 틀려 고분이와 함께 달아나게 된다면 객지에선 통전 대푼이 아쉬운 법이니까 한 단이라도 더 팔아야 되겠다. 땀을 좀 더 흘릴 셈잡고 그리고 저녁엔 일찌감치 늘어져 곯아떨어질 셈치고.

한데 그 놈의 돈이란 새끼칠 줄을 전혀 모르는 것일가. 석유 궤짝 밑바닥에 신문지로 여섯 벌이나 싸서 넣었던 돈을 엊저녁에 풀어보아도 이십이 원 칠십 전, 오늘 아침 훤해서 세어보아도 또한 통전 대푼도 붇질 않는다. 남의 돈을 백 원이 이백 원으로 삼백 원으로 잘도 새끼를 친다고 하는데…… 허나 있는 사람에게는 술 한상 값도 안 되지만 내게는 얼마나 큰 돈이냐? 나는 다시 허리춤에 손을 넣어 석유궤 열쇠를 만져보았다.

나는 오 리에 한 번씩 쉬어서 두 번을 쉬고는 장터에 닿는다고 든든히 마음먹었으나 단참 오리에는 갈 수 없어 한 번 더 쉬고야 장으로 들이대었다. 어깨가 끊어지는 듯하고 목에서는 겨불이 팔팔 돈다.

언젠가 양말 장사하는 행상군 친구와 물감 장사하는 친구를 만났는데 그들은 목이 쉬고 터지도록 지절거려야 생기는 돈이라고 자기네 돈에는 목쉰 '냄새'가 난다더니 내 돈에는 무슨 냄새가 날가? 단지 땀내만은 아니리라.

춘분도 가까웠으니 좀 따뜻해졌기 때문인가, 어쩐 일인지 나무 살 작자가 풀풀 나서지 않는다. 점심 때나 거의 되어 어떤 양복쟁이를 만나 한 단에 십칠 전씩 받고 팔았다. 일칠은 칠하니 칠십 전하고 칠칠이 사십구하니 일 원 십구 전인데 한 푼만 적선하는 셈 치라고 졸라서 일원 이십 전에 팔고 바로 무슨 회사 옆집이니 지고 가자고 하기에 따라나섰다.

그런데 웬걸, 옆집은 무슨 옆집인가? 촌으로 치면 이리도 넘는다. 그저 촌사람을 속이지 못하면 배를 앓는 거리 사람들이니 할 수야 없지만 만일에 처음부터 이런 줄 알았으면 십 전 덜 받고는 지고 오질 않았을 것이다.

그나마 인사나 고마웠으면 좋으련만 머리는 염소궁둥이처럼 고슬고슬 지지고 낮에는 회박을 뒤집어 쓴 낮도깨비 같은 아낙네가 나오며 툭 쏘아붙인다.

"이 나무 얼마야?"

"일곱 단이라우" 했더니

"아니, 돈 말이야, 한 단에 얼만가 말이야."

이번에는 더 뾰족하게 쏘지 않는가. 한 단에 십칠 전이라는, 여편네의 등살에 시집살이하는 듯한 남편의 말을 듣고는 펄쩍 뛴다.

"아니, 한 지게에 일곱 단 지는 걸 가지구 십칠 전씩이야? 십오 전만 받어!"

내 생각대로 할 수 있다면 좀 그 '날도깨비'를 끌고 우리 마을 앞더기 노루고개 꼭대기에 데리고 가서 나무를 한 단만 시켜봤으면 좋겠다. 후에는 한 단에 십칠 전이 아니라 일 원 칠십 전이라도 고맙게 빌면서 사는 것을 좀 보련만. 대관절 한 단에 이 전씩 깎아서 십사 전을 덜 준다면 그것으로 무엇을 할텐가? 펀펀한 머리를 양의 궁둥이처럼 지지는 데도 일이 원이 든다는데…….

촌사람이란 거리에 오면 언제나 지고 들어가는 법인지라 빌어서라도 득천하랬다고 내 나무값만 다 받고 나오면 그만인 것이다.

"무얼 살가?"

나는 어깨가 거뿐하게 빈 지게를 지고 거리를 나오면서 고분이에게 무얼 사갈가 아무리 궁리해 보아야 알맞은 것이 없다. 어쨌든 일 원 한 장은 딱 떼어 가지고 갈 셈 하고 이십 전으로 무엇이나 고분이 좋아할 것을 사고 싶으니 말이다.

나는 물분을 하나 만지다가 그만뒀다. 분을 발라 뭣하는가? 제 생긴 대로 그 본 얼굴이 얼마나 좋으냐! 눈썹을 밀지 않아도 좋다. 분을 바르지 않아도 좋다. 고분이는 말하자면 함박꽃이다. 산 속 깊이 제멋대로 어글어글하고 탐스럽게 핀 함박꽃이다. 뭇사람이 보지 않아도 좋다. 나 혼자 보면 그만이 아니냐!

한데, 고분이의 마음도 이상하긴 하다. 왜 하필 고분이에게는 내가 좋을까. 내게는 돈도 없다. 글도 없다. 빈 주먹뿐 아무것도 없다. 지금 지게를 진 내 모습이 점방 유리창에 비친 것을 바라보면 아무래도 좀 초라한 듯도 하다. 그러나 요 몇 해째 설과 대보름 어간에는 물동이 아가리에 헝겊을 쳐서 장구를 만들어 치고 퉁소 불고 노래하며 며칠씩 밤새워 놀았으니 아마 내가 광대놀음을 잘하는 데 홀렸던지도 모르겠다. 그리고 북도 사람은 이름도 잘 모르는 꽹과리를 잘 치는 데 마음이 끌렸던지.

그뿐만이 아니다. 목청을 놓아 소설책을 볼 때에는 우리 동네에선 늙은 이들까지 무릎을 탁탁 치면서 칭찬하지 않는가. 그러면 목청 때문인가? 사실 나도 머릿기름이나 쓱 바르고 양복 입고 나선다면 한다는 신사이긴 할게다.

족집게로 잔털을 뽑을 때 마사진 거울조각에 비치는 내 얼굴은 내 얼굴이래서 그런 것이 아니라 사실 사내답다. 첫째로 앞턱이 넓고 노루 고개마루턱처럼 쭉 뻗은 코, 정기가 끓는 듯한 눈도 좋다. 그리고 내 키가 늠름한 것은 누구나 멋들어지다고 일러주지 않은가. 털어놓고 말하면 내 허물이랄 것은 돈 없는 것과 학교를 못 다녔다는 것뿐이다. 그놈들은 별 놈들인가? 모두가 피장파장이지! 의포단장이라고 모두 잘들 빼어입었을 뿐이 아닌가!

어쨌든 양복쟁이 신사보다도 보리마당질에 보리거스러미를 잔뜩 뒤집어 쓴 내 얼굴이 고분이에게 더 좋은 것은 회박 쓴 거리 계집보다도 보리방이 찧고 보리겨를 담뿍 쓰고 나온 고분의 얼굴이 나에게 더 어여쁘고 더 좋은 것이나 마찬가지일 것이다. 내가 뾰죽구두짜리에게 장가 못 갈 것이나 고분이가 양복쟁이한테 시집 못 갈 것이나 마찬가지 신세이긴 하다. 그러니 촌사람은 촌사람끼리, 없는 놈은 없는 놈끼리가 늘 좋은 법이다.

나는 십 전짜리 거울 하나, 무명실 오 전어치를 사가지고 시장기를 참으며 길을 빨리하였다. 엊저녁에 울던 고분이를 오늘 저녁에는 기쁘게 하리라고 고분이의 생각만 하면서.

사람 기다리기가 그렇게도 힘드는가. 나는 저녁을 먹는둥 마는둥 설치고 오늘 사온 것을 바지춤에 끼우고는 엇저녁 고분이와 같이 앉았던 백양나무 밑으로 갔다. 누가 알아차릴까봐 담배 한 대 못 피우고 큰기침 한번도 못했다.

아래 뚝으로 조심스럽게 사뿐사뿐 걸어오는 고분이를 붙들자마자 나는 말을 붙이었다.

"야, 고분아, 엇저녁에 욕 안 먹었니?"

"순탄이네 집에 놀러 갔다 왔다구 부끼(거짓말)를 했당이."

나는 신문지 조각에 싼 눈깔사탕을 꺼내어 고분이의 손에 쥐어주고 나도 두 알 집어 물었다. 그리고 거울과 실도 내어주었다.

"무슨 돈으로 이렇게 샀슴둥?"

"내 주먹엔 맨돈이다. 젊은 놈의 주먹에 돈이 안 생긴다데?"

고분이 좋아하는 것을 보니 오늘 어깨가 붓도록 나무를 지고 가던 일이 싹 잊혀진다.

"야, 고분아!"

"응?"

"너, 이 실루는 내 오금매기(대님)를 하구 이 거울은 저 머시기야, 뭐라구 했으문 좋을까……. 거저 두구 봐라 그리구 마음만 굳게 먹어라!"

고분이는 나만 곁에 있으면 모든 괴로움을 잊고 마음이 든든한가보다. 그리고 가슴은 희망에 뛰는가보다. 팔딱팔딱 뛰는 가슴과 고동이 환히 들리는 듯하다. 그러기에 내 손 안에서 고분이 손이 떨리고 있지 않는가!

나는 과연 행복스럽다. 내일은 비가 오든! 바람이 불든 상관할 것이 없되, 오늘은 오늘을 위하여 내 가슴은 행복에 떨고 있을 뿐이다.

며칠이 지나서 나는 오늘도 나무를 하려고 마당에 내려가 낫을 갈고 있었다. 그러다가 나는 황급히 고분이의 집으로 뛰어갔다. 마침 나무단을 들여가려다가! 너머마을 윤 주사가 옷을 매끗고 이 마을로 들어오는 것을 보았기 때문이다. 좀체로 이 마을로 출입하지 않던 윤 주사가 왜 식전에 옷을 차리고 올까? 혹 온대도 최 영감네 집으로나 다녔지 가난뱅이 고분이네 집으로 올리는 만무하지 않은가. 며칠 전에 고분이에게서 들은 일이 머리에 번쩍하고 떠올라온다. 정식으로 '흥정'하려 오는구나! 정식으로 고분이를 사러 오는구나! 그러지 않아도 고분이가 윤 주사에게 이백 원에 팔려 첩으로 아들 낳으러 간다는 소문이 마을에 퍼지고 있지 않은가!

나는 아무래도 고분이를 윤 주사에게 주고 싶지 않다. 최후로 빼앗기고 만다고 하더라도 가만히 앉아 있을 수는 없다.

"아주머니, 숫돌 좀 주시우."

나는 고분이네 부엌문을 열고 들어갔다. 고분이 어머니와 무슨 친척 간이 되는 것은 아니지만 작은 동네라 서로들 아주머니, 어머니, 할머니 하고 인사하며 지낸다. 문득 정신없이 뛰어가고 보니 낫을 갈다가 간 판이라 숫돌생각이 나서 갑자기 숫돌을 빌었다. 집에도 번연히 낫이 청룡도처럼 잘 갈려지는 숫돌이 있는 터이니 물론 구실이다.

고분이는 나를 쳐다보더니 조앙(식장) 앞에 가서 쪼그리고 앉아서 두 손으로 머리를 가리우고 있다. 필시 울고 있는 모양이다. 그리고 고분이의 어린 남동생 정돌이는 어머니의 조각베치마를 붙들고 보채고 있다.

쪼개진 널쪽을 주어모은 방문 틈으로는 고분이 아버지의 머리가 아랫목에 어른거리고 윗목으로는 윤 주사의 반백이 된 머리와 수염이 어른어른 모인다. 나는 뜻이 달라서 온 것이니 숫돌만 얻어가지고 갈 리가 없다. 구들에 엉덩이를 대이고

"누구 손님이 오셨슴둥?"

하고 모르는 체 하며 물었다. 고분이 어머니가 만일에 눈치 빠르다면 내 낯에 나타난 흥분을 벌써 눈치챘을 것이다. 아니, 벌써 알아차린 모양이다. 그러기에 그의 얼굴빛은 질려서 새파랗고 그의 말소리는 떨리고 있지 않는가!

그보다도, 자기보다는 칠팔 년이나 위요, 고분이 아버지보다는 삼사 년 위인 윤 주사에게 열여덟 살 나는 딸을 이백 원 돈 때문에 준다는 것이 그렇게 좋은 일은 절대로 아닐 것이다.

고분이에게서 들어서 안 일이지만 고분이의 '값'은 이백 원인데 사려는 사람은 둘이다. 하나는 남 가이고 하나는 윤 주사이다. 고분이의 젊은 나이를 생각하면 젊은 사람에게 주어야 할 터이니 그 점으로는 남 가가 나으나 보기 흉한 외눈통이고 게다가 이백 원 값을 치르고나면 별로 남을 것이 없는 가난뱅이다. 그런가 하면 윤 영감은 나이 오십이니 장인보다 이상이라 이제 한 십 년 살는지도 알 수 없는데 이십 년을 산다면 다행이요 오늘 죽는대도 액상이라고는 안할 터이니까 그 점은 좀 께름직하나 돈 있고 젊고 사람 잘나고 한 데서 누가 돈을 묶어들고 사려고 한다든. 그래도 돈 있고 사람이 그리운 집이니 만일 고분이가 윤 주사의 바라는 대로 아들만 낳아준다면 윤씨 가문에서 다시없는 대접을 받으며 호강을 할 터이니 이때까지 가난에 지지 쪼들린 고분이의 부

모는 결국 윤 주사 쪽이 나으리라고 결정을 지은 것이라고 한다. 그러니 지금 윤 주사가 온 것은 아주 '흥정'(약혼)이 된다고 해서 고분이의 부모에게 절을 하려는 것이다.

나는 그 자리가 어떤 자리인지도 생각할 겨를이 없다. 그리고 윤 주사네 밭을 지난해도 이틀갈이를 손이야 발이야 빌어서 겨우 얻어부쳤다는 것도 생각할 겨를이 없었다.

"김 유사!"

나는 고분이 아버지를 바라보며 말을 꺼냈다. 고분이 아버지는 향교에서 유사를 한 일은 없지만 김성삼이라고 이름을 부르기도 안 되었고 아버지라고 부를 수도 없고 하니 동네 젊은 축들은 그저 그렇게 부르는 것이다.

고분이 아버지는 도살장에 들어가는 소처럼 풀기가 도무지 없다. 아무리 가난에 시달린다 하기로 윤 주사 앞에선 소금에 절은 무처럼 꼼짝 못하는가. 광채를 잃은 눈이 실룩해지고 머리를 긁는 손가락마디는 솔옹지처럼 부풀어 올랐건만 왜 그 손에는 돈이 생길 줄 모르는가!

"고분이를 이백 원에 파움둥?"

떨리는 내 말이 떨어지자마자 상제보다 복인이 더 서러워한다는 격으로 고분이 아버지보다도 윤 주사가 도리어 목메고 나선다.

"에익, 고얀 놈 같으니라구, 썩 물러나지 못할가, 남의 어른이 하는 일에 동네 젊은 놈이 무슨 참견인가 응? 그게 무슨 말버릇이여?"

사실은 그렇기도 하다. 제 당나귀 제 타고 가는데 내가 무슨 참견인가? 부질없는 일이다. 하나 고분이를 어찌 빼앗기겠는가! 말 한마디 없이 어찌 빼앗기고 마는가, 내가 무얼로 사내라고 버젓이 말할텐가!

나는 소 장거리에서 마음드는 소를 사려고 돈을 쥐고 덤비는 것과 고분이를 사려고 이백 원을 가지고 덤비는 윤 주사의 일이 얼마나 멀고 얼마나 가까운지 모르겠다.

내 생각대로 할 수 있다면 훈련대장 칼집처럼 번들번들하게 개기름이 도는 윤 주사의 낯판대기에 더러운 가래침을 탁 뱉고 싶다. 아니, 가래침은 뱉어서 뭘 하나? 방치로 뒤통수를 후려갈겨 넘어뜨리고 싶으나 그럴 수도 없다.

"김 유사, 사실루 고분이를 저에게 못 주는 것은 이백 원 돈 때문임둥? 돈 때문이 아니문 아무 쪽으로 봐두 한 쪽 눈깔이 곯아빠진 남 가나 백발이 다된 이 영감보다사 낫겠습지비!"

나는 윤 주사에겐 자기를 대상으로 말하려는 것이 아니라는 것과 좀 딴 이유가 있다는 것을 말하고 또다시 고분이의 아버지에게 말을 붙였다.

"이 사람 명손이, 조용하랑이. 낸들 자네 일이 켱기기는 하이. 자네두 알다시피 이뒤 최 영감네 빚이 본전은 팔십 원이나 변리까지 이태가 되다보니 일백오십 원이네. 다른 빚은 지구 견데도 최 영감네 빚은 같재 이구 재래지뿌리가 열인들 어디 견디겠는가?"

마음이 모질지 못한 고분이 아버지의 말은 참으로 진정이긴 하다. 내 딸 가지고 내가 주는데 무슨 참견인가고 꾸짖질 않고 오히려 애원하다시피 하는 데는 나도 미안스러운 일이지만 그렇다고 쑥 들어가버릴 나는 더구나 아니다.

"빚이 바쁘니 딸을 팜둥? 팔아 빚을 물자구 딸을 낳았슴둥?"

나의 눈에는 열이 올랐기 때문인가? 옷구석 천정에 거미줄 친 것도 빙빙 도는 것 같다.

"그런 소릴 말게. 자네네 사는 남도에서는 왜 계집애를 색주가에게 파는가? 암만 그래두 색주가보다문 낫능이!"

그도 그럴 듯한 소리다. 그러나 고분이만은 못 놓겠다.

"그러문 제가 이백 원을 내겠습고마. 다른 데 팔지 맙소."

내게는 이백 원이 없다. 그러나 흥정은 시키지 말아야 되겠다.

"허, 이 사람 명손이, 미쳤는가, 자네에게 무슨 돈이 이백 원이나 있는가?"

이렇게 하다가는 일이 점점 벌어질 모양이다. 무엇보담 윤 주사 영감태기를 쫓아 돌려보내고 봐야겠다.

"영감, 꼭 이 집으로 서방을 오겠습둥? 와두 첫 아이는 저를 줍소 그래두 꼭 기어코 오겠습둥?"

"음, 재수없다. 음, 퉤퉤!"

윤 주사는 돌아가기는 했으나 나는 왜 그 말을 했는지 후회된다. 그 때문에 고분이는 그 후에 부모한테 뚜들겨 맞고 출입도 자유롭지 못하게 된 것이 아닌가!

이 몇 해 어간에는 매혼하는 일이 점점 드물어가지만 그전만 해도 퍽 심했던 것을 나는 간도에 들어와서 듣기도 했고 보기도 했다. 그 때문에 부자된 사람도 있지만 쫄딱 녹은 사람이 더 많다. 최 영감과 최돌이가 좋은 실례이다.

최 영감은 간도로 이사해 올 때 회령에서부터 빌어먹으며 왔지만 아

들은 하나뿐이고 딸 오형제를 둔 것이 밑천이어서 며느리는 이백 원에
사오고 딸들은 최하로 이백 원, 삼백 원, 웃마을 쩔둑발이에게 후실로
간 넷째 딸은 사백 원이라고 하지 않는가.

그래서 눅은 밭을 사서 지금은 동네에서도 밭을 오십 여일경은 깔고
사는 요민이 되었는데 누구나 빚을 잘 갚지 않으면 "응, 이 놈들 딸 팔아
모은 돈을 잃을줄 아니? 응, 더럽게 딸 팔아 모은 돈이다" 하고 딸 팔아
모은 돈이란 이야기를 자랑삼아 방패삼아 늘 하기에 누구나 최 영감네
빚은 한푼도 떼어먹을 생심을 못한다.

한데 최돌이는 대신으로 팔 누이는 없고 형제가 이백오십 원씩 묶어
주고 색시를 사오고보니 소마리랑 밭이랑 다 팔고 먹을 수밖에 없는 일
이었다.

남들이 하는 일을 생각하면 공으로 장가들려는 내가 얼마나 철없는
지 모르겠다. 더욱이 고분이네는 넉넉하기는새려 그 무서운 호랑이 같
은 최 영감네 돈을 빚지고 있지 않은가. 생각하면 고분이네가 고분이를
팔려는 것도 그리 무리는 아닌 성싶다.

사실 고분이가 열여덟이 되도록 팔리지 않은 것이 오히려 기적이다.
몇 해 전만 하여도 계집애가 키를 씌워보아 끌리지 않으면 이삼백 원은
불이 났던 것이다. 하기야 어떻게 해서든지 딸만은 팔지 않고 살아보려
고 고분이의 부모가 버틴 때문이겠지만 인제는 할 수 없는 막다른 몰목
에 닥친 것이다. 나는 고분이를 파는 것이 옳으냐 그르냐 하는 것을 모
르겠다. 무조건하고 고분이만은 못 놓겠다. 나는 내가 고분이를 살 돈이
없는 것을 잘 알기 때문에 고분이네만 말을 듣고 우리 집에서도 양해한

다면 데릴사위로 들어서고 싶은 생각을 한두 번만 가져본 것이 아니나 밭이 없는 고분이네니 무슨 일을 시키려고 데릴사위를 삼겠는가! 그리고 집의 아버지는 마도강 먼 곳으로 잘 살려고 왔다가 데릴사위가 다 뭔가고, 돈을 벌어 매혼한다면 고향에서도 잘 모를 일이지만 데릴사위로 이태나 삼 년을 처가에 가서 벌어준다면 창피스러워 죽고 말 일이라고 고집을 세우니 그도 할 수 없는 일이다.

그 후로 나는 열흘째나 고분이를 만나질 못했다. 그날 그 일이 있은 후 고분이는 방망이와 빗자루에 얻어맞아 머리가 터졌다는 이야기도, 눈에 시퍼렇게 멍이 졌다는 이야기도 들었다. 그리고 고분이는 날마다 울음으로 세월을 보낸다는 이야기도 들었다.

남의 말 하기 좋아하는 동네 사람들의 입으로 흘러나오는 말이니 다 믿을 수야 없지만 열흘째 한 번도 물 길러도 나오지 않는 것을 보면 짐작할 수도 넉넉히 있는 일이다.

그런데 고분이는 고분이대로 나는 나대로 서로 속타는 것은 더 말할 것도 없다. 고분이의 속이 얼마나 타는지는 모르겠으나 내 속타는 절반도 따를상 싶지 않다.

계집애로서 몸을 그렇게 가지다니 될 뻔한 일인가고 고분이네 집에서 그처럼 하는 것도 큰 잘못은 없는 일이지만 내 경우는 또 다르다. 과연 고분이를 빼앗기고 살 수 있을까? 고분이 없는 나는 빛을 잃은 인간이 아닌가!

하루는 고분이네 집에서 왁자지껄하고 동리가 왁자하도록 떠들기에 나는 동네 사람들 틈에 섞여 고분이네 곁집 나무가리 뒤에 숨어서 엿들었다.

"응, 네 놈의 딸은 궁녀더냐, 선녀더냐? 대감집 규수더냐? 이 놈아, 내 돈도 딸을 팔아 모은 돈이다. 네 자식만 딸이더냐? 나두 다리 저는 놈에게 후실로 딸을 줄 때에는 생각이 좋지 못했다. 내 딸은 썩은 호박새긴줄 아느냐? 나는 딸자식이 귀한 줄 몰라서 팔아먹은 줄 알았더냐? 네 놈의 집에서 딸년을 안 팔구 어디 일백오십 원이 날 데 있느냐? 팔기 싫으면 네 놈의 어미네라도 팔아라. 네 놈이 팔기 싫으문 내가 팔마. 이놈아, 다른 놈의 돈은 백 원을 떼어먹어두 내 돈은 통전 대푼 드티우구두 못 견딘다, 못 견디여!"

최 영감의 떠드는 소리를 듣고 나는 더 서서 엿듣기가 싫었다. 싫은 것이 아니라 그 애처로운 말을 더 들을 수 없었다. 어찌 늘 곱게 뵈었을 리 없지만 이때처럼 최 영감이 미운 때는 없다.

젊은 내 혈기대로 한다면 당장 뛰어들어가서 최 영감의 먹살을 잡고 골받이라도 서너 번 해주련만, 세상이란 경우와 시비대로 갈라지는 것이 아니니 꾹 참고 속으로 곯리는 수밖에 없다. 더구나 열흘 전 윤 주사가 '흥정'할 때에 판을 치던 것을 생각하니 나는 움츠러들지 않을 수 없다.

그 이튿날도 아니고 바로 그날로 고분이 아버지는 윤 주사에게 청들어 고분이를 이백 원 돈에 팔았다는 것을 집에서 이불을 쓰고 드러누운 채 어머니에게서 들었다.

처음에는 내 말이 꺼리껴서 윤 주사가 말을 잘 아니들었으나 내가 "첫 아이는 나를 달라"고 한 말은 내가 고분이한테 장가들기 위해 억지로 지어낸 말이라고 손발이 닳도록 빌어서 된 일이라고 한다. 그리고 윤 주사는 설사 그 일이 사실이라고 하더라도 자기에게 와서 아들만 낳아주면 문제없다 하며 과부를 사는 셈 한다고, 더욱이 고분이네를 구제하는 셈 하고 승낙한다고 하더란다.

내 가슴은 더욱 타고 마음은 더욱 졸린다. 돈까지 치렀으니 나는 아주 고분이를 잃고 마는가? 내 품에 안겨야 할 고분이의 포동포동한 살은 제 할아비벌이나 되는 윤 주사의 품에서 썩을 것인가.

나는 아무래도 최후의 길을 각오하지 않을 수 없다. 나는 날마다 밤이 어둡기를 기다려 고분이의 집 아랫목에 가서 몸을 숨기고 두세 시간씩 쪼그리고 앉았다가 오군 했다. 행여 고분이를 만날가 해서…….

그런지 사흘 만에 마침 부엌문이 열리더니 고분이가 나오지 않는가. 처음엔 혹시나 고분이 어머닌가 싶어 밭고랑에 머리를 틀어박고 바라보니 초저녁 별빛만이 반짝거리는 저쪽 하늘에 그 얼굴을 희미하게 비치여보니 확실한 고분이다.

나는 가슴을 두근거리면서 아리랑 곡조를 휘파람으로 불어댔더니 이리로 졸졸 걸어오지 않는가.

나는 미칠 듯이 좋았다.

그 다음날 나는 석유 궤짝 속에 감춰두었던 돈을 몽땅 꺼내어가지고 장거리로 갔다.

나는 내 지까다비와 고분이의 발에 맞음직한 고무신을 사고 양말도 두 켤레 샀다. 그리고 만두도 열 개 샀다.

초저녁부터 나는 몸이 좀 아프다는 핑계를 대고 자리에 드러누웠다.

벌써 어젯밤에 내 의복견지는 다 싸두었으니 그것만 들고 나가면 그만이다.

그런데 불쌍한 것은 부모다. 내가 없는 동안에 어찌 고생하실가? 마도강 왔다가 아들까지 잃었다고 홧김에 무슨 변을 저지를지 모르지만 일이 잘 되어 돈만 벌게 되면 몇 해 안으로 돌아와서 모실테니 별수 있겠는가.

허나 이때까지 어깨가 붓도록 벌어야 겨우 입에 풀칠하는데 나마저 몇 해 걸릴는지 알수 없는 길을 떠나면 우리 집은 어찌 살아갈 것인가. 생각하면 가슴이 찢어지는 듯하나 일변으로는 지금처럼 가슴이 울렁거리고 즐거운 때는 없다. 이제 몇 시간만 지나면 나는 고분이를 마음대로 볼 수 있고 고분이는 영영 내 아내가 되는 것이 아니냐! 어디가서 한 해만 있다가 와도 어느 놈이 고분이를 빼앗아 간다더냐? 어느 놈이 고분이를 나의 안해가 아니라고 한다더냐!

산 사람의 입에 거미줄 치는 법이 없다고 한다. 나는 굶어죽으면 어찌나 하는 근심은 조금도 없다. 내 주먹에는 피가 몇 동이 개펴 있지 않는가!

고분이와 같이 이 길을 떠나면 고분이네 집에서는 죽일 놈 살릴 놈 하고 욕설하겠지만 문제없다. 세상 사람들이 모두 나를 욕하더라도 문제없다. 내 곁에 고분이만 있으면 그뿐이다.

이백 원을 치렀으니 고분이는 의례당당 제가 차지할 것이라고 게트림질을 하던 윤 주사의 닭 쫓던 개 지붕 쳐다보기 같은 것도 미상불 통쾌하다. 고분이의 부모가 시달릴 것은 뼈가 저리는 일이지만 인젠 팔 것이 있어야 팔지 않겠는가. 설마 고분이 어머니를 어느 놈이 사려고 덤빈

다던가!

왜 닭은 울지 않는가? 첫 닭이 울기까지 몇 달이 되는가 싶다. 나는 기다리다 못해 아직 닭은 울지도 않았건만 보꾸러미를 끼고 문을 나섰다.

갑자기 가슴이 두근거린다. 삼태성이 서산을 넘은 지도 오랜 한밤중은 몹시 어둡다. 누가 곁에서 뺨을 쳐도 모르겠으나 나무를 지고 늘 다니던 길이라 발씨가 익어서 노루고개 밑으로 향하였다.

"꼬끼―고―"

옳지, 닭이 회를 쳐 우는구나. 어서, 가서 큰 돌 위에 앉아 고분이를 기다려야겠다. 고분이는 지금쯤 숨을 죽여가지고 문을 열고 나올 것이다. 그리고 나무가리 틈에서 숙수저고리와 옥양목치마를 싼 때묻은 보자기를 쥐고 이리고 쫓아올 것이다.

기차는 훤히 밝아서 떠난다니 아직도 시간은 멀다.

십 년 동안 잔뼈가 굵어진 이 마을, 날마다 지게를 지고 오르내리던 노루고개 등성이, 떠나려니 갑자기 서운하나 지금은 그런 생각을 할 때가 아니다.

이 어두운 밤이 밝으면 빛나는 대낮이 되듯이 나와 고분이와의 앞길에도 이 어두운 밤이 지나가고 밝은 햇발이 비쳐주기를 마음속으로 빌면서 나는 어두운 이 밤길을 빨리하였다.

1939년 5월 명동에서

―『싹트는 대지』(1941)

제2부

중국

●

야광나무 꽃
山丁花

이츠

이츠疑遲

본명은 류위짱劉玉璋이다. 1913년 랴오닝성 톄링鐵嶺에서 태어났다. 네 살 때 부모를 따라 하얼빈으로 이주한 후 사립직업학교와 제3중학교에서 공부했다. 1930년 봄, 동청철도 산하의 학습기관에서 수학한 후 역무원으로 일했다. 1934년 동청철도가 남만주철도주식회사에 매각될 때 퇴사했다. 1935년 신징新京(현, 창춘長春)으로 가서 만주국 국무원 통계처에서 공무원으로 일하는 한편 구딩古丁이 주도한 명명파明明派의 일원으로 참여하면서 문단 활동을 시작했다. 그 후 그는 단편소설집 『화월집花月集』, 『풍설집風雪集』, 『천운집天雲集』과 장편소설 『마음을 하나로 맺다同心結』, 『송화강에서松花江上』를 발표했다.

그는 만주국 작가 중에서 매우 독특한 문학적 특징을 가지고 있다. 그것은 그가 소속된 문학단체는 물론 반대 진영에서도 환영을 받았을 뿐만 아니라, 그의 작품이 반대 진영의 문학이론을 수립하는데 중요한 요소를 제공했다는 것이다. 위에서 언급한 바와 같이 그는 명명파의 일원으로 활동했다. 명명파는 1937년 만주국의 수도 신징에서 『명명明明』이라는 문학잡지를 발행하여 붙여진 이름이다. 그들은 『명명』지가 정간된 후 일본인의 도움을 받아 대형문예잡지인 『예문지』를 발행함으로써 '예문지파'로 재탄생했다. 그들은 만주국에서는 '창작도 어렵지만 발표는 더 어렵다'고 판단했고, 척박한 중국인 문단을 부흥시키기 위해서는 많이 '쓰고寫 인쇄印' 해야 한다는 '사인주의寫印主義'가 필요하다고 주장했다. 그들과 대척점에 있던 문학단체는 문선文選/

문총文叢파였다. 문선/문총파는 펑톈奉天(현 선양瀋陽)의 왕치우잉王秋螢 등이 결성한 문선파와 신징에서 활동한 량샨딩梁山丁이 중심이 되어 설립한 문총파를 일컫는다. 문선/문총파 그룹에 속한 작가들은 현실주의 문학의 구체적 표상인 향토문학을 주장했는데, 이는 만주국 중국인 문단의 최대 논쟁으로 손꼽힌다. 그런데 이 논쟁의 출발점이 된 작품이 다름 아니라 이츠가 문단 활동 초기에 발표한 단편소설 「야광나무 꽃山丁花」이다. 문총파를 대표하는 량샨딩은 1937년 5월 『명명』 제1권 제3기에 발표된 이츠의 작품을 읽고 두 달 뒤 같은 잡지에 「향토문예와 「야광나무 꽃」」이라는 글을 발표했다. 그는 이 글에서 "만주에 필요한 것은 향토문예이고, 향토문예는 현실적인 것이다. 「야광나무 꽃」은 대표적인 향토문예 작품"이라고 주장했다.

이츠가 향토문학 작품을 쓸 수 있었던 배경은 그가 청소년기를 러시아문학을 쉽게 접할 수 있는 하얼빈에서 보냈기 때문일 것이다. 북만주의 중심 도시인 하얼빈은 춥고 거친 자연환경을 극복하며 생긴 강한 생명력과 저항정신이 강한 곳이며, 지정학적인 이유로 일찍부터 러시아 문화가 뿌리내린 곳이다. 청소년 시절 하얼빈에서 수학한 이츠는 그곳에서 러시아어를 배웠으며, 러시아문학에 심취했었다. 이것이 계기가 되어 국무원 통계처에서는 러시아어 번역을 담당하게 되었고, 등단 후에는 향토색이 강한 작품을 창작하게 되었다.

그러나 대동아전쟁이 격렬해짐에 따라 만주국에서 활동하고 있던 작가들은 일본의 강압적 문예정책에서 결코 자유로울 수 없게 되었다. 특히 일본문인들과 긴밀한 관계를 맺고 있던 예문지파에 속해 있던 작가들에 대해서는 억압과 회유로 만들어진 그물은 더 촘촘했다. 이츠의 경우 1944년 『예문지』에 연속해서 발표한 「새벽曙」, 「기대望」, 「밝음明」으로 구성된 '개선의 노래 3부곡凱歌三部曲'은 황무지를 개척하여 '신 부락'을 건설하는 국민으로서 생산 증대에 힘써야 한다는 내용을 담고 있어 시국문학으로 분류되고 있다.

야광나무 꽃___이츠

1

팔월은 아주 조용히 동산에 다가왔다. 가을바람은 막 불기 시작했다. 하늘에 얇게 펼쳐진 구름은 강렬한 햇빛을 가려주었다.

산으로 올라가는 길은 정말 걷기 힘들다. 황량한 산길에는 우툴두툴 솟아있는 돌덩이 위로 누런 낙엽이 수북이 쌓여 있고, 야생 대추나무 가지와 머루나무 넝쿨이 어지럽게 엉켜 있다. 마치 산에 오르는 사람들을 방해라도 하고 있는 것처럼 보였다. 더욱이 어둠이 내리는 황혼 무렵에는 사물이 희미하게 보여서 무엇이 무엇인지 분간할 수조차 없다. 게다가 윙윙거리는 바람은 끊임없이 얼굴을 향해 불어왔고, 흩날리는 낙엽은 뺨을 때리며 스쳐 지나가기 때문에 가파른 산비탈을 오를 때면 걷기가 더욱 힘들다.

최근 이틀 동안에는 하루에도 몇 명씩 동산으로 올라가고 있지만,

저녁이 다 돼서 올라가는 사람은 오직 장더루와 자오용슌밖에 없다.

두 사람은 전부터 쉔쟈바오에서 살고 있는데, 얼마 전에 흉년과 난리를 겪었고, 약탈을 연이어서 두 번이나 당했다. 장더루의 아버지는 마적이 마을을 습격했던 그해 겨울에 돌아가셨다. 그래서 장더루는 남아 있는 어머니와 여동생은 먹여 살려야 했다. 그러나 요 이태 동안 일거리는 줄어들었고, 노는 사람만 늘어났다. 장더루도 여기저기 돌아다녔으나 어디에도 일거리는 없었다. 그렇게 반년이 지나갔다. 그러나 아무리 어려워도 가족이 굶어 죽는 것을 가만히 앉아서 볼 수는 없는 노릇이다.

"앞집에 사는 자오 아저씨가 동산에서 일하고 있지 않니?"

장더루가 아무 일도 하지 못해 막막해 하고 있을 때, 문득 앞집 자오 아저씨가 생각난 어머니가 귀뜸해줬다.

"아, 그렇군요! 자오 아저씨를 한번 찾아가 봐야겠어요." 장더루는 자오 아저씨를 만나러 앞집으로 건너갔다.

자오용슌은 사연이 참 많은 사람이다. 들리는 말에 의하면, 원래 조상 중에 감찰관을 지낸 분이 계셨는데, 마을 사당 문 앞에 있는 돌사자상도 그가 세웠다고 한다. 그러나 자오용슌은 가세가 기울어진 마당에 조상님 뵐 면목이 없다고 생각해서인지 돌사자에게는 눈길조차 주지 않았다.

그는 글은 배운 적이 없으나, 목공 기술만은 아주 뛰어난 사람이다. 그러나 요즘 들어서는 집수리하는 사람도 없고, 읍내에 아는 사람도 없기 때문에 그의 훌륭한 기술은 아무짝에도 쓸모가 없는 무용지물이 됐다. 그래서 어쩔 수 없이 남의 집 허드렛일을 하는 아내에게 의지하며 근근이 살고 있다.

"이런 한심한 사람 같으니라고, 부인한테 얹혀살다니!"

"옛날에 그의 조상들은 정말 대단했지. 감찰관을 지낸 분도 계셨다지. 사당 문 앞에 있는 돌사자를 보면 알 수 있잖아."

이런 말을 들을 때마다 그는 아주 괴로웠다. 조상님은 높은 관직에 계셨는데 자신은 글자도 모르는 무식한 사람이라는 것이 너무나 부끄러웠다.

그는 눈을 크게 떴다. 검게 그을린 얼굴에는 자줏빛 홍조가 띠었다.

'놀고먹을 바에야 동산으로 가서 벌목 일이라도 하는 게 낫지 않을까?' 그는 이런 생각을 몇 번이나 했다. 다행히 그의 아내도 그의 의견에 동의했다.

결국 그는 작년 가을에 동산에 올라갔고, 올봄에 다시 집으로 돌아왔다. 만일 그가 마을에서 일거리를 찾았다면 굳이 험한 동산에 가서 일할 필요는 없었을 것이다. 그러나 온 마을을 아무리 뒤져봐도 어떤 일도 구할 수 없었기 때문에 어쩔 수 없이 갔다.

그날 오전에 장더루가 찾아 왔다. 그는 키는 컸고, 얼굴은 말랐으며, 두 눈은 반짝거렸다. 마치 무슨 희망이라도 가지고 있는 듯 보였다.

"자오 형, 동산은 어땠어요? 반년 동안 일 해보니 할 만하던가요?"

"말도 마. 겨우 입에 풀칠만 했어. 원래 계획대로라면 뭔가 남는 게 있어야 하는데, 작년에 가뭄이 심해서 벌목한 나무들을 강으로 내려 보낼 수 없었어. 회사에서는 계속 적자라는 말만 하고……. 그렇다고 완전히 공짜로 일할 수는 없잖아." 그는 장더루를 바라보며 말했다. 그의 이야기를 들은 장더루의 얼굴에는 실망한 기색이 역력했다.

"올해는 밥 먹고 사는 것만으로도 만족해야 돼요. 다 큰 놈들이 돈도 못 번다고 비웃는 사람들이 얼마나 많은데요."

"누가 아니래! 그래도 넌 글도 알고 해서 좀 나은 편이지. 나 같은 놈은 힘쓰는 일 말고는 할 수 있는 게 뭐가 있겠어?" 그는 두 주먹을 불끈 쥐며 말을 이어갔다.

"방법 없잖아. 이런 일이도 해야지. 난 보름 정도 있다가 다시 갈 생각이야. 너도 갈 생각 있으면 서둘러."

8월 17일, 장더루는 그의 어머니한테 보름 동안 길에서 먹을 만두 10근과 장아찌 한 봉지를 준비해 달라고 부탁했다.

그리고 오늘은 길을 떠난 지 절반이 지나는 날이다. 신발과 양말은 이미 헤질 대로 헤졌고, 온몸은 모기에 물려 성한 구석이 하나도 없었다. 가는 길에 잠시 묵은 여인숙에는 빈대가 하도 많아서 잠을 제대로 이룰 수 없었다. 준비해 간 먹거리도 이제는 절반밖에 남지 않았다. 뒤 따라오는 장더루의 얼굴에는 피곤해 기색이 역력했다. 이 험한 산길을 처음 걷는 그가 힘들어하는 것은 당연했다.

"여보게, 걷는 게 많이 힘든가?" 자오융순이 뒤를 돌아보며 말했다.

"아니에요. 괜찮아요. 형님은 힘들지 않아요?" 헉헉대며 걷고 있던 장더루가 숨을 몰아쉬며 대답했다.

"힘들어도 어떻게 해. 참아야지. 추운 겨울에 산에서 도끼질하는 것에 비하면 그나마 양반이야." 자오융순이 웃음을 한번 보이고는 계속해서 말을 이어갔다. "세상에 어디 쉬운 일이 있겠어! 젊어서 고생은 사서도 한다는데. 우리 같은 막노동꾼들은 고생하는 걸 겁내서는 안 돼. 하늘도 스스로 돕는 자를 돕는다고 했잖아. 올해 하는 일이 술술 잘 풀리기만 한다면, 겨울 동안 일해서 30에서 50위안 정도는 벌 수 있을 거야."

뒤따라오던 장더뤄가 "네"라고 대답한 후 속으로 생각했다. '그래, 만일 내년 설에 집에 돌아갈 때 30에서 50 정도 벌어서 가면 어머니가 많이 좋아하실 거야! 마을에서도 무시당하지 않고 인정받을 수도 있고……. 그리고 샤오환과도 더 좋아질 수 있겠지. 돈이 있어야 장가도 갈 수 있고.' 그는 자신의 아름다운 미래를 그려봤다. 잠시 이런 생각을 한 그는 더욱 힘을 냈고, 자오 형을 따라 어두컴컴한 벌목장을 향해 가는 길을 재촉했다.

2

이제 겨우 9월인데 동산에는 벌써 한기가 돌았다.

아침 일찍 일어나 밖을 보면 서리가 엷게 내려 있다. 장더루는 톱 세 자루를 등에 지고 서리를 밟으며 오두막을 향해 걸어갔다.

오두막은 두 산 사이에 있는 골짜기에 있다. 오두막 뒤쪽의 울창한 숲에는 아름드리 나무들이 하늘을 찌를 듯 높게 솟아 있다. 날씨가 화창한 날에는 이름 모를 새들이 떼로 몰려와 시끄럽게 지저귄다. 앞쪽 산비탈을 따라 개간한 밭에서는 사람들이 여름에 심은 감자와 무를 캐서 자루에 담아 오두막집으로 옮기고 있다. 이 감자와 무는 겨울 동안 오두막에서 지내는 사람들이 먹을 유일한 식량이다.

오두막집 앞에는 버드나무 가지를 엮어 만든 울타리가 있다. 울타리 밖에는 개암나무와 야광나무山丁樹, 山荊子(봄에 피는 흰 꽃을 밤에 보면 빛난다고 하여 야광나무라 함)가 있다. 이맘때가 되면 개암나무 열매는 속이 꽉 차게 여문다. 그중 어떤 것은 바람에 못 이겨 땅에 떨어지기도 한다. 산정나무에도 나무 가득 빨갛게 열매가 맺는데, 서리가 내려야 제맛이 난다고 한다.

이 나무들을 지나 울타리 안쪽으로 들어간 장더루는 등에 지고 있던 톱을 내려놓자마자 허리를 굽혀 오두막집 안으로 들어가서 류 감독을 찾았다.

"류 감독님! 마방에 계시는 총감독님께서 좀 오시라고 하던데요."

"나보고 오라고? 무슨 일 때문에 그래?" 류 감독은 막 세수를 하고 있었다. 넙데데한 그의 얼굴에는 의아스럽다는 표정이 드러나 있다. 그는 서둘러 얼굴을 닦은 후 옷을 걸치고 오두막집을 나갔다.

아침을 먹고 나니 날씨가 좀 따뜻해졌다. 벌목꾼들은 오두막 안에서 일하기 시작했다. 톱을 가는 사람은 톱을 갈았고, 도끼를 손질하는 사람은 도끼를 손질했다. "끽끽"거리는 줄칼 소리와 "썩썩"거리는 도끼 가는 소리로 오두막집은 금방 들썩이기 시작했다. 다들 벌목할 때 쓰는 도구만큼은 누구에게도 뒤질 수 없다는 듯 경쟁적으로 갈고 닦았다. 벌목 도구 중에서는 개인이 가지고 온 것도 있고, 회사에서 공동으로 구매한 것도 있다. 그러나 그들은 네 것 내 것 따지지 않고 모든 도구들을 잘 쓸 수 있도록 손질했다.

자오용슌은 이 방면에 있어서는 전문가다. 톱은 없었지만 날카로운 도끼는 두 자루나 가지고 있다. 그는 이 도끼들을 날이 잘 서게 열심히 갈았고, 도끼자루도 빠지지 않도록 튼튼하게 박아 놨다. 손질을 모든 마친 그는 도끼들을 한쪽 구석에 세워 놓고 담배를 꺼내 피기 시작했다. 깊게 한 번 들여 마신 후 천천히 내뿜었다.

옆에 있던 뚱뚱한 리라오쓰도 자신이 사용할 도끼를 다 간 후에 자오를 바라보면서 허허거리며 웃다가 큰 소리로 노래를 부르기 시작했다.

"우리 이규는…… 너무…… 우악스럽게 일을 해……."

"어이, 뭐가 그렇게 즐거워? 감독이 돌아왔어." 우얼마즈가 말했다.

총감독한테 갔던 류 감독이 돌아왔다. 술을 마셔서인지 눈알은 빨갛게 변했다. 가슴을 앞쪽으로 내밀며 울타리 안으로 들어와서는 안으로 들어가지 않고 오두막집 창문틀에 반쯤 걸터 앉아 말했다.

"그래도 총감독은 의리는 있더군. 우리에게 술을 다 사주고. 다른 쪽 사람들은 그렇게 할 수 있겠어? 흥……."

"류 감독님! 도대체 무슨 일 때문에 갔다 온 거예요?" 궁금증을 참지 못한 자오용슌이 다급히 물었다.

"일은 무슨 일? 다 당신네들과 관련된 일이지! 총감독이 말하더군. 올해 산신제를 주관하는 회사 측에서 요구했다더군. 벌목장에서 사용하는 도구들을 모두 따로 계산할 거래. 겨울 동안 내내 톱은 한 자루에 4위안이고, 도끼는 1위안이래. 그나마 새끼줄과 노끈은 계산하지 않는다고 하더군. 물론 본인이 가지고 왔으면 다행이지만, 직접 가지고 오지 않은 사람들은 내년 봄에 계산할 때 봉급에서 간다고 하더군."

류 감독은 말은 천천히 했지만, 빨개진 두 눈은 사람들의 반응을 살

폈다.

"도대체 톱 한 자루 사는데 얼마인데요? 이런 제길……." 누군가가 한마디했다.

"가격 말인가? 가장 넓은 게 20위안은 넘을 걸. 한번 사보던지!"

류 감독은 화가 났는지 곧바로 일어나 오두막 안으로 들어갔다.

모두들 멍하니 앉아 한마디도 하지 못했다. 원래부터 이런 조건이 있다면, 누가 벌목을 하러 산으로 오겠는가! 그렇다고 이미 결정된 사항을 따르지 않을 수도 없지 않은가?

오후에는 크게 할 일이 없었다. 장더루는 오두막집 밖에서 햇볕을 쬐며 앞산을 바라봤다.

"장 씨, 뭐하고 있어? 집이 그리워?"

귀에 익은 자오용슌의 목소리가 들렸다.

"아닙니다." 그는 울적한 마음을 감추기 위해 애써 태연한 척했다.

"기왕 산에 올라왔으니 열심히 일해보자고. 하늘이 가난한 불쌍한 우리같은 사람들을 저버리기나 하겠어. 새봄이 오고, 야광나무에 꽃이 한가득 필 때면 돈을 받고 내려갈 수 있어."

자오용슌은 울타리 밖에 있는 야광나무를 가리키며 위로해 주었다.

3

이곳은 저 오두막집과 5리 정도 떨어져 있는 어두컴컴한 숲이다. 숲속에는 길이라고 할 만한 것이 없어서 그저 나무를 피해서 다닐 수밖에 없다. 머리 위에는 나뭇가지들이 울창하게 우거져 있어서 하늘을 조금도 볼 수 없다. 땅바닥에는 오랜 세월 동안 퇴적된 낙엽들이 수북이 쌓여 있다. 낙엽들은 진흙처럼 썩었기 때문에 발로 밟으면 부드러우면서도 질척한 느낌마저 들었다.

숲속은 시간이 얼마나 되었는지 알 수 없을 정도로 항상 어둡기 때문에 처음 들어와 일하는 사람은 두려움을 느낄 정도였다.

작업 둘째 날 새벽, 아직 날은 밝지 않았다.

장더루와 리라오쓰는 자오용슌을 따라 얇게 내려앉은 서리를 밟으며 숲속으로 들어갔다. 작업할 나무를 한동안 찾은 끝에 두 사람이 팔을 벌려야만 겨우 껴안을 정도로 큰 백양나무를 발견했다. 리라오쓰는 재빠르게 나무 위로 올라가서 밧줄을 묶으면서 자오용슌에게 다른 쪽 을 옆에 있는 소나무에 묶으라고 말했다. 리라오쓰가 내려오길 기다린 후 자오용슌과 장더루는 톱질하기 시작했다.

"으쌰! 으쌰!······." 서로 호흡을 맞추며 힘을 모아서 톱질을 십 분 정도 계속하니 백양나무가 조금씩 흔들리기 시작했다. 톱질을 하면 할수록 이마에는 구슬땀이 가득 맺혔다. 결국 리라오쓰가 교대했다.

삼 분 뒤, '뚜두둑' 하는 소리와 함께 백양나무가 쓰러졌다. 세 사람은 얼굴에 땀이 흥건한 채 승리의 미소를 띠었다.

"자오 형! 이건 어디에 쓰이나요?" 장더루가 호기심이 생겨 물었다.

"전봇대로 사용하겠지."

그들은 잠시 휴식을 취한 뒤 또 다시 일하기 시작했다. 장더루는 이 새로운 일에 흥미가 생겼는지 더 열심히 톱질했다. 그는 자신도 모르는 사이에 온몸이 땀으로 젖었다. 자신이 쓰러트린 나무를 보니 알 수 없는 쾌감이 느껴졌다. 눈앞에 있는 이 나무도 곧 쓰러질 것만 같아서 그는 바로 자오 형에게 물었다.

"이게 끝나면 또 어떤 나무를 벨 거예요?"

"오늘은 백양나무만 벨 거야. 백양나무가 가장 베기 쉽거든. 이틀 뒤부터는 자작나무를 벨 거고, 좀 더 추워지면 소나무를 벨 거야." 오후 내내 그들은 같은 장소에서 백양나무 아홉 그루를 베었다. 깜깜한 숲에도 한 줄기 햇살이 비추기 시작했고, 그들은 그들이 벤 나무 위에서 보자기를 열고 챙겨온 새참을 먹었다.

"이 백양나무 아홉 그루면 얼마 정도 받아요?" 리라오쓰가 자오에게 물었다.

"이런 백양나무는 값이 비싼 편이야. 큰 놈은 전신주로 쓸 수 있고, 작은 놈은 성냥공장에 팔 수 있지. 그렇게 팔면 적어도 15위안은 받을 수 있을 걸." 자오가 새참을 먹으며 대답했다.

"어! 비싸군요."

그들은 새참을 다 먹은 뒤 다시 일하기 시작했다. 저녁 늦게까지 일을 했고, 모두 15그루를 베었다. 베어놓은 나무들을 한 곳에 모아놓고는 톱을 들고 산중턱을 향해 걸었다.

그들이 떠날 때, 이미 날은 어두워졌다. 풀들이 크게 자라있어서 걸어 다니기에 아주 불편했다. 장 씨가 갑자기 "으악!" 소리를 지르며 걸음을 멈췄다.

"앗! 뱀이다! 뱀!" 리라오쓰도 깜짝 놀라며 크게 외쳤다. 풀 속에서

'스윽'거리며 뱀이 지나가는 소리가 났고, 장 씨는 부들거리며 떨었다. 뱀은 사람들을 자주 놀라게 하는데, 앞에 가던 자오용슌은 전혀 신경도 쓰지 않는 것처럼 보였다. 잠시 후, 자오용슌은 고개를 돌리면서 천천히 말했다.

"산에서 일하는 게 그렇게 쉬운 줄 알았어? 뱀도 사람들을 무서워할 거야, 이건 일도 아니야. 작년 겨울에는 나 혼자 벌목하러 샤피 골짜기에 갔었는데 곰을 만나 죽을 뻔도 했지. 이 예리한 도끼는 정말 쓸모 있단 말이야. 늑대나 뱀, 호랑이, 표범 같은 게 온 산에 있는데, 그런 걸 무서워하면 일 못하지."

수풀을 지나고 나니 앞쪽 산비탈에 숲이 또 보였다. 숲속은 너무 깜깜해서 눈앞을 분간할 수조차 없었다. 숲 가까이에 먼저 간 자오용슌이 도끼를 이용해서 나무껍데기를 조금 벗겨내고, 밑동에 도끼 자국을 낸 뒤 숲속으로 들어갔다.

숲 안쪽은 어둡고 음침했다. 사슴의 울음소리가 구슬프게 들려왔고, 쐐아 거리며 부는 바람에 나뭇잎이 얼굴을 치고 지나가서 걷기가 더욱 피곤했다. 그 숲을 지난 후에야 골짜기 쪽에서 반짝거리는 불빛이 희미하게 보이기 시작했다. 그들은 오두막집이 얼마 남지 않았다는 것을 직감할 수 있었다.

4

오두막집은 따뜻했다. 맞은편 온돌에 놓여 있는 탁자 위에는 방금 큰 그릇에 담아낸 감자탕과 수수밥에서 김이 모락모락 피어올랐다. 어떤 이는 방바닥에 앉아 밥 먹기도 하고, 또 어떤 이는 손을 씻으며 이야기를 나누고 있었지만, 류 감독만은 혼자 방바닥에 앉아 고개를 숙인 채 땅콩을 안주 삼아 백주를 마셨다.

자오용슌은 집안으로 들어와서 한동안 몸을 녹인 후 온돌에 앉아 밥을 먹었다. 그와 같이 갔던 일행들은 다른 사람들보다 조금 늦게 돌아왔기 때문에 밥은 부족하지 않았지만 감자탕은 배부르게 먹지 못했다.

이 오두막집에는 70여 명이 묵었다. 그들 중 어떤 사람들은 가까운 곳으로 가서 일하기도 하지만, 어떤 사람들은 먼 곳까지 가서 일했다. 일하러 나갈 때는 여러 팀으로 나눠서 갔다.

늦게 돌아 온 자오용슌이 밥을 먹고 있는데, 왠지 집안 분위기가 이상하다는 것을 느꼈다. 그래서 한쪽 구석에 앉아 있는 왕샤오리우에게 조용히 다가가 물었다.

"오늘 류 감독이 또 무슨 말 했어?"

"이런 제기랄! 가서 한번 읽어봐!" 왕샤오리우는 조용히 말하면서 손가락으로 문 쪽에 붙어 있는 새로운 통지문을 가리켰다. "어쨌든 사람들이 얘기하는 것처럼, 올해는 늙은이가 무슨 말이나 할 수 있겠어?"

밥을 다 먹은 자오용슌은 장더루에게 그 내용이 무엇인지 읽어 달라고 하면서 자신은 한쪽에서 눈을 크게 뜨고 조용히 들었다. 먼저 공지를 한번 읽어본 장더루가 미간을 찌푸리면서 띄엄띄엄 읽기 시작했다.

마오샹 임업회사 공고 제14호

추분에 산신제를 지낸 이후……, 일을 시작한 지 얼마 지나지 않아 일을 끝내니 생산에 상당한 영향을 주었다. 게다가 강 하류에서는 자재가 급히 필요하다며 하루에도 수십 통씩 전보를 쳐서 재촉하고 있다. 이에 우리 회사에서는 제3차 회의 결정에 따라……, 오는 상강 때부터 시작해서 매월 초하루와 보름에 실시했던 휴식일뿐만 아니라 눈비가 오는 날에도 모두 정상적으로 일을 해야 한다……. 각 현장과 오두막의 감독들은 착오 없이 모두에게 통지해 주시오.

이사장 : 푸용타이 (인)

사　장 :　관전성 (인)

년　월　일

"이런 제기랄……. 초하루와 보름에도 쉬지 못하게 하다니." 자오용순이 분개하며 말했다. 그들이 얘기하고 있을 때, 저쪽에서 어떤 사람의 목소리가 들려왔다. 화난 류 감독이 목소리를 높여 말하고 있었다.

"야 이놈아. 네가 그만둘 수 있겠어? 너 못 그만두잖아. 내놓지 않으면 총감독이 너희들을 고발할 거야. 모르는 척 하지 마……."

"류 감독님! 말도 안 되는 소리 하지 마세요. 훔친 것도 아닌데 왜 총감독이 고발해요?" 주더성이 허베이 사투리가 섞인 말투로 대꾸했다.

다들 처음에는 무슨 일이 일어났나 하며 보고만 있다가 류 감독이 화가 많이 난 것처럼 보이자 그제야 서둘러 주 씨를 류 감독에게서 떼어내어 다른 쪽으로 보냈다. 그러나 류 감독은 여전히 분을 참지 못하고 욕을 내뱉었다.

한밤중에 장더루가 밖에 나가 소변을 누고 돌아오다가 방 한구석에 누워 무언가 골똘히 생각하며 잠 못 이루고 있는 주 씨를 발견했다. 그래서 살며시 그의 곁으로 다가갔다. 그는 몸을 돌려 장더루를 쳐다봤다.

"도대체 낮에 감독과 무슨 일이 있었던 거요?"

"감독이 나에게 모욕을 줬어. 내가 어제 산에 올라가 일하다가 산삼 몇 뿌리를 발견했어. 나무꼬챙이를 꽂아 놓고 오늘 아침에 가서 캐려고 했는데, 젠장! 그 놈이 그걸 딱 알아채버린 거 아니겠어! 기어코 저녁 내내 자기 좀 나눠 달라고 조르더군. 너도 생각 좀 해봐, 내가 어떻게 발견한 건데, 왜 그놈한테 바쳐야해. 너 같으면 화 안 나겠어?" 그는 말을 마치자마자 베개 밑에서 쌍학담배 한 대를 꺼내면서 장더루에게 물었다.

"너도 한 대 필래?"

"전 못 펴요."

"보아하니 너는 참 성실한 사람 같아. 산에서 벌목꾼으로 일하다보면 화가 나는 일이 참 많아. 그렇다고 요즘 같은 시절에 혼자 뭘 하자니 벌어 논 밑천도 없고, 결국 늙어서까지 이런 일이나 해야 하는데, 저런 놈한테 욕이나 먹어야 하니, 정말 죽을 맛 아니겠어?" 주 씨는 담배 한 모금을 가볍게 내뿜었다.

"그러게 말이에요. 요즘 들어서는 점점 가난한 사람들만 고생하는 거 같아요." 장 씨가 고개를 끄덕이면서 맞장구쳤다.

어두운 등잔불 밑에서 이야기를 나누고 있는 두 사람의 눈이 서로의 마음을 이해하듯 마주쳤다. 이야기를 끝낸 장 씨가 조용히 자신의 자리로 돌아갔다.

장 씨가 다시 자리에 누워있을 때 바람에 날리는 창호지에서는 '웅
웅'거리는 소리가 났고, 깊은 산 속으로부터는 산짐승들의 구슬픈 울음
소리를 들려왔다. 방 안에서는 누군가가 드르렁거리며 코를 골았다. 그
의 왼쪽에 누워있는 자오용슌도 깊이 잠이 들었다. 장더루는 베개를 옮
기고 다시 몸을 몇 번 뒤척이고 나서야 오늘 하루가 매우 피곤했던 날이
었다는 사실을 깨달았다.

5

폭설이 한차례 내린 후 날씨가 많이 쌀쌀해졌다. 하늘은 을씨년스러
워졌다. 북풍이 불자 눈발은 모래처럼 사람들의 얼굴을 향해 흩날렸다.
아침에 수수죽이라도 배부르게 먹지 않았으면 어떻게 버텼을까? 리라
오쓰는 갖저고리를 입고 있었지만, 너무 낡아서 여전히 덜덜 떨고 있었
다. 낡은 면 저고리를 입고 있던 장더루는 아침에 일어나자마자 두루마
기를 한 겹 더 걸쳐 입었지만 여전히 추위를 떨쳐낼 수 없었다.

"오늘은 정말 날씨가 춥네."

"그래도 추우니까 정신은 좀 들잖아." 리라오쓰가 몸을 덜덜 떨면서
도 웃으며 말했다.

자오용슌은 왕샤오리우 일행과 함께 벌목을 하러 마펑거우로 갔다.
그래서 오늘은 장더루와 리라오쓰 두 사람이 한 조를 이뤄 산으로 향했다.

어쨌든 두 사람은 새벽같이 산으로 올라갔다. 넓적다리까지 쌓인 눈

은 리라오쓰의 장화 안으로 들어왔으나, 대수롭지 않은 듯 툭툭 털고 숲으로 들어갔다. 다행히 숲속에서는 바람을 피할 수 있었다. 그들은 톱과 도끼와 줄을 내려놓고 소나무를 골라 톱질하기 시작했다.

나무를 반 정도 베었을 때, 이미 그들의 등에는 땀이 흥건했다. 그들은 가죽장갑을 끼고 일했지만, 시간이 조금 지나자 고양이에게 물린 듯 너무 시렸기 때문에 주머니에 손을 넣어 녹여가며 톱질을 이어갔다. 소나무에는 송진이 많아서 톱질하기가 매우 어려웠다. 나무가 쓰러질 때쯤에는 어느덧 정오가 다 되었다. 그들은 추운 숲속에 쪼그리고 앉아 식은 찐빵 몇 개를 먹은 후에 다시 일하기 시작했다. 연속해서 세 그루를 베고 다섯 그루까지 베고 나니 추위에 입술마저 무감각해졌고, 몸도 덜덜 떨렸다. 오전보다 날씨가 더 추워졌다.

"장 씨, 우리 따뜻하게 불 좀 피웁시다." 리라오쓰가 너무 추워서인지 겨우 모기만한 소리로 말했다.

"좋긴 한데, 여기서 불을 피워도 되나?" 장더루가 말했다.

"조심하기만 하면 되지 뭐가 문제야! 옷도 이렇게 얇게 입었잖아. 너무 추워서 참지 못하겠어."

결국 장더루가 나무껍질과 가지들을 도끼로 베어와 불쏘시개를 한 무더기 만들고는 쪼그리고 앉아 성냥을 꺼내 "쫙" 하며 켰다. 마른 소나무 가지는 불에 잘 탔기 때문에 금방 빨간 불꽃이 일었다. 두 사람은 불더미 옆에 쪼그리고 앉아 손을 뻗어 불을 쬐었다. 고생에 찌든 얼굴에서 미소가 피어올랐다.

잠시 이야기를 나누던 리라오쓰는 그만의 특유한 표정을 짓고는 눈을 가늘게 뜨고 물었다.

"장 씨, 마누라 생각은 안 나던가?"

"에이, 그런 말 말게. 아직 장가도 못 갔는데……." 장더루가 웃으며 말했다.

"아, 그렇군!……. 산에 오른 지도 2, 3개월이 됐는데, 몽정은?"

"내가 자네인 줄 아나. 난 이때까지 그런 걸 해본 적 없다네……." 그는 얼굴을 붉히며 말했지만, 사실은 꿈에서 샤오환을 본 게 한두 번이 아니었다.

"맞지? 순진한 척하긴, 부끄럽긴 뭐가 부끄럽나?" 리라오쓰가 웃으며 놀렸다.

한참 이야기를 주고받는 사이 모닥불의 불씨는 점점 작아졌다. "타닥"거리는 소리만 몇 번 났다. 장더루가 일어나 굵은 나뭇가지 몇 개를 베어 불더미 위에 던지자 다시 연기가 피어오르기 시작했다. 그는 리라오쓰를 바라봤다.

"자, 다시 일하세!"

리라오쓰는 몸을 일으켜 허리춤에서 두었던 톱을 꺼내들었다. 두 사람은 다시 소나무 한 그루를 베기 시작했다.

소나무가 넘어가는 것을 기다리면서 하늘을 쳐다보니 날은 이미 어두워졌다. 두 사람은 톱을 닦고, 도끼를 챙겨서 하산할 준비를 했다. 모닥불에서는 한 가닥 연기만 가느다랗게 피어올랐다. 꺼져가는 것처럼 보였다.

두 사람은 산으로 들어갈 때의 발자국을 따라 걸어 나왔다. 날은 이미 어두컴컴해졌다. 저녁을 먹고 장더루가 손을 씻고 있을 때, 자오용슌이 돌아왔다. "오늘은 너무 춥군!" 장더루가 뜨거운 물을 부어주자 자오용슌은 손을 재빨리 씻었다.

자오용슌이 저녁을 다 먹었을 즈음, 사람들이 모두 돌아왔다. 저녁을 다 먹은 사람들은 아랫목에 누워 이야기를 나눴다. 그때 류 감독이 씩씩거리며 집으로 황급히 들어오며 말했다.

"자오용슌, 북쪽 산이 자네들 거지. 빨리 나와서 좀 보게! 그나마 북풍이 불어 다행이지 남풍이 불었다면 다 끝났을 거네. 숲이 불타면 자네들은 물론이고 나까지 책임이 있어……." 그의 거친 목소리는 화가 잔뜩 나 있었다.

자오용슌은 서둘러 집에서 나와 북쪽을 바라보았다. 류 감독의 말대로 북쪽 산 끝자락에서 시뻘건 불꽃과 연기가 오르고 있었다.

6

섣달그믐이 되었다. 류 십장이 점심 때까지 작업을 모두 끝내라고 말했다.

오후가 되자 산에서 일하던 노동자들이 모두 돌아왔다. 그들은 안도한 듯 입가에 희미한 미소를 띠고 있었다. 이번 일로 정말 고생이 많았다. 일을 시작한지 벌써 3, 4개월이 지났지만 누구도 쉬자는 말을 하지 못했다.

오두막집으로 돌아오자마자 세수하는 사람도 있었고, 머리를 깎는 사람도 있었다. 또 어떤 이는 이불을 청소하거나 양말과 옷을 기웠다. 할 일이 없는 이들은 잡담을 나누며 쉬었다.

"우얼마즈! 오늘 밤 한잔 어때?"

"좋지, 한잔하자고! 빌어먹을, 지난 몇 달 동안 술 한 모금도 입에 대지 못했어."

우얼마즈는 류 십장이 술을 마실 때마다 부러운 눈길로 쳐다보곤 했었다.

오늘 저녁에는 정말로 술이 올라왔다. 그러나 크지 않은 술병이 두 개만 올라왔다. 상 위에는 돼지고기 볶음요리들과 버섯찌개, 쌀밥 등이 차려 있었다. 일 년 내내 고기붙이라고는 보지도 못했던 그들은 너나나나 할 것 없이 서둘러 양쪽 구들방으로 올라가 한 상에 예닐곱 명씩 둘러 앉았다. 그들은 술을 마시며 화권놀이(술자리에서 손가락을 내며 숫자를 말하는 게임)를 시작했다.

"우리는 좋은 친구……!"

"여덟 필의 말! 아홉 개의 연등!"

흥이 채 가시기도 전에 준비된 술은 모두 바닥이 드러났다. 장정 30명이 마시는데, 작은 술병 하나로는 성에 차지 않은 것이 당연했다. 밥도 단숨에 먹어치웠다. 역시 수수밥보다는 쌀밥이 훨씬 맛있다.

해질녘이 되어 모두들 품삯을 기다리고 있었지만 무슨 일인지 그때까지 류 십장은 돌아오지 않았다.

구들 위에 누워있던 자오용슌은 왠지 기분이 좋았다. 그는 품삯을 받으면 무엇을 할까 생각했다. '마방에 있는 사람에게 고기와 담배 사달라고 부탁도 하고, 양말도 새 것으로 갈아 신고…….' 이것저것 생각을 하며 몸을 뒤척여 옆을 보니 장더루가 혼이 나간 듯 멍하니 있는 것이 보였다. 그래서 몸을 바로 일으켜 앉으며 말했다.

"장 씨! 곧 새해가 되는데 무슨 걱정이라도 있어?"

"아니에요. 집이 좀 걱정이 돼서요."

"허! 어디 잠시라도 집이 걱정되지 않을 때가 있겠는가마는 가족들도 설은 잘 보내고 있을 거야." 자오용순이 위로하며 말했다.

"지난겨울에는 정말 재수가 없었죠. 리라오쓰와 산불 낸 일을 생각만 해도……." 장더루가 말하면서 자오용순을 바라봤다.

그때 어떤 사람이 조용한 소리로 말했다.

"류 십장이 돌아왔어."

드디어 류 십장이 돌아왔다. 한 손에는 종이로 싼 보따리가 들려 있었고, 왼쪽 팔로는 장부를 끼고 들어왔다. 등불 아래에 장부와 종이로 싼 보따리를 내려놓고 주위 사람들에게 말했다.

"총감독은 일단 1인당 3위안씩 준다고 하시더군. 그래서 내가 사정을 좀 얘기해서 5마오씩 더 받아왔어. 그래서 이번에 지급될 품삯은 모두 3위안 5마오이 될 거야. 장부를 읽을 테니 호명된 사람은 앞으로 나와서 받아 가."

70여 명의 노동자들이 차례로 받아갔으나 장더루와 리라오쓰의 이름은 호명되지 않았다. 남은 두 사람은 희망의 끈을 놓지 않은 채 마지막까지 류 십장을 바라봤다.

"너희 두 사람의 품삯은 새해가 지나야 지급될 거다. 이번에는 없어." 류 십장은 말을 끝낸 뒤 입을 굳게 다물었다. 두 사람은 마치 무슨 선고를 받은 죄인처럼 천천히 물러섰다.

밤이 되자 술을 잔뜩 마신 류 감독이 아직 자고 있지 않은 사람들을 향해 말했다.

"연말인데 좀 놀아야 하지 않겠어! 난 10위안을 낼 건데, 누가 또 돈을 걸 거야?"

"오늘따라 감독이 기본 좋아 보이는군. 놀음을 다 하자고 하고." 그들 사이에는 왠지 모를 어색한 분위기가 흘렀다.

평소 어두웠던 등잔불은 오늘따라 밝았다. 십여 명이 류 십장을 중심으로 둘러 앉아 노름을 시작했다. 누구는 얼마쯤 딴 것 같았다. 그러나 오래 지나지 않아 각자 갖고 있던 돈은 물에 씻겨나가듯 한 순간에 사라졌다. 두세 사람 정도만 남았을 때 류 십장이 패를 던지며 말했다. "자. 오늘은 그만 합시다."

이번 노름판에서 솜씨가 뛰어난 류 십장은 30여 위안을 땄다. 그러나 아홉 명은 빈털터리가 되었다. 노름에서 돈을 딴 류 십장은 기분이 좋았는지 오늘따라 호의를 베풀었다. 심지어 아끼던 담배를 꺼내 다른 사람들에게 권하기까지 했다.

한밤중이 지날 때였다. "뻥! 뻥!" 하며 요란한 소리가 울렸다. 마방 쪽에서 새해맞이 폭죽을 터트리고 있다. 새로운 한 해가 시작되었음을 알리는 신호다.

7

정월 16일이 되었다.

해는 이미 중천에 떠올랐다. 울타리 밖에서는 참새가 "쩍쩍" 하며 지저귀고 있었다. 벌목꾼들은 모두 일찍 일어나 일을 나갔지만 장더루만은 방 안에 그대로 누워 있었다.

그저께 밤에 그가 썰매를 몰고 나무를 하러 산에 갔다가 돌아오는 길에 쉬자거우에서 썰매가 뒤집어졌고, 그 바람에 썰매에 실려 있던 나무들이 골짜기 아래로 굴러떨어졌다. 그가 집에 돌아오자 류 감독은 "쓸모없는 사람"이라며 욕을 했다. 그 일로 너무 화가 난 나머지 머리까지 아팠다.

장더루는 온돌에 누워 눈을 부릅뜨고 천장을 바라봤다. 갑자기 어머님과 여동생이 보고 싶어졌다. 몸이 아프니 그들이 더욱 그리워졌다. 만일 집에서 요 정도 아팠더라면 온돌에서 땀 좀 흘리고 나면 금방 나았다. 지금은 푼돈을 벌기 위해 이 산중에 왔지만 이렇게 고생할 줄 누가 알았겠는가? 갑자기 발에 한기가 느껴져서 일어나 낡아빠진 이불을 꺼내 덮었다.

오두막집에는 장더루 외에 부엌일을 하고 있는 노인네가 있었다. 그는 아직 그렇게 많이 늙지는 않았지만 허리가 이미 굽어 있었고, 얼굴엔 주름살이 가득했으며, 말수도 적었다. 때때로 기침을 하는 모양을 보니 폐도 좋지 않은 것 같았다.

"어이, 물이 필요하면 말해." 그 노인은 장더루를 바라보면서 쉰 목소리로 말했다.

"아, 고마워요……. 지금 몇 시쯤 되었나요?" 장덕루가 나지막한 소리로 물었다.

"11시는 되었겠지." 노인이 행주를 빨면서 말했다.

"감기 정도는 이삼일 동안 누워있으면 좋아져. 잡곡만 먹는 서민 중에 병에 걸리지 않는 사람이 어디 있겠어?" 홀로 몸이 아파 외로웠던 장더루는 그가 재미있다고 생각했고, 그의 사소한 얘기에서 동정과 위로가 느껴졌다.

정오쯤에 자오용순이 급하게 뛰어와서 새끼줄을 들고 가려다 방에 누워있는 장더루를 보고는 가까이 다가서서 말했다.

"몸 좀 어때? 뭐 좀 먹었어? 아, 맞아! 마방에 네 편지가 있었어." 그는 말을 마치자마자 주머니에서 편지를 꺼내 장더루에게 전해주고는 다시 황급히 떠나갔다.

이불을 덮고 있던 장더루가 이불에서 손을 꺼내 편지 봉투를 뜯었다. 편지는 어머니에게서 온 편지였다. 어머니는 누군가에게 부탁해서 편지를 쓰신 것 같았다. 집주인이 방세를 독촉해 쫓겨날 위기에 처해 있으니, 만약 임금을 가불할 수 있으면 빨리 돈을 보내 달라는 내용이었다.

장더루는 편지를 다 읽은 후, 힘없이 손을 놓은 채 창문에 비치는 자신의 그림자를 한동안 멍하니 바라보다가 자신도 모르게 한숨을 내쉬었다. "허! 아버지가 일찍 돌아가시지 않았더라면 우리 집 형편이 이렇게까지 힘들지는 않았을 텐데……. 외갓집 사정이 좀 좋았더라면 어머니가 덕 좀 볼 수 있었을까? 나 역시 별다른 재주가 없으니 글자 좀 안다고 무슨 소용이 있겠어." 초가삼간이 담보로 잡혀 가족들은 셋방에서 살았고, 집세 낼 돈이 없어서 쫓겨나 이리저리 옮겨 다녔다.

그는 벌써 열 살이 넘은 여동생이 학교에 다니지 못하는 것도 모두 자신의 책임이라고 생각했다. 이런 생각을 하면 할수록 속이 더 상했고, 눈에서는 눈물이 흘렀다.

집을 떠난 지 벌써 넉 달이 되었다. 샤오환은 잘 지내고 있을까? 장더루는 벌써 24살이 되었다. 원래대로라면 지금쯤 장가를 갔어야 했다. 하지만 그 많은 결혼 자금을 언제 다 모을 수 있을까? 그는 문득 샤오환의 까만 눈과 맑은 목소리가 떠올랐다.

"오빠, 내년 봄에 꼭 돌아올 거지?"

"아, 그래. 내년 봄에······." 장더루는 방에 누워 혼잣말로 중얼거렸다.

"어이, 뭐라고 중얼거리고 있는 거냐?" 주방 노인이 놀란 듯 말을 걸어왔다.

"아닙니다. 저 물 한 잔만 주세요. 집에서 편지가 왔는데, 내년 봄에는 돌아오라고 하네요." "객지에서 혼자 외롭게 돈 버는 사람들은 집 생각을 자주해서는 안 돼. 집에 돈이 많다면 누가 돈 벌려고 이런 고생을 하겠어? 얼음이 다 녹고 봄이 다시 찾아오면, 그때는 품삯을 넉넉히 받을 수 있을 거야. 걱정하지 마." 주방 노인이 말하면서 따뜻한 물을 건네주었다.

"얼음이 녹으면 산을 내려갈 수 있겠죠?" 장더루는 물 한 모금을 마시면서 물었다.

"당연하지. 늦어도 곡우 때까지는 일이 다 끝날 수 있을 거야. 해마다 그때가 되면 향기로운 야광나무 꽃이 예쁘게 피지." 그는 손으로 울타리 밖에 피어 있는 야광나무를 가리키며 말했다.

8

3월이 되었다. 동산에도 봄이 찾아왔다.

먼지가 섞여 있는 따뜻한 봄바람이 윙윙거리며 불고 있다, 봄바람이 불자 산에 있는 백양나무에서는 푸른 새잎이 돋아났다.

숲속에서는 벌목꾼들이 구령에 맞춰 목재를 옮기고 있다. 수레에는 자작나무가 가득 실려 있었다. 수레를 끌고 가는 말은 길가에 새로 돋은 새싹을 찾느냐 정신이 없었다.

자오용슌은 앞에서 끌고, 장더루와 리라오쓰는 뒤에서 따라갔다.

숲을 빠져나가 산길을 돌아드니 마차는 곧장 마방으로 통하는 큰길로 들어섰다. 마차가 더디게 가자 쟈오쟈오는 말에게 채찍질을 한 번 했다. 따스한 바람이 스쳐지나갔다. 얼굴에는 부드러운 온기마저 맴돌았다.

담배 한 대 피우는 동안 마차는 어느새 울안으로 들어갔다. 울타리 안에는 목재가 가득 쌓여 있었고, 그 옆에는 방금 들어온 마차들이 줄을 서 대기하고 있었다. 류 감독은 손짓 발짓을 해가며 그 마차들이 짐을 내리기 좋게 정차하도록 지휘했다.

"자작나무는 안쪽으로." 류 감독은 자오용슌 일행이 끌고 온 마차를 보더니 안쪽으로 들어가라고 지시했다.

자오용슌 일행은 마차에 실고 온 나무들을 류 감독이 지정한 장소에 내려놓고는 다시 빈 수레를 몰고 숲을 향해 갔다.

목재 운반은 보슬비가 몽롱하게 내리는 아침나절에 모두 끝냈다. 산은 마치 거대한 목재더미와 같았다. 이 목재들은 벌목용 산악기차에 실려 강변으로 이동한다.

"형님, 이 일도 언젠가는 끝날 때가 있겠지요!" 장더루는 목재더미를 바라보면서 한숨을 쉬며 말했다.

"그렇고말고. 수레 한 대를 끌고 가면 그만큼의 돈이 생기지. 한겨울 내내 고생한 것이 요 며칠에 달렸지!" 자오융슌은 저 멀리 달리고 있는 기차를 가리키며 말했다.

기차는 점점 멀어져 끝내 보이지 않게 되었다. 그들은 그제야 오두막으로 돌아왔다.

요 이틀 동안 오두막집 안에는 변화가 약간 생겼다. 온돌 위에 비스듬히 누워 담배 태우는 사람도 있었고, 두세 명이 모여 한담을 나누기도 했다.

"강 하류에서도 그런대로 산다고 하던데, 여기는……." 대머리 노인이 말했다.

"산 속에서 아편을 기르면 불법이지만, 강북에서는 다르지 않나요?" 산동 말투를 쓰는 키 큰 젊은이가 말했다.

"어디나 다 똑같아. 돈이나 받은 다음에 이야기하자고." 노인이 대답했다.

그들의 대화 속에는 올 여름에 대한 계획이 담겨져 있었다. 아름다운 미래에 대한 희망과 동경을 그리고 있었다. 목재 실은 수레가 가는 것을 하나하나씩 보고 있으면 돈을 벌 수 있다는 희망도 점점 더 가까이 오고 있는 것이다.

"호명하는 사람 앞으로 나와." 류 감독이 아래쪽에 서 있는 벌목꾼들을 향해 말했다. 우 선생은 지폐를 세면서 장부에 적혀 있는 숫자에 따라 수십 개의 봉투에 지폐들을 넣었다.

품삯을 지불하는 작업은 날이 어두워져 등불이 밝혀질 때까지 계속되었다. 장더루는 마지막에 받았다. 그는 정말 상상도 못했다. 장부에는 단지 6위안 7마오 4편만 남았다.

6위안 7마오 4편으로는 증기선을 타고 집에 돌아가기에 충분했다. 그러나 어머니와 누이동생의 모습이 떠오르자 증기선을 탈 생각은 포기할 수밖에 없었다.

다음 날 아침 날이 밝자마자 장더루도 다른 사람들과 같이 짐을 짊어지고 오두막집을 나섰다. 그날 마침 울타리 밖에 있는 야광나무에서는 흰 꽃이 흐드러지게 활짝 펴서 진한 향기를 내뿜었지만 그 누구도 가서 감상할 마음은 없었다. 그저 앞쪽에 있는 환한 공터를 향해 큰 걸음으로 걸어갔다.

1937년 4월 14일 밤 9시

—『화월집花月集』(1938)

골목길
狹街

량산딩

량산딩梁山丁

량산딩의 본명은 량멍겅梁夢庚이다. 1914년 12월 31일 랴오닝성 카이위앤開原현에서 태어났다. 1931년 펑톈성립奉天省立 제3중학 시절에 교내 문예지 편집을 맡았고, 이 때 그의 처녀작 「불빛火光」을 동베이東北대학에서 펴낸 월간지 『현실월간』을 통해 발표했다. 1931년 만주사변이 나던 해 고등학교를 졸업했으나 더 이상 진학할 수 없어 1933년 하얼빈으로 가서 그곳에서 활동한 작가들과 교류하면서 신징에서 발행된 『대동보』와 하얼빈의 『국제협보』 등의 문예란을 통해 약 30편의 작품을 발표했다. 그러나 만주국 당국에 의해 하얼빈에서 활동하던 진보 작가들이 탄압당하고, 샤오쥔蕭軍, 샤오훙蕭紅 등 그와 친분이 두터웠던 작가들이 당국의 감시를 피해 관내로 떠나간 후 더 이상 문단 활동을 할 수 없었던 그는 1935년 만주국 수도인 신징으로 가서 대동학원 단기생으로 입학했고, 이듬해 졸업한 후에는 세무서 징수원으로 취직했다. 그러나 하얼빈에서 문우들이 체포되고 탄압을 받는 장면을 목도한 그에게 "1935년과 1936년 2년간은 정말이지 말이 입에서 나오지 않을 정도"로 비극적인 시간이었다. 그래서 "이전에 가졌던 글쓰기의 열정이 완전히 사라져 버렸다"고 고백한 바 있다.

그가 다시 문학 활동을 재개한 것은 다시 두 해가 지난 1937년 문화계에 있던 친구를 만난 다음이다. 그해 그는 「저물어 가는 봄소식暮春的消息」을 비롯해서 몇 편의 작품을 발표하는 하는 한편, 이츠의 단편소설 「야광나무 꽃山丁花」을 읽고 「향토문학과 「야광나무」」, 「향토와 향토문학」 등 향후 자신이 견지해야 할 문학적 방향을 드러내는 평론을 발표하여 향토문학논쟁에 포문을 열었다. 이를 바탕으로 1939년에는 식민지 소시민의 애환을 그린 단편소설 「골목길狹街」를 발표했다. 1940년에는 세무 징수원을 사직하고 만주영화협회 제작부에 들어가 20여 편의 극본을 썼고, 시에 대한 관심을 가져 시 전문잡지인 『시계詩季』의 주편을 맡아 활동했다. 이후 창작에 더욱 매진하여 1940년에는 첫 번째 단편소설집 『산바람山風』을 시작으로1941년 시집 『계계초季季草』, 1942년 장편소설 『녹색의 계곡綠色的谷』을 세상에 내놓았고, 이듬해 단편소설집 『향수鄕愁』과 산문집 『동쪽기행東邊紀行』을 출판했다.

1943년 당국의 감시를 피해 베이징으로 간 그는 신민인서관에서 편집을 담당하는 한편 베이징 독자들에게 만주 풍경과 생활상을 소개하였고, 이를 묶어 소설집 『풍년豊年』을 출판했다. 이러한 활동은 중일전쟁으로 베이징을 떠난 작가들의 공백을 어느 정도 메워주는 역할을 했으며, 베이징 문단에 향토문학의 열기를 다시 불러일으키는 데 기여했다. 물론 이러한 역할은 샨딩 한 사람만 담당한 것은 아니었다. 베이징은 만주국에서 이동거리가 가장 짧고, 만주국에 비해 상대적으로 자유로웠으며, 아울러 만주사변 이후 만주에서 탈출한 동북 출신자들이 많이 거주하고 있었기 때문에 자연히 만주 출신 문학가들이 활동할 수 있는 여건이 괜찮은 편이었다. 그런 면에서 볼 때 동시대에 활약한 위앤시袁犀나 메이냥梅娘도 만주에서 이주한 또 다른 '동북 작가군'이라 할 수 있다.

1945년 광복이 되자 샨딩은 문우인 위앤시의 권유로 지하혁명공작에 가담했으며, 같은 해 해방군과 함께 동북으로 돌아오면서 잡지 『초원草原』의 편집을 담당했다. 해방전쟁 시기인 1948년에는 공산당 당국의 지시를 받아 하얼빈에서 『생활보生活報』의 문예편집부에서 일했으나 이 시기 공산당이 주도한 '반 샤오쥔反蕭軍' 운동이 일어나 옛 문우인 샤오쥔과 반대편에 설 수 밖에 없었다. 해방 후에는 중국작가협회 선양瀋陽분회 편집실 부주임으로 근무했으나 반우파 투쟁 시기와 문화대혁명 시기에는 친일부역자로 비판을 받아 1979년 명예가 회복되기 전까지 고초를 겪었다. 1980년 이후에는 자신의 작품을 모아 작품집을 출판하는 한편 여러 문학잡지를 통해 만주국 문학작품을 발굴하고 소개하는데 혁혁하게 기여했다.

1

지난여름, 나는 이곳으로 이사 왔다. 길은 좁고 지저분했으며, 독을 품은 뱀처럼 구불구불했다.

이 길 양쪽에는 누리끼리한 색깔을 띠고 있는 작은 집들이 올망졸망 빼곡하게 들어서 있고, 집 벽면에는 작은 창문이 개구멍만 하게 박혀 있다. 담장 아래 공터에는 바랭이와 잔디 떼들이 드문드문 있다. 민가의 뒷간에서 흘러나온 오물들은 도랑을 따라서 둥둥 떠내려갔다. 다양한 일을 하고 있는 어른들은 도랑 옆에 서서 큰 소리로 웃으며 한담을 나눴고, 왁자지껄 떠들면서 말똥을 차며 노는 아이들은 그 말똥을 따라 우왕좌왕 몰려다녔다. 그들도 나처럼 이곳의 분위기에 아주 익숙한 것 같았다. 어느 누구도 한마디 불평도 없이 이 지저분한 거리에서 그저 평온하게 잘 지냈다.

나는 큰 집의 앞 동에 살고 있다. 방 뒤쪽 면에 붙어 있는 창문 밖에는 작은 정원이 하나 있다. 창문 밖을 바라보면 정원의 포도나무 넝쿨 너머로 뒤채의 양철지붕까지 볼 수 있다. 그리고 다시 고개를 들어 좀 더 먼 곳까지 바라보면 길 건너편에 있는 집들과 길을 오고가는 행인들의 모습까지 볼 수 있다. 어두운 밤이 되면 길가에 걸려 있는 광고판의 네온사인이 주택을 환하게 밝혀주고 있다.

집 여주인은 하루도 거르지 않고 세 들어 사는 사람들에게 잔소리했다. 심지어 나뭇가지 끄는 작은 소리라도 나면 곧장 달려와서는 큰소리를 지르며 집세가 밀려 있는 세입자들을 향해 듣기 싫은 심한 욕을 했다.

"너희들 돈 남겼다가 개한테 먹일 거야? 방세는 언제 낼 거야? 양심도 없는 놈들 같으니라고……."

여주인이 잔소리를 하면 봉제 가공업을 하는 여인네들은 재봉틀을 더 세게 돌리기 시작했고, 빵집 영감님은 그 자리를 벗어나기 위해 황급히 빵 굽는 화덕 쪽으로 들어갔다. 그러나 늘 독서를 통해 교양을 쌓고 있는 의원님은 여주인의 잔소리가 들릴지라도 그러려니 하면서 별로 신경 쓰지 않았다. 또 여주인은 직장에서 귀가하는 류 씨 아저씨를 만나면 밑도 끝도 없이 쌍욕을 하며 싸웠다. 물론 이런 일은 한두 번이 아니었다. 그러면 류 씨 아저씨네 아줌마는 남편을 질책한 후 여주인을 앞채까지 모셔다 드렸다.

주택의 앞뒤 채에 살고 있는 세입자들은 그 여주인 때문에 두 개의 공간으로 분리되었고, 또한 그들 마음에는 두 개의 감정이 자라고 있는 것처럼 보였다.

나는 매번 퇴근할 때마다 뒤채 쪽으로 다니는데, 가끔 류 씨 아저씨를 만날 때가 있었다. 우리는 그렇게 긴 이야기를 나눈 적은 없지만 언제부턴가 나의 뇌리에는 그에 대한 인상이 강하게 박혔다.

류 씨 아저씨는 경마장에서 청소부로 일하고 있었다. 그는 대략 마흔살 정도 되었고, 어깨는 아주 넓었다. 수염은 자주 깎지 않아서인지 아무렇게나 삐죽삐죽 자란 수염이 두 뺨 가득 덥수룩하게 덮혀 있었다. 그는 낡고 오래된 제복을 입고 있었고, 목에는 누런 수건을 걸치고 있었다. 길을 걸을 때는 마치 정신병을 앓고 있는 사람처럼 몸을 이리저리 흔들며 다녔다. 그러나 그는 아주 건강한 열혈남아이다. 평소에는 아주 낮은 톤으로 말하지만 화를 낼 때에는 묵직한 종소리처럼 중저음으로 욕을 했다.

2

날씨가 점점 추워지고 있다. 비쩍 마른 포도나무 가지는 내키지 않은 듯 시렁 위에 비스듬히 누워있고, 담쟁이덩굴 꽃들도 이미 다 져버렸다. 후원에는 있는 나뭇잎들이 이미 다 떨어졌고, 담장 아래서 자라고 있던 바랭이들은 아이들이 다 뽑아버렸다.

어느 날 내가 수수깡으로 엮은 울타리 옆을 지나고 있는데, 류 씨 아저씨의 목소리가 들려왔다.

"난 더 이상 일할 수 없어. 이런 고통은 참을 수 없단 말이야. 다시 광산으로 돌아갈 거야……." 그의 목소리는 종소리처럼 무겁게 들려왔다.

나는 걸음을 천천히 옮기면서 고개를 돌려 울타리 안을 바라봤다.

류 씨네 아주머니는 개량식 조끼를 입고 있었고, 품에는 병아리 몇 마리를 안고 있었다. 그녀는 고개를 숙인 채 무엇인가를 세고 있었다.

내가 아주머니에게 물었다.

"아저씨가 무슨 말 하는 거예요? 또 여주인과 다퉜어요?"

"아닙니다!" 아주머니는 고개를 들어 나를 힐끔 쳐다보더니 다시 고개를 돌리면서 한마디했다.

"에이, 말도 마세요. 그 사람이 오늘 경마장에서 일하다가 채찍으로 두어 대 맞았대요. 광산으로 돌아가겠다는 말 못 들었어요?"

잔뜩 찌푸린 미간과 근심에 가득 찬 눈동자와 푹 들어간 뺨과 뾰족한 아래턱은 그녀의 팔자가 매우 비극적일 것이라는 사실을 확실하게 드러내 보이고 있다.

"광산으로 돌아간다고요?"

"그래요! 망할 놈의 광산에서 온지 얼마 됐다고, 또 간다고 저 난리네요!"

"아저씨가 전에 광산에서 일했어요?" 문득 나는 바진巴金이 샤딩沙丁에 관해서 쓴 이야기가 생각났다. 나는 그 이야기를 떠올리며 아주머니께 말씀드렸다.

"내가 보기에 아저씨는 힘이 장사여서 무슨 일이든 잘 하실 거예요. 좀 더 안정된 일거리가 있으면 좋을 텐데……!"

아주머니도 내 말에 공감이 갔는지 고개를 끄덕였다.

"나도 그렇게 생각해요. 어쨌든 광산보다야 낫지 않겠어요. 다른 사람을 걱정시키지 않아도 되고요……. 선생님도 잘 알고 있지 않아요? 생각해 보세요. 그 사람은 관내에서 아무 연고도 없이 홀로 단신으로 온 사람인데, 정말 걱정이 되네요. 탄광에 가면 목숨을 잃을 수도 있는데…….

탄광 막장에 물이 차서 죽을 수도 있고, 화약이 터져 죽을 수도 있고, 또 가스가 차서 죽을 수도 있는데……, 어디 그런 일이 한두 번이어야지요, 매일같이 들려오는 소리니…….”

“그래서 아저씨가 여기서 참고 일하길 원하세요?”

“아무렴요! 참는 게 최고지요. 왼쪽 뺨을 때리면 오른쪽 뺨을 내주면서라도 일하는 것은 다 밥 먹고 살기 위해서 그런 게 아닌가요?…….”

“그러나 어떤 때는 참는 게 다가 아닐 수도 있어요.” 나는 하고 싶은 말이 목구멍까지 나왔지만, 지금 얘기를 꺼내는 것은 도리가 아닌 것 같아서 속으로 꾹 참았다.

아주머니도 내가 하려고 하는 말의 의도를 알아차렸다는 듯 바람에 흐트러진 머리를 손으로 천천히 쓸어 올리면서 남편을 향해 말했다.

“여보!” 아주머니는 방 쪽을 향해 큰소리로 말했다. “소란피우지 마세요! 선생님께 무슨 방법이 있나 여쭤보고 알려줄게요!”

‘아니, 내가 무슨 방법이 있다고!’ 나는 속으로 이렇게 생각하며 무슨 말을 해야 좋을지 몰라 당황해했다. “농담하지 마세요. 그냥 쉬시게 내버려두세요.”

“쉬긴 뭘 쉬어요. 그 사람은 무슨 일이든 한 번도 끝까지 해본 적이 없어요. 우리 집은 말이에요, 도르래 멈춰 놓고 우물 말리는 집안이에요. 방 안은 좀 더럽지만, 안으로 들어오세요!” 아주머니는 공손하게 문을 열어주며 권했다.

그때 류 씨 아저씨가 밖으로 나오면서 억지로 미소를 지으며 맞이해 주었다. 그러나 눈가가 부어올라 있었기 때문에 눈살은 금방 찡그려졌다.

내가 류 씨 아저씨 집을 방문한 것은 이번이 처음이다. 나는 방으로 들어간 후 벽 쪽을 향해가서 신문지가 덕지덕지 붙어 있는 나무상자에 앉았다.

작은 방 안은 우울한 공기로 뒤 덮혀 있었다. 비스듬하게 끼워져 있는 유리창은 파리똥으로 가득 차 있었고, 어두컴컴한 벽면은 곳곳이 삭아 있었다. 아궁이는 온돌과 이어져 있다. 검푸른 색깔의 온돌 위에는 아이들이 싼 똥을 치운 자국이 그대로 남아 있었고, 그 위에는 이불 몇 장이 어지럽게 놓여 있었다.

둘째와 셋째는 낯선 손님이 오자 겁을 먹었는지 위축되어 구석에 쪼그려 앉았다. 그때 아주머니가 류 씨 아저씨를 향해 한마디 말했다.

"답답하긴, 어서 선생님께 말씀드려 봐요!"

류 씨 아저씨는 쑥스러운 듯 수염을 만지작거리며 말했다. "괜찮아요. 아무 일도 아니에요!"

아주머니는 나에게 차를 진하게 한 잔 타 주었다. 찻잔에서 피어오르는 열기가 얼굴을 감싸며 피어올랐다. 이런 분위기 속에서 나는 마치 한편의 희극 속에 등장하는 배우 같다는 생각이 들었다. 그저 주인과 마찬가지로 서로 어색할 수밖에 없었다. 그래서 나는 무슨 말을 해야 할지 몰라 찻잔의 열기가 피어오르는 어두운 천정을 쳐다봤다.

"광산에 무슨 보물이라도 숨겨놨는지 매일같이 가겠다고 타령이네요!" 아주머니는 셋째아이에게 바지를 입혀주면서 남편을 질책하며 말했다. "뭐 하나 작은 것도 끝까지 못하는 사람은 아무 일도 이룰 수 없잖아요!"

류 씨 아저씨는 그저 침묵한 채 무엇인가를 골똘히 생각했다. 방 안의 공기는 수은으로 뭉쳐져서 더 이상 흐르지 못하고 멈춰진 듯했다. 그리고 그 수은은 나의 목구멍으로 흘러들어와 숨을 멈추게 했다.

"난 그렇게 먼 강북까지 갈 생각은 털끝만큼도 없어요. 가려면 혼자 가세요." 아주머니가 한 몇 마디 말이 아저씨의 마음을 후벼 팠다.

"뭐, 혼자 가라고?" 그 순간 아저씨의 눈 꼬리는 심하게 올라갔고, 머리 양쪽의 혈관은 삐죽 솟아올랐다. "여기서 당신 혼자 애들 데리고 어떻게 살려고?"

"나 혼자 잘 살 수 있어요!"

"그럼, 혼자 잘 살아봐!" 아저씨는 다시 한번 눈을 부라리며 말을 이어갔다.

"그래, 좋은 놈 만나서 잘 살아봐!" 두 사람은 서로 자기의 할 말만 하면서 목청을 높였다. 두 분이 싸우는 소리가 앞채까지 울릴 정도였다. 곁채에 살고 있는 여인네들과 아이들은 정원 왼쪽의 흙이 쌓여 있는 둔덕에 올라 싸우는 소리를 엿들었고, 창밖에는 사람들이 오가는 발자국 소리가 요란하게 들려왔다.

"아저씨는 혈기왕성한 사람이고, 아주머니는 현명하신 분이잖아요. 서로 상대방 입장에서 조금만 생각해 보세요. 서로 조금만 참으시면 화낼 필요 없잖아요." 나는 무엇인가 적당한 이야기를 해 줄까 생각했다. 그러나 이 집안 사정을 잘 몰랐기 때문에 생각만 했고, 결국에는 이 같은 말로 위로해 줄 수밖에 없었다.

아주머니는 말없이 몸을 돌려서는 아궁이 앞에 서서 눈물만 훔쳤다. 아저씨는 두 손으로 머리를 감싸 안은 채 온돌 가에 쭈그려 앉았다. 그 모습이 마치 털 많은 들개처럼 보였다. 그리고는 갑자기 머리를 세게 후려쳤다.

그 광경에 놀란 세 아이들은 방구석으로 가서 훌쩍거리며 흐느끼기 시작했으나, 그 부부는 아무도 아이들을 달래지 않았다.

류 씨 아저씨가 온돌에서 내려오며 말했다.

"선생님, 정말 더 이상 참을 수 없어요. 돈을 벌어서 좀 편한 곳으로 가야겠어요. 여기서는 돈도 못 벌고, 매일같이 욕이나 얻어먹으며 살고 있어요. 보세요, 이게 말채찍으로 맞은 거예요!" 그는 자신의 거친 팔을 들어 부어오른 눈을 가리키며 말했다. 그의 눈에는 눈물이 살짝 맺혔다.

"이유가 뭐래요?"

"아무 이유도 없어요. 말이 빨리 뛰지 않는 이유가 마장이 깨끗하지 않기 때문이라고 하네요."

"하루 품삯이 얼마예요?"

"하루에 1위안 8마오밖에 안돼요. 한 달에 열흘에서 보름 정도 일하는데, 날씨가 좋으면 그나마 다행이지만, 날씨가 궂으면 아주 개고생해요."

"그래도 광산보다는 낫지 않을까요?"

"꼭 그렇지도 않아요. 광산 사람들은 다들 좋은 사람들이지만, 경마장에서 일하는 놈들은 하나같이 글러먹었어요. 내가 채찍으로 맞으니까 어찌나 좋아들 하던지……!"

"그건 모두 제대로 된 사람이 적어서 그래요. 서로 헐뜯고 넘어뜨리려고만 하니……!" 나는 최선을 다해 그를 이해시키려고 했다. "윗사람한테 잘 보이려고 동료 파는 일이 다반사인데, 뭘 군이 그런 일을 따지고 그러세요!"

"선생님! 저는 몸이 힘든 것은 참을 수 있지만, 화 때문에 몸이 망가지는 것은 참을 수 없어요. 나는 정말 이런 개 같은 경우는 참을 수 없어요. 그래서 하루빨리 광산으로 돌아가려고요. 광산에 가면 그래도 그나마 마음 통하는 친구들이 몇 명 있어요."

입이 댓 발은 튀어나온 아주머니는 고개를 돌려 인상을 쓰고는 중얼거리듯 말했다.

"광산이 얼마나 위험한 곳인지 생각해 보지 않았어요? 또 춥기는 얼마나 추워요. 마치 냉동고에서 사는 것 같잖아요. 정말 강북에서 죽기를 원해요? 우리 가족은 한평생 돌아올 수도 없을 거예요!"

"여편네들은 배불리 먹는 것만 알지, 남편들이 화가 치밀어 죽는 것은 전혀 이해하지 못해!"

"화가 나서 죽는다고요? 누가 누구를 죽게 하는데요. 내가 당신 때문에 속 터져 죽을 거 같은 건 몰라요? 그리고 전에 당신이 도박장에서 빈털터리가 되었을 때, 내가 삯바느질해가며 먹여 살린 거 벌써 잊었어요? 염치도 낯짝도 없는 당신 일당들은 그 썩은 내 나는 기생집에서 헤어나지 못하면서 집은 냉골이 되든 말든 신경이나 한 번 썼나요?"

"내가……, 신경은……, 쓰지 못했네." 아저씨는 마치 아주머니가 본인의 얼굴을 확 잡아당기는 것처럼 느껴졌고, 또 안사람은 다른 사람

앞에서 남편 욕보이는 말을 해서는 안 된다고 생각했다. 비록 그것이 과거에 있었던 황당한 꿈같은 일이었지만, 그래도 서운했는지 화난 어투로 쏘아붙였다. "그래, 난 상관하지 않을게. 누가 당신을 상대하겠어!"

아저씨는 온몸을 부들부들 떨었고, 목구멍은 숨이 차올랐는지 씩씩댔다. 그리고는 소리를 벌컥 한 번 지르면서 솥뚜껑 같은 손을 번쩍 들어 올렸으나, 곧 나에게 제지당했다.

"좀 냉정하게 생각해봐요. 강북에 가는 것도 좋지만, 그러려면 노잣돈도 많이 필요하잖아요. 지금 당장 마음에 들지 않더라도 다른 일거리를 찾는다면 가족은 먹여 살릴 수 있잖아요!"

이사 비용에 관한 이야기가 나오자 그 누구도 다른 말을 꺼내지 못했다. 류 씨 아저씨는 손으로 뺨을 괴고는 조용히 눈을 감았고, 아주머니는 가만히 서서 흐르는 눈물을 훔쳤다.

"자, 됐어요, 됐어! 저 갈게요!" 그리고 나는 앉아 있던 상자에서 일어나자마자 곧바로 문을 열고 나와 내 방으로 돌아왔다.

방으로 돌아온 나는 전구를 돌려 등불을 켰다. 아무 말 없이 탁자 앞에 앉아 석양이 깃든 정원을 바라봤다.

3

작년 1월이었다. 대보름이 막 지난 어느 날 이른 아침, 류 씨 아주머니가 앞채로 왔다.

그녀는 한 손으로는 막내아이를 안고, 다른 한 손으로는 셋째아이의 손을 잡고 무거운 배를 이끌고 왔다. 아기를 또 가진 것 같았다. 나를 보고는 쑥스러운 듯 아무 말도 하지 않고 그저 고개만 끄덕이며 지나갔다.

퇴근하고 집으로 돌아오자 아내가 말했다.

"뒤채에 사는 류 씨 아저씨가 강북으로 가신다고 하네요. 아주머니도 동의했다고 하네요. 아저씨가 지금 사는 게 너무 힘드신가 봐요. 게다가 아주머니도 홀몸도 아니시고요. 그래서 돈 빌려서 이사 가려고 하는가 봐요."

아내는 내 눈치를 한번 보고는 고개를 숙이며 말했다. "그래서 내가 5위안 빌려줬어요."

나는 마음이 썩 편하지 않았다. 기차비만 하더라도 족히 10여 위안은 넘기 때문에 밥 사먹을 생각은 엄두도 내지 못할 것이다.

"그 돈으로 강북이나 갈 수 있을까?"

"류 씨 아저씨는 인부를 모집하는 사람과 함께 가는데, 기차비는 그쪽에서 내준다고 하네요. 그리고 가족들 생활비 쓰라고 미리 임금도 가불해준대요."

"어디로 가신다고 하던가?"

"잘은 몰라도 강북에 새로 개척되는 곳이라고 하던데요."

"거기는 광산보다도 더 힘들 수도 있어!"

보아하니 류 씨 아저씨를 새로 건설되는 도시의 공사판 막노동꾼으로 데려갈 것 같았다. 나는 왠지 아주머니가 몹시 걱정되었다.

그래서 서류봉투를 내려놓자마자 뒤채로 건너갔다. 아주머니는 여전히 직접 수선해서 만든 긴 겹옷 위에 두루마기를 걸치고 있었지만, 옷

끝에는 걱정이 한가득 맺혀 있었다. 아랫목 벽 쪽에 "고개 들어 기쁨을 바라보자"라는 문구가 쓰여 있는 붉은색 종이와 "재물이 집안으로 돌아오다"와 같은 조금은 진부한 새해맞이용 그림이 몇 장 붙어 있는 것을 제외하고는 작년과 크게 변한 것이 없었다.

아주머니는 벽 쪽에 앉아 있었다. 방 안에는 화로가 있었지만 온기는 남아 있지 않았다. 회색빛 재만 남아 있는 화롯가에는 아이들이 어수선하게 뛰면서 놀고 있었다.

내가 입고 있는 외투가 날카로운 찬바람을 몰고 들어오자 그제야 아주머니는 고개를 돌려 나를 쳐다봤다. 그리고는 곧바로 몸을 움직여 나를 향해 앉은 다음 슬픔에 젖은 목소리로 말했다.

"남편은 정말 갔어요."

"언제 가셨어요?" 나는 나무상자 위에 걸터 앉으며 물었다.

"낮 12시에 갔어요."

"듣자하니 새로 개발되는 곳이라고 하던데요, 어디인지 아세요?"

"누가 알겠어요. 그들도 잘 모르는 것 같더라고요. 역 앞에 가니까 사람들이 엄청 많이 모여 있더군요. 나도 셋째와 막내를 데리고 눈길을 헤치며 갔다 왔어요. 모집인이 거기 사람들마다 가족들 생활비 쓰라고 보름치 월급을 가불해 준다기에 받으러 갔었어요."

"그렇게나 많이요?"

"보름치 월급이 40위안이라면 적은 것은 아니지만……."

"……" 아주머니는 잠시 머뭇거렸다. 계속해서 무슨 말을 하실지 몹시 궁금했다.

"역에 가보니 대합실은 사람들로 꽉 차서 감히 들어갈 엄두도 나지 않더라고요. 그래서 그저 역 앞에 있는 난간 밖에서 기다렸어요. 날씨는 또 얼마나 추운지 애들은 징징거리기나 하고, 거기 모인 사람들은 하나같이 가슴에 흰 리본을 달고 있었는데, 다행히 남편은 발견할 수 있었어요."

"그래서요?"

"남편은 사람들 속에 앉아 있다가 우리를 보고는 애들을 안고 안쪽으로 들어오라고 눈짓을 주더군요. 그래서 나는 애들을 데리고 사람들을 헤집으며 안쪽으로 들어갔어요. 그러자 남편은 막내아이의 얼굴을 비비며 말하더군요. '아빠가 돌아올 때 찐빵 많이 사가지고 올게.' 그때 나는 마음이 너무 미어져 한마디도 할 수 없었어요. 난간 밖에는 여기저기 할 것 없이 수많은 부인들과 애들이 기다리고 있더군요."

"아저씨는 거기 가는 것을 좋아했겠지요?"

"거기 가는 사람들은 줄을 길게 서서 플랫폼을 향해 걸어갔어요. 전송하는 사람들은 그들이 다 들어갈 때까지 지켜봤고요. 그때 남편이 차에서 뛰어내려 다시 난간 쪽으로 달려와서는 눈물을 보이며 속삭였어요. '보름치 월급은 왠지 기대하기가 힘들 것 같아. 모집인이 이등칸에 숨어서 나오지 않으면 어떻게 해. 차는 곧 떠나려 하지만, 난 가고 싶지 않아……' 그리고는 난간을 뛰어넘으려 했어요." 아주머니는 말을 이어갈수록 점점 울음기가 섞여 나왔다.

"그래서 뛰어넘었나요?"

"아니에요. 모피를 입은 사람들이 달려와서 막 때리고 끌고 가서 차에 태웠어요."

아이들은 엄마가 하시는 말씀을 듣고는 놀란 듯 눈이 둥그레졌다. 그중 큰아이는 엄마를 따라 코를 훌쩍이며 눈물을 흘렸다.

"기차는 기적 소리를 낸 다음 사람들을 싣고 떠나갔어요."

"……" 나는 아무 말도 할 수 없었다.

"집에 돌아오니 앞으로 어떻게 살아야 할지 캄캄하더군요. 어쩌면 좋아요?"

아주머니는 아이들의 머리를 쓰다듬어 주면서 냉기서린 옷을 어루만져 주었다. 그러나 아주머니의 눈가에 맺힌 눈물은 저고리를 타고 흘러 내렸다.

"너무 슬퍼하지 마세요. 아저씨가 강북에 도착하면 소식 보내올 테니 안심하세요."

"그러나 지금 당장은 어떻게 지낸단 말이에요. 물가는 뛰었고, 방값은 두 달이나 밀렸어요. 저 성질 더러운 여주인은 또 어떻게 감당하나요……. 게다가 뱃속에는 아이도 있는데요."

"……" 나는 여전히 무슨 말을 해 드려야 할지 몰랐다. 마음이 너무 아파 아무 말도 할 수 없었다.

"이쪽에 사는 친척은 없어요?" 아주머니가 여기 출신이라는 사실이 떠올랐고, 혹시 도움을 받을 수도 있겠다는 생각이 들었다.

"20여 년 전과는 크게 변했어요. 예전에 길이었던 곳은 건물로 가득 찼고, 정원은 거리가 바꼈어요. 친척은커녕 대문조차도 찾을 수 없을 걸요!"

"제가 대신 좀 알아볼까요?"

"설령 찾았다 해도 그들도 나를 알아볼 수 있겠어요? 아이고! 지나간 시절이 꿈만 같아요!" 아주머니는 옛일을 회상하며 감회에 젖은 듯 보였다. 그 모습을 보니 지금까지 살면서 얼마나 힘들게 살아왔는지 짐작이 가고도 남았다.

나는 속으로 생각했다. 아주머니는 왜 아저씨와 결혼해서 고생하며 살까? 그에 대해 전에 아내와 이야기를 나눠본 적이 있었지만 답은 얻지 못했다. 그렇다고 아주머니에게 직접 물어볼 용기는 우리 둘 중에 누구도 나지 않았다.

전에 주인집 며느리가 아주머니를 흉본 적이 있었다. "아마도 젊었을 때 행실에 뭔가 문제가 있었던 건 아닌지 모르겠어요. 그렇지 않고서는 첫 번째 남편을 잃고 다시 재가했겠어요?" 그러자 곁채에 살고 있는 천 씨 부인도 맞장구를 쳤다. "그러게 말이야. 그렇지 않다면 누가 관내 사람에게 시집갔겠어? 아마 필시 무슨 사정이 있을 거야."

'사정이 있다고……?' 천 씨 부인이 한 말이 계속 머릿속에서 맴돌았다.

"그럼, 무슨 일 있으면 앞채로 건너오세요!" 내가 말했다.

아주머니는 고개를 끄덕였다. 하고 싶은 말은 많겠지만 속으로 삼키는 듯 보였다. 막내아기가 아주머니의 목을 안고 이리저리 흔들었고, 옆에 있던 애들은 소리 지르며 떠들었다.

나는 조용히 문을 열고 나와 마당 한 가운데 섰다. 마치 또 다른 세상에 온 것 같았다.

아직 해는 다 지지 않았다. 남아 있는 햇살은 사물을 비스듬히 비추고 있었다. 건물의 지붕들은 엷은 자색을 띠며 은근하게 물들었다. 마치 공포의 밤이 올 거라는 것을 예언하고 있는 것 같았다.

나는 뛰는 가슴을 진정시키기 위해 스스로 최면을 걸었다.

4

류 씨 아저씨에 대한 소식은 잠잠했다.

1월, 2월, 3월.

아주머니는 매일같이 여성들이 일하는 공장에서 잡일을 하며 살았다. 큰아들 티에쭈는 빵집을 운영하는 영감 밑에서 일을 도왔다. 그리고 둘째와 셋째아이는 여전히 길거리에서 또래 아이들과 뛰어다니며 놀았고, 어린 막내는 엄마 품에 달라붙어 떨어지지 않으려 했다. 그들은 어두운 태양 아래서 살았다.

아주머니는 앞채로 자주 와서 아내에게 물었다.

"강북에 대한 무슨 소식은 없나요? 신문에 무슨 기사 난 거 없어요?"

그러면 아내는 아주머니를 위로하며 말했다. "강북은 조용한 것 같네요. 돈도 힘들지 않게 벌 수 있고요. 뭐 특별한 소식은 없어요. 안심하세도 돼요." 아주머니는 이런 말이라도 들어야 안심이 되는 듯 그제야 방으로 돌아갔다.

가끔 아내는 아주머니를 도와서 막내아이를 돌봐주거나, 직접 뒤채로 가서 말동무가 되어 주기도 하고, 또 음식을 만들어 나눠 먹기도 했다.

뒤채에 살던 의원님은 다른 곳으로 이사 갔고, 그 방에는 수레꾼이 새로 이사 왔다. 뜰 안 공터에는 빈 배 광주리와 귤 상자가 가득 쌓여 있다. 밤에 보면 마치 몇 마리 맹수가 움츠려 앉아 있는 것 같았다.

주인집 아주머니는 매일같이 임무를 수행하듯 저녁을 먹은 후에는 반드시 뒤채 쪽으로 건너왔다. 그리고는 한밤중까지 이리저리 감시를 하며 돌아다녔다. 그 모습에 놀란 사람들은 어찌할 바를 몰라 당황했다.

어느 날 저녁, 주인집 아주머니의 날카로운 목소리가 들려왔다.

"어이, 류 씨네, 준비는 잘 되고 있어? 왜 집세도 안 내고 공짜로 살고 있는 거야! 도망간 남편 때문에 눈물이나 훔치면서 살고 있는 여편네야."

류 씨 아주머니는 아무 말 없이 그저 창문 쪽에 서서 여주인이 내뱉는 욕을 묵묵히 들었다.

아주머니는 여주인에게 애원해봤자 아무 소용이 없을 거라는 확신이 들자 창문 밖을 향해 큰 소리로 외쳤다.

"야, 이 미친년아! 내가 이사 가길 바라지? 말해 봐, 이 돈벌레 같은 여편네야!"

그리고는 곧바로 창문을 깨트렸다.

아내와 나는 무슨 일이 일어났는가 싶어 황급히 뛰어나가 보았다. 그러나 옆집 사람들은 방에서 숨죽이며 지켜볼 뿐 나오지는 않았다. 괜히 그 미친개와 같은 여주인과 마주쳐서 화를 자초하고 싶지 않은 듯 보였다.

아주머니와 같은 공장에서 일하는 여자들과 빵집 영감님은 약간 흥분한 채 밖으로 뛰어나왔지만 이내 눈치를 살피더니 판자로 된 벽 뒤로 돌아가서 상황을 지켜봤다.

류 씨 아주머니는 정말 화가 난 듯 보였다. 그녀는 발밑에 있던 벽돌

조각을 집어 들고는 세숫대야 같이 볼록 튀어나온 배를 움켜잡고 씩씩대며 뒤뚱거리며 걸어 나왔다.

"왜 그래요, 아주머니!" 아내가 달려가 아주머니의 손을 꽉 잡고 걸음을 멈춰 세웠다.

"저 미친 여자가 우리 가족을 죽이게 내버려 두세요! 더 이상 살고 싶지 않아요. 정말 치욕스러워 죽겠어요……." 아주머니는 아내의 팔을 잡고는 비통해 하며 한숨을 푹 내쉬었다.

"저 미친개와 같은 여자를 상대해봤자 무슨 소용 있어요!" 아내는 아주머니를 도닥이며 말했다. 그 사이 나는 여주인을 달래려고 했으나 내 말을 들을 생각이 조금도 없어 보였다. 오히려 흙더미에 올라가 고래고래 소리 지르며 욕을 했다. 나는 마음이 혼란해졌으나 제지할 용기는 나지 않았다. 결국 여주인의 며느리와 딸이 나와서 앞채로 데리고 갔다.

그날 밤, 내 방 창문 밖에서 아주머니 댁 큰아들인 티에쭈가 부르는 소리가 들렸다.

"아주머니, 와서 우리 엄마 좀 봐주세요!"

"무슨 일이야?" 아내가 창문 쪽으로 고개를 돌리며 말했다.

"엄마가 배가 아프다며 방바닥을 구르며 비명 지르고 있어요."

"알았어. 내가 곧 가마." 아내는 이불을 제치고 벌떡 일어나 뒤채로 가면서 아주머니를 돕기 위해 여공들을 불렀다.

그사이 빵집 영감님은 산파를 부르러 거리로 갔다. 그러나 혼자 돌아왔다. "한밤중이라 그런지 다들 문을 꽁꽁 잠그고는 대답도 하지 않네."

"산부인과는 다녀오셨어요?" 아내가 물었다.

"가봤지만 역시 마찬가지였어!"

"그럼 내일 아침까지 기다릴 수밖에요!" 내가 말했다. 낮이 되어도 의사는 오지 않는다는 사실을 알고 있었다.

아이는 언제 태어나자마자 죽을지 누구도 알 수 없다.

공장에 다니는 여자들이 돌아가면서 아주머니를 간호했다. 셋째와 막내는 공장 여사장님이 데리고 가서 돌봐주었고, 큰아들과 둘째는 빵집 영감님이 자기 집에서 묵게 했다.

아주머니는 아기를 낳은 직후에 몸이 아픈 가운데서도 아내에게 자주 물었다.

"우리 집 양반한테서 편지 온 거 있어요? 좀 들려줘요!"

아내는 그 말을 듣고 마음이 심란해졌다.

"마음 편히 가지고 푹 쉬세요. 곧 좋은 소식이 올 거예요."

나는 전에 여기에서 살았던 의원님을 찾아서 아주머니를 좀 진찰해 달라고 부탁했다. 의원님은 와서 보더니 귓속말로 조용히 말했다.

"회임하고 있을 때 충격을 크게 받으면 정신쇠약 때문에 유산할 수도 있어. 지금 산모의 정도가 아주 걱정이 되네."

나는 문득 지난밤에 일어났던 소동이 생각났다. 그 일이 원망스럽고 가슴 아팠지만 말을 꺼내지는 않았다. 나는 의원님에게 물었다.

"그럼, 어떻게 하나요? 약을 먹으면 될까요?"

"약은 주겠지만, 워낙 몸이 허약한 상태라, 한 이틀 정도 회복되는 상황 보면서 다시 말합시다!"

"그러겠습니다."

우리들은 의원님의 의견을 받아들였다.

다음날 아내와 상의한 끝에 회사 회계과에서 20위안을 빌려 류 씨 아주머니에게 주기로 했다.

아주머니는 쇠약한 모습으로 아랫목에 누워있었고, 아내와 여공들이 교대로 돌아가며 죽을 만들어 드시게 했고, 계란과 연근 전분을 사다 드렸다.

아주머니는 정신이 몽롱한 가운데서도 신음을 내며 말했다.

"얘들아, 좀 안아보자! 여보, 당신이 우리를 버렸군요……."

며칠이 지났으나 아주머니의 병은 점점 더 깊어 갔다. 그래서 다시 의원님을 데려와서 진찰을 부탁했다. 의원님은 진찰을 하더니 아무 말 없이 그저 처방전을 주고 되돌아가셨다.

약을 져서 드시게 했으나 병은 낫지 않았다.

여주인의 발걸음도 뜸해졌다. 요 며칠 그 우악스러운 그림자는 보이지 않았다.

사람들은 모두 욕을 해댔고, 저주를 퍼부었다.

5

저주를 퍼붓는 동안 어느덧 시간은 여름이 되었다.

바랭이와 잔디들은 또다시 담장 아래에서 무리를 지으며 자라났다. 창문 밖의 포도나무 덩굴에는 푸른 잎들로 가득 덮였다. 담쟁이덩굴은 예년처럼 비스듬히 서 있는 가느다란 나뭇가지를 타고 오르고 있고, 그 주변에는 다양한 색깔의 나팔꽃이 피어 있다.

어느 날, 출근을 하고보니 한 통의 편지가 와있었다. 글씨가 너무 조잡하게 쓰여 있어서 무슨 투서라도 보낸 것인가라고 의심했다. 그래서 아주 신중하게 뜯은 후 다른 사람들이 보지 못하도록 등을 돌리고 읽어내려갔다.

완창 선생님 혜람바랍니다. 중요한 일이 있어 선생님께서 류더춘의 아내에게 반드시 전달해 주시기를 삼가 청합니다. 강북으로 와서 일을 했던 류더춘이 불행히도 지난 달에 심한 전염병에 감염되어 한 달 남짓 병상에서 신음하였으나 마땅한 치료약이 없어 결국 어제 부로 명을 달리했습니다. 그러나 장례비용이 나오지 않아 결국 동료들이 돈을 모아서 목재를 구입하여 관을 만들어 장례를 치러주었습니다. 그러므로 고인의 아내께서는 너무 비통해 하지 않으셨으면 합니다. 또한 이곳으로 오실 생각마시고 자녀들을 잘 보살피시기 바랍니다. 이는 고인의 유언입니다. 선생님께서 이 모든 것을 유족에게 전달해 주시기를 간곡히 부탁드립니다. 그럼 삼가 이만 줄입니다.

편안하시길 빕니다.

대필자 동료 자오여우진 배상

모모 시 목재 반 합숙소 제19실에서

나는 내 눈을 의심하면서 다시 한번 읽어봤다. 나는 매우 당황스러우면서도 의혹이 들었다. 류 씨 아저씨의 이름은 확실히 맞았다. 그러나 어떻게 아주머니에게 이 소식을 전한단 말인가! 아주머니는 아직도 병환이 심했다.

머릿속에서 류 씨 아저씨의 모습이 생생하게 떠올랐다. 마치 눈앞에서 춤을 추고 있는 듯했다. 정말 기가 막힐 노릇이었다. 나는 이를 꽉 깨물고 두 눈을 감아보았다. 류 씨 아저씨의 모습이 더 크게 보였다.

바깥 날씨는 잔뜩 흐린 것이 아주 우중충했다. 납덩이와 같은 회색 구름이 내 머리를 짓눌렀다. 나는 뛰어서 집으로 돌아왔다. 큰 도로를 지나 내가 사는 이 지저분한 작은 골목길로 들어섰을 때 무엇인가 결심이 섰다. 아주머니에게 "아저씨가 어디 있는지 알아냈어요!"라고 알려주면 아주머니의 병이 좀 낫지 않을까하는 생각이 들었다.

비스듬히 세워져 있는 쪽문을 뛰어들어 왔을 때 무슨 쾌쾌한 냄새가 전해져 왔다. 뒤채의 꽉 막혀 있는 지저분한 우물가에는 사람들이 어수선하게 서서 아주머니의 방 쪽을 향해 슬픔 표정을 지으며 바라보고 있었다. 그때 어떤 사람이 나에게 알려주었다.

"류 씨 아주머니가 돌아가셨어요!"

나는 온 몸이 마비가 된 듯했다. 방금 전에 말한 사람이 누구인지 신경 쓸 결이 없었다. 마치 벼락이라도 맞은 듯 온몸이 바르르 떨렸다.

'이건 꿈일 거야?' 나는 속으로 나 자신에게 물었다.

나는 다급히 사람들 속을 헤집고 들어갔다. 공장에 다니는 여자들, 건너 채에 사는 마부들의 아내들, 주택의 여주인, 그리고 앞채에 사는 사람들이 보였다. 수숫대로 만든 지팡이가 집 안으로 한 다발 들어갔다. 방 안에서는 아이들이 서글피 우는 소리가 흘러나왔다. 그 울음소리는 주변에 모여든 모든 사람들의 마음에 비통하게 파고들었다.

"아!" 비통에 찬 탄식이 저절로 나왔다.

아주머니는 창문 쪽 구들 끝에 누워있었다. 맨발로 된 발가락이 아무렇게나 뻗어 있었다. 얼굴은 붉은 천으로 덮여 있었기 때문에 볼 수 없었다. 그저 긴 머리카락만 구들 위에 어지럽게 흐트러져 있었다. 나는 가까이 갈 용기가 나지 않았다.

아이들 네 명은 아무런 공포도 느끼지 못한 채 마치 네 마리의 돼지 새끼처럼 엄마가 덮고 있는 이불 끝에 매달려 당기고 있다.

나는 티에쮸를 안으며 말했다.

"너는 영락없이 고아가 되었구나!" 아이는 내 얼굴을 한번 보더니 "엉"하며 울기 시작했다. 여직공들은 아이들을 안고 데리고 나갔다.

여주인도 당황한 듯 나를 쳐다보며 한마디했다.

"이런, 어떻게 해야 돼?"

"허허……." 나는 그녀를 향해 쓴웃음을 지었다.

편지는 찢어버렸다. 이웃들과 돈을 모아서 아주머니를 관에 모셨다.

여주인의 낯빛이 어두워졌다. 그녀의 시선이 관 쪽을 스쳐지나갔다. 그리고는 근심에 찬 한숨을 내쉬며 말했다.

"넌 아직도 우리 집에 공짜로 묵고 있는 거 아냐? 이런 망할!"

그러나 아무도 그녀를 상대하지 않았다. 나와 아내와 빵집 영감님과 여사장님은 밤을 새며 장례식에 대해 논의했다.

눈이 부어오른 아내가 말했다.

"사람은 정말 갈 곳이 없군요. 정말 좋은 사람인데!"

나는 아내에게 류 씨 아저씨가 죽었다는 사실을 말할 수 없었다.

다음날 나는 출근하지 않았다. 장례식 준비를 끝내고 인부 몇 명을 고용해서 아주머니의 시신을 외곽에 있는 공동묘지에 안장했다. 셋째와 막내는 공장 여사장님이 잠시 맡아 기르기로 했다. 큰아이와 둘째는 빵집 영감님의 집에서 지내기고 했다.

6

아주머니가 돌아가신 후 얼마 있다가 나는 이곳을 떠나서 다른 곳으로 이사했다.

가구와 짐들을 트럭에 싣고 이곳을 떠나던 날 뒤채에 사는 사람들이 모두 나와 우리들을 배웅했다. 티에쭈와 둘째가 멍하니 선 채 눈물을 흘리며 떠나가는 우리들을 향해 손을 흔들었다.

나는 이런 생각이 들었다. "운명은 너희들을 '길 잃은 어린 양'으로 만들었구나!"

나는 속으로 꾹 참으면서 그들과 헤어졌다. 다닥다닥 붙어 있는 그 작고 어두운 집들과 이별했다.

차는 양쪽 도랑으로 오물이 흐르는 길을 달렸다. 우리는 마침내 이 비열하고 더러운 좁은 골목에서 벗어나게 되었다.

— 『문선文選』(1939)

통근전차
小工車

왕치우잉

왕치우잉王秋螢

본명은 왕쯔핑王之平이다. 1913년 12월 동아시아 최대 노천 탄광으로 유명한 랴오
닝성 푸순抚顺에서 태어났다. 1920년 푸순현립 제1고등소학교에 입학했고, 1925
년에는 푸순현립 초급중학에 입학한 후 이듬해 선양으로 가서 선양육재중학과 동택
중학 등에서 학업을 이어갔다. 그러나 만주사변 발발 후 가계가 기울어져 더 이상
공부를 지속할 수 없게 되자 할 수 없이 귀향했고, 이후 지역신문을 통해 문학 활동을
시작했다.

왕치우잉의 문학 생애를 살펴보면 크게 세 시기로 나눌 수 있다. 제1기는 문학 습작기
에 해당하는 시기로, 푸순에서 활동한 때부터 시작해서 펑톈, 신경 등지에서 편집과
창작 활동을 전개한 1935년까지이다. 제2기는 1935년부터 시작해서 대부분의 집
필을 중단한 1943년까지로 가장 왕성하게 창작 활동을 한 시기이다. 그리고 제3기는
해방 이후부터 생을 마감한 1995년까지라고 할 수 있다. 그러나 제3시기에는 창작
활동보다는 만주국 시기에 경험한 문단에 대한 기억을 각종 잡지에 발표한 정도였기
때문에 작가의 문학 생애에서 가장 활발하게 활동한 때는 두 번째 시기라고 할 수
있다.

그가 문학 활동을 시작한 곳은 고향인 푸순에서였다. 1933년 3월, 천인陳因 등과
표령사飄零社를 설립하여 『푸순일보』 문예란을 통해 희곡작품을 발표했으나 현재
전해지는 작품은 없다. 1939년 펑톈에서 '문선간행회'를 결성하고, 문예잡지『문

선文選』을 창간하여 신징의 예문지파에 대항했다. 1940년 말 성경시보사로 자리를 옮겨 '문학'란의 편집을 담당하는 등 펑톈의 문학 발전에 기여했다. 그는 소설 창작뿐만 아니라 문학평론과 문학사 저술에도 많은 업적을 남겼다. 1937년 7월 만주『신청년』에 기고한「만주 신문학의 발전」을 시작으로「만주문학사」,「만주 신문학 연표」,「건국십년 만주 문예서적 제요」등을 발표했고, 이를 바탕으로 1944년에는 만주문학사 연구의 기념비적 성과라고 할 수 있는『만주 신문학사료』를 출판했다. 그가 작가로서의 명성을 얻은 것은 단편소설집『옛 것을 보내고去故集』(1941.1)와『통근전차小工車』(1941.9)를 세상에 내놓은 이후부터다. 이 두 소설집에서 주목해야 할 작품은 광산을 제재로 한 중편소설「광갱鑛坑」과 단편소설「통근전차」이다. 전자는『옛 것을 보내고』에 수록되었고, 후자는『통근전차』에 수록되었다. 당시 만주국에는 '왕도낙토'라는 정치 이념 아래 국책문학 정책이 시행되었다. 이에 중국인 문학가 중에는 식민지 현실을 직시해야 한다는 향토문학에 대한 논쟁이 뜨겁게 전개되었고, 많은 작가들이 당시 만주 경제의 절대적 우위를 차지하고 있던 농민과 농촌에 관심을 갖고 글을 발표했다. 다만 왕치우잉의 경우 자신이 고향에서 체험한 광산을 배경으로 위의 두 작품을 발표했다. 평론가, 편집인, 문학사가 등 작가에 대한 여러 가지 수식어 중에 소설가로서의 자존심을 세워준 것은 바로 광산을 제재로 한 이 두 작품이라 할 수 있으며, 만주국 작가 중 가장 성공한 노동문학가라는 평가를 얻었다.

그가 남긴 장편소설로는『흐르는 강물 아래河流的底層』(1942.5)이 있다. 이 소설은 대동아전쟁의 전운 속에서 문예계를 더욱 구속하기 위해 반포된「예문지도강화」(1941.3) 이후에 연재를 시작했기 때문에 작가 자신도 이 작품에 대해 '실패작이라고 직접 밝히고 있고, 자신도 좋아하지 않는 작품'이라고 술회한 바 있다.

1944년, 관동군 헌병의 추격을 피해 상하이로 갔으나 경제 사정이 여의치 않아 다시 펑톈으로 돌아왔다. 1945년 여름, 광복 전에 헌병대에 체포되었으나, 10여 시간의 심문을 받고 석방되었다. 광복 후 국공내전 시기에는 국민당에 의해 체포되었으나 얼마 후 석방되었고, 이후 가족과 함께 동북의 '해방구'인 하얼빈으로 이주하여『지식』잡지사에서 편집을 담당했다. 그러나 해방 후에는 반우파 투쟁에 몰려 광산으로 하방下放되었다. 1979년 복권된 후「동북윤함시기 문학개황」등 만주국 문학에 대한 회고와 문학사 관련 글을 동북현대문학 연구잡지를 통해 발표했다.

1

한겨울 새벽, 언제나 그랬듯이 첫차는 커다란 기적 소리를 길게 토해냈다.

이 엄청난 굉음은 광산의 적막을 순식간에 깨트렸다. 어둠은 아직 완전히 사라지지 않았다. 차가운 새벽하늘에는 시린 별 몇 개가 희미하게 걸려있다. 차디찬 공기가 엉켜서 만들어진 뿌연 안개는 광산의 건물을 뒤덮고 있고, 주변의 사물들은 모호한 어둠에 파묻혀 선명하게 보이지 않았다. 그러나 조용히 잠들어 있던 광산이 깨어난 것만은 확실했다.

광산의 맥박은 점점 더 빠르게 뛰기 시작했고, 대지는 생기를 되찾았다.

차가운 안개는 천천히 흩어졌다.

광산으로부터 4, 5리 정도 떨어져 있는 마을에서 출퇴근하는 노동자들을 위해 마련된 전차는 나무로 만든 플랫폼 옆에 피곤한 듯 누워있었다.

시간이 되자 지난 몇 년 동안 하루도 쉬지 않고 탄광으로 출근하는 광부들이 사방에서 몰려와서 전차에 타기 시작했다.

원래 이 전차는 광부들의 출퇴근용으로 마련된 것이나, 점차 시간이 지나면서 차량 수는 늘어났고, 광부들뿐만 아니라 외지로 볼일을 보러 가는 인근 주민들도 이 전차를 이용하기 시작했다. 그러나 사람들은 예전처럼 '통근전차'라 불렀다.

광부들이 매일같이 이용하는 이 전차는 다른 전차와 달리 앉을 수 있는 의자도 없고, 창문도 아주 작았다. 그러나 차량 문은 자동차 한 대가 드나들 정도로 터무니없이 컸다. 그렇다. 이 전차는 화물용 기차를 개조해서 만든 것이다. 그래서 현지인들은 그 전차를 '깡통 차'라고 불렀다.

차량 안에는 난로가 있었지만, 그저 장식품에 불과했다. 요즘과 같이 추운 겨울이라 하더라도 난로 옆에 가봤자 아무런 온기를 느낄 수 없었다. 특히 첫차는 냉방차나 다름없어서 차에 타고 있던 광부들은 온몸을 바들바들 떨었고, 짧은 코털에는 서리가 맺혔다. 더구나 그들은 지난밤 냉골이나 다름없는 차가운 집에서 잠을 자고 나왔기 때문에 낮 동안 쌓인 피로를 풀지 못한 채 출근해야만 했다. 차디찬 겨울날 새벽, 차안의 냉기는 뼛속까지 스며들어 견뎌내기 힘들 정도였다. 그래서 그들 중 몇 명은 차에서 뛰어내려 나무로 만들어진 플랫폼 위를 폴짝폴짝 뛰며 추위를 떨쳐내려고 애썼다. 그들은 하나같이 출근하기 싫다는 표정을 지은 채 큰 소리로 욕을 하며 출발시간이 더디 오는 것을 원망했다.

"어이! 차가 곧 출발하려고 해. 라오멘바오가 나왔어! 라오멘바오,

오늘도 근무야?"

목재로 지어진 휴게실에서 쉰 정도 돼 보이는 매표원이 나오자 누군가가 큰 소리로 외쳤고, 적막했던 분위기는 삽시간에 활기를 띠기 시작했다.

"아냐, 난 오늘 쉬는 날이야. 이 차가 되돌아오면 교대하고 집에 갈 거야."

'라오멘바오'라고 하는 사람은 잠이 덜 깬 듯 눈을 비비며 말했다. 그는 머리에는 검정색 제모를 쓰고 있었고, 몸에는 자신보다 훨씬 큰 검정색 제복 외투를 걸치고 있었다. 그러나 제복은 아주 낡았기 때문에 그의 외모에서는 '서양'적 풍모라고는 조금도 느낄 수 없었다. 그중에서 가장 볼썽사나운 것은 대님을 묶어 제복바지 안에 겹쳐 입은 헐렁한 면바지였다. 구부정한 허리와 쭈글쭈글한 주름이 가득한 검은 얼굴을 보면 수많은 풍파를 겪은 늙은이처럼 보였고, 누구보다도 쇠약해 보였다.

원래 그의 이름은 펑원샹이다. 전차 매표원으로 13년 동안 일했다. 그러나 언제인지는 모르지만 사람들은 그에게 '라오멘바오'라는 별명을 붙여 주었다. 그 후 사람들은 그의 본명은 잊은 듯했다. 이 광산에서 십여 년 동안 일하고 있는 장징순만이 그를 '라오펑'이라고 불렀고, 그 밖의 사람들은 모두 '라오멘바오'라고 불렀다.

라오멘바오가 밖으로 나오자 사람들은 다시 어두운 차 안으로 뛰어 올라갔다. 왜냐하면 그가 나왔다는 것은 전차가 곧 출발한다는 것을 의미하기 때문이다.

그때 동쪽 지평선으로부터 담홍색의 아침 햇살이 비추기 시작했다.

그러나 차가운 안개가 그대로 남아 있어서 햇살은 그렇게 선명하지 않았다. 바람은 불지 않았지만, 차 안의 한기는 사람들을 움츠리게 만들었다. 작은 창문에는 서리가 두껍게 맺혀 있어서 창문에 비친 아침 햇살은 엷은 분홍색을 띠었다. 추위에 떨고 있던 광부들이 조금씩 움직이기 시작했다. 어떤 사람들은 농담을 주고받았고, 또 어떤 사람들은 서로 밀치며 고함을 질렀다. 그렇게 차량 안에서는 한바탕 소란이 일었다.

전차가 갑자기 날카로운 기적 소리를 내더니 떨컹거리며 움직이기 시작했고, 곧바로 광산으로 뻗은 궤도를 따라 내달리기 시작했다.

전차 안은 빼곡하게 들어선 사람들의 왁자지껄하게 떠드는 소리와 전차의 시끄러운 진동소리가 한데 뒤섞여 소란스러웠지만, 사람들은 큰 소리로 떠들면서 잠시나마 겨울을 잊고 추위를 떨쳐내려는 것 같았다.

"라오멘바오, 라오멘바오! 어서 말해봐, 이 전차에서 얼마 동안 일했어?" 몇몇 젊은이들이 펑원샹을 둘러싸고는 놀리는 듯 말했다.

펑원샹은 자신의 별명에 익숙해서인지 별다른 반응을 보이지 않았다. 마치 그의 이름이 원래부터 라오멘바오인 듯했다. 이 첫차에 타는 사람들은 모두 광부들이다. 그들은 모두 한 달 정기권을 가지고 있었고, 얼굴도 익숙하기 때문에 굳이 검표할 필요가 없었다. 그래서 펑원샹은 일을 끝내고 나면 그들과 한담을 나누며 시간을 보냈다.

"한 13년은 넘었지." 그는 대답을 한 후 농담 반 진담 반으로 한마디 더했다. "내가 여기에 막 왔을 때 너희들은 겨우 요만했고, 대소변도 못 가렸을 때였지."

"이런 제기랄! 다시 13년을 일하면 한 달에 27위안은 벌겠네?"

누가 이 말을 했는지는 몰라도, 평원상의 주름진 얼굴에는 웃음기가 사라졌다. 그는 갑자기 찬물이라도 뒤집어 쓴 듯 인상을 심하게 썼고, 그러자 그는 더욱 늙어 보였다.

13년! 결코 짧은 시간이 아니다. 그러나 이 시간 동안 무엇이 변했는가? 어떤 사람은 자신처럼 표를 팔았지만, 몇 년 지나지 않아 집안을 일으키지 않았는가? 그들은 표를 팔면서 은근슬쩍 돈을 훔쳤고, 혹시 발각이라도 된다면 그저 몇 대 두들겨 맞고 나쁜 놈이라고 손가락질 당하면 그만이었다. 그들은 땅도 사고 집도 지었고, 크게 하는 일 없이도 그럭저럭 잘살고 있다. 심지어 어떤 사람들은 계속 매표원으로 일하고 있지만 한 번도 들킨 적이 없다.

그러나 겁도 많고 욕심도 없는 평원상은 오히려 무슨 일이 생길까봐 늘 걱정했다. 그는 아침 일찍 출근하고, 저녁 늦게 퇴근하며 성실하게 일했다. 그러나 생각해보면, 지난 13년간 월급이 10위안 늘어난 것 이외는 무엇이 나아졌는가?

역무원으로 발령받자마자 이 노선에 배치되었고, 그 후 13년 동안 줄곧 여기서 일했다. 처음 근무를 시작했을 때, 그는 결혼한 지 3년밖에 되지 않았고 큰애는 겨우 두 살이었다. 첫 월급은 17위안밖에 되지 않았지만, 아내가 삯바느질이나 남의 집 빨래를 해주면서 열심히 살아왔기 때문에 경제적으로 큰 어려움 없이 그럭저럭 살아왔다. 그러나 지난 몇 년 사이 월급은 10위안 올랐지만, 살림은 더욱 더 각박해졌다. 지금 그는 세 아이를 둔 가장이다.

"어이! 라오멘바오, 당신 왜 갑자기 벙어리라도 됐어? 장라오따오,

당신 둘은 오랜 친구잖아. 광산의 초창기 생활은 어땠는지 얘기 좀 해봐……. 어! 차 안에서는 담배 피우면 안 되는 거 몰라. 까먹었어!" 옆에 있던 젊은이가 변발을 둘둘 말아 올린 늙은 광부의 옷깃을 잡아 흔들더니, 이내 손을 뻗어 입에 물고 있던 백학표 권련을 잽싸게 낚아챘다. 그리고는 한 번 피식 웃으면서 빼앗은 담배를 자신의 입으로 가져갔다.

"이런 후레자식을 봤나, 차안에서 담배 피울 수 없다면서 넌 왜 피우는 거야?" 수염이 덥수룩하게 덮혀있는 얼굴에 석탄가루까지 얼룩져 있는 '장라오따오'라는 광부는 쓴웃음을 지으며 욕을 한마디했으나, 더 이상 말하지 않았고, 담배도 도로 빼앗아오지 않았다.

그 늙은 광부의 이름은 장징순이다. 그는 늘 가늘고 긴 변발을 머리 위에 올려놓고는 그 위에 테가 없는 낡은 털모자를 뒤집어쓰고 있었다. 모자 밖으로는 창백한 머리카락 몇 가닥이 지저분하게 나와 있었다. 사람들은 그를 '라오따오'라고 불렀다. 그는 이 광산에서 십여 년 동안 일하고 있다. 가끔씩 평원상과 지난 일들을 얘기하지만, 그의 입에서 나오는 것은 언제나 세상에 대한 불평불만과 원망뿐이었다. 예를 들어, 지금 광산의 쑨 감독은 원래 자기와 마찬가지로 산둥성이 기근이 있던 해 이곳에 와서 광부로 일했는데, 몇 년이 지나지 않아 대감독이 된 사람이다. 그래서 요 이태 동안 그를 본 적은 있으나 말은 함부로 붙일 수 없는 위치까지 올라갔다.

"장라오따오, 쑨 감독과 당신이 산둥에서 올 때 상황을 다시 한번만 얘기해 봐. 왜 그래, 오늘따라 얘기하고 싶지 않아? 지난번에는 말만 잘하더니만. 그 당시 그는 면바지조차 입지 못한 가난뱅이였다고 했잖아."

그때, 옆에서 듣고 있던 어떤 사람이 쑨 감독에 대한 이야기가 나오자 목소리를 높여 욕하기 시작했다.

"십장은 무슨 놈의 십장이야! 망할 놈의 자식 같으니라고……."

그 말이 나오자, 화제는 순식간에 쑨 감독으로 옮겨갔고, 다들 한마디씩 욕을 하며 웃어대기 시작했다.

종점이 가까워 오자 전차는 서서히 멈춰 섰다.

차량에서 내린 광부들은 다들 광산을 향해 걸어갔다. 차안에는 한 사람도 남지 않았다. 마지막으로 내린 평원샹은 휴식을 취하기 위해 플랫폼 옆에 있는 나무로 지어진 사무실로 들어갔다. 사무실에는 난롯불이 활활 타고 있었다. 문을 열자마자 뜨거운 열기가 그의 얼굴에 전해졌다. 문가에 놓여 있는 의자로 가서 앉으려 할 때, 사냥개 한 마리가 흉악한 눈빛을 번쩍이며 으르렁대며 다가왔다. 바로 그때 사무실 안쪽에 있던 누군가가 나지막하게 휘파람을 불었고, 사냥개는 온순한 모습으로 다시 돌아갔다. 그 사람은 평원샹이 당황한 빛을 띠자 웃음을 참지 못하고 한바탕 크게 웃었다. 그제야 평원샹은 그가 노무계에서 일하고 있는 장하이라는 사람이라는 것을 알아챘다. 그 사람은 종종 사냥개를 데리고 탄광 여기저기를 순찰하며 광부들의 행동을 감시했다. 훈련받은 그 사냥개는 장 씨에게만 순종하며 따랐다. 간혹 의심 가는 사람이 나타나거나, 아이들이 탄산에서 석탄을 훔치는 것을 발견하면, 그는 가차 없이 사냥개에게 손짓하여 쫓아가 물으라고 명령한다. 만일 물지 않아도 되는 상황이 되면, 휘파람을 나지막하게 불어 중지시켰다. 그러면 사냥개는 꼬리를 흔들면서 그의 옆으로 다가가 얌전히 앉았다.

"장 선생, 날 너무 놀라게 하시는군요." 평원샹이 한숨을 크게 쉬며 말했다.

"놀라기는……. 네 목숨이 뭐가 대단하다고!" 그는 다시 한번 크게 웃었다. 방 안에 있던 다른 두 사람도 함께 웃기 시작했다.

평원샹은 다시 의지에 앉았다. 유리창에 끼어 있던 성에는 이미 방 안 열기에 녹아내려 있었다. 창문 밖으로는 지하 광갱으로 내려가고 있는 광부들의 모습이 보였다. 눈 덮인 광산에는 회색빛을 띤 광부들이 여기 한 무리 저기 한 무리, 이곳저곳 흩어져서 다들 바쁘게 움직였다.

이른 아침, 태양은 광산의 한쪽 구석에서 힘없이 떠올랐다. 야간근무를 마치고 귀가하려는 광부들과 다른 곳에 가려는 주민들이 첫차를 타기위해 다시 모여들었다. 전차가 출발할 시간이 다가왔다. 평원샹도 휴게실에서 나왔다. 돌아가는 전차에는 광부들은 많이 타지 않았다. 월표가 없는 사람은 표를 구입했다. 평원샹은 표를 다 팔자마자 다른 사람과 교대하고 바로 퇴근했다.

2

"평 형, 오늘은 쉬는 날이야?"

평원샹이 고개를 숙인 채 찬바람을 뚫으며 집에 가고 있는데, 갑자기 어떤 사람이 아는 체했다. 그는 소리가 나는 곳으로 고개를 돌려 힐끗 쳐다봤다. 알고 보니 전에 자신과 같이 매표원으로 일했던 한훼이런이라는 사람이었다. 그는 남색 계통의 모직 두루마기를 입고 있었고, 머리에는 여우가죽으로 만든 비싼 모자를 쓰고 있었으며, 불그스레한 얼굴에는 미소를 살짝 띠고 있었다.

"어! 오늘은 쉬어. 아침은 먹었어? 꼭두새벽부터 어딜 가?" 펑윈샹이 대답했다.

"곧 설이잖아요. 시내 가서 뭐가 있나 좀 보려고요. 올해는 좀 어때요? 설 준비는 다 하셨어요?" 그는 여전히 미소를 지으며 말했다.

"준비는 무슨? 올해는 돈이 있어도 살 수가 없어. 그럭저럭 지내야지 뭐. 시간 있으면 한번 놀러오고. 난 아직 밥을 먹지 않아서, 나중에 또 봐."

자신의 말을 끝낸 펑윈샹은 상대방의 말을 더 이상 기다리지 않고, 곧바로 몸을 돌려서는 다시 바람과 싸우며 집을 향해 걸었다. 그는 기차역에서 얼마 멀지않은 주택가에 있는 낡고 허름한 단칸방에서 아내와 세 아이와 함께 살고 있다. 집으로 들어서자 쾌쾌한 냄새가 코를 자극했다. 하늘에 떠있는 해마저 비추고 싶지 않은 듯 집안은 늘 컴컴했다. 길옆에 쌓여 있는 눈에 반사되어 빛이 조금 들어오기는 하지만, 그 역시 별로 밝지가 않아서 방 안은 아무것도 보이지 않을 정도로 어두컴컴했다.

"이런 밥벌레 같은 놈! 너 또 우는 거야? 소리는 왜 질러? 온몸에 먼지투성이를 하고, 빨리 안 일어나?……. 자, 됐다, 됐어! 아빠가 왔잖아. 빨리 일어나 봐!"

그가 대문을 들어서자, 무슨 일인지는 몰라도 딸아이인 샤오춘즈가 큰 소리로 아기를 달래는 소리가 들려왔다. 그러나 어둠 속에서 눈이 익숙해지자, 막내아들이 바닥에 누워 뒹굴고 있는 것이 보였다. 꼬마는 울며 소리 지를 힘이 빠져서인지 그저 땅바닥에 누워 떼를 쓰고 있었고, 그로 인해 탁자 밑에 있던 콩기름 병은 엎어진 채 쓰러져 있었다.

"막내야, 일어나봐! 야 이놈아, 왜 또 우는 거야!"

평원샹은 막내아들을 향해 소리치면서 콩기름 병을 바로 세웠다. 매월 분배받는 기름은 원래 적었다. 그동안 조금씩 아껴서 먹었지만, 병에 남아 있는 것이라고는 그저 바닥에 약간 있을 정도였기 때문에, 쏟아진 기름은 없었다. 그는 방바닥에 누워있는 아이를 잡아끌어 온돌 위로 옮겨 놓았다. 작은 딸은 온돌 위에서 헤진 옷을 깁고 있었다. 그 딸아이는 겨우 열두 살 밖에 되지 않았지만, 엄마한테서 바느질을 배워 집안 살림에 보탬을 주고 있다.

"쟤 왜 그러니?" 평원샹이 딸에게 물었다. "그리고, 엄마는……?"

아빠가 들어온 것을 본 딸아이는 마음이 조금 편해졌는지 바느질을 계속하며 말했다.

"엄마는 두루마기를 만들어서 받은 수공비로 식량을 사신다고 좀 전에 쌀집 가셨어요. 막내가 배가 고프대요. 아침을 적게 먹어서, 나한테 꽃잎 부침개를 사달라고 하는데, 돈이 없다고 하자, 울며 떼를 쓰고 있어요. 아무리 달래도 소용없어요."

평원샹은 딸아이의 말을 듣고 있자니 마음이 쓰려왔다. 그는 여전히 훌쩍거리고 있는 막내아들의 얼굴을 지그시 쳐다봤다. 누렇게 뜬 아이의 얼굴은 땟자국 위로 코, 눈물이 흘러 뒤범벅이 된 채 얼룩졌다. 그 아이는 이제 겨우 네 살이다. 어른들과 마찬가지로 배급으로 받은 꺼칠꺼칠한 잡곡 몇 숟가락과 짠지 몇 조각밖에 먹지 못하는데, 어떻게 배불리

먹을 수 있겠는가! 요즘에 와서는 입쌀은 구경조차 하지 못했다. 설날이 되면 조금이나마 얻을 수 있으려나……?

"아빠! 엄마가 아빠 일찍 들어오시면 드시라고 솥 안에 밥 남겨 놨어요."

딸아이가 온돌 쪽 부뚜막에 있는 솥뚜껑을 열어보았다. 솥 안에 놓여 있는 수수밥과 두부볶음에서 아직도 따뜻한 듯 김이 피어올랐다. 아마도 오늘은 아내가 특별히 준비한 모양이다. 두부볶음을 했다는 것은 좀 여유가 생겼다는 것이 아니겠는가!

"막내야, 빨리 와봐. 아빠와 같이 좀 먹자. 이따 점심 때 맛있는 과자 사줄게." 그 아이는 울음을 멈추고는 아빠 곁으로 다가가 밥그릇을 집어 들었다.

"오빠는 또 석탄찌꺼기 주우러 갔니?"

그는 밥을 한 숟가락 먹고는, 바느질을 하고 있는 딸아이를 보며 별 뜻 없이 물어봤다.

그러자 딸아이는 무슨 비밀이라도 생긴 듯, 조금은 들뜬 모습으로 아빠 곁으로 다가와서는 조용히 귓속말로 말했다.

"어제 오빠가 옆집에 사는 친구랑 저탄장에 가서 아주 질 좋은 석탄 덩어리를 한 광주리 주어왔어요. 엄마는 우리가 때지 말고 두었다가 밖에 가지고 나가서 팔자고 하셨어요. 이틀 정도 있다가 돈이 생기면 오빠한테 면바지를 사줄 거래요. 곧 설이 되잖아요. 오빠 바지가 살점이 드러날 정도로 다 헤졌어요."

이 말을 들은 평원상의 얼굴에는 어두운 그늘이 지기 시작했다. 갑자기 아침에 봤던 사냥개의 흉악한 눈빛이 눈앞에 나타났다.

집 안에는 침묵이 흘렀다. 그저 막내가 옆에 앉아 말없이 밥을 먹고 있었다. 밥을 다 먹은 펑윈샹은 다 헤진 이불을 온돌 위쪽으로 가지고 가서 펴고 드러누웠다. 그러나 잠은 쉽게 오지 않았다. 몸을 이리저리 뒤척였다. 여러 가지 생각이 들었다. '제대로 먹지도, 입지도 못하는 이런 어려운 생활을 언제까지 해야 하는가? 삶은 하루가 다르게 힘들어지는데, 내가 돈을 벌고 있다고 해도 너무 적어서 온 가족이 살아가기에는 턱없이 부족하다. 마누라와 아이들이 남의 집 허드렛일이나 해주며 돈 몇 푼 벌고 있지만, 그 역시 별다른 도움이 되지 못한다. 탄광촌에는 광부 자녀학교가 있지만, 돈이 없어서 열다섯 살 먹은 큰아들은 학교에도 가지 못하고, 날마다 돌아다니며 석탄 부스러기를 줍거나 쓰레기통을 뒤지지 않는가!'

몸을 뒤척이고 있는 그의 머릿속에 갑자기 집으로 오는 길에 만났던 한훼이린의 얼굴이 떠올랐다. 그 사람은 매표원으로 겨우 3, 4년밖에 일하지 않았는데도 몇 천 위안을 벌었다고 했다. 2년 전 연말을 앞둔 어느 날, 훔친 돈을 속옷 안쪽에 숨겨두었다가 새로 부임한 '차장'한테 들켜서 따귀와 정강이를 수 없이 맞고 해고를 당했지만, 지금은 한가하게 집에서 쉬면서도 별 어려움 없이 잘 살고 있다. 요즘에 와서는 쑨 감독 밑에서 작업반장을 하려고 비위를 살살 맞추며 아부하고 있다고 들었다. 그는 확실히 영악스러운 것 같았다. 전에 매표원으로 일하고 있을 때도 이틀이 멀다하고 달걀 수백 개씩을 '차장' 댁으로 보냈다고 했다. 그렇지 않다면 어떻게 감히 돈을 훔칠 생각을 했겠는가? 돈만 있으면 귀신도 부릴 수 있다는 말이 결코 틀린 말이 아니다. 아무리 거드름 피우는 '차장'이더라도 자주 달걀이라도 보내드리면 은근슬쩍 눈감아 줄 것이고, 그러면 돈 몇 푼 훔치는 것쯤이야 아무도 상관하지 않을 것이다.

그러나 펑원샹은 이 일을 한 지가 벌써 13년이 지났다. 차량계의 주임조차도 가장 오랫동안 일해 왔고, 가장 성실하며, 어떠한 허튼 짓도 하지 않고, 돈에 손을 대본 적이 없는 정직한 매표원이 근무하고 있다는 사실을 잘 알고 있었다. 그러나 십여 년 동안을 누구보다도 성실하게 일했으면서도 왜 지금에 와서는 점점 더 살아가기 힘들단 말인가! 곧 설날이 다가온다. 최근 2년 동안 장사꾼들이 파는 물건들은 점점 더 줄어들어서 무슨 물건이던지 구경하기조차 힘들지만, 그래도 연말연시가 되면 장사꾼들은 어디서 가져오는지는 물건을 확보했다. 이 전차에 물건을 싣지 않은 날이 어디 있었는가? 다른 노선의 매표원까지 언급할 필요 없다. '차장' 댁으로 달걀을 보내거나, 아니면 술 한잔 사주거나 식사라도 대접한다면, 운송비 가운데서 십여 원 슬쩍하는 것은 일도 아니다. 그래서 그중에 어떤 사람은 그동안 모아놓은 돈으로 고리대금업을 배워서 돈을 많이 벌었다.

사실 펑원샹도 그렇게 하고 싶은 마음이 전혀 없는 것은 아니다. 그가 근무하는 이 전차노선에서는 크게 벌지는 못하겠지만, 요 며칠 동안은 설날 특수를 노리는 장사꾼들의 물건이 많아서 하루에 2, 3위안 정도는 충분히 챙길 수 있었다.

그는 몇 번이고 자신을 향해 되물었다. "과연 네가 할 수 있겠니?"

물론 그는 그와 같은 일은 할 수 없을 것이다. 그는 자기 자신이 깨끗한 사람이라고 믿고 있다. 지금까지 정직하지 않은 못된 짓을 한 번도 해본 적이 없는 이유가 담력 때문인가? 이에 대해서는 그 자신조차도 확정할 수 없지만, 그와 같은 일을 할 수 없는 것만은 확실하다. 그는 부정한 생각을 하는 것조차 죄악이라고 생각하는 사람이다. 그러나 그는 한훼이린의 웃는 얼굴을 생각하니 명절 지낼 것이 걱정됐다.

며칠 있으면 바로 설날이다. 설 용품을 살 돈까지는 바라지도 않는다. 남에게서 빌린 돈은 갚아야 하는데, 무슨 수로 갚는단 말인가? 여기저기서 빌린 돈을 합치면 30위안 정도밖에 되지 않지만, 지금 그의 사정으로 볼 때 이 돈들도 마련하기가 쉽지 않았다.

그는 지금까지 살면서 풍족하게 살아본 적은 없었지만, 그래도 전에는 아무리 곤궁하더라도 연말에 남의 빚 갚을 걱정은 하지 않았고, 설이 다가오면 좀 적더라도 고기와 밀가루는 마련할 수 있었다. 특히 조상에 대한 제사는 꼭 챙겨야 하기 때문에 향과 초와 지전만큼은 반드시 준비했다. 그러나 올해는 연말이 되었지만 쌀과 밀가루는 구경조차 할 수 없다. 설은 다가왔지만 돈은 한 푼도 없다. 어른들이야 어떻게든 보내겠지만, 아이들을 생각하니 그저 마음이 쓰려올 뿐이다.

방 안에는 한기가 맴돌았다. 아랫목 온돌에 누워있어도 따뜻하지는 않았다. 그는 잠이 오지 않아 일어나 앉으려 했다. 그제야 언제인지는 몰라도 아내가 돌아왔다는 사실을 알았다. 그가 자리에서 일어나 앉으려 하자 아내가 한마디했다.

"방금 전 돌아오는 길에 리 씨 아저씨를 만났어요. 그분한테 빌린 10위안은 어쨌든 먼저 갚아야겠어요. 설을 지내야 하는데, 미안하다며 말씀도 제대로 못하시더군요. 그 집 형편도 어렵기는 매한가지잖아요!……."

돈 이야기며, 설 이야기며, 아내는 한숨을 푹푹 쉬면서 혼잣말하듯 작은 목소리로 끊임없이 중얼거리며 신세한탄을 늘어놨다. 물가는 오르는데 돈은 없고, 빚은 갚지 못해서 사람들 볼 면목조차 없는 처지를 원망하며 말했다. 아내의 말을 듣고 있는 평원상의 마음은 매우 혼잡스러웠다. 그야말로 좌불안석이다. 그래서 그는 오늘 시간이 난 김에 근처에 사는 동료 집에 가서 사정이라도 해볼 생각으로 집에서 나왔다. 요맘때가 되면 그들은 부수입이 생길 것이다. 만일 그들에게서 돈을 빌릴 수 있다면 코앞에 닥친 난관은 조금이나마 해결할 수 있을 것이다.

그러나 두 집을 가봤지만 모두 헛수고였다. 말을 꺼내기도 전에 그들을 벌써 그가 온 의도를 꿰뚫고 있었다. 그들은 전차에서의 사정이 예전만 하지 못하다고 하면서, 이번 설은 정말 걱정이라고 말했다. 그들이 한 말은 반은 맞고 반은 틀리지만, 그렇다고 완전히 부인할 수도 없었다. 심지어 동병상련이라 어쩔 수 없다는 생각까지 들었다. 사실이 그렇다. 그들 또한 많지 않은 봉급으로 겨우겨우 유지하고 있으니 어렵기는 마찬가지였다. 단지 몇몇 사람들만 부정한 방법으로 뒷돈을 챙기지 많은 다수의 사람들은 그렇게 살지 않았다.

방법을 찾지 못한 그는 낙담한 채 집으로 돌아왔다. 늘 그랬듯 방 안은 어둡기만 했다. 시간은 이미 정오가 되었지만, 햇빛은 방 안에까지 들어올 생각이 없었다. 그가 방 안으로 들어오자, 네 살 난 막내아이가 품으로 뛰어와 안겼다. 그 아이는 아침밥을 먹을 때 아빠가 한 약속을 잊지 않고 있는 모양이다. 그 작은 얼굴로 아빠를 빤히 쳐다보며 옹알거렸다.

"아빠, 사오셨어요? 점심 언제 먹어요?"

평원상은 우두커니 서서 한참 동안을 생각한 뒤에야 아이와 한 약속이 떠올랐다. 그는 아이를 실망시키고 싶지 않아서 2펀이라도 주려고 바지 주머니를 뒤졌다. 그제야 그는 이제까지 한 번도 제복 바지 주머니에 돈을 넣어 본 적이 없다는 사실을 깨달았다. 매표원들이 근무 시간에 표를 팔아 받은 돈은 어깨에 멘 가죽가방에 넣어두었다가, 월말에 장부를 대조할 때 그동안 판 표의 수에 따라 돈을 계산했다. 따라서 평상시 그들의 주머니에서 약간의 돈이라도 나오면 그것은 정당한 돈이 아니다. 어쨌든 그들은 근무 시간에는 절대로 사적인 돈을 가지고 있어서는 안 된다. 만일 귀신이라도 속이려고 하는 사람들은 절대로 제복 주머니에 넣지 않았다. 그들은 은밀하게 숨길 수 있는 공간을 남몰래 만들어 놓았다. 게다가 그들은 이미 폐기처분된 가짜 표를 팔고 있다. 따라서 장부를 대조할 때 돈과 표 숫자를 맞춰보면 차이가 전혀 나지 않기 때문에 뒷돈을 챙길 거라고는 아무도 의심하지 않았다.

그러나 아내는 그의 주머니에 돈이 있고 없고를 떠나서 화를 내며 말했다.

"당신 또 뭐하는 거예요? 애나 응석부리게 하고, 밥도 안 먹고 과자만 달라고 하잖아요! 막내야! 너 자꾸 돈 달라고 하면 입을 확 찢어버릴 거야!"

화난 엄마의 얼굴을 바라본 아이는 입을 삐죽거리며, 울음이 나와도 차마 울지 못하는 것이 꽤 의기소침해진 모양이다. 울음을 참느라고 연신 어깨를 들썩이며 눈을 비비고 있지만, 입 밖으로는 한마디도 내지 않았다.

"전병 사먹게 동전이나 두 개 주구려. 2펀이면 되잖아!" 평원상은 불쌍한 표정을 짓고 있는 아이의 얼굴을 쳐다보고는 아내에게 간청하듯 말했다.

"동전 두 개는 돈이 아니에요? 그 돈이면 두부 한 모를 살 수 있다고요. 당신은 왜 그렇게 계산에 어두워요. 요새 당신이 얼마를 벌어오는지 아세요?" 아내는 남편을 향해 쏘아붙이고는 사나운 눈초리로 아이를 힐긋 봤다. 아이는 아빠보다 엄마를 더 무서워했다. 그래서 더 이상 아빠를 귀찮게 하지 않고 얌전히 앉아 있었다.

겨울에 해는 아주 짧다. 밖에는 이미 석양이 물들고 있고, 방 안은 더더욱 어두워졌다. 아내는 저녁 준비에 바쁘고, 딸애는 하던 바느질을 멈추고 엄마를 도와 군불을 때고 있다. 그때 그림자처럼 조용히 들어온 큰 아들 녀석이 자신의 어깨에 메고 있던 광주리를 내려놓고는 다 헤진 저고리에서 뭔가 두 개를 꺼내 막내에게 건네주었다. 큰아들을 본 평원상은 문득 아침 먹을 때 딸아이가 귓속말로 말한 이야기가 떠올라 다그쳐 물었다.

"그건 뭐야?"

"수수떡이에요."

머리숱이 다 빠진 큰아들은 정색을 하고 계시는 아버지를 향해 대답했다.

"오늘 낮에 장 씨 아저씨를 만났는데 수수떡을 네 개 사주셨어요. 그중 두 개는 점심 삼아 제가 먹었고, 두 개는 남겨왔어요."

"너 또 저탄장에 갔었니? 명심해, 앞으로는 절대 거기 가지 마. 거기에는……."

"뭐 거기에 귀신이라도 있어요?" 오늘따라 아내의 심기가 보통이 아니었다. 일부러라도 한판 붙고 싶은 모양이었다. "여기도 가지마라, 저기도 가지마라. 모두 그냥 집에서 밥이나 축내고 있으면 당신이 다 먹여 살릴 거예요?"

그는 아내에게 아침에 봤던 사냥개에 대해 알려주고 싶었으나, 별로 내키지 않았다. 온몸에 석탄가루와 먼지를 뒤집어 쓴 큰아들의 웃는 얼굴과 수수떡을 들고 좋아라하는 막내아들의 모습을 바라보고 있자니, 확실하지는 않지만 한 줄기 희망이 보이는 것 같았다. 그는 생각했다. '이 두 녀석들이 어른이 되면 나보다 더 행복해질 수 있을까?'

막내아이가 들고 있는 수수떡을 보니 장징순이 생각났다. 그는 자기보다 한 살 많지만, 결혼을 하지 않았기 때문에 가족도 없이 혼자 살고 있다. 지난 십여 년간 장징순과 평원샹은 친형제보다 더 친하게 지내고 있다. 최근 몇 년 동안 평원샹네 사정을 누구보다도 잘 알고 있는 장징순은 친구가 도와 달라고 하지 않아도, 기회가 되는대로 쥐꼬리 만한 본인 월급에서 조금씩 떼서 도와주고 있다. 그러나 돈 갚으라는 얘기는 한 번도 꺼낸 적이 없고, 아예 받을 생각조차도 하지 않았다. 그래서 장징순 앞에서는 돈 빌려 달라고 얘기는 꺼낼 수도 없다. 사실 알고 보면 그 사람 또한 가난하기는 마찬가지다. 비록 아무런 부담 없이 혼자 살고 있다 해도 술을 워낙 좋아하기 때문에 돈이 남아나지가 않는다.

날이 저물자, 누가 켰는지는 몰라도 열 촉짜리 전등이 불을 밝혔다. 저녁 먹을 때가 되자 아내의 마음도 조금은 누그러졌다. 아내는 장징순에 대한 이야기가 나오자, 한숨을 쉬면서 말했다.

"나이가 그렇게 드셨는데도 자식도 없이 혼자 살고 계시니 정말 불쌍해요! 우리 집으로 와서 묵으라고 하면 어떨까요? 빨래도 해 드리고, 바느질도 해 드리고……. 이제 나이도 드셨는데, 혼자 지내시다 몸이라도 아프시면 누가 돌봐드려요!"

"나도 그렇게 생각하지만, 말해도 듣지 않잖아." 평원샹도 한숨을 내쉬며 큰아들을 향해 말했다. "너 이다음에 커서 돈 벌게 되면, 장 씨 아저씨 잊으면 안 돼. 사람은 자고로 양심이 있어야 해."

3

설까지는 이제 열흘밖에 남지 않았다.

물론, 예전의 떠들썩했던 시절과 비교한다면, 상점은 한산하고 세모의 풍경도 조용한 편이지만, 명절을 잘 보내야 한다는 전통적 관념만은 없어지지 않았다. 특히, 고향으로 돌아가는 사람들은 전당포에 물건을 맡길지언정, 향과 초, 지전과 폭죽만큼은 반드시 구입했고, 조상님을 위해 지전 태우는 일도 거르지 않았다. 고기나 밀가루는 넉넉하지 않고, 또 한해 사는 것이 힘들겠지만, 새해를 맞이하면서 만두를 빚어먹지 않을 집이 어디 있겠는가? 그래서 이맘때가 되면, 전차는 설 용품을 구입하기 위해 이동하는 주민들로 붐볐고, 따라서 평원샹도 하루 종일 바쁘게 움직였다. 너무 바쁜 나머지 자신이 어렵다는 것도 잠시 잊었지만, 명절이 코앞으로 다가왔다는 사실은 확실하게 실감했다.

설이 다가와도 혼자 사는 사람들은 크게 걱정하지 않았다. 특히 친척도 없거나, 고향에 돌아갈 수 없는 사람들은 별로 부담을 느끼지 않았다. 그러나 막상 설날이 되고, 집집마다 와자지껄하게 명절을 지내는 것을 보면, 가족의 따스함이 그리울 것이다.

올 설은 분위기가 썰렁했다. 그러나 쑨 감독이 관리해주는 가게에서는 물건이 끊어지지 않았다. 그들이 운영하는 상점 진열대에는 귀한 술과 담배로 채워져 있었고, 음식점에는 밀가루 포대가 가득 쌓여 있었다. 이곳 광부들의 심리를 누구보다도 꿰뚫고 있는 쑨 감독은 매년 명절 때가 되면 탄광 지역 곳곳에 도박장과 아편굴을 만들었다. 특히 올해는 그가 '핑캉리'에서 운영하는 기생집 몇 군데에서도 밤마다 불을 환히 밝히며 영업했다.

심지어 그는 탄광 기숙사에서 지내고 있는 독신 광부들에게는 보름치 품삯을 미리 가불해주었다. 그래서 요 며칠 사이 통근차를 이용하는 광부들 중에는 평원상과 농담을 주고받는 사람도 있지만, 대부분 사람들은 명절에 대해 이야기했다.

일을 마치고 집으로 돌아온 평원상은 아무 말도 하지 않고 그저 아랫목에 누웠다. 밥을 먹을 생각도 하지 않았다. 아내가 어디 아프냐고 두세 차례 물어봤지만, 대답은 하지 않고, 그저 고개만 가로저었다. 그리고는 아예 이불로 얼굴을 뒤집어썼다.

저녁 무렵이 되었을 때 느닷없이 장징순이 찾아왔다.

"방이 뭐 이렇게 어두워, 왜 아직 불도 안 켰어?" 장징순이 걸쭉한 산둥 사투리로 큰소리로 말하며 방으로 들어왔다. "어이, 친구! 저녁은 먹었어? 오늘 이 형님이 돈이 좀 생겼어. 일어나봐! 한잔 해야지."

그제야 펑원샹은 몸을 일으켜 앉고는 자기 쪽으로 앉으라고 권했다. 큰아들이 일어나 스위치를 돌려 불을 켰다. 펑원샹은 희미한 전등 불빛 아래서 기분 좋게 보이는 친구의 얼굴을 바라보며 물었다.

"돈이 어디서 났어? 무슨 좋은 일이라도 있어?"

"곧 설이잖아. 쑨 감독이 보름치 월급을 가불해줬어." 장징순은 대답을 하면서 주머니에서 2위안을 꺼내 큰아들에게 주며 말했다. "가서 술한 되 받아와. 안주도 좀 사오고."

"에이, 그러면 쓰나! 오랜만에 내 집에 왔는데, 당연히 내가 사야지. 야, 큰애야! 그 돈 받지 마!" 당황한 펑원샹이 아들에게 말했다. 그러나 아들은 장징순의 성격을 너무나 잘 알고 있었다. 그가 술을 사오라고 하면 누구도 말릴 수 없었다. 전에 그 일 때문에 아버지한테도 화낸 적이 있었다.

"어이, 친구! 날 친구라고 여기지 않는군! 무슨 놈의 네 집 내 집이야. 우리 사이에 언제 돈 가지고 따졌다고? 자꾸만 그렇게 나오면, 나 앞으로 이 집 문턱 안 들어서!" 장징순은 기분 나쁘다는 듯 펑원샹을 바라봤고, 가벼운 한숨을 쉬며 말을 계속 이어갔다. "우리들은 마음을 주고받는 사이지 돈이 아니잖아. 내가 통풍으로 생고생했던 그해, 만일 당신 내외가 여기로 데려와서 두세 달 돌봐주지 않았다면, 내가 오늘날까지 살아남을 수 있었겠어? 내가 알지, 집안 식구 먹여 살리느냐고 고생 많다는 거. 힘들 거 다 알지만, 나도 푼돈이나 벌고 있으니 도와주지도 못하고, 미안할 뿐이네!"

지내온 세월을 이야기하고 있자니, 서로가 고생했다는 것을 잘 알고 있는 두 사람은 이심전심인 듯 마음이 통했다. 그는 처음에는 탄광 하역부로 일하기 시작했고, 운전을 배운 다음에는 기사로 일했으며, 나중에는 결국 매표원이 되었다. 등이 굽고, 얼굴이 쭈글쭈글해진 다음에야 이 통근전차로 발령이 났다.

"장 씨 아저씨, 최근 몇 년 사이 우리가 아저씨 돈을 적게 썼나요?" 평원상의 아내가 옆에서 한마디 거들었다. 아내는 남아 있던 배추를 반으로 갈랐다. 집에 안주할 만한 것이 없기 때문에 겉절이나 만들어 낼 요량이었다.

큰애가 술을 사가지고 돌아왔다. 뛰어갔다 와서 그런지 숨을 헐떡거렸다. 술과 안주로 사온 땅콩 한 주머니를 상 위에 올려놓더니 뭐라고 한마디했다.

"아이고 힘들어! 서너 집을 돌아다녀서야 겨우 술 한 되 살 수 있으니, 아무래도 그 집들은 곧 문 닫겠어요. 물건이 하나도 없어요."

그는 남겨온 잔돈을 장 씨 아저씨에게 건네며 말했다. "아저씨, 8편 남았어요." 장징순이 웃으며 말했다. "가지고 있다가 쓰렴. 내가 그런 잔돈을 어디다 쓰겠니?" 그때, 큰아들 손에 동전이 들려 있는 것을 본 막내아들이 달라고 하며 떼를 썼다. 그러나 엄마는 큰아들 손에서 동전을 빼앗고는 나무라듯 말씀하셨다.

"가지고 있다가 명절 때 써야지. 아무도 건들지 못하게 할게. 내가 잘 보관하고 있다가 다지 돌려줄게." 그러자 막내는 다시 한번 입을 삐죽거렸다. 장 씨 아저씨가 땅콩을 한 움큼 집더니 막내에게 건네주었다. 그러자 이 아이도 상황을 이해하고 있는 듯 땅콩을 다시 상 위에 올려놓으며 속삭이듯 말했다. "아저씨, 술안주로 드세요."

"군것질 좋아하지 않는 애들이 어디 있겠어? 애들한테 먹을 거라도 사주고 싶지만, 사탕도 살 수 없으니……." 장징순은 아이들에게 미안 했는지 한숨을 쉬며 말했다. "요즘은 애들도 고생이야!"

"돈 있는 집안의 애들은 다르겠지요? 걔들은 상관없을 테니까요!" 아내가 아이들을 바라보며 말했다.

장징순은 연속해서 술을 두 잔 마시고는 세상에 대한 불만을 늘어놓기 시작했다.

"무슨 술맛이 이래! 물을 반이나 탔잖아. 전에 2마오 줬던 술이 이거 보다는 훨씬 낫겠네. 값은 올랐는데 물건은 개판이네……. 무슨 놈의 세상이 한 해가 다르게 명절 지내기가 힘들어지니……!"

"술 좀 끊고, 돈 좀 모아놔야지. 올해 벌써 쉰이잖아. 마누라도 없는데, 저금이라도 해 놓지 않으면, 더 늙어 몸도 못 움직이게 되면 어떻게 하려 고?" 평원샹은 술을 한 잔 따라주며 진심 어린 마음에서 한마디했다.

"돈을 모은다고?" 장징순은 무슨 말도 안 되는 소리라도 들은 듯 큰 소리로 웃고는 평원샹에게 반문하듯 말했다.

"우린 모두 여기서 반평생을 보냈잖아. 숯 검둥이가 되면서 온갖 고 생이란 고생은 다했지만 누구 돈 버는 것 봤어? 한평생 뼈 빠지게 일하 더라도 관 값이나 벌 수 있을까? 사냥개한테 물려 죽지 않으면 그나마 다행이지……."

장징순은 평원샹의 아내를 본 다음에야 자신이 실언했다는 것을 알 았는지 더 이상 다른 말을 하지 않았다.

그러자 아랫목에 앉아 있던 펑원샹의 아내가 그를 동정하면서도 그가 한 말이 틀렸다며 한마디했다.

"그래도 가족이 있으면 좋잖아요. 그리고 우리 같이 가난한 집 여자들은 결코 남편한테만 의지하지 않아요. 애들도 키워야 하고, 노후 준비도 해야 돼요."

"아내가 있으면 더 가난해진다는 말이 아닙니다. 솔직히 말해서, 내가 제수씨가 결혼하고부터 지금까지 얼마나 힘들게 살아왔는가를 쭉 봐왔지 않습니까? 그러나 우리 같은 사람들은 아무리 고생해도 가난을 벗어날 수 없어요!"

술이 센 것은 아니지만, 반근 정도 마시니 장 씨도 취기가 돌았다. 그도 예전 같지가 않았다. 술이 좀 들어가면 목소리를 높이며 갖은 불평을 쏟아냈다. 특히 오늘은 무엇 때문에 마음을 상했는지, 상기된 눈가에는 눈물이 촉촉이 젖어 있었다. 신세한탄만 늘어놓은 펑원샹은 술을 많이 마시지 않았지만, 머리가 지끈거렸다.

펑원샹의 아내가 밥을 권했다. "술은 그만 드시고, 밥 좀 드세요. 날이 벌써 저물었어요. 날이 추워서 혼자서는 돌아갈 수 없어요."

"제가 모셔다 드릴게요." 큰아들이 말했다.

장징순은 이 아이가 정말로 자기와 같이 갈까 은근히 걱정이 됐다. 밤길에 아이 혼자 걸어오게 할 수는 없다. 그래서 그는 더 이상 술을 마시지 않았고, 밥을 조금 먹고 나서 담배를 한 대 피었다.

잠시 침묵이 흐른 뒤 장징순은 허리춤에서 10위안을 꺼내 온돌 위에 놓고는 몸을 일으키며 말했다.

"시간이 많이 흘렀군. 일어나야겠어."

얼굴이 빨개진 평원샹이 당황하며 말했다.

"지금 뭐하는 거야? 받을 수 없어!"

그러나 장징순은 단 한 마디 말도 없이, 그저 모자를 쓰고는 바람같이 뛰어 나갔다. 평원샹과 아내는 어리둥절한 표정으로 서로를 한번 쳐다보고는 배웅하려고 얼른 문 밖으로 나갔다. 그러나 장 씨의 모습은 이미 어둠 속으로 사라지고 보이지 않았다.

"장 씨 아저씨! 제가 모셔다 드릴게요." 큰아들이 큰소리로 불렀다.

그러나 대답은 돌아오지 않았다. 그저 차가운 바람만이 땅위에 쌓인 눈을 휘감고 지나갔다.

춥고 어두운 밤이다. 눈이 또 내렸다.

4

평원샹은 몇 번을 고심한 끝에 장징순이 준 10위안은 리 씨 빚을 갚기로 결심했다.

평원샹은 마음이 평온하지가 않았다. 그 친구의 후의는 결코 돈으로 갚을 수 있는 것이 아니었다. 그는 심지어 이런 생각까지 들었다. '만일 큰애가 돈을 벌 정도로 자란다면, 집안에 보탬이 되지 않을지라도 장징순을 양아버지처럼 여기며 지내게 하는 게 좋지 않을까?' 그날 밤 그는 심산이 매우 복잡했다. 이리저리 뒤척이며 잠을 제대로 이루지 못했다. 마치 온몸에 땀이 나는 것 같았다.

다음날 아침, 날이 아직 밝지도 않았는데도 평원상은 잠에서 깼다. 그는 오늘은 오후 근무라서 아침을 먹는 대로 리 씨한테 가서 반년 동안 빌린 돈을 갚기로 마음먹었다. 그래야만 조금이나마 마음의 부담이 덜어질 것 같았다. 집사람 말마따나 그 집도 형편이 힘들기는 마찬가지다.

아침밥을 먹고 집 밖을 나선지 얼마 되지 않았는데, 뒤에서 누군가 가 그를 불러 세웠다. 고개를 돌아보니 그는 바로 한훼이린이었다. 그는 평원상을 한 번도 깔본 적이 없었다. 좀 교활한 면은 있지만, 사람들을 보면 항상 웃으면서 붙임성 있게 대했고, 이것저것을 잘 묻고 다녔다.

"평 형!" 그는 오늘따라 더욱 친한 척하며 다가와서는 "형님"하며 살가운 어투로 말을 건넸다. "아직 아침이 이른데, 설 준비하러 시내 가세요?"

"남의 집 빚 갚기도 바쁜데, 무슨 돈이 있어서 설 준비를 해!"

"형님 댁 어려운거 다 아는데, 무슨 돈으로 빚을 갚아요?" 한훼이린 은 눈을 깜박이며 좀 더 가까이 다가오더니 귓속말로 말했다. "지금이 돈 벌 수 있는 기회잖아요. 요즘 하루에 얼마 벌어요?"

"무슨 기회라고?" 평원상은 그가 한 말의 의미를 알아차리지 못했다 는 듯 다시 한번 물었다. "무슨 말을 하는 진 모르겠어?"

한훼이린이 한바탕 웃어댔다.

"왜 그러시나? 나도 한때는 그 업종에서 일해 본 사람인데, 다른 사람은 몰라도 날 속일 수는 없잖아요?"

"그 말의 의미는……?"

"그래요. 전차에서……! 걱정하지 마세요. 저는 형님한테 돈 빌릴 생각 없으니까요."

"나? 난 지금까지 그 일을 한 번도……."

"알고 있어요. 형님은 해본 적이 없잖아요. 그러나 사람이 궁지에 몰리면 반역을 하고, 개가 궁지에 몰리면 담을 뛰어넘는다는 말도 있잖아요. 솔직히 말해서, 월급만 받아서 어떻게 빚 갚겠어요!" 한훼이린이 단도직입적으로 말했다.

"10위안은 있어!" 펑원샹은 어젯밤 일을 이야기하며 설명할 생각이었다. 그러나 입 밖으로 나오는 것을 겨우 참고 말을 바꿨다. "이 돈도 빌린 거야."

당초 한훼이린은 그가 돈을 얼마나 벌었는지 궁금하지도 않았다. 그는 다른 꿍꿍이가 있었다. 펑원샹의 손에 10위안이 있다는 말을 듣고는 그의 눈빛이 달라졌다. 그는 며칠 전에 쑨 감독의 도움을 받아 작은 규모의 도박장을 차렸고, 이익은 6대 4로 나누기로 합의했다. 그래서 그는 한마디 슬쩍 흘렸다.

"돈을 빌려서 빚을 갚는 것은 동쪽 담을 헐어서 서쪽 담을 짓는 거와 뭐가 달라요. 빚이 생기면 또 무엇으로 막아요? 그리고 설 준비는 또 어떻게 하려고요? 설 지낼 돈은 남겨놨어요?"

듣고 있던 펑원샹은 할 말이 없어졌다.

"요즘에는 말이에요, 머리가 빨리 돌아가야 살 수 있어요." 한훼이린은 그가 아무 말도 하지 못하는 것을 보고는 한걸음 더 나아가 아예 쐐기를 박듯 말했다. "사람은 성실하게 일해서는 밥 먹고 살기 힘들어요."

펑원샹은 그 말을 심각하게 받아들였다. 아주 가끔이지만, 어떨 때는 자신도 그렇게 생각해 본 적이 있지 않은가?

한훼이린은 그와 함께 몇 발자국 더 걸으며 계속 유혹했다. "꾀만 좀 있으면 돈 버는 것은 일도 아니에요."

"에이! 난 마음이 약해서……." 펑원샹이 우물거리며 말했다.

"제 말을 그게 아니에요." 한훼이린은 곧바로 자신의 의도를 말했다. "듣자하니, 펑 형님도 소싯적에는 노름 좀 해 보셨다고 하던데요?"

"뭐, 노름이라고!" 펑원샹이 놀라며 말했다. "갑자기 무슨 말을 하는 거야?"

한훼이린은 한번 미소를 머금고는 말을 계속 이어갔다. "제가 모시고 갈 테니까 가서 한번 놀아보세요. 운만 좋으면 한 번에 10에서 20위안 정도 따는 것은 일도 아니잖아요?"

"안 돼, 빚 갚고 출근해야 돼! 단호히 거절한 펑원샹은 더 이상 그와 말을 섞기 싫은 듯 자리를 피해 빠른 걸음으로 길을 재촉했다.

"뭐가 그리 바빠요. 아직 시간도 이른데." 한훼이린은 잽싸게 뛰어와 그의 앞을 가로막았다. "놀지 않아도 돼요. 가서 구경이나 좀 하고 가요."

"어디를 가자는 거야?"

"여기서 그리 멀지 않아요. 남는 게 시간인데, 구경 좀 하다가 곧바로 가시면 되잖아요."

한훼이린의 강요를 뿌리치지 못한 펑원샹은 결국 그가 이끄는 대로 근처에 있는 도박장으로 갔다. 사합원으로 지어진 주택에서 동쪽에 위치한 방 안으로 들어서자 몇 사람이 둘러앉아 노름을 즐기고 있었다. 처음에 그는 자신의 처지를 생각하며 가만히 구경만 했다. 그러나 그도 한때는 이쪽 분야에서 전문가였다. 그때는 결혼하기 전이었고, 탄광의 독신자 기숙사에서 살고 있을 때였다. 쉬는 날이면 특별히 할 일도 없고, 마음만 쓸쓸했다. 담배도 피지 않고 술도 좋아하지 않았던 그는 유일하게 도박을 하면서 시간을 보냈다.

오늘 그는 다시 도박장에 왔다. 본인 스스로 자제하려고 노력했고, 또 도박에 대한 흥미가 갑자기 다시 생겨나지도 않았다. 그러나 어떤 한 사람이 올바른 길로 가면 갈수록 그 길은 점점 좁아지고, 결국 나쁜 길로 갈까하는 유혹마저 생겼다. 그는 생각했다. '손안에 있는 10위안으로는 리 씨네 빚은 갚을 수 있지만, 갚아야 할 빚이 또 남아 있다. 명절에는 밀가루와 고기도 마련해야 하는데, 돈이 없으면 살 수도 없다. 그리고 막내는 얼마나 식탐이 많은가? 딱 한 번만 한다면……. 아!' 그는 이런 생각을 하고 있는 자신이 미워서 본인의 머리를 쥐어박고 싶었다. '넌 도대체 뭐하는 놈이야! 나이가 그렇게 들었는데도 정신 못 차리고 있으니!'

그는 도박장에서 빨리 떠나야겠다는 생각이 들어 몸을 돌려 나오려고 했다.

그가 한참 동안 자리를 지키고 있는 것을 본 한훼이린은 그가 이 도박장에서 쉽게 나가지 않을 거라고 생각했다. 그러나 평원샹이 자리를 뜨려하자, 당황하며 급히 다가왔다. 그는 절대로 그냥 보내주지 못하겠다는 듯 평원샹의 손을 꽉 잡고 말했다.

"어딜 가시려고요?"

"출근도 해야 하고, 집에 가서 밥도 먹어야 돼."

한훼이린은 자신의 손목시계를 그에게 보여주며 말했다.

"아직 10시도 안됐어요. 뭐가 그리 급해요? 가만히 앉아 있지 못하겠다면, 한번 놀아보세요. 솜씨 좋은 거 다 알아요. 돈 좀 따서 애들한테 용돈도 좀 주고……. 자, 형님! 오늘같이 시간 나는 날이 또 있겠어요?"

노름이 방금 한 판 끝났지만, 어떤 사람이 자리에서 일어나는지 알지 못했다. 그때 어떤 사람이 손을 잡아끌었고, 한훼이린은 뒤에서 밀며 자리에 앉으라고 권했다. 펑위샹은 어리둥절하는 사이 반 강제적으로 떠밀려서 온돌 위에 앉았다.

할 수 없이 그는 그들과 한판 놀았다.

첫판은 액수가 크지 않았다. 꽤 오랫동안 노름을 하지 않았으나, 운이 좋았는지 좋은 패가 들어왔다. 원래는 딱 한판만 할 생각이었다. 그러나 2위안을 따고나서 바로 일어서는 것은 도리가 아니었다. '딱 한 번만 더 해야지. 이번에 2위안을 잃더라도 밑지는 거 없이 본전으로 노는 거니까. 10위안이 그대로 가지고 있으니까.' 그는 이런 생각을 하며 다시 한번만 패를 받기로 했다. 그러나 이번에는 배판이 되었다. 다들 4위안을 내놓았다. 펑위샹도 따를 수밖에 없었다. 그러나 이번에는 돈을 잃었다. 전 판에 땄던 2위안뿐만 아니라 자신의 돈 중에서 2위안도 나갔다. 이런, 2위안을 잃었으니 어떻게 빚 갚는단 말인가!

그는 열불이 나는 것 같았다. 속이 타들어갔다.

상황이 이쯤 되자, 그는 누가 뭐라고 하지 않았는데도 2위안을 도로 찾지 않으면 절대로 그만두지 않겠다고 다짐했다. 그러나 정오가 되기도 전에 주머니에 있던 10위안은 결국 바닥을 드러내고 말았다.

5

평원샹은 사람을 폐인으로 만드는 도박장에서 어떻게 밖으로 나왔는지 본인 자신도 기억하지 못했다.

한낮의 눈부신 태양은 대지 위에 쌓여 있는 흰 눈을 비추고 있었다. 이렇게 좋은 날씨는 정말 오랜만이었다. 그러나 평원샹은 혼자 맥없이 걸었다. 두 다리는 힘이 풀려 있었고, 눈 위를 걷고 있는 무거운 발은 부드러운 모래사장 위를 걷는 듯 푹푹 빠져 걷는 것조차 힘들었다. 망연자실한 그는 방금 전 일이 자꾸 생각났다. 길에는 많은 사람들이 오고갔지만, 아무것도 눈에 들어오지 않았다. 그는 집에 가야지라고 생각했지만, 발은 오히려 반대 방향을 향했다. '무슨 낯짝으로 아내 얼굴을 볼 수 있단 말인가!' 그는 앞으로 영원히 아내 볼 면목이 없게 됐다고 생각했다. 그리고 또 한 사람, 친구인 장징순에게도 미안했다. 결국, 어떤 사람도 볼 면목이 없게 되었고, 그저 마음만 쓰려왔다. 마치 예리한 칼로 가슴을 도려내는 것 같았다.

그는 아무런 생각 없이 그저 걷고 또 걸었다······.

갑자기 그때, 뒤쪽에서 어떤 사람이 소리를 크게 질렀다. 깜짝 놀라 뒤를 바라보니 바로 옆으로 석탄 운반용 기차가 그를 스치듯 빠르게 지나갔다. 그 순간 기차에 타고 있던 기관사가 창밖으로 몸을 내밀며 험악하게 욕을 해댔다. "야, 이 영감탱이야. 너 죽고 싶어 환장했어? 설 쇠기 싫어? 이렇게 큰 경고음도 안 들려?"

깜짝 놀란 평원샹은 등줄기가 오싹해졌다. 그제야 정신이 번쩍 들었고, 벌써 출근 시간이 되었다는 사실을 깨달았다. 다행히 그는 길을 잘 못 오지는 않았다. 아무 생각 없이 멍한 상태로 걸은 길이 바로 역으로 가는 길이었다.

그는 서둘러 출근 준비를 마치고 전 근무자와 교대했다. 전차가 막 출발하려고 했다. 그는 잽싸게 차로 뛰어 올라가 표를 팔기 시작했다. 차 안에는 크고 작은 광주리며 솥단지들이 사방에 놓여 있었다. 심지어 어떤 사람은 새로 산 큰 항아리도 들고 탔다. 사람들이 들고 탄 물건들은 따로 돈을 받았다. 평원상은 차표를 파는 한편 물건을 들어 무게를 재 봐야하기 때문에 정신이 하나도 없었다. 돈은 얼마나 받았는지는 모르지만, 받는 대로 바로 메고 있던 가죽가방에 넣었다. 그러는 사이 전차는 종점에 거의 다다르고 있었다.

그 순간, 그의 뇌리에는 지난 13년 동안 한 번도 감히 생각조차 해본 적이 없었던 일이 떠올랐다.

'사람은 성실하게 일해서는 밥 먹고 살기 힘들어요.'

한훼이린이 했던 말이 그의 귓가에 맴돌았다.

차는 종점에 멈췄다.

사람들은 모두 자신의 짐을 챙겨 내렸다. 차안에는 이미 아무도 없었다. 그러나 평원상만은 전차에서 내리지 않고 잠시 멈칫했다. 그리고는 갑자기 무슨 용기가 났는지 가방을 열어 잽싸게 돈을 한 움큼 빼내어 제복 가슴 쪽에 헤진 구멍 안으로 푹 찔러 넣었다.

통근전차는 이 노선을 따라서 왕복 운행하고 있는데, 한겨울에는 네다섯 차례 정도 운행해도 해는 벌써 서산으로 졌다. 저녁 무렵, 사방에

땅거미가 깔리면 차안에는 누런 등불이 켜졌다.

　퇴근 시간이 되었다. 정거장에는 일반 주민들은 거의 보이지 않았고, 대부분 퇴근하려는 광부들로 붐볐다. 손님들 중에는 '라오멘바오, 라오멘바오' 하며 소리치며 부르는 사람도 있었지만, 그의 귀에는 아무것도 들리지 않았다. 그저 마음만 초조했다. 그런데 갑자기 평소 같으면 코빼기도 보이지 않던 '차장'이 그의 앞으로 걸어왔다. 그러자 그의 심장은 더 콩닥콩닥 뛰었고, 얼굴빛도 창백하게 변했다. 그러나 다행히 날이 어둑어둑해져서 그런지 '차장'은 그가 당황하는 모습을 전혀 눈치채지 못했다. 오히려 그의 어깨를 툭툭 한 번 치더니 엄지를 치켜세우고는 목에 힘을 주며 칭찬했다.

　"펑 씨, 당신은 정말 좋은 사람이야! 결코 나쁜 마음은 먹지 않겠지?……."

　그 말을 들으니 그의 심장은 더 쪼그라들어 마치 입으로 튀어 나올 것만 같았다.

　"아 아니……. 없어요." 그는 마치 어린아이가 말을 막 배우기 시작할 때처럼 옹알거리듯 대답했다.

　"좋아, 아주 좋아!……." 그 '차장'이라는 사람은 큰 소리로 웃고는 거들먹거리며 걸어갔다. 그가 정거장 밖으로 나가자 왜소한 그의 모습은 곧 어둠 속으로 사라졌다.

　평원상의 뛰던 가슴도 점차 안정을 찾기 시작했다. 그는 그 상관이 이번 차량에서는 표를 검사하지 않는다는 사실을 잘 알고 있었다. 그럼에도 불구하고, 가슴 쪽 제복 안에 숨겨 놓은 물건은 언제 폭발할지 모르는 폭탄처럼 그의 마음을 조마조마하게 만들었다. 물론 그는 누구에게도 말하지 않고 숨길 생각이었다. 심지어 그의 아내에게조차도 비밀로 해야겠다고 생각했다. 그런데 '차장'이 생각나자, 설령 그가 이곳에 다시 오지 않더라도 마음은 여전히 불안했다. '사람이 급해지면 꾀가 생긴다'는 말이 있다. 갑자기 장징순의 얼굴이 떠올랐다. '그 친구에게 사실대로 말하고 물건을 맡겨 두면 안전하지 않을까?' 그는 이 위험한 상황을 벗어나기 위해서는 이 방법이 최선이라는 생각이 들었다.

예전 같으면 그가 찾으러 다니지 않아도 그 친구가 먼저 찾아왔다. 그러나 오늘은 무슨 일인지 그의 보이지 않았다. 온 정거장을 다 찾아봤지만 만날 수 없었다. 차가 곧 출발하려고 했다. 그는 다시 차량으로 올라가 사람들 사이를 뒤집으며 찾았다. 그때 어떤 사람이 화를 내며 말했다.

"밀기는 왜 밀어? 이 차는 당신이 검표하지 않잖아. 제기랄!"

"장징순을 찾고 있어." 그는 미안하다는 듯 미소를 지으며 말했다. "혹시 본 사람 있어?"

"누구라고? 장라오따오?" 옆에 서 있던 사람이 말했다. "네가 말하지 않았으면 까먹을 뻔했네. 그 소식 못 들었어? 그 사람 사냥개한테 된통 물려서 의무대 갔대."

"뭐라고?" 펑원샹이 다그치며 물었다. "개한테 물렸다고, 왜?"

"역시 남의 일은 관여하는 게 아냐! 그 늙은이가 점심을 먹고 나서, 뭐 때문인지는 몰라도 저탄장에 올라갔는데, 그때 마침 석탄 부스러기를 줍던 아이가 개한테 물리는 것을 보고 목숨을 걸고 개와 싸웠다는군. 당신도 알잖아, 그 개가 얼마나 흉악한지. 그 사람이라고 멀쩡하겠어?

설날도 다가오는데, 괜히 쓸데없이 일을 자초하기는……!"

그 말을 들은 평원샹은 몸이 휘청거릴 정도로 충격을 받았으나 바로 다그치며 물었다.

"아이는? 몇 살이나 먹었다는데?"

"나도 직접 본 건 아냐." 그 사람이 더듬거리며 대답했다. "한, 열댓 정도라고 하던데. 왜 그리 당황하는 거야. 당신도 개한테 물리고 싶어?"

평원샹은 혼이 나가는 듯했다. 그는 재빨리 몸을 돌려 사람들 사이를 헤집고 나와 문을 향해 뛰었다. 그때 정거장을 빠져나간 전차는 속도를 내며 달리기 시작했다. 그의 사정을 모르는 사람들은 그의 돌발 행동을 멍하니 쳐다봤다. 그는 차문을 열고 몸을 날려 밖으로 뛰어내렸다. 그러나 공교롭게도 그가 전차에서 뛰어내릴 때 하필이면 제복의 헤진 구멍이 차문 손잡이에 걸렸고, 제복은 크게 찢어졌다. 그 순간 몸 안에 숨겨놨던 돈 뭉치가 사방으로 흩어졌고, 달리는 전차가 일으키는 바람을 맞으며 춤추기 시작했다. 마치 이 전차 길을 따라 날갯짓을 하는 것 같았다.

전차가 멈춰 섰다.

전차 뒤쪽에 쓰러져 있는 평원샹은 몸을 일으켜 저탄장으로 달려가고 싶었지만, 축 늘어진 몸은 더 이상 움직이지 않았다. 그 순간, 그의 머리에서 피가 흘러나와 땅위에 쌓여 있는 눈을 붉게 물들였다.

—『통근전차小工車』(1941)

교민
僑民

메이냥

메이냥梅娘

지금까지 중국의 문학연구가들은 메이냥을 만주국 작가로 인식하기보다는 베이징에서 활동한 작가로 분류하고 있다. 그 이유는 1940년대 초 당시 '남쪽 상하이에는 장아이링이 있고, 북쪽 베이징에는 메이냥이 있다'라는 의미의 '남장북매南張北梅'라는 말이 유행했고, 또한 메이냥에 대한 연구도 그녀가 어렸을 때 살았고, 등단 후 초기 창작 활동을 펼쳤던 창춘長春의 연구기관이나 연구자들이 수행한 것이 아니라 장첸張泉 등 베이징의 연구자들이 주도권을 갖고 활발하게 수행하고 있기 때문이라고 본다. 메이냥은 1920년 블라디보스톡에서 태어났고, 유년 시기에 부모를 따라 창춘으로 이주하여 성년이 될 때까지 살았다. 그녀의 부친은 외국인 가정과 은행에서 일하면서 영어와 일본어, 러시아어를 배웠고, 길림성 고위 간부의 사위된 후에는 각종 사업을 벌여 재력가가 되었다. 그는 중동철도의 주재원으로 블라디보스톡에 있을 때 메이냥의 친모를 만나 결혼했지만 본처가 따로 있었다. 부친과 친모는 메이냥을 낳은 후 얼마 지나지 않아 창춘으로 이주했고, 본처와 함께 살았다. 그러나 부친이 출장을 간 사이 본처는 친모를 내쫓았고, 친모는 결국 자살을 선택했다. 메이냥은 계모와의 알력 속에서도 부친의 지지를 받아 11살이 되던 해 지린吉林성립 중학교에 입학하여 문학에 대한 소양을 쌓았다. 1937년에는 그동안 습작으로 쓴 글을 모아 신징의 익지서점을 통해 『아가씨 문집小姐集』이라는 제목으로 처녀작을 출판했다. 이듬해 형제자매들과 함께 도쿄로 가서 대학에 진학한 후 가정학을 전공했다.

그 시기에 만난 리우룽광劉龍光과 집안의 반대에도 불구하고 결혼했다. 남편이 『화문오사카마이니치華文大阪每日』 기자로 취직하자 한큐阪急선이 지나는 슈쿠가와 역 근처에서 살았다. 그의 남편 리우룽광은 귀국 후 베이징에서 화베이華北작가협회 책임자로 일하면서 대동아문학자대회 중국 대표로 참가하는 등 일본에 협력한 전력을 가지고 있다. 이러한 남편의 친일 행적은 해방 후 메이냥 자신의 문학 경력과 함께 그녀에 대한 평가에 늘 불리하게 작용했다.

1940년 신징 익지서점에서 단편소설집 『제2대第二代』를 출판하여 호평을 받으면서 작가로서의 명성을 쌓았다. 1941년 대학을 마친 그녀는 이듬해 귀국하여 베이징에 있는 『부녀 잡지』사에서 근무하는 한편 다수의 작품을 발표하여 북방을 대표하는 여류 작가로서의 입지를 확고히 다졌다. 이 시기 출판한 작품집으로는 『조개蚌』, 『물고기魚』와 제3회 대동아문학자대회에서 대동아문학상을 수상한 중단편 소설집 『게蟹』 등이 있다.

광복 후 그녀는 가족과 함께 창춘과 상하이를 거쳐 타이완으로 갔으나 남편은 상하이를 갔다 오는 중 배가 침몰하여 사망했다. 1949년 임신 중이던 메이냥은 두 자녀를 데리고 베이징으로 돌아와 중국농업영화 제작소에 배치되었다. 그러나 1957년 반우파 투쟁 때 반혁명분자로 낙인찍혀 사상개조 과정을 겪었고, 그 사이 두 자녀를 병으로 잃었다. 1978년에 이르러 명예가 회복되었고, 그녀의 작품 다수가 복간되었다.

겨울 끝자락에 남아 있는 차가운 기운은 채 가시지 않았다. 잔뜩 찌 푸려진 날씨에 무거워진 공기는 얼굴을 덮을 것만 같았다. 수분을 잔뜩 머금은 섬나라 특유의 공기에 노출된 팔은 후줄근하게 젖을 정도였고, 어디를 가나 짭짤한 바다냄새가 났다.

나는 마스크를 벗고 숨을 크게 한 번 내쉬고는 출발신호의 끝자락을 들으며 오사카에서 고베로 가는 전차에 올라탔다.

차량 안은 사람들로 가득 찼다. 금요일 오후는 매우 혼잡하기 때문 에 빈자리가 없다는 것은 잘 알고 있었다. 그래서 차에 올라타자마자 문 쪽에 기대서서 들고 있던 신문지로 얼굴을 덮었다.

전차가 움직이기 시작했다. 일본 관서지방에서 유명한 급행전철― '한큐阪急'는 당신을 질식할 것 같은 오사카에서 조용한 바다가 있는 고 베로 단 20분 만에 데려다 줄 것이다.

전차는 날아가는 듯 빠르게 달렸다. 창밖으로 스쳐 지나가는 풍경

속에는 어느새 네모반듯하게 잘 정돈된 논도 보였다. 맑은 물은 잔뜩 흐린 하늘 아래서 기이한 빛을 띠며 반짝거렸다. 그 빛을 보니 바다가 떠올랐다. 그러나 내가 알고 있는 바다는 이와는 정반대로 어두컴컴한 곳이다. 어두운 바다에도 파도가 만든 흰 포말이 일지만 빛은 발하지는 못했다. 굳이 표현하자면 뿌연 빛을 띠는 진주알이 흩뿌려지는 모양과 비슷하다고 할 수 있다. 빨리 가서 그것들을 보고 싶다. 신발을 벗고 아직 물기가 채 마르지 않은 모래사장을 달리고 싶다. 바람이 불어오면 그 바람을 맞으며 머리카락 속에 숨어들도록 내버려 둘 것이다. 그 비린내 나는 바닷바람 말이다. 구름이 잔뜩 낀 흐린 봄날에 사람들이 올 리가 없다. 나는 홀로 그곳에서 바닷소리를 들을 것이다. 웅장한 대자연의 음악을……. 비가 내리면 해안을 관리하는 노인이 묵고 있는 작은 오두막집에 들어가 비를 피하면 그만이다. 그 노인은 지금까지 한 번도 내가 외국인이라는 이유만으로 차별한 적이 없다. 오두막집 안에 놓여 있는 작은 화롯불과 조잡하게 깔려 있는 낡은 돗자리가 떠올랐다. 전차가 천천히 가는 것 같아 왠지 짜증이 났다. 창밖에서 시선을 거둔 다음 신문을 내리고 잠깐 눈을 붙이고 싶었다. 아니, 울고 싶었다. 바닷가 황혼은 얼마나 적막했던가! 친한 친구가 무슨 말을 할지라도 오늘만큼은 절대로 즐거운 마음으로 들어줄 수 없을 것 같았다. 우라시마타로浦島太郎가 거북이를 타고 용녀를 만나서 바닷속 용궁에서 아름답게 사랑을 나눴다는 이야기가 있는데 어찌 바다로 가지 않고 매연 가득한 도시에 가만히 남아 있을 수 있겠는가? 또 미국 아가씨들의 기쁨과 슬픔을 그린 영화 세 편을 동시에 볼 수 있는 표 한 장을 사기 위해 온몸에 땀을 흘려가며 사람들 사이를 헤집고 들어가겠는가?

그때 갑자기 누군가가 팔꿈치로 나를 툭 쳤다. 누군가 싶어 얼굴을 가리고 있던 신문을 내리고 고개를 돌려 쳐다봤다.

웬 덩치 큰 사내가 내 뒤에 서 있었다. 불그스레한 얼굴에 조금은 낡은 검정코트를 입은 그는 나를 바라보며 두 칸 정도 떨어진 좌석을 가리켰다. 그러나 그곳은 빈자리가 아니었다. 흰옷을 입은 조선 여인이 앉아 있었다.

그 남자는 그녀에게 내가 알아듣지 못하는 말로 뭐라고 소리쳤다.

겁먹은 그녀는 긴 치마를 움켜쥐고 자리에서 일어났다. 그러자 그는 나에게 그쪽으로 가서 앉으라고 권했다.

나는 도대체 왜 그가 이런 행동을 하는지 이해할 수 없었다. 차가 출발한 지 5분은 지났을 텐데 왜 이제 와서 나에게 자리를 양보하는 것일까? 내 행색이 남에게 부담 줄 정도는 아니지 않은가? 지금 내 코트 주머니에는 신문이 접혀진 채 꽂혀 있고, 손에는 가여울 정도로 작은 꼬마사탕이 들어 있는 봉지가 들려 있을 뿐이다. 그런 내가 군이 저 여인의 자리를 빼앗아가며 앉을 이유가 하나도 없다.

나는 단 한 발짝도 옮기지 않고 가만히 서서 그를 바라보며 신문을 다시 꺼내들었다.

그는 몹시 난감해하는 표정을 지었다. 불그스레한 얼굴에는 붉은 빛이 더해졌다. 그는 몸을 반쯤 구부리고는 뭐라고 웅얼거렸다.

자리에서 일어난 그녀는 당혹스러우면서도 불안한 눈빛으로 나를 한 번 쳐다보고는 다시 사내 쪽을 바라봤다. 그러고는 이내 자신의 옷고름과 치마를 만지작거리며 안절부절못했다.

나는 그쪽으로 가서 앉을 생각은 조금도 없었다. 그녀는 살짝 몸을 구부리고 내 앞쪽으로 오더니 머리 위에 달려 있는 손잡이를 잡았다.

정말 이상한 사람들이라는 생각이 들었다. 그래서 나는 그들을 살펴보기 시작했다.

혹시 내 복장 때문인가?

물론 나는 우아한 정장을 입고 있지는 않았다. 검정 코트도 저 사내가 입고 있는 것보다 약간 낡았고, 왼쪽 주머니에는 자그마한 구멍도 나있다.

아니면, 내가 여자라서 그러는 것일까?

아마 그럴지도 모른다는 생각이 들었다. 내 주변에 여자는 없다. 방금 전에 전차에 막 올라탔을 때만 해도 내 주변에는 예쁘장하게 차려입은 아가씨 두 명이 서 있었지만, 그녀들은 이내 흰 손수건으로 입을 가리고 멋지게 차려입은 사람들 쪽으로 옮겨갔다.

나는 신문을 다시 들어 얼굴을 가렸다. 마치 쥐가 구멍 밖으로 나가기 전에 아주 조심스럽게 주위를 살펴보는 것처럼 그 조선 여인이 나를 힐끗힐끗 쳐다보고 있다는 것을 직감할 수 있었다.

나는 일부러 모르는 척 했다. 그리고는 신문지를 위로 살짝 올리고 바닥 쪽을 살펴봤다.

그 조선 여인은 홍갈색을 띤 조선식 꽃신에 흰색 버선을 신고 있었다. 나는 그녀가 일본에 처음 온 사람일 거라고 생각했다. 내가 전에 본 조선 여인들은 하나같이 게타를 신었고, 남자들은 노동자가 신는 다비를 신었다. 게다가 이곳 시장에서는 이렇게 끝이 뾰족한 조선 고무신은 팔지 않았다.

그녀의 발을 보니 갑자기 그 남자가 궁금해졌다. '그래, 그 남자는?'
나는 그의 신발을 보기 위해 시선을 옮겼다.

그는 구두를 신고 있었다. 구두는 그리 낡지 않았다. 오른쪽 구두에
살짝 덧댄 자국도 보였지만, 신발 전체에 크게 영향을 줄 정도는 아니었
다. 신발은 아주 빛날 정도로 잘 닦여 있었다. 구두약을 잘 칠해서 닦은
듯 아주 반짝거렸다. 가죽이 귀한 지금 일본에서는 구하기 힘든 진짜 가
죽으로 만든 구두였다.

나는 아예 신문을 내려놓고 대놓고 보기 시작했다.

구두 위에는 회색 점이 드문드문 있는 싸구려 양복바지가 보였다.
바지는 비에 젖을까봐 살짝 접혀져 있었고, 안쪽에는 회색 양말을 신고
있었다.

양복 상의는 코트에 가려서 자세히 볼 수는 없었지만, 바지와 한 벌
이 아닌 것만은 확실했다. 아마도 짙은 남색이거나 검정색일 가능성이
높았다. 흰색 소맷부리에는 어울리지 않게 붉은 단추가 달려 있었다. 그
리고 손목 부근의 소매 끝은 땀으로 얼룩이 져있었다.

옷깃은 또 어떤가? 눈에 아주 거슬렸다. 넓기는 엄청 넓은 데다가 무슨
흰 판때기 같이 뻣뻣하게 풀을 먹여 놓았다. 더군다나 옷깃에는 덜 풀려
서 조그마하게 뭉친 풀이 여기저기에 동그랗게 남아 있었다. 먼발치에서
그 모습을 보니 마치 소나기가 막 한바탕 쏟아진 모래사장 같았다.

내가 유심히 살펴보고 있다는 것을 알아차린 그는 당혹스러운 듯 얼
굴을 붉혔다. 그리고 보통 와이셔츠보다 한 마디 정도 짧은 소매를 은근
슬쩍 잡아당겼다.

나는 다시 신문을 위쪽으로 들어 올린 후 조심스럽게 그가 뭐하는 사람인지 추측해봤다.

그는 공사장에서 일하는 말단 감독이 틀림없다. 오랜 세월 동안 부지런하게 일해서 돈을 좀 모았고, 게다가 상사의 신임까지 얻어 얼마 전 일반 노동자에서 감독으로 승진한 후 고향에 있던 아내를 초청한 것이 분명하다.

그렇다면 오늘은? 주말을 즐기러 가는 것일까? 그렇지 않다. 아직은 그렇게 한가할 리가 없다. 나는 다시 한번 내 앞에 서 있는 그녀를 쳐다봤다. 과연 그녀는 가장 격식 있게 차려입고 있었다. 깔끔하게 세탁한 흰 두루마기와 비단치마를 입었다. 얇은 두루마기를 안쪽으로 곱게 수선한 짙은 남색 저고리가 비쳐보였다.

그가 나에게 자리를 양보한 것은 내가 매달 월급을 받는 공무원일 거라고 짐작했기 때문인 듯하다. 그렇다. 그는 이제 막노동하는 친구는 필요 없다. 그는 그들보다 신분이 한 단계 높아졌고, 그들을 관리할 수 있는 위치까지 올랐다. 신분이 높은 사람은 절대로 자신보다 신분이 낮은 사람들과 교류하지 않는다. 그렇다고 그가 그 이상 높은 직위에 있는 것 같지는 않게 보였다. 방금 전에 예쁘게 차려입은 아가씨들이 자리를 피하지 않았는가? 비록 그녀들이 입고 있는 일본식 외투가 지금 내가 입고 있는 외투보다 훨씬 더 고급스럽다고 할 수는 없으나 적어도 그 남자와는 차이가 있었다. 그래서 그는 옷이 좀 오래되었어도 새 옷을 살 돈이 없어 보이는 나를 선택한 것이 틀림없다.

그 남자는 내가 시선을 거두고 나서야 자유로울 수 있었다. 그는 정장을 한 귀족의 얼굴에서나 볼 수 있는 근엄한 표정을 지었고, 두 손은 교양 있는 일본 여인들처럼 공손하게 무릎 위에 포개 놓았다.

조선 여인은 수시로 남편(?)을 몰래 쳐다봤다. 안절부절하지 못하고 남편의 눈치를 살피면서 연신 자신의 옷매무새를 더듬었다. 가끔씩 창밖을 바라봤지만 얼굴에는 말 못할 불안감과 걱정이 서려 있었다.

전차는 계속해서 달렸다. 날씨는 더욱 흐려졌다. 저 멀리에서는 벌써 가느다란 비가 내리고 있었다.

나는 주머니를 약간 벌려 신문을 다시 넣은 다음 손목시계를 봤다. 4시 35분이다. 앞으로 5분 있으면 목적지인 고베에 도착할 것이다.

내가 시계를 보자 그 남자는 눈을 비스듬히 내려 깔아 내 시계를 슬며시 보는 듯했다. 그는 시계가 없는 것이 분명하다. 그렇지 않다면 주머니에서 시계를 꺼내 봤을 것이다.

나는 갑자기 내 시계를 주면 어떨까 하는 생각이 들었다. 그가 이 시계를 차면 잘 어울릴 것 같았다. 사실 이렇게 둥글고 큰 손목시계는 여성의 가는 손목에는 어울리지 않았다. 나는 전에 이 손목시계 때문에 여러 번 눈물을 흘린 적이 있었다. 내 친구들이 자신들이 차고 있던 깜찍하면서도 정교한 시계를 보여주며 자랑했을 때였다.

만일 내가 이 시계를 준다면 그는 보다 완벽해지지 않을까? 더 이상 막노동을 하지 않을 것 같은 그가 지휘봉을 들고 순시를 할 때 손목에서 시계가 반짝거린다면 좀 더 있어 보일 것이다. 그러면 발품을 팔아 옷을 싸게 구입하고 나서 느꼈던 것보다 더 신나고 흥분할 것이 분명하다.

그렇다면 나는? 나는 이 시계가 있어야만 시간에 맞춰 얇은 이불 속에서 나올 수 있으며, 도로를 한참 걸은 후에 정거장에 가서 시간도 지키지 않고 편수도 적은 전차를 타고 제시간 안에 출근할 수 있다. 게다가 속기를 할 때에는 시계를 봐야만 일한 시간을 계산할 수 있다. 시계는 시간이 갈수록 느리게 가기 마련이다. 그러나 나는 내 시계가 다른 시계들보다 조금 빠르도록 늘 신경을 써서 맞춰 놓았기 때문에 시계 때문에 일을 그르친 적은 한 번도 없었다.

돈이 있으면 시계를 하나 더 살 수 있을까? 내가 백화점에서 눈여겨봤던 20엔 정도하는 예쁘고 깜직한 시계 말이다.

그렇다면 그는? 그는 낯선 사람이 주는 선물의 의미를 이해할 수 있을까? 내가 무슨 다른 저의가 있다고 의심하지는 않을까? 그는 당연히 그럴 것이다. 하필이면 그는 사람들 중에는 교활한 사람도 있다는 것을 막 알게 되었다. 그래서 그는 사소한 일 때문에 자신이 생각하는 꿈이 막히게 될까 봐 늘 조심하고 있다. 설령 그가 이 시계를 받는다고 하더라도 그를 질투하는 사람들은 그가 시계를 훔쳤다든가, 주웠는데도 신고하지 않았다든가, 심지어 길에서 빼앗은 것이라고 하는 등의 터무니없는 소문을 만들지도 모른다. 그중 어느 것이든 그의 미래를 망가트리고 불행에 빠트릴 것이 틀림없다. 남에게 기쁨을 주고자 하는 것이 자기의 기쁨을 추구하는 것보다 훨씬 더 어렵다는 것을 깨닫기 시작했을 때 나의 마음은 환상에서부터 눈앞에 펼쳐진 흐린 하늘로 옮겨갔다. 나는 가만히 입술을 깨물었다.

차 안에 탄 사람들이 다시 부산하게 움직이기 시작했다. 차는 이미 '고베'라고 쓰여 있는 역으로 들어섰다.

그 남자도 자리에서 일어났다. 나는 그가 자신의 물건을 챙기면서 아내에게 또 호통 치는 것이 아닐까 하고 생각했다. 여자는 머리 위 선반에서 꽃 보자기로 싼 상자를 내린 후 서둘러 흐트러진 매듭을 다시 고쳐 매기 시작했다.

그러나 그 남자는 참을 수 없다는 듯 눈살을 찌푸리며 여자를 째려 봤다. 그리고는 다시 뭐하고 명령하듯 큰 소리로 말했다. 그 소리에 당황한 여자는 어찌할 바를 모르며 쩔쩔맸다. 이리저리 해봤지만 손이 몹시 떨린 그녀는 아주 간단하게 묶을 수 있는 매듭조차도 묶지 못했다.

보자기를 낚아챈 그는 보자기를 다시 푼 다음 뭐라도 묻은 듯 툭툭 힘껏 털고는 다시 반듯하게 펼쳐서 상자를 쌌다. 상자 위에는 흰 종이가 덮여 있었다. 종이 위에는 '사례'라는 글자가 쓰여 있었고, 은색과 붉은색의 선이 새겨져 있었다.

차가 멈췄다. 사람들이 일제히 내리기 시작했다. 그는 고개를 빳빳하게 들고 큰 걸음으로 걸어 나갔다. 남자가 자리에 던져 놓은 상자를 든 여자는 겁을 먹은 듯 조심스럽게 그 남자 뒤를 따라갔다.

그 모습을 보니 나도 모르게 화가 났다. 그는 한 등급 승진하자마자 허세부터 배웠다. 나는 예전에 보았던 화난 눈초리로 사납게 노려보며 몽둥이를 든 악질 감독이 떠올랐다. 마침 그 남자 뒤에서 걷고 있던 나는 앞으로 달려가 판때기 같이 빳빳하게 다린 와이셔츠 옷깃을 찢어 버리고 싶었다.

플랫폼을 나가니 뜻밖에도 굵은 장대비가 내리고 있었다. 그들은 우산이 없었다. 물론 나도 우산이 없었지만 머리에 손수건을 덮고 가면 된다. 코트야 비를 맞아도 상관없다.

그는 겉으로는 근엄한 체하고 있지만 내심 당황한 듯 출구 쪽에 서서 멍하니 내리는 비를 바라봤다. 여자는 남편의 뒤에 서서 안타까운 듯 자신의 옷을 매만졌다.

내가 그들 곁을 지나서 걸어가자 그 여자는 나를 한 번 힐끗 쳐다봤다.

나는 보란 듯이 택시 승강장 쪽으로 걸어갔다. 수중에 택시 탈 돈은 없었지만 한번 그렇게 해보고 싶었다. 고급스럽게 차려입은 수많은 사람들과 함께 줄을 섰다. 택시를 타기 위해 앞으로 움직이면서 손님들이 내리는 승강장 끝에서 어떻게 빠져나올까를 생각했다.

나는 고개를 완전히 돌리지는 않았다. 얼굴을 반쯤 돌려 그들이 어떻게 하는지 훔쳐봤다. 남자가 낭패를 당했다는 듯한 표정을 지으며 여자를 데리고 역 옆의 골목 안으로 들어갈 때까지 그들을 지켜봤다.

그제야 나는 내 옆에 묶여 있는 밧줄을 들추고 그곳을 빠져나왔다. 그러고는 문득 무슨 생각이 든 사람처럼 급하게 몸을 돌려 역 쪽을 향해 되돌아갔다가 다른 문을 통해 밖으로 나온 후 손수건으로 머리를 덮었다. 차가운 비가 얼굴을 때렸지만, 그 불쌍한 여자를 대신해서 그녀의 남편에게 복수를 해준 것만 같아 통쾌했다. 그러나 나는 한편으로 그녀의 귀한 옷이 비에 젖을까봐 걱정이 되었다. 부디 그녀의 남편이 돈 6전을 써서 전차를 탈 수 있기를 바랄 뿐이다.

3월 21일

—『신만주新滿洲』(제3권 제6기, 1941.6)

제3부

일본

●

밤 이야기
夜の話

아키하라 가쓰지

아키하라 가쓰지秋原勝二

남만주철도주식회사(이하, 만철)의 사원이자 『작문作文』 동인으로 활동한 작가로 본명
은 와타나베 아쓰시渡辺淳이다. 1913년 후쿠시마福島에서 태어나 부모님이 차례로
돌아가신 후, 1920년 소학교 1학년 때 형과 함께 큰 누이가 있는 만주로 건너갔다.
만철 부속지 펑톈奉天에서 일본인소학교를 졸업하고, 만철 육성학교에 진학해 그곳에
서 『작문』 동인이 된다. 『작문』은 1932년 다롄에서 창간된 만철 사원을 중심으로
한 문예동인지로, 당시 만주에서 가장 활발한 문예잡지였다. 아키하라는 다롄大連
만철본부에서 근무하며 『작문』 동인 활동을 중심으로 문학 활동을 이어가다 1939년에
결혼과 함께 지린吉林 철도국 경리부로 전임한다. 일본 패전으로 1946년 9월에 본토로
귀환하고, 후쿠시마에서의 요양과 이와테岩手 임업근무를 거쳐 도쿄에 정착했다.
1964년 아오키 미노루青木実를 중심으로 한 『작문』 복간에 참여하였고, 수십 년간
1인 편집자로 『작문』의 명맥을 이어간다. 2010년 5월 200집 기념호를 간행하였으며,
이후에도 부정기적으로 간행하였다. 아키하라 가쓰지는 18살에 쓴 데뷔작 「효자孝行
者」(1932)를 시작으로 만주 2세의 고향에 대한 착종하는 마음을 다룬 「밤 이야기夜の話」
(1937), 일본 패적 직후의 혼란스런 만주를 그린 「李라는 무뢰한李という無頼漢」(1965),
96세의 나이에 남긴 역작 「이이다바시의 밤飯田橋の夜半」(2009)에 이르기까지 고향
상실이라는 주제를 축으로 80여 년간 계속 소설과 수필을 써왔다. 2015년 4월 17일
향년 101세로 타계하였다.

밤 이야기____아키하라 가쓰지

작년 가을의 일이다. 친구 M 군을 만나러 일부러 지린吉林까지 3일간 여행한 적이 있다. 목적은 M 군이 서른의 나이로 꾸리게 된 새 가정을 축하하기 위해서였다. 나는 그가 그다지 크게 기뻐하지는 않을 것이라고 알고 있었지만, 같이 아는 부부의 축하 선물과 최근에 내가 사먹는 사과 한 바구니, 맥주 한 상자에 내 일용품을 넣은 가방을 들고 다롄大連을 나섰다. 11월 초순이었다. 휴일과 일요일이 이틀 연속 이어지는 연휴 전날이라 역은 서로 밀고 밀리도록 혼잡했다. 내가 역에 도착할 때 이미 8시 기차를 못 타게 될 줄은 알았다. (한 시간이나 일찍 출발했는데) 그래서 그 무거운 짐을 양손에 든 채로 다음 오후 9시발 열차 개찰까지 사람들 속에서 계속 서 있을 수밖에 없었다. 이 출발 한 시간이라는 차이는 지린 도착 시간을 완전히 바꾸어 버렸다. 왜냐하면 신징新京에서 갈아탈 열차 시간 때문에 오전 10시 도착이 오후 5시 반으로 밀려나버린 것이다. M 군과의 엇갈림은 그때 이미 시작되었다.

출발할 당시의 고요한 날씨는 우리 열차가 다롄을 출발하기 전후에 전국적으로 급변한 모양이었다. 내가 그 사실은 안 것은 진저우金州에 정차했을 때다. 열차가 서자마자 창을 열어보았다. 밖은 이미 강풍이 불었고 찬 빗방울이 날리며 나무를 적시고 플랫폼에 스며들고 있었다. 분명 나뭇가지에 남아 있던 마지막 마른 잎들까지도 이 밤사이에 다 사라져버릴 것이다. 겨울이 왔다─그 사실이 한결같이 우리 마음에 스몄다.

걱정하던 대로 날이 밝으면서 다스차오大石橋에서 눈이 내렸고, 펑톈奉天에서는 이미 영하 10도의 추위에 휩싸였다.

사실 나는 가을옷 차림으로 나섰는데, 이것이 또 지린에서 나에게 얼마나 재앙이 되었던가. 펑톈을 지날 무렵, 어젯밤의 눈보라로 늘어진 전선과 아직 푸른 잎에 쌓인 눈의 무게로 부러질 듯이 된 백양목을 보았지만, 그 이후에는 오로지 끝없는 눈밭이 펼쳐졌다.

오후에 신징에서 갈아타고 드디어 경도선京圖線 사람이 되었다. 거기서부터 처음으로 차 안에서 장총을 맨 경비승무원이나 연선의 작은 역에 밀려드는 모습을 보고 멍해졌다. 어떤 젊은 남자가 경비승무원에게 끈질기게 확인했다.

"네, 이제 신징과 지린 사이는 걱정 없습니다."

그 말을 듣고 젊은 남자는 안심했는지 이런저런 잡담을 했다. 그때 경비승무원이 하는 말이 문득 내 귀에 들어왔다.

"당신들 다롄에 살면 그보다 좋을 수는 없겠네요. 여기에 살면 물가는 비싸고 불편해서 원……."

나는 창밖을 계속 바라보고 있었다. 한바탕 벌판을 지나서, 훨씬 전에 비적 습격사건이 있었던 투먼링土門嶺의 완만한 산을 지날 때 즈음, 주변은 어둑어둑해지기 시작했다. 그날 하루 눈은 거의 녹아서 군데군데 붉은 산이 보였다. 그 사이로 기어 올라가는 목재 운반 경편열차와 역에 있는 저목장貯木場, 조림시험장 등이 보이자 그 일대의 특별한 냄새가 잠시 창 안에 앉아 있는 나에게까지 풍겨와 마음을 끌었다.

중앙 만주 벌판의 아름다움 — 감히 이렇게 말하겠다. 다시 나온 벌판 가운데에서 분명 그것을 보았다. 드넓은 하늘, 석양에 빛나는 지평선의 산들, 주변에 가득 찬 향기로운 공기에 나는 바로 취했다. 문득 정신을 차리고 보니 밤은 벌써 발밑까지 감싸고 있었다. 깜짝 놀란 그때 바로 그 순간, 열차는 불빛과 함께 지린의 거리로 들어가고 있었다.

나는 그때까지 너무 낙관하고 있었다. 그래도 이렇게 어두운 건 곤란하다고 생각했다. M 군이 역까지 잘 나와 주기만 한다면 문제될 것이 없지만 만약 그렇지 않다면 번지수만으로 밤길을 찾아 나서지 않으면 안 된다. ─ 그렇지만 아직 안심하고 있었다. 조금만 찾으면 나오겠지…….

홈에 내려서 천천히 육교를 건넜다. 그러나 M 군의 모습은 어디를 봐도 보이지 않았다. 나는 바로 차가 모인 곳으로 가서 인력거에 탔다. "치진루七經路." 떳떳하게 그렇게 말했다.

달리기 시작했다. 짐을 발밑과 무릎 위에 두고 차 위에 드러누웠다. 차가 움직이자 차가운 바람이 귓가에서 횡횡 소리를 냈다. 철펄철펄 눈 녹은 길을 달리는 소리. 어둠 속에서 딸랑딸랑 방울소리를 울리며 마차가 우리를 추월하고 마부의 그림자만이 잠시 보였다. 거리 위에 빛나는 저 하늘, 마치 거대한 호수처럼 신비로운 빛을 언제까지고 간직하고 있었다.

길을 왼쪽으로 도는 순간 불안이 갑자기 밀려왔다. 견딜 수 없이 불안해져 마침 다가오던 일본 사람 한 명을 붙잡았다. 치진루를 물으니 역시 저쪽이라고 한다.

"다이용주자이代用局宅 120번지는 그 근처인가요?"

"글쎄요."

다시 달렸다. 생각해 보니 도중에 이유도 없이 지나가는 일본 사람을 찾았나 보다. 치진루에 도착했을 때는 이미 해가 완전히 졌다. 나는 놀랐다. 그곳은 녹은 눈으로 길이 안 좋았다. 게다가 마차가 겨우 지나칠 정도의 좁은 길이었다. 겨우 한 집 문을 두드렸다. 그곳에서도 내 물음에 상대방은 고개를 갸우뚱했다. 인력거꾼은 비명을 지르기 시작했다. 나는 화를 내며 소리를 질렀다. 인력거꾼은 다시 걷기 시작했지만 2백 미터 정도 가다가 어느 집 앞에서 손잡이를 내려버렸다. 인력거꾼은 큰 소리로 무언가 말했다. 그러자 어두운 집 안에서 너댓 명의 남자들이 우루루 나왔다. 조선인들이었다. 그들은 나를 둘러싸고 괴상한 일본어로 열심히 무언가 묻기 시작했다. 그렇지만 결국 거기에서도 결론이 나지 않았다. 그러나 나의 불안은 마침내 하나의 불길함으로 바뀌었다. 처음부터 다시 찾아보기로 하고 역으로 돌아간 것이다.

다소 지루하게 이 작은 여행의 시작부터 쓰고 있다. 그렇지만 여행기를 쓰려는 것이 아니다. 또 내가 방문하려던 M군의 이야기를 쓰려는 것도 아니다. 다롄에 사는 내가 지린까지 3일간의 여행기를 쓴다 한들 시시할 뿐이고, 또 M군의 극히 행복하고 여유로운 신혼생활을 말한들 별 볼 일도 없다. 말하자면 그 자체가 나에게 감명을 주지는 않는다.

그러나 지린역에 내린 그날 밤, 즉 지금 쓴 대로 단순히 나의 준비 부족으로 어두운 눈 녹은 길에서 M 군 집을 찾아 헤매다가 완전히 우연하게 조금 흥미로운 일을 만나게 된 것이다.

그에 대해 쓰기 위해 그날 밤의 상황을 어느 정도 확실히 해 둘 필요가 있었다.

무엇보다 마침 우연히 읽고 있던 '교육'에 관한 글에 인용된 식물에 대한 흥미로운 문제에서(이미 실험을 마쳤다) 문득 한 가지 연상에 사로잡히고 말았다. 물론 애초에 그 밤에 이마키今木 씨와 만나지 않았다면 처음부터 아무 일도 없었을 것이다. (이런. 나는 단어를 쫓기 시작했다.)

말하자면 우연히 마주쳤고, 지금 순간적으로 다시 떠오른 이야기이지만, 그렇다고 흥미롭지 않은 이야기는 아니리라 믿는다. 논리보다 증거, 내가 집중하는 방법이다.

진흙탕과 어두움과 낯설음으로 가득한 고뇌의 길을 이번에는 다시 마차를 타고 가기로 했다. 그렇게 해서 다시 지린역에 돌아왔을 때 역 안내소나 대합실에 들어오는 일본인에게 물어보았지만 결국에는 알 수 없었다.

같은 장소를 지나 아까보다도 더 깊숙하고 면밀하게, 한 시간에 걸쳐 찾아다녔다. 그러나 다시 돌아올 수밖에 없었다. 역으로 되돌아와 완전히 힘이 빠져버렸다. 한 시간도 넘게 여기저기 골목을 끈질기게 돌아다니며 집을 찾아준 마부에게 조금 과한 운임을 주기도 했다. 솔직히 말하면 해가 저물고 나서 아까부터 나를 괴롭히던 허기와 추위에 지쳐버린 나 자신을 조금이나마 위로하고자 하는 기분도 거들었다는 사실을 부정할 수 없다. 손에 들기 버거운 짐을 가지고 온 것을 얼마나 후회했던가. 대합실 의자에 짐을 쌓아놓고 망연자실했다.

곧 출발할 신징新京행 막차로 돌아가 버릴까도 생각했다. 시간은 얼마 없다. 그러나 일부러 가져온 짐을 보고 있자니 우울함이 밀려왔다. 지린에서 숙소를 잡을지 신징에 돌아가 그곳에 숙소를 잡을지 아니면 그대로 다롄으로 돌아가 버릴지, 그 조차도 완전히 지친 정신 상태로는 스스로 판단하기 힘들었다. 지린역은 짐을 어디에 맡길 수 있는지도 알 수 없었고, 대합실을 드나드는 사람은 거의가 조선인이거나 만주인뿐이었다. 포터가 있었지만, 그런 사람들의 도움을 받는 것을 그다지 좋아하지 않았다. 어슴푸레하고 사방이 관리가 덜 된, 어딘지 모르게 긴장을 풀 수 없는 분위기의 대합실에서 나는 결국 멍해져 버렸다.

그때 노인 한 명이 불쑥 대합실에 나타났다. 완고한 체형의 일본인이었다. 그 노인은 입구에 들어서면서 바로 나에게 뚫어질 듯한 시선을 쏟아내 놀라게 했다. 그다지 행색이 좋은 노인은 아니었기에 시선을 느낀 순간 덜컥 긴장했다.

노인은 느릿한 걸음으로 나에게 다가왔다.

"무슨 일 있으세요?"

노인은 갑자기 물었다. 그러고는 이미 나를 꿰뚫어 보듯 바라봤다.

"아니오."

시선을 피하며 경계하는 태도로 말했다.

"숙소가 없으세요?"

"아니오."

이 사람도 포터구나 생각했다. 옆을 향한 채로 불쾌한 듯 대답했다. —수상한 노인네, 너희들 도움을 받을 줄 아느냐. 그러나 1분이 채 지나기 전에 이런 태도를 완전히 바꿀 수밖에 없었다.

"뭔가 곤란하신 것 같은데요."

라는 노인의 말에 무언가를 느끼고 섬찟했다. 다음 순간 화들짝 노인의 얼굴을 다시 쳐다봤다.

"나를 수상쩍게 생각하고 있군요." 노인은 잠자코 내 얼굴을 봤다. "그래도 혹시 숙소가 필요하거나 길을 헤매고 있다면 말하세요. 부담 갖지 말고. 나는 포터는 아니지만 도와드리죠. 책임지고. 말씀만 하세요."

실상 이 말에서 친절 이외의 무엇인가를 찾아내기는 곤란했다.

우리는 마차에 탔다. 나로서는 어찌 되었든 갑자기 눈앞이 밝아졌구나 싶었다.

봉당이 있는 어두침침한 집으로 안내받았다. 그에 앞서 내가 완전히 안심하게 된 계기는 역을 나와 얼마 안 가서 노인이 그다지 변변치 못한 서점 앞에 마차를 세운 데에 있었다. 노인은 안에 들어가 만주인 청년 하나를 데리고 나와서는 M군을 불러오도록 보냈다. 노인은 역을 나온 마차에서 바로 자기가 말한 바를 증명해 보인 것이다. "난 책과 신문을 취급하는 가게에서 일하고 있으니 거기에 가면 배달부가 대충의 장소는 알 겁니다"라는 말을.

노인은 당신은 무척 지쳐 보인다며 나를 붙잡았고, M군이 마중을 오도록 했다. 그때까지 자기 집에서 쉬어가라는 것이다. 사실 난 지쳐 있었다. 배가 고팠고 추웠고 귀가 얼어서 떨어질 거 같았다. 그래서 노인이 말한 대로 했다.

노인의 집은 그 가게 바로 옆 골목에 있었고, 매우 친절했다. 요는 그 집에서 먹을 것부터 술까지 대접을 받게 된 것이다.

얼마 후 배달부가 돌아와 M 군 부부는 부재중이라고 전해주었다. 출발 며칠 전에 엽서로 아침 도착시간을 알려주기만 한 나의 부주의가 원망스러웠다. 그러나 이마키 씨는 쪽지에 무언가를 적어서 청년을 다시 보냈다. 아마도 내가 있는 곳을 알려주고, M 군이 돌아오면 찾아올 수 있도록 약도 등을 메모한 모양이었다.

"오늘밤 M 씨가 여기 나타나지 않는다 하더라도 그걸로 된 것 아닙니까. 이렇게 된 이상 여기서 같이 편히 쉬시는게……."

어째서 이렇게 나이게 친절을 베푸는지, 얼마 안 지나 알 수 있었다. 우연히도 내가 — 나로서는 전혀 의도치 않게 — 이마키 씨의 마음속 어떤 생생한 기억을 불러일으킨 모양이었다. 잠시 후 이마키 씨는 이런 이야기를 하기 시작했다.

"나는 가끔씩 정류장 근처를 어슬렁거리기를 좋아하지요." 목소리는 상당히 차분했다. "뭐랄까 습관처럼 아주 가끔씩 그 대합실에 가보곤 합니다. 기대랄까 한 마을에 오래 살다보면 그런 기분이 드는 걸지도 모릅니다. 정류장은 대체로 마을을 떠나는 사람들 뿐이라 이런저런 냄새가 나니까요. 그게 좋아서 이따금 생각나면 나가봅니다. 노인의 취미입죠."

이마키 씨가 일본을 떠나온 것은 1892, 3년경으로 그 후로 블라디보스톡에서 13년, 우수리스크에서 16년, 그리고 이곳 지린에 와서 벌써 10년이 된다고 한다. 여기저기 흘러다니며 이것저것 해왔지만 지금은 겨우겨우 이런 일을 하며 살고 있다는 이야기다.

"당신들은 지금 그럴 때인가라고 생각하겠지만, 저도 망상가였습니다. 꿈을 꾸다보니 세월만 가고 뭐 하나 성공도 못 하고, 그 와중에 정착도 못 하고, 한평생을 보내서 남들처럼 집 한 채 장만도 못 한 채 타지에서 이렇게 부끄럽게 살고 있지요."

이마키 씨는 소주를 꺼내서 나에게 권하고 자기도 따라서 마셨다. 분명 이마키 씨는 나에게 말을 걸고 싶었던 것이다. 나를 붙잡은 것도, 특별히 친절을 베푼 것도 모두 그 때문이었다.

"오늘도 정류장에 나갔습니다. 그제부터 갑자기 폭설이 내리더니 오늘은 또 갑자기 개어서, 길도 안 좋은데 나가봤습니다. 당신을 본 순간 나는 가슴이 철렁했습니다. 설마했지만 놀랐습니다. 물론 다른 사람이라는 것은 알았지만, 당신에게 말을 걸지 않을 수 없어서 다가갔습니다……."

나는 바로 기력을 차렸지만, 생각해 보면 지린에 이마키 씨를 만나러 온 것도 아니어서 그의 이런 갑작스러운 이야기에 바로 몰입도 안 되고, M 군 생각을 하며 다소 따분해 하기까지 했다. 그래도 이마키 씨가 나를 바라보는 눈을 보면 이런 나의 태도가 무례한 듯 느껴져, 일부러 열심히 이야기에 귀를 기울였다. 하여 그때의 이야기를 지금도 비교적 또렷하게 기억하고 있다.

"M 씨가 오실 때까지 술로 목이라도 축이면서 이야기로 시간이나 보냅시다. 이런 우연도 좋지 않습니까."

방 분위기를 떠올려 보면, 옆에는 어스름한 전등이 하나 켜져 있었다. 방은 썰렁하게 가구가 별로 없었지만, 지저분한 벽에는 시시한 여성지 표지풍의 그림이 그을린 채 한두 장 붙어 있었다. 그리고 러시아의 작은 마을에 눈보라가 몰아치는 저녁으로 보이는 사진 액자도 하나 어둠 속에 걸려 있었다. 가구 두세 개를 빼고 있는 거라고는 그뿐이었다. 신기하게도 이마키 씨의 차림새나 목소리 억양은 그 분위기와 잘 어울렸다. 그야말로 이 사람의 생활이 이러하리라. 어둠과 가난과 공허함이 그의 모든 생활에 배어 있었다.

그런 중에도 자신의 업보 많은 성정을 나타내는 듯 밀어버린 백발이 이따금 둔중하게 빛났다. 신기해 보였다.

"작년 이맘때였어요. 그때는 눈은 안 왔지만 추운 밤이었습니다. 그때는 산책이 아니라 정류장에 볼일이 좀 있어서 꽤 옷을 껴 입었었지요. 굴러다닐 정도로. 볼일을 다 보고 돌아오면서 그 삼등 대합실에 담배나 한 대 피우러 들렀습니다. 일이등 대합실은 그보다 조금 더 깔끔하게 다른 곳에 마련돼 있지만, 별로 재미가 없어요. 오히려 눈총을 받아서 차분하게 담배 피우기도 힘들고…… 별 생각 없이 들어갔지요. 그때 제일 먼저 눈에 들어온 남자의 모습이…… 당신, 바로 오늘 당신 모습과 똑같았습니다. 그래서 저는 오늘 정말 놀랐습니다. 앉아 있던 자리도 거의 같았고, 당신이 이렇게 어깨를 축 늘어트리고 있던 모습까지…… 어쩌면 그렇게 똑 닮았을까요. 오늘 당신은 나를 깜짝 놀래켰습니다. 그 남자는 당신과 나이도 비슷해 보입니다. 나는 남자에게 다가가 무슨 일인지 물어봤습니다. 나도 그때 혹시나 하고 생각했는데 그 젊은이는 아픈지 고열이 있었습니다. 바로 여기로 데리고 와 재웠습니다. 이 방에요.

아주 오랫동안, 한 달 가까이 누워있었는데, 감기 정도였지만 몸이 쇄약해 있었어요. 그 남자도 역시 다롄에서 둔화敦化로 가는 중이었는데 차 안에서 열이 난 모양입니다. 조금 힘들어져서 여기서 차에서 내린 거죠. 펑톈奉天에서 다니던 소학교 선생님이 퇴직한 후 여기에서 목재상을 하고 있다고 들어 그 선생님 댁에 가서 신세를 질 생각이었다고 합니다. 그 힘든 와중에 어떻게 그런 생각을 했을까요. 공교롭게도 그 선생님은 온 가족이 일본에 가서 부재중이었습니다. 하하하. 괜찮은 남자였습니다. 한 달 이곳에 머무는 동안 이런저런 이야기를 듣게 되었고, 저는 그 남자가 마음에 들었습니다. 오늘 당신을 본 순간 그 남자가 떠올랐습니다. 이번에는 그 남자 이야기라도 할까요⋯⋯. 이 남자입니다."

이마키 씨는 그렇게 말하며 뒤쪽 책상 서랍에서 한 장의 사진을 꺼냈다. 햇살이 내리쬐는 눈 위에 외투를 두른 이마키 씨와 나란히 서 있는 한 청년이 있었다. "어떤가요. 요코야마 지로横山二郎라고 합니다. 기력을 회복하고 나서 찍은 사진입니다만, 어딘가 당신과 닮지 않았나요?"

이제 와서 드는 생각이지만, 그것을 일종의 편집적인 말이었다. 그도 그럴 것이 그 남자와 나는 도대체 어디가 비슷한 것인지, 얼굴은 물론이요 몸집도 나와는 전혀 닮지 않았다. 그리고 필시 이 노인은 자신이 걸어온 길이 성공을 했건 실패를 했건 확신에 차 있었을 것이다. 또 긴 여정 가운데 힘들고 괴로운 일을 많이 겪었든 적게 겪었든 의외로 아이같이 감상적인 집착도 있었을 것이라고. 물론 나의 단순한 추정에 불과하지만, 그때 이마키 씨에게서 그런 느낌을 받았다. 적어도 역에서 만난 직후의 이마키 씨는 오히려 모든 면에서 배려 깊은 부분만 보여서 부담스러운 사람으로는 전혀 보이지 않았다.

이마키 씨는 말했다.

"이런 겁니다. 마르고 지친. 뭐랄까요, 근심에 빠진 사람을 만나면 무어라 말할 수 없는 기분이 듭니다. 내 영혼은 멈추었다, 뒤돌아 볼 뿐이다, 걸을 힘도 없다, 그렇지만 다시 살아날 수 있는 그 무엇인가를 이미 몸에 지니고 있는 젊은이를 보게 됩니다. 바로−그때입니다. 제가 멍해지는 순간은. 나는 착실히 살아오지 못했다, 착실하게 살 여유가 없었다. 중요한 문제입니다. 그런데 지금 나는 스스로 어떻게 할 수가 없습니다. 돌아보기만 할 뿐, 그래서 가끔 그런 사람을 만나면 충만하고 편안한 마음으로 돌아오게 됩니다. 또 제 얘기를…… 하하하…… 변명을 하기 시작했네요. 혼자 있을 때면 종일 마음속으로 회개를 합니다. 이놈은…… 요코야마 군 말입니다, 당신 눈이 따분해 보이지 않으니 안심이네요. 그저 심심풀이로 들어주십시오."

그때 이마키 씨는 쓸쓸해 보였다. 왜인지 나는 아직 진정할 수 없었지만 청중으로서의 성실함은 잃지 않았다.

지금도 길을 걸을 때면 문득 생각이 난다. 과연 이마키 씨 같은 노인이 존재할 수 있는가 하는 문제이다. 아무래도 가공의 존재 같은 생각이 들었다. 있을 수 없는 일 같았다. 그렇다면 내가 본 것은 무엇이었나, 날이 갈수록 그 질문이 오히려 진짜 같아졌다. 지금 내 주위는 가령 길을 걷다 노인을 마주쳐도, 말라빠진 흐릿한 것밖에 보이지 않기 때문이다. 아니면 그것은 거짓이었는가. 그렇지만 여기에는 부정할 수 없는 하나의 증거가 있다. 그것은 어떻게든 눈에 분명히 보이는 것이었다.

나는 처음의 의도에서 보면 다소 서설이 길어진 사실을 알고 있다. 그러나 나는 이마키 씨의 이야기를 할 생각이었는지 아니면 요코야마 군의 이야기를 할 생각이었는지 알 수 없어졌다. 사실 어느 쪽도 아니다. 고백하자면, 나는 요코야마 군을 만난 적도 없고, 이마키 씨라 해도 그 사람에 대해 잘 알고 있는 것도 아니다. 하룻밤 이야기를 나눈 사이일 뿐이다. 그러니까 나는 그 두 사람의 이야기를 하려는 것이 아니다. 처음부터 그럴 생각은 없었다.

그 이유 때문은 아니지만, 이마키 씨의 이야기를 여기에 전부 쓰지는 않겠다. 내 목적에 필요한 부분만을 골라낼 참이다. 이제 내 이야기는 비로소 내용에 다가서고 있다.

"요코야마 군은 원래는 당신처럼 행복한 회사원이었습니다."

이마키 씨는 그렇게 요코야마 군의 이야기를 시작했고, 나도 모르게 열정적으로 그 속으로 끌려 들어갔다. 이마키 씨가 왜인지 술로 붉어진 눈으로 들려주었던 요코야마 군의 기록풍 이야기를(내가 지금 여기에 쓰고 있는) 이 다음에 덧붙이려 한다. 과연 내가 생각한 대로 잘 전달할 수 있을지 모르겠지만, 확신할 수 있는 사실은 내가 이 이야기를 이대로 버리기는 어렵다는 사실이다. 부족한 부분은 이마키 씨의 이야기가 그랬기 때문이다.

자신의 의도를 정리하는데 이렇게 소설같은 방법을 쓰는 것이 과연 최선이었는지 지금은 의심스럽지만, 이 일은 나의 마음을 쏟게 한다. 마음을 쏟을 수 있다는 것은 그것이 무엇이든 이 세상에서 가장 고귀한 일 중 하나라고 생각한다.

요코야마 군의 메모는 제목도 없었고, 단지 마지막 네 글자 '다렌에서'라 쓰여 있을 뿐이다. 그래도 요즘 세상에 아직도 이런 식으로 감사하는 방법도 있다는 사실이 놀라웠다. 이 메모는 요코야마 군이 이마키 씨와 헤어지기 전, 마치 둘도 없는 무엇인가를 놓고 가듯 두고 간 모양이다. 이마키 씨에 대한 감사의 마음을 담은 쓸쓸한 인사였다.

1

우리는 행복하게도 당시 몇몇 친한 친구들과 청춘의 정열을 따라 마음 가는 대로 이런저런 계획과 새로운 지식에 대해 이야기를 나누면서 지내고 있었다. 막연히 진리를 사모하고 과학을 동경했다. 열심히 모순을 밝혀내고 불순을 배척하던 시절이었고, 안이하게 시간을 보내는 사람들을 극도로 경멸하던 시절이었다. 그러나 그런 태도는 아직 어울리지도 않았고, 한편으로는 마음만 바랄 뿐 스스로는 청춘의 시간을 허비하고 있었다. 애초에 이것과 저것이 모순된다는 사실을 깊이 생각하지도 않았다. 말하자면 열렬한 의욕만이 넘쳤던 것이다. 그러던 어느 해, 나는 볼일을 보러 한 달 정도 내지로 여행을 갔다. 어릴 적 만주로 건너온 나에게는 첫 내지 여행이었고, 강렬한 무언가를 나에게 남겼다. 그것이 무엇이었는지, 나는 이제야 알 것 같다.

그 후 어느 사이에 내 생각은 하나의 지점에 이르렀다. 한 지점이라 해도 그리 쉽게 다다른 것이 아니다. 돌이켜 생각해 보면 이 땅에서 우리 생활의 거점을 찾기 시작했다고 할 수 있다. 우리가 막연히 믿고 있었던 거점은 사실 그때의 내지 여행으로 파괴되었다는 사실을 나는 안다. 의심이 나를 감싸면서, 나는 이제 함부로 진리를 말하거나 과학을 꺼내고 세상의 모순을 비웃을 수 없게 되었다.

나의 친구들은 알겠지만, 그 시절에 나는 무엇을 말하고 싶어 했을까. 산둥山東에서 온 마차꾼에 대해 나의 견문을 말한 이유는, 그들이 이곳에 와서 밤낮으로 애쓰며 일하는 그 정신적 거점은, 우리보다도 현실적이라는 점을 말하고 싶었던 것이다. 일본에서 온 우리는 어떤 거점을 발견할 수 있는가. 일본은 멀고, 아무래도 관념 이상의 의미를 찾을 수 없다. 한편으로는 이 땅의 이민족의 생활을 연구하려고도 하였지만 이 역시도 얼마나 낯선 것이었던가. 우리의 불행은 여기에 있다. 우리의 마음과 육체는 토착 이민족처럼 이 땅의 것이 될 수 없었고, 또한 일본의 것도 될 수 없는 무엇으로 변화하고 있었다. 분명 이 분화는 어떠한 교육도 사상도 멈출 수 없는, 명확하고 넘기 힘든 풍토의 차이인 것이다.

어느 가을날 나는 다롄 교외의 전원 풍경을 내려다 볼 수 있는 산중턱에서 하루를 보낸 적이 있었다. 괴로웠던 그날의 일을 생각한다.

맑은 날이었다. 눈앞에는 과수원과 채소밭이 그 사이사이의 부락들을 감싸면서 일대에 펼쳐져 있었다. 채소밭에서 일하는 중국인 농부나 과수원에서 가위를 잡은 남자의 모습 등이 드문드문 보였다. 가위 소리는 공중으로 날아올라 분명하게 귀에 들릴 정도였다. 새빨간 사과가 나무 사이로 보이고, 농작물은 푸르게 땅에 퍼져 가을의 수확은 풍요로워 보였다. 야채를 싣고 마을로 가는 짐차와 밭길을 따라 마을로 가는 아낙을 태운 당나귀가 마주치자 목에 달린 방울이 맑은 소리를 냈다. 여기저기 산줄기가 뻗은, 추수를 기다리는 붉은 고량밭과 고구마밭의 가장자리를 나는 지나치곤 했다.

일본인이 이 마을에 살기 시작하면서 장려된 소나무 식림은 이제야 겨우 이 부근 산자락에 소나무 숲을 이루고 있었다. 돌덩이가 많은 산길을 아직 굵지도 않은 소나무 줄기를 붙잡고 걷거나, 혹은 갑자기 근처에 보이는 부락에 들어가 중국인의 얼굴을 빤히 쳐다보면서 도대체 나는 무슨 생각을 했을까. 나의 생각은 늘 하나였고, 귓전에는 무수한 속삭임이 있었다. (어떤가, 이것만은 확실하다. 라고 ─ 어떠한 것이, 어떠한 권력이 여기에 힘을 행사하든, 이들 중국인들은 분명 우리보다도 이 땅을 사랑하고 있다. 그 사실만은 확실하다. 의심의 여지는 없다. 이미 무의식적인 일이 되었지만 사랑한다. 아끼고 있다. 우리가 아닌, 그 누구보다도 그들인 것이다. 어떤가. 원래 애착을 갖을 수 있는 땅은 누구에게나 주어진다. 그러나 우리는 어떤가. 눈앞에 스스로 딛고 서 있는 발밑에서 찾을 수 없다는 사실은 얼마나 불행한 일인가. 도대체 어디에 있는가. 알고 있나. 그렇다. 이전에는 분명 동방에 있었다. 분명 있었다. 분명히……. 그러나 그것은……. 우리는 대체 어디에 살아야 하는 것일까. 알고 있는가.)

나는 여전히 채소밭에서 일하는 농부를 바라본다. 무언가를 짊어지고 길을 가는 젊은이에게도 정신이 팔린다.

(이 얼마나 평화로운 모습인가. 이 땅을 세계 그 어느 곳보다도 사랑할 수 있는 평온한 얼굴이다. 어딘가 가려는 생각조차 안 생긴다. 타지에 와서도 당장 사랑하는 땅에 돌아갈 수도 없는 우리는 어떤가. 만주에 사는 우리…… 이는 우리만이 아니다. 그렇지만 도대체 우리는 어디를 사랑하고 무엇을 믿고 살아가야 하는가.)

급기야 괴로움에 지쳐서 가까운 바닷가로 갔다. 파도는 옛날에도 그랬듯이 끊임없이 밀려오고 밀려간다. 바닷물을 측량할 수 없다. 나는 시원한 바닷바람을 마시고는 뜨거운 모래 위에 앉아서 아직 높이 떠 있는 태양에 아른거리는 바다를 멍하게 봤다. 일본이 안 보인다는 사실은 견딜 수 없이 슬프다. 그러자 다시 목소리가 들렸다. (있는 것은 분명하다. 그러나 보이지 않는다.)

이 바다는 건널 수 없다. 쉽지 않다. 그리고 나는 바다 이쪽 편에 살도록 되어 있다. (그렇다. 네가 하는 말은 맞다. 너는 어디에 가든 그렇게 친절하고 상냥하게 대접을 받으며, 그렇게 쓸쓸함에 가득 찬 첫 내지 여행을 알고 있는가. 떠오르는가.)

알고 있다. 나는 떠오른다.

모지門司 부두에서 본 일본인 짐차꾼에 대한 놀라움은 아직도 가시지 않는다. 만주에서는 모두 중국인 남자들이 하는 더러운 일들을, 내지에서는 모두 일본인이 하고 있다. 애초에 우리들의 심한 착각이었지만, 그러나 지울 수 없는 하나의 슬픔이 내 마음을 무겁게 만들었다. 고향에 돌아가면서 왜 안도감이 들지 않는 것일까. 왜 나는 이국을 여행하는 사람처럼 바쁘게 걷고 서둘러 돌아왔는가……

이런 생각은 날이 갈수록 더해갔다. 그러다 마침내 하나의 정점에 이르렀다. 나로서는 어쩔 수 없었다.

그 후로도 나의 첫 내지 여행은 다양하게 상기되었다. 이것이 다시 명확한 무엇인가로 의식되고 규정된 것은 조금 지나고 나서의 일이다. 만주에 사는 우리의 모습은 그 속에서 아른아른 떠오른다.

분명 하나를 자각하게 됐다. 그렇다. 하나의 자각이라고 믿어도 상관없다. 아무리 슬픔을 동반하고, 끊어내기 힘들고, 넘어서기 힘든 무언가가 있다 하더라도 우리는 명확히 파악해야 한다고 믿는다. 분명 그것은 이 땅에서의 생의 거점이다. 역사가 보여주는 대로, 그 어떤 이행에 따르는 고통도 믿으리라. 그렇기에 그 자체의 가치를 망각하는 것이 나는 오히려 두렵다.

2

지난겨울 설 연휴를 이용해 다시 3주간 내지 여행을 했다. 나의 이런 생각을 고국 땅에서 그리운 형 누나들과 나누기 위해서였다. 친절한 형, 상냥한 누나, 그리고 고국 전체의 느낌이 내 생각을 바꿀 지도 모른다. 그게 아니면 나의 이 마음은 고국의 따뜻함 속에서 계속 울적하기만 할 것인가. 아니면 단지 내 정당함에 대한 고민만 한층 더 깊어진 채로 돌아오게 될 것인가. 이 중 하나이리라는 기대를 품고 다롄항을 떠났다.

형 한 명과 누나 한 명만 방문할 계획이었다. 예정대로 도쿄와 요코하마에만 가고, 할아버지가 계신 고향과 지난번 여행에서 방문했던 곳은 일절 가지 않았다. 돈도 시간도 여유가 없었고 그럴 필요도 못 느꼈다.

다롄을 출발해서 2박 2일을 보낸 신기한 느낌의 바다 위 생활이 떠오른다.

배는 연말 귀성객과 입대자들로 만원이었고, 선실은 그야말로 콩나물시루 같았다. 단순한 고향 방문이었지만, 아끼는 친구들과 지인들의 환송을 받으며 성대하게 항구를 떠났다. 그러나 사실은 아까 말한 대로 마음은 무거운 출발이었다. 이 여행을 처음 준비하면서부터 어떤 우수에 빠져 있었다. 이 짧은 여행이 무던히도 마음에 걸렸고 과연 다시 돌아와 무사히 만주 땅을 밟을 수 있을 것인가 걱정이었다. 그 이유가 무엇인지 나조차도 알 수 없었고, 지금조차도 알 수 없다. 단순한 걱정이었는지, 아니면 어떤 생각이 나를 그렇게 내몰았는지 알 수 없었다.

만주 쪽 육지가 안 보이게 되었을 때 그 기분은 정점에 달해 공포로까지 바뀌었던 기억이 아직도 생생하다. 어쨌든 돌이킬 수 없는 길을 떠났다는 것을 깨달았다. 운명이 결정된 이상 일본에 가는 수밖에 없다고 생각했다. 바다에 대한 공포가 나를 둘러싼 것 같았다. 선실에 누워 철망이 둘러진 어두운 선실 등불을 보며, 만약 이 배가 가라앉더라도 그 순간 당황하지 말자고 마음먹었다. 가능하다면 많은 사람들을 구출하자. 보트 자리가 부족해지면 배에 남는 팀에 들어가자. 이런 생각들을 했다. 이 여행과 이런 일들은 전혀 관계가 없음에도 이상하게 계속 생각이 났다.

처음 내지에 갈 때는 일본에 대한 즐거운 기대로 가득했다. 반면 지금은 우울하기만 하다. 그 어떤 기대도 없다. 우선 일본에 도착해서 고국의 산과 사람들을 볼 뿐이다. 말하자면 그만큼 초조함과 긴장이 나를 덮치면 이런 생각을 떠올려 침착해지려 노력했다. 황해 한가운데 다다랐을 무렵, 무언가를 깨달았다. 그야말로 지금 내 마음은 만주와 일본으로 나뉘어 있다. 양극에서 당겨진 부표처럼 한쪽의 강약에 따라 나는 그 중간 어디 즈음에 떠다니고 있는 것이다. 이것이 바로 지금의 마음, 황해의 감정이고, 바다를 건너는 일본인은 똑같이 맛보는 운명적인 감정일 것이다.

그날 밤 갑판에 나갔을 때 정확히 머리 꼭대기에 위치한 엄중한 달을 보았다. 밤하늘에 돛대가 시커멓게 서 있었고, 파도는 잔잔했지만, 바닷바람은 얼듯이 차가웠다.

나중에도 또 기회가 있겠지만, 황해에 대해서 지금 조금 쓰겠다.

우리는 어떻게 황해를 건넜는가. 흙탕물 같은 이 바다가 일찍이 얼마나 우리 감정을 뒤흔들었는가.

바닷바람이 불고, 아침 해가 뜨고, 저녁 노을이 지고, 석양에 빛나는 배, 바다는 흔들고 사람은 흔들린다. 잔잔한 파도, 구름, 그리고 격절감.

이런 것들을 만나면서 우리는 바다 위에서 골똘히 생각에 잠긴다. 나도 모르게 어느새 그 생각에 빠져 우리는 어떻게 바다를 건넜는지 생각한다. 잊어서는 안 된다. 없애면 안 된다. 다롄 바닷가에서 본 이 바다는 의외로 어스름하고 깊었다.

첫 내지 여행이 없었다면, 나는 알지 못했을 것이다. 첫 일본 여행 때는 이 바다를 희망을 품고 건넜다. 그렇지만 돌아올 때는 놀라움의 눈으로 바라봤다.

그 후로 몇 년이 지났다. 다시 이 바다를 건너면서 갑자기 그때의 생각들이 떠올랐다. 이미 오랫동안 생각해 온 사실, 이미 그것이 무엇인지 알아차린 사실, 그 사실이 이제 와서 갑자기 명확하게 되살아난다. 왜 우리는 이 바다를 건넜는가. 왜 안 넘으면 안 되었는가. 아, 나는 그 이유를 알고 있다.

이틀째 밤, 황해의 풍경을 잊을 수 없다. 남쪽으로 갈수록 갑판 위는 따뜻해졌다. 저녁 식사를 마치고 서둘러 갑판 위로 올라갔다. 선실의 둥근 창으로 보이는 맑게 갠 저녁 풍경에 잠자코 있을 수가 없었다. 황해 서쪽 하늘의 아름다움을 나는 지금도 마음속에 그린다. 태양은 이미 지고 양털구름이 하늘 높이 떠서 움직이지 않는다. 바다는 이미 어둑하다. 그 어슴푸레함과 서쪽의 반짝임. 남쪽 바다나 사막처럼 보였다. 모래 위에 지는 석양이거나 남쪽 나라를 항해하는 저녁 풍경이 아닐 수 없다. 이대로 모든 상념을 떠나 남방으로 가는 게 어떨까, 갑자기 이상한 생각이 들었다. 파도는 의외로 조용하고, 바닷속과 동쪽에서 밤은 다가와 이윽고 파도의 고랑은 서쪽을 향해 신비로운 검은 빛을 발했다.

나는 황해를 하나의 운명적 바다로 이해한다. 아득한 옛날부터 일본인은 이 바다를 동쪽에서 바라봤다. 중요한 것은 지금 일본인이 그 바다를 건넜다는 사실이다. 그렇게 하지 않으면 안 되었다는 사실, 또 나아가 우리가 지금 서쪽에서 이 바다를 바라보고 있다는 사실이다. 넘기 힘든 바다, 깊은 바다, 북방의 해구보다 깊고 넓으며, 지중해보다 우리에게는 운명적이다.

한밤중에 지나간 이키壱岐 등대의 차가운 불빛. 떨렸다. 일본에 왔다. 다시 일본에 왔다고 한밤의 바람이 나에게 불었다.

이튿날 아침 모지門司에 입항했지만 그날은 갑판에 일찍 나가지 않았다. 처음 갔을 때는 동트기 전부터 갑판에 나가 아침 바람을 맞으며 점점 다가오는 일본 대륙에 기쁨의 눈을 반짝였지만, 그날 아침은 차분했다. 드디어 왔구나 하는 생각에 몇 번 긴장됐지만, 침착했다.

모지항 마을을 배에서 보자니 처음 봤을 때처럼 그 좁고 추악함에 놀란다. 시모노세키下關라 해도 마찬가지여서 나는 천천히 시모노세키로 가서 도쿄행 열차를 탔다.

—이렇게 나는 일본에 건너갔다.

3

시모노세키에서 요코하마까지의 이동은 하나의 실재감을 느낄 수밖에 없는 여정이었다. 일본인이 광야에 터를 잡고 망망한 초원에서 느낀 첫 환희가 사라져 간다는 것을 알게 된 때 느꼈던 바로 그 실재감 말이다.

다음날 아침 요코하마에 도착했다. 보고 싶던 형이 마중을 나와 주었고, 나는 그 동네 사람이 되었다. 이제야 일본인으로서의 생의 울림이 나를 에워쌌다. 역 앞에서 형과 처음으로 얼굴을 마주했을 때 평정을 가장하고 웃음을 지어보였다.

형은 이전에 만났을 때처럼 멀리서 온 나를 불쌍히 여기며 위로했다. 이런 형은 둘도 없지만, 나는 이와 같은 일에 감동하는 것을 그다지 좋아하지 않는다. 우리는 서로 자제했다. 육신이기는 하지만 멀리 떨어진 곳에서 서로 다른 생각을 하며 살아왔다는 사실은 그늘 깊숙이 숨기고, 친한 형제라는 좋은 부분만을 내보이고 있었다. 우리는 그 부분의 감정마저도 표면에 드러나는 것을 억제하고 있었던 것이다.

그렇지만 이번은 멀리 떨어져 다른 생각을 하며 살아왔다는 사실을 확인하러 온 여행이다. 딱히 누군가와 이야기를 나누지 않더라도 나는 보는 것만으로도 이를 확인할 수 있으리라 생각한다. 온 신경을 충분히 집중하고 있으면 된다. 오랜만에 재회한 형들 앞에서 다 드러낼 필요는 없다. 형이나 누나의 마음을 굳이 아프게 할 필요는 없는 것이다. 이 주일만 있으면 된다. 그렇게 생각하고 있었지만 귀국 첫날밤에 그 다짐을 깨고 말았다는 게 슬프다.

해지는 호도가야保土ヶ谷 골목을 나란히 걸었다. 좁은 길 양옆으로 막 세운 신년 대나무 장식이 아직 잎이 달린 채 서 있었고 금줄과 물로 정화된 분위기가 골목에 가득하여 집집마다 어딘가 모르게 들떠 있는 느낌이었다. 나는 상쾌한 기분으로 골목을 꺾어 들어간 형 집에 여장을 풀었다.

자그마한 집과 앞길에도 역시 그런 옛스러움이 머물러 있었다. 이 주변은 오래된 호도가야 숙소거리라고 한다. 나는 지금 분명히 이러한 것들이야말로 일본의 아름다움이라고 생각한다.

그날 밤 우리는 조카가 손수 만든 음식으로 술자리를 맞았다. 처음에는 아련한 취기와 솟아나는 기쁨에 한 마디, 두 마디 말을 꺼내기 시작했다. 술잔을 더할수록 웃음이 더 하고 기분이 좋아졌지만 이야기는 예상치 못한 방향으로 흘렀다.

밤이 깊어 조카는 지쳐서 잠들었다. 나는 빈 잔을 왼손에 쥐고는 밤새 떠들었다. 그렇다. 떠든 쪽은 나다. 술과 열정으로 벌겋게 달아오른 나는, 무한한 밤 속에 있는 마냥 계속 떠들었다. 나의 이야기가 형을 슬프게 하고 지치게 했다. 날이 밝아올 때가 다 돼 내가 지쳐 잠들 때까지 형은 내 이야기를 하나도 빠짐없이 들어 주었다. 왜 이렇게 되어 버렸을까. 반성한다. 어쨌든 술에 취한 열정이 나를 떠들게 했고, 오랜 시간 동안 겪은 일들과 오랜 시간의 말들이 나를 밤새워 주절거리게 했던 것이다.

이 얼마나 비참한 이야기를 했는가. 그랬음에도 형에게 내 마음의 십분의 일도 말할 수 없었고, 그렇다고 스스로 만족할 만큼도 되지 못 했다.

그 어떤 '거리'를 말하고자 했다. 또 '한계'를 말하고 싶었다.

일본에 와서 일본을 예찬할 말이 없다. 처음 귀국했을 때 이미 나는 그 어디에서도 그런 말을 발견할 수 없었다. 그때야말로 내가 사는 만주의 모습을 수평선에 빛나는 광망처럼 바라볼 수 있게 된 때가 아니었던가. 일본의 고뇌의 표정이 여기에 있노라고 이제는 알고 있다. 나는 그때 무심코 일종의 복습을 했던 것이다.

아마도 형의 말이 신경 쓰여 떠들기 시작했던 것 같다. 형은 딱히 뭐라 말한 것도 아니었다. 단지 형의 말에서 슬픈 자애를 느꼈을 뿐이다. 나는 얼마나 진실과 열정과 동요 속에 빠졌던가. 그 때문에 나 자신을 제어할 수 없을 정도로 흥분했다.

"그러니까 형, 제 말 좀 들어보세요." 몇 시간이 지난 후인지 모른다. 그때까지 정처 없이 이야기하던 나는 이때 비로소 무언가 말하고자 했다. 우리의 자각과 우리의 독자성을 말하지 않으면 안 된다는 생각이 들었다. 마치 숭고한 명령을 받은 것처럼 말에 힘을 주는 나를 보며 형의 눈은 신기하게 빛났다.

나는 말했다.

"형, 제가 이번에 이렇게 갑자기 찾아온 것은 아무 이유 없이 온 게 아닙니다. 물론 그 이유를 형에게 일일이 설명할 필요는 없지만, 지금 몹시 말하고 싶어졌어요. 좀 들어 주세요. 우리가 지금 도대체 무엇을 알려고 하고, 무엇을 만들어가려는지 형이 알아주셨으면 합니다. 이 나라 바깥에 사는 우리가, 추억도 희망도 저 건너에서 갖을 수밖에 없는 젊은 우리가, 이제 막 품으려는 생각 중 하나라고 이해해 주세요."

그러고 나서 질리지도 않고 지치지도 않고, 동틀 녘까지 나는 계속 말했다. 옆에서 형은 열심히 들어주었다.

애초에 내가 내지에 돌아간 것은 징병 검사 때문이었다. 요코하마에서 마치 처음 보는 양 형과 재회하고, 고향까지 형을 따라갔다. 내 고향은 동북지방의 한 농촌이다.

우리 부모님은 일찍이 병으로 돌아가셨고, 고향에는 할아버지가 한 분 살아 계실 뿐이었다. 고향 집은 할아버지 후처의 자식들이 유지하고 있었고, 우리는 그곳에 간 것이다. 할아버지에 대한 기억은 형에 대한 기억보다도 아득했다. 오히려 기억이 거의 없다고 해야 맞다. 가물어 흙이 하얗게 마른 시골길을 지나 그 집에 도착했을 때, 벽이 기운 이 방 안에는 일종의 불안한 기운이 감돌았다. 당시 가장은 물론 할아버지였지만, 실제로는 사부로三郞라는 양자가 실질적인 가장이었고, 그는 부지런했다. 우리에게는 무척 서먹하고 조심스러운 태도를 취했다. 말하자면 오랫동안 자리를 비웠던 본가의 자식들이 갑자기 들이닥친 꼴이었다. 이런 사정은 사부로의 동생이라는 남자가 언젠가 술주정을 부리며 친척들을 괴롭게 했다는 다음과 같은 말에서 잘 알 수 있다.

"누가 뭐라든 이 집은 우리 형님이 없었으면 지금까지 이렇게 유지될 수도 없었잖아. 아들이든 딸이든, 손자들까지 이 집 사람들은 이놈저놈 할 것 없이 죄다 어딘가로 가버려서 집에 나타나지도 않잖아. 우리 형님이 있었으니까, 우리 형님 덕분인 거잖아. 안 그래?" 고모들 말에 따르면

이 형제들은 이 집에 가까운 사람이 찾아가면 찾아갈수록 자신들이 모처럼 키워낸 이 집안을 빼앗기지는 않을까 몹시 불안해하더라는 이야기를 나중에 들었다. 얼마 안 되는 전답에 우리는 그다지 관심이 없었지만, 어쩔 수 없는 일이다.

사실 나에게는 상관없는 일이었다. 그러나 드디어 상관 많은 일이 일어났다.

"형, 우리가 그 우스꽝스러운 승합차에서 내렸을 때, 우리 집이 저기라고 형이 가르쳐줬잖아요. 그때였어요. 그때 우리는 트렁크를 지고 한 걸음씩 걸어 올라갔지요. 길을 다 올라 집 앞에 섰을 때 우리는 지칠 대로 지쳤습니다. 바로 그때 제 꿈은 완전히 깨졌다는 것을 나중에야 알았어요."

꿈이라 해도 별 볼 일 없는 것이었다. 그저 고향에 대한 꿈이었다. 그러나 그때, 지금까지 만주에서 품고 있던 긍지와 모든 것들이 한 순간에 와해되고 말았기 때문에 나에게는 만만치 않은 결과였다.

"우리는 지금까지 우리 주변 원주민들의 생활을 봐 왔습니다. 그들은 불결하고, 비위생적이고, 무기력하고, 파렴치한이어서 멸시해도 되는 사람들이었습니다. 그곳에서 우리 일본인은 말하자면 귀족같은 지위에 있었고 그 권력은 예사롭지 않았으며, 우리는 스스로를 어느새 만주의 귀족이라고 부를 지경이었습니다. 그런데 뭐랄까요, 제가 고국에 와서 고향 집 앞에 섰을 때, 그 긍지도 꿈도 전부 날아가 버렸습니다. 그 촌스러운 냄새, 만주에서도 원주민들, 중국인들의 집에서 자주 맡을 수 있었던 냄새가 나는 겁니다. 골격이 느슨해지고 하얗게 먼지가 낀 집 꼴을 형은 못 보셨습니까. 봉당이 있는 방에서 구석방으로 이어지는 툇마루, 그날은 참 더웠지요, 햇볕에 타는 듯한 툇마루는 허옇게 다 벗겨져 추하게 나이테만 두드러져 있었구요. 올해는 제비가 둥지를 틀었으니 이 집에도 좋은 일이 있으려나 보다고 할아버지가 말씀하셨는데 그게 그렇게 쓸쓸할 수가 없었습니다. 그때 저는 황해 너머의 땅에 우리가 사는 이유를 깨달았습니다. 지금에 와서 생각해 보면, 그 후에 보는 모든 인상과 심상은 그 이유를 뒷받침하는 근거가 더해지는 것뿐이었습니다. 더러운 변소, 맛없는 음식, 그 집에 더러운 아이들은 저수지 바닥에 고인 흙탕물에서 첨벙첨벙 물놀이를 하고 있었습니다. 그런 모습도 모두 만주 원주민 아이들과 똑 닮았습니다. 도대체 우리는 무슨 신경으로 제 멋대로 생각했던 것일까요. 지금보다도 더 어렸고 에너지 넘치던 때라 저는 제가 어떤 고통이나 더러운 것도 참을 수 있을 거라고 생각했습니다. 그런데 실제로 닥쳐보니 거짓말이라는 사실을 알았습니다. 모든 게 무너졌어요. 그날 밤 성묘 갔을 때, 부모님 무덤 앞에서 형은 우리 조상님의 이야기를 해주셨죠. 비라도 올 듯한 하늘에 건너편 길에서는 쓸쓸한 장례 행렬이 오고 있었습니다. 누에철에 죽은 아이를 한여름이 다 된 그 때에 묻었다고 했습니다. 쓸쓸하고도 쓸쓸해서, 형의 이야기가 다 끝 났을 때 저는 목소리조차 나오지 않았습니다. 뒤쪽 잡목숲을 따라 내려오는 길에 비가 내리기 시작했던가요, 저녁매미가 일제히 울었었지요. 집요할 정도로. 저는 저녁매미의 울음소리를 그때 처음 들었습니다. 음산했어요. 그렇게 음산한 소리는 처음이라고 그 어두운 숲 속에서 소리라도 지를 뻔했습니다. 우리는 그 길을 순식간에 내려왔었던가요."

그날 밤 나는 툇마루 앞에서 언덕 아래 어둠을 보고 있었다. 이상한 울음소리가 들려와 나를 괴롭혔던 것이다. 이번에도 음산한, 동물의 울음소리였다. 조금 지나 나는 옆에 있던 아이에게 물었다. "양이야"라고 아이는 대답했다. 그러자 이번에는 몇 개의 불빛이 어둠 속에서 튀어올랐다. 내가 다시 묻자 "내반딧불이"라고 한다. 아이는 양을 '히쓰지'가 아니라 '스쓰지'라고 발음했고, 내반딧불이를 '가와보타루'가 아니라 '가보다루'라고 발음해서 알아듣기가 몹시 힘들었다.

여담이지만 어둠과 음산한 울림밖에 없는 세계가 나에게는 불가사의한 고향의 심상으로 남았다.

"다음날은 할아버지와 둘이 관청과 소학교에 들렀지요. 그날도 더워서 논밭은 쩍쩍 갈라지고 힘들었습니다. 가다가 우물에서 할아버지께 물을 떠드렸습니다. 감동이 몰려왔습니다. 이제 언제 또 만날 수 있을지 모르는 할아버지이니까요. 할아버지께서 중간에 나무 그늘에서 쉬고 계실 때 내게 이런 말을 했습니다. 나를 볼 때면 언제나 시선을 내리깔고 내 눈을 제대로 보지 않던 할아버지가—무엇을 해도 상관없으니 나쁜 짓만은 하지 말거라—그리고 관청에서도 학교에서도 꼭 이렇게 말했습니다.—만주에서 손주가 돌아왔습니다—라구요. 소학교에서는 대단했습니다. 선생님들이 만주사변 이야기만 물어서요."

또 그날 밤은 새벽 2시에 일어나 모두 잠들어 고요한 집을 조용히 빠져나와 언덕 아래 우물가로 내려갔다. 그때 울고 싶은 공허감을 느꼈다. 주변은 이미 아침의 기운이 몰려와 걷기에 불편하지는 않았다. 아직 잠에서 깨지 않은 고향의 들판 위 움직이지 않는 공기 속에 나는 잠시 웅크리고 있었다. 이곳이 나의 고향인가. 가난하고, 좁고 더러운 고향. 나는 살포시 우물 물을 떠서 얼굴을 씻었다. 3시에는 사부로 씨의 손에 이끌려 수호산에 올랐다. 그리고 함께 모인 몇 명의 장정들과 함께 니혼마쓰초二本松町를 향해 출발했다. 그 후로 나는 두 번 다시 고향에 돌아가지 않았다. 검사가 끝나자 그대로 홋카이도로 떠난 것이다.

그날 아침이었다. 외출 준비를 마치고 나왔을 때 사부로 씨는 창고 뒤에서 부인을 혼내고 있었다. 나는 어쩔 수 없이 옆에서 다 들을 수밖에 없었다. 아침밥은 먹지 않아도 된다고 했는데도 사부로 씨는 먹고 가라고 한다. 그런데 밥이 아직 안 된 것이다. 부인은 욕지거리를 들으면서 갓난아기에게 젖을 물리고, 졸려 고꾸라지려고도 했다. 또 하릴 없이 솥 아래 불을 들쑤셨다. 지친 농부農婦는 매일 밤, 그리고 어젯밤도 밤늦게까지 일을 했음이 틀림없다. 이 모습을 보고 있기가 힘들었다. 오전 3시에 자고 있던 할아버지를 깨워 인사를 했다. 그때 견디기 힘든 침묵의 몇 초가 흘렀음을 나는 기억한다. 전날 밤 석유 냄새나는 술을 같이 마시던 그 자세로 할아버지는 내 얼굴을 제대로 보지도 않고 "그래", "그래" 하고 인사를 받았다.

나는 사부로 씨와 함께 마을 수호 신사가 있는 산을 향해 아직 밝아오지 않은 숲 사이를 지나갔다.

신사에서도 그곳 신관은 안경 너머로 내 얼굴을 빤히 보더니 "아, 당신이 메구루 씨의 아들입니까. 많이 컸네요. 많이 컸어요. 돌아가신 아버님과 저는 사이가 좋았습니다. 여기에 걸려 있는 실타래는 당신 할아버님이 기부하신 겁니다. 이것도 그렇고, 이것도요."

아버지의 그늘이다. 그리고 내 과거의 그늘이기도 하다.

"그래서 결국 내가 고향에 있었던 시간은 고작 하루 반이었습니다. 시간이 없어서이기도 하지만, 그래서 다행이었습니다. 나는 그곳에 머무는 것이 견딜 수 없었어요. 니혼마쓰에 간 것도 도망쳤다고 하는 편이 맞습니다. 고향에 대한 꿈은 완전히 깨져버렸어요."

그 후로 나는 홋카이도에 사는 불행한 고모를 찾아갔다가 다시 형 집으로 돌아가 일주일 정도 머물고는, 돌아오는 길에 하카타에서 친구를 문병한 후 바로 만주로 건너갔다. 첫 여행은 그것으로 끝이었다.

"형, 삿포로로 후미 고모님 찾아갔을 때 일은 생각나나요. 전에도 말했지만, 형의 안부인사를 고모에게 전했을 때 고모의 반응 말입니다. 마을 목욕탕에 간다고 하셔서, 고모와 저는 둘이서 덥고 흙먼지 날리는 길을 걷고 있었습니다. 고맙다. 모두 이제 고향으로 돌아오면 어떻겠냐고 자꾸 말하지만, 나는 여기를 떠날 마음이 없구나, 가미야神谷의 무덤도 여기에 있고, 아들과 며느리, 손자도 이곳에 있으니까. 형에게 안부 전해주렴. 요즘은 내 생활도 많이 안정되었다고. 고모가 걸어가는 뒷모습과 그림자를 보고 있었습니다. 홋카이도까지 와서 모두 먼저 죽고 홀로 남아 외로운 고모도 그런 말을 하시더군요. 저는 그 말을 잊지 못하겠습니다. 한여름에도 추운 쓰가루津輕의 짙은 바다색도, 하코다테函館역 대합실의 쓸쓸한 사람들의 표정도……. 외로운 사람들이 서로의 이별을 아쉬워하며 울고 있었습니다. 그런 광경을 저는 잊지 못 합니다. 여행에서 돌아오는 길에 하카타博多에 친구 문병을 하러 들른다고 했었지요. 폐병으로 만주에서 일을 그만두고 요양을 하고 있는 친구입니다. 한 때는 경과가 좋지 않았지만, 그때는 조금 기력을 차리고 있었습니다. 제 얼굴을 아는 사람이 없다고 자다가 형에게 이끌려 역까지 나와 있었습니다. 기력을 차렸으니 같이 놀 수 있다는 소식을 제가 만주를 출발하기 전에 들었지만, 제가 갔을 때는 상태가 급변해 이미 심장에 통증을 느끼고 있었습니다. 두세 걸음 걷다가 쉬고, 또 걷다가 쉬면서 왼쪽 손으로 심장 위를 누르며 말도 이어가기 힘들어 했습니다. 그 와중에도 친구는 저에게 하카타 구경을 조금이라도 시켜주겠다며 다마야라는 백화점까지 데려가 주었습니다. 그 친구가 저에게 그러더군요. 병이 나으면 다시 만주로 가고 싶다고. 아무리 여기가 형님집이어도 이렇게 빈둥빈둥 지낼 수는 없으니 친구들도 있는 만주가 좋다고요. 또 이런 이야기도 했습니다. 아플 때는 시시한 일에 몸과 마음이 상하는데, 그게 그렇게 힘들 수 없다면서요. 아직 푼돈이 있던 때라 요양을 해볼까 하고 벳푸別府에 갔다고 합니다. 기차 여행에 지쳐서 벳푸 여관에 도착했는데, 주인이 병에 대해 묻길래 사실대로 이야기했더니 방이 없다고 하더랍니다. 아무리 부탁해도 소용없어서 다른 숙소로 갈 기력도 없고, 지칠 대로 지쳐서 그대로 돌아왔다고 합니다. 그런 쓸쓸하고 괴로운 경험은 처음이라며, 이제 자기는 누구에게도 환영받지 못할 것 같다고 했습니다. 형, 저는 그 시골 친구 집에서 하룻밤 묵고 다음날 저녁 둘이서 다시 하카타로 갔습니다. 친구는 배웅을 하겠다며 시골길을 지나 논밭 한 가운데 있는 역에서 급행열차를 기다려 주었습니다. 이미 해가 진 철로 건너에서 반짝이고 있던 신호등 불빛을 잊을 수 없습니다. 그 진한 초록색이 한동안 잊혀지지 않았습니다. 그 친구의 마음이 제 가슴속에 소리를 내면서 스며들었습니다. 헤어지는 순간의 쓸쓸한 표정, 그 친구는 그러고 한 달 후에 죽었습니다. 이별이란 것은 왜 이럴까요. 삿포로의 후미 고모도 그 날 아침 어두운 나에호역에서 얼마나 서 있었을지. 저는 어둡고, 병 들고, 늙고, 불행한 것들만을 내지에서 보았습니다."

이후에 그 여행이 나에게 커다란 반성의 씨앗을 남겨준 것은 어쩔 수 없다. 이번에 이렇게 다시 내지를 방문할 때까지, 나는 거의 그에 대한 반성만 하고 있었다.

"그 후로는 만주에서의 제 생활은 어딘가 무미건조해졌습니다. 어찌 할 바를 모를 무의미함입니다. 저는 여러 가지를 깨달았습니다. 저쪽에서의 우리의 생활, 또 그 생활을 둘러싼 원주민들의 생활⋯⋯. 지금까지 눈치채지 못했던 것들이 보이기 시작했습니다. 형, 고향이 없는 마음이란 게 무엇일까요. 저의 마음이 그랬습니다. 왜 그런 것인가, 제 꿈은 거기서 사라져 버린 것입니다."

망망한 만주⋯⋯. 형은 나에게 술을 따라주었다. 나는 잔을 들어 단숨에 마셨다.

"가장 마음에 파고드는 것은 원주민들의 생활이었습니다. 우리들이 지금까지 멋대로 무시해 온 이 땅은 그 누구보다도 그들이 사랑하고 있다는 사실을 이제야 깨달았습니다. 저는 사랑하고 있던 고향에 실망하고 돌아온 남자입니다. 어쨌든 지금 살고 있는 땅은 이미 그들이 사랑하고 있었습니다. 이를 깨닫게 됐을 때 저는 이미 가만히 있을 수 없었습니다. 바보 같은 짓이지만, 바다로 뛰어나가 모래밭에 누워서 수평선을 찾았습니다. 일본 쪽을, 일본의 모습을 찾았습니다. 멍청한 행동입니다.

찾는다고 보이지 않습니다. 저에게는 단지 허무함이 몰려올 뿐이었습니다. 파도 소리도 햇빛도 나를 고독에 빠트릴 뿐이었습니다. 대체 우리는 어떻게 하면 좋을지……."

4

"시간이 지나니 저도 더 이상 초조하지 않게 되었습니다. 중국인들의 마을을 어슬렁거리거나 교외 전원을 헤매고 다니며 안정을 찾을 수 있었습니다. 마을이나 교외에는 전에도 종종 나가곤 했지만, 침착해진 마음과 사색 속에서 걷게 된 것은 최근의 일입니다. 마음속에 떠오르는 일본의 심상도, 눈앞에 있는 이 현실도 예전처럼 당황하지 않고 함께 떠올릴 수 있게 되었습니다. 또 지금까지 번잡하고 불안했던 제 자신의 모습을 돌아보게 되었습니다. 말하자면 저는 우리의 운명적인 모습을 깨닫기 시작한 것입니다. 저는 알았습니다. 그런데 왜 바보 같이 바로 몰랐을까 싶습니다."

그것은 이번 여행에서 지키고 있었던 마음의 거의 전부였다. 드디어 말하고 말았다. 마음속에 눌러둔 채 내지를 바라보고, 다시 만주에 돌아오자 마음먹었던 그 마음이다. 마치 일본에 있는 모든 사람에게 되돌릴 수 없는 선언을 말한 후처럼, 맥이 빠져버렸다.

"형, 저희는 원래 내지를 그리워해서는 안 되는 거였습니다. 내지를 생각하거나 그리워하는 행동은 잘못이었던 겁니다. 가능한 한 빨리 잊어야 합니다. 이 향수라는 놈이야말로 가장 먼저 처부수어야 합니다. 형을 괴롭히려는 게 아닙니다. 그렇지만 사실 내지 사람들에게, 또 그 안에 우리들은 환영받지 못 합니다. 마음이 비뚤어진 게 아닙니다. 이렇게 내지의 공기를 마시고 있어도 절실히 느껴집니다. 한두 명의 이야기가 아닙니다. 사실 그럴 여유도 없습니다. 무엇이 어떻게 되든 우리는 저 건너에서 살아가지 않으면 안 되는 것이었습니다. 그곳에서 자라서 거의 아무것도 모르는 저희들이, 내지의 그리워할 만한 아름다움은 우리도 책이나 이야기에서 충분히 들었습니다. 그러나 그것들은 다 무어라 해야 할까요, 그 얼마나 모순인지. 무엇보다 곤란한 점은 온 힘을 다해 주위에서 최선을 다하고 있었다는 것입니다. 우리는 오로지 내지에 돌아갈 일만을 생각하는 어리석은 어른들처럼 한 묶음의 향수병자가 되었습니다. 그 꿈이 이루어지지 않거나 사라졌기 때문에 이제는 장구벌레처럼 흐늘거리고만 있습니다. 직접적인 목적이랄까 토대가 없기 때문에 우리 젊은 사람들 뿐 아니라 그곳에서 오래 생활해 온 사람들은 어딘가 허무한 눈을 하고 있다는 말을 듣는다는 사실을 아십니까. 정말 그렇습니다. 그 말을 깨닫고 진실을 알았을 때 저는 놀랐습니다. 소리조차 지를 수 없이 향수가 극에 달한 결과입니다. 우리는 어른들도 젊은이들도 허무한 인종들로 흐늘거리고 있고, 어디에도 발을 내딛지 못 하고 있습니다. 내지 사람들은 그렇게 생각하겠지요. 식민지 인간들은 들떠 있다든가, 젊은이들이 패기가 없다든가 말하는 이유도 거기에 있습니다. 같이 살고 있는 미개한 이민족들은 거만한 주제에 누구보다도 삶에 자신이 없다고 우리를 생각합니다.

얼핏 봐서는 누구나 잘 살고 있습니다. 그러나 누가 그렇게 자신이 있습니까. 원주민들처럼 착실히 살고 싶어도, 더없이 사랑하는 일본 땅이 눈앞에 없고, 낯설고 단 한 번도 고향인 적이 없었던 이국의 땅과 하늘과 민족만이 눈에 보입니다. 형, 우리는 이미 황해를 건너는 데에만 이틀이 걸립니다. 단 이틀이라도 그 이상의 시간과 돈이 우리를 얼마나 갈라놓았습니까. 저는 이번에 오면서 이 바다가 얼마나 넓은지 아주 잘 보았습니다. 무엇보다도 그 거리와 아득함. (여러 의미에서 이 바다는 나에게 깊은 인상을 남겼습니다. 만주로 건너가는 일본인을 슬프게 하고, 내지와 만주 사이에 결정적인 거리를 만들고, 과거 수천 년간의 이야기들이 가득한, 오래되고 또 새로운 이 바다의 밤낮을 저는 잊을 수 없습니다.) 그러나 이 바다를 건너면 수없이 많은 곤란한 사정이 있음에도 불구하고 그곳 사람들은 얼마나 기쁜 마음으로 귀향을 기다리는지, 얼마나 동경하는지 형, 상상해 보십시오. 향수의 농도는 짙어가고, 생활 속 깊숙이 침투하여 살풍경한 환경 속에서 살아가는 생활의 활력이 되었습니다. 그러나 한편으로는 그것이 생활을 얼마나 위축시키고 방해해 왔는지, 말하자면 일종의 병이었습니다. 귀향은 생을 부여하고, 그들은 당당히 돌아옵니다. 길이든 흉이든 매년 얼마나 많은 사람들이 그렇게 내지를 방문합니까. 그리고 며칠, 또는 몇십 일을 체류하며 이곳 사람들은 아무도, 아무것도, 생각도 말도 행동도 보여주지는 않지만, 무언가를 마음에 품고 돌아갑니다. 저쪽에서는 내지에서 돌아왔다는 것만으로도 어두웠던 눈이 반짝입니다. 대답조차 안 하는 사람을 만난 적도 있지만, 저는 "어때? 좋았지?"라고 물을 뿐입니다. 말하자면 내지의 모든 사람들에게, 너희들의 생활의 거점은 바다 건너다, 라는 말은 들은 겁니다. 그렇게 배웁니다. 너희는 이곳에 살면 안 된다. 바다 건너로 가야 한다. 다시 말하자면 저희는 이렇게 내지에 찾아올 수는 있어도 결국 다시 돌아가지 않으면 안 된다는 사실입니다. 그런 겁니다. 귀성, 귀국, 그 밖에 뭐라고 부르든 결국은 여행일 뿐입니다. 여행조차도 쉽게 허락되지 않고, 저희는 항상 바다 건너로 돌아가지 않으면 안 됩니다. 심하게 말하면, 저희는 고국에 돌아가더라도 다시 바로 나가지 않으면 안 된다는 말입니다. 형, 차라리 만주가 캘리포니아나 브라질처럼 돌아갈 희망이 거의 없는 곳이라면 좋겠습니다. 그렇다면 이 문제는 의외로 간단합니다. 어정쩡하게 일본에 가까운 나머지 우리의 내지에 대한 감정은 애매하게 다타지 못 하고 남습니다. 형, 저는 살려고 합니다. 이런 정처 없는 마음으로는 있을 수 없습니다. 사랑할 수 있는 땅에 살고, 그것이 안 된다면 지금 살고 있는 땅을 사랑해야 한다고, 제가 내지에 와서 이렇게 환대를 받고 있지만, 저는 바다 건너에서 어떻게 하면 그 땅을 사랑할 수 있고, 사랑해야 하는지 그것에만 정신이 팔려 있습니다. 형의 보살핌이 저를 힘들게 합니다. 애절한 마음만 있어서 형의 따뜻한 마음이나 환대에 제대로 답할 수가 없습니다. 그렇지만 형, 저는 이제 이렇게 대답하겠습니다. 멀리 있는 아름다움을 동경하기 보다는 눈앞의 현실을 사랑하기로, 그것이 훨씬 중요하다고, 저는 이제 그런 삶을 믿기로 했습니다. 방해가 될지언정 도움이 되지 않는 향수는 버려버리는 것이 우선입니다. 그 다음은 눈앞에 손이 닿는 만주 땅을 사랑하는 것, 아무리 시시하더라도 이것만이 지금 우리에게 주어진 유일한 길이라고 자각합니다. 북방의 이민자들을 아십니까. 그들은 지극히 비참한 운명의 사람들입니다. 그러나 적어도 그들은 이런 점에서는 우리보다 낫다고 생각합니다. (그들은 압니다) 그들은 이미 가야 할 곳을 알고 있습니다. 하얼빈이라는 곳을 무엇보다 사랑하고, 적어도 사랑하려고 노력하고 있기 때문입니다. 우리도 그렇게 되지 않으면 안 됩니다. 꼭두각시 인형처럼 향수의 끈에 묶여 뒤에서 조정당해 왔습니다. 그러나 이제는 끊어내야 합니다. 저는 그렇게 자각했습니다. 그렇게 하지 않으면 안 됩니다. 나머지는 그 후의 일입니다. 우리가 갈 곳은 어디일까요. 북방의 이민자들, 또 모든 사람들처럼 우리가 살아야 할 땅을 사랑해야 합니다. 그 길만이 유일합니다. 살풍경하다면 나무를 심어 가꿔야 하고, 아름다운 음악과 노래도 만들면 됩니다. 못 할 것은 없습니다. 피곤하네요. 형⋯⋯."

나는 취해 있었는지도 모른다. 단지 그때까지 조용히 내 이야기를 듣고 있던 형의 표정은 잊을 수 없다.

⋯⋯⋯⋯⋯

그 후로 2주간을 머물렀다. 겨울비가 오는 쓸쓸한 2주 동안 요코하마도 도쿄도 젖었고, 형과 얼굴을 마주하며 지냈다.

황해를 건너 다시 돌아왔지만, 나는 쓸쓸할 뿐이었다. 쓸쓸했다.

⋯⋯⋯⋯⋯

⋯⋯⋯⋯⋯

○

"그리고 얼마 안 지나서 다니던 회사를 그만뒀답니다."

이마키 씨의 얼굴은 술로 번뜩이고 있었다. 나도 열이 올랐다. 땀을 흠뻑 흘리고 있었다. 나는 웃옷을 벗고 고개를 떨궜다. "회사를 그만두었다는 것은 분명 지금까지 해 오던 일을 이제는 계속하기 힘들어졌다는 말이겠지요. 사람들이 무시하는 것 이상으로 가치 있는 일이었을지도 모릅니다. 이 사람의 경우는 회사를 그만둔 것은 지금까지의 생활을 버린 것과 마찬가지이니까요. 나로서는 바보 같다고 생각하지는 않습니다. 상당히 깔끔하게 그만두었다고 합니다. 그만두겠다고 상사를 찾아갔는데 상사가 화를 낸 모양입니다. 대체 너는 어쩌라는 것이냐고 했나봅니다. 어쩌라는 것이냐는 말은 심했습니다. 다른 친구들이나 지인들은 앞으로 어떻게 할 것인지 걱정했습니다. 그때까지 이미 회사에서 태도가 이상했던 거지요. 아무도 놀라지 않았나 봅니다. 너는 참 독특하다는 말을 들었다고 합니다. 아무래도 자신들 무리에서 한 명이라도 뒤처지고 떨어져나가면 신경이 쓰이는 법이니까요. 그때부터입니다. 저도 흥미가 생겨서 이런저런 이야기를 물어봤습니다. 젊은 사람의 일이니까 저도 그다지 심술부리지 않고 조심조심, 될 수 있으면 자연스럽게 말을 걸었습니다. 그 당시는 심하게 낙담해 있었으니까요. 하루 종일 나는 바보 같은 짓을 했다고 한탄만 하고 있어서 다독이는데 애먹었습니다. 그럼 왜 일을 그만두었냐고 물으면 아주 잠시이지만, 당분간은 그런 한탄을 말하지 않았습니다. 그러다 또 어떤 때는 내 얼굴을 보면 신세져서 죄송합니다, 라며 대단히 슬픈 표정입니다. 손이 많이 가는 사람이었습니다. 잠자코 자기만 하면 좋으련만……. 그러다 점점 알게 되었는데, 비교적 가까운 친구들과도 교류를 완전히 끊었더군요. 결혼하려던 여자도 있었는데 남자 쪽에서 연을 끊은 모양입니다. 대충 핑계를 만들어서 그랬다고 합니다. 성격이 그런 사람인 거겠지요. 새롭게 무언가를 시작하려면 지금까지의 모든 관계를 일일이 끊고 새로운 일에 뛰어드는 사람입니다. 그런 관계랄까요. 과거가 전부 정리되지 않으면 앞으로 나아갈 수 없는 겁니다. 그런 남자입니다. 스스로도 인정했습니다. 신경질적이고 결벽주의에 평상시에는 지나치게 성실해서 상대방이 있는 앞에서도 감정을 감추지 못하는 사람이었습니다. 이 사진 보면 그런 면도 보이지 않습니까? 왜 그만두었는지 저로서도 물어보기 곤란해 묻지 않았지만, 어느 날 이런 말을 했습니다. 뒤에서 무언가가 당기면 인간은 앞으로 나아갈 수 없다, 그러니까 나중에 누구의 미움도 받지 않도록, 자기 손으로 인연의 끈을 하나하나 자르고 있다. 그 후에 혼자가 되면 걸어 나가겠다고 말입니다. 그러면서 나중에 후회를 하지 않나, 보고 있기 불안했습니다. 조금 기운을 차린 것 같아 제가 물어봤습니다. 그만두면서, 어쨌든 지금까지의 주변 사람들과 헤어지자 생각했을 때, 그래도 뭔가 생각이 있었는지, 그러니까 무엇을 할 생각인지 물었습니다. 생각해 둔 것이 있었던 모양입니다. 목적만은 단지 어떻게 한다거나 어디로 간다거나 구체적인 사항은 자기도 말할 수 없었던 것 같습니다. 이런 곳에 온 것은 그런 문제들이 상당히 구체적으로 마음속에 그려졌다는 말이겠지요. 벌채 공사에 들어가겠다고 했습니다. 이곳에 온 것도 그 때문이랍니다. 이런 변명도 하더군요. 벌채 공사에 들어간다고 만주와 가까워진다고는 생각하지 않지만, 만주의 자연에 다가가 흙투성이가 되고 그 안에서 구르고 싶다고 했습니다. 하하하 말 한 번 잘 합니다. 나는 감동하며 들었습니다. 기력을 거의 차렸을 때 이런 농담을 하며 좋아했습니다. 이마키 씨, 저는 권총을 차고 말에 타서 흥안령 산속을 또각또각 걸어가는 겁니다. 그렇게 말하면서 고삐를 잡는 시늉을 했습니다. 이 상상은 자기가 생각하기에도 마음에 들었는지 자주 떠올렸습니다. 헤어지기 며칠 전 맑은 날을 골라 저는 그와 송화강을 건넜습니다. 건너편 기슭에는 모판과 농가와 나머지는 넓은 야산뿐이었습니다. 우리는 자연스럽게 그쪽으로 향했습니다. 당장 내일 보셔도 아실 테지만 송화강은 지금도 뗏목으로 강을 건넙니다. 우리는 그 뗏목을 탔습니다. 이 강을 건너면 지린의 마을을 조금은 멀리 떨어져 볼 수 있기 때문에 우리는 분명 그러고 싶었던 겁니다. 둘 다 거의 말없이 멀어져 가는 지린 마을을 보고 있었습니다. 마른 풀 위에 낙엽과 눈이 섞여서 쌓인, 아무도 걸은 흔적이 없는 곳을 우리는 뽀드득뽀드득 걸었습니다. 가까운 산에는 아직 단풍이 남아 있었습니다. 거기에 눈이 쌓여 뭐라 말하기 힘든 빛을 발하고 있었습니다. 커다란 느릅나무 숲 옆에서 잠시 멈췄습니다. 눈이 신발 속으로 들어가 발이 얼어버렸습니다. 그러면서 마을을 돌아보았습니다. 마을을 떠나가는 것은 쓸쓸합니다. 나는 우수리스크나 또 다른 살던 곳을 떠나던 때의 마음을 떠올렸습니다. 그때 문득 그의 옆얼굴을 봤습니다. 갑자기 헤어지기 싫어졌습니다. 바람 소리가 들렸습니다. 드넓은 눈밭에 불어오는 바람 소리였습니다. 우리는 다시 걸었습니다. 이제 할 말도 없어져 아무도 없는 벌판 속, 아무도 살고 있는 않은 농가 부근을 잠시 걸은 후 돌아왔습니다. 이것이 우리의 별 볼 일 없는 이별이었습니다. 그런데 나는 그때의 일이 이상하게 잊혀지지 않습니다. 이것을 놓고 가면서 그는 이런 말을 했습니다. 나는 진작에 그의 바람으로 이미 이것을 읽었습니다만, 몹시 부끄러워하면서 감사 인사 대신이라고 했습니다……. 이마키 씨, 저는 나 자신에게도 당신에게도 큰 거짓말을 하고 있습니다. 여기에 쓴 것도 물론 그렇습니다. 처음부터 끝까지 가설뿐입니다. 바보 같은 말이라고 생각합니다. 저는 조금 화를 내며 신경 쓸 필요 없다고 했습니다……. 그래도 무사히 헤어졌습니다. 지금쯤은 분명 바라던 대로 산속에 들어가 있을 겁니다. 잘 지내고 있겠지요. 그랬으면 좋겠습니다. 아, 저도 오늘은 완전히 바보가 되었습니다. 당신 덕분에 기분이 나아진 것 같습니다."

내가 읽은 책에는 교육이란 인간이 뻗어 내리고 있는 모든 뿌리를 뽑는 것이라도 쓰여 있다. 뿌리를 뽑는다는 것이 교육이라는 단어의 어원적 의미라고 한다. 보다 자세히 인용하자면, '교육의 본질은 인간의 성격을 구성하는 환경에서 탈각시키는 데에 있다'라고 많은 사람들이 적어도 40년 전에는 이 명확한 단어에 귀를 기울였을 것이다. 나도 이에 따라서 내 식으로 말하자면, 나무를 이식하는 문제가 그 성장력에 따른 준비 및 정확한 손질 또는 반복에 따라 어떠한 가치 있는 것을 우리에게 보여준다 하더라도, 사람의 의식, 즉 고통은 애초에 그것을 같은 선상에 두지 않는다. 여기에 바로 현저한 곤란함이 있다. 식물이라면 만약 그 땅이 적당하지 않을 경우 고사枯死할 뿐이고 적절한 조건에 있으면 성장한다. 그러나 인간은 그렇지 않다. 괴로워하기도 하고 불평도 한다. 그러나 책의 저자도 암묵적으로 제시하는 것처럼 그 곤란함은 곤란하다 하더라도 극복하지 않으면 안 된다. 바로 이것이 인간의 숙명적인 과제이다. 고향보다 타향에 ── 나무라면 이식을 많이 한 것일수록 그 자체로 가치가 높아진다. 그렇다면 나도…….

문제의 적용을 틀렸는지도 모른다. 적어도 그다지 명료한 예시는 아니었던 것 같다. 그러나 어느 누가 내지와 만주에 대해 이렇게 저렇게 이야기할 수 있을까. 나는 적어도 오늘 밤의 이야기에서 이에 대해 명확하게 추출해내고 싶었다. 우리의 그 어떤 사고도 이 길만은 반드시 따르지 않으면 안 된다…….

……M군이 숨이 턱에 차서 달려왔다. 그는 미안해하며 말했다. "열차가 올 때마다 역에는 나가봤어. 단지 5시에서 조금 늦었을 뿐인데, 가보니까 기차가 벌써 가버렸더라. 이제 안 오나보다 생각하고 다른 곳으로 놀러갔더니……."

우리는 바로 나가기로 했다. 일어서자 이마키 씨는 돌아보며 말했다.

"이거 받아가세요. 노인이 가지고 있어봤자 도움이 안 됩니다. 당신들은 젊으니까 의욕 있는 친구들도 많을 겁니다. 만약 만주라는 이유로 이런 데에 신경 쓰는 사람이 있다면 드리세요. 잘 지내십시오. 당신들이 힘없는 표정을 하고 있으면 걱정이 됩니다. 바보 같은 늙은이이지만, 또 놀러 오십시오. 나도 이제 자렵니다. 기분 좋은 밤이었습니다……."

우리는 밖으로 나와서 마차에 탔다. 아까 지나갔던 서점은 이미 닫혀 있었다. 마차는 말굽 소리를 내며 달렸다. 마차 방울 소리가 밤 깊은 하늘과 거리와 노점들과 골목 사이로 사라졌다. 추위가 코트를 뚫고 들어와 이가 덜덜거렸다. 나는 털 달린 옷깃에 쌓인 M군의 얼굴을 봤다.

끝

—『만주문예영감』(제2집, 1938)

어떤 환경

或る環境

기타무라 겐지로

기타무라 겐지로北村謙次郎

『만주낭만滿洲浪曼』을 창간한 만주국 일본 문단계의 중심인물이다. 1904년 도쿄에서 태어나 유년기는 관동주 다롄大連에서 지냈다. 1923년 진학을 위해 도쿄로 돌아와 10여년 동안 도쿄의 근대문화를 향유하며, 1931년 일본 문단에 데뷔한다. 『파란 꽃青い花』, 『일본낭만파日本浪曼派』 등 여러 잡지에 단편소설과 수필을 기고하는 한편, 기야마 쇼헤이木山捷平, 다자이 오사무太宰治 등 작가들과 교류를 하며 자신의 문학을 계속 모색해갔다. 1937년에 만주국의 수도인 신징新京에 이주하여 만주영화협회에서 근무했지만, 이듬해 퇴직하고 문학 활동에 전념한다. 이듬해인 1938년 10월에 『만주낭만』을 창간하고 1940년 11월까지 제1집~제6집의 대표 저작인으로 잡지를 간행하면서 만주문학계의 중심인물이 되었다. 잡지 『만주낭만』의 간행 이외에도 기타무라는 만주에서 활발한 창작 활동을 이어갔다. 1938년에 「학鶴」, 「군맹群盲」, 1939년에는 「어떤 환경或る環境」 등의 단편소설을 발표하였고, 1941년에는 『만주일일신문滿洲日日新聞』 석간에 95회에 걸쳐 장편소설 『춘련春聯』을 연재했다. 1940년 8월에 일본 본토의 잡지 『문예文藝』에 발표한 「생의 마지막 거처つひの栖」가 1940년 하반기 제12회 아쿠타가와상芥川賞 예선 후보작으로 오르면서, 명실상부 만주 일본어 문단을 대표하는 작가가 되었다. 작품 활동으로 보나, 만주 일본어 문단에서의 역할과 영향력으로 보나, '만계' 작가들과의 교류로 보나 기타무라 겐지로는 만주문학을 대표할 만한 문학자였음에도 불구하고, 3회에 걸

친 대동아문학자대회에는 참가하지 않았다. 1947년 사세보를 거쳐 도쿄로 귀환한 기타무라 겐지로는 일본 패전 후에는 적극적인 창작 활동을 하지 않았고, 어린이를 대상으로 하는 고전작품의 재화再話, 수필이나 잡지 기사의 집필 외에는 한 편의 단편소설과, 한 편의 장편아동소설, 그리고 만주국 시기의 문단상황과 그 주변을 정리하여 기술한 장편회고록 『북변모정기北辺慕情記』를 남겼다. 1982년 78세의 나이로 타계했다.

서장

만인滿人 작가들과 간담회라도 한 번 열고 싶다는 희망을 주이치忠一
는 전부터 갖고 있었다. 그러나 여러 명이 관련된 일이기에 혼자만의 기
분으로 진행할 수도 없었고 무엇보다 만인들의 분위기가 무르익기까지
결국 미루고 미루다가 얼마 전에서야 겨우 모 문화기관의 중개로 제1회
좌담회를 열기로 했다. 어떤 결과가 나올지 다소 걱정은 되었지만, 일단
얼굴을 마주하고 기탄없이 이야기할 수 있길 바라며 동료들에게 모임
날짜 등을 통지하는 한편 유능한 속기사에게 속기를 의뢰하는 일도 잊
지 않았다.

주이치는 이삼 일 전부터 오른쪽 팔뚝에 통증이 있었다. 만져보니
한 군데만 아픈 게 아니라 오른쪽 어깨 끝과 손등도 뭉쳐서 묵직한 통증
이 느껴졌다. 무거운 물건을 들거나 격한 운동 후처럼 통증이 왔지만 원

인을 생각해 봐도 떠오르는 일은 없었다. 단지 통증이 시작되기 전날 즈음에 볼일을 보러 여기저기 돌아다니면서 급한 마음에 무턱대고 팔을 세차게 흔든 기억이 있을 뿐이다. 원인으로 떠오르는 일은 이 정도밖에 없었으니 신경은 쓰였지만 별일 아니라 여기며 아내에게는 말하지 않았다.

그렇지만 주이치의 몸에 변화가 일어나기 시작한 지 이미 좀 됐다. 조금이라도 건강에 소홀히 하면 바로 수면부족에 시달리거나 설사를 일으켰고 이어서 무기력한 날들이 이어졌다. 새치가 늘고 움직임도 둔해지면서 조금만 움직여도 바로 심장에 무리가 왔다.

"이제 무리는 못 하겠어."

그가 아내나 친구들에게 이렇게 말하면 아무도 웃지 않았다. 오히려 정말 그렇다는 대답이 돌아와서 씁쓸한 마음이 드는 한편으로 어릴 적부터 병약했던 그에게는 서른여섯이라는 나이도 보통 사람들 마흔 이상의 노화가 일어나고 있을지도 모른다는 생각에 체념하는 부분도 있었다.

이런 육체의 쇠퇴는 필연적으로 비관적이고 퇴폐적인 사고방식으로 이어졌다. 자식이 없는 주이치 부부는 혼자만 남겨지는 여생을 상상하며 우울해 하곤 했다. 그런 날은 아주 먼 미래가 아니라 머지않아 다가올 현실처럼 느껴졌다. 이미 아무것도 어찌 할 여지없이 인생이 그 한 지점을 향해 달려가고 있는 느낌이었다.

그 와중에도 주이치는 그러한 순간이 닥치면 닥치는 대로 어떻게든 자기 일을 계속하며 살 수 있을 것 같은, 심지어 지금과는 전혀 다른 즐거움이 함께 할 것이라는 대책 없는 생각에 잠기기도 했다. 단지 일의 성격이 문제였다.

"그렇게 되더라도 마비된 머리로 무언가를 생각하고, 떨리는 손으로 펜을 잡고서 살아갈 수 있을까?"

이런 망상에 스스로 어처구니없으면서도 극도로 쇠약한 경지에 이르러 영롱하고 혼연해진 하나의 예술경을 상상하는 것이 즐거웠다.

말하자면 상상 속의 예술경이 그를 추동했다. 일찍이 아무도 상상할 수 없었던 찬연한 예술경이 몽미夢魔가 되어 밤을 덮치고 백일몽이 되어 하루를 휘감는 한, 육체의 쇠퇴는 단지 반발하지 않을 수 없는 소소한 일에 지나지 않았다. — 이렇게 생각하면서도 어느새 풋풋한 상상력도 점차 고갈되고 있다는 초조함과 읽고 쓰는 생활에 권태를 느끼는 나날이 이어지면, 주이치의 기분은 다시 암담하고 비극적인 원래 상태로 돌아가곤 했다. 그는 도쿄에서 신징新京으로 옮기고 나서 자신의 빈약한 능력에도 무언가를 감당할 여지가 남아 있다고 느끼면서도 그에 응하려는 마음의 근저에는 비관과 낙관이 뒤섞인 몽상가의 허무한 감정에 지나지 않는다는 것을 잘 알고 있었다……

좌담회는 오후 7시부터다. 주이치는 정각이 되기 조금 전에 모임장소인 B회관 회의실을 살펴봤다. 안에는 두 명 정도 있을까. 그나마도 어두침침한 실내에 창에서 들어오는 빛을 등지고 있었기 때문에 누구인지 알 수 없었다.

"안녕하십니까."

이렇게 인사하면서 다가선 사람은 낯익은 만인 작가 W였다.

"어."

웃으면서 가볍게 고개를 까딱하고 인사하자 W 군은 살짝 뒤를 돌아 보며 다가오는 한 명의 청년을 주이치에게 소개했다.

"소개 드리겠습니다. 저랑 같이 만주문지滿洲文誌의 동인인 T 씨입니다."

만주문지는 최근에 만인 작가들이 창간하기로 되어 있는 동인잡지의 이름이었다. T는 명함을 내밀었다. 주이치는 명함이 없어 대개의 경우에는 받기만 하고 말지만 상대가 만인이 되고 보니 그러고 말 수는 없어서 옆 책상에 있던 펜으로 수첩 조각에 서명을 해서는 결례를 사과하고 건넸다.

"아직 아무도 올 기미가 안 보이네요. 두 분은 식사하셨습니까?"

"네. 먹었습니다."

"그럼."

주이치가 말했다.

"저는 아래에 잠깐 내려가서 저녁밥을 먹고 오겠습니다. 금방 갔다 오겠습니다."

그는 회관 지하식당에 내려가 유리장 안 음식들을 봤지만 늦은 점심을 먹은 탓에 식욕은 없었다. 식당에 들어가 우동 한 그릇으로 간단히 저녁을 때우고는 그대로 의자에 멍하니 앉아 있었다. 조금 후회가 됐다. 배가 묵직해지면서 가라앉는 기분이 들었기 때문이다.

"오늘은 뭐라 할 말이 없을 거 같군."

무거운 마음과 걸음으로 3층 회장에 갔다. 회장에는 이미 두세 명씩 안면 있는 사람들끼리 모여 있었다. 일인 작가 기사키城崎, 마키牧, 영화감독 마쓰네松根, 얼마 전 도쿄에서 이주해 온 아카가와赤川, 시인 오우미近江

—이런 그룹들 사이에 주이치는 끼어들어갔다. 건너편에 B회관 주사인 시즈우라靜浦 씨 주변으로 중국어 번역이 능통한 다구치田口, 화가 마에다 前田 등의 얼굴이 보여 주이치는 가볍게 목례를 했다. 눈을 돌리니 아까 인사를 나눈 W, T와 함께 처음 보는 청년들 한 무리가 보이길래 금방 만주문지 동인이라는 것을 알았다.

"저 사람이 황팅黃珽이야."

주이치는 알려준 방향으로 돌아봤다. 만인 작가들 사이에서 선배로 인정받고 있는 황팅의 모습이 보였다. 소박한 표정에 온화한 미소를 짓고 있는 청년이었다.

"이제 슬슬 시작해 볼까요."

정각을 15분 정도 지나 시즈우라 씨 목소리에 따라 열너댓 명의 참가자들은 각자 자기들 무리와 함께 착석했다. 이쪽은 일본인 작가, 건너편은 시즈우라 씨를 가운데 두고 만인 작가, 오른편에는 기사키와 마키, 왼편 테이블에는 속기와 함께 다구치의 얼굴이 보였다. 한바탕 떠들썩한 분위기가 가라앉으려 하는 찰나에 주이치가 말했다.

"시즈우라 선생님, 죄송하지만 좌장을 맡아 주시겠습니까. 다구치 씨께는 진행을 부탁 드립니다."

"이미 좀 전에 부탁 드렸습니다."

옆에 있던 마키가 말했다.

"그렇군요. 늦게 오는 바람에……."

그 사이에 다구치는 책상 위 용지에 재빨리 무언가를 써서 순서대로 회람하도록 돌렸다.

① 건문建文이데올로기에 대하여 ② 일만문예 교류에 대하여 ③ 작가 교육 문제 ④ 만인작가협회 설립에 관하여

"대략 이런 순서로 이야기를 진행시키면 어떨까 합니다."

회람하는 도중에 다구치가 주석을 달아서 넘겼다. 시즈우라 씨는 해학적인 눈을 반짝거리며 말했다.

"먼저 잡지 이름의 유래부터 들어보고 싶은데 어떨까요. 왜 만주문지나 대륙작품인지."

대륙작품은 기사키, 마키 외에도 오늘 출석한 일인 작가 몇몇이 관련된 계간지 이름이다.

"이름의 유래를 이야기한다 한들 시시하지요. 그런 이야기는 사석에서나 하도록 합시다."

창백한 볼에 쓴웃음을 지으며 기사키가 응수했다.

"그보다는 건문이데올로기가 무엇인지 설명을 듣지 않으면 말을 꺼낼 수가 없겠습니다."

"그건 만주문지 측에서 낸 제안입니다."

다구치가 대답했다.

"어떤가 황팅 군. 먼저 설명을 부탁하네만."

"알겠습니다."

황팅은 책상 위로 약간 눈을 내리깔고 온화한 미소를 지었다. 생각하면서 천천히 이야기하는 듯했다.

"이데올로기라고 하면 어렵고 무거운 얘기같지만 무언가 정해진 목표가 없으면 안 될 것 같아서 건설적인 의미로 그런 표현을 쓰려는 것뿐

입니다."

일본에서 대학을 다닌 황팅의 일본어는 세련됐다. 낮은 목소리로 가능한 한 과장되지 않게 하려는지 간결한 말투였다.

"우선 만인 작가의 문예운동은 이전에는 문예잡지 『백백白白』에서 활동하던 일파가 있었고 그 사람들이 대부분 이번 『만주문지』에 참여하고 있습니다. 『백백』은 극히 자연발생적인 작품 활동으로 돌아가고 있었던 것이고 명확한 주의나 주장은 없었습니다. 우리는 이미 그런 시기가 지나갔다고 생각합니다. 만주국에서 문필 활동을 하려면 우리에게도 스스로 문예상의 주장이라든가 어떤 분명한 것이 있지 않으면 안 된다고 생각합니다. 그런 이유로 문예로 건설에 협력하겠다는 의미에서 건문이데올로기라는 표현을 떠올린 겁니다."

"동감입니다."

떡 벌어진 체구로 포효하듯 실내를 울리며 발성을 하는 마키가 말했다. 그는 이미 자식 셋을 둔 아버지일 뿐 아니라 그 자신도 어린아이 같이 유연한 감수성의 소유자였다. 그렇기 때문에 현실을 극히 단순 명쾌하게 재단하고자 하는 욕망이 있으면서도 현대의 모든 지적 혼란을 혼자서 감당하고 있다는 듯이, 누군가 만나기만 하면 세상에서 가장 소박한 표정으로 "나는 어디로 가야 할지 모르겠다"고 한탄해 마지않는 솔직한 성격이었다. 그 대신 옳다고 생각하면 철저히 단순하게 남을 다그친다. 그런 성격과 태도에 그의 가장 아름다운 면이 빛나 보이지만 사람들은 종종 그런 아름다움을 놓치기 십상이다. 안타깝게도 그 자신까지도 그에 대해 회의를 품으려고 들기도 한다.

"우리가 만주국에서 문학을 한다는 것은 일본에서 문학을 하는 것과 의미가 완전히 다릅니다."

그는 포효했다.

"그렇다고 해서, 물론 정치적으로만 따질 것은 아니지만 만주국이 국방국가로서 존립하는 이상, 문학을 하는 의도도 자연스럽게 어떠한 결정적인 색채를 띄게 되고, 민족협화라는 슬로건도 이것은 내지 작가들이 생각하는 한가하고 우아한 문제와는 다른 차원이라고 생각합니다. 협화라는 게 관념적으로 생각하는 것 이상으로 살아가는 일상생활의 현실 문제로 오늘도 내일도 아침부터 밤까지, 최선을 다하길 요구되고 있기 때문입니다. 대륙의 작가는 이를 신조로 하지 않으면 안 될 것이며 보다 풍부한, 보다 큰 수완으로 그려내지 않으면 안 됩니다. 우리는 이런 점에 대해 만인 작가 여러분들도 동감해 주었으면 합니다. 어떻습니까."

모두 침묵했다. 황팅의 얼굴에 또 다시 곤란한 듯하면서도 온화한 미소가 비쳤고, 그 순간 기사키는 짧게 조소했다.

"지당하신 말씀입니다. 머리가 절로 숙여집니다."

"그런 걸 대의명분론이라고 하지."

말꼬리에 이어 주이치는 무심코 중얼거렸다. 말을 보충할 필요를 느꼈지만 무슨 말을 하든 방금 전에 말한 이상을 말하기 힘들 것 같았다. 하는 수 없이 그는 화제를 바꾸려 했다.

"만주문학에 이데올로기가 없다든가, 주장을 만들어야 된다든가 하는 일들은 모두 비평가들의 일입니다. 그런 의미에서는 작품보다 만주에는 비평정신이 결핍되어 있다고 봅니다.『대륙작품』을 봅시다. '대륙작품'이 제대로 되고 있다면 왜 그런 이름을 붙였는지 아까 시즈우라 씨가 물은 유래도 확연해지겠지만, 지금은 그저 대륙적으로 스케일이 큰 작품이라는 정도로 말고는 아직 누구도 명확한 이론을 발표하고 있지 않습니다. 막연하게 그런 분위기가 있다는 것으로 무엇이 '대륙작품'인지 아무도 제대로 알 수 없겠지요. 이런 부분은 차차 해결해 가는 수밖에 없습니다. 큰 줄기가 정해졌다 하더라도 문예비평가라면 치고 들어갈 여지가 얼마든지 많을 겁니다."

"비평가는 없습니다."

기사키는 오히려 평온한 투로 말을 뱉었다.

"분류나 정리를 한다거나 명명하는 비평가는 때가 되면 자연스레 나옵니다. 그보다 자기주장을 갖고자 함이 중요합니다. 건문이데올로기는 적극적인 의미가 있다고 봅니다. 만약『대륙작품』에 그것이 없다치면 시시하지 않습니까."

영화감독 마쓰네가 끼어들었다.

"그렇다고 그것을 억지로 만들려고 해도 안 되겠지요."

먼 자리에서 다구치가 말했다.

"실은 지금 한참 생각 중이라 더 검토해 보지 않으면 뭐라 말씀드리기 어렵습니다만, 좀 전에 대륙적으로 스케일이 큰 작품이라는 주문과는 또 다른 의미에서 저는 일만 작가 공통의 문제라고 할지, 목표라고 할지, 어쨌든 공통 의식의 감정을 갖을 수 있는 대상을 꼽는다는 의미에서 근로자 문학을 염두에 두는 게 어떨까 싶습니다. 근로자의 생활이라는 것이 일만중 민족을 관통해서 같은 형태라 할 수 있습니다. 이를 그려감으로써 서로 간의 보편적인 감정을 찾아낼 수 있지 않겠습니까."

그는 잠시 입을 다물고 생각하다가 다시 말했다.

"이 문제는 조금 더 생각해 보지 않으면 안 될 것 같습니다."

그러고는 누군가의 발언을 기다렸지만 회장 안은 잠시 침묵이 흘렀다.

일만 작가들 사이에 공통된 대상과 소재가 있다는 점은 분명 서로에 대한 이해를 쉽게, 깊게 할 수 있음이 틀림없다. 그렇지만 단순히 공통의 소재에서 오는 것만으로 괜찮은가. 또 한편으로 문예를 통한 이해는 어떤 경우에는 이해 자체보다도 이해하려는 노력 속에서 어떠한 존엄함이 발현될 수도 있지 않을까. 그렇다면 아무리 상호 공통의 소재, 내용이 제시된다 한들 그에 대한 노력이 없다면 오히려 서로서로에게 불행이다. 문학을 향한 열정, 인간에 대한 사랑과 신뢰, 그리고 그 깊이에 대한 천착. 오히려 이런 곳에서 문학자로서의 연대가 의식되고 확장되는 것은 아닐까. 주장의 일치점을 이끌어내기보다는 역으로 일치하지 않는 점을 강조하는 편이, 그리고 서로 최상의 것에 도달하려고 힘쓰는 편이 문학하는 사람으로의 존경심은 더할 터이다. 상대가 만인이든 백계 러시아인이든 딱히 달라지지는 않으리라.

최종적으로 주이치의 마음이 여기에 이르렀을 때 마침 같은 생각을 하고 있었는지 기사키가 침묵을 깨고 말했다.

"우리가 오늘밤 이렇게 모여 있지만 서로 칭찬을 해댈 필요가 없는 것처럼 일계 작가는 일계 작가대로 무엇을 쓰든 좋고, 만계 작가는 만계 작가대로 독자적인 방향으로 나아가는 수밖에 없을 겁니다. 독자성은 이러한 경우에도 가장 중요하고, 독자성이 없다면 문학은 성립할 수 없다고 말해도 좋습니다. 사이좋게 지내지 않으면 안 된다는 것은 상대방에게 융화된다거나 싸우지 않는다는 의미 외에도 서로 자극을 줄 수 있다는 것도 중요하다고 생각합니다."

만인 작가 G가 유머러스한 말투로 끼어들었다.

"그래도 싸우고 싶지는 않아요."

"싸운다고 하니까 이상한 표현 같은데 어쨌든 서로 긴장관계를 유지하는 건 필요하기도 하고 어쩔 수 없을 때도 있습니다. 부부라 해도 가끔은 갈등이 생기는 것과 같습니다."

기사키는 웃음기 없는 얼굴로 자기 생각을 끈질기게 풀어갔다.

"부부는 사랑이 전제되어 있지만 우리는 과연 어떤가요."

시인 오우미가 반박하는 어조로 말했다.

"그렇기 때문에 바로 그 지점에 우리가 최선을 다해 살아야 할 것이 요구됩니다. 이는 전혀 모르는 미지의 새로운 모럴의 문제입니다. 나는 결코 싸우자는 게 아닙니다. 그건 그대로 좋지만 현실에서는 그것만으로는 해나갈 수 없기에 뼈를 깎는 고뇌와 탐구 정신이 나오게 되겠지요. 마키 씨가 앞에서 말한 협화도 엉성한 듯하지만 이런 의미에서는 진실에 가깝다고 할 수 있습니다. 자, 이 정도에서 그만하고 다음으로 넘어갑시다. 문학교류 문제."

기사키는 조용히 말을 끊고 다구치 쪽으로 시선을 향했다. 온화한 다구치는 시선을 이어받듯이 모두가 있는 쪽으로 눈을 옮기며 말했다.

"그렇시다. 일만문예 교류에 관해서, 구체적인 방법을 여기서 의논

해도 좋을 것 같습니다."

"그 전에 저는 잠깐 의문을 말씀드리고자 합니다."

흐름에 이끌리듯 주이치가 다시 발언을 했다.

"가령 만주문지에 뛰어난 작품이 발표된다 치면, 우리들이 내는 간행물이라면 일본어로 쓰인 작품이라 바로 읽고 비평할 수 있지만, 만어滿語를 못 읽는 우리는 그럴 때 번역을 통해서밖에 작품을 접할 수 없고, 언급할 수도 없습니다. 물론 만어를 배우는 것도 좋습니다. 무엇보다 그렇게 임하는 게 정도라고 생각합니다. 하지만 일반적으로 번역을 통해서밖에 실제적인 교류가 이루어질 수 없다면 상당히 귀찮고 안타까운 일이 아닐 수 없습니다. 저희들이 못 읽을 뿐만이 아니라 저희 작품도 역시 같은 운명이라는 게 지금의 저는 상당히 애석합니다. 크게 생각하면 언어의 문제가 되는 건데, 이 어려운 문제를 어떻게든 해결할 수는 없을까 생각하면, 솔직히 나는 만인 제군들이 더욱 일본어가 숙달되도록 노력하는 것이 가장 손쉽고 빠르다고 생각합니다."

"일본어로 쓸 수 있는 작가도 있지 않나요?"

누군가 질문했다.

"여기 있는 황팅 군도 뛰어난 일본어 문장을 씁니다. 지금 나쓰메 소세키 번역을 하고 있다고 하니까요."

시즈우라 씨가 중개인 격으로 질문자에게 대답했다.

"현실적으로는 번역을 왕성하게 하는 수밖에 없겠지요."

그 자신 훌륭한 번역가이면서 놀라운 열의와 정력으로 매일매일 만문 번역을 몇 편이나 하고 있는 다구치가 말했다.

"B회관에서 전문 번역가를 다수 고용해도 괜찮지 않겠습니까."

"그보다도 우리도 만문을 읽을 수 있게 공부합시다. 만인 작가의 작품을 텍스트로 해서 강독을 하면 어떻겠습니까."

"가능하겠네요. 동시에 일본인 측에서도 같은 방법으로 강독을 하고요."

이런 목소리가 여기저기에서 들렸다.

"일본어가 숙달되기를 바란다는 것은."

다시 주이치가 입을 열었다.

"메이지 이래로 일본의 문장은 대단히 혼란스러웠으므로 바른 일본어 문장이나 문체를 알기 위해서라도 만요슈万葉集나 바쇼芭蕉의 하이쿠俳句까지 배워서 일본어의 아름다움을 알았으면 해서입니다. 그와 함께 풍토에 대한 이해를 높일 수 있고, 만약 작가가 일본에 가는 경우라도 일본을 알 수 있는 가장 좋은 열쇠가 될 걸로 생각합니다. 거기까지 바라는 것은 무리일지도 모르겠지만, 나는 역시 일본의 가장 좋은 점, 뛰어난 점을 알았으면 합니다."

황팅은 고개를 끄덕이며 답했다.

"그런 것도 필요하겠지요. 그러나 일본 작가들도 요즘은 고전을 그다지 보지 않지요."

"찔리는 말씀입니다."

모두가 가볍게 웃는 와중에 기사키의 목소리가 들렸다.

"우선 만주에 사는 일본인들 자체가 국토나 국문학에 대한 이해도 감상도 없습니다. 하이카이에 대한 이해는 부족하고, 나라왕조의 아름다움은 2세, 3세로 이어져가면서 점점 잊어갈 겁니다."

주이치는 생각했다. 피는 탁해지지 않을 것이다. 일본인은 영원히 분명 우수할 것이다. 그러나 현재 우리들이 스스로를 대륙의 풍토에 스며들게 하기 위해서는 우리들의 가장 뛰어난 전통을 등에 업고 있지 않으면 안 될 것이다. 그리고 바로 그것에 우리들의 가장 큰 노력이 요구되는 것이 아닌가. 우리들이 만주국의 국민임을 자각하면 어떤 의미에서는 일본과는 절연하는 것, 그와 함께 가장 훌륭한 일본인으로 있을 것, 거기에도 새로운 신조의 탐구의 노력을 하지 않으면 안 된다는 것, 이렇게 우리들은 좌를 보나 우를 보나 새로운 삶이 요구되고 있는 순간이다. 해야 할 일이 많다. 누가 그 일에 손을 댈 것인가. 그럼에도 우리들은 단지 게으름을 피우고 있는 것은 아닌가…….

"만인 여론은 대체 어떻게 알 수 있습니까."

주이치의 묵상은 같은 열에 앉은 마쓰네의 목소리로 깨졌다.

"여론이라니 어떤 방면의?"

시즈우라 씨가 되물었다.

"예를 들면 말입니다. 저는 영화 제작을 하고 있으니 작품에 대한 만인들의 반응이 상당히 궁금하지만 신문에 나타나는 것이 그대로 일반 여론이라고는 받아들일 수 없습니다. 도시는 도시, 지방은 지방, 인텔리와 대중, 각각 다르겠지만 어찌 됐건 목소리가 분명히 우리 귀에 들어오지 않습니다. 말하자면 기댈 데 없는 마음이어서 어딘가에서 그런 솔직한 목소리를 들을 수 있지 않을까 합니다."

"여론은 있겠지요."

황팅이 말했다.

"그렇지만 너무 솔직히 발표할 수도 없을 겁니다."

"그야 어디든 마찬가지입니다. 일본 내지도 신문에 나오는 비평은 대체로 여론이라 생각할 수 없는 것이지 않습니까."

시즈우라의 의견을 좇아 여기저기에서 만인들이 의견을 발표하려 할 때 그를 막으려는 듯이 거의 무의식적으로 사회적 제약이 있다는 논의가 나왔다. 글을 쓴다는 이유만으로 지방에 사는 작가들이 얼마나 비루한 입장에 있는가라는 문제도 나왔다.

"그러면 문화적 향상이 있을 수 없지 않은가."

혼잣말을 했다.

"말하자면 그것도 중앙집중적인 것이지요. 도시와 지방이 상당히 다릅니다."

"생각하기에 따라서는 고도의 문화를 말하기에는 시기상조입니다. 교육도 더 보급되지 않으면 안 됩니다."

"그렇지만."

지금까지 조용히 있던 마키가 큰 소리로 말했다.

"우리는 도시적인 문학보다도 지방에서 발생한 소박한 작품을 사랑하기도 하고 그 안에 진짜가 있을 거라는 생각이 듭니다."

"시골에서도 이제 곧 자연스럽게 나올 겁니다. 그렇게 재촉해도 어쩔 수 없습니다. 기껏 건국 7년에 대문학을 기대하는 게 잘못입니다."

시즈우라 씨는 이렇게 말한 뒤 혼자 웃었다.

그렇다고 해도 어떤 어두운 상념, 지금 눈앞에 만인 작가들이 있다고 의식함으로써 생기는 어떤 부자연스러운 감정─그것이 주이치의 마음을 우울하게 했다. 그리고 그 우울은 오늘밤의 회합을 마치고 그 후로도 며칠이 지나 다른 단체가 만인 작가들을 초청해 회합을 갖으려 했을 때 그들이 모임을 사퇴했다는 기사를 신문에서 본 그때에 더욱 어두운 그림자를 드리운 것과 같은 감정으로 변형되었다. 그렇지만 이 이야기는 더 나중의 일이다.

대화는 계속해서 작가 육성 문제로 옮겨가 백화문 채용 문제가 나오고 이어서 만인 작가의 원고료라는 현실적인 문제도 도마에 올랐다. 한 장에 30~40전이라면 일본인 작가들과 그렇게 다르지 않다. 그렇지만 보수가 전혀 없는 경우도 있었다. 그에 대해서는 라디오가 문예방송을 한다는 것도 한편으로는 고려해야 하지 않냐는 이야기도 나왔다. 이런 저런 화제로 진행했지만 마지막으로 나오는 결론은 없었고 주이치의 마음은 아까와 마찬가지로 이미 무언가 무거운 마음에서 벗어날 수 없이 무거운 침묵을 지킬 뿐이었다. 무엇보다 더욱 신경 쓰이는 것은 만인 작가들의 부담스러운 침묵이었다. 그들은 처음부터 그닥 말하려 하지 않았다. 익숙치 않은 일본어를 듣고 말하려는 노력에 지친 탓인지 마지막에는 예의 그 온화한 미소를 띄우며 저음으로 말하는 황팅을 빼고는 거의 아무도 한마디도 하려 하지 않았다. 주이치는 시간이 이미 상당히 늦었다는 사실을 깨닫고 이제 이야기를 중단해도 좋은 때라고 생각했다. 진행을 담당한 다구치는 마지막 항목인 만인 작가 팬클럽 설립 문제를 꺼내서 모두의 의견을 구하고 있었다. 주이치는 옆에 있는 마키에게 시간을 묻고 10시 조금 전이라는 대답을 듣자 몇 번이고 다구치에게 눈짓을 보냈다.

다구치는 문득 주이치 쪽을 보고 그의 눈짓을 눈치채자 가볍게 끄덕였다.

이 나라의 첫 일만작가좌담회라는 시도는 이렇게 끝을 향해 가고 있었다. 무언가 얻은 것이 많았을까.

15분 정도 지난 후에 어두운 복도를 지나서 회관 문 밖으로 나왔을 때 마쓰네가 중얼거린 혼잣말에 주이치는 반쯤은 긍정하고 반쯤은 "아니"라고 답하고 싶은 기분이었다. 마쓰네는

"오늘밤의 모임은 좌담회가 아니군. 만인 작가는 아무 말도 안 하지 않았잖아."

"어쩔 수 없지."

주이치가 역시 중얼거리듯이 말했다.

"처음이기도 하고, 우선 이렇게 많이 모이면 마음대로 떠들 수도 없으니까."

얻는 게 없었어도 좋다. 우리는 여기에서 무엇을 찾으려고 하는 것인가. 알 수 없는 무언가가 가슴속에 뜨거운 덩어리처럼 느껴졌다. 주이치는 만인 작가들과 헤어지면서 C가 했던 말을 떠올렸다.

"오늘밤은 제대로, 이야기하지 못 해서, 죄송합니다."

C는 서툰 일본어로 그의 귀에 속삭였다.

"무슨 그런 말씀을."

주이치는 놀라서 답했다.

"다음에 또 합시다."

"네, 그럽시다."

그들은 이야기하면서 복도를 지나 계단을 내려가 문을 열고 밖으로 나갔다.

며칠이 지났다. 주이치는 다시 무언가를 찾아서 거리를 오갔다. 오월의 태양은 밝았고, 거리는 하루하루 더위를 더해가며 어딘지 모르게 사람들의 게으른 습관을 되돌리려 하는 듯했다. 가끔 그는 거리를 서성거리는 자신의 모습에 혐오를 느꼈다. 혼자만의 세상에 들어가고픈 충동에 시달렸다. 그리고 그 정신적 피로를 거들듯이 그의 육체적 피로가 눈에 띄게 되었다. 어깨와 팔의 통증은 아직 가시지 않고 매일같이 한밤중에 일어나 아픈 팔을 쓸어내렸다.

"어떻게 아픈 건데요." 주이치의 컨디션을 알아차린 아내가 어느 날 물었다.

"콕콕 찌르나요, 맞은 거 같나요, 당기나요 아니면 쎄하게 언 것 같나요?"

아내의 손에는 가정의학사전 페이지가 반 정도 펼쳐져 있었다.

"콕콕 찌르네."

"아 역시. 신경통이네요. 어쩌면 좋아."

주이치는 아내 손에서 의학사전을 받아들고 펼쳐진 곳을 읽었다.

"역시 어머니의 신경통이 유전됐군."

사십견 설명을 읽으며 그다지 감회도 없고 충격도 없이 그저 가벼운 탄식을 섞어 말했다.

민족, 국가라는 거대한 문제가 가벼이 사람들의 입끝에 오르내리는 것을 씁쓸하게 느끼면서도 주이치 역시 마찬가지로 사람들을 만나면 반드시라고 해도 좋을 정도로 그런 이야기를 나누었다. 혼자서 신경통 어깨를 문지르며 앉아 있을 때에도 만인, 러시아인처럼 자신들과 다른 환경에서 자란 사람들에 대한, 큰지 작은지 알 수 없는, 여러 가지 감회가 떠올랐다. 어릴 적 다롄에서 자란 주이치에게는 이제 와서 그런 생각에 잠기는 것이 새삼스러웠다. 운명인 듯한 기분도 들었다.

꿈같은 추억의 조각들이 잠들 수 없는 밤 뇌리에서 회전등롱의 불빛과 그림자처럼 명멸했다.

천수각天守

안뜰 구석에는 아편을 끓이는 부뚜막이 있고 항상 쿰쿰한 냄새가 났다. 주이치는 일요일 오후 놀 만한 장소가 마땅치 않아 사무소 안으로 들어가면, 언제나 변발을 한 유干 씨가 큰 솥 안에 막대기를 꽂아 넣고 시커멓고 끈적한 아편을 휘젓고 있었다. 가끔은 사무소의 미타田 씨가 대신 하기도 했다.

"어우 냄새." 주이치와 아이들이 코를 잡으면

"핥아 볼테냐" 하면서 미타 씨는 검고 번떡이는 막대기를 들이대곤 했다.

부뚜막 바로 앞에는 사무소 사람들이 쉬는 방이 있었다. 거적을 깐 항炕 위에는 빨간 담요가 깔려 있었고, 창문 옆에는 베개가 놓여 있었다. 뚱뚱한 류劉 씨와 깡마른 리李 씨가 번갈아가며 와서 아편을 피웠다. 아이의 눈에도 그 풍경은 왜인지 모르게 이상한 풍속으로 보였다. 그들은 담요 위에 모로 누워 피리 같은 담뱃대를 비틀면서, 한 손에 든 가는 핀 끝에 둥글게 뭉친 아편 덩어리를 꽂고 몇 번이고 램프불에 데워 부드럽게 한 다음 익숙한 손놀림으로 담뱃대 대통에 채워 넣었다. 그것을 다시 램프불로 데운 다음 빨면 보라빛 연기가 몇 줄기 피어올라 좁은 실내는 정체를 알 수 없는 냄새로 가득 찼다. 왜 저런 것을 피우는지, 피우면 어떻게 되는지 주이치에게는 전혀 관심 없는 일이었고, 상상하기도 힘든 남일이었다. 게다가 그들은 모두 중국인들이었다. 그들은 하나부터 열까지 달랐다. 그런 다르다는 점에서 아편을 피우는 그들의 모습은 그다지 부자연스럽지 않은 하나의 점경으로 보일 뿐이었다. 그들은 자주 주이치를 데리고 놀았다. 중국인들이 사무를 보는 방은 일본인들 방에서 조금 떨어진 뒷편에 있었다. 어두침침한 광선 아래에서 검게 빛나는 자단나무 탁자와 의자가 놓여 있었고 작은 의자 위에는 붉은 방석이 묶여 있었다. 색채다운 색채는 그뿐이었다. 류 씨와 리 씨는 탁자를 향해 앉아서 둥글고 큰 알이 달린 중국주판을 팅기거나 필가에서 붓을 뽑아 노란 수첩에 정성스럽게 작은 글씨를 썼다. 아직 먹물을 듬뿍 머금은 붓끝을 오래된 금속 필통에 꽂아 넣을 때의 감촉이나, 녹슨 색의 질주전자에서 따라지는 중국차의 향, 이런 것들은 어딘지 모르게 일상생활과는 먼 무언가를 느끼게 하면서도 반면에 친숙하게 가까운 느낌을 주었다. 주이치는 그들이 풍족하게 나눠 준 폭죽을 두 자나 길게 실로 짜서 손에 들고 따닥따닥 소리를 내며 터트리는 기술을 배웠다. 굵고 큰 폭죽에 불을 붙여서 하늘 높이 쏘아올리는 재미도 알았다.

"이렇게 하면 재미있단다."

뚱뚱한 류 씨는 주이치를 사무소 밖 포장도로로 데리고 나가 폭죽을 바닥에 내려놓은 채로 불을 붙였다. 폭죽은 그 자리에서 가볍게 한 번 터지고는 위로 솟아나갈 기세를 그대로 옆으로 뻗는 힘으로 바꾸어 편편한 포장도로를 20미터 정도 달려서 행인의 발밑에서 폭발했다. 주이치는 나쁜 짓을 한 것만 같았지만 상대방은 조금 놀라기만 할 뿐 별다른 꾸중도 없이 가던 길을 가는 것을 보고, 지금은 정월이어서 모두가 관대하구나, 하고 어린 마음에도 드는 생각에 스스로 만족스러웠다. 두 발이고 세 발이고 계속해서 반복했다. 문 앞에서 폭죽을 터뜨리는 요란함으로 그 집의 경기가 좋아지는 것이라는 어른들의 믿음에 동화되기까지 했다.

　　아편을 거래하는 사무소에서는 해를 더할수록 은 출입이 더욱 활발해졌다. 은화를 한 닢 한 닢 포개서 포장하여 긴 막대기처럼 만든 것이 몇 묶음이고 쌓이면 사무소 사람들 두셋이서 근처 은행으로 옮겼다. 한 묶음만 들어도 상당히 묵직했다. 은의 소중함은 그곳에서는 절대적인 것이었지만 종이에 싸인 은화 묶음은 그저 단순히 무거운 하나의 막대기로 밖에 안 보였다. 실제로 돈 계산을 맡고 있는 류 씨와 리 씨도 장난치듯이 주이치가 막대기를 몇 개까지 들 수 있는지 시험 삼아 건네주거나 은행까지 운반해 달라고 부탁하는 등 대수롭지 않게 생각했다. 어른들의 놀이라고 밖에 할 수 없다. 그들이 하고 있는 상거래까지도…….
그러나 주이치는 그런 그들에 대한 친숙함과 느긋한 풍모에 대한 그리움을 느낄 뿐이었다.

　　상거래가 활발해지자 지금까지 쓰던 사무소는 아무래도 일하기에 너무 좁았다. 새로운 건축이 시작되었고 비계를 걷어내자 시내 쪽을 향해 기묘한 건축물이 모습을 드러냈다. 분명 아편총국 태영공사泰永公司의 주인인 하시구치橋口 씨의 취향일 것이다. 일반적인 기와 건물 위에 작은 천수각이 놓여 있었다. 성의 천수각과 같은 짜임의 망루는 흰 벽에 검은 기와, 그리고 처마 양끝에는 금빛으로 빛나는 장식물까지 있었다. 류 씨를 비롯해 다른 중국인 일꾼들은 기이한 눈으로 바라봤다. 그들에게는 아마도 당당한 느낌을 주었을지도 모른다. 하지만 만약 하시구치 씨의 의도가 일본의 무장이 쌓아올린 성곽에 대한 사모와 그 모습을 만주에 재현하려는 자부심이었다 한다면 과연 보는 사람들에게 그 뜻이 잘 전달되었을지는 의문이다. 그들은 아마도 처마 양쪽 끝에 붙어 있는 장식물의 금색에 일종의 동감을 느끼는 정도뿐이었음이 틀림없다.

어찌 되었건 하늘 높이 솟아 있는 천수각을 보면서 주이치도 마찬가지로 기이했고, 마치 신선한 미지의 세계를 상징하는 듯 보였다. 사방으로 뚫린 창은 늘 주황색 블라인드가 내려져 누가 살고 있는 것 같지는 않았다. 안뜰에서 이어지는 하시구치 씨네 저택에서 기르고 있는 비둘기가 가끔씩 시끄러운 날개짓 소리와 함께 날아올라 몇 번 하늘에 원을 그린 후 새로운 쉴 곳이 생겼다는 듯 천수각 지붕에 살짝 내려앉는 모습을 보는 정도였다.

주이치는 언제나 작은 어깨에 힘을 주고 소학교에 등하교했다. 가는 중에 쿨리苦力와 만나게 되면 눈을 부릅뜨고 상대가 먼저 움직일 때까지 길을 비키려 하지 않았다. 결국 상대방이 지쳐서, 그러면서도 무언가 못마땅하다는 듯 혀를 차며 길을 비켜주면 주이치는 자기 주장이 관철됐다는 강한 자부심을 느꼈다. 선생님이 말한 교훈이기도 했다. 선생님은 그런 경우에 '절대 양보해서는 안 된다'고 가르쳤다. '봐 줘서는 안 되는 인종', '패지 않으면 기어오르는 인종'이 어른들의 신념이었다. 이렇게 주이치의 감정에는 중국인들에 대한 친애와 경멸이라는 어찌할 수 없이 기묘하고 복잡한 경험이 쌓여갔다.

한 해가 저물고 새해가 지나면 시끌벅적한 설이 다가왔다. 중국인들이 하는 가게는 굳게 닫혀 있었지만 그 앞을 지나다 보면 상당히 흥겨운 악기 합주와 주먹을 내리치는 듯한 장단 소리가 안에서 들려왔다. 거리에는 폭죽 껍데기가 눈처럼 쌓여 있었고 밤늦게까지 시끄러운 폭음이 끊이지 않았다. 그 집들은 여차하면 열흘이고 스무날이고 문을 닫았다. 긴 휴가야말로 사업 번성에 대한 자랑이었기 때문에 이들 중국인 상점과 거래하는 일본인 가게도 대체로 그에 준해서 오랫동안 가게를 닫는 게 관습이었다. 류 씨랑 리 씨도 휴가를 얻어 고향인 산둥山東으로 간 탓에 당분간 얼굴을 볼 수 없었다. 대신 사무실에는 쉴 틈 없이 여러 계층의 중국인들이 새해 인사를 하러 찾아왔다. 가게 안쪽에는 찾아오는 손님을 맞는 연회자리가 끊임없었다. 주이치에게는 남일 같은 연회였지만 지켜보다 보니 한 상인 손님에게 초대를 받았다. 아버지를 대신한 출석이었다.

"갈 수 있겠니?"

아버지는 주이치의 기분을 살피며 물었다.

"조금 멀지만 오는 길은 우리 가게 S가 마중 갈 거야."

S는 같은 사무소에서 일하는 일본인 급사였다. 주이치에 비하면 한참 어른이었지만 언제나 함께 노는 친한 사이였다. 같이 논다고 해도 환

등을 비추어 보여주거나 모형비행기를 만들어 날려주는 식이었고, 주이치가 뒤를 졸졸 따라다니는 형이었다.

가게 앞으로 마차를 불러 타고 갔다. 어른들의 세계로 뛰어든다는 걱정이 잠깐 사이에 주이치의 마음을 불안하게 했지만 이내 사라졌다. 길이 꺾이는 코너에서 주이치는 천수각을 돌아봤다. 흰 벽에 석양이 물들어 왠지 처음 보는 양 아름다워 보였다. 천수각은 곧바로 그의 세계에서 사라지고 가슴은 평상시대로 악의 없는 마음으로 돌아왔다……

M 씨 집에는 아직 아무도 오지 않았다. 혼자서 심심해 보였는지 M 씨는 주이치를 장식이 된 방으로 안내했다. 붉은 천으로 덮힌 몇 개의 제단에는 가장 위에 삶은 돼지머리가 놓여 있고, 이어서 여러 가지 음식들이 차려져 있었다. 붉은 양초에 불빛이 깜빡거렸다.

"아저씨, 안녕하세요."

주이치가 눈을 가늘게 뜬 돼지머리에 넋이 나가 있을 때 갑자기 뒤에서 여자아이의 목소리가 들렸다. 돌아보니 주이치보다 몇 살 위로 보이는 여자아이가 나이든 여인과 함께 서 있었다.

"어서와요, 요시코 씨."

M 씨는 여자아이에게 다가가 요시코라 불린 여자아이의 어깨에 가볍게 손을 얹고는 나이 든 여인에게 정중히 인사했다.

"번거로우실텐데 와주셨군요."

"아닙니다. 모처럼인데 바깥양반이 감기에 걸리는 바람에 대신 왔습니다. 요시코는 신났네요."

"맞아요 아저씨. 앞으로도."

요시코는 까치발로 M 씨 귀에 입을 가져가 작은 소리로 속삭였다.

"앞으로도 나만 불러 주세요."

붉은 양초가 깜빡거리는 것을 보며 주이치는 조숙한 소녀의 말에 못 당해내겠다 싶은 생각을 하고 있을 때 M 씨가 인사를 끝내고 돌아보면서 말했다.

"자, 식당으로 갑시다."

식탁에 둘러앉자 입구에서 네 명의 중국인이 들어와 앉았다. 마괘를 입은 그 정도 연배의 사람들이었다. 주이치와 요시코가 나란히 상석에 앉았고 바로 성대한 식사가 시작되었다.

요리가 나올 때마다 M 씨는 긴장한 주이치에게

"같이 먹자"

고 권했다. 집에 요리사가 있는 것인지 일부러 요리사를 불렀는지, 중국 요릿집과 같은 요리가 몇 접시고 나왔다. 주이치는 이미 먹을 여유가 없어졌는데 옆자리 요시코는 아무렇지도 않게 마지막까지 어른들과 대결하듯 발랄했다. 그녀의 볼은 옆에서 봐도 둥그렇게 복스러웠고, 턱에는 작게 파인 보조개 같은 것이 있었다. 어림에도 잘 잡힌 체격이었다. 촉촉한 검은 눈동자에 긴 속눈썹은 한 곳을 가만히 바라보고 있었지만 입술과 손은 쉴 새 없이 움직이며 음식을 먹을 때가 아니면 M 씨에게 말을 걸었다. 그 사이에도 손은 접시를 여기저기 움직이거나 냅킨을 몇 겹으로 접는 동작을 반복했다. 하지만 옆 자리에 있는 주이치에게는 아무 말도 하지 않았다.

주이치에게는 새침한 인상을 주었다. 이 여자아이가 좋아서 싫은 기분이었다.

"이, 얼, 산, 스."

어른들이 숫자를 세고 주먹을 두드리는 놀이를 하고 있을 때 M 씨는 봉투에 싼 무언가를 모두에게 나누어주었다. 주이치 앞에는 왜인지 봉투가 두 개였다.

"아, 하나는 여기."

주이치가 봉투 두 개를 손에 들고 납득 안 가는 얼굴을 하고 있자 M 씨는 당황하며 하나는 돌려달라고 했다. 아무것도 모른 채 주이치는 순순히 봉투를 M 씨에게 돌려주면서 슬쩍 옆을 보니 요시코는 주이치 쪽을 전혀 보려하지도 않고 조용히 자기 종이봉투를 찢어 지폐 한 장을 꺼냈다. 일 엔짜리 신권이 그녀의 가는 손끝에 들려 있었다. 주이치는 얼굴이 화끈거림을 느끼며 손에 든 봉투를 어떻게 해야 할지 고민했다.

"너 사무실 천수각에 오른 적 있어?"

식사가 끝나고 식당을 나가려 하던 찰나 드디어 요시코가 주이치에게 귓속말로 물었다.

"……."

주이치는 고개를 옆으로 저었다.

"언제 올라가 봐. 재밌는 게 있어."

요시코의 얼굴은 마녀처럼 크고 가까웠다. 주이치는 그쪽을 보지 않고 떨리는 목소리로 물었다.

"올라가 봤어?"

"응."

소녀가 대답했다. 주이치는 소녀의 볼이 새하얗고 복스럽다고 느끼고는 얼른 떨어졌다.

S가 자전거로 마중을 왔다. 그날 밤 주이치는 자전거 앞 바구니에 앉아서 집까지 돌아왔지만, 그 아픔이나 고통도 요시코의 신비로운 미소와 헤어질 무렵 속삭인 수수께끼 같은 말의 강한 인상에 비하면 아무것도 아니었다.

구정이 지나고 류 씨와 리 씨가 다시 돌아왔다. 가게는 작년보다도 더욱 활기를 띠었다. 주이치는 여전히 오후의 놀이터를 찾아 아편 부뚜막이나 사무실에 들락거리며 뭔가 재미있는 놀이감을 발견하려고 고생했다. 그러는 와중에도 두 번 다시 만나 일 없는 요시코의 얼굴이 뜬금없이 떠오를 때가 많았다. 그럴 때마다 주이치는 수수께끼 같은 소녀의 말이 떠올라 천수각에 올라가 보고 싶은 욕망에 휩싸였다.

"저기에는 도대체 뭐가 있을까."

비둘기 떼가 평화롭게 햇살을 쬐고 있는 천수각을 올려다보며 주이치는 이따금씩 혼잣말을 했다.

─천수각에 무엇이 있었던 걸까? 무엇이 있을까? 주이치에게는 지금까지도 수수께끼이다. 확실히 한 번은 천수각에 올라간 기억이 있다. 열 첩 정도의 다다미방에 시위가 없는 활이 걸려 있는 것만은 똑똑히 눈으로 보았다. 과연 그것이 소녀가 말한 "재미있는 것"이었을까? 주이치는 천수각에서 발소리를 죽이고 내려와 다시 류 씨와 다른 직원들 사이에 들어갔다. 그들은 밝고 구김살 없이 일을 계속했다. 그러다 지치면 담배를 피우듯 가벼운 마음으로 작은 방에 들어가 아편을 피웠다.

먼지처럼 축축한 중국의 냄새가 온 사방에 떠다녔다.

아이

D공원 입구에는 "중국인 들어오지 마시오"라는 팻말이 서 있다. 팻말을 무시하고 들어가는 중국인은 즉시 순찰 경비에게 잡혔다. 양팔에 붉은 완장같은 장식이 있는 남색 서지 제복을 입은 경비들은 이상하지만 모두가 중국인이었다.

주이치는 점심에 먹을 빵 살 돈을 모아서 입장료 1전인 공원도서관에 다니는 데에 재미가 들려 있었다. 들어갈 때면 종종 경비가 중국인을 잡아서 혼내는 광경을 목격했다. 기이한 풍경이었음이 틀림없었지만 주이치도 어른들과 마찬가지로 팻말을 무시하고 입장하는 중국인의 무지가 뻔뻔하다며 가벼운 증오심을 품고 그 광경을 지나쳤을 뿐이다······.

사실 그 동네에서 중국인들은 당연한 인간적 대접을 받지 못했다. 전차 안은 둘로 나뉘어 특등칸에는 일본인이, 일반칸에는 중국인이 탔다. 어느 날 주이치와 몇몇 학생들은 선생님의 인솔에 따라 줄지어 시내를 행진하고 있었다. 그때 한 중국인이 행진하는 학생 대열을 가로질러 통과하려고 하였고, 선생님은 곧바로 그 무례한 중국인의 소매를 잡아 끌어내고는 연속으로 뺨을 때렸다.

"행진 대열을 횡단하는 행위는 가장 무례한 행동이니 모두 잘 알아두도록."

나중에 선생님은 학생들에게 말했다. 그 선생님은 이전에 학생들에게 도로에서 중국인을 만나며 절대 길을 비켜주어서는 안 된다고 가르쳤던 교사다.

"만만하게 보이면 기어올라간다."

바로 이런 생각이 일본인들의 신조였다. 애매한 동정이나 박애심은 금물이었다. 예를 들어 아이들끼리 싸운다 하더라도 중국아이들과는 싸우지 말라는 말은 사이좋게 지내라는 뜻이 아니다. 일본인이라는 자부와 명예, 지위를 생각하면 중국인과 싸우는 것은 볼썽사납기 때문이다. '짱꼴라'라는 명칭은 일반적으로 학생들에게 금지되어 있었지만, '짱꼴라'라 부를 수밖에 없는 환경이었고, 학생들은 종종 그렇게 불렀다. 물론 중국인들은 아이들의 멸시에 화를 냈다. 그럼에도 불구하고 이 느긋한 대륙국민들은 그저 체념하고 인내했다.

"이봐 짱꼴라!"

소년의 멸시에 그들이 대답하는 '소니마'라는 욕은 입 속의 작은 중얼거림일 뿐이었다. 이 일본인이 어깨에 힘을 주고, 중국인이 '메이파쯔没法子'라고 체념 속에 자신들을 가둠으로써 이 동네는 표면적으로 평화로운 나날이었다. 그런 중에도 국가를 배경으로 하지 않는 중국인들이 서서히 경제력을 축적하기 시작했다.

"요즘은 다다미집까지 중국 사람이 해요."

어머니의 말을 얼핏 들었다.

"중국인들은 정말 잘 참고 장사를 잘 해서 일본인들이 어찌 해 볼 수가 없네요."

말하던 가격의 반으로 깎아주고는 손해라고 소리를 고래고래 지르면서도 결코 협상을 멈추지 않는 그들의 생활력은 확실히 식민지 기질에 젖은 일본인에게는 없는 끈질김이 있었다. '멍하게 있으면 일본인이 진다'는 생각은 모든 어른들의 마음속에 자리 잡고 있었다. 그렇다고 이제 와서 변할 수도 없었다. 그저 종래의 식민지풍 생활을 질질 끌고 갔다. 식민지 기질은 주이치 세대에게도 반쯤은 영향을 주었고, 나머지 절반은 그에 대한 반발심이 조금씩 자라나고 있었다. 하지만 그가 이 마을 사람들에게 철저히 증오를 느끼게 되는 것은 아직 10년이 더 지나서이다. 더운 여름날 오후 공원 도서관에서 사자나미小波의 옛날이야기나 그림 동화에 빠져 책임질 필요 없는 몽상 속에서 살아갈 수 있었던 주이치의 생활은 작은 감정기복을 빼면 평화로움 그 자체였다. 자기 안에 폭군과 '어른'이 반씩 동거하고 있었다.

"도련님."

어느 날 점원인 류 씨가 무언가 포장이 된 물건을 꺼내 보여주면서 말했다.

"이것 좀 하시구치 씨에게 건네주세요."

주이치는 포장된 물건 귀퉁이에 달려 있는 하얀 표찰을 보며 말했다.

"네. 알았어요."

류 씨에게 다가갔다. 류 씨는 살찐 양 볼에 웃음을 띠운 채 주이치에게 물건을 건네주려 했다. 주이치는 받는 척 하다가 손을 뻗어 하얀 표찰을 떼어냈다. 기막혀 하는 상대방을 남겨두고 재빨리 밖으로 도망갔다.

"푸신 푸신, 안돼요."

류 씨는 일본어와 중국어를 섞어가며 밖에까지 좇아 나왔지만, 주이치가 이미 멀리 가버린 것을 알자 과장스러울 정도 쿵하고 발을 굴렀다.

"소니마!"

멀리서 욕을 할 뿐이었다.

방과 후 주이치는 친구들 서너 명을 데리고 니혼바시日本橋에서 N광장으로 통하는 긴 I거리를 걸어서 집에 돌아오는 습관이 있었다. I거리의 한쪽 편은 중국인 가게가 많았고, 가게 앞에는 여러 상품과 상자 등이 놓여 있었는데 바로 그것들이 장난의 대상이 됐다. 훔치지는 않았다. 상품을 바꿔치기 했다. 옆에 있는 석유통을 치기도 하고 가게 문을 일부러 열어놓고 도망가기도 했다. 늘어선 가게들을 차례차례 두들기거나 발로 차면서 다녔다.

그뿐이 아니었다. 영국인 혼혈의 요시다吉田라는 같은 반 친구에게는 가차 없이 '튀기'라고 부르며 놀렸다. 큰 키에 오스카 와일드 같은 얼굴의 아이였다. 주이치 역시 일본 본토에서 전학을 온 경험이 있기에 전학생에 대해서는 관대한 동정심을 갖고 있었지만, 노자와野澤라는 흰 얼굴의 전학생은 너무 기개도 없고 지질거려서 화가 났다. 어쩌다 그를 조금 험담한 것이 계기가 되어 갑자기 옆구리를 때린 적이 있다. 상대방이 치사하게 나온 게 이유였는데 맞고 나서 저항도 못 하고 가만히 엎드려서 계속 중얼중얼 욕을 하는 전학생의 모습은 전에는 느끼지 못 했던 쓸쓸한 인상으로 뇌리에 깊게 박혔다. 그리고 또……

말하자면 주이치의 일상은 못 말리는 악동이었고 아이 다운 아이의 생활을 하고 있었다. 물론 그런 생활에 그림자를 드리우는, 어딘가 어른 같은 감정의 움직임도 없었던 것은 아니다. 뜯어진 하카마 자락을 꿰매

준 소녀를 향한 호의가 같이 놀던 이웃집 소녀에 대한 감정으로 옮겨갔다가 다시 하카마를 꿰매준 소녀에게로 돌아오고, 이번에는 어느 사진집에서 본 고귀한 소녀를 향한 몽상으로 훌쩍 비약했다. 걷잡을 수 없는 정서가 화려함을 좇는 것뿐이었지만 당시에는 그것만이 유일한 진심이었고, 몽상이 사라지면 말할 수 없는 깊은 슬픔을 느꼈다. 주이치의 뜯어진 하카마를 꿰매라고 시킨 사람은 담임이었다. 대열에 끼어든 중국인을 끌어내 뺨을 때리는 것 정도는 당연하게 생각하는 담임은 뜯어진 주이치의 하카마를 보자 바로 그 자리에서 벗으라고 시킨 후 여학생에게 넘겼다. 붉은 벽돌로 지은 삼각형의 교사 중앙에 좁은 안뜰이 있었다. 그곳으로 통하는 아케이드 그늘에서 주이치는 잠깐 동안 하카마 수선이 끝나기를 기다려야 했다. 점심시간이었다. 모두 운동장에 나가있었기 때문에 아케이드 옆은 아무도 지나가지 않았다. 안뜰 건너편은 복도로 올라가는 돌계단이 있고 그 옆에 급사가 시간을 알리는 종이 걸려 있었다. 종 위쪽으로 줄지어 달린 비둘기집의 둥근 구멍으로 비둘기들이 끊임없이 고개를 내밀거나 날아올랐다. 교정의 소음에서 떨어진 안뜰은 구구 우는 비둘기 소리만 들렸다. 그런 고요함 속에서 주이치는 하카마를 든 소녀가 나타나기를 기다렸다. 시간이 가지 않았다. 막상 소녀가 수선한 하카마를 들고 돌계단 위에 나타나 그를 손짓으로 불렀을 때, 아래에 서서 하카마에 손을 뻗으면서 주이치는 아무말도 안 했다. 소녀는 위에서 하카마를 내밀었다. 주이치는 아래에서 받으려 하고 있다. 아무도 보는 사람은 없다. 오후의 햇살이 조용히 비추고, 비둘기가 울고, 무한한 정지 속에서 시간이 흘렀다. 소녀의 모습은 이미 없었다.

이런 감정을 도대체 무엇이라 부르면 좋을지. '천수각' 안에 재미있는 것이 있다고 알려준 소녀의 인상은 왜인지 이미 흐릿했다. 그 대신이라도 되는 양 다른 소녀가, 또 다른 소녀가 나타났다가 사라졌다.

주이치가 여자 이야기를 자주 한다는 이유로 반친구인 쓰다津田는 그를 '밝히는 놈'이라고 부르며 멀리했다. 그런 말이 뜻하는 분위기는 어렴풋이 느끼기는 했지만 사실 아무것도 몰랐을 뿐 더러 스스로 그런 학생이라고 생각하고 싶지도 않았다. 주이치는 단지 쓰다의 단정한 미모가 부러웠고, 그런 소년이 자기 마음을 몰라준다는 사실은 어딘가 인종이 다르다는 열등감마저 느끼게 했다. 좋아하는 친구 하나가 멀어져간다는 사실이 가슴 답답하게 슬펐다. 마치 소녀들의 몽상이 사라져 가는 것과 비슷한 슬픔이었다. 그는 더 이상 쓰다를 생각하지 않기로 했다. 대신에 오직 한 명 남아 있는 다른 친구인 가라키 히로시唐木浩만을 생각하려 노력했다.

가라키는 공원 도서관에 같이 다니는 친구였다. 주이치가 더없이 부러웠던 것은 아버지가 만철의 고급사원이었던 탓에 도서관에 다닐 용돈은 물론 좋아하는 책을 얼마든지 사들일 수 있는 가라키네 집의 윤택함이었다. 꼭 필요한 물건을 사는 것 이외에는 한 푼도 갖을 수 없었고, 언제나 금전 문제에 관한 한은 엄격한 아버지 밑에서 자란 주이치는 점심에 먹을 빵값을 모으지 않는 한 가라키와 같이 다닐 수 없었다. 종과 비둘기집이 있는 교사 안뜰에 작은 매점이 있었고, 학용품 외에도 점심시간에는 하나에 2전이나 3전 하는 빵을 팔았다. 가라키와 도서관에 가기로 한 날 매점 앞은 통행 엄금이었다. 빵을 매일 사는 것도 아니어서 미리 예상하고 모아두지 않으면, 당일이 돼서 도서관비가 없을 수도 있었다. 주이치는 어느새 적전赤錢 20 몇 전을 모아 허리띠 사이에 말아서 보관하고 있었는데, 무심코 아버지 앞에서 흘리고 말았다. 적전은 무참히도 다다미 위에 점점이 흩어졌고 주이치는 어찌할 바 몰라 망연히 그 자리에 서 있을 뿐이었다.

"이 돈은 뭐냐."

아버지가 말했다. 화난 눈빛에 맹렬한 질타를 예상하며 솔직히 대답했다.

"모았어요."

"모아서 어떻게 할 것이냐."

이번에는 대답할 수 없었다. 방과 후 허락도 없이 도서관에 다니고 있다고 말하면 가만두지 않을 거라 생각했기 때문이다.

"모았다니. 대체 무슨 돈을 모은 것이냐."

아버지는 의심스러운 눈빛으로 다시 물었다.

"빵값, 모았어요."

"빵값이라니 그렇다면 지금까지 점심은 안 먹은 게냐."

"가끔 안 먹고 모았어요."

"어리석은 놈. 밥을 안 먹으면 병이 걸리지 않느냐."

아버지는 확실히 당황한 표정이었다. 도박을 하는 것 같지도 않고, 처음 보는 물건을 사들이는 기색도 없으니 대체 무엇을 위해 모은 돈인지 아버지로서는 예측도 할 수 없었다. 일단 떨어진 돈을 줍도록 시킨 후 이어서 돈에 대한 언제나의 잔소리가 계속됐다.

"돈을 모으는 것은 세상에서 가장 더러운 행위다. 어린 나이부터 벌써 그런 짓을 하다니 너는 내 자식이 아니다."

발이 저려오는 것을 참으며 잔소리를 듣다가 마지막에 모은 돈을 어머니에게 돌려주라는 이야기를 들었을 때는 죽도록 한심했다. 어머니는 그 돈을 어떻게 처리했는가 하면 우표저금 — 2전이나 3전 하는 우표를 수첩에 첨부하여 저금하는 형식 — 에 넣어주었던 듯하다. 그러나 아무 의미 없었다. 현금이 한 푼도 없으면 도서관에 갈 수 없고, 가라키와의 약속도 지킬 수 없다.

친구와의 약속을 지킬 수 없는 것만큼 괴로운 일은 없었다. 타이밍 안 좋게 하필 그 즈음에 도서관비가 2전으로 올라 주이치는 더더욱 다니기 힘들게 되었다. 찾아온 가라키를 기다리게 하고 어머니에게 2전을 졸라보지만 도저히 승낙해 주지 않을 때도 있었다. 밖에서 주이치의 이름을 부르는 가라키의 목소리가 들렸고, 그는 어찌 할 바를 몰랐다.

"빨리 가서 못 가겠다고 말하고 오너라."

둘의 우정을 동정하지 않는 어른들의 잔혹함을 저주하며, 주이치는 창가에서 겨우 말을 꺼냈다.

"오늘은 못 가."

가라키는 시시하다는 표정도 짓지 않고 얌전히 창가에서 물러났다. 주이치에게는 그때만큼 자신과 가족의 가난이 원망스러웠던 적은 없었다. 가라키가 갖고 있는 풍부한 책 컬렉션도 충분히 부의 대비를 보여주고 있었지만, 막상 새 책을 빌리게 되면 그런 비참한 기분은 흔적도 없이 날아갔다. 하굣길에 일부러 먼 길을 돌아 가라키의 집에 들르면 조금 기다리라는 말에 정원에서 30분이고 40분이고 가라키를 기다리는 일도 있었다. 귀찮게 하면 안 된다는 마음과 곧 나오겠지 하는 기대로 잠자코 마당에 서서 기다리는 주이치는 말도 안 되는 시간이 흐른 뒤에 나타난 가라키에게 원망의 말 한마디 못 했다.

"뭐야. 아직 있었어? 완전히 잊고 있었네."

가라키는 대수롭지 않다는 얼굴로 다시 들어가서 약속한 책을 가지고 나왔다. 손에 받아든 묵직한 무게와 새로운 책을 손에 넣었을 때 느끼는 말할 수 없이 신선한 감촉으로 주이치의 마음은 공처럼 튕겨져 올라갔다. 주이치는 가라키 앞에 서면 가끔 그의 하인이 된 듯한 자신을 발견했다. 어떻게든 가라키만은 곁을 떠나지 않았으면 했다. 때문에 과장해서 말하자면 가라키의 일거수일투족이 신경 쓰였다. 학교 계단에서 가라키와 마주쳐 아래쪽에서 올려다봤다. 마침 이틀 연휴가 끝난 후라 오랜만에 보는 친구의 얼굴이었다.

"내 얼굴 많이 탔지?"

평소라면 하얀 가라키의 얼굴이 검게 그을려 매력이 한층 두드러졌다.

"이틀 연속 호시가우라 해변에 갔었어."

가라키는 그렇게 말하며 주이치의 옆을 지나쳤고, 빠르게 계단을 내려갔다. 얼굴이 타는 것조차도 매력이 될 수 있다니! 주이치에게는 새로운 발견이자 가라키를 더욱 찬양하게 됨을 의미하는 동시에 그럴 수 없는 자기에 대한 슬픔을 불러일으켰다. 가라키와 사이좋게 지내고, 남들에게 그렇게 보이는 것이 그의 감정의 정점을 형성하고 있었다. 가라키의 존재는 모든 것이 완벽했다.

이렇게 두 소학생의 관계는 미묘한 성의 감촉이 매개하고 있었다. 그렇다고 해서 대단히 부자연스럽다고 여길 것도 아니었고, 그다지 문제가 될 만한 성질도 아니었다. 주이치는 애정의 자연스러운 노출이 애절할 정도로 즐겁다는 사실만 알 뿐 그 외에는 아무것도 몰랐다. 단지 주이치는 얼마 지나지 않아 세상이 어두워질 정도로 강렬한 질투를 느끼게 된다. 주이치와 가라키의 관계는 대체로 모두가 인정하고 있었음에도 이를 부수려는 무법자가 나타났다. 어느새 가라키의 이름을 장난스럽게 '간가라킨'이라는 애칭으로 부르는 상대가 나타난 것이다.

"야, 간가라킨."

그 상대는 무척 친한 듯이 가라키의 어깨를 두드리고 주이치가 모르는 애칭을 부르면서 교실 안을 도망치며 다녔다. 가라키는 상대방을 잡으려고 책상 사이를 휘졌고 다녔다. 상대방은 깔깔 웃었다. 책상과 의자가 삐걱거리며 흔들리는 소리가 들렸다. 좇아다니는 가라키도 즐거워 보였다.

잠자코 보고 있기 힘들었다. 주이치는 가라키가 자신을 알아채기 전에 그 자리를 피해서 아무것도 모르는 척하려 했다. 모르는 척 하고 있는 한, 가라키도 지금까지와 같은 태도로 자신을 대해 줄 것이라고 생각했기 때문이다. 그들 사이에 등장한 무법자는 그런 정도에 굴할 상대가 아니었다. 주이치를 대하는 가라키의 태도는 지금까지와 비교해 변하지 않은 것 같기도 했고, 완전히 변해버린 듯도 했다. 가끔 주이치는 무언가 중요한 그릇에 금이 간 것처럼 쓸쓸함을 느꼈다. 의심이 많아지고, 가라키 앞에서도 이전처럼 편하게 지낼 수 없을 것만 같았다.

긴 여름방학이 지나고 다시 새 학기가 시작되면, 대륙의 도시들은 이미 가을색으로 물들어 있었다. 달 밝은 어느 날 밤이었다. 하시구치 씨 댁에 고용된 불침번 당번인 왕ㅍ이 그날 밤도 작은 수제 목탁을 손에 들고 넓은 저택 안을 돌고 있었다. 주이치는 그와 마주치자 그대로 뒤를 따라갔다. 왕은 왼속에 든 목탁을 오른손에 든 가느다란 막대기로 "톡 톡 톡톡" 박자에 맞춰 두드렸다. 키큰 왕의 그림자와 주이치의 작은 그림자가 밝은 땅바닥에 얽히며 움직였다.

"안 자니?"

왕은 그늘에 들어갔을 때 문득 걸음을 멈추고 중국어로 물었다.

"조금만 더 산책하다가 잘 거에요."

어설픈 중국어로 주이치가 대답했다.

"그거 벗어, 어때."

이번에는 일본어로 왕이 가리킨 것은 주이치의 바지였다. 주이치는 어두워서 잘 보이지도 않는 상대방의 얼굴을 무의미하게 쳐다봤다. 고개를 가로 저었다. 목탁을 든 왕의 손과 막대기를 든 손이 몸에 닿기 전에 주이치는 빠져나와 집으로 달려갔다.

무슨 일이 일어나려 한 걸까. 주이치는 알 수 없었다. 매일 밤의 습관대로 잠들기 전까지 떠올리는 가라키의 얼굴이 망막에 아른거릴 때 즈음, 주이치는 저택 너머 멀리 사라지는 미미한 목탁 소리를 들었다.

— 『만주낭만』(제3집, 1940.7)

(속편)

초봄

교통통제는 일주일 만에 끝났다. 여동생 다미가 성홍열에 걸려, 일주일간 밖에 나갈 수 없었던 주이치는 어딘가 낯선 마음으로 등교하자마자 기다리던 교사에게 끌려 다른 교실로 갔다. 여학생 교실이었다. 마침 한참 신체검사 중이었다.

많은 여학생들의 얼굴이 떠들썩하게 섞이며 주이치의 시선 속으로 들어왔다. 연분홍빛 홑겹옷으로 서 있던 아이가 주이치를 보자 급하게 기모노를 어깨에 걸치려 하며 주이치 쪽을 가만히 째려봤다. 주이치는 긴장했다. 선생님 옆에 숨듯이 교단 옆에 앉아 아이들을 검진하고 있는 의사 옆으로 한눈도 팔지 않고 똑바로 나아갔다. 여학생들의 시선에 둘러싸여 이윽고 그는 옷고름을 풀고 양어깨가 드러난 모습으로 의사 앞에 서지 않으면 안 됐다.

의사는 주이치의 얇은 팔에서 맥을 짚고, 가슴에 청진기를 댔다. 입을 열어 목을 보고 눈을 접근시켜 가슴과 어깨의 피부를 열심히 검사했다. 주이치의 팔뚝 언저리에 작은 흰 반점이 두세 개 발견되자 눈을 꿈뻑꿈뻑하고는 옆에 있는 교사를 쳐다봤다. 교사는 상체를 구부려 의사가 했던 것처럼 꼼꼼하게 피부 위 얼룩같은 반점을 봤다.

"여동생이 아직 입원 중이라고 했지?"

의사는 주이치에게 묻고. 주이치는 끄덕였다.

"너도 입원해야겠구나."

의사는 어딘가 유쾌한 듯이 말했다. 주이치에게는 옷을 입도록 말하고 교사에게 이런저런 주의사항을 세세하게 전달했다. 주이치는 타성에 젖어 아직 긴장하고 있었다. 그러다 옷을 입고 의사 앞을 지나 복도에 홀로 서자 갑자기 어머니와 아버지의 얼굴이 떠올랐다. 무심코 눈물이 났다. 무언지 모른 큰 실수를 한 것만 같은 부끄러움에 빠졌다.

바로 이어서 선생님이 나와 잠깐 기다리라고 말한 후 다시 나타나 교실에 두고 온 책가방과 학용품을 가지고 나타났다.

"너는 너도 모르는 사이에 성홍열에 걸렸다가 어느새 나아가고 있어. 거의 다 나았다고 해도 입원해야 된다고 의사 선생님이 말씀하시는구나. 증세가 가벼우니 금방 퇴원할 수 있을 거다. 부모님께는 내가 전화할테니까 이제부터는 집에 가서 아버지가 말씀하시는 대로 해라."

주이치는 교문 밖에 버려졌다. 버려졌다─는 말 이외에는 표현할 수 없는, 비참한 기분이었다. 이제는 부모님도 원망스럽고 여동생 다미도 원망스러웠다. 자신은 이렇게 쌩쌩한데 성홍열에 걸려 입원하지 않으면 안 된다니 무슨 말일까. 무슨 이런 부조리한 재난이 있을까. 입원해야 한다는 의사의 선언만이 마치 범할 수 없는 철칙처럼 눈앞에 펼쳐져 있는 것을 의식하며, 주이치는 상상할 수 있는 모든 사람, 사물, 상태에 반발하며 길가 인도석을 발로 찼다.

겨울이 되면 이 동네에는 반드시 성홍열이 아이들을 덮쳤다. 봄이 되어 이윽고 날이 따뜻해지면 다음 겨울에 다시 찾아올 것을 약속하며 조심스레 물러난다. 몇몇 어린 생명이 위협당하고, 빼앗기는 것을 사람들은 어찌 할 바를 모르는 양 보고만 있었다. 올해도 몇 명의 아이가 죽었다. 폐렴, 성홍열, 디프테리아 — 그런 무서운 병균이 겨울이면 이 곳에 얼마나 횡행했는지. 아이가 있는 부모들은 얼마나 그런 재해로부터 아들과 딸을 지키기 위해 고심했는가. 만주는 아이를 키우기 힘들다는 하나의 정설 앞에 그들이 새로운 비탄과 절망을 얼마나 반복하며 다른 환경에 적응하려고 노력했는가. 이 땅에 사는 모든 부모들이 잘 알 것이다.

주이치네 집이 시의 서쪽에 있는 M언덕 중턱으로 옮겨 그곳에서 근한 달 정도 지냈을 때 일이다. 이사한 덕분에 학교까지 사오 리의 길을 걷지 않으면 안 됐다. 가까운 학교에 전학하라는 권유에도 완고하게 버텼다. 주이치는 전학의 피로를 너무도 잘 알고 있었다. 도쿄에서 전학 왔었던 소학교 2학년 때, 얼마나 학교 가기가 싫었는지, 그러다 공중화장실에 숨어서 시간을 보내고 집으로 돌아간 기억은 어제 일처럼 똑똑히 기억이 났다. 그 결과 가까운 학교에 다니는 여동생과는 달리 매일원래 다니던 먼 학교를 다녔다. 그 학교에는 관리나 회사원의 아이들이 많았고, 가까운 학교는 일반 서민들의 아이들이 많아 자신과 맞지 않다는 묘한 의식도 있었다. 북풍을 맞으며 가는 작은 망토가 이쪽 마을 어귀에서 저쪽 마을 어귀까지 규칙적으로 움직였다. 영하 십도 이하가 되면 가까운 제빙공장 앞에 홍백의 깃발이 세워졌고, 거기까지 갔다가 돌아왔다. 한파로 인한 휴교 알림 싸인이었다. 그뿐 아니라 주이치에게는 안식을 위한 싸인, 스토브로 따뜻한 실내, 선생님의 얼굴을 떠올리지 않아도 되는 자유로운 독서 등을 그대로 의미하는 싸인이기도 했다.

다미는 열이 나서 격리병원 흰 차에 태워졌다. 이번에는 주이치 차례다. 학교에서 집으로 돌아오자 소지품을 보자기에 싸들고 마중 온 순사와 함께 마차에 탔다.

"하나키 씨 말 잘 듣고 빨리 돌아오렴."

어머니는 문 앞까지 나와서 말했다. 하나키 씨는 가끔 주이치네 집에 놀러오는 아는 간호사였다. 지금은 특별히 다미의 간병인으로 격리병원에 파견 나가 있었다.

주이치는 기분이 이상했다. 학교에서 성홍열이라는 말을 들은 이후, 자기 스스로는 전혀 환자라는 생각이 안 드는데 지금 이렇게 마차를 타고 입원하다니, 정신은 또렷하고, 아픈 곳도 없는데 도대체 왜 병이 났다고 하는지 전혀 알 수 없었다. 그럼에도 불구하고 자기 옆에는 무시무시하게도 순사가 타고 있고, 어머니까지도 무슨 환자에게 이야기하듯 하나키 씨 말을 잘 들으라고 한다. 주이치는 점점 우스워지기 시작했다. 동시에 이 모든 것이 농담이라는 가벼운 마음이 들었다.

"들고 있는 게 학교 교과서니?"

마차가 한참을 달린 후 옆에 앉아 있던 순사가 주이치의 보따리를 가리키며 물었다.

"네."

주이치는 아주 작게 끄덕거렸지만 사실 교과서는 한 권도 들어 있지 않았다. 셔츠와 바지 외에 잡지 두세 권이 들어있을 뿐이었다. 순사는 차분한 어조로 훈시하듯이 말했다.

"그렇구나. 학교 공부는 조금 늦어져도 괜찮단다. 다 나으면 열심히 공부해서 되돌리면 되니까."

진지한 순사의 말을, 주이치는 거짓말이 안 들켜서 다행이라고 생각하며 흘려들었다. 그러나 그 말은 그가 성장할 때까지 언제까지고 뇌리에서 사라지지 않았다.

철봉으로 맞아도 아무렇지 않을 정도로 잔뜩 끼어입은 중국인들이 순사와 같이 타고 있는 주이치를 수상하다는 듯이 돌아보았지만, 이내 이해할 수 없는 것을 대할 때에 보여주는 무관심을 나타내며 가던 길을 계속 갔다.

"굴뚝, 청소."

그들 중에 어떤 이는 어깨에 걸친 청소도구를 흔들며 큰 소리로 소리를 질렀다. 어느 집이건 지붕 위 굴뚝에서 검은 연기를 뿜고 있지 않은 집은 없었다. 겨울은 이 도시의 전성기였다.

매서운 북풍을 맞으며 R가도를 20분 정도 달리자 오른 편 작은 언덕 위에 격리병원의 붉은 벽돌 건물이 보였다. 마차에서 내려 돌계단을 20단 정도 올라간 현관에서 순사가 안내를 부탁하자 안에서 나온 간호사가 "이쪽으로 오세요" 하며 주이치에게 말했다.

"빨리 나으렴."

순사가 주이치에게 말했다.

"그럼 잘 부탁합니다."

간호사에게 말하고는 그대로 장화 소리를 남기고 떠나갔다.

주이치는 고독하지 않았다. 여동생도 있고 하나키 씨도 여기 있으니까. 복도를 지나 어느 병실에 들어갔을 때 주이치는 전에 본 적이 있는 소녀의 얼굴을 발견했다. 아직 M언덕으로 이사하기 전, 천수각이 있던 가게 뒷집에 살기도 더 전에 N공원 옆 I동에 살던 때 종종 같이 놀던 중국인 소녀였다.

이 중국인 소녀는 이미 회복기에 들어간 듯했다. 그녀는 물엿을 묻힌 젓가락을 입에서 떼고 옆으로 긴 눈으로 주이치를 쳐다봤다. 분명 주이치를 알아보는 눈빛이었다. 그 눈빛을 보며 주이치는 한동안 잊고 있던 것들을 겨우 떠올렸다. 소녀의 이름은 리우링칭劉玲慶이었다. 주이치와 놀던 때가 열세 살 정도였으니 지금은 벌써 열대여섯은 되었을 것이다.

"언제 입원했어?"

주이치는 보따리를 든 채로 리우링칭에게 물었다.

"지난달, 20일쯤이었어."

소녀가 말했다.

"나는 괜찮아. 그래도 입원하는 거야."

"나도 이제 괜찮아. 10일이면 퇴원할 거야."

"그거 짐이지?"

둘의 대화에 간호사가 끼어들었다. 주이치가 들고 있는 보따리를 두고 하는 말이었다.

"짐인 듯 짐이 아닌."

주이치는 들떠서 대답했다. 조금 전 순사에게 "교과서니"라는 질문을 들은 일 따위는 완전히 잊었다. 아니, 일부러 잊으려고 들뜬 척 하고 있다고 하는 편이 맞을 것이다.

"네 병실은 이쪽이란다. 짐은 내가 가져다 둘게."

간호사는 주이치의 보따리를 받아들고는 옆방으로 들어갔다. 뒤처지지 않으려 좇아가며 주이치는 또 한번 리우링칭에게 시선을 던졌다. 소녀는 당황한 듯 손에 든 물역 막대기를 빙글빙글 돌렸다. 주이치는 소녀와 놀던 시절, 그녀가 전족을 하고 있었다는 사실을 떠올렸다.

'저 이불 속에 전족인 채로 누워있을까?'

잠시 궁금해졌지만 주이치는 그대로 옆 병실로 들어갔다.

앞방에 비하면 그 방은 상당히 넓은 병실이었고, 남쪽 창 아래와 입구 쪽 벽면을 따라 각각 열두세 개의 침대가 놓여 있었다. 주이치를 데리고 온 간호사는 사전에 미리 이야기가 된 듯이 방구석에 앉아 있던 하나키 씨를 큰 소리로 불렀다. 하나키 씨가 오자 "그럼"이라고 주이치에게 눈인사를 하고 다시 바쁘게 왔던 길을 돌아갔다.

오랜만에 보는 하나키 씨의 얼굴은 평소에 집에서 보던 때와는 달리 어딘가 화난 듯했다.

"다미코 만나볼 거지?"

남쪽 창 아래에서 자고 있는 다미에게 데려갔다. 창밖으로 보이는 겨울풍경은 겹겹이 중첩된 언덕의 불그스름한 흙 위에 여기저기 잔설이 굳어서 빛나고, 잎이 다 떨어진 앙상한 나무 두세 그루가 버려진 듯 서 있을 뿐이었다. 무거운 장막을 드리운 듯 한겨울 구름 사이로 햇살이 보이자 불그스름한 언덕 위에도 멀리 보이는 마을 위에도 밝은 빛줄기가 내리고, 동시에 처마 밑의 굵은 고드름이 반짝반짝 빛났다.

다미는 눈부시다는 듯이 주이치의 얼굴을 올려다보고, 이불 위에 얹은 양손을 머리 옆으로 뻗어 기지개를 켰다. 눈가와 입가에 만족스러운 작은 미소를 띠웠다.

"같이 놀 사람이 와서 기쁘지?"

하나키 씨의 말에도 그녀는 아무말 안 했다. 어깨 뭉침을 풀려는 듯 기지개를 켤 뿐이었다. 옆에서 야윈 다미의 양팔을 보고 있는 주이치도 할 말은 없었다. 뭐라도 오빠다운 위로의 말을 해 주고 싶었지만 그런 말들조차도 입에서 떨어지지 않았다. 단지 마음속으로

'나는 괜찮아.'

라고 반복할 뿐이었다.

자기는 환자가 아니라 괜찮다는 마음은 벽쪽 침대가 배정되어 흰 이불을 덮고 누워서도 그의 머리에서 떠나지 않았다. 오히려 이렇게 꼼짝할 수 없는 처지가 되고 나서 더욱 강해졌다. 주이치의 양옆에는 비슷한 또래의 남자아이가 누워있었다. 그들도 방금 전 옆 병실에서 만난 중국 소녀처럼 물엿 막대기를 빨고 있었다. 주이치는 그 모습을 가볍게 경멸했다.

"얘네들 진짜 환자네."

환자 사이를 걸어다니던 간병인 한 명이 주이치를 돌아보면서,

"이 환자 물엿은 아직이에요?"

라고 다른 간병인에게 상담하자 상대방은 고개를 저으며 대답했다.

　"그 아이는 지금 막 입원했어요. 물론 안 됩니다."

　주이치는 주의 깊게 주변 환자들의 모습을 관찰했다. 보니까 3명 중에 2명꼴로 물엿 간식을 받지 않은 아이들이 있었다. 간식은 거의 나왔다는 표시이고, 못 받았다는 것은 이제부터라는 이야기이다.

　오늘 아침까지 건강하게 뛰어놀았는데 하고 침대에 누워 서글프게 지난 며칠간을 떠올리다 보니 어느새 저녁 시간이 되었다. 식사는 우유였다. 이번에도 주변을 관찰해 보니 우유 말고도 무언가 작은 접시에 담을 것을 나누어주고 있었는데 주이치는 그 접시는 받지 못했다. 도대체 무엇이 담겨 있는지, 마침 옆 침대에 나온 접시를 보았다. 간장도 뿌리지 않은 간 무가 조금 놓여 있을 뿐이었다. 저런 건 먹으려고만 하면 밥상에 언제든 있던 거다. 그렇게 간소한 음식이었기 때문에 오늘 아침까지도 먹으라는 말을 듣지 않을 때가 많았다. 그랬던 것이 지금은 보란 듯이 작은 접시에 담겨 귀한 요리라도 되는 양 조심스럽게 사람을 가려가며 나오고 있다. 기어코 자신을 환자 취급하고 마는 것이다. 나만은 환자가 아니라고 의기양양했는데 어른들은 잘 알지도 못하면서 자신만이 마치 중환자인 것처럼 다룬다. 저런 음식 먹고 싶지도 않다고 속으로 되뇌였지만, 오늘 아침까지도 멀쩡하게 다니던 몸은 오늘 저녁은 우유 한두 병이라는 결정이 내리면서, 간 무 한 접시라도 우유병 옆에 놓였으면 하고 바라게 되었다. 심지어 무를 못 받는 것이 너는 아직 병이 낫지 않았다는 사실을 의미한다니, 주이치의 고통은 그 지점에서 두 배로 증

폭됐다.

'정말로 나는 우유밖에 마실 수 없는 환자인가.'

얌전히 누워서 천정을 보면서 그의 마음은 동요하기 시작했다. 천정에는 전등이 몇 개 달려서 주황색 빛을 내고 있었다. 가는 코드 한 줄에 매달린 전등은 그대로 주이치의 정처 없는 마음을 되비추고 있는 듯했다. 점점 단념하는 마음이 들어섰다. 이렇게 하얀 이불을 덮고 침대에 누워있는 한 자기는 역시 환자 이외에 그 무엇도 아니었다. 갑자기 몸이 약해지는 느낌이었다. 누가 보더라도 주변에서 얌전히 자고 있는 아픈 아이들과 구별되지 않았다. 잠들기 조금 전, 문득 리우링칭의 시원하게 큰 눈이 공중에 떠올랐다. 이어서 그녀와 놀던 이삼년 전의 기억이 꿈처럼 떠올랐다.

"너 남자애가 있으면 놀러오지 않는구나."

옆에 앉아 있던 그녀가 말했다. 골목에서는 두부장수가 흔드는 딸랑딸랑 종소리가 들렸다.

"복권이 시작됐어."

그녀가 설명했다. 복권놀이라는 아이들의 조숙한 놀이이다. 그녀는 종이 울리니 가서 보고 온다고 하였으나, 주이치는 평소에 같이 놀지 않는 남자아이가 끼어 있다는 이유로 같이 가려하지 않았다.

"너 너무 소심해."

비웃듯이 말하고 그녀는 골목 쪽으로 가버렸다.

가끔씩 스토브 뚜껑을 열어 석탄을 던져 넣는 소리가 났고 그때마다 "화르륵"하고 불꽃이 일어나는 소리에 눈을 뜨면 옆에서 뜨개질이나 바느질을 하는 간호사와 간병인의 목소리가 들렸다. 먹을 것에 대한 이야기였다.

"내일 아침은 무슨 국이지요?"

한 명의 목소리에

"두부국인가 봐요."

라고 답하는 목소리가 들렸다. 주이치는 몇 번이나 잠에서 깼다. 이번에는 병원에서 나오는 귀신 이야기가 들렸다. 귀신 이야기가 끝나고 복도로 나가는 사람에게 한 여자가 큰 소리로

"유!"

라고 외치고 복도에 있는 여자는 바로

"령!"

이라고 받아쳤다.

뒤척거리던 밤이 밝아 아침이 오자 두 명의 중국인이 병실에 들어와 청소를 시작했다. 나무 마루바닥을 정성스럽게 닦았다. 청소가 끝나자 하나키 씨는 주이치에게 물수건을 건네주면서 얼굴을 닦으라고 했다. 아침 일과가 시작됐다. 우유 두 병의 식사. 그러고 나서는 자면서 점심을 기다릴 뿐이었다.

의사는 주이치의 상태에 대해 평범한 얘기만 했다. 그들은 주이치가 이미 발병과 회복 단계를 거치고 어느새 이제는 건강해졌다는 사실을 눈치채지 못 하고 있었다. 일단 입원한 이상, 병원 체면 때문에라도 일반 환자와 같은 대우를 하지 않을 수 없는 것일까.

그러나 주이치는 이미 그런 의심으로 괴롭지 않았다. 그를 괴롭히는

것은 오로지 맹렬한 식욕뿐이었다. 병실에 구비된 책들을 뒤지다가, 어떤 농부가 야채잎절임에 수북한 보리밥을 먹는 이야기를 읽고는 주체할 수 없는 유혹을 느꼈다.

'퇴원하면 반찬 투정은 안 할 거야. 보리밥에 야채만 있으면 되잖아.'

먹거리로 투정을 한다는 것이 얼마나 불효인가 생각이 들었다. 또 그 반동으로 효도를 하기 위해서는 말투부터 바꾸어야 한다고 생각했다. 자기 자신을 '저'라고 말하고 '입니다', '습니다'라고 경어를 써야겠다는 생각에 미쳤다.

다시 태어난 듯 착한 아들이 되기 위해서는 무엇보다 빨리 퇴원할 필요가 있었다. 그보다도 빨리 퇴원하기 위해서 모든 '아이'같은 것으로부터의 탈피가 무엇보다 중요한 조건이라고 여겨졌다. 퇴원에 대한 교환조건으로 그런 양심의 움직임을 필요로 했다. 몹시 자기중심적이고 약은, 그렇지만 소박한 기원이었다.

하나키 간병인은 다미 외에 주이치까지 한 명 더 돌보지 않으면 안 된다는 사실에 분명 조금 짜증이 났다. 그녀는 핀셋으로 주이치의 살에 남은 비듬 모양의 부스럼을 뜯고, 회진 때마다 퇴원은 언제 할 수 있는지 주이치에게 묻게 시켰다.

"그 부스럼이 있는 한은 안 돼. 빨리 떼어내고 빨리 퇴원하도록 하자."

그녀는 신경질적인 목소리로 말하며, 손톱 아래 거스러미까지 뜯으려 했다. 주이치가 싫어해도 개의치 않았다. 그런 그녀의 노력에도 불구하고 피부에는 점점 더 성홍열의 예후 발진이 생겼고, 의사는 좀처럼 퇴원 선고를 내려주지 않았다.

"아직 밖은 추우니까 조금만 더 따뜻해지면 나가는 게 좋겠구나."

의사는 무덤덤하게 말하고는 나갔다.

따뜻해지는 날―주이치에게 이해 봄날처럼 기다려지는 것은 없었다. 그러나 병실 안에서 봄이 찾아오는 발소리를 듣기는 어려웠다. 하루하루 바깥의 추위를 밀어내고 얼음을 녹이면서 다가오고 있음은 분명했지만 실내에서 천정만 보고 있는 처지에 어찌 계절의 변화를 알 수 있겠는가. 주이치의 주변은 여전히 회색 겨울의 감촉뿐이었다.

하나키 씨는 주이치의 살갗에 생기는 부스럼을 핀셋으로 뜯어내는 것만으로는 안 되겠다 싶었는지 사람들의 눈을 피해 된장국이나 우동 등을 가져다주었다. 우유의 영양분만으로는 퇴원 날짜가 늦춰진다고 생각한 모양이다. 주이치는 점차 하나키 씨의 선물이 당연한 호의인 것처럼 주위 환자들의 눈을 피해 아무 소리 없이 받아들였다.

"힘이 좀 나니?"

하나키 씨는 며칠 지나자 밝은 눈으로 주이치의 얼굴을 찬찬히 살펴보며 물었다.

"네." 주이치는 한층 더 밝은 목소리로 대답했다.

"선생님한테 부탁해서 복도 산책을 허락받도록 해. 너는 너무 소심해서 문제야. 더 확실히 부탁해야지."

그녀는 답답한 나머지 귀띔했다.

의사는 복도 산책을 허락해 주었다. 분명 멀쩡한 몸이었는데 드디어 허락을 받고 침대에서 일어서자 마치 중병을 앓은 후처럼 다리가 떨렸다.

"처음부터 복도까지는 힘들지도 몰라. 오늘은 이 정도로 해 두자."

그날은 병실에서 그만두고, 다음날 겨우 복도까지 나갔다. 긴 복도의 창으로 눈부신 햇살이 비추었고, 환자의 모습이 없는 별천지였다. 복도를 중간 정도 걸어가서는 흠칫 놀라 멈춰 섰다. 복숭아꽃이었다. 복도 바로 앞 정원에 핑크빛의 구름같은 복숭아꽃이 피어 있었다. 하나 열린 유리창 사이로 한 소녀가 걸터 앉아 복숭아나무를 보고 있었다. 발소리에 얼굴을 돌리자 점점 화가 난 표정이 됐다. 양손으로 무릎 끝을 덮었다. 리우링칭이었다. 전족 헝겊을 풀고 정원 가장자리 돌베개 위 양동이에 발을 한쪽씩 담궈 씻던 참이었다.

"리우는 오늘 퇴원이야."

잰걸음으로 옆을 지나던 간호사 한 명이 주이치의 귓가에 속삭였다.

청과

병원에서 나와서 당분간 주이치는 부모님에게 상당히 정중했다. '입니다', '습니다', '저'라는 말을 사용할 뿐 아니라 모든 일에 어른스럽게 행동하려 했다. 그런데 '저'라는 남자답지 못한 말투는 부모님에게 그다지 좋은 인상을 주지는 않는 모양이었다.

"'저'라니 그만 두거라. '나'라고 하면 되잖아."

어머니의 말에 주이치는 고개를 저었다. "그렇지만 저는 신에게 부탁을 드렸습니다."

"맹세했습니다. 퇴원할 수 있다면 '저'라고 말했겠다고."

"정중한 말을 쓰는 건 좋지만 왠지 여우에 홀린 것 같아 엄마는 징그

럽구나."

부모님들도 주이치가 이제 유년기에서 소년기로 나아가는 과정에 있다는 사실을 어렴풋하게 짐작했다. 아무리 그래도 계집아이 같이 참하고 정중한 말투에다가 어딘지 모르게 애늙은이처럼 구는 모습은 두고볼 수 없었다. 부모님은 그때마다 이마를 맞대고 걱정했지만 사실 그럴 필요는 없었다. 봄이 지나고 여름에 접어들 무렵에는 이미 주이치의 급조된 껍데기는 완전히 벗겨졌다. 말하자면 다시 한번 탈피한 것이다. 스스로 바보스럽게 정중한 말투에 질리고 얌전하기만 한 생활에 권태를 느끼면서 바깥의 활력 넘치는 밝은 생활을 동경했다. 여름이었다. K산으로 이어지는 몇몇 언덕 중 하나에 사는 그들의 생활은 자유분방한 도약을 시도하기에 부족함이 없었다. 언덕에서 시가로 들어서는 완만한 비탈길에는 복숭아, 벚찌, 배 등의 과실수가 무성했고, 지금은 마침 파란 과실에 종이봉투를 씌우는 시기였다. 이 과수원은 태영공사의 주인인 하시구치 씨의 소유였다. 하시구치 저택과 같은 구역 안에 산다는 특권으로 주이치는 많은 중국인들 사이에 끼어서 과수원에 출입하고, 종이봉투를 씌우는 일을 돕거나 덜 익은 채로 떨어진 열매를 담 밖에서 보고 있는 아이들에게 주거나 했다. 아이들은 이 언덕에서 저 언덕으로 뛰어올라가 솔방울이나 도토리를 흔들어 떨어트리고는 서로 던지면서 놀았다. 절벽에서 싸우다 굴러떨어져 팔다리에 상처가 가실 날이 없었다.

주이치의 아버지는 이곳으로 이사한 후에도 당분간 A가에 있는 천수각 가게에 다녔지만, 곧 언덕 중턱에 사무소가 생기자 매일 그곳으로 출퇴근했다. 하시구치 씨의 사업이 호황을 맞자 아버지의 매일도 상당히 바빠졌지만 생활은 조용하고 차분해 보였다. 사무소는 집에서 백 미터도 안 되는 곳에 있었고, 시가에서는 떨어진 언덕 중턱이었다. 하루 일과를 끝내고 집에 돌아오면 요쿄쿠謠曲 교실에 다니거나 산 클럽에 가서 테니스를 치는 것 말고는 출입 상인들과의 술자리로 가끔 밤늦게 귀가하는 일이 있는 정도였다. 그러던 중 그곳에 집을 짓기로 하고, 아버지는 당분간은 일을 마치고 오면 설계도면을 째려보면서 밤을 보냈다. 건축비를 하시구치 씨가 특별히 융통해 주었는지의 문제와는 별도로, 가족들에게는 즐거운 기대임에 틀림없었다. 식민지 생활이라 해도 주거지 하나를 세울 정도가 되면 어느 정도는 그 땅에 정착했다고 봐도 좋기 때문이다.

"어떠세요. 우물쭈물하다가는 끝이 안 납니다. 바로 시작하시죠."

설계도면이 완성되자 같이 건축을 하기로 한 동료 소노다園田 씨가 와서 아버지를 독촉했다. 하시구치 씨는 실제로 건축이 시작되면서 예산을 초과하는 문제로 다소 주저하는 기색을 보이는 것을 못 참고, 재정 업무를 맡고 있는 아버지를 부추긴 모양이다. 그 결과 아버지가 하시구치 씨와 무슨 결론을 내렸는지 주이치는 알 길이 없었다. 집을 짓는다는 것은 기쁜 일이었지만 주이치의 일상적인 흥미는 다른 문제였다.

마침 그즈음에 하시구치 씨와 관련된 외몽고의 어떤 장군이 몽고말을 두 마리 기증했다. 하시구치 씨는 듣기로는 몽고독립운동의 후견인으로 당시 일본과 만주의 여러 지사들이 K산에 있는 하시구치 씨 저택에 출입하고 있었다. 몽고 백작 누구누구의 현판, 족자 등이 하시구치 씨 댁만이 아니라 주이치네 집 거실에까지 걸리게 된 것도 그 즈음이었다. 어쨌든 상당한 의욕 속에서 시작된 운동이었지만, 어떤 사정 때문인지 의도부터 근본적으로 뒤집히고 지사들의 뜻은 허망하게 사라졌다. 장쭤린張作霖 장쉐량張學良 군벌이 만주에 뿌리를 내리기 시작한 것은 그 다음의 일이었다. 이른바 정지아툰鄭家屯 사건의 비극은 그 흑막 중 한 명이었던 하시구치 씨에게 싸움에 참가한 몽고 말 두 마리를 보내는 것으로 매듭지어졌다.

하시구치 씨는 원래 마차 한 대가 있었기 때문에 주이치네 집에서 걸어내려간 언덕 사이 움푹 패인 땅에 마구간이 있었다. 마구간 옆에는 마부 라오리老李의 집이 있었고, 라오리는 아침저녁으로 말을 돌봤다. 기증받은 두 마리 말은 마차용으로 쓸 수도 없어서 결국 부담스러운 선물로 애물단지 취급을 받았음에도 라오리는 귀찮은 표정 하나 없이 열심히 돌봤다. 시원한 바람이 계곡에 부는 아침 이슬 맞은 풀 위에 서 있는 흰 말을 보며, 라오리가 처마 밑에 매달아 놓은 새장 속 참새 소리를 듣고 있자면 주이치는 어딘지 모르게 아련한 감정이 들었다. 기증받은 말 중 하나에는 콧등에 큰 구멍이 있었다. 전쟁터에서 적탄을 맞았다고 한다. 그런 경력이 있어서인지 어딘가 성질이 거칠어 보였던 터라 처음에는 가까이 가기 힘들었지만, 어느새 동네 남자아이들은 아무렇지도 않게 타고 있었다. 이를 본 주이치는 참지 못 하고 라오리에게 졸랐다.

"좀 태워주세요."

세 번 중에 한 번은 태워줬다. 안장도 없는 말이었다. 위태로운 동작으로 고삐를 쥐고는 계곡을 나와 과수를 베어낸 밭을 향했다. 몽고마 특유의 느릿한 속보로 밭을 횡단한다.

"이봐."

뒤에서 친구들의 목소리가 좇아온다. 뒤돌아보니 친구들 옆에 라오리가 걱정스러운 얼굴로 서 있다.

"너보다 내가 더 잘 탄다고 라오리가 그랬어."

말에서 내리는 주이치에게 친구가 말했다.

"진짜? 뭐가 다른 걸까."

주이치는 심각한 얼굴로 입을 닫았다. K산 그늘에서 뭉게뭉게 구름이 솟아나고, 먼 시가지 너머로 샤오강즈小崗子의 바다가 검게 빛나 보였다.

매일 긴 여름날이 그렇게 저물었다. 밤이면 K온천에서 목욕한 후 다미나 할머니와 함께 비탈을 오르며 주이치는 감상에 빠져 혼잣말을 했다.

"아, 좋구나."

비탈 중간에 있는 클럽에서는 희미하게 관현악 소리가 흘러나왔다. 이 역시 하시구치 씨의 취향으로 지금까지 시에 없었던 관현악단을 편성하고 클럽을 연습실로 제공했다. 나팔 소리나 큰북 소리가 조용한 밤 공기를 흔들며 높아지고 낮아졌다.

"할머니, 여기 좋은 곳이라고 생각하세요?"

주이치는 비탈길에서 숨을 고르며 쉬고 있는 할머니에게 물었다. 그녀는 벌써 육십이 넘었다. 그녀의 아들, 주이치의 아버지와 함께 바다를 건너와 살고 있는 이 땅에, 나이든 그녀는 어느 정도의 애착을 느끼는지, 물론 주이치는 알 수 없다. 그러나 그녀는 어린 손자의 말을 찬성해 주었다.

"그래 좋은 곳이구나."

300미터 정도 되는 긴 비탈이었기 때문에 할머니는 꼭 두 번은 서서 쉬지 않으면 안 되었다. 장소는 대체로 정해져 있어서 처음은 3분의 1 지점에 있는 버드나무 아래, 다음은 나머지를 반 정도 오른 작은 광장, 이 두 군데에서 지팡이에 의지해 어깨를 들썩이며 숨을 고르는 습관이 있었다.

"할머니는 쉬어갈 테니 너희들은 먼저 들어가렴."

가끔 이런 말을 들으면 주이치와 다미는 번갈아가며 할머니의 허리를 뒤에서 밀었다.

"같이 가요. 밀어줄게요."

그렇게 시끌벅적 비탈을 오르는 길에 그 동네에 사는 소노다 씨나 다른 가족과 만나는 일이 많았다.

"할머니 목욕 다녀오세요? 비탈이 길어서 힘드시겠어요."

그렇게 할머니에게 인사했다. 손주들과 목욕 다니던 날들이 그녀에게 조금은 인생의 위로가 되었을까. 그녀는 그 후로 5~6년이 지나 주이치가 도쿄에 있는 학교로 진학한 해에 그곳에서 죽었다.

봄이 가고 가을이 오자 산 농원사무소가 바빠졌다. 사무소는 온실과 이어진 일층 건물 한 동으로, 주이치 아버지네 사무소 건너편이었다. 이곳은 콘크리트 바닥에 책상 하나 없이 크고 작은 바구니에 복숭아나 배 등이 산처럼 쌓여 있고, 대형 저울 한 대가 놓여 있을 뿐이었다. 이 과일은 시장에 팔려나갈 것들과 산기슭 K온천에 팔려나갈 것들로 겨우겨우 나뉘어져 있었지만, 산 주민들이 조금씩 나눠 먹을 만한 여유조차 없지는 않았다. 집에서 받아가지 않는 날은 마음대로 사무실에 들어가 아무거나 집어 먹었다. 제발 배탈은 안 나게 조심하라는 사무원은 있어도 장난치지 말라고 혼내는 사람은 없었다. 그렇지만 주이치와 친구들이 주변을 맴돌며 놀고 있을 때면 종종 과일을 훔치다가 끌려나온 중국인들이 혹독하게 당하는 광경을 보았다. 그들은 농원 주위에 둘러쳐진 철망을 넘어 감시원의 눈을 피해 훔쳐가곤 했는데, 발각되면 말도 안 되게 심한 린치를 당했다. 먼저 양팔을 뒤로 묶인 채 자동차 타이어나 수도관 고무호스로 숨도 못 쉬도록 얻어맞았다. 왕년에 뱃사람이었다는 일본인 경비는 의무감이라기보다는 증오로 가득한 눈으로 눈물과 콧물이 범벅이 되어 울부짖는 사람을 계속 때렸다. 산에는 청원경찰 초소도 있었지만 이러한 린치는 순사들이 손쓸 수 없었다. 때리는 것으로는 부족하다 싶으면, 변발에 콜타르를 바르는 잔혹한 짓을 했다. 소중한 변발이 콜타르로 굳어버린 그들은 과연 어떻게 되었을까. 뜨겁게 데우지 않으면 닦아낼 수 없는 콜타르를 그들은 어떻게 제거할 수 있었을까. 그런 일이 있고 나서도 도둑질은 계속 끊이지 않았으니 경비의 눈에는 린치가 아직 약해 보였을지도 모른다.

곤란하게도 같이 경비를 보는 중국인이 일본인 과일도둑을 잡아서는 득의양양하게 사무실로 연행해 왔다. 근처 중학교 기숙사생들이 반쯤 장난으로 숨어들어오는 일이 종종 있었는데, 경비가 보기에 좀도둑이기는 마찬가지였으니 놓아줄 수는 없었다. 게다가 그들 역시 동포가 혹독하게 당하는 모습을 본 이상, 이번에는 어디보자 하는 마음이 들지 않을 리 없었다. 일본인 경비는 당황했다. 차마 학생을 고무호스로 때릴 수는 없었다. 기껏해야 학교와 이름을 묻고 설교한 다음 보내주는 게 고작이었기 때문에 중국인 좀도둑이 끊이지 않는 것과 마찬가지로 이들도 끊이지 않았다. 주이치가 알고지내는 기숙사생은 몇 번이나 숨어들어 발각되지 않고 도망쳤는지 자랑하기까지 했다. 중국인들을 어떻게 처치해야 할지 모르겠다는 탄식 섞인 고민은 일본인 경비의 양심이었다. 그럼에도 중국인 좀도둑에 대한 린치는 여전히 약해지지 않았다.

가을이 깊어지고, 떡갈나무나 단풍나무 잎이 붉어질 즈음, 전부터 서두르던 주이치네 새집이 완성됐다. 이곳에서는 겨울 추위에 대비해 툇마루를 만들지 않는 것이 보통이었지만 아버지는 일본 주택의 형식을 잊지 못했는지 남쪽으로 긴 툇마루를 만들었다. 유리창 너머로 가을 햇살이 따사로웠다. 팔첩 사랑방에 육첩 짜리 방이 두 개, 삼첩의 현관이 있는 자그마한 공간이었지만, 도목수가 일본 본토에서도 유명한 장인이었던 탓에 비좁은 느낌 없이 모든 것이 여유로워 보였다.

하루를 들여 이사를 하고, 불을 켤 무렵 육첩 방에 모인 가족들은 즐겁게 만찬을 시작했다. 북쪽은 옆방과 경계를 이루는 벽을 따라 페치카가 검게 빛났다. 문밖에서 무시무시한 삭풍이 불 때마다 허무한 소리가 희미하게 울렸다. 한 홉의 반주를 마신 아버지는 기분이 좋았다. 자기가 설계한 집이 옆집 소노다 씨네 보다 세심하게 마무리되었다고 자랑하기도 하고, 무엇보다 장소 선정을 잘 해서 볕이 잘 들고 드나들기에도 좋다고 했다. 소노다 씨 집은 조금 더 낮은 숲 가운데에 있어서 햇볕이 안 들고, 한쪽이 절벽에 면하고 있어서 일부러 돌담을 쌓은 성벽 같은 곳이 생겨 밖에서 보기에도 이곳저곳 불편해 보였다.

설계 자랑을 마친 아버지는 이런저런 잡담을 이어가다가 이상한 이야기를 하기 시작했다. 지금까지 아버지의 그런 이야기를 들은 적이 없었기 때문에 주이치와 다미는 신기하다는 듯 아버지의 얼굴을 쳐다봤다. 먼저 어머니에게 이런 질문을 했다.

"이 산에 사는 사람들 중에 누가 가장 미인이라고 생각해?"

어머니는 '글쎄'라는 표정으로 조용히 있다가 대충 찍듯이 어떤 지인의 이름을 말했다.

"아니야 아니야."

아버지는 웃으면서 설명했다.

"사실은 오늘 사무실에서 그런 이야기가 나왔는데 전혀 예상 밖일거야. 놀라겠지만 라오리의 부인이야."

어머니는 할머니와 서로 쳐다봤다. 라오리라 함은 마부 라오리를 말한다. 성 앞에 라오ᄒ가 붙는 것은 노인이라기 보다는 '리 씨'라는 의미에서 쓰는 것이었지만 그렇게 불리기에 적당한 나이이기도 했다. 그러고 보니 그의 아내는 높은 콧날과 가는 눈썹으로 미인의 흔적이 남아 있기는 하지만, 역시 감출 수 없는 주름이 이마에 있었다. 눈매는 시원했다. 그래도 그녀가 입고 있는 옷은 지저분했다. 나이가 들었다는 사실만으로도 주이치는 '미'의 반대 조건이라는 생각이 들었다. 주이치가 라오리의 마구간에 놀러갈 때마다 그녀는 집 앞에서 일을 하고 있었는데 매번 이렇게 인사했다.

"취판완러마?"

밥은 먹었냐는 의미이다. 그 인사를 주이치는 늘 '점심밥'을 먹었는지 묻는 의미로 들었다. 올해 정월에도 언제나처럼 놀러가자 예의 그 인사를 했다. 주이치가 고개를 흔들자 왕만두를 준 적이 있었다. 엄청나게 마늘냄새가 나는 왕만두여서 주이치는 겨우겨우 하나를 먹었다. 그 후로 라오리의 아내를 볼 때마다 그 맛을 떠올리지 않을 수 없었다. 어머니가 할머니와 서로 쳐다본 이유와 비슷한 의미로 주이치는 라오리의 아내가 이 산에서 가장 미인이라고는 인정할 수 없었다. 그러나 어른들의 농담은 의외로 섬세한 센스를 포함하고 있는 법이다. 주이치는 알 수 없었지만, 라오리의 아내를 미인 투표 1등으로 고른 일본인들은 허투루 볼 수 없는 재치가 있었다고 평해도 좋을지 모른다. 어머니와 할머니도 납득했을 것이다. 어쨌든 적은 동포가 아니다. 중국인 마부의 아내이다.

아버지는 들떠 있었지만 주이치와 다미는 아무 말도 하지 않았다. 식사 중에 떠들면 혼나는 습관이 있었기 때문이다. 아버지는 젓가락을 내려놓자 옆방으로 가서는 벌러덩 누워 새 다다미 향을 맡았다.

'K온천 오소노 씨가 훨씬 이쁜데.'

매일 밤 목욕 가는 온천의 여종업원들 얼굴을 떠올리며 주이치는 어린 마음에 의문이 들었다. 그녀들은 젊고 요염하여 그대로 농원사무소의 복숭아를 떠오르게 했다. 주이치는 문득 오소노 씨에게 빌린 잡지를 오늘밤 가져가서 돌려줘야겠다고 생각했다.

—『만주낭만』(제4집, 1941.12)

주라는 남자
祝といふ男

우시지마 하루코

우시지마 하루코牛島春子

만주국 일본어 문단에서 활동한 대표적인 여성 작가이다. 1913년 규슈 구루메久留米에서 태어나 자랐으며, 고등여학교 시절 신문·잡지에 시와 소설을 투고했다. 구루메 고등여학교 졸업 후, 일본타비 구루메 지카타비 공장日本足袋久留米地下足袋工場(현 브리지스톤) 여공으로 입사하여 노동운동을 하다가 20살에 체포되었고, 전향을 하게된다. 1936년에 우시지마 하루오牛嶋晴男와 결혼하고, 평톈奉天(현재의 심양瀋陽)으로 부임하는 남편을 따라 만주로 건너갔다. 중일전쟁이 발발하던 1937년, 첫 소설「왕속관王属官」을 써서 제1회 건국기념 문예상 2등을 수상한다. 이후 야마다 세이자부로山田淸三郎의 기획으로 쓴「주라는 남자祝といふ男」(1940)가 아쿠타가와상 후보에까지 올라 만주국을 대표하는 작가로 자리잡는다. 우시지마는 만주국 관리인 남편을 따라 만주 곳곳에서 생활하였으며 세 아이를 낳아 기르면서 작품 활동을 이어간다. 만주를 소재로 한 작품을 적극적으로 발표하였고, 만주국에서 살았던 1936년에서 1946년 사이, 총 13편의 단편소설과 10편의 수필을 썼다. 협화회에 근무하던 남편의 징집 후, 우시지마는 잉커우營口에서 패전을 맞고, 세 아이를 데리고 1946년 7월에 후쿠오카福岡로 귀환한다. 일본 패전 이후, 좌익 문학자 단체인 신일본문학회 구루메지부 창립에 참가하고, 단편소설과 수필을 중심으로 창작 활동을 활발히 이어갔다. 2002년 89세의 나이로 타계했다.

주祝라는 남자___우시지마 하루코

　현장 판공처 소속의 통역관 주리앤티앤祝廉天의 인기는 부현장 경질을 앞두고 날로 악화되었다. 현공서 내의 일계日系 직원들은 말할 것도 없고 다른 기관의 일계 직원들까지도 이번 경질을 계기로 무슨 일이 있어도 주를 추방해야 한다고 의기투합했다. 이런 기회를 이용하지 않고서는 도저히 주리앤티앤을 현공서에서 뿌리 뽑을 수 없었다. 이렇게 주리앤티앤의 존재는 여차하면 사람들이 감당할 수 없을 정도였다. 칼날의 험악함을 풍기면서 마른 어깨에 힘을 주고 서내를 휘젓고 다니는 그를 누구나가 두려워했다. 일계 직원들이 논리를 뛰어넘어 함부로 주를 증오하고 있다고 한다면, 그 이유는 소문대로 그가 악덕하기 때문만이 아니라, 사실은 주가 풍기는 만계滿系스럽지 않은 일종의 험악함과 날카로움 때문인지도 모른다.

　가자마 시기치風間真吉는 부임 전에 이미 주리앤티앤의 소문을 듣고 있었다. 이번에 부임할 현에 상당히 악질적인 만계 통역이 있다는 소문이었다. 신키치에게는 그리 놀랄만한 일은 아니었다. 벙어리나 귀머거리와 다름없는 이민족들끼리 통역을 중계하여 뜻을 나누고 정치를 펼쳐나가려 하기 때문에 그 지점에서 이런저런 틈이 생기는 것은 어찌할 수 없는 노릇이다. 통역들이 그런 틈을 타서 자신의 직능과 지위를 악용하는 일은 시골에서는 오히려 상식에 가까웠다. 신키치는 그런 예라면 몇 개라도 들 수 있었다. 이러한 추문을 듣고도 무시할 수는 없었지만, 그렇다고 신키치가 부임하자마자 일계 직원들이 입을 모아 쏟아내는 주리앤티앤에 대한 비방을 있는 그대로 받아들여서 자신도 같이 분개할 수도 없는 노릇이었다. 그가 관리로서 해서는 안 되는 독직행위를 했다는 말에는 수긍을 하지만, 그보다도 약간 흥분된 듯 감정적인 말들로 그의 악덕을 최대한 부풀려 표현하려는 사람들도 어딘가 안심할 수 없는 무언가를 느꼈다. 협화회 사무장으로 있는 가와카미河上가 우연히도 신기치의 오랜 친구였기에 부현장이라는 입장을 떠나서 물어보았다.

"주라는 남자 어떤가?"

"상당히 평판이 안 좋은 사람이지. 경질된 이전 지도관과 사이에는 무슨 관계가 있었던 모양이야."

"나쁜 짓을 했다는 확증 같은 거라도 누군가 잡고 있나?"

"글쎄. 잘 모르겠는걸. 어쨌든 그다지 인상이 좋은 남자는 아니야."

가와카미는 예전 버릇대로 고개를 살짝 갸우뚱거리면서 말했다.

"무엇보다 너무 선전적이야. 만계 중에 그 정도로 거만한 사람은 없다구. 현공서에 가면 그 사람이 제일 목에 힘을 주고 있지."

"뭐야. 그런 일인 거야?" 신키치는 웃었다.

"그거라면 주리앤티앤 배척에 대한 이유가 되지 않잖나."

"그건 그렇지." 가와카미도 웃었다.

그렇다고 하더라도 이렇게 많은 주위 사람들의 신경에 거슬리는 주리앤티앤은 도대체 어떤 인간인가. 상당히 강한 사람임에는 틀림없지만, 그렇다면 더더욱 자기 눈으로 직접 보지 않고서 서투르게 판단할 수는 없다고 신키치는 생각했다.

그런데 얼마 안 있어 주리앤티앤은 신키치가 예상치도 못한 타입의 인간으로 신키치 앞에 등장했다. 현장 판공처에는 현장과 부현장 외에 3명의 만계 통역과 타이피스트, 그리고 젊은 일계 고용원 등이 있었는데 그중에서 다른 직원들과 섞여 있어도 혼자 눈에 띄는 사람이 있었다. 행동이 민첩하고 일본어가 유창한 만계였다. 누구에게든 구별 없이 상대를 내려다보며 할 말을 다 한다. 걸을 때나 책상에 앉아 있을 때, 무심코 손을 들거나 내릴 때에도 빈틈 없고 어딘가 확신에 찬 느낌이었다. 마치 지독한 일본인 타입이 아닌가라고 신키치가 잠자코 지켜보던 남자가 주리앤티앤이었다.

신키치가 주리앤티앤을 본 지 이삼일 지난 날 저녁 7시가 지나, 신키치가 사는 공관 뒤뜰을 따라 주리앤티앤 본인이 소리도 없이 갑자기 찾아왔다. 마루 입구 가까운 곳에 협화복 소매를 걷어 올리고 앉은 주리앤티앤의 야위고 창백한 얼굴은 살짝 옆에서 비추는 어두운 전등불에 해골같은 그림자를 만들었고, 어딘가 초췌해진 삭막한 느낌이었다. 입을 열자 금니가 반짝하고 빛났다.

주가 이번 같은 궁지에 몰려 할복이라도 하지 않는 한 멈추지 않겠다는 분위기가 된 것도 일계 직원들 입장에서는 너무 늦은 감이 있었다.

주는 원래 남만주의 잉커우营口현에서 군통역을 했었다. 그러다 하사관이었던 요시무라吉村가 만주국 건국 직후 초대 현 협화회 지도관이 되면서 그의 알선으로 주도 함께 현장 판공처에 들어왔다. 요시무라와 주는 상상 이상으로 관계가 깊었고, 말하자면 주종관계처럼 보였다. 바로 그 요시무라가 2년 뒤 다른 현으로 전출을 갈 때 주리앤티앤은 현 내의 농촌을 돌면서 요시무라의 전별금을 조달한 것이 문제가 되었다. 이 건은 얼마 안 가 성 검찰청에 이야기가 들어갔고, 검찰관이 정식으로 취조를 나왔다. 그 결과 다른 현에 있던 요시무라는 면직이 되고 주는 시말서를 쓰면서 일단락이 지어졌다. 결과로 보자면 독직을 한 장본인은 요시무라이고 주는 사건에 가담은 했지만 독직까지는 아닌, 극히 가벼운 성질의 문제가 된다. 그럼에도 불구하고 일계 직원들의 주를 향한 의심의 눈초리는 계속됐다. 그들 입장에서는 요시무라보다 주가 단수가 높아 요시무라는 기르던 개에게 손을 물린 격으로 보였던 것이다. 그 약삭빠르고 빈틈없는 주가 각 마을에서 모은 돈을 그대로 요시무라에게 넘겨줬을리가 없다. 필시 모은 돈은 그 배 이상이고 절반은 자신이 착복했다고 밖에 볼 수 없다. 거기다 한층 더 사람들의 반감을 사게 된 계기는 취조 당시 주는 요시무라와의 관계를 숨김없이 전부 떠들었다는 사실이었다. 사람들은 그런 모습을 결백하다고 보지 않고, 반대로 주군을 팔아넘기는, 정조 없고 이기적인 냉혹무비한 남자라고 일종의 도착된 의분이 들끓었다. 야윈 얼굴에 움푹 들어간 갈색 눈, 끝이 살짝 굽은 높은

코, 어딘지 모르게 맹금류가 떠오르는 주의 외모는 과연 그런 인상을 주기에 어울렸다.

"부현장님, 무례한 질문이옵니다만, 저는 이제 잘리는 겁니까?" 신키치 앞에 앉은 주의 첫마디였다. 신키치는 눈썹을 꿈틀 움직이고는 잠자코 있었다.

"그게 자네 입으로 나에게 물을 말인가, 대체." 잠시 후 힐쭉 웃으며 말했다.

"아, 그건 그렇지만 말입니다. 저는 최근 판공처에 출근을 해도 침착하게 일을 할 수가 없습니다. 물론 요시무라 씨 사건으로 취조를 받기는 했습니다. 그런 불상사에 관계가 있다는 것만으로도 저의 부덕입니다. 진심으로 죄송합니다. 그렇지만 저는 결코 나쁜 짓을 하지는 않았습니다. 제가 나쁘다고 하신다면 저 말고도 나쁜 짓을 한 직원이 경찰관 중에 있습니다. 저는 약한 농민들을 괴롭히는 짓은 하지 않습니다. ― 요즘은 출근을 해도 일을 주지 않는 걸 보면 아무래도 제가 여기저기에서 반감을 많이 사고 있는 모양입니다. 이럴 바에는 스스로 그만두는 편이 깔끔할 것 같다고 생각하고 있었습니다." 주리앤티앤은 시선을 떨군 채 빠른 어조로 말했다.

"음. 자네도 알고 있듯이 자네에 대한 평판은 상당이 좋지 않은 모양이야. 내가 부임해 온 후로 주변에서 무슨 이야기를 들었는가 하면, 주통역은 나쁜 놈이다, 현에 도움이 안 되니 몰아내 달라는 요청들이었어. 어째서 이런 분위기가 조성되었는지는 자네 자신 가장 잘 알고 있을 걸세."

"알고 있습니다." 주는 잠시 시선을 떨구었지만 목소리를 그대로 말했다.

"요시무라 씨 사건입니다. 요시무라 씨가 전임하실 때 요시무라 씨의 명령으로 각 마을 촌장을 통해 전별금을 모았습니다. 천오백 원이 모여서 요시무라 씨에게 드렸습니다."

"그뿐인가?" 신키치는 슬며시 웃었다.

"자네는 그에 대한 보수로 요시무라에게서 얼마간의 돈을 받지는 않았나?"

"아닙니다. 1원 한 장 받지 않았습니다. 요시무라 씨에게는 신세를 많이 졌습니다. 상사이기도 하기 때문에 명령에는 그대로 따르지만 보수는 전혀 받지 않습니다."

"음." 신키치는 양반다리를 하고 앉은 다리를 가볍게 흔들면서 잠시 주를 바라보았다.

"만약 자네가 지금 하는 말이 사실이라고 해도, 이 바닥의 통념으로 과연 사람들이 지금 자네가 한 말이 진실이라고 생각할지, 오랫동안 관청밥을 먹은 자네이니 잘 알고 있을 걸세."

"네." 주는 고개를 움츠리며 입을 다물었다.

주의 말에 따르면 그와 요시무라의 관계는 그뿐이 아니었다. 요시무라는 면직당한 후 난하이南海 근처로 떠났지만, 1년 즈음해서 다시 돌아왔다. 철도연선 옆 마을에서 하숙을 하면서 주를 불러 도자기그릇 도매알선을 부탁했다고 한다. 그래서 주는 손수레에 쌓은 도자기류를 현 내의 음식점이나 그릇가게에 두 번 정도 팔고 다닌 적이 있었다. 그때에도 주는 보수를 전혀 받지 않았다고 한다. 요시무라는 지금도 옆 동네에 있고, 편지가 오면 답장도 보내고 기회가 될 때면 만나기도 하는 관계라고 한다.

"자네는 뭔가, 요시무라에게 약점이라도 잡혔나?" 신키치는 갑자기 쏘아붙쳤다.

"아닙니다. 그런 건 절대 없습니다." 주는 작게 콜록이며 항변했다. 그렇다면 요시무라와 관계를 끊으면 어떤지, 그 외에는 결백을 증명할 방법이 없다고 신키치는 말했다. 그러자 주는 이제 와서 끊을 수도 없는 오래된 관계라고 완고히 거부했다. 그러고 나서 묻지도 않은 자신의 재산이나 아직 치안이 회복되지 않았을 무렵에 거의 거저로 토지를 30항 정도 사둔 것이 지금은 상당한 가격이 되었고 소작료도 올랐다는 이야기, 지인들에게 적은 돈을 빌려줘서 이자를 받고 있다는 이야기 등을 하더니, 갑자기 "부현장님은 협화회 사무장 가와카미河上 씨와 친구시라고…… —아 서른이십니까. 저는 서른아홉입니다"라고 말하다가 이어서 현 내 각 기관이나 현공서 내 풍조, 일계끼리 좁은 이 토지에서 가끔씩 영역다툼이나 텃새로 갈등이 생기는 일 등을 반쯤 조롱하듯 냉정하게 말했다. 신키치에게는 상당히 흥미로운 이야기였다. 일계들의 꾸미지 않은 모습이 옆에서 관망하고 있는 만계에게 어떤 인상을 주는지는 소홀히 할 수 없는 문제였다. 두 시간 정도 떠들던 주는 갑자기 고쳐 앉더니 신키치 뒤에서 차를 따르며 이야기를 듣고 있던 아내 미치를 향해

"부현장님, 사모님, 저를 써주신다면 현을 위해 최선을 다해 일할 각오입니다. 부디 잘 부탁 드립니다"라며 두세 번 연속으로 머리를 숙이

고 다시 마당을 지나 돌아갔다.

주리앤티앤이 돌아간 후 신키치는 여전히 그와 마주앉은 자세로 생각에 잠겼다.

"잘 떠드는 남자네요." 미치가 옆에서 하는 말도 "응"이라며 흘려들었다. 지금 신키치의 마음을 강하게 사로잡고 있는 사람은 남만주에 있을 무렵 동료였던 천커훙陳克洪과 상당히 닮았다는 것이다. 막 관리가 된 신키치에게 왕도건설이라는 높은 꿈에 배치되는 수많은 추악한 관습들이 아직까지도 정치의 손이 닿지 않은 농촌의 이면에 오랜 전통과 인습으로 깊게 뿌리내리고 독충처럼 집요하게 농민들의 피를 빨고 있는 모습을 여실히 보여준 것이 천커훙이었다. 그는 이러한 문제들을 밝히고 만인들의 은폐주의를 뒤엎었기 때문에 주위의 만계들로부터도 일계들로부터도 환영받지 못한 남자였다.

그렇지만 물론 주리앤티앤과 천커훙의 다른 점은 몇 가지 있었다. 실제로 오늘밤 주가 보여준 복잡하게 분열된 인상은 천커훙에게는 없는 모습이었다. 주리앤티앤이 바람처럼 사라진 후에도 이제까지 주가 앉아 있던 공간에 무언가 불안한 그림자가 드리웠고, 뿐만 아니라 강하게 끌리는 부분도 있었다. 독이 될 수도 약이 될 수도 있는 과실의 유혹 ―주리앤티앤이 신키치 부부에게 주고 간 것이 그것일지도 모른다.

사람들은 며칠 지나지 않아 주리앤티앤이 쫓겨나기를 은근히 기대하며 뒷맛을 즐길 기대를 하고 있었다. 그러다 문제를 일으키고 나서 정리해도 좋을 테니 당분간은 이대로 계속 쓰면서 감시를 엄중히 하겠다는 신키치의 의향을 들었을 때, 허공에 헛발질이라도 한 마냥 허무한 표정을 지으며 시무룩했다. 말은 안 했지만, 젊은 부현장의 호기심을 내심 탐탁치 않아하며 못마땅하게 여겼다.

주는 그날 밤 신키치에게 거의 애원하다시피 매달렸던 일은 기억도 못 한다는 듯, 깡마른 어깨에 힘을 주고 거리낌 없이 당당하게 사무실을 걸어다니며 일계 직원들과 같이 입구 근처 책상에서 번역을 하거나 서류 정리를 하고 있었다. 신키치는 모르는 척 주에게도 일을 분담시키고 통역으로 썼다.

그러던 어느 날 아침 신키치가 출근하자 주는 메모지 한 장을 가지고 신키치 자리로 찾아왔다.

"안녕하십니까, 부현장님. 오늘 이런 소장訴狀이 접수되어 가져왔습니다. 일본어로 번역해 뒀습니다."

신키치는 받아서 훑어봤다. 쉬徐 씨라는 남자가 장張 씨라는 옆 동네 농부가 자신의 친형을 살해했다는 고발이었다. 주는 물러나지 않고 신키치가 다 읽을 때까지 기다렸다.

"부현장님 이런 소송은 아마다 초대 참사관 때에도 자주 있었습니다. 이런 일은 중요하게 처리하지 않으면 안 됩니다. 지금까지도 제가 거의 처리했습니다만, 부현장님 앞으로 온 소송을 꼼꼼히 보면 무엇보다 공무원들이 나쁜 일을 못 하게 됩니다. 저는 일요일에 출근해서 처리한 적도 있습니다."

"흥미롭군. 조사해 봅시다."

신키치는 주의 거침없는 말투가 유쾌했다. 다음날 원고를 먼저 불러 취조를 시작했다. 주의 방식은 단순한 통역이 아니었다. 상대방이 애매하게 답하면 갑자기 눈을 반짝이며 신키치의 질문을 낚아채듯이 통역하면서 몸을 앞으로 내밀고 위협하는 자세를 취했다. 그는 질문의 급소를 잘 파악하여 남자가 빠져나갈 수 없도록 답변을 유도했다. 남자는 급기야 주에게 조아리듯 하면서 답변했다. 신키치는 이런 경우에 만인들이 보여주는 다양한 반응을 정확하게 읽어내는 수련이 아직 덜 되어 있다. 그런 부분은 분명 주의 영역이었다. 만계인 주이기 때문에 남자와 그 배경에 있는 생활환경까지 꿰뚫어 볼 수 있었던 것이다.

"부현장님, 이 사건은 원고 쪽이 수상하네요."

"음. 그런 것 같군."

신키치는 순순히 납득했다. 실제로도 그랬다. 쉬 씨의 형이 비명횡사한 것은 사실이었으나 장 씨가 죽인 것은 아니었다. 쉬 씨의 형은 자식이 없어 장 씨 딸을 양녀로 입양했는데 제대로 돌보지 않아 장 씨가 다시 데리고 왔다. 근래에 쉬 씨는 도박으로 돈을 잃고 궁지에 처하자 그 아이를 팔아서 돈을 만들 심산으로 장 씨에게 딸을 넘길 것을 몇 번이고 부탁했지만, 그때마다 거절을 당한 원한으로 이번 소송을 일으킨 것이다. 신키치는 쉬 씨를 무고죄로 유치장에 보내도록 명했다.

신키치와 같은 일계에게 만인 사회의 실상에 대해 제대로 파악하는 일은 무엇보다 필요했다. 그렇지만 사실상 어려운 일이었다. 관청에서 일을 할 때는 일계와 만계 사이에 그다지 거리감이 있다고는 보이지 않았다. 그러나 생활면으로 들어가면 둘은 완전히 다른 세계에 살고 있었다. 일계의 느긋하고 무방비한 무관심과는 달리 만계들은 자기들 세계를 둘러싼 일종의 보호막을 치고 일본인이 들어오는 것을 막으려는 의식이 있었다. 그들은 그럴수록 겉으로는 빈틈없이 능숙한 사교술로 무마하며 일본인을 따돌렸다. 언뜻 음험하고 교활해 보이지만 이 역시 긴 피억압자 생활에서 배운 지혜일지도 모른다. 이러한 이유로 만계들이 일본인들처럼 서로 약점을 폭로하며 상대 앞에서 싸우는 일 따위는 거의 없었다. 그들은 일본인 앞에서는 일제히 서로에 대해 입을 다물어 버렸다. 신키치는 지금까지 그런 만계 관료들을 알고 있던 터라 주리앤티앤이 주위를 상관하지 않고 일계를 냉소하거나 만계의 태만을 증오해 곰팡이처럼 피어난 악덕을 꾸짖는 것을 보면 역시 흥미롭게 여겨져 주에게 관심이 쏠리지 않을 수 없었다.

신키치는 실제로 하나의 현을 맡아 30만 현민 위에 살아 있는 정치를 해나가게 되면서 일본인이 일본인적인 감각으로 만일들을 판단하는 것은 위험하다고 느꼈다. 이런 선의의 부주의가 만인들에게 얼마나 큰 오해를 사게 되는지, 또 괴리된 심리를 낳는지 생각하면 등골이 오싹해졌다. 그렇기 때문에 주같은 사람들을 옆에 둘 필요가 있었다.

신키치가 부임한지 얼마 지나지 않아 눈이 왔다. 북국을 지배하는 자연의 섭리처럼 눈은 거무튀튀하게 지면에 그대로 얼어붙었다. 긴 겨울이 시작된 것이다. 경무과에서는 도박이 문제시되었다. 이제부터 빈번히 벌어질 만인들의 도박판을 어떻게 할 것인가. 일본에서는 사행심을 자극하고 태만하게 하여 도덕적이지 않다는 이유로 도박은 법으로 금지되어 있다. 그렇지만 만인 사회에서 도박은 단지 오락에 지나지 않았다. 얼어붙을 것 같은 대륙의 긴 겨울이 찾아오면 그들은 채소를 비축

하고 농가를 수리한 후 온돌침대 위에서 겨울을 났다. 도박은 그 지루하고 어둡고 긴 생활을 위로하는 유일한 즐거움인 것이다. 여기서는 일본에서 느끼는 죄책감은 전혀 통하지 않는다.

도박은 좋은 게 아니다. 못하게 하지 않으면 안 된다. 그렇다고 일본인의 도덕관념을 강요하여 성급히 금지하면 어떻게 될까. 그들은 자기들의 오락을 갑자기 빼앗긴 데에 당황하여 일본인들의 위정에 이해는 커녕 반감을 갖는 결과가 나오지 않을까. 이러한 일본인의 편협한 결벽이 점점 더 그들을 일본인에게서 멀어지게 하고 그들만의 비밀스러운 세계를 만드는 결과를 낳지 않으리는 법은 없다.

얼마 후 연말을 맞아 신키치는 정무식 후에 전원에게 "설을 쇠면서 도박을 한 사람은 엄벌에 처할 방침"이라는 파격적인 훈시를 했다. 어떻게든 해석 가능할 수 있다는 게 이 훈시의 특징이다.

새해가 되어 연휴도 끝나고 다시 현사무소가 시작되자 신키치는 두세 명의 만계에게 "도박은 했는가?" 가볍게 물었다. 안 했다는 사람도 있었고, 어물거리며 한 번 했다고 작은 소리로 말하는 사람도 있었다. 신키치는 주에게 화살을 돌려보았다.

"어떤가. 도박은 했나?"

"네. 했습니다. 30원 벌었습니다"라고 웃음기 없는 얼굴로 주는 보고하듯이 말했다.

"그렇군. 30원 벌었군."

신키치는 그다지 나쁘지 않은 기분으로 미소지었다. 신키치가 주의 성격을 파악한 것인지, 주가 신키치의 기질을 파악하고 있는 것인지 이럴 때는 도무지 알 수 없었다. 오랫동안 일본군 통역을 했다는 주의 상황 파악과 절도 있는 동작은 대부분 그곳에서 익힌 습관으로 보인다.

곧 구정이 다가오는 어느 아침, 현공서 문 앞 게시판에 만계 경찰관의 난행을 고발한 붉은 종이가 붙었다. 현민이 했을 것이다. 이를 발견한 직원이 신키치에게 가져왔다. 신키치는 이를 보고, 주가 찾아온 날 밤 남긴 말을 떠올렸다.

"쫓아내신다면 저보다 더 나쁜 직원이 경찰관에 있습니다."

신키치는 그 종이조각을 주에게 건넸다. 잠자코 읽던 주는

"모두 사실입니다"라고 이미 다 안다는 듯한 투로 말했다. 그래서 신키치는 경무과에서 알아서 해결할 수 있도록 그 종이조각을 경무과에 넘기라고 명령했다.

"부현장님, 경무과로 넘깁니까. 끝이 안 나겠군요." 주는 종이조각을 들고 나가면서 납득할 수 없는 모양이었다. 그 후로 닷새 동안 주는 무언가 투덜거리며 혼잣말을 하고 혀를 차거나 흥흥거리면서 끝없이 불만을 표하고 있다는 것을 신키치는 잘 알았지만 못 본 척 했다. 일주일이 지나도 경무과에서는 무언가 처리하는 기색이 안 보였다. 신키치는 주를 불렀다.

"예의 그 문제를 직접 처리할 테니 자네도 그렇게 알고 있게." 주는 갑자기 눈을 반짝이면서 "알겠습니다. 제가 거의 알고 있으니 확증을 잡는 게 필요합니다. 아편굴, 목욕탕, 소극장 일대를 조사하면 아마도 틀림없을 겁니다."

"음. 오늘 저녁 먹은 후 우리 집으로 와 주게."

"예. 마차를 준비하겠습니다." 주는 모든 것을 납득한 듯이 끄덕였다.

북만주의 겨울은 4시면 이미 어스름해진다. 신치키가 저녁을 먹고 잠깐 쉬고 있을 때 밖에서 바퀴 소리와 마부가 밟는 방울 소리가 딸랑딸랑 시원하게 들렸다.

"안녕하세요." 아내 미치가 나가보니 수달 모자를 눌러쓰고 외투깃을 세운 주가 약속대로 현관에 서 있었다. 신키치도 준비를 하고 밖으로 나갔다. 두 명은 말없이 마차에 탔다. 올라타면서 주의 오른쪽 주머니에서 무언가 딱딱한 물건이 탁하고 신키치 몸에 닿았다. 감촉으로 권총이라는 사실을 알 수 있었다.

사창가, 아편굴, 목욕탕, 소극장 등이 같이 모여 있는 지역을 남시장南市場이라 한다. 마차는 이미 어둠이 감싼 길을 큰길을 피해 달렸다.

11시가 가까워 신키치와 주를 태운 마차는 다시 공관 앞에 서서 얼어붙은 어둠 속에서 방울 소리를 울렸다.

"그럼 들어가 보겠습니다. 안녕히 주무십시오."

"수고했네." 주는 성큼성큼 마당을 지나 자신의 숙사로 돌아갔다.

신키치는 집으로 들어가 아내가 입혀주는 솜옷을 입으며 담배에 불을 붙였다.

대략 2주 전쯤 현성에 단 하나뿐인 목욕탕 '금화지金華池'에서 다음과 같은 일이 있었다. 밤 8시경 경위, 경장 급의 정복을 입은 만계 경찰관이 대여섯 명 우르르 들어와 안쪽 객실에 자리를 잡고 가져온 술로 술판을 벌였다. 한두 명 남아서 차를 마시던 손님들도 이를 보자 나가버리고, 가게 사람들도 가능한 한 가까이 가지 않으려 조심했다. 그들은 오랜 시간 큰 소리로 떠들며 먹고 마시다가 그중 젊은 경장 한 명이 나가서 옆 극장에서 배우를 하는 양녀를 데려왔다. 일행을 먼저 돌려보내고 나서 아까부터 일행의 우두머리 쯤으로 보이는 경위가 혼자 남았다. 처음에는 "이런 싫은 일이라도 상대가 경찰관이라면……"이라며 '금화지'의 대머리 주인은 조심스럽게 신키치의 안색을 살폈지만, 이윽고 두 눈은 분노로 차서 말했다. 듣고 있던 주도 창백해져 주인에게 달려들 듯했다. 신키치에게 통역하면서도 몇 번이고 막혀서 입을 다물었다. 신키치는 피해자인 딸과 아버지를 부르도록 낮게 말했다.

열아홉 스물 쯤 되어 보이는 딸은 청초한 미인이었다. 고통을 넘어 반쯤 멍해진 얼굴은 요염할 정도였다. 그날 밤 양부는 딸을 데리러 온 경장과 가볍게 몸싸움을 했다는 이유로 얻어맞아 인사불성이 되었고 근처 병원에 실려가 잠시 입원까지 했다. 진료한 의사를 불러 물으니 머리에 전치 2주의 타박상을 입었다고 증언했다.

'금화지'를 나와 주는 아편굴로 마차를 돌렸다. 그곳에서는 문제의 경장 일행이 수백 번에 걸쳐 아편을 강요했었다. 신키치는 그들의 이름과 가져간 아편의 양과 가격을 적어놓은 장부를 잠시 접수하도록 주에게 명하고 밖으로 나왔다.

다음날 직원들이 모두 퇴근한 후 신키치는 일당 8명을 취조했다. 그중에는 보안계장도 있었다. 경무과의 만계 과장과 3명의 일계가 취조에 입회했다. 보안계장은 나이도 젊고 일본어도 잘하면서 머리도 좋은 아까운 인재였다. 전임수석 지도관이 각별하게 평가하여 심복 역할을 했던 그였지만, 지도관이 떠난 후에도 과내 만계 사이에 아쉽지 않을 세력을 두고 있었다.

보안계장 외에도 과내에서 일 잘한다는 젊은 경찰이 8명 중에 섞여 있었다. 그런만큼 입회한 일계 경찰관의 얼굴에는 흥분한 기색이 역력했다.

취조가 시작되자 주는 신키치 옆에 바짝 붙어서 신키치의 날카로운 질문을 주의 깊고 정확하게 통역했다. 흥분하지도 않았고 얼굴색 하나 안 변했다. 그런 기계 같은 비정함은 불길해 보일 지경이었다. 이럴 때면 주가 갖고 있는 예리한 칼날에 닿은 듯한 느낌이었다.

"너희들은 감히 황제 폐하의 관복 착용을 허락받은 몸으로서 과연 그에 걸맞는 행동을 해왔는가. 너희들이 한 짓을 지금 여기서 말할 수 있다면 해 보거라" 하고 신키치는 일갈했다.

그들은 나쁜 짓도 하지만 포기도 빨랐다. 신키치의 책상 위에 쌓여 있는 아편굴의 장부를 본 그들은 이미 모든 것을 체념했는지 의외로 버티지 않고 자백했다. 딱 한 명이 시치미를 떼려고 하여 화가 난 신키치는 두 번 정도 뺨을 때렸다.

네 명은 징계면직, 네 명은 시말서로 종결됐다. 말할 것도 없이 눈에 보이는, 또는 보이지 않는 주의 협력이 컸다. 신키치는 주라는 인간에게 놀랄 때가 한두 번이 아니었다. 신키치 부임 일주일째 죄수 탈옥사건이 있었을 때에도 신키치 옆에서 현장에 같이 간 것은 주였다. 마차로 가는 도중에 빗장으로 머리를 맞아 피투성이가 된 간수를 만나자 주는 "현립 병원으로 가게. 정신 차리고"라며 단호한 목소리로 명령하다시피 했다.

그때의 미동조차 하지 않던 냉정한 주의 얼굴을 신키치는 잊을 수 없었다. 부임한지 얼마 되지 않은 신키치가 오히려 흥분해 있었다. 신키치는 주야말로 무서운 사람이라고 생각했다.

이윽고 눈이 녹는 날이 이어지면서 신키치의 현에서는 모병이 시작됐다. "좋은 쇠는 못이 되지 않고, 좋은 사람은 군인이 되지 않는다"는 만주 속담이 있다. 돈 있고 교양 있는 사람은 결코 군인이 되지 않고 낙오자만이 군인이 된다는 관념이 오랜 옛날부터 이곳의 관념이었다. 그렇기 때문에 모병이라 해도 관에서 강력한 의지를 보이지 않으면 안 모였다. 모인다한들 병영으로 이동하는 도중에 돈이나 곡식을 교환조건으로 다른 사람을 보내기 일쑤였다. 먼저 각 마을로 나가 초벌검사를 하고, 그에 합격한 사람들을 이번에는 성에서 나온 담당자가 본검사를 하게 되어 있다.

신키치는 서른세 개 마을의 초벌검사 일정표를 경무과장에게 만들게 하고 주가 이를 돕게 시켰다.

현 내의 K촌에 현에서 가장 알아주는 지주이자 유력자가 있었다. 경무과장과 주는 초벌검사 첫날에 K촌을 배치하고 신키치와 그 일행들 네다섯 명이 그 마을에 갔을 때, 주는 유력자의 차남을 첫 번째 줄 선두에 세웠다. 신키치는 그 사실도 모르고 차남을 세 번째로 합격시켰다. 떡벌어진 체격의 청년이었다. 일이 다 끝난 후 주에게 사실을 들었다.

주의 의도는 분명했다. 말하자면 이제부터 모병은 부자든 유력자든 핑계를 만들어 빠져나가려 해도 소용없고, 모든 과정은 엄정하고 공평하게 이루어진다는 관념을 마을 사람들에게 심어주기 위해서였다. 소문 빠른 농촌이기에 효과는 대단했다. 저런 집에서도 군대에 보낸다 하니 농민들은 어딘지 모를 안심을 하는 모양이었다. 모병 자체에 대해서도 생각이 바뀐 듯했다. 모든 일이 의외로 원만하게 진행되었다. 다른 원인도 있었겠지만, 어찌 되었건 신키치가 뽑은 모병에서는 단 한 명의 탈주자도 대체자도 없었던 것은 사실이다.

그 무렵부터 일계 직원들의 주에 대한 태도가 달라졌다. 그보다 빨랐을지도 모른다. 애초에 주에게 원한이 있었던 것도 아니다. 주가 갖고 있는 날카로운 감이나 지혜가 만계라 생각하면 어딘지 모르게 신경을 건드려 불편한 정도였을 뿐이다. 근본은 솔직하고 좋은 사람들이었다. 언젠가부터 '주'라 부르던 호칭을 '주 군'이라고 승격시켰는지 자기들도 모르는 사이에 자연스럽게 주에 대한 안 좋은 감정들은 사라져 있었다. 그뿐 아니라 다소 무게가 있는 상담에는 주가 끼지 않으면 무언가 부족한 느낌이 들 정도였다. 올해 들어온 온화한 현장만이 처음부터 주를 싫어했다. 현장은 온화한 아버지같은 활달하고 상냥한 사람이어서 주처럼 뾰족한 칼날을 잘 다룰 나이는 아니었다.

주리앤티앤은 언제나 권총을 몸에 지니고 있었다. 그 사실을 아는 사람은 신키치 말고는 그다지 없었다. 직장에서는 책상 서랍에 넣어두고, 돌아갈 때 다시 주머니에 넣어 돌아갔다. 어느 날 주는 신키치에게 말했다. "만주국이 망하면 제가 가장 먼저 당할 겁니다." 반쯤은 진지하게, 반쯤은 농담 같은 태도였다. 역시 그는 동족이기 때문에 더욱, 언뜻 보기에 충실하게 위정을 따르고 이의제기 조차 제대로 하지 않는 온순한 모습의 사람이지만, 여차 하면 돌연 반만항일反滿抗日의 깃발을 들고 여기저기 총을 쏴대지 않으란 법은 없다는 것을 느끼고 있던 것일까. 그렇지 않더라도 몰래 권총을 지니고 다니는 주의 마음속 어딘가에 비극적인 냄새가 났다. 주에게는 정의감이 비정한 냉혹함과 공존하고 있었지만, 한편으로 자신의 이해와 직접 관련이 있으면 언제든 버릴 수 있는 정의감이 아닐지 의심스러웠다. 주를 움직이는 원동력은, 지금은 만주국에 적극적으로 충절을 보이는 것이야말로 흐름에 삿대를 내리는 가장 현명한 생존법이라는 처세의 지혜로 밖에 보이지 않았다.

주의 가족은 아직 정정한 뚱뚱한 노모와 집안일을 게을리하는 까만 피부의 아내, 그리고 세 명의 아이들이었다. 첫째는 벌써 여학교에 다닐 나이였다. 날이 따뜻해지자 숙사 뒤 공터를 갈아서 채소와 옥수수를 기르고 있었다. 쉽게 볼 수 있는 시골의 중류층 가족임을 틀림없었지만, 주에게서 풍기는 분위기는 가정에서도 어딘가 뒤죽박죽인 느낌이 있었다. 신키치의 아내인 미치가 갑자기 볼 일이 생겨 한창 더운 때 부르러 간 적이 있었다. 닭과 돼지를 기르는 낡은 집 안에서 흰 면유카타에 오비를 둘둘 매고 후박나무 게타를 신은 주가 나왔다. 신기해서 입은 것처럼 보이지도 않고 익숙하게 걸치고 있었다.

주가 큰 역할을 한 또 다른 사건으로 군마 구매가 있었다. 7월 말의 한창 더운 때였다. 신키치의 현에서 300마리에 가까운 말을 군용으로 사들이라는 지시로 군에서 5명의 장교와 20명의 하사관, 병사들이 나왔다. 구매장은 현성 바깥의 광장을 골랐다. 그곳에는 이틀간의 초벌검사로 현성과 현 주변 5개 마을에서 선발된 말 백 마리가 목에 마주 이름과 번호가 적힌 팻말을 걸고 아침부터 마주 손에 끌려 나와 있었다. 마을 사람들은 군마 구매를 그다지 좋아하지 않았다.

광장 네 귀퉁이에 말을 묶을 기둥이 세워지고, 번호순으로 말을 정렬시켰다. 담당 하사관들은 한 마리씩 광장 중앙으로 끌고나와 검사를 한다. 먼저 키를 재고, 입을 열어 이빨 숫자로 연령을 확인했다. 마지막으로 광장을 속보로 반 바퀴 돌면 검사는 끝이었다. 합격한 말은 다른 기둥에 묶었다. 신키치 일행은 텐트 안에서 지켜보며 이따금 검사를 보러가기도 하고 농민들 쪽에 가서 올해 수확에 관한 이야기를 했다. 주는 검사하는 곳에 계속 붙어서 말을 끌고 온 농민을 적당한 위치에 세우거나 거들었다. 하사관은 키를 잰 후 "입 벌려!", "입 벌려!"를 연발하며 말 입을 벌리려 했지만 말은 싫어하며 입을 열지 않았고, 마주는 당황하여 갈팡질팡하기만 했다. 하사관들은 짜증을 내며 소리를 지르고 함부로 말을 쿡쿡 찔렀다. 그러자 주는 딴청 부리듯 혼잣말로 그렇게 소리 질러도 말은 날뛰기나 하지 말을 들을 리가 있나 하고 들리건 말건 중얼거렸다. 하사관은 입을 다물었다. 주는 개의치 않고 이런 일종의 견제를 하면서 돌아다녔고 그 덕분에 농민들의 기분은 나아졌다. 누구든 이 당당하고 거칠 것 없는 만계를 특별하게 보았고 '주 선생'은 구매반 상담역을 했다.

드디어 검사가 끝나고 말 준비가격이 결정되는 단계가 되자 군의 사정査定과 마주들의 희망가격은 당연히 차이가 있었다. 절충을 위해 신키치는 세 번 정도 가격을 올려달라고 군과 교섭했다. 대학 나온 인텔리뿐이었던 다섯 명의 장교는 신사적으로 그때마다 모여서 협의를 했다. 그 모습을 본 주는 무슨 생각을 했는지 지켜보던 촌장들이 있는 곳으로 가서 낮은 목소리로 이야기를 나누었다. 이윽고 촌장 한 명이 신키치에게 와서 "부현장님께서 우리를 생각해 주시는 마음은 잘 알았습니다. 저희는 군에서 내리는 결정이라면 결코 불복하지 않습니다. 부디 이 이상 걱정하지 말아 주십시오"라고 말했고 주가 이를 통역했다. 신키치는 눈을 크게 뜨고 촌장을 바라봤다. 무심코 눈시울이 뜨거워져 눈물이 날 것만 같았다.

"고맙소."

신키치는 말했다. 가격이 정해졌다. 결과가 발표되자 마주들은 웅성웅성 동요했다. 어딘지 싱글벙글하며 기분 좋은 마주들의 얼굴 — 마주들이 충분히 만족할 만한 가격이라는 것을 알 수 있었다. 그뿐 아니라 그들에게는 상당히 예상 밖의 결과였던지 이번에는 대금에서 1원씩 모아서 다 같이 헌금을 하고 싶다고 촌장을 통해 말을 전해왔다. 억지로 하는 말은 아니어 보였다. 말할 것도 없이 군마 구매는 대성공으로 끝났다. 마른 어깨에 힘을 준 주는 여전히 여기저기를 걸어 다녔다.

이윽고 신키치가 부임한지 만 1년이 되려고 했다. 이미 북만의 들은 가을색으로 물들고, 수확을 마친 대두와 고량밭의 검은 땅은 드넓게 드러났다. 찬 바람이 불 무렵 신키치는 전임轉任 발령을 받았다. 소식을 듣고 찾아오는 사람들 응대와 남을 일 정리 등으로 신키치는 출발 며칠 전까지도 바빴다.

"부현장님."

다들 퇴근하고 아무도 없는 부현장실에서 사무 정리를 하고 있는 신키치에게 진작에 돌아간 줄 알았던 주가 다가왔다.

"영전 축하드립니다."

사무적인 말투로 거기까지 말하고 그는 입을 꾹 다물고 서 있었다. 신키치는 눈을 들어 대답을 하려고 주를 보았지만, 무심결에 말하려던 입을 다물었다.

1년 동안 단 한 번도 보여준 적 없던 주의 얼굴—약하고 동정을 구하는 모습이 그곳에 있었다.

"부현장님께는 여러모로 신세를 많이 졌습니다. 너무 아쉽습니다."

"고맙네. 나야말로 자네에게 신세졌지. 이제 막 시작인데 발령이라니 나도 많이 아쉽지만 어쩔 수 있겠나. 내가 없더라도 지금까지처럼 현을 위해 열심히 일해 주게."

신키치는 책상 위를 정리하며 일어섰다. 신키치는 처음으로 주의 인간다운 따뜻함에 닿은 듯 깊은 애정을 느꼈다.

"예."

주는 짧게 대답하고 상반신을 숙여 인사한 후 마차 준비를 하러 나갔다.

주는 언제나처럼 바쁜 신키치 옆에서 척척 일을 도왔다. 둘만 있던 그때 보여준 약한 모습은 이미 어디에도 없었다. 주의 눈은 다시 차가운 빛을 띠었고, 마른 몸은 체온조차 없는 기계 같았다. 신키치의 발령으로 누구보다 충격을 받을 사람은 주라는 사실을 누구나 알 수 있었지만, 정작 본인은 미동조차 없는 바위처럼 차가운 표정으로 다른 사람들을 흠칫 불안하게 했다. 주가 요시무라 사건으로 취조받던 때의 태도가 떠올랐다.

"자네는 조사받을 때 요시무라에 관해 전부 떠들었다지. 모시던 상관에 대해 그렇게 하고 미안하다는 생각은 안 드는가. 덮어 줄 생각은 없었단 말인가." 신키치는 쉬는 시간에 물어봤다.

"안 됐다고 생각합니다. 그렇지만 부현장님, 요시무라 씨도 상사라면 검찰관도 상사입니다. 저는 상사에게 솔직할 뿐입니다."

주는 담담하게 말했다.

이제 신키치는 더 이상 주의 상사가 아니게 된다. 주의 이해관계를 좌우하는 권리가 신키치에게서 멀어지고 있다. 그러면 주는 아무 일 없었다는 듯이 차갑게 떠나가는 신키치를 보낼 것인가. 그런 의심이 들지 않을 수 없을 정도로 주의 무표정에는 이상하도록 마음이 싸늘해져 가는 무언가가 있었다.

출발 전날 신키치의 아내 미치는 옷을 갖춰 입고 마지막 인사를 돌았다. 이종 일계 가족 숙사, 그 다음이 만계 숙사로 주의 집은 좌측 끝에 있었다. 노모와 아내에게 정해진 형식대로의 간단한 인사를 하고 미치는 돌아왔다. 그 후 몇 시간이 지나 주가 신키치 집에 찾아왔다. 각별히 사모님을 찾고 있어 미치는 이상하게 생각하며 밖으로 나갔다.

"사모님, 약소하지만 전별금입니다."

이렇게 말하며 갑자기 작은 봉투를 미치 앞에 내밀었다. 그때 가만히 미치를 보는 주의 얼굴이 아주 잠깐 어렴풋하게 움직인 것 같았다. 그뿐이었다.

다음날 아침 현 전체가 떠들썩하게 성대한 환송을 받으며 가슴 벅차게 신키치 가족은 성문을 나섰지만, 신키치 가족이 탄 트럭이 출발할 때까지 주의 차가운 화석 같은 얼굴은 움직이지 않았다.

끝

—『일만로 재만 작가 단편선집』(1940.1)